VIET THANH NGUYEN

DIE IDEALISTEN

VIET THANH NGUYEN

DIE IDEALISTEN

ROMAN

AUS DEM AMERIKANISCHEN
VON WOLFGANG MÜLLER

BLESSING

Das Buch erscheint unter dem Titel
THE COMMITTED
bei Grove Atlantic, New York

MIX
Papier aus verantwortungsvollen Quellen
FSC® C014496

Penguin Random House Verlagsgruppe FSC® N001967

1. Auflage, 2021

in der Penguin Random House Verlagsgruppe GmbH,
Neumarkter Str. 28, 81673 München
Herstellung: Ursula Maenner
Satz: Leingärtner, Nabburg
Druck und Einband: GGP Media GmbH, Pößneck
Umschlaggestaltung: Geviert, Grafik & Typografie, München
Umschlagabbildung: Shutterstock/Maryna Stamatova
Printed in Germany
ISBN 978-3-89667-595-8

www.blessing-verlag.de

Für Simone

Nichts ist wirklicher als nichts.

Rithy Panh mit Christophe Bataille,
Auslöschung: Ein Überlebender der Roten Khmer berichtet

PROLOG

Wir

Wir waren die nicht Gewollten, die nicht Gebrauchten und die nicht Gesehenen, unsichtbar für alle außer uns selbst. Weniger als nichts, sahen wir auch nichts. Blind kauerten wir im dunklen Bauch unserer Arche. Einhundertfünfzig von uns schwitzend in einem Raum, der nicht für uns Säugetiere, sondern für die Fische des Meeres bestimmt war. Die Wellen schoben uns von einer Seite zur anderen. Wir sprachen in den Sprachen unserer Mütter, was für die einen hieß, dass sie beteten, für die anderen, dass sie fluchten. Als schließlich eine Veränderung der Wellenbewegung unser Schiff noch heftiger hin und her warf, flüsterte einer der wenigen Seeleute unter uns, *Jetzt sind wir auf dem Meer.* Nachdem wir stundenlang den Windungen von Flüssen, Mündungsarmen und Kanälen gefolgt waren, hatten wir unser Vaterland verlassen.

Der Steuermann öffnete die Luke und rief uns an Deck unserer Arche, welche die gefühllose Welt als einfaches Boot verunglimpfte. Unter dem schiefen Lächeln des Sichelmondes fanden wir uns allein auf der Oberfläche dieser Wasserwelt wieder. Einen Augenblick lang schwindelte uns vor Freude, bis uns die Wellen des Ozeans auf andere Weise schwindeln ließen. Über das gesamte Deck und jeder über den anderen stülpten wir unser Innerstes nach außen, und selbst als nichts mehr übrig war, versuchten wir weiter krampfhaft würgend zu kotzen. So verbrachten wir in der Meeresbrise zitternd unsere erste Nacht auf See.

Es dämmerte, und wir sahen in jeder Richtung nichts als den endlos zurückweichenden Horizont. Der Tag war heiß, ohne Schatten und ohne Unterbrechung, mit nur einem Mundvoll zu essen und einem Löffelvoll zu trinken, die Dauer unserer Reise unbekannt, die Vorräte begrenzt. Aber obwohl wir so wenig aßen, hinterließen wir doch unsere menschlichen Spuren, überall auf und unter Deck, und schwammen bis zum Abend in unserem eigenen Dreck. Als wir im Dämmerlicht ein Schiff am Horizont ausmachten, schrien wir uns die Hälse heiser. Aber das Schiff hielt Abstand.

Am dritten Tag sahen wir einen durch die endlose Meereswüste pflügenden Frachter, einen Dromedar, dessen Brücke über dem Heck aufragte, mit Seeleuten an Deck. Wir schrien, winkten, sprangen auf und ab. Aber der Frachter fuhr weiter, nur seine Kielwelle streifte uns. Am vierten und fünften Tag tauchten zwei weitere Frachtschiffe auf, jedes näher als das vorherige, jedes unter anderer Flagge. Die Seeleute zeigten auf uns, aber sosehr wir auch bettelten und flehten und unsere Kinder in die Höhe hielten, die Schiffe änderten weder ihre Geschwindigkeit noch ihren Kurs.

Am fünften Tag starb das erste der Kinder. Bevor wir den Leichnam der See übergaben, sprach der Priester ein Gebet. Am sechsten Tag starb ein Junge. Mancher betete noch inbrünstiger zu Gott, mancher begann, an seiner Existenz zu zweifeln, mancher Ungläubige begann, sich zu besinnen, und mancher Ungläubige glaubte nun noch weniger an Ihn. Der Vater von einem der toten Kinder schrie: *Großer Gott, warum tust du uns das an?*

Die Antwort kam uns allen schlagartig, die Antwort auf die ewige Menschheitsfrage des: *Warum?*

Sie war und ist ganz einfach: *Warum nicht?*

Als wir an Bord gingen, waren wir uns alle fremd, jetzt kannten wir uns inniger als Liebende – da wir uns in den eigenen

Exkrementen wälzten, die Gesichter grün, die Haut voller Blasen vom Salz und zu gleicher Farbe verbrannt von der Sonne. Die meisten von uns hatten ihr Vaterland verlassen, weil die herrschenden Kommunisten uns als Marionetten, Pseudopazifisten oder bürgerliche Nationalisten, dekadente Reaktionäre oder Intellektuelle mit dem falschen Bewusstsein abstempelten – oder wir Verwandte von solchen waren. Es gab auch einen Wahrsager, einen Geomantiker, einen Mönch, den Priester und mindestens eine Prostituierte, deren chinesischer Nebenmann sie anspuckte. Warum ist diese Hure bei uns?

Sogar unter den nicht Gewollten gab es nicht Gewollte. Darüber konnten einige von uns nur lachen.

Die Prostituierte schaute uns finster an. Was wollt *ihr* eigentlich?

Wir, die nicht Gewollten, wollten so viel. Wir wollten Essen, Wasser und Sonnenschirme – obwohl, Regenschirme wären auch okay. Wir wollten saubere Sachen zum Anziehen, eine Badewanne und eine Toilette, und wenn auch nur die zum Hinhocken. An Land war Hinhocken sicherer und weniger peinlich, als sich an der Reling eines schlingernden Boots festzuklammern und sein Hinterteil über das Wasser zu halten. Wir wollten Regen, Wolken und Delfine. Wir wollten es an den heißen Tagen kühler und in den eiskalten Nächten wärmer. Wir wollten die ungefähre Ankunftszeit. Wir wollten bei der Ankunft nicht tot sein. Wir wollten erlöst werden von der unbarmherzigen Sonne, die uns grillte. Wir wollten Fernsehen, Filme, Musik, alles, womit man sich die Zeit vertreiben konnte. Wir wollten Liebe, Frieden und Gerechtigkeit, außer für unsere Feinde, die sollten in der Hölle schmoren, vorzugsweise bis in alle Ewigkeit. Wir wollten Unabhängigkeit und Freiheit, außer für die Kommunisten, die sollten in Umerziehungslager gesteckt werden, vorzugsweise lebenslang. Wir wollten gütige Führer, die das Volk repräsentierten, mit dem wir uns meinten und nicht sie, wer immer sie waren. Wir wollten in einer egalitären Gesellschaft leben, wenn wir uns allerdings darauf verständigen müssten, mehr als unser Nachbar zu besitzen, wäre uns das recht. Wir wollten eine Revolution, die die Revolution überwindet, die wir gerade durchlebt hatten. Kurz gesagt, wir wollten, dass es uns an nichts fehlt.

Was wir auf jeden Fall nicht wollten, war ein Sturm, aber genau den bekamen wir am siebten Tag. Die Gläubigen riefen einmal mehr, *Großer Gott, steh uns bei!* Die Ungläubigen riefen, *Großer Gott, du Schweinehund!* Gläubige hin, Ungläubige her, vor dem Sturm gab es kein Entrinnen. Er verdunkelte den Horizont, schwoll an und kam immer näher. Der bis zur Raserei aufgepeitschte Wind türmte die Wellen auf, unsere Arche stieg immer schneller immer höher. Blitze erleuchteten die dunklen Furchen der Gewitterwolken. Donner verschluckte unser kollektives Stöhnen. Eine Regenflut ergoss sich über uns, und die Wellen hoben unser Schiff in immer größere Höhen. Die Gläubigen beteten, und die Ungläubigen fluchten, aber alle weinten. Dann erreichte unsere Arche ihren Gipfelpunkt und verharrte einen ewig währenden Augenblick auf dem schneegekrönten Wellenkamm über einem steilen Abhang aus Wasser. Wir schauten hinunter in das tiefe, weinfarbene Tal und waren uns zweier Dinge sicher. Erstens, dass wir mit absoluter Sicherheit sterben würden. Und zweitens, dass wir fast sicher leben würden.

Ja, dessen waren wir uns sicher. *Wir – werden – leben!*

Und dann stürzten wir schreiend in den Abgrund.

ERSTER TEIL

Ich

ERSTES KAPITEL

Vielleicht bin ich kein Spion oder Schläfer mehr, aber fast sicher bin ich ein Geist. Wie auch nicht, mit zwei Löchern im Kopf, aus denen die schwarze Tinte sickert, mit der ich diese Worte schreibe. Was für ein eigenartiger Zustand, tot zu sein und dennoch in meinem kleinen Zimmer im Paradies diese Zeilen zu verfassen. Das macht mich wohl zu einem Ghostwriter, und als solcher ist es mir ein Leichtes, wenn nicht Geisterhaftes, meine Feder in die Tinte zu tauchen, die aus meinen Zwillingslöchern fließt – das eine von mir selbst gebohrt, das andere von Bon, meinem besten Freund und Blutsbruder. Leg deine Waffe nieder, Bon. Du kannst mich nur einmal töten.

Oder vielleicht doch nicht. Ich bin auch nach wie vor ein Mann mit zwei Gesichtern und zwei Seelen, von denen eine vielleicht doch unversehrt geblieben ist. Mit zwei Seelen verfüge ich über die Fähigkeit, alles von zwei Seiten zu betrachten. Während ich mir einst geschmeichelt habe, dies als Talent zu betrachten, begreife ich es jetzt als Fluch. Was war ein Mann mit zwei Seelen außer ein Mutant? Vielleicht sogar ein Monster. Ja, ich gebe es zu. Ich bin nicht nur einer, sondern zwei. Nicht nur ich, sondern auch du. Nicht nur ich, sondern auch wir.

Du fragst mich, wie man uns nennen soll, nachdem wir so lange namenlos waren. Ehrliche Antworten gehörten nie zu meinen Angewohnheiten, und ich zögere auch jetzt. Ich bin ein

Mann mit schlechten Angewohnheiten, und jedes Mal, wenn ich mit einer gebrochen habe, was nie bereitwillig geschah, bin ich immer winselnd und vertrauensselig zu ihr zurückgekehrt.

Diese Worte, zum Beispiel. Ich schreibe sie, und Schreiben ist die schlimmste Angewohnheit. Die meisten Menschen pressen aus ihrem Leben heraus, was sie können. Sie leiden für ihr Gehalt, saugen Vitamin D auf, wenn sie die Sonne genießen, stellen einem anderen Mitglied ihrer Spezies nach, um sich fortzupflanzen oder einfach nur zu vögeln, und verweigern jeden Gedanken an den Tod. Ich hingegen verbringe meine Zeit mit Feder und Papier in meinem Winkel im Paradies und werde immer weißer und schmaler, die Enttäuschung dampft aus meinem Kopf, und der Schweiß der Trauer klebt an meinem Körper.

Ich könnte dir den Namen sagen, der in meinem Pass steht, VO DANH. Ich habe ihn angenommen in Erwartung der Ankunft hier in Paris oder der Stadt des Lichts, wie unsere französischen Herren uns lehrten, sie zu nennen. Wir, Bon und ich, kamen mit einem Nachtflug aus Jakarta. Wir verließen das Flugzeug mit einem Gefühl der Erleichterung, denn wir hatten Asyl erhalten, der Fiebertraum eines jeden Flüchtlings, besonders jener, die man nicht nur ein- oder zweimal, sondern schon dreimal zu Flüchtlingen gemacht hatte: 1954, neun Jahre nach meiner Geburt; 1975, als ich jung und halbwegs attraktiv war; und 1979, erst vor zwei Jahren. Stimmte, was die Amerikaner gerne sagten: Aller guten Dinge sind drei? Bon hatte geseufzt, als er sich die Schlafmaske der Fluggesellschaft über die Augen gezogen hatte. Hoffen wir einfach, dass Frankreich besser ist als Amerika.

Eine unbedachte Hoffnung, wenn man Länder nach seinen Grenzbeamten beurteilte. Der, der meinen Pass inspizierte, trug die ausdruckslose Maske aller Sicherheitsbeamten, während er mein Foto und dann mich studierte. Sein bleiches Gesicht schien nicht erfreut darüber, dass mir jemand Zutritt zu seinem geliebten Land gewährt hatte. Dem Mann fehlten sowohl Oberlippe wie auch Schnurrbart, um sein fehlendes Verständnis dahinter zu verbergen. Sie sind Vietnamese, sagte der weiße Mann. Dies waren die ersten überhaupt an mich gerichteten Worte, als ich das Heimatland meines Vaters zum ersten Mal besuchte.

Ja. Ich heiße Vo Danh. Neben meinem besten französischen Akzent schenkte ich dem Grenzpolizisten mein hündischstes Lächeln, so schmeichlerisch, dass es fast wehtat. Aber mein Vater ist Franzose. Vielleicht bin ich dann auch Franzose?

Sein bürokratisches Gehirn verarbeitete diese Aussage, und als er schließlich lächelte, dachte ich, *Ah! Mein erster Witz auf Französisch!* Aber was er sagte, war: Nein ... Sie ... sind ... definitiv ... kein ... Franzose. Nicht ... mit ... einem ... solchen ... Namen. Dann stempelte er das Einreisedatum in meinen Pass, 18.07.81, schnippte ihn über den Schalter und schaute mir dabei schon über die Schulter zum nächsten Bittsteller.

Ich traf Bon auf der anderen Seite der Passkontrolle wieder. Schließlich hatten wir den Boden von *La Gaule* betreten, wie mich mein Vater in der Pfarrschule gelehrt hatte, Frankreich zu nennen. Da passte es, dass der Flughafen nach Charles de Gaulle benannt war, dem größten der großen Franzosen der jüngsten Vergangenheit. Der Held, der die Franzosen von den Nazis befreit hatte, während sie uns Vietnamesen gleichzeitig weiter knechteten. Ah, ein Widerspruch! Der immerwährende Körpergeruch der Menschheit. Niemand wurde verschont, nicht einmal die Amerikaner oder die Vietnamesen, die täglich badeten, oder die Franzosen, die nicht jeden Tag badeten. Egal, welche Nationalität, wir alle gewöhnen uns an das Aroma unserer eigenen Widersprüche.

Was ist los?, fragte er. Weinst du schon wieder?

Ich weine nicht, schluchzte ich. Ich bin nur so überwältigt, endlich zu Hause zu sein.

Inzwischen hatte Bon sich an meine unvorhersehbaren Tränenausbrüche gewöhnt. Er seufzte und nahm mich an der Hand. In der anderen Hand trug er sein einziges Gepäckstück, eine billige Leinenreisetasche, ein Geschenk der Vereinten Nationen. Die Tasche war nicht annähernd so elegant wie meine aus Leder, die mir mein alter Mentor Claude zum Abschluss am Occidental College in Südkalifornien überreicht hatte. Mein alter Herr hat mir genau die gleiche geschenkt, als ich von der Phillips Exeter Academy nach Yale ging, hatte Claude mir mit feuchten Augen erzählt. Obwohl er als CIA-Agent Verhöre und Attentate zu seinem Handwerk zählte, konnte er bei manchen Dingen wie zum Beispiel unserer Freundschaft und hochwertiger Herrenausstattung sentimental werden. Aus dem gleichen nostalgischen Grund hielt ich an meiner Ledertasche fest. Wie die von Bon war sie nicht sehr groß und trotzdem nicht voll. Wie die meisten Flüchtlinge besaßen wir kaum materielle Dinge, dafür waren unsere Taschen vollgestopft mit Träumen und Fantasien, Trauma und Schmerz, Trauer und Verlust, und natürlich mit Geistern. Da Geister nichts wogen, konnten wir unendlich viele davon mitschleppen.

Als wir am Gepäckkarussell vorbeigingen, waren wir die einzigen Passagiere ohne Koffer oder Rollkarren voller Gepäck und touristischer Erwartungen. Wir waren keine Touristen, Expatriates oder Rückkehrer, keine Diplomaten, Geschäftsleute oder sonst eine gediegene Gattung von Reisenden. Nein, wir waren Flüchtlinge, und unser Erlebnis in einer Zeitkapsel namens internationaler Linienjet reichte nicht aus, das Jahr in einem Umerziehungslager oder die zwei Jahre in einem Flüchtlingslager auf einer indonesischen Insel namens Galang auszulöschen. Nach dem Bambus und den Strohdächern, dem Schlamm und dem Kerzenlicht in den Lagern verwirrten uns der Edelstahl, das Glas, die Fliesen und das grelle Licht des Flughafens. Wir gingen langsam, suchten planlos nach dem Ausgang und stießen dabei mit anderen Passagieren zusammen. Schließlich fanden wir ihn, die Türen glitten zur Seite, und über uns erstreckte sich die gewaltige Decke des internationalen Ankunftsbereichs, wo eine Menge erwartungsvoller Gesichter uns inspizierte.

Eine Frau rief meinen Namen. Es war meine Tante oder, präziser, die Frau, die ich als meine Tante ausgab. Während meiner Jahre als kommunistischer Spion in den Vereinigten Staaten hatte ich zu einer zerlumpten südvietnamesischen Exilarmee gehört und ihr regelmäßig Briefe geschrieben. Darin hatte ich vordergründig über meine private Mühsal als Flüchtling berichtet, in Wahrheit jedoch verschlüsselt und mit unsichtbarer Tinte über die Intrigen einiger Elemente dieser Armee informiert, die hoffte, den Kommunisten die Herrschaft über unser Heimatland zu entreißen. Als Geheimcode hatten wir Richard Hedds *Der Kommunismus in Asien und der orientalische Modus der Zerstörung* benutzt, und es war ihre Aufgabe gewesen, die Botschaften an Man weiterzuleiten, meinen und Bons Blutsbruder. Ich begrüßte sie erleichtert, aber auch beklommen, denn sie wusste, was Bon nicht wusste und nie erfahren durfte, nämlich dass Man ein Spion war, wie ich einer gewesen war. Er war mein Führungsoffizier und später mein Peiniger in jenem Umerziehungslager. Passte das nicht zu mir, einem Mann mit zwei Seelen? Und wenn meine Tante auch nicht meine richtige Tante war, war das nicht perfekt für einen Mann mit zwei Gesichtern?

Sie war eigentlich Mans Tante, und sie sah genauso aus, wie sie sich in ihrem letzten Brief beschrieben hatte: groß, dünn, pechschwarze Haare. Da endete die Ähnlichkeit mit dem Bild, das ich mir von ihr gemacht hatte: das einer Frau mittleren Alters, den Rücken dauerhaft gebeugt von ihrer Arbeit als Näherin, erniedrigt von ihrer Hingabe an die Revolution. Stattdessen ähnelte sie einer Zigarette, jedenfalls ihrer Körpergestalt nach zu urteilen und dem, was sie in einer Hand hielt. Sie verströmte Rauch und Selbstvertrauen. In ihren aggressiven High Heels war sie genauso groß wie ich, wirkte wegen des körperbetonten grauen Strickkleids – einer Uniform, die sie jeden Tag trug –, dem spitzen Haaransatz und schlank, wie sie war, jedoch größer. Obwohl ich wusste, dass sie schon in den Fünfzigern sein musste, wäre sie als Enddreißigerin durchgegangen. Sie war zu gleichen Teilen gesegnet mit französischem Stil und asiatischen Genen, was sie alterslos erscheinen ließ.

Mein Gott! Sie packte mich an den Schultern und machte Kussgeräusche, während ihre Wange erst die eine, dann die andere meiner Wangen berührte. Diese charmante französische Art der Begrüßung war mir in meiner Heimat weder von den Franzosen noch von meinem französischen Vater je zuteilgeworden. Ihr gehört beide neu eingekleidet. Und ihr müsst zum Friseur.

Ja, sie war ohne Zweifel französisch.

Ich stellte sie Bon auf Französisch vor, er antwortete jedoch auf Vietnamesisch. Wie ich hatte er eine Schulbildung auf einem Lycée genossen, aber er hasste die Franzosen und war nur mir zuliebe hier. Es stimmte, die Franzosen hatten ihm ein Stipendium gewährt, darüber hinaus hatte er jedoch keinerlei Vorteile durch sie gehabt – außer, dass er Straßen benutzen konnte, die sie konzipiert hatten, wofür man aber kaum dankbar sein konnte, da die Sklavenarbeiter, die sie gebaut hatten, Bauern wie Bons Familie gewesen waren. Während sie uns zu der Taxischlange führte, wechselte meine Tante in unsere Sprache und erkundigte sich in reinstem klassischstem

Vietnamesisch, wie es von den Intellektuellen in Hanoi gesprochen wurde, nach den Strapazen unserer Reise. Bon blieb stumm. Sein eigener Dialekt vermischte den des ländlichen Nordens, woher unsere Familien stammten, und den des ländlichen Südens außerhalb von Saigon. Dort hatten sich seine Eltern 1954 nach unserem katholischen Exodus aus dem Norden niedergelassen, der ersten unserer drei Erfahrungen als Flüchtlinge. Entweder schwieg er aus Scham über seinen Dialekt, oder, was wahrscheinlicher war, weil er vor Wut kochte. Alles aus Hanoi könnte kommunistisch sein, und alles, was kommunistisch sein *könnte*, war *ohne jeden Zweifel* kommunistisch – zumindest für jemanden, der so manisch antikommunistisch war wie Bon. Er war nicht einmal dankbar für das einzige Geschenk, das ihm unsere kommunistischen Kidnapper jemals machten, die Lektion nämlich, dass alles, was einen nicht umbringt, stärker macht. Das konnte nur heißen, dass Bon und ich jetzt beide Superman waren.

Was arbeiten Sie?, fragte er sie schließlich, als wir links und rechts von ihr auf der Rückbank des Taxis saßen.

Meine Tante schaute mich äußerst vorwurfsvoll an. Wie ich sehe, hat mein Neffe Ihnen nichts von mir erzählt. Ich bin Lektorin.

Lektorin? Fast hätte ich das Wort laut wiederholt, schluckte es aber hinunter, schließlich musste ich ja wissen, was meine Tante tat. Auf der Suche nach einem Geldgeber für unseren Weggang aus dem Flüchtlingslager hatte ich ihr – diesmal unverschlüsselt – geschrieben, weil ich sonst niemanden kannte, der kein Amerikaner war. Sie würde wahrscheinlich Man über meine Ankunft unterrichten, was mir aber allemal lieber war als die Rückkehr nach Amerika, wo ich Verbrechen begangen hatte, für die ich zwar nie verurteilt worden, auf die ich aber nicht stolz war.

Sie nannte den Namen eines Verlags, den ich nicht kannte. Ich verdiene meinen Lebensunterhalt mit Büchern. Hauptsächlich Romane und Philosophie.

Der Laut aus Bons Kehle deutete an, dass er nicht der Typ war, der las, ausgenommen das Feldhandbuch der Armee, Boulevardblätter und die Zettel, die ich an den Kühlschrank klebte. Er wäre besser mit meiner Tante klargekommen, wenn sie tatsächlich Näherin gewesen wäre. Ich war dankbar, dass ich Bon nichts über sie erzählt hatte.

Ich will alles wissen, was ihr durchgemacht habt, sagte meine Tante. Im Umerziehungslager und dann im Flüchtlingslager. Ihr seid die Ersten, denen ich begegne, die in einem Umerziehungslager waren.

Vielleicht nicht heute Abend, liebe Tante, erwiderte ich. Ich erzählte ihr nicht von dem Geständnis, das ich im Umerziehungslager unter Zwang geschrieben hatte und das jetzt zusammen mit einer zerfledderten, vergilbten Ausgabe von Hedds Buch im Geheimfach meiner Ledertasche versteckt war. Ich war mir nicht einmal sicher, warum ich mir überhaupt die Mühe machte, das Geständnis zu verstecken, denn der Letzte, der es lesen sollte, nämlich Bon, interessierte sich nicht im Geringsten dafür. Wie ich war er im Umerziehungslager viele Male gezwungen worden, sein eigenes Geständnis zu schreiben; aber anders als ich wusste er nicht, dass Man, sein Blutsbruder, der Lagerkommissar war. Wie sollte er auch, wenn der Kommissar doch kein Gesicht hatte? Allerdings war Bon davon überzeugt, dass ein unter Folter abgepresstes Geständnis nichts als Lüge war. Wie die meisten Menschen glaubte er, dass Lügen, egal wie oft man sie wiederholte, niemals zur Wahrheit wurden. Wie mein Vater, der Priester, gehörte ich zu denen, die genau das Gegenteil glaubten.

Die Wohnung meiner Tante lag im elften Arrondissement, neben der Bastille, wo die Französische Revolution begonnen hatte. In der Dunkelheit fuhren wir an der Säule vorbei, die an die geschichtliche Bedeutung der Bastille erinnerte. Sollte ich einmal ein Kommunist und ein Revolutionär gewesen sein, dann war auch ich ein Nachfahre dieses Ereignisses, das der Aristokratie mit der Endgültigkeit einer Guillotine den Kopf abschlug. Nachdem wir die Schnellstraße verlassen hatten und nun durch die Stadt fuhren, fühlte ich mich erst wahrhaftig in Frankreich oder, noch besser, in Paris mit seinen schmalen Straßen und den einheitlich hohen Gebäuden mit ihren gleichförmigen Fassaden, nicht zu reden von den bezaubernden Schriftzügen an den Ladenzeilen, die man sofort wiedererkannte von Postkarten oder aus Filmen wie *Irma la Douce*, den ich gleich nach meiner Ankunft als Auslandsstudent in Los Angeles in einem amerikanischen Kino gesehen hatte. Wie ich schließlich herausfinden sollte, war an Paris alles bezaubernd, sogar die Prosituierten und die Sonntage, der frühe Morgen, die Zeit nach dem Mittagessen und der August, wenn alles geschlossen hatte.

In den kommenden Wochen würde ich dieses Wortes nie überdrüssig werden: »charmant«. Weder mein Heimatland noch Amerika ließe sich jemals als charmant beschreiben. Das Wort war zu maßvoll für ein Land und ein Volk, das so heiß und heißblütig war wie meines. Wir waren abweisend oder verführerisch, aber nie charmant. Und was Amerika angeht, muss man nur an Coca-Cola denken. Dieses Elixier, das *ist* wirklich etwas ganz Eigenes. Es verkörpert die süchtig machende, zahnzersetzende Süße eines Kapitalismus, der nicht gut für einen war, egal wie es auf der Zunge prickelte. Aber es ist nicht charmant, nicht so wie frisch gebrühter schwarzer Kaffee, serviert in einer fingerhutgroßen Tasse auf einem Miniaturteller mit einem Puppenlöffel und von einem Kellner, der sich des Werts seines Berufs so sicher ist wie ein Bankier oder Kunstsammler.

Die Amerikaner besaßen Hollywood mit seiner Lautheit und Großmäuligkeit, seinen voluminösen Büstenhaltern und Cowboyhüten, die Franzosen hingegen führten einen Charmefeldzug. Das offenbarte sich in den Kleinigkeiten, als hätte Yves Saint-Laurent ganz Frankreich entworfen – von der Art, wie unser Taxifahrer sein Barett trug, über den Namen der Straße, in der meine Tante wohnte, Rue Richard-Lenoir, über die abblätternde blaue Farbe an der Eisentür ihres Wohnhauses mit der Nummer 37 und dessen hallenden dunklen Eingangsbereich mit der defekten Deckenlampe bis hin zu den schmalen Holzstufen, die vier Stockwerke hoch zur Wohnung meiner Tante führten.

Der Umstand, dass davon außer dem Barett eigentlich nichts wirklich charmant war, zeigt, dass die Franzosen über einen höchst unfairen Vorteil bei ihrer Charmeoffensive verfügten, zumindest für Leute wie mich, die trotz größter Bemühungen fast vollkommen kolonisiert worden waren. Ich sage fast, weil ein kleiner reptilischer Teil meines Gehirns sich meldete – der wilde Eingeborene in mir. Sogar ich, der als derart Bezauberter die Treppe hinaufhechelte, konnte dem Charme lange genug widerstehen, um seinen Kern zu erkennen: die Verführungskraft der Unterwerfung. Es war dieses Gefühl, das mich fast in Verzückung geraten ließ über das wohlgeformte Baguette, das den Esstisch meiner Tante zierte. Oh, Baguette! Symbol Frankreichs und folglich Symbol französischer Kolonisierung! So sprach die eine Seite von mir. Aber gleichzeitig sagte die andere Seite, ah, Baguette! Symbol dafür, wie wir Vietnamesen uns die französische Kultur angeeignet haben! Denn wir backten gute Baguettes, und die Bánh mìs, die wir daraus kreierten, waren weitaus leckerer und fantasievoller als die Sandwiches, die die Franzosen daraus machten. Dieses dialektische Baguette mit Gurkensalat in einer Reisweinvinaigrette, einer Schüssel Hähnchencurry mit Kartoffeln und Karotten, einer Flasche Rotwein und abschließend einem Karamellflan in einer dunkelbraunen Lache karamellisierten Zuckers bildete das von meiner Tante vorbereitete Mahl. Wie sehr hatte ich mich nach diesen oder ähnlichen Gerichten gesehnt. Verlockende Essensfantasien hatten mich in den endlosen Monaten im Umerziehungslager begleitet, das irgendwo im inneren Kreis der Hölle angesiedelt war, und anschließend im Flüchtlingslager in den Randbezirken der Hölle, wo das Beste, was man über unser Essen sagen konnte, darin bestand, dass es zu wenig, und das Schlechteste, dass es verdorben war.

Vietnamesisch kochen hat mir mein Vater beigebracht, sagte meine Tante, als sie das Curry in unsere Schalen löffelte. Er war Soldat wie ihr zwei, aber ein vergessener.

Die bloße Erwähnung eines Vaters ließ mein Herz kurz stocken. Ich befand mich im Land meines Vaters, des Patriarchen, der mich von sich gewiesen hatte. Wäre mein Leben anders verlaufen, wenn er mich als seinen Sohn und meine Mutter als seine Geliebte oder gar seine Frau anerkannt hätte? Ein Teil von mir sehnte sich nach seiner Liebe, der andere hasste sich dafür, dass ich außer Verachtung überhaupt etwas für ihn empfand.

Die Franzosen haben meinen Vater in den Ersten Weltkrieg eingezogen, erzählte meine Tante. Bon und ich saßen auf unseren Stuhlkanten und warteten darauf, dass sie den Löffel nahm oder sich über das Baguette hermachte und damit das Zeichen gab, das so provozierend vor uns liegende Mahl in Angriff zu nehmen. Er war achtzehn Jahre alt und wurde zusammen mit Zehntausenden anderen aus dem tropischen Indochina in die *métropole* gespült. Aber Paris hat er erst lange nach dem Krieg gesehen. Er ist nie nach Hause zurückgekehrt. Seine Asche habe ich in meinem Schlafzimmer. Die Urne steht auf meinem *bureau.*

Es gibt nichts Traurigeres als Exil, bemerkte der arme Bon. Die Finger seiner auf dem Tischtuch liegenden Hände zitterten. In fast seinem ganzen Leben hatte er nicht etwas auch nur annähernd Philosophisches von sich gegeben, doch sein eigenes Exil und der tragische Verlust von Frau und Sohn hatten ihn zunehmend grüblerisch gemacht. Bringen Sie die Asche nach Hause, fuhr er fort. Erst dann wird die Seele Ihres Vaters Frieden finden.

Man sollte meinen, derartige Gespräche hätten uns den Appetit verschlagen können, aber Bon und ich waren wild entschlossen, alles zu essen – außer den Überlebensrationen einer Nichtregierungsorganisation, deren Auftrag war, Flüchtlinge am Leben zu erhalten, aber mehr auch nicht. Außerdem teilten Franzosen und Vietnamesen eine Liebe zu Schwermut und Philosophie, die die manisch optimistischen Amerikaner nie verstehen würden. Der typische Amerikaner bevorzugte die Philosophie aus der Dose, die man in Ratgeberheften findet, während selbst der durchschnittliche Franzose und Vietnamese die Liebe zur Erkenntnis pflegte.

Also redeten und aßen wir, aber, ebenso wichtig, wir tranken und rauchten und ließen unseren Gedanken freien Lauf – und frönten damit gleich drei meiner schlechten Angewohnheiten, die mir das Umerziehungslager allesamt verweigert hatte. Um diesen Angewohnheiten vollständig Genüge zu tun, öffnete meine Tante nicht nur eine Flasche Rotwein nach der anderen, sondern auch eine marokkanische Dose auf dem Esstisch, die zwei Sorten Zigaretten enthielt, mit und ohne Haschisch. Sogar Haschisch klingt »charmant« oder zumindest exotisch im Vergleich zu der in Amerika bevorzugten Droge

Marihuana, auch wenn beide aus der gleichen Pflanze hergestellt werden. Marihuana war das, was Hippies und Teenager rauchten, deren Symbol die rettungslos unmoderne Band namens Grateful Dead war, deren Mitglieder Yves Saint-Laurent hätte antreten und erschießen lassen, weil sie das Batik-T-Shirt populär gemacht hatten. Haschisch hingegen rief Bilder aus der Levante und dem Souk hervor, des Fremdartigen und Aufregenden, des Dekadenten und Aristokratischen. In Asien würde man Marihuana vielleicht probieren, aber im Orient rauchte man Haschisch.

Und dann, nachdem sogar Bon ein paar Züge von einer der wirkmächtigen Zigaretten genommen hatte, geschah es. Gesättigt, Körper und Geist entspannt, und wir fühlten uns in unserer blasierten Völleglückseligkeit mehr als nur einen Hauch französisch, da fiel Bon eines der gerahmten Bilder auf dem Kaminsims auf.

Ist das nicht – ruckartig stand er auf, stolperte, gewann sein Gleichgewicht wieder und ging dann über die Fransen des Perserteppichs zum Kamin. Das ist – er zeigte mit dem Finger auf das Gesicht – das ist *er*.

Als ich zu meiner Tante sagte, dass sie anscheinend einen gemeinsamen Bekannten hätten, erwiderte sie: Ich kann mir nicht vorstellen, wer das sein sollte.

Bon drehte sich vor dem Kaminsims um. Er war rot vor Zorn. Ich kann euch sagen, wer. Der *Teufel*.

Ich sprang auf. Wenn der Teufel hier war, dann wollte ich ihn kennenlernen! Bei genauerem Hinsehen jedoch … Das ist nicht der Teufel, erklärte ich, als ich mir das kolorierte Foto anschaute: ein Mann in besten Jahren, weißhaarig mit Ziegenbart, ein Heiligenschein aus weichem Licht um den Kopf. Das ist Ho Chi Minh.

Ich war einmal ein genauso engagierter Kommunist wie er gewesen und hatte meine Mission sogar in Amerika fortgesetzt, von wo ich die Revolution zu Hause unterstützt und mein Bestes gegeben hatte, um die Konterrevolution in Übersee zu zerschlagen. Das hatte ich vor fast jedem geheim gehalten, besonders vor Bon. Die Einzigen, die über meine Sympathien für den Kommunismus Bescheid wussten, waren meine Tante und ihr Neffe Man. Er, Bon und ich waren Blutsbrüder, die drei Musketiere, vielleicht aber auch, darüber möge die Geschichte urteilen, die drei Trottel. Man und ich waren Spione und arbeiteten im Verborgenen gegen die antikommunistische Sache, der Bon so ergeben war. Diese Täuschung brachte uns in alle möglichen schwierigen Situationen, und wenn wir uns wieder aus ihnen befreiten, kam gewöhnlich jemand zu Tode. Sogar jetzt noch hielt Bon Man für tot und mich für einen Antikommunisten, wie er selbst einer war, denn er hatte gesehen, wie mir die Kommunisten im Umerziehungslager tiefe Wunden geschlagen hatten, was sie seiner Meinung nach nur ihren Feinden antaten. Ich war kein Feind des Kommunismus, nur jemand mit der fast tödlichen Schwäche, Sympathien für die tatsächlichen Feinde des Kommunismus empfinden zu können, wozu auch Amerikaner gehörten. Das Umerziehungslager hatte mich gelehrt, dass glühende Kommunisten wie glühende Kapitalisten waren, nämlich unempfänglich für Zwischentöne. Sympathie für den Feind könnte demnach auch Sympathie für den Teufel sein, was gleichbedeutend war mit Verrat. Der tiefgläubige Katholik und flammende Antikommunist Bon glaubte das mit Sicherheit. Er hatte mehr Kommunisten getötet als jeder, den ich kannte. Und während ihm klar wurde, dass manche der von ihm Getöteten vielleicht nur irrtümlich für Kommunisten gehalten worden waren, vertraute er darauf, dass die Geschichte und Gott ihm verzeihen würden.

Jetzt zeigte er mit dem Finger auf meine Tante. Sie sind Kommunistin, oder? Instinktiv packte ich seine Hand. Ich wusste, wenn sein Zeigefinger jetzt an einem Abzug wäre, hätte meine Tante ruckzuck tot sein können. Bon schlug meine Hand weg, und meine Tante hob eine Augenbraue und zündete sich eine von den unversetzten Zigaretten an.

Ich bin eher Gesinnungsgenossin als Kommunistin, sagte sie. Ich bin demütig genug zu wissen, dass ich keine echte Revolutionärin bin. Nur eine Sympathisantin. Sie ging so nonchalant mit ihren politischen Überzeugungen um, wie es nur die Franzosen können, ein so cooles Volk, dass sie fast keine Verwendung für Klimaanlagen hatten, ohne die Amerikaner nicht auskommen konnten. Wie mein Vater bin ich mehr Trotzkist als Stalinist. Ich glaube an die Macht für das Volk und die internationale Revolution, nicht an eine Partei, die sich nur um das eigene Land kümmert. Ich glaube an die Menschenrechte und Gleichheit für alle, nicht an Kollektivismus und die Revolution des Proletariats.

Warum haben Sie dann ein Bild des Teufels in Ihrer Wohnung?

Weil er kein Teufel ist, sondern der Patriotischste aller Patrioten. In seiner Zeit in Paris hat er sich sogar selbst Nguyen, der Patriot, genannt. Er glaubte an die Unabhängigkeit unseres Heimatlandes, genau wie Sie und ich, genau wie es mein Vater getan hat. Sollten wir unsere Gemeinsamkeiten nicht wertschätzen?

Sie sprach ruhig und mit Verstand. Aber für Bon hätte sie ebenso gut in einer fremden Sprache reden können. Sie sind eine Kommunistin, erklärte Bon abschließend und wandte sich wieder mir zu. Er hatte den wilden, verzweifelten Blick eines verwundeten, in die Enge getriebenen Katers. Ich kann hier nicht bleiben.

Da wusste ich, dass das Leben meiner Tante nicht in Gefahr war. Gastfreundschaft mit Mord zu vergelten war in Bons strengem Ehrenkodex unmoralisch. Allerdings war es fast Mitternacht, und wir konnten nirgendwo anders hin.

Bleib heute Nacht hier, sagte ich. Morgen gehen wir zum Boss. Seine Adresse hatte ich in meiner Brieftasche. Ich hatte sie mir vor einem Jahr im Flüchtlingslager auf Galang notiert, bevor die Zauberer, die das Verlassen des Lagers ermöglichten, den Boss nach Paris teleportiert hatten. Die Erwähnung seines Namens beruhigte Bon, denn der Boss verdankte ihm sein Leben und hatte versprochen, sich um uns zu kümmern, sollten wir es je bis hierher schaffen.

Einverstanden. Das Haschisch, der Wein und die Erschöpfung hatten seine mörderischen Instinkte gedämpft. Er schaute wieder meine Tante an. In seinem Blick lag eine Art Bedauern, die äußerste Annäherung an echtes Bedauern, derer er überhaupt fähig war. Ist nichts Persönliches.

Politik, mein Lieber, ist immer persönlich, erwiderte sie. Deshalb ist sie tödlich.

Meine Tante zog sich in ihr Schlafzimmer zurück und ließ uns mit dem Sofa und einem Stapel Decken auf dem Perserteppich im Wohnzimmer allein.

Bon saß auf dem Sofa. Du hast mir nie erzählt, dass sie Kommunistin ist, sagte er mit blutunterlaufenen Augen.

Weil du sonst nie zugestimmt hättest, dass wir hier übernachten. Ich setzte mich neben ihn. Und Blut zählt mehr als Glaube, oder etwa nicht? Ich hob meine Hand, die mit der roten Narbe auf der Handfläche, dem Zeichen unserer Blutsbrüderschaft, die wir uns eines Nachts in einem Wäldchen auf dem Gelände unseres Lycée in Saigon geschworen hatten. Wir hatten unsere Handflächen aufgeritzt und sie fest aufeinandergelegt, sodass sich unser Blut für immer vermischte.

Jetzt, im Land unserer gallischen Vorfahren, ein oder zwei Jahrhunderte nach unserer Jugend – so fühlte es sich jedenfalls an nach allem, was wir zusammen durchlitten hatten –, hob

Bon ebenfalls seine vernarbte Hand. Also, wer schläft auf dem Sofa?, fragte er.

Ich lag auf dem Boden und hörte Bon leise die Gebete sprechen, die er jeden Abend an Gott richtete und an Linh und Duc, seine tote Frau und seinen toten Sohn. Sie waren auf dem Rollfeld des Saigoner Flughafens umgekommen, als wir zu dem letzten Flugzeug liefen, das die Stadt im April 1975 verließ, was unsere zweite Flüchtlingserfahrung war. Eine einzige gleichgültige, im Chaos von einem unbekannten Schützen abgefeuerte Kugel durchbohrte beide. Manchmal hörte er die Rufe ihrer traurigen Geister, die ihn mitunter anflehten, doch zu ihnen zu kommen, und ihn ein andermal drängten, am Leben zu bleiben. Aber seine Hände, so geübt im Töten anderer, richteten sich nicht gegen ihn selbst, denn Selbstmord war eine Sünde gegen Gott. Einem anderen das Leben zu nehmen war dagegen manchmal statthaft, denn oftmals brauchte Gott die Gläubigen als sein Werkzeug der Gerechtigkeit. So jedenfalls hat Bon es mir erklärt. Als gläubiger Katholik und besonnener Killer war er im Reinen mit sich. Was mich mehr beunruhigte als Bons innere Widersprüche und auch mehr als meine sicher vorhandenen eigenen, war, dass diese möglicherweise eines Tages aufeinanderprallen würden. An diesem Tag, wenn Bon von meinem Geheimnis erfuhr, würde er ohne Rücksicht auf unser gemeinsames Blut Gerechtigkeit an mir üben.

Bevor wir am nächsten Morgen gingen, überreichten wir meiner Tante ein Geschenk aus Indonesien, eine Packung *Kopi Luwak*, eine von vieren, die in Bons Reisetasche lagen. Auf die Idee hatte uns ein Handlanger vom Boss gebracht, der uns einen Tag vor dem Aufbruch aus dem Lager drei Packungen davon als Geschenk für seinen Patron mitgab. Der Boss liebt diesen Kaffee, hatte der Handlanger erklärt, der mit seinen zitternden Nasenflügeln, dem zotteligen Schnurrbart und den schwarzen Pupillen der wieselartigen Kreatur auf der Packung ähnelte. Jedenfalls kam mir das damals so vor. Der Boss hat extra danach gefragt, sagte der Handlanger. Am Flughafen kratzten Bon und ich unser Geld zusammen und erwarben die vierte Packung *Kopi Luwak* von der gleichen Marke, die wir dann unserer Tante schenkten. Als ich ihr erklärte, dass der *Luwak*, der Fleckenmusang, rohe Kaffeebohnen fraß und wieder ausschied, nachdem der Verdauungsapparat dieser Schleichkatze sie, wie es hieß, auf eine kulinarische Art fermentiert hatte, brach sie in Gelächter aus, was mich ziemlich verletzte. *Kopi Luwak* war sehr teuer, besonders für Flüchtlinge wie uns, und wenn es irgendetwas gab, für das die Franzosen eigentlich schwärmen müssten, dann gefilterten Katzenkaffee. Angesichts ihrer kulinarischen Eigenart, Hirn, Innereien, Schnecken und Ähnliches zu essen, waren die Franzosen in ihrer heldenhaften Entschlossenheit, jede Art von Tier und jedes Teil vom Tier zu verzehren, damit ehrenhalber Asiaten.

Der arme Bauer!, sagte sie und rümpfte die Nase. So sein Geld zu verdienen. Doch sofort wurde sie sich ihres Fauxpas bewusst und bügelte ihn eilig wieder aus. Ich bin mir sicher, er ist köstlich. Morgen früh werde ich uns eine Tasse machen – zumindest für dich und mich.

Sie nickte mir zu, da Bon am nächsten Morgen schon beim Boss sein würde. Nüchtern und im Licht des Morgens erwähnte Bon den Teufel, der sie entzweit hatte, mit keinem Wort, ein Zeichen, dass die Stadt des Lichts ihn vielleicht schon ein klein wenig erleuchtet hatte. Auch meine Tante sagte nichts, sondern erklärte uns den Weg zur eine Straße entfernten Metrostation Voltaire, von wo wir ins dreizehnten Arrondissement fuhren. Das war das asiatische Viertel oder Kleinasien, über das wir im Flüchtlingslager viele Gerüchte und Geschichten gehört hatten.

Hör auf zu flennen, sagte Bon. Mein Gott, du bist emotioneller als eine Frau.

Ich konnte nichts dagegen machen. Diese Gesichter! Die Menschen um uns herum erinnerten mich an zu Hause. Es waren ziemlich viele, aber bei Weitem nicht so viele wie in den Chinatowns von San Francisco oder Los Angeles, wo fast jeder aus Asien stammte. Aber wie ich schon bald feststellen sollte, machten schon eine Handvoll nicht weißer Menschen die Franzosen nervös. Kleinasien hatte eine zwar beträchtliche, aber nicht überwältigende Anzahl an asiatischen Gesichtern zu bieten, die meisten hässlich oder unscheinbar, nichtsdestoweniger hatten sie aber eine beruhigende Wirkung auf mich. Der Durchschnittsmensch jeder Rasse war nicht gut aussehend, aber während die Hässlichkeit anderer Vorurteile nur noch bekräftigte, hatte die Schlichtheit der eigenen Leute immer etwas Tröstliches.

Ich wischte mir die Tränen ab, um mir unsere Sitten und Gebräuche, die vielleicht fehl am Platz waren, bei denen uns aber dennoch wärmer ums Herz wurde, besser anschauen zu können. Ich spreche von dem schlurfenden Gang, den Asiaten größeren Schritten vorzogen, und davon, dass die Männer gewöhnlich vor ihren leidgeprüften, mit Einkaufstaschen beladenen Frauen gingen, und davon, dass eines dieser Muster an Ritterlichkeit seine Nase putzte, indem es mit einem Finger ein Nasenloch zudrückte und dessen Inhalt kraftvoll durch das andere hinausblies, wobei das Geschoss meine Füße nur um Zentimeter verfehlte. Ekelerregend, schon möglich, aber vom Regen leicht fortzuspülen, was mehr ist, als man von einem zusammengeknüllten Papiertaschentuch sagen kann.

Unser Ziel war ein Import-Export-Geschäft, das seine Dienste auf Französisch, Chinesisch und Vietnamesisch anpries. Dazu gehörte die Versendung von Päckchen, Briefen und

Telegrammen, also die Zustellung von Hoffnung an ein hungerndes Land. Der hinter seinem Schalter auf einem Hocker sitzende Angestellte schaute uns an und begrüßte uns mit einem Grunzen. Ich sagte ihm, dass ich den Boss sprechen wolle.

Er ist nicht da, erklärte der Angestellte, genau wie es uns der Handlanger vorausgesagt hatte.

Wir sind aus Galang, sagte Bon. Er erwartet uns.

Der Angestellte grunzte wieder, rutschte mit hämorrhoidaler Vorsicht von seinem Hocker und verschwand in einem Gang. Eine Minute später tauchte er wieder auf. Er erwartet euch.

Hinter dem Schalter, einen Gang entlang und durch eine Tür befand sich das Büro vom Boss. Es roch nach Lavendelraumspray, der Boden war mit Linoleum ausgelegt, die Wände zierten Pin-up-Kalender mit anziehenden Hongkong-Models in überschwänglichen Posen und eine Holzuhr von der Art, wie ich sie schon in Los Angeles gesehen hatte, in dem Restaurant von meinem alten Kommandeur der Spezialeinheit, dem General, jenem Mann, den ich verraten hatte und der dafür mich verraten hatte. Zugegeben, ich hatte mich in seine Tochter verliebt, aber wer hätte sich nicht in Lana verliebt? Ich sehnte mich immer noch nach ihr, so wie wir Flüchtlinge uns nach unserem Heimatland sehnten, in dessen Form die Uhr geschnitzt war. Unser Heimatland hatte sich inzwischen so unwiderruflich verändert wie der Boss. Als er hinter seinem Metallschreibtisch aufstand, hätten wir ihn fast nicht wiedererkannt. Im Flüchtlingslager war er so ausgezehrt und abgerissen gewesen wie jeder andere, das Haar verfilzt, das einzige Hemd unter den Achseln und zwischen den Schulterblättern braun verfärbt, das einzige Schuhwerk ein Paar dünne Flipflops.

Jetzt trug er Slipper, Bügelfaltenhose und Polohemd, das lässige Outfit des urbanen, westlichen Zweigs des *Homo sapiens*.

Seine gepflegten Haare waren so akkurat gescheitelt, dass man einen Stift in die Furche hätte legen können. In unserem Heimatland hatte er beträchtliche Anteile im Geschäft mit Reis, Softdrinks und Petrochemie gehalten, nicht zu reden von gewissen Schwarzmarktgütern. Nach der Revolution hatten ihn die Kommunisten von seinem exzessiven Reichtum befreit, allerdings hatten die übereifrigen Schönheitschirurgen dem Fettsack zu viel abgesaugt. Dem Tod durch Verhungern nahe, war er hierhergeflohen und hatte nur ein Jahr benötigt, um sich erneut als Geschäftsmann zu etablieren und die gut gepolsterte Erscheinung eines wohlhabenden Menschen anzunehmen.

Gut, sagte er. Ihr bringt die Ware.

Wir nahmen unser maskulines Ritual der sozialen Körperpflege auf. Erst umarmten wir uns und klopften uns auf den Rücken, dann nahmen Bon und ich die Position der sozial niedriger stehenden Affenartigen ein und boten dem Alphatier unseren Tribut in Form der drei Packungen *Kopi Luwak* dar. Anschließend folgte der angenehme Teil, zu dem französische Zigaretten und Rémy Martin VSOP in Kognakschwenkern gehörte, die sich in unsere Hände schmiegten wie höchst wohlgeformte Brüste. In den letzten Jahren hatte ich nichts Kultivierteres getrunken als schwarz gebrannten Reiswhiskey, von dem ein Mann erblinden konnte. Die Wiedervereinigung meiner Zunge mit einer ihrer wahrhaftigsten Labsale, Kognak, trieb mir die Tränen in die Augen. Der Boss sagte nichts. Wie Bon hatte er mich im Flüchtlingslager viele Male weinen sehen. Andere hatten unter Malaria gelitten, mich dagegen hatten unvermittelte Weinkrämpfe geschüttelt, ein Fieber, von dem ich immer noch nicht vollständig genesen war.

Als meine Zunge sich von der Berührung mit dem sinnlich kupfernen Körper des Kognaks erholt hatte, schniefte ich und sagte, dass ich ihn nie für den Liebhaber eines Kaffees gehalten hätte, der mit von einem Fleckenmusang ausgeschiedenen Bohnen gebrüht war. Er bedachte mich mit seinem besten falschen Lächeln, nahm einen Brieföffner und schlitzte eine der Packungen auf. Dann schüttelte er eine braune Bohne in seine Handfläche, die im Licht der Schreibtischlampe glänzte.

Ich trinke keinen Kaffee, sagte er. Tee ja, aber Kaffee ist mir zu stark.

Wir betrachteten die arme Bohne, auf deren Bauch die Spitze des Brieföffners drückte. Der Boss rollte die Bohne mit den Fingern hin und her, hielt sie schließlich mit Daumen und Zeigefinger fest und kratzte sanft mit der Klinge daran. Das Braune blätterte ab und entblößte einen weißen Kern.

Das ist bloß Pflanzenfarbe, sagte er. Völlig ungefährlich, sogar wenn man es schnupft.

Er öffnete die zweite Packung, schüttelte eine weitere Bohne heraus, kratzte etwas von der braunen Farbe ab und brachte wieder das Weiße darunter zum Vorschein.

Ich muss die Ware prüfen, sagte er. Den Handlangern kann man nicht immer trauen. Ist eigentlich die Faustregel: Handlangern kann man nie trauen.

Er öffnete die Schublade seines Schreibtischs und nahm so beiläufig einen Hammer heraus, als befänden sich Hämmer immer in Schubladen, und klopfte damit sanft auf die Bohne, bis sie zu feinem Pulver zerfiel. Er tupfte mit einem Finger in das weiße, leicht braunstichige Pulver und leckte es ab. Beim Anblick seiner rosafarbenen Zunge zuckte mein großer Zeh.

Der beste Test ist schnupfen. Aber dafür habe ich meine Leute. Oder wollt ihr mal? Na?

Wir schüttelten beide den Kopf. Er bedachte uns mit einer weiteren Kopie eines Lächelns. Brave Jungs. Das ist eine großartige Arznei, aber die Heilung davon will sich keiner antun.

Dann schlitzte er das dritte Päckchen auf, schüttelte wieder eine Bohne heraus, legte sie auf den Schreibtisch und klopfte mit dem Hammer darauf – einmal, zweimal, dreimal. Die Bohne zerfiel nicht. Er runzelte die Stirn und klopfte noch einmal darauf, jetzt ein bisschen fester. Dann zertrümmerte er die Bohne mit einem Schlag, dass die Schreibtischlampe einen überraschten Satz machte. Als er den Kopf des Hammers von der Tischplatte hob, sahen wir nicht weißes Pulver, sondern einen Fleck aus Splittern, der durch und durch braun war.

Scheiße, murmelte Bon.

Nein, sagte der Boss, Kaffee. Er legte den Hammer sanft auf den Tisch und lehnte sich in seinem Stuhl zurück. Die Mundwinkel verzogen sich um einen Hauch, wie bei einem belustigten Buchprüfer, der gerade den verhängnisvollen Fehler eines Betrügers aufgedeckt hat. Die Zeit musste stehengeblieben sein, denn ich konnte sehen, dass sich die Zeiger der Uhr, seitdem wir das Büro vom Boss betreten hatten, keinen Millimeter bewegt hatten. Tja, Jungs, schätze, wir haben hier ein Problem.

Und mit »wir« meinte er natürlich »ihr« beziehungsweise »uns«.

Niemand kannte den Namen vom Boss, und wenn, dann wagte er ihn nicht laut auszusprechen. In seinem Pass stand ein Name, aber niemand wusste, ob das der richtige war, den Pass gesehen hatten nur die Behörden. Wahrscheinlich kannten sein Vater und seine Mutter den Namen, aber er war Waise, und vielleicht hatten sie ihm noch keinen gegeben, als sie ihn ins Waisenhaus gaben. Eine Waise glich einem Bastard, und deshalb empfand ich ein gewisses Maß an Sympathie für den Boss, der mit zwölf aus dem Waisenhaus abgehauen war, weil er die katholischen Unterweisungen nicht länger ertragen wollte, den immer gleichen Haferbrei mit ein paar Fetzen getrocknetem

Schweinefleisch, die Misshandlung durch andere Waisenkinder, weil er Chinese war, die nicht enden wollende Zurückweisung, weil niemand ihn adoptieren wollte. Aufgrund seiner Erfahrungen mit Kindern hatte er nicht den Wunsch, selber welche zu haben. Der Boss hatte keinen Bedarf an einem Vermächtnis außer jenem, das er für sich selbst schuf, das Einzige, das zu besitzen sich lohnte. Er konzentrierte sich auf die beiden Männer vor ihm – von denen einer ich war – und entschied, dass sie keine Bedrohung für sein Vermächtnis darstellten. Sie waren nicht dumm genug, um ihre profitable Beziehung mit ihm für ein halbes Kilo Arznei von der feinsten Sorte zu riskieren.

Ich sag euch was. Kommt morgen mit der anderen Packung *Kopi Luwak* wieder. Kein Problem, oder?

Wie aus einem Mund sagten wir Nein. Leute, die ihn kannten, sagten vermutlich immer Ja, wenn es das war, was er wollte, oder Nein, wenn es das war, was er wollte. Bei Leuten, die ihn nicht kannten, war es dann seine Aufgabe, sie wissen zu lassen, wer er war und wie sie ihm antworten sollten. Wir beide kannten ihn und verstanden, dass, wenn er uns kein halbes Kilo anvertrauen konnte, uns gar nichts anvertrauen konnte. Er lächelte. Sicher ein Versehen, sagte er. Tut mir leid, dass ich euch Ungelegenheiten bereite. Du sagst, deine Tante mag Haschisch? Ich besorge ihr welches. Geht auf mich. Gratis.

Dann schrieb er zwei Adressen auf einen Zettel und gab ihn Bon. Hier, stell deine Sachen im Quartier ab, und geh zu diesem Restaurant. Zu spät zum ersten Job macht sich nicht gut.

Er wischte das weiße Pulver und den braunen Kaffee vom Kopf des Hammers, behielt ihn aber noch eine Weile in der Hand und bewunderte sein Gewicht, seine Ausgewogenheit, seine Anmut. Gleich nach seiner Ankunft hatte er ihn zusammen mit einer Schachtel Nägel in einem Pariser Baumarkt gekauft.

Wohin er auch ging, kaufte er sich gerne als Erstes einen Hammer, falls er nicht schon einen hatte. Ein Hammer war ein einfaches Werkzeug, aber außer seinem Verstand das Einzige, was er je gebraucht hatte, um die Welt zu verändern.

Wir tranken unseren Kognak aus, gaben ihm die Hand und ließen ihn mit seiner Flasche Rémy Martin, der Schachtel Zigaretten, dem schmutzigen Aschenbecher, drei leeren Kognakschwenkern, den Kaffeebohnen und dem Hammer allein.

ZWEITES KAPITEL

Ich fürchtete den Boss aus gutem Grund, Bon dagegen fürchtete ich ein kleines bisschen weniger. Rückblickend war das ein Fehler, wenn man bedenkt, dass Bon mir in den Kopf geschossen hat. Ich kannte ihn seit über zwanzig Jahren, seit wir uns auf dem Lycée kennengelernt hatten. Er hatte zu viel Gewalt und Tod gesehen und auch selbst für beides gesorgt, um sogar vor jemandem wie dem Boss Angst zu haben. Fast sein ganzes Leben lang hatte sich Bon auf eine Art und Weise, die für jeden außer ihm selbst höchst ungesund war, mit der Bedeutung des Todes befasst. Sollte das Ziel und Zweck der Philosophie sein, dann war Bon ein ausgezeichneter Philosoph. Seit seiner Kindheit hatte er mit dem Tod zu tun gehabt, seit jenem Augenblick, als ein Kader der Vietcong den anklagenden Finger eines Revolvers an den Hinterkopf seines Vaters gehalten, eine Kugel in dessen gebrechliche Hülle geschossen und freigelegt hatte, was ein Sohn nie sehen sollte. Die Szene hatte in Bon ein mörderisches Verlangen entfacht, das erst das Umerziehungslager eindämmte. Dort weckte ihn der Tod jeden Morgen und hielt ihm die Scherbe eines zerbrochenen Spiegels so nah vors Gesicht, dass der Nebel des Atems sein Bild verschleierte.

In den Jahren vor dem Umerziehungslager hatte Bon das Jagen und Töten nicht das Geringste ausgemacht. Jetzt war ihm das Stellenangebot, das ihm der Boss im Flüchtlingslager gemacht hatte, wichtiger. Nachdem er ihn bei seiner Überlebensarbeit beobachtet hatte, hatte der Boss gesagt: Einen Mann wie dich, der die Dinge handhabt wie du, den könnte ich gebrauchen.

Unschuldigen tue ich nichts, sagte Bon.

Sie musterten den Mann, der zusammengekrümmt vor ihren Füßen lag, bewusstlos oder schon tot, die Bestandteile seines Gesichts von Bon auf kubistische Art neu arrangiert. Der Boss zuckte mit den Achseln und war einverstanden, da der Eintrittspreis in sein Gewerbe einen Verlust an Unschuld beinhaltete. Bei Bons anderer Bedingung, nämlich auch mir einen Job zu geben, zögerte er allerdings.

Leute wie diesen verrückten Bastard beschäftige ich nicht, sagte er schließlich. Er sah, dass bei mir eine Schraube locker war, die zuverlässige Schraube, die seit Jahren meine beiden Seelen zusammenhielt. Manchmal bemerkte ich gar nicht, dass ich zwei Seelen hatte, weil dies mein natürlicher Zustand war, auch wenn er unnatürlich war. Meine Jahre als Spion, Schläfer und Maulwurf hatten mich einem so großen Stress ausgesetzt, dass das Gewinde der Schraube jetzt ausgeleiert war. Solange sie fest angezogen gewesen war, hatten meine zwei Seelen einigermaßen gut zusammengearbeitet. Jetzt drehte meine Schraube durch – der allgemeine Zustand der Menschheit – und saß nicht mehr fest.

Entweder wir beide oder keiner, sagte Bon.

Das ist das Problem mit der Loyalität. Der Boss seufzte. Sie ist großartig, bis sie einem auf die Nerven geht.

Draußen vor dem Import-Export-Geschäft vom Boss sahen wir uns einem Dilemma gegenüber. Der Boss wollte, dass wir uns sofort an die Arbeit machten. Der Boss wollte aber auch seine Packung *Kopi Luwak* zurück, die jetzt meine Tante hatte und die sie jeden Augenblick öffnen könnte. Was war zu tun?

Sie hat gesagt, sie würde morgen einen Kaffee machen, sagte ich. Anscheinend war sie aber gar nicht so scharf darauf. Es ist also unwahrscheinlich, dass sie sich vorher einen macht.

Also dann, sagte Bon und schaute hoch zur Sonne, um festzustellen, wie spät es war. Seine Uhr hatte ihm einer der Wärter im Umerziehungslager abgenommen, weil … weil … egal, es gab keine Rechtfertigung dafür. Wir erledigen das jetzt so schnell wie möglich.

Die Unterkunft war nur einen kurzen Fußweg entfernt und führte durch eine Gegend, deren fade Architektur ohne jeden Charme war. Anders als das Paris von Maurice Chevalier und Catherine Deneuve mangelte es dem Großteil des dreizehnten Arrondissements an Charme, wobei allerdings unklar war, ob die Behörden Asiaten erlaubten, wegen ihrer Hässlichkeit in dieses Viertel zu ziehen, oder ob die Anwesenheit von Asiaten diese Reizlosigkeit verstärkte. Wie dem auch sei, Bon war zufrieden, als die lustlose Concierge mit der erschlafften Dauerwelle ihm seine Schlafstelle in einem der Stockbetten zeigte, die Bon an die Militärbaracken erinnerte, die er mit wahrer Inbrunst geliebt hatte. Gleiches galt für die nach scharfem Männerschweiß riechende Luft, die Begriffe wie Ehre und Kameraderie in ihm wachriefen. Alles andere jedoch wies auf Zivilisten als Bewohner hin: die schändlich zerknüllten Decken auf den Matratzen, die ausgefransten Schilfrohrmatten auf dem Parkettboden und der Klapptisch mit dem Reiskocher und der fettverschmierten, elektrischen Doppelkochplatte, die als Küche dienten.

Die sind alle in der Arbeit, sagte die Concierge. Das ist Ihr Bett.

Und die Miete?

Das übernimmt der Boss. Gutes Geschäft, was?

Ein gutes Geschäft für Bon hieß ein noch besseres Geschäft für den Boss. Da er außer der Wohnung meiner Tante nichts in der Hinterhand hatte, ließ Bon seine Tasche auf die Matratze fallen. Ich nehme es.

Das war, wie das Umerziehungslager ihn gelehrt hatte, sein unverwechselbares Talent. Er wurde mit allem fertig.

Unsere nächste Station war das Delights of Asia in der Rue de Belleville, wo Bon als Koch arbeiten würde. Koch?, hatte Bon gesagt. Ich kann nicht kochen. Mach dir keinen Kopf deswegen, hatte der Boss entgegnet. Der Laden ist nicht für sein Essen bekannt.

In diesem nicht für sein Essen bekannten Restaurant puckerten auf den weißen Bodenfliesen Krampfadern braunen Fetts, die gelben Wände waren verschmiert mit, so hoffte ich zumindest, klebrigen Fingerabdrücken, und wann immer die Küchentüren aufschwangen, konnte man das Geschrei und Geplapper der griesgrämigen Kellner und fluchenden Köche hören. Neben der Registrierkasse befand sich ein Kassettenrekorder, der schrille chinesische und vietnamesische Opern spielte. Hinter der Kasse stand der Oberkellner und Musikkurator, Le Cao Boi, der vom Aussehen bis hin zu den Manieren das typische romantische Bild des vietnamesischen Manns verkörperte: teils Poet, teils Playboy, teils Gangster.

Köstlich, wie sich ihre Körper verkrampfen, wenn ich die Play-Taste drücke, sagte er lachend und schaute zu dem einzigen Gast, der aufstand und seinen Teller stehen ließ, auf dem es von Würmern wimmelte, die sich bei genauerem Hinsehen als fettige, gallertartige Nudeln entpuppten. Le Cao Boi warf die Kassette aus und legte eine andere ein. Led Zeppelin, »Stairway to Heaven«, sagte er. Schon besser. Also! Der Boss hat mir alles über euch zwei schlimmen Finger erzählt.

Le Cao Boi war der Feldmarschall vom Boss. Er stellte uns die Angestellten des Restaurants vor: die beiden Kellner, die drei Köche, den Hilfskellner und den Hausmeister oder, wie Le Cao Boi sie nannte, die Sieben Zwerge. Anders als die Sieben Zwerge aus *Schneewittchen* waren sie nicht niedlich und nicht mal zwergenhaft, sondern bloß fies, roh und klein. Ich machte die Bemerkung, dass mir sieben Mann in einem leeren Lokal mittags an einem Wochenendtag ziemlich übertrieben vorkämen. Le Cao Boi grinste. Und da fragst du dich, warum der Boss mir noch zwei mehr schickt, richtig?

Selbst für einen Touristen oder Fremden war unverkennbar, dass sich das Restaurant nicht wegen seiner kulinarischen Verdienste hielt. Vielmehr diente es als Vorposten für die Ambitionen vom Boss, aus dem Getto von Kleinasien in die Innenstadt zu expandieren, diesem trotz dunkler Schatten weißen Herzen von Paris. Der Vorposten diente als Fassade für Le Cao Boi und die Sieben Zwerge, die außer klein auch böse und mit beiden Händen gleichermaßen geschickt waren. Ihre bevorzugten Waffen waren Hackmesser, höchst funktional sowohl in der Küche wie auch im Außeneinsatz, bei welchem jeder von ihnen zwei der großen Werkzeuge in maßgefertigten Lederhalftern unter den Achseln trug.

Sie sind böse, weil sie klein sind, sagte Le Cao Boi. Und aus dem gleichen Grund auch schwer zu treffen. Wenn jemand zum Schlag ausholt und dahin zielt, wo er den Kopf vermutet, schlägt er bloß Luftlöcher. Und wenn sie alle sieben auf einmal über einen herfallen, dann hat man ein Problem, aber genauso machen sie ihren Job. Einer hackt dir die Männlichkeit ab, ein anderer schlitzt dir die Kniescheibe auf, ein Dritter schneidet dir die Achillessehne durch, alles gleichzeitig. Er blies eine Wolke Rauch aus. Aber mit Nuancen haben sie es nicht so. »Nuance« gehört nicht zu ihrem Vokabular. Verdammt, »Vokabular« gehört nicht zu ihrem Vokabular. Dafür bist *du* jetzt da.

Le Cao Boi rückte seine Fliegersonnenbrille zurecht, die er nie abnahm, nicht mal bei der Liebe, jedenfalls sagte man das, vor allem sagte er das selbst. Er war stolz auf den Markenstatus seiner echt amerikanischen Ray Ban, die, wie er gern betonte, keine billige Imitation war. Le Cao Boi war modebewusst, von den Designersocken bis zu den Haaren, die er so stromlinienförmig pomadisierte, dass keine Strähne sich je bewegte, egal ob er Gedichte deklamierte (seine eigenen), Liebe machte (schwungvoll) oder seine bevorzugte Waffe schwang, einen Baseballschläger, den ihm ein amerikanischer Cousin geschenkt hatte. Le Cao Boi hatte die bittere Erfahrung gemacht, dass es ihn als Flüchtling nach Frankreich und nicht nach Amerika verschlagen hatte, in das Land, nach dem er sich in seiner Jugend in Cholon verzehrt hatte. Er war wie der Boss ethnischer Chinese, Sohn eines Gangsters aus Cholon und Enkel eines Händlers aus Guangdong, der sich um die Jahrhundertwende in Saigon niedergelassen hatte. Der Großvater hatte Seide und Opium verkauft, der Vater nur Opium, und der Enkel verkaufte nichts außer seinen gewalttätigen Dienstleistungen, ein beträchtlicher Niedergang, über den er in seinen Gedichten oft nachgrübelte, die aber so unsagbar schlecht waren, dass keines davon hier zitiert werden kann.

Betrachte mich einfach als einen Baudelaire mit Baseballschläger, sagte er und zeigte uns seinen wertvollen Louisville Slugger. Was für ein Name, fügte er hinzu und rollte den Schläger über den Tresen, wo die deprimierte Registrierkasse stand, deren einziger Lebenszweck – dass ihre Tasten gedrückt wurden – sich kaum jemals erfüllte. Also, wie sollen wir dich nennen? Du bist ein Killer, das ist offensichtlich. Dein Gesicht möchte ich lieber nicht sehen, wenn ich die Tür aufmache. Aber du! Le Cao Boi wandte seinen nachdenklichen Blick mir zu. Der Boss sagte, du hättest schon einen Namen. Und, kennst du den?

Er bedachte mich mit einem selbstgefälligen Grinsen. Hallo, verrückter Bastard, sagte Le Cao Boi. Ich hab schon viel von dir gehört.

Früher hätte ich das übel genommen. Aber nach allem, was ich durchgemacht und gesehen hatte, war ich vielleicht wirklich ein verrückter Bastard. Vielleicht war das nur ein anderer Name für einen Mann mit zwei Gesichtern und zwei Seelen. Wenn ja, dann wusste ich wenigstens, wer ich war, und das war mehr, als man von den meisten sagen konnte. Die beiden Bilder von mir, die in seinen Brillengläsern schwebten, erinnerten mich daran, dass ich nicht einer, sondern zwei war, nicht nur ich oder *moi*, sondern zuweilen auch wir oder uns. Wir könnten zwei Menschen in einem Körper gewesen sein, zwei Seelen in einer Hülle, aber wenn es eine Schwäche war, in sich geteilt zu sein, so war es auch eine Stärke, sein eigener Zwilling zu sein. Wir waren nicht etwas Halbes. Wie meine Mutter mir wieder und wieder gesagt hatte: Du bist das Doppelte von allem!

Okay, genug gequatscht, entschied Le Cao Boi. Ich hasse Small Talk. An die Arbeit.

Hey, Chef, sagte einer der Zwerge, der aus dem hinteren Teil des Restaurants auftauchte. Er hatte schlaffe Augenlider. Grumpy hat's schon wieder gemacht.

Du ma!, sagte Le Cao Boi. Und? Warum unternimmst du nichts dagegen?

Du ma!, gab Sleepy zurück und zeigte auf mich. Was ist mit dem Frischling?

Da ist was dran. Leo Cao Boi nickte mir zu. Geh mit Sleepy. Er zeigt dir, was zu tun ist. Und dann kümmern wir uns um die richtige Arbeit.

Ich folgte Sleepy nach hinten. Vor einer schmutzstarrenden Tür blieb er stehen. Man fängt unten an und arbeitet sich dann hoch, richtig?, meinte er grinsend. Er lachte schallend über seinen Witz und war anscheinend etwas gekränkt, dass ich nicht mitlachte. Grummelnd stieß er mit dem Fuß die Tür auf. Immer auf saubere Hände achten, sagte er. Saubere Hände, sauberes Essen, hab ich recht? Als Sleepy sah, dass ich würgte und mir die Tränen in die Augen stiegen, stellte er sich vor der offenen Tür auf die Zehenspitzen und schaute in die Toilettenschüssel. Gottogott. Igitt. Also dann … viel Glück, Frischling.

Ich sah nirgendwo Gummihandschuhe, deren Inneres allerdings ohnehin nicht hygienisch gewesen wäre. Die einzigen Werkzeuge zum Lösen der Verstopfung waren ein Pömpel mit kurzem Griff und jämmerlich kleiner Gummiglocke und eine verdreckte zahnbürstengroße Klobürste. Hätten der Pömpel oder die Bürste sprechen können, hätten sie wahrscheinlich in einem fort geschrien, was ich lautlos schon die ganze Zeit tat.

Etwa zwanzig Minuten später kam ich zitternd aus der Toilette und versuchte, nicht an die feinen Wassertröpfchen zu denken, die meine gesamte Kleidung und möglicherweise sogar meine Arme und mein Gesicht benetzt hatten. Im Flüchtlingslager hatte ich Schlimmeres gesehen, aber das hier sollte die Stadt des Lichts sein.

Alles erledigt?, fragte Le Cao Boi. Ich sag Grumpy immer wieder, dass er hier nichts essen soll. Jetzt weißt du Bescheid. Also, gehen wir. Wir müssen eine Schuld eintreiben.

Unser Ziel lag im Marais, laut Le Cao Boi ein Viertel, das unter Juden und Schwuchteln beliebt war, allerdings war unser Zielobjekt weder das eine noch das andere. Unser Klient, so Le Cao Boi, schlug gerne die Mädchen, was je nach Bezahlung hinnehmbar sein konnte. Nicht hinnehmbar war, dass er Schulden hatte auflaufen lassen, mit denen er jetzt im Rückstand war.

Verschulde dich nie für eine Frau, sagte Le Cao Boi und blieb vor dem Eingang zu einem Reisebüro kurz stehen, um einen japanischen Touristen vorbeizulassen. Das Zoomobjektiv der Kamera, die um seinen Hals hing, war so lang wie sein Unterarm. Drinnen saß ein junges Paar vor dem Reiseberater, dessen einziges Verbrechen darin zu bestehen schien, dass er zu einem kurzärmeligen Karohemd eine Strickkrawatte trug. Seine Augen zuckten ängstlich beim Anblick der zweieinhalb Asiaten, die ihm nicht den Eindruck ehrenwerter Bürger machten, die nach einer Atempause von den milden Anforderungen des französischen Kapitalismus der Achtzigerjahre verlangten. Bon setzte sich auf den Stuhl neben dem jungen Paar und starrte den Klienten an. Le Cao Boi erklärte, wir würden warten, sie sollten sich ruhig Zeit lassen, die spanische Küste sei um diese Jahreszeit wunderschön. Zumindest für den Reiseberater waren die nächsten Minuten einigermaßen unangenehm, da Le Cao Boi im Geschäft umherwanderte, leise »Stairway to Heaven« pfiff und mit dem Zeigefinger über die Strände und Palmen auf den Postern an der Wand, über die Prospekte auf dem Schalter und über die Rückenlehnen der beiden Stühle strich, auf denen das junge Paar saß.

Bon saß weiterhin neben dem Paar und schaute nur den Reiseberater an, behielt das Paar dabei aber in seinem peripheren Blickfeld. Die beiden sahen sich an, als der Reiseberater ins Stottern geriet und seine Finger, die auf einer Mappe mit Pauschalreisen lagen, zu zittern begannen. Ich lehnte neben der Tür an der Wand und beobachtete alle. Als das Paar schließlich nervös lächelnd versprach, später noch einmal wiederzukommen, hielt ich den beiden die Tür auf. Der Reiseberater fuchtelte mit den Händen vor Le Cao Bois Gesicht herum und versuchte abwechselnd zu erklären und zu betteln, aber Le Cao Boi ignorierte ihn. Er ist ein Dieb, der Mädchen schlägt, sagte er zu Bon. Gibt's einen besseren Job für den Anfang?

Nein, antwortete Bon und stand auf. Das wird einfach. Zumindest für mich.

Als sich der Reiseberater zitternd und wimmernd auf dem fleckenlosen Boden zusammenkauerte – Bon achtete darauf, kein Blut zu verspritzen –, begriff ich in einer plötzlichen Anwandlung von Scham, dass ich mit diesem Mann nicht nur das traurige Verlangen zu leben gemein hatte. Ich teilte seine Männlichkeit, seine Lust, seinen fiebrigen Geist, dass keine zehn Minuten verstrichen, ohne dass eine sexuelle Fantasie sein Blickfeld kreuzte. Männer waren alle gleich, oder zumindest neunzig bis fünfundneunzig Prozent von ihnen. Bon könnte eine Ausnahme sein, er war so reinen Herzens, dass er selbst in den ozeanischen Tiefen seines Geistes und seiner Seele nicht über das andere Geschlecht fantasierte. Aber die meisten Männer taten es. Und ich, ich war wie die meisten Männer.

Ich weinte ein bisschen um den Reiseberater, aber mehr um mich und mich und meine Mutter, die mir voller Entsetzen von oben zuschauen musste. Le Cao Boi rümpfte verächtlich die Nase, aber nicht über den zusammengeschlagenen Reiseberater, sondern über meine Tränen. Reiß dich zusammen, Mann, sagte er draußen vor der Tür des Reisebüros.

Der peinlich berührte Bon sagte: Hol den *Kopi Luwak*. Dann trennten wir uns. Während Bon mit Le Cao Boi ins Delights of Asia zurückkehrte, wischte ich mir die Tränen ab und machte mich auf den Weg zu meiner Tante. Ich sah Bon vor mir, wie er die Männlichkeit des Reiseberaters so verdrehte, bis der bemitleidenswerte Mann fast ohnmächtig wurde und weinend nach seiner Mama schrie, was mich an meine Mutter erinnerte. Ich habe nie mit einer anderen Frau als meiner Mutter zusammengelebt, und ich hatte keine Ahnung, was ich mit einer Frau anfangen sollte, die nicht meine Mutter war und hinter der ich nicht her war. Leise öffnete ich die Tür zur Wohnung meiner Tante und sah sie an ihrem Schreibtisch sitzen, der in einer Nische des Flurs stand. Sie lektorierte rauchend ein Manuskript, vielleicht war das Rauchen aber auch die eigentliche Aktivität und das Lektorieren die Zerstreuung.

Wie war dein Tag? Sie wedelte mit ihrer Zigarette und bot mir eine an.

Nichts Besonderes, erwiderte ich und fragte mich, ob die Packung *Kopi Luwak* noch unversehrt war. War bei meinem Boss und habe ein paar Arbeiten für ihn erledigt.

Mach dich erst mal frisch, dann erzähl mir davon. Sie zeigte zur Badezimmertür, die sich etwa in der Mitte des Flurs befand. Es kommen bald ein paar Gäste, denen ich schon alles über dich, meinen perfekten Neffen, erzählt habe.

Wie ich in den kommenden Monaten feststellen sollte, war meine Tante Gastgeberin eines veritablen Salons für Schriftsteller, Lektoren und Kritiker, einen Haufen Intellektueller, die so links waren, dass ich immer wieder überrascht war, sie fast alle mit der rechten Hand essen zu sehen. Ihre Lektorenkarriere, ihre Geselligkeit und ihr Talent für das sanfte Streicheln des männlichen Egos – obwohl Subtilität nur selten erforderlich war – hatten meiner Tante ein umfangreiches Netzwerk an zumeist männlichen Freunden beschert, die mit Worten und Gedanken handelten. Mindestens zwei- oder dreimal die Woche kam ein Besucher mit einer Flasche Wein oder einer Schachtel farbenprächtiger Macarons vorbei. Meine Tante konsumierte achtlos beides, ohne dass dies irgendeinen sichtbaren Effekt auf ihre schlanke Taille gehabt hätte. Das hatte sie auch der Tatsache zu verdanken, dass sie zumindest in meiner Gegenwart kaum richtige Nahrung zu sich nahm. Stattdessen verleibte sie sich Rauch, die vorgenannten Worte und Gedanken sowie jene luftigen süßen Macarons ein.

Soll ich dir eine Tasse von dem *Kopi Luwak* machen?, rief ich aus der Küche, wo mich meine Tante aus ihrer Nische nicht sehen konnte. Zu meiner Erleichterung war das Geschenk unberührt. Als meine Tante Ja sagte, war es ein Leichtes, die beiden Packungen zu vertauschen. Mit einer French-Press-Glaskanne voll schwarzem Kaffee ging ich ins Wohnzimmer, meine Tante setzte sich zu mir, wir rauchten Gauloises und nippten an dem Katzenkaffee, und sie hörte sich an, was ich den ganzen Tag getrieben hatte.

Ich kann keinen Unterschied schmecken, sagte sie. Er ist köstlich, das schon, und ziemlich kräftig.

Alles Psychologie. Wenn man weiß, woher er kommt, hat das Einfluss auf den Geschmack.

Wie wenn man weiß, woher dieser Boss und Le Cao Boi kommen, sagte sie. Ich stelle sie mir dunkel und stark vor, wie diesen Kaffee. Der Gangster und der Romantiker. Das Gewalttätige und das Lyrische. Beschreibt das nicht genau die Kultur unseres Heimatlandes?

Ist nicht Frankreich unser Heimatland? In der Schule im Unterricht hat uns mein Vater immer nachsprechen lassen: *La Gaule* ist das Land unserer Vorfahren.

Dein Vater war ein Kolonisator und Pädophiler, das geht Hand in Hand. Kolonisierung ist Pädophilie. Das väterliche Land vergewaltigt und missbraucht seine unglücklichen Schüler, alles im heiligen und heuchlerischen Namen der zivilisierenden Mission.

Wenn du so über mich redest, komme ich mir vor wie ein Symbol.

Gewöhn dich dran, mein Lieber. Wir Franzosen lieben nichts so sehr wie Symbole.

Das war das Wesen unserer Unterhaltung, ein erfrischender Diskurs nach der brachialen Propaganda im Umerziehungslager und dem nüchternen Pseudorealismus des etwas eingerosteten amerikanischen Traums. Amerikaner verabscheuten Symbole, außer die patriotischen, sentimentalen wie Waffen, Flaggen, Mama und Apfelkuchen, die der Durchschnittsamerikaner bis in den Tod zu verteidigen proklamierte. Ein derart praktisches, pragmatisches Volk, Ma'am, das bei Interpretationen ungeduldig wird und nur scharf auf Fakten ist, musste man lieben. Wenn man versuchte, mit Amerikanern über die tiefere Bedeutung eines Films zu diskutieren, behaupteten sie reflexhaft, das sei bloß eine Geschichte. Für Franzosen war nichts einfach nur eine Geschichte. Und was Fakten anging, die hielten Franzosen für ziemlich langweilig.

Fakten, sagte meine Tante, sind nur der Anfang, nicht das Ende.

Apropos Fakten, ich dachte immer, du wärst Näherin.

Und ich dachte, du wärst ein patriotischer Hauptmann, der fliehen musste. Du hast deine Tarnung bekommen, ich meine.

Von Man?, fragte ich. Als sie nickte, sagte ich: Hast du ihm erzählt, dass ich hier bin?

Natürlich. Hat noch nicht geantwortet. Sie schaute mich scharf an. Meine erste Loyalität gilt ihm, er ist mein richtiger Neffe. Oder eigentlich nicht wirklich ihm, sondern der Revolution, die du im Stich gelassen hast.

Ich habe die Revolution nicht im Stich gelassen. Sie hat mich im Stich gelassen.

Enttäuscht, verraten, im Stich gelassen werden ... Das alles ist leider typisch für Revolutionen wie für alle leidenschaftlichen Liebesaffären. Irgendwas vorgefallen zwischen euch beiden?

Weil ich wieder geflohen bin?

Ja. Oder ist das nur wieder eine Tarnung. Damit du vor Bon sicher bist? Er würde dich töten, wenn er wüsste, dass du Kommunist bist, oder?

Bis auf den feinen, schwarzen Kaffeesatz war meine Tasse leer. Ja.

Als du mich in dem Brief um Hilfe gebeten hast, da war ich einverstanden …

Und dafür danke ich dir.

Ich war einverstanden, weil du so viel für die Revolution getan hast. Und weil ich wissen will, was mit unserer Revolution passiert ist. Ich erkenne Propaganda, wenn ich sie vor mir habe, und was von unserer Revolution kommt, ist Propaganda. Unsere Revolution ist unvollkommen, aber welche Revolution ist schon vollkommen? Das heißt aber nicht, dass ich Konterrevolutionäre unterstütze. Also, mein ehemaliger Kommunist: Bist du jetzt ein Reaktionär?

Habe ich nur die Wahl zwischen Kommunist und Reaktionär?

Welche Alternativen hast du noch?

Du bist Lektorin, sagte ich. Ich habe Lesestoff für dich.

Ich zog mein Geständnis aus dem Geheimfach meiner ledernen Reisetasche und gab es ihr, die ganzen fünfhundertdreiundzwanzig Seiten. Sie hatte kaum Zeit gehabt, die erste Seite zu lesen, da kündigte ein Klopfen an der Wohnungstür unsere Gäste an. Sie waren gut und dennoch salopp gekleidet, was mir bewusst machte, dass ich ein schlichtes weißes Hemd mit bis zum Ellbogen aufgekrempelten Ärmeln, eine langweilige schwarze Hose und staubige Schuhe trug – ein Ensemble, in dem ich aussah wie der Kellner, der ich jetzt war. Sie trugen ebenfalls Hemd und Hose, hatten wie ich Arme und Beine, Oberkörper und Kopf. Wir verfügten über die gleichen Bestandteile, die uns zu Menschen machten, nur dass sie eindeutig Filet Mignon waren, blutig und perfekt scharf angebraten, während ich gekochte Innereien war, wahrscheinlich Schweinedarm. Mit anderen Worten, wir waren entfernt verwandt, aber niemand würde uns je verwechseln. Die feine Qualität der

Baumwolle ihrer Hemden, gewebt von einem schmuddeligen Kinderarbeiter irgendwo in einem dunklen, armen und heißen Land, war auch aus einiger Entfernung erkennbar. Und ihre Hosen saßen so perfekt, dass sie keinen Gürtel benötigten, während meine Hose so weit war, dass ich einen hässlichen Riemen aus Schlangenleder brauchte, den man mir im Flüchtlingslager gegeben hatte – wahrscheinlich gespendet von jemandem aus Texas oder Florida mit typisch amerikanischem Körperbau, was hieß, dass der Gürtel lang genug war für zwei ausgezehrte Vietnamesen.

Der erste Herr hatte zerzaustes, grau meliertes schwarzes Haar und war Psychoanalytiker. Der andere Herr hatte seidig glänzendes graues Haar mit schwarzen Strähnen und war Politiker. Er war Sozialist, eine ehrenwerte Zuschreibung in Frankreich, und ein sehr glücklicher Mann, da ein anderer Sozialist letzte Woche zum Präsidenten gewählt worden war. Der Politiker war so bekannt, dass man ihn einfach mit seinen Initialen vorstellen konnte, was mich anfangs verwirrte.

BHV?, sagte ich.

BFD, sagte meine Tante.

BFD und der Psychoanalytiker, der auch Maoist und promoviert war, betrachteten mich mit einer Neugier, die bald in Geringschätzung überging, was die Franzosen nur schwer verbergen können, da sie Geringschätzung für eine Tugend halten. Meine Tante stellte mich als einen Flüchtling der kommunistischen Revolution in meinem Heimatland vor, und diese beiden waren Linke, für die die vietnamesischen Revolutionäre edle Wilde von heute waren. Wenn ich keiner von diesen edlen Wilden war, dann konnte ich nur ein unedler Wilder sein, eine Situation, die sich nicht dadurch besserte, dass mein Schulfranzösisch nach den vielen Jahren, die ich es seit dem Lycée nicht gesprochen hatte, hölzern war. In einigen holperigen

Unterhaltungen stellte ich schnell unter Beweis, dass ich mich in den intellektuellen, kulturellen und politischen Strömungen von Paris oder Frankreich oder den Franzosen nicht über Wasser halten konnte – zum Beispiel erwähnte ich einmal Sartre und wusste nicht, dass der große Existenzialist zwei Jahre zuvor gestorben war. Danach ignorierten mich BFD, der promovierte Maoist und meine Tante. Gedemütigt saß ich in einer Ecke der Couch, ein Zustand, in dem ich mich schon oft befunden habe, meistens nachdem mich jemand Bastard genannt hatte. Normalerweise reagierte ich mit Zorn, eine gute Maske. Aber ich war nicht ich, oder besser, ich war beide, ich und ich. Meine Schraube war ziemlich wackelig, und ich fand Trost in der ersten und dann der zweiten Flasche Wein, die die Gäste mitgebracht hatten, und ließ den Konversationszug, der mir nur gelegentlich einen flüchtigen Blick durch seine Fenster gewährte, an mir vorbeirauschen. Ich rauchte die Zigaretten meiner Tante, schaute zur Decke, auf den Teppich, auf die glänzenden Schuhspitzen der Männer und wusste, dass ich nicht nur ein Clown war, sondern ein Hohlkopf.

Als meine Tante Haschisch anbot, nahm ich erleichtert an, denn ich wusste nicht recht, wie ich mich elegant aus ihrer Ménage-à-trois ausklinken sollte. Unter dem Einfluss des Haschisch empfand ich es als vollkommen normal, dass später am Abend, als der promovierte Maoist sich verabschiedete, sogar von mir, BFD noch blieb. Meine Tante schloss hinter dem promovierten Maoisten die Tür. Was für ein wunderschöner Abend. Bis morgen …, sagte sie zu mir.

Sie nickte BFD zu, der sich erhob, mir etwas spöttisch den Kopf zuneigte und ihr ins Schlafzimmer folgte. Durch die Tür konnte ich hören, wie sie lachten – zweifellos über mich. Ich lachte mit. Schließlich war ich der Flüchtling, nicht der Revolutionär, der Hinterwäldler, der verblödete Neffe aus der

Kolonie, der bescheuerte Bastard, der so provinziell und prüde war, dass ihn sogar auf seiner Haschischwolke der Gedanke schockierte, dass seine Tante mit einem Politiker oder sonst einem Mann schlief, auch wenn er ein Sozialist war.

Noch später am Abend, als ich auf dem Sofa lag, explodierte in meinem Kopf schließlich die Zeitbombe einer Lektion. Ich versuchte gerade einzuschlafen, als ich mich plötzlich an einen Lehrer am Lycée erinnerte, der seinen Abschluss in den Dreißigerjahren in Paris gemacht hatte. Wir Schüler verehrten und beneideten ihn. Tatsächlich war unsere feuchtheiße Kolonie von Verehrung und Neid durchdrungen wie jede andere Kolonie auch. Die Kolonisatoren sahen sich selbst als Götter, und die einheimischen Mittelsmänner, die ihnen dienten, wie mein Lehrer, hielten sich für Priester und Jünger. Kein Wunder, dass die Kolonisatoren auf uns als Wilde, Kleinkinder oder Schäfchen herabblickten und wir zu ihnen als Halbgötter, Lehrmeister oder Unmenschen aufblickten. Die Gefahr bei der Verehrung von Menschen ist natürlich, dass sie sich schließlich als Menschen mit Fehlern entpuppen, und an diesem Punkt bleibt dem Gläubigen keine andere Wahl, als die gefallenen Idole zu töten oder bei dem Versuch zu sterben.

Manche von uns liebten die Franzosen, unsere Gönner, und manche hassten die Franzosen, unsere Kolonisatoren, aber wir alle waren von ihnen verführt worden. Es ist schwierig, von jemandem geliebt zu werden, wie sich die Franzosen unsere Beziehung vorstellten, oder von jemandem missbraucht zu werden, auch wenn die Franzosen das Gegenteil behaupteten, ohne von ihrer Hand geformt und ihrer Sprache berührt zu werden. Und so lernten wir die französische Literatur und Sprache unter der Anleitung dieses Lehrers kennen, der tatsächlich den Boden von *La Gaule* betreten hatte, um als Stipendiat in unserem Mutterland das Beste der französischen Kultur in sich aufzusaugen. Er kehrte als triefend nasser Schwamm zu uns umnachteten Eingeborenen zurück, um uns die von etwaigen Revolutionsträumen fiebrige Stirn zu kühlen.

Ah, die Champs-Élysées, schwärmte der Schwamm. Oh, der Eiffelturm!

Und auch wir gerieten alle ein bisschen ins Schwärmen und träumten davon, eines Tages an Bord eines Dampfschiffs mit nichts als einem Koffer, einem Stipendium und einem Minderwertigkeitskomplex in die Metropole aufzubrechen.

Ah, Voltaire!, so der Schwamm überschwänglich. Oh, Descartes! Oh, Rousseau!

Tatsächlich lasen wir im Unterricht des Schwamms diese Meister im französischen Original, und wir glaubten ihm, dass das Größte in Literatur und Philosophie universal und dass das Größte vom Größten die französische Literatur und Philosophie sei und, indem wir uns die französische Literatur, Philosophie und Sprache aneigneten, auch wir eines Tages Franzosen werden könnten, wenngleich die Unterweisung im Kanon durch unser koloniales Umfeld verkompliziert wurde. Von Descartes lernte ich zum Beispiel: Ich denke, also bin ich. Aber ich lernte auch, dass in einer in Körper und Geist getrennten Welt wir Vietnamesen von unseren Körpern beherrscht wurden, weshalb die Franzosen uns mit ihrem Geist beherrschen konnten. Von Voltaire lernte ich, es sei am besten, seinen eigenen Garten zu hegen und zu pflegen. Das konnte vieles bedeuten. So, wie die Franzosen es uns lehrten, bedeutete es, sich um seinen eigenen Kram zu kümmern und sich mit seiner kleinen Parzelle zufriedenzugeben, während die Franzosen sich unserer gesamten Kolonie annahmen und uns *Candide*-artige Gräuel zufügten. Rousseau war vielleicht der, von dem ich am meisten lernte, denn als ich im Umerziehungslager unter Mans unbarmherziger Anleitung mein Geständnis aufschrieb, kamen mir plötzlich Rousseaus eigene Bekenntnisse in den Sinn:

> *Ich beginne ein Unternehmen, welches beispiellos dasteht und bei dem ich keinen Nachahmer finden werde. Ich will der Welt einen Menschen in seiner ganzen Naturwahrheit zeigen, und dieser Mensch werde ich selber sein … Ob die Natur recht oder unrecht gethan hat, die Form, in der sie mich gegossen, zu zerbrechen, darüber wird man sich erst ein Urtheil bilden können, wenn man mich gelesen hat.*

Danke, Jean-Jacques! Du hast mich angespornt, mir selbst treu zu bleiben. Auch wenn ich ein hundsgemeiner Bastard war, so war ich wie kein anderer hundsgemeiner Bastard in der Geschichte, nicht vorher und nicht nachher. Ich lernte Bekenntnisse zu lieben, und ich gestehe vollumfänglich meine Gewaltverbrechen, die Folter und den Verrat, wie sie uns die französischen Herren durch Folter und Verrat gelehrt haben, während sie ihre eigenen Ideale verrieten.

Diese komplizierten Lektionen wurden noch jedes Mal verstärkt, wenn ich den geheiligten Boden des Lycée verließ, mit einem französischen Buch unter dem Arm durch Saigons Straßen ging und in der Sprache von Dumas, Stendhal oder Balzac beleidigt wurde. Jeder Franzose und jede Französin, jedes Kind, ob arm oder reich, ob schön oder reizlos, durfte uns nennen, wie es ihm oder ihr passte, und tat dies gelegentlich auch. *Gelbe Drecksau! Schlitzauge!* Menschen mit den vollkommenst geformten Lippen und den weißesten Zähnen, angetan mit dem schönsten, zierlichsten Schuhwerk, konnten uns mit diesen Samen bespucken, die unter unserer verunreinigten Haut fruchtbare Wurzeln schlugen. Ho Chi Minh, der das ebenfalls erfahren musste, drückte es am besten aus, als er schrieb, dass wir, die Kolonisierten in Afrika und Asien, für unsere Herren »nur dreckige Nigger und dreckige Annamiten waren, die höchstens dazu taugten, Rikschas zu schieben oder die Schläge unserer Aufseher zu empfangen«.

Manche von uns ignorierten die Beleidigungen, sie wollten nur, dass unsere Herren uns liebten.

Manche von uns konnten die Beleidigungen nicht vergessen und wollten unsere Herren erschlagen.

Und manche von uns – vor allem ich und ich – liebten und hassten unsere Herren zur gleichen Zeit.

Einen Herrn zu lieben, der dich tritt, ist kein Problem, wenn das die einzige Empfindung ist, die du hast; aber zu lieben *und* zu hassen muss dein kleines dreckiges Geheimnis bleiben, denn den Herren zu lieben, den du hasst, erzeugt in dir unweigerlich Verwirrung und Selbsthass. Deshalb habe ich mich in das Studium des Französischen nie so rückhaltlos vertieft wie in das des Englischen, und seit Verlassen des Lycée fast nie mehr ein Wort Französisch gesprochen. Französisch war die Sprache derer, die uns versklavten und vergewaltigten, wohingegen Englisch etwas Neues war, das die Ankunft der Amerikaner ankündigte, die das Ende unserer französischen Erniedrigung bedeutete. Das Englische beherrschte ich ohne Zwiespalt, weil es nie uns beherrscht hatte.

Und jetzt in Paris, dem Land meines Vaters, wurde mir in der Gesellschaft des Sozialisten BFD und des promovierten Maoisten plötzlich klar, dass ich von den Weißen nicht bloß als ein anderer *gesehen* wurde. Sie *hörten* mich als einen anderen, denn wenn ich den Mund öffnete und das herrliche Porzellan ihrer französischen Sprache zerbrach, hörten sie, was der Dichter und Wunderknabe, der Waffenschmuggler und Sklavenhändler Rimbaud gehört haben musste und dann von einem namenlosen afrikanischen oder orientalischen Reisenden abkupferte: *Ich ist ein Anderer.*

Die Franzosen hatten keinen Grund, uns zu verdammen. Solange wir ihre Sprache sprachen, verdammten wir uns selbst.

Ich, der andere, erwachte aus dem Schlaf, aber es war, als ob ich – oder ich – noch träumte, denn ich konnte durch meine Augen sehen, aber ich konnte mich und mich auch durch die Augen meiner Tante und die von BFD sehen. Sie kamen zerknautscht, aber doch elegant aus dem Schlafzimmer, mich hingegen sahen sie einfach nur zerknautscht. BFD trug einen blauen Samtmorgenrock wie ein Boxer nach einem Sieg, ein postkoitales Kostüm, das meine Tante für alle ihre Besucher bereithielt. Sie selbst trug einen grauen Satinmorgenmantel und hatte um die Haare einen Turban aus dem gleichen Material geschlungen, ein Outfit, das ein Filmstar aus der Schwarz-Weiß-Ära zwischen zwei Aufnahmen getragen haben könnte. Sie plauderten freundlich miteinander, rauchten, tranken den Katzenkaffee und blätterten die Zeitungen durch. BFD hatte an dem Kaffee geschnüffelt, seine Zungenspitze eingetunkt und dann gelacht, worauf ich ihn in meiner Fantasie erwürgte. Mache dich nie über das Essen und die Getränke einer anderen Kultur lustig, das ist eine Todsünde. Brütend saß ich vor meinem Kaffee und meinem Toast und achtete kaum auf ihre Unterhaltung. Nur einmal merkte ich auf, als die Begriffe *le haschisch* und *les boat-people* fielen.

Auf Letztere kamen sie wegen eines Artikels in *L'Humanité* zu sprechen, der von meiner Tante bevorzugten Zeitung (BFD war *Libération* lieber, aber *L'Humanité*, sagte er, sei auch in Ordnung). BFD hielt die Zeitung hoch und zeigte auf die Schlagzeile über *les boat-people* und das Foto eines auf dem Meer treibenden Kutters, vollgepfropft mit meinen Landsleuten wie eine U-Bahn zur Rushhour. Doch während der Fahrgast darin nur ein paar Minuten aushalten muss, waren meine Landsleute Tage und Wochen Sonne, Wind und Regen ausgesetzt, wurden regelmäßig von Piraten heimgesucht, die sich die saftigsten Frachtstücke aussuchten, und ständig schwammen Haie neben ihnen her, die sehnsüchtig das frische Fleisch in der Auslage betrachteten.

Sehr traurig, sagte BFD sehr geflissentlich und sehr laut, wobei sich seine Lippen in übertriebener Zeitlupe bewegten. *Du auch. Du bist auch einer dieser Boatpeople. Wie die. Sehrrr traurig. Die haben nichts. Wir haben alles. Wir müssen denen helfen. Wir müssen dir helfen.*

Er zeigte mit dem Finger auf mich, als sagten nicht seine Worte schon alles. Ich rang mir ein Lächeln ab und schluckte den Groll hinunter, der nach Blut schmeckte – das heißt, so schlimm, wie man sich womöglich vorstellt, ist das nicht, schließlich essen viele Menschen liebend gern fast rohes, safttriefendes Fleisch. Sein Mitleid war so heiß, dass es mich nicht wärmte. Vielmehr kochte ich. Der Dampf zischte aus meinen Ohren, nachdem ich meinem Mund nach einigen wenigen versöhnlichen Worten, die ich mir abpressen konnte, wieder geschlossen hatte. Wie konnte ich ihm sagen, dass die sogenannten Boatpeople sich bereits selbst geholfen hatten, indem sie die Boote überhaupt bestiegen hatten? Wie konnte ich ihm sagen, dass ich nicht als »Boatpeople« bezeichnet werden wollte, ein Begriff, der so übermächtig war, dass sogar die anglophoben Franzosen ihn sich einfach ausgeborgt hatten und so regelmäßig benutzten wie *un jean* und *le week-end*?

Ich gehörte nicht zu den Boatpeople, es sei denn, die englischen Pilger, die vor religiöser Verfolgung auf der *Mayflower* nach Amerika geflohen waren, waren auch Boatpeople. Diese Flüchtlinge hatten zufällig das Glück gehabt, dass die schon bald unglückseligen Eingeborenen keine Kamera hatten, um den übel riechenden, halb verhungerten, unrasierten und verlausten Haufen zu fotografieren, der sie waren. Dagegen war unser Elend für alle Zeit in *L'Humanité* dokumentiert, wo wir als alles Mögliche abgebildet waren, nur nicht als Menschen. Nein, die Boatpeople waren keine Menschen, sie erfuhren nicht die Gunst eines romantischen Malers, der sie in Öl festhielt, wie sie verwegen am Bug ihrer untergehenden Schiffe standen und mit dem Edelmut griechischer Helden den monströsen Elementen trotzten, um schließlich im Louvre bewahrt zu werden, von Touristen bewundert und von Kunsthistorikern studiert. Nein, Boatpeople waren Opfer, Objekte des Mitleids, auf Zeitungsfotos für immer festgehalten. Ein Teil von mir, das Baby meiner Mama, wollte dieses Mitleid. Aber der Teil von mir, der ein erwachsener Mann war, wollte und verdiente kein Mitleid, wollte auch nicht Opfer genannt werden und verdiente nicht, als solches betrachtet zu werden, nicht nach all meinen Taten und Untaten. Wenn der Preis ist, nur als Mensch anerkannt zu werden, weil man bemitleidenswert ist, dann zum Teufel mit der Menschlichkeit! Ich war ein hundsgemeiner Bastard – kapiert das!

Aber stattdessen sagte ich nur: Danke. Ja, bitte helft ihnen.

BFD stand auf, um zu gehen. Er war zufrieden, weil er mir und meinem Volk nicht nur unsere bemitleidenswerten Plätze zugewiesen hatte, sondern auch, weil er mich dazu gebracht hatte, ihm für seine Herablassung zu danken. Mir kam der Gedanke, dass mein Französisch zwar ungelenk war und er mein Vietnamesisch nicht verstehen konnte, ich aber fließend Englisch sprach und dass einen Franzosen nichts so sehr erniedrigte und folglich wütend machte, wie die englische Sprache zu hören. In einem Winkel jeder französischen Seele lümmelte ein Amerikaner, der hin und wieder leise hüstelte, um den Franzosen an ihre gemeinsame Geschichte zu erinnern, beginnend mit der Unterstützung, die die Franzosen den mitleiderregenden amerikanischen Emporkömmlingen bei deren Revolution gegen die Engländer zukommen ließen, nur um ihrerseits die Hilfe ebendieser Amerikaner zweimal in den Weltkriegen zu benötigen. Schließlich kam »Indochina«, was immer das Wort bedeutete, da wir weder Inder noch Chinesen waren. Dieses Phantasma Indochina übergaben die ausgelaugten Franzosen den inzwischen sehr lauten Amerikanern. Wie muss es schmerzen, an den Niedergang des eigenen Imperiums erinnert zu werden, indem man mit dcm Aufstieg eines neuen konfrontiert wird! O ja, Englisch war in diesem Fall eine Beleidigung und eine Kampfansage, besonders von jemandem wie mir, der noch nicht einmal Amerikaner, sondern »Indochinese« war.

Also sagte ich in perfektem amerikanischem Englisch: Haben Sie gerade über Haschisch gesprochen? Zufällig habe ich nämlich etwas dabei, das obendrein von bester Qualität ist.

BFD zögerte. Dieser gelbe Papagei überraschte ihn. Der aalglatte Franzose hätte mich auf Französisch abblitzen lassen können, aber gegen die Versuchung, mir zu beweisen, dass er gleichfalls Englisch sprechen konnte, war er machtlos. Nun ja, es stimmt, ich habe eben zu Ihrer Tante gesagt, dass uns unser … Lieferant … abhandengekommen ist.

Vor sechs Monaten, fügte meine Tante hinzu. Hat uns ohne ein Wort sitzenlassen. Ihr fließendes Englisch war wie das von BFD mit einem charmanten französischen Akzent garniert, der meinem aber trotzdem unterlegen war, denn ich konnte das amerikanischste aller Wörter – *hee-haw!* – aussprechen, was die meisten Franzosen nicht konnten, außer sie bemühten sich mit einem Höchstmaß an Konzentration darum, das *h* hörbar zu machen. Ich schätze, sagte meine Tante, das bedeutet nichts Gutes für unseren Lieferanten.

Es sei denn, er hat die Religion für sich entdeckt, sagte ich.

Das bezweifle ich. Saïd interessiert nur Geld. Apropos, wenn ich so unhöflich sein darf …

Nein, nein, nein, sagte ich, wobei ich instinktiv wusste, dass jemand wie BFD, ein Politiker, die Ware nicht kaufen würde, zumindest nicht von mir. Ich hielt das kleine Aluminiumbriefchen, das der Boss mir für meine Tante mitgegeben hatte, zwischen den Fingern. *Das* – der Schein der Lampe ließ das Aluminium aufleuchten wie einen Blitz in der Ferne – *das* ist ein Geschenk.

DRITTES KAPITEL

Oh, was für eine Migräne! Und die war nicht nur auf die beiden Löcher in meinem Kopf zurückzuführen, sondern auf den langanhaltenden Kater und die an jenem Morgen getroffene undurchdachte Entscheidung. O mein Gott – oder mein Karl Marx oder mein Ho Chi Minh: Was hatte ich getan? Wie der General mir einst gesagt hatte: Nichts kommt dich so teuer zu stehen wie das, was du gratis bekommst. Wie wahr angesichts der Tatsache, dass er auch meine Loyalität gratis bekommen hatte. Und doch hatte ich ihn ausspioniert (nicht zu reden davon, dass ich Lana verführt hatte). Ich war sein Adjutant, Saigon stand kurz vor dem Fall, und obwohl er ein Verbündeter der Amerikaner war, sprach er von den Gefahren ihres gratis geleisteten Beistands, obwohl ihre Hilfe immer jede Menge kostete. In unserem Fall, dem Südvietnams, hatten wir den von den Amerikanern gewünschten Krieg gegen den Kommunismus geführt, nur um miterleben zu müssen, wie sie in der Stunde der größten Not die meisten von uns im Stich ließen. Also: Wer zahlte für dieses Geschenk, und wie viel? War das der Beginn meines Niedergangs, nachdem ich kaum begonnen hatte, mich aus meiner Knechtschaft als dreifacher Flüchtling hochzuarbeiten? Meine Absicht war, BFD für zukünftige Drogengeschäfte zu ködern, auch wenn diese über meine Tante abgewickelt werden müssten. Er hat einen Ruf zu schützen, hatte sie erklärt, nachdem sie die Tür hinter ihm geschlossen hatte. Er ist der Bürgermeister des dreizehnten Arrondissements.

Umso besser. Ich schmeckte den salzigen Geschmack der Rache, und die wollte ich, auch wenn sie mir Durst und schlechten Atem bescherte. Aber machten mich meine Rachegelüste gegenüber dem Sozialisten zum gemeinsten aller Verbrecher? Nein, nein, nicht zu einem Drogendealer, das war nur eine Sache schlechten Geschmacks. Ich meine, wurde ich zu einem *Kapitalisten*, was eine Sache schlechter Moral war? Vor allem weil der Kapitalist, anders als der Drogendealer, seine schlechte Moral niemals erkennen oder sie wenigstens zugeben würde. Ein Drogendealer war nur ein Kleinkrimineller, der Einzelpersonen im Visier hatte, und ob er sich dessen nun schämte oder nicht, so erkannte er in der Regel doch die Illegalität seines Gewerbes. Aber ein Kapitalist war ein legalisierter Krimineller, der Tausende, wenn nicht Millionen ins Visier nahm und für seine Raubzüge keinerlei Scham empfand. Vielleicht konnte das nur jemand wie der promovierte Maoist verstehen, und tatsächlich verstand er es so gründlich, dass er später an jenem Nachmittag meine Tante anrief und sich nach der Ware erkundigte, von deren Qualität ihm BFD erzählt hatte. Anders als BFD machte er sich um seinen Ruf offenbar keine Sorgen. Wenn überhaupt, dann mehrte er als allseits bekannter Haschischraucher seinen Ruf als promovierter Maoist wahrscheinlich noch.

Dein Produkt ist offenbar erstklassig, sagte meine Tante mit leicht tadelndem Unterton, als sie den Hörer auflegte. Ich hätte gegen eine Kostprobe auch nichts einzuwenden.

Mal sehen, was ich tun kann, erwiderte ich, während in die offenen Arme meines Gehirns schon ein Plan hüpfte, was seit langer Zeit nicht mehr vorgekommen war. Was meine Tante anging, hatte sie ihre eigenen Pläne für mich.

Ich habe einen Freund, der unterrichtet Einwanderer in Französisch, sagte sie. Du musst deines aufpolieren. Du bist ein halber Franzose und solltest die Sprache deines Vaters genauso gut beherrschen wie Englisch. Und in diesem Restaurant kannst du nicht ewig arbeiten. Solltest du jedenfalls nicht. Nicht, dass an Arbeit in einem Restaurant etwas falsch wäre. Aber du hast Talente für Größeres.

Ich dachte an meine Karriere als Spion, an meine Pläne und Manipulationen, meine Ideale und Illusionen, meine Entscheidungen und Missgriffe. Mein Leben als Revolutionär und als Spion war dazu bestimmt, eine Frage zu beantworten, die ich von diesem Vorreiter der Revolution Lenin geerbt habe, jene eine Frage, die mich seit meiner Zeit im Lycée angetrieben hat: WAS TUN? In meinem Fall hatte ich zwei Menschen getötet, beide unschuldig oder fast unschuldig, und ich war schuldig oder fast schuldig. Ich hatte beide auf Geheiß des Generals getötet, der den Fehler begangen hatte, mir so weit zu vertrauen, dass er mich zu einem Offizier der Spezialeinheit machte, deren Aufgabe es war, Kommunisten und Dissidenten aufzuspüren. Er hatte mich nie als Spion verdächtigt, nicht in unseren Jahren in Saigon und nicht in den Jahren danach, als ich mit ihm und seiner Familie nach Los Angeles floh. Als Man mir befahl, mit dem General nach Amerika zu gehen, hatte er recht gehabt: Der General und seine Männer setzten den Krieg von dort aus fort und versuchten, unser Heimatland zurückzuerobern und die Revolution niederzuschlagen. Würde man Preise für den besten Darsteller an Spione vergeben, hätte ich einen verdient gehabt, denn ich war gewandt genug gewesen, den General davon zu überzeugen, dass der wahre Spion mein Kollege in der Geheimpolizei war, der maßlose Major. Und als der General entschied, dem maßlosen Major eine einfache Fahrkarte ins Jenseits auszustellen, suchte er mich als Boten aus.

Ich hatte zwar nicht den Abzug gedrückt, als mich der maßlose Major in seiner Einfahrt anlächelte – das hatte Bon erledigt –, aber ich war für seinen Tod verantwortlich.

Den zweiten Mann, den ich tötete, Sonny, hatte ich kennengelernt, als wir beide in den Sechzigerjahren Auslandsstudenten in Südkalifornien waren. Er war ein linker Aktivist und ich ein Kommunist, der vorgab, Mitglied der Rechten zu sein. Sonny war schlauerweise in Kalifornien geblieben und Journalist geworden, ein in unserem eigenen Land riskanter Beruf. Aber dieses unser Land war ihm auf die Spur gekommen, nachdem ich mit dem General nach Amerika geflohen war. Der General verdächtigte Sonny, ein kommunistischer Agent zu sein, und wieder bestimmte er mich zu seinem Botenjungen. Wenn ich, sein überkompetenter, superantikommunistischer Adjutant, mich geweigert hätte, wäre ich in seiner paranoiden Fantasie zu Recht verdächtig gewesen. Ich hatte Sonny aus nächster Nähe erschossen, und seither wurde ich von ihm und dem maßlosen Major in Abständen heimgesucht. Von Zeit zu Zeit meldeten sich ihre Stimmen klar vernehmbar aus dem rauschenden Kanal meines Unbewussten.

Talente? Mein Lachen hörte sich selbst für mich bizarr an. Welche Talente?

Meine Tante schaute betroffen, ihr *sang* jetzt nicht mehr so *froid*. Du kannst schreiben, sagte sie. Ich habe dein Geständnis fast ganz gelesen, mir bleiben nur noch dreißig oder vierzig Seiten.

Aber du hast es doch erst seit gestern Abend.

Ich bin Lektorin. Ich lese schnell und schlafe nicht viel.

Und?

Ich glaube, du liebst deine Mutter. Ich glaube, du hast ein Problem mit Frauen. Ich glaube, du bist von Man ein bisschen hart angefasst worden, aber vielleicht hatte er keine andere Wahl.

Trotzdem glaube ich, dass du zu verführt warst von der amerikanischen Kultur. Du hast als Doppelagent und Spion ein gefährliches Leben geführt, und du warst, wie du schreibst, ein Mann mit zwei Gesichtern und zwei Seelen. Ich frage mich, in welches Gesicht ich gerade jetzt schaue. Und ob man dir trauen kann.

Ich könnte sagen, ja, du kannst mir trauen, aber ich traue mir ja nicht einmal selbst.

Das ist eine ehrliche Antwort. Also, was soll ich deiner Meinung nach mit dir anfangen, mit jemandem, der für jeden Mitgefühl aufbringen kann? Ich habe dich in meinem Haus willkommen geheißen, weil du mein revolutionärer Genosse warst. Aber du bist nicht mehr mein Genosse, oder?

Du hast gelesen, was die Revolution mir angetan hat.

Ich habe gelesen, was du sagst, dass die Revolution dir angetan hat. Aber glaubst du nicht, dass die Revolution vielleicht Grund hatte, dir zu misstrauen? Dass du tatsächlich zu amerikanisiert warst oder bist? Sogar hier in Frankreich laufen wir Gefahr, amerikanisiert zu werden. Der *American Way of Life!* Iss zu viel, arbeite zu viel, kaufe zu viel, lies zu wenig, denke noch weniger und stirb in Armut und Unsicherheit. Nein danke. Begreifst du nicht, dass die Amerikaner auf diese Weise die Welt übernehmen? Nicht nur mit ihrer Armee und ihrer CIA und ihrer Weltbank, sondern durch diese ansteckende Krankheit namens Amerikanischer Traum? Du warst infiziert und hast es kaum bemerkt. Du warst ein Süchtiger, und Man musste dich heilen. Unglücklicherweise ist die Heilung einer Sucht immer schmerzhaft.

Ich war sprachlos. Sie hatte mein Geständnis gelesen und das daraus geschlossen? Dann habe ich also unrecht, sagte ich, und die Revolution hat mich zu Recht bestraft?

Vom Standpunkt der Lektorin aus gesehen, kann ich Mans Methoden nur bewundern. Meine Tante zündete sich eine

Zigarette an und lächelte. Wenn ich meine Autoren nur dazu bringen könnte, so schnell so viele Seiten zu produzieren. Seiner Strenge kann man nur Respekt zollen, oder etwa nicht?

Ich, der ich für jeden Mitgefühl aufbringen konnte, wollte mehr als alles andere, dass jemand für mich Mitgefühl aufbrachte. Ich hatte fest geglaubt, meine Tante sei sanfter als der Mann, für den ich in Amerika spioniert hatte, und auch als der Kommissar in dem Lager, in dem ich später interniert wurde, der Mann ohne Gesicht, auch bekannt als mein bester Freund und Blutsbruder Man, dem eine verirrte Napalmbombe einen großen Teil seiner Menschlichkeit genommen hatte. Er empfand viel Mitgefühl für mich. Man kannte mich sehr gut, besser als jeder Priester oder Psychoanalytiker, aber er hatte dieses Wissen benutzt, um mich zu verhören und zu foltern. Anders als er würde meine Tante mich wahrscheinlich nicht foltern. Aber wenn sie mich nicht verstehen konnte, wer dann?

Vielleicht, sagte ich, sollte ich noch etwas Haschisch besorgen.

Der hämorrhoidale Angestellte ächzte gequält, als er mich um fünf Uhr nachmittags eintreten sah. Er riss ein Streichholz an, die Flamme flackerte auf, sog mit einem Zischen kurz und tief Luft ein, und im gleichen Augenblick, als er seine Zigarette anzündete, entzündete sich auch in mir etwas – die Lunte eines Komplotts, die lange Schießpulverspur in einem Kindercomic, die zum explosiven Höhepunkt führte.

Kann ich den Boss sprechen?

Will er dich sprechen?

Sag ihm einfach, dass ich einen Vorschlag für ihn habe.

Der Boss ließ mich eine Stunde warten, nur um mir klarzumachen, wo sich in seinem Warteraum mein Steh- oder Sitzplatz befand. Wenigstens wartete man in Frankreich auf einem Stuhl sitzend, statt sich auf seine durch lebenslangen Stuhlmangel muskulösen Fersen hocken zu müssen. Wie oft – besonders, wenn ich auf ihrem Rücken hing – hatte ich meine Mutter auf ihren Fersen hocken sehen, die Füße flach auf dem Boden, den Oberkörper leicht vorgebeugt, um das Gleichgewicht zu halten? Stundenlang konnte sie so dahocken, in eine Haltung gezwungen, die die meisten Menschen aus dem Westen nicht länger als eine Minute durchhalten würden. Sie summte mir etwas vor, schaukelte mich sanft und sang Schlaflieder für mich. Später, als ich älter war, erzählte sie mir Märchen, rezitierte Sprichwörter und Gedichte, während wir die ganze Zeit durch einen feinen, klebrigen Schweißfilm miteinander verbunden waren. Jedes Mal, wenn ich irgendwo wartete, dachte ich an ihre grenzenlose Geduld, deren Grund aber nicht die Person war, die sie warten ließ, sondern ich, der mit ihr zusammen warten musste, wohin sie auch ging. Als ich zu schwer für ihren Rücken geworden war, hockte ich mich neben sie und all die anderen Menschen. Dann kam ich aufs Lycée und wurde dort Teil der Klasse, die nicht mehr hockte, sondern sich das Recht nahm, auf Stühlen zu sitzen.

Als ich schließlich ins Büro gerufen wurde, war mein Hintern schon leicht wund gesessen von der harten Schale des Plastikstuhls, dessen ergonomisches Design sich an den runden Hintern westlicher Menschen orientierte und nicht an den flachen derer aus dem Osten. Der Boss saß auf einem gut gepolsterten Stuhl und prüfte die Zahlen in einem Kassenbuch, das vor ihm auf dem sauberen Schreibtisch lag. Es ging das Gerücht, er habe nie eine Schule besucht, sondern sei auf der Straße unterrichtet worden, und was er da nicht gelernt habe, habe er sich selbst beigebracht. Die Vorstellung, was mit einer anständigen Ausbildung aus dem armen, so talentierten und ehrgeizigen Waisenkind hätte werden können, erweichte mir das Herz.

Der Manager eines Investmentfonds!

Der Direktor einer Bank!

Ein Industriekapitän!

Oder, um meinen marxistischen Thesaurus zu bemühen:

Ein Heuschreckenkapitalist!

Ein Blutsauger!

Ein Geldwäscher der Profite, die aus dem Schweiß des Volkes destilliert wurden!

Ich war kein Kommunist mehr, der an eine Partei glaubte, aber ich war immer noch ein Nachfahre von Marx, der an eine Theorie glaubte, und diese Theorie bot die beste zur Verfügung stehende Kapitalismuskritik. Von Kapitalisten zu erwarten, sich selbst zu kritisieren, war wie von Polizisten zu erwarten, sich selbst zu kontrollieren.

Was ist los?, fragte der Boss. Reiß dich zusammen, du verrückter Bastard.

Tut mir leid, murmelte ich oder ich oder vielleicht auch wir.

Hast du den *Kopi Luwak?*

Er nickte befriedigt, als ich die Packung auf den Schreibtisch stellte. Ich beobachtete, wie er die Anatomie der Bohne überprüfte und mit dem Brieföffner einen winzigen Teil des weißen Kerns freilegte. Zufrieden legte er das Werkzeug zur Seite. Noch was?

Das Haschisch …

Grinsend lehnte er sich auf seinem Stuhl zurück. Guter Stoff, was?

Scheint so. Ich selbst habe ihn noch nicht probiert.

Gut. Es gibt Dinge, die solltest du nicht probieren und auch nicht kaufen.

Ich sah mich selbst, wie ich ihm mit der Überschwänglichkeit eines Verkäufers die Situation mit BFD und dem promovierten Maoisten erklärte. Ich habe sie die Ware probieren lassen, hörte ich mich sagen. Meine Schraube war ziemlich locker in diesem Augenblick, und ich verordnete mir genügend Abstand, um mir selbst dabei zuzusehen, wie ich wurde, was ich geschworen hatte, nie zu werden: ein Kapitalist.

Interessant, sagte der Boss und formte mit seinen Fingern einen spitzen Turm. Nicht, dass ich überrascht wäre. Ganz und gar nicht. Sogar solche Leute können meine Ware genießen.

Sie sind auch nur Menschen. Ganz und gar.

Genau! Er war höchst amüsiert, falls das Lächeln auf seinem Gesicht ein Anhaltspunkt war. Sogar die Franzosen sind nur Menschen. Auch die reichen. Besonders die reichen.

Ich bin mir nicht sicher, ob sie reich sind. Sie sind Intellektuelle.

Wenn sie nicht mit ihren Händen arbeiten, sind sie reich. Und dieser Politiker, der ist bestimmt reich. Ich habe von ihm gehört. Er hat das Kommando hier im Arrondissement. So übel wie alle Politiker. Alles schmierige Sozialisten und Salonkommunisten.

Absolut deiner Meinung, sagte ich und setzte mein bestes Jasagergesicht auf.

Er zeigte mir seine Handflächen, die Landkarte seiner Plackerei, die Narben und die Hornhaut seiner persönlichen Geografie. Auch wenn man kein Politiker oder Intellektueller ist, heißt das nicht, dass man mit der Arbeit seiner Hände nicht reich werden kann.

Das ist eine neue Gelegenheit. Ein neuer Markt.

Wachsen oder sterben. Das ist meine Devise.

Eine gute Philosophie.

Er betrachtete die symmetrischen weißen Bögen seiner Nagelhaut, manikürt in seinem eigenen Nagelstudio, und schaute dann mich wieder an. Wenn Augen die Fenster zur Seele wären, dann hatte er hinter seinen die Verdunkelungsvorhänge zugezogen. Was willst du?

Ich wollte Rache, aber da ich mich selbst mit jener Gefühllosigkeit beobachtete, die sogar aus mir selbst einen Fremden machte, hörte ich mich sagen: Du lieferst, ich verkaufe.

Er nannte einen Preis pro Unze. Ich erklärte ihm, dass ich ein Flüchtling mit einem Hilfsarbeiterjob sei – nicht, dass der Job, den er mir beschafft habe, nicht in Ordnung sei, alle Flüchtlinge müssten irgendwo anfangen, und irgendwo sei nun mal unten, wo wir uns zur grenzenlosen Belustigung der Bürger unserer Gastländer in den Hintern treten lassen müssten. Der Punkt war, dass ich nicht das Kapital hatte, um die Ware zu kaufen. Statt mein nicht vorhandenes finanzielles Kapital in seine Ware zu investieren, bot ich ihm mein soziales Kapital an, den Zugang zu den Freunden meiner Tante. Damit würde ich seinen Markt erweitern und ihm Profite bescheren, die er sonst nicht hätte. Halbe-halbe, nach Abzug der Kosten für die Ware.

Hinter den Vorhängen zuckte etwas. Dreißig Prozent.

Vierzig Prozent.

Er amüsierte sich. Fünfundzwanzig Prozent.

Es war schwierig, mit jemandem zu verhandeln, der einen Hammer aus der Schublade nehmen und einem ohne Bedenken oder Zögern die Fingerknöchel oder Kniescheiben zertrümmern konnte. Du bist zu großzügig, sagte ich. Der Boss nickte zur Tür und sagte, ich solle mich bei Le Cao Boi melden, der würde mir die Ware besorgen. Als ich ging, sagte er noch: Du willst das wirklich machen, oder? Ich bin mir nicht sicher, ob dich das weniger oder mehr verrückt macht.

Ich bin nicht verrückt.

Das sagen die Verrückten immer.

Rückblickend ist mir klar, und das müsste auch Ihnen klar sein, dass das immer schon prekäre Gleichgewicht zwischen meinen beiden Seelen plötzlich zu stark nach rechts kippte, an einen Ort, von wo ich mich dabei beobachten konnte, wie ich mehr und mehr in ein *Ich und nur ich* abdriftete, womit man den Kapitalismus am allerbesten rechtfertigte. Machte mich das verrückt, wie der Boss und viele andere behaupteten? Vielleicht war ich verrückt oder ein bisschen verrückt, oder vielleicht hatte ich einfach ein paar Fehler. Ja, ich habe Fehler, wir alle haben Fehler, sogar Sie, aber ich schiebe meine Fehler auf die Tatsache, dass ich in meinem ganzen Leben nur eins angestrebt habe – *ein Mensch zu sein*. Das war mein erster Fehler, da ich schon ein Mensch war, eine Tatsache, die von anderen nicht immer anerkannt wurde. Vielleicht wollte auch Saïd ein Mensch sein, obwohl er ein Drogendealer war, aber vielleicht war er auch intelligenter als ich und betrachtete sein Menschsein als selbstverständlich, was ihm erlaubte, Drogendealer zu sein, da er ja nichts zu beweisen hatte. Jetzt war er verschwunden und hatte eine Gelegenheit zurückgelassen, eine Leerstelle im Markt. Jemand würde diese Leerstelle irgendwann füllen. Warum nicht ich?

Als ich im Restaurant eintraf, erwartete mich eine Antwort auf meine rhetorische Frage: ein quadratisches, gut verschnürtes braunes Papierpaket von der Größe eines Croque Monsieur. Le Cao Boi schob es über die Theke. Freut mich, dass du dabei bist, sagte er. Sein regungsloses Gesicht glich dem einer Statue, in den Gläsern seiner Sonnenbrille schwebten die verschwommenen Geister von mir und mir. Gleichfalls regungslos nahm ich das Paket an mich und ließ es in meine Jackentasche gleiten, wo es sich mit der Geduld einer Pistole an meine Hüfte lehnte, vollkommen davon überzeugt, dass es früher oder später einmal gebraucht werden würde.

Bon verfolgte die Transaktion von einem Tisch aus, wo er mit der Präzision eines Chemikers die Sojasoßenflaschen nachfüllte. Er war die einzige Person in dem öden Restaurant, die saß. Hoffentlich weißt du Schlaumeier, was du tust, sagte er.

Weiß ich natürlich nicht, erwiderte ich und deutete damit auf meine unbeschwerte Art an, dass ich sehr wohl wusste, was ich tat, auch wenn ich es in Wahrheit nicht wusste. Außerdem kann ich so mein Französisch verbessern. Nichts macht Menschen redseliger als ein gemeinsamer Rausch.

Um dein Französisch aufzupolieren, könntest du einfach Unterricht nehmen.

Stimmt, aber hast du mir nicht immer erzählt, dass man in Büchern nicht alle Antworten findet?

Ich sag dir, was du in Büchern auch nicht findest, sagte Le Cao Boi. Der Boss erwartet mindestens zwanzig Prozent Rendite. Er hasst es, seine Zeit zu verschwenden. Oder seine Ware. Mit anderen Worten, du sorgst besser dafür, dass sich diese kleine Investition rechnet.

Hey, Frischling, rief Sleepy aus der Küche. Die Toilette ist dreckig.

Ich verließ das schlechteste asiatische Restaurant von Paris mit Sleepys Gelächter in den Ohren, dem Geruch von Desinfektionsmittel an den Händen und dem Geschmack von Galle auf der Zunge. Nur ein Schuss Rache konnte diesen Geschmack wegwaschen. Ich würde nicht das unterwürfige asiatische Objekt des Mitleids abgeben, den erbärmlichen oder höflichen kleinen Flüchtling, der bereitwillig von vorn anfing, als Schüler der Sprache unserer Kolonisatoren …

Hey du!

… oder als Kellner oder Hilfskellner oder Tellerwäscher …

DU!

... oder Klempner ...

DU!

Ich erstarrte. Die laute und strenge Stimme richtete sich anscheinend an mich, obwohl ich nicht der Einzige auf der Straße war, der sich umdrehte. Wir wandten uns alle um und sahen zwei Polizisten mit großen Schritten auf uns zukommen. Der vordere zeigte mit dem Finger auf mich. Ich wusste genau, warum. Irgendetwas sendete auf unsichtbaren Ätherwellen ein Signal. Obwohl das Paket in meiner Tasche stumm war, hieß das nicht, dass es nichts zu sagen hatte. Nein, es verströmte Selbstvertrauen, vielleicht sogar einen Hauch von Bedrohung, wie alle wertvollen Dinge. Es hatte Macht über mich, und dessen war es sich wohl bewusst. Ich konnte es natürlich wegwerfen oder auf vielfältige Weise zerstören, und es konnte mich durch nichts davon abhalten – außer durch seine bloße Existenz.

DU!

Die Polizisten rannten plötzlich los, und mein Körper und mein Geist wappneten sich und wurden ziemlich gelassen. Die gleiche Ruhe hatte mich auf dem Boot erfasst, als es auf einer Welle in den Himmel gehoben wurde. *Haschisch,* flüsterte das Paket in meiner Tasche, das nur seinen eigenen Namen kannte. *Haschisch.* Es wusste, dass es im wörtlichen Sinne wertvoller war als ich. Es hatte einen Preis, den die Menschen bereit waren zu zahlen, wohingegen mein Leben fast gar keinen Wert hatte. Da für mich niemand das zahlen würde, was jemand für die Ware in dem Paket zahlen würde, stand ich jetzt in seiner Schuld. Ich wollte gerade vor ihm und den Polizisten kapitulierend die Hände heben, da liefen die beiden an mir vorbei, jeder auf einer Seite und so nah, dass ihre Ärmel mich streiften.

DU!

Tatsächlich riefen sie nicht nach *mir*, sondern nach einer dermaßen ungewaschenen Gestalt mit dermaßen zerzausten Haaren, dass er sich keiner Rasse oder Ethnie zuordnen ließ, was das Ideal der Franzosen war. Jeder konnte Franzose sein, auch ein Obdachloser!

Ein Polizist riss dem verdutzten Penner die Bierdose aus der Hand und stieß ihn gegen eine Wand. Der andere trat ihm so fest in den Hintern, dass der Penner fast zu Boden gestürzt wäre. Währenddessen standen die aufrechten Bürger – auch ich, ganz zu schweigen von mir – daneben und schauten zu. Als der Polizist dem verwirrten Penner die Bierdose gegen den Rücken schleuderte und ihn so mit deren Inhalt besudelte, was den Zweck zu verfehlen schien, ihn in den Augen des Parisers weniger widerwärtig erscheinen zu lassen, wandte ich meinen Blick ab und ging stillschweigend weiter.

In jener Nacht rauchten meine Tante und ich das feinste Haschisch, tranken den feinsten Haut-Médoc und hörten den feinsten amerikanischen Jazz, jene *Black-and-Blue-Music*, die die Franzosen zum Teil deshalb so liebten, weil jede süße Note sie an den amerikanischen Rassismus erinnerte, was sie praktischerweise ihren eigenen Rassismus vergessen ließ. Da auch ich ganz und gar *black and blue* war, zumindest im Innern, waren Nina Simone und »Mississippi Goddam« die perfekte Begleitmusik für mich. Und dann war da noch meine Tante, die mein Geständnis zu Ende gelesen hatte und sich selbst *kind of blue* fühlte. Was ich durchgemacht hatte, ließ sie unberührt: dass ich mit tausend übel riechenden Genossen ein Jahr lang bei Hungerrationen eingekerkert war, gezwungen, ein Geständnis auf- und immer wieder umzuschreiben, dann als Gnadenstoß in Einzelhaft gesperrt wurde, nackt, mit Säcken über dem Kopf und den Händen und Füßen, durch regelmäßige schwache Stromstöße endlos lange wach gehalten, bis ich meinen Körper nicht mehr von meiner Umgebung unterscheiden konnte und schließlich die Zeit selbst ihre Bedeutung verlor, als ich von einer erbarmungslosen Schallattacke bombardiert wurde, der Bandaufnahme eines schreienden Babys, bis ich endlich die Abschlussprüfung ablegen konnte. Es war diese Prüfung, zu der sie schließlich vorgedrungen war, die meine Tante so verstörte, dass sie immer wieder deren einzige Frage murmelte:

WAS IST WERTVOLLER ALS UNABHÄNGIGKEIT UND FREIHEIT?

Wie jeder gute Revolutionär kannte meine Tante die Antwort. Es war Ho Chi Minhs berühmtestes Credo, eine Zauberformel, die Millionen mobilisierte, sich zu erheben und zu sterben, um die Franzosen und dann die Amerikaner zu vertreiben, um das Land zu vereinen und zu befreien. Nachdem sie die Frage gemurmelt hatte, deklamierte sie die Antwort, zunächst als die Beschwörungsformel, als die sie gesprochen werden sollte:

NICHTS IST WERTVOLLER ALS UNABHÄNGIGKEIT UND FREIHEIT!

Und dann erneut mit anschwellender Stimme als Frage:

NICHTS IST WERTVOLLER ALS UNABHÄNGIGKEIT UND FREIHEIT?

Genau, sagte ich traurig, schüttelte den Kopf und erzählte ihr gratis, was zu lernen mich so viel gekostet hatte. Tatsächlich ist *nichts* wertvoller als Unabhängigkeit und Freiheit.

Nein, nein, nein! Nichts *ist* wertvoller als Unabhängigkeit und Freiheit – ich meine, Unabhängigkeit und Freiheit sind *wichtiger* als nichts, nicht andersherum.

Du hast mein Geständnis gelesen. Ich seufzte, dann nahm ich einen so tiefen Zug von der veredelten Zigarette, dass meine Lungen knisterten. Der Rauch, den ich ausstieß, erinnerte mich daran, dass sich alles Feste schließlich in Luft auflöst. Hast du nichts gelernt?

Halt den Mund, schrie sie. Gib mir die Zigarette.

Ergibt *nichts* nach Haschisch nicht mehr Sinn?

Nein. Nach deinem Geständnis ergibt nichts mehr den geringsten Sinn.

Natürlich tut es das. Wie die meisten Menschen weigerst du dich nur, den Sinn von nichts zu verstehen. Wenn du wie ich die Umerziehung durchlaufen hättest, unter den Händen von Man, eines Meisters der revolutionären Theorie, dann würdest du verstehen, dass nichts *widersprüchlich* ist, so wie alles Bedeutungsvolle – Liebe und Hass, Kapitalismus und Kommunismus, Frankreich und Amerika. Überlass es den Einfältigen, nur die eine Seite eines Widerspruchs zu verstehen. Du bist doch nicht einfältig, oder?

Ich hasse dich, stöhnte sie mit geschlossenen Augen. Warum habe ich dich nur in mein Haus eingeladen?

Wenn man darüber nachdenkt, ist das alles ziemlich komisch. Fast so komisch wie der komischste Teil meines Geständnisses, ein Satz, den Man selbst gesagt hat und den man in den Sockel von Ho Chi Minhs Statue meißeln müsste, wenn es denn eine von ihm gibt. Nur dass man ihn nicht veröffentlichen kann, wie so oft, wenn es sich um die Wahrheit handelt: »Jetzt, da wir die Macht haben, brauchen wir keine Franzosen oder Amerikaner mehr, die uns verarschen …«

»Wir verarschen uns jetzt ganz wunderbar selbst«, ergänzte sie.

Ich brüllte vor Lachen, schlug mir auf die Knie und spürte, wie mir die Tränen über die Wangen liefen. Dieses Haschisch war wirklich sensationell! Gib's zu, sagte ich, nachdem ich aufgehört hatte zu lachen. Ist das nicht komisch?

Nein. Sie drückte ihre Zigarette aus. Das ist nicht komisch.

Eine Trompete schmetterte, und ich sah nur noch schemenhaft. Wenn ich in einen Spiegel hätte schauen können, hätte ich mich sicher doppelt gesehen, oder zwei von uns, nicht so sehr *black and blue*, sondern rot und gelb.

Du hast mal an die Revolution geglaubt, sagte sie. Woran glaubst du jetzt?

An nichts, sagte ich. Aber ist das nicht auch etwas?

Du wirst jetzt also Drogenhändler.

Mmh, brummte ich. Sogar in meiner Haschischwolke begriff ich, dass sie mit ihrer Verachtung nicht ganz falschlag. Das ist besser als nichts.

Meine Tante richtete sich aus ihrer halb liegenden Position auf dem Sofa auf und schaltete die Stereoanlage aus. Solange du Revolutionär warst, konnte ich dich hier umsonst wohnen lassen, sagte sie. Als meinen Dienst an der Revolution und als Ausdruck meines Glaubens an die Solidarität. Sie war trotz des Haschischs bemerkenswert eloquent, aber vielleicht hatte ihre Leidenschaft ihre Sinne geschärft. Aber wenn du anfängst, mit Drogen zu handeln …

Fällst du etwa ein moralisches Urteil?

Ich fälle kein moralisches Urteil. Rauche ich etwa kein Haschisch? Manchmal geben Kriminelle die besten Revolutionäre ab oder werden Revolutionäre als Kriminelle verdammt. Aber wenn du kein Revolutionär mehr bist, sondern Drogenhändler, und auf meiner Couch schläfst und ich dich vor Bon schützen soll, indem ich deine kommunistische Vergangenheit vor ihm geheim halte, dann kannst du es dir auch leisten, deine Profite mit mir zu teilen.

Mein Mund, der unter dem Einfluss des Haschisch ohnehin leicht geöffnet war, stand nun sperrangelweit offen.

Was ist?, sagte sie und zündete sich die nächste Haschischzigarette an. Zu widersprüchlich für dich?

Am nächsten Morgen, als ich zu Fuß von der Metro zur Wohnung des promovierten Maoisten ging, hatte ich das zweite Déjà-vu-Erlebnis innerhalb von zwölf Stunden (seltsam, dass selbst meine psychischen Spleens oder Defekte mit Begriffen aus der Herrensprache bezeichnet werden). Das erste hatte ich, als ich meiner Tante anbot, die Profite halbe-halbe zu teilen, und sie mit sechzig-vierzig konterte, eine Bedingung, in die ich ein weiteres Mal einwilligen musste. Das zweite hatte ich in der Straße des promovierten Maoisten, wo mich das gespenstische Gefühl beschlich, schon einmal in dieser Straße gewesen zu sein. Sie erinnerte mich an die Boulevards in Saigon, oder, besser gesagt, Saigons Boulevards erinnerten an eine Straße wie die des promovierten Maoisten. Die Franzosen hatten Saigon im Geiste von Haussmanns Paris entworfen, mit breiten Durchgangsstraßen und Gehwegen, die bezaubernde Bäume und elegante, höchstens sechs oder sieben Stockwerke hohe Wohngebäude mit Balkonen säumten. Unter dem Dach lagen Mansardenwohnungen, in denen man in der Augusthitze Künstler oder die Armen rösten konnte, was bei uns in Saigon das ganze

Jahr über ging. Oh, Saigon, Perle des Orients. So wurde sie jedenfalls genannt, wahrscheinlich von den Franzosen, eine liebevolle Bezeichnung, die wir übernahmen, denn nichts liebten die Menschen eines kleinen Landes mehr als Schmeicheleien, mit denen sie ansonsten nur selten bedacht wurden. Aber manchmal waren wir nicht allein die Perle des Orients, und manchmal waren wir damit nicht einmal gemeint. Ich hatte gehört, dass die Chinesen in Hongkong behaupten, ihr Hafen sei die Perle des Orients, und als ich in den Philippinen war, bestanden die Filipinos darauf, Manila sei die Perle des Orients. Kolonien waren das Perlenhalsband, das den alabasterweißen Hals des Kolonisators schmückte. Mitunter konnte eine Perle des Orients auch ein Paris des Orients sein. Die Pariser und die Franzosen und so ziemlich jeder andere hielten das für ein Kompliment, allerdings war es ein zweifelhaftes, denn es war das einzige, das die Kolonisatoren den Kolonisierten machen konnten. Letzten Endes war Saigon als Paris des Orients nur eine billige Kopie von Haute Couture.

Ich hatte mich in eine derart geifernde Verbitterung hineingesteigert, dass mir praktisch der Schaum vor dem Mund stand, als Paris mich plötzlich auf eine klebrige Art daran erinnerte, worin Saigon ihm bei Weitem überlegen war. *Patsch!* Ich blieb stehen und schaute voller Grauen und Ekel meine Schuhsohle an. Nirgends in Saigon würde der ahnungslose Fußgänger in einen Haufen Hundekot treten können, weil wir laut Statistik Hunde lieber verzehrten, als sie als Haustiere zu halten, und wenn wir es täten, würden wir ihnen nie erlauben, auf der Straße herumzulaufen, aus Angst, dass man sie essen könnte. *Vive la différence!* Hier in Paris trieben sich überall Hunde herum und nahmen sich die Freiheit, ihr Geschäft zu machen, wo immer sie wollten. In diesem Fall hatte irgendein degenerierter Pariser Hundebesitzer, von denen es Tausende gab, den

Prachthaufen fast auf der Türschwelle des Gebäudes zurückgelassen, in dem der promovierte Maoist wohnte. Der Schuhabdruck in der dicken braunen Schicht war perfekt für eine polizeiliche Untersuchung. Ich konnte noch so viel mit der Sohle auf dem Zement herumkratzen, die stinkende Substanz krallte sich in die Rillen des Schuhs. Ich gab auf und zögerte, bevor ich bei dem promovierten Maoisten klingelte. Doch dann erinnerte ich mich an die erste Lektion des Kapitalismus, die zu erlernen für Vietnamesen so schwierig war: Komme nie zu spät. Ich drückte auf die Klingel.

In dem winzigen Aufzug, der für höchstens drei durchschnittlich große Franzosen oder vier durchschnittlich große Vietnamesen oder vielleicht auch für dreieinhalb Eurasier wie mich Raum bot, gab es vor dem Geruch meines Schuhs kein Entkommen. Als der promovierte Maoist mich in seine Wohnung humpeln ließ, tat ich mein Möglichstes, nicht mit der ganzen Sohle aufzutreten – wegen eines verstauchten Knöchels, sagte ich zu ihm. Es war nicht meine Schuld, dass Franzosen nicht so zivilisiert waren wie Asiaten, die aus sehr gutem Grund vor Betreten eines Hauses ihre Schuhe auszogen. In dieser Hinsicht waren die Franzosen mittelalterlich.

Sie haben eine sehr schöne Wohnung, sagte ich in meinem Schnellfeuerenglisch, nachdem er mich in seinem Schnellfeuerfranzösisch begrüßt hatte. Er zögerte, aber schließlich antwortete er auf Englisch. Wie BFD konnte er die Chance nicht verstreichen lassen, jemandem wie mir zu beweisen, dass er die imperiale Lingua Franca von heute beherrschte. Wie BFD sprach der promovierte Maoist ein gutes Englisch mit Akzent. Wie makellos das meine war, wusste er wohl nur zu gut angesichts der gerahmten Filmplakate von *The Big Sleep, Vertigo, King Kong* und *Frankenstein*. Die goldgeränderten Spiegel waren mannshoch, die Möbel hatte das Alter lasiert, das Muster des türkischen Teppichs war verschlungen, und das Parkett ächzte unter den Schritten. All das war angemessenes Dekor für eine Wohnung aus dem achtzehnten Jahrhundert mit freiliegenden Balken und einer Decke, die hoch genug war, um die von einem arbeitsamen Gehirn erhitzte Luft zirkulieren zu lassen.

Fast verzieh ich ihm den französischen Intellektuellen, als er mir zwei Finger hoch von einem fünfzehn Jahre alten Scotch einschenkte, dessen Markenname so gälisch war, dass ich ihn weder buchstabieren noch aussprechen konnte. Bislang hatte ich in Paris mehr Wein als Spirituosen getrunken, und so schloss ich dankbar die Augen, ließ den Zaubertrank in meinem Mund spielen und ihn über meine unterprivilegierte Zunge gleiten. Glücklich übergab ich dem Maoisten die Ware, und die großzügige Seele drehte sofort eine Zigarette damit und bot mir an, sie in kommunistischer Brüderlichkeit mit ihm zu teilen.

Obwohl ich vermute, dass Sie die Kommunisten hassen, fügte der promovierte Maoist hinzu und zündete die Zigarette an. Ich war dankbar für den Wohlgeruch, da er verbarg, dass hier etwas stank, nämlich ich. Ihre Tante hat mir von Ihren Erlebnissen im Umerziehungslager erzählt.

Ich steckte wieder in der Rolle, auf die ich festgelegt war und der ich nicht entkommen konnte: in der des antikommunistischen Patrioten aus Südvietnam, die meine Tarnung als Spion gewesen war. Wie ich mir wünschte, nicht mehr die Rolle des Reaktionärs zu spielen! Ich war kein Kommunist, das konnte ich nicht behaupten, aber bedeutete das auch, dass ich kein Revolutionär sein konnte? Nur weil *eine* Revolution scheiterte, war auch die Revolution an sich tot? Ich hatte mich nicht vor meiner Tante erklären wollen. Für sie und für die meisten selbst ernannten Revolutionäre wie mich war »Revolution« ein magisches Wort, genau wie Gott, das gewisse Boulevards des Denkens ausschloss. Wir glaubten an die Revolution, aber was war das? War es am Ende tatsächlich nichts? Ich wollte, dass meine Tante nichts *verstand* oder dass sie *mir* half, nichts zu verstehen, weil ich dessen Bedeutung bislang nicht ganz verstanden hatte, außer dass es auf seine ganz eigene Art irgendwie revolutionär war. Als Revolutionär ohne Revolution musste ich erst einmal eine neue Geschichte entwerfen. Also sagte ich unter dem Einfluss eines feinen Scotchs und eines ebenso feinen Haschischs, eine Kombination, die ich jedem nur empfehlen kann: Es dürfte Sie überraschen, dass ich die Kommunisten gar nicht hasse. Ob ich glaube, dass sie falschliegen? Ja. Aber ihren Impuls zur Revolution, nun, den kann ich unterstützen.

Ich kann Ihnen gar nicht sagen, wie sehr ich vom Ausgang der Revolution in Ihrem Land enttäuscht bin, erwiderte der promovierte Maoist. Es ist das Gleiche, was unter Stalin passiert ist. Korrumpierte kommunistische Ideale. Die Partei und der Staat haben sich über das Volk erhoben. Wir von der Linken, die wir den amerikanischen Krieg in Ihrem Land abgelehnt haben, hatten gehofft, Ihre Revolution würde das amerikanische Imperium zerschlagen. Aber das amerikanische Imperium besteht fort, und die wahre kommunistische Gesellschaft wurde nicht geschaffen.

Vielleicht stimmt etwas mit der Theorie nicht, wenn man sie nicht in die Praxis umsetzen kann, meinte ich.

Aber sie ist nie wirklich umgesetzt worden. Bedauerlicherweise herrschen noch nirgends die Bedingungen für den wahren Kommunismus. Erst muss der Kapitalismus weltweit gesiegt und sich als die schlechteste Version seiner selbst entlarvt haben, bevor der Kommunismus ihn stürzen kann. Die Arbeiter der Welt müssen begreifen, dass der Kapitalismus nur am Profit interessiert ist, nicht an ihnen, den Arbeitern, und dass er sie zur Profitmaximierung unweigerlich auf die Rolle der Sklaven reduzieren wird. Siehe Marx, *Das Kapital*, Band eins.

Wann wird es zu diesem Triumph des Kapitalismus kommen?

Der promovierte Maoist blies eine Rauchwolke aus. Erst müssen noch große Teile der Welt dem Kapitalismus anheimfallen, bevor es zu einem echten, weltweiten Aufstand der Unterdrückten kommt. Nehmen Sie als Beispiel Afrika. Der Kapitalismus hat Afrika geplündert, erst Sklaven, dann Bodenschätze. Und der Kapitalismus wird Afrika auch weiter grausam ausbeuten. Irgendwoher müssen die billigen Arbeitskräfte für die billigen Waren ja kommen. Und die gleichen Arbeiter müssen dann die teuren, in ihre Länder importierten Waren kaufen, die mit den Rohstoffen aus ihren Ländern produziert wurden. Ach, das Perpetuum mobile der kapitalistischen Fantasie! Aber dadurch bildet sich ein Proletariat und dann eine Mittelkasse, und auch wenn einige der Ärmsten sich aus der vollkommenen Armut befreien können, wird doch die Kluft der Ungleichheit immer größer: Die Reichen werden viel schneller reicher als die sehr Armen etwas weniger arm. Dieser zwangsläufige Prozess steckt im Kapitalismus selbst, was bedeutet, dass die Bedingungen für die Revolution im Kapitalismus selbst angelegt sind.

Haben Sie jemals eine Revolution erlebt?, fragte ich.

Den Mai 68, antwortete er stolz. Ich werde nie vergessen, als überall auf der Welt wir Studenten fast die Welt verändert hätten, bis wir auf etwas trafen, was Althusser – mein Lehrer Louis Althusser – den »repressiven Staatsapparat« nannte. Damals habe ich meine Doktorarbeit bei ihm geschrieben und Barrikaden gebaut. Ich gebe zu, ich habe den einen oder anderen Pflasterstein geworfen. Unser Freund, der spätere BFD, war auch dabei – damals war er noch nicht allein unter seinen Initialen bekannt. Die Polizei – sprich ein Teil des repressiven Staatsapparats – ging mit Tränengas und Schlagstöcken gegen uns vor. Nie werde ich diesen einen Schlag mit dem Gummiknüppel vergessen. Dieser Gummiknüppel hat mich so viel gelehrt wie alle Theorie und Philosophie, durch diesen Knüppel wurde real, was Benjamin – Walter Benjamin – in »Zur Kritik der Gewalt« geschrieben hat, dass sich nämlich der Staat nicht durch das Recht, sondern durch die *Gewalt* legitimiert. Der Staat will Gewalt monopolisieren, das Gewaltmonopol wird Recht genannt, und das Recht legitimiert sich selbst. Die Polizei ist nicht dazu da, um uns, die Bürger, zu schützen, sondern den Staat und seine Herrschaft des Rechts. Deshalb ist die einzige angemessene Reaktion auf den Schlag des Gummiknüppels die Revolution in den Straßen! Die Studentenrevolten in den Straßen überall auf der Welt, von Tokio bis Mexiko City, waren nur der Widerhall der Revolutionen in Algerien und Vietnam, wo die Algerier und die Vietnamesen sich nicht Schlagstöcken, sondern Kugeln entgegenstellten. Die Vietnamesen revoltierten gegen das Monopol der Gewalt ihrer Kolonisatoren. Und dadurch entlarvten sie, dass die Kolonialherrschaft an sich illegitim ist. Sie kämpften nicht nur gegen den repressiven Staatsapparat, sondern auch dagegen, was Althusser den ideologischen Staatsapparat genannt hat, der es schafft, dass wir an seine Gesetze glauben, die gegen unsere eigenen Interessen erlassen wurden. Warum sonst glauben die Arbeiter daran, dass der Kapitalismus gut für sie ist? Warum sonst glauben die Kolonisierten an die Überlegenheit des weißen Mannes? Jener Gummiknüppel bewies mir, dass Che Guevara mit seiner Forderung recht hatte: Wir brauchen überall in der Welt noch Hunderte Vietnams.

Aber in unserem Krieg sind mindestens drei Millionen Menschen gestorben, sagte ich langsam, während mein umwölktes Gehirn versuchte, grundlegende mathematische Berechnungen anzustellen. Wenn man das mit hundert multiplizierte … dann wären das …

Hier endeten meine kognitiven Fähigkeiten, da meine Berechnungen nicht mit diesem zunehmenden Ausmaß an Elend Schritt halten konnten. Ich wusste nicht, ob ich lachen, weinen, schreien oder mich in eine Irrenanstalt einweisen lassen wollte. Auch ich glaubte an alles, was er sagte, aber anders als der promovierte Maoist hatte ich eine Revolution und ihre Folgen miterlebt. Nicht nur im Kapitalismus wurden Fantasiegebilde durch ideologische Staatsapparate erschaffen und von repressiven Staatsapparaten durchgesetzt – der Kommunismus tat dies ebenfalls. Was war ein Umerziehungslager anderes als ein repressiver Staatsapparat, dafür vorgesehen, die Arbeit des ideologischen Staatsapparates auszuführen? Die Aufgabe des Umerziehungslagers war es, dessen Insassen in Menschen zu verwandeln, die schworen, frei zu sein, selbst wenn sie Sklaven waren, und die verkündeten, man habe sie neu erschaffen, obwohl man sie zerbrochen hatte. Che Guevara und der promovierte Maoist sahen die vietnamesische Revolution nur aus der Ferne, mit all ihrem glamourösen Make-up, während ich sie aus der Nähe gesehen hatte, ohne Schminke. Drei Millionen tote Menschen für eine Revolution waren es unter Umständen wert, auch wenn sich das immer leicht sagte, wenn man noch lebte. Aber drei Millionen tote Menschen für *diese* Revolution? Wir hatten einfach den einen repressiven Staatsapparat gegen einen anderen eingetauscht, und der einzige Unterschied bestand darin, dass es jetzt unser eigener war. Ich nehme an, das Entscheidende für einen Maoisten wie den promovierten war, dass man erst den tiefsten Punkt erreicht haben musste, bevor man sich zur Revolte motiviert fühlte. Mein Problem war vielleicht, dass ich dachte, wir Vietnamesen wären unter den Franzosen am tiefsten Punkt angelangt und dann erkannte, dass mit den Amerikanern darunter noch ein weiterer tiefster Punkt existierte, wobei es in Wahrheit sogar *noch* einen weiteren tiefsten Punkt zu entdecken gab – *unseren eigenen*.

Deshalb brauchte ich Whiskey oder einen seiner Verwandten, um das Leben lebenswert zu machen, aber als ich mein Glas anschaute, war es schon leer. Der promovierte Maoist war inzwischen zu high und zu entspannt, um noch auf die gesellschaftlichen Feinheiten zu achten, und statt mein trockenes Gefäß aufzufüllen sagte er: Apropos Kriminelle, ich habe noch nie einen vietnamesischen Drogendealer getroffen.

Ich betrachte mich eher als einen Trendsetter.

Vielleicht liegt das an Ihrem eurasischen Erbe.

Es muss an meinem eurasischen Erbe liegen.

Die Vietnamesen hier sind unglaublich erfolgreich.

Erzählen Sie.

Ärzte, Anwälte, Künstler. Mit krummen Geschäften haben die sich erst gar nicht abgeben müssen. Vielleicht gehört ihre Gesetzestreue zu einer kulturellen Disposition, die ehrbaren Berufe anzustreben. Außerdem sind die Vietnamesen sehr gut darin, das von ihnen betriebene Gewerbe zu verbessern.

Das liegt uns im Blut.

Ironischerweise liegt es vielleicht an ihrer Entwurzelung, dass die Vietnamesen hier nicht mit Drogen dealen oder sie konsumieren. Schließlich zeigt uns ein Blick in die Geschichte, dass es immer ein Bedürfnis nach Rausch gab. China hat Opium, die Araber haben Haschisch.

Da ich nun weder Chinese noch Araber war, war ich mir nicht sicher, wie dieses Kōan auf mich zutraf. Ich überlegte kurz, dann war mir die richtige Erwiderung eingefallen: Und was hat der Westen?

Der Westen? Der promovierte Maoist lächelte. Der Westen hat die Frau. Hat jedenfalls Malraux gesagt.

Ich lächelte ebenfalls, sodass wir uns für einen Augenblick anlächelten.

Nun, sagte ich. Ich nehme an, ich kehre zu meinen europäischen Wurzeln zurück.

Meinen Studenten sage ich immer, sie sollen sich anstrengen, auf ihrem Gebiet immer der Beste zu sein.

Schätze, dann bin ich wohl ein echtes Original, sagte ich und drückte die Sohle meines Schuhs tief in seinen türkischen Teppich. Und ich habe vor, von den schlimmen Fingern der allerbeste zu werden.

VIERTES KAPITEL

Nachdem meine Tante schlafen gegangen war, saß ich mit meinen beiden neuen Genossen, dem Haschisch und dem Geld, auf dem Sofa. Die einzige Methode, dem Kichern und Flüstern des Haschischs Einhalt zu gebieten, war, etwas davon zu rauchen, was mich und das Haschisch entspannte. Im trüben Licht der einzigen Lampe, einem antiken Stück, das älter als ich war, zählte ich die Handvoll Banknoten, die ich heute verdient hatte. Die sechzig Prozent für meine Tante waren schon abgeliefert, die fünfundsiebzig Prozent für den Boss noch nicht. Ich hatte fast nichts verdient, aber hatte ich mir wirklich fast nichts verdient? Ich hatte das Haschisch gegen Geld eingetauscht, und davor hatte ich mit dem Boss etwas gegen das Haschisch eingetauscht. Ich hatte ihm einen Teil von mir selbst angeboten.

Je länger ich die Francs-Scheine anschaute, desto unwirklicher kamen sie mir vor. Was machte jedes dieser Papierblätter fast so mächtig wie ein menschliches Wesen, und was machte sie alle zusammen wertvoller als ein menschliches Wesen? Schließlich würde ich auch nur einer dieser Banknoten nie antun, was ich einem menschlichen Wesen antun würde.

In der Tat, sagte der Geist von Sonny.

Wie wahr, bestätigte der ebenso geisterhafte maßlose Major.

Und es stimmte. Ich hatte sie beide getötet, und Geld hatte ich nie mehr angetan, als es zu falten. Nie hatte ich die Ecke eines Scheins abgerissen, so wie kleine Jungs es mit den Flügeln von gefangenen Fliegen taten. Nie hatte ich auch nur die kleinste Banknote angezündet, nur um sie brennen zu sehen, so wie ein amerikanisches Kind, das ich einmal dabei beobachtet hatte, wie es auf einem Gehweg mit einer Plastiklupe eine Ameise einäscherte. Als Kollektiv war Geld unverwundbar. Als einzelnes Exemplar war eine Banknote wie die, die sich gerade in meinem Besitz befanden, geschützt durch die Aura der Unverwundbarkeit, so wie ein einzelner Polizist den gesamten repressiven Staatsapparat verkörperte. Auf diese Weise übten die fast schwerelosen Scheine in meiner Hand ihren Zauber auf mich aus.

Vielleicht lag es an meiner neuen Tätigkeit, dass ich aufs Neue die sonderbare Macht des Geldes spürte. Ich war in meinem Leben nur einmal für meine Arbeit bezahlt worden, als Soldat, was in der Theorie, wenn auch nicht immer in der Praxis, eine ehrenwerte Beschäftigung war. Als Spion bin ich nie bezahlt worden. Ich glaubte, nicht einmal mein Leben sei wertvoller als Unabhängigkeit und Freiheit. Aber jetzt verkaufte ich Haschisch, und daran war nichts Edles und Ehrenwertes, was ein Teil von mir begriff und einem anderen Teil von mir egal war. Warum auch nicht? Fast mein ganzes Leben lang hatte ich unentwegt und unbedingt an *etwas* geglaubt, nur um festzustellen, dass der Kern von diesem Etwas *nichts* war. Also, warum nicht nichts eine Chance geben?

Und trotzdem – was würde meine Mutter von meinem neuen Beruf halten? Ich versuchte, nicht darüber nachzudenken, wie sehr ich sie enttäuscht hätte. Wie konnte ich ihr das Herz brechen, wo sie es mir doch ganz geschenkt hatte? Doch als ich darüber nachdachte, was wohl mein Vater davon halten würde, verspürte ich nichts als Glück. Ich war jetzt im Land meines Vaters und infizierte es mit östlichen Drogen, eine kleine Vergeltung dafür, dass mich sein Land mit der westlichen Zivilisation infiziert hatte.

Mein Vorgänger als Haschischlieferant, der geheimnisvolle Saïd, hatte dankenswerterweise in den letzten zehn Jahren offenbar ein stattliches Netzwerk an Kunden aufgebaut, von denen der promovierte Maoist der älteste war. Mit einem Namen wie Saïd konnte Saïd nie einen Job bekommen, hatte mir der provomierte Maoist zum Abschied gesagt. Zumindest keinen sinnvollen. Und einfach seinen Namen zu ändern lehnte er ab.

Der promovierte Maoist hielt sich nicht nur für einen Kunden von Saïd, sondern betrachtete sich als seinen Gönner, der ihm half, finanziell auf eigenen Beinen zu stehen, indem er ihn mit seinen vielen gierigen Freunden, Kollegen, Studenten und ehemaligen Studenten bekannt machte. Dank des promovierten Maoisten und meiner Tante sprach sich die Qualität meiner Ware und die Schnelligkeit meines Lieferns im Netzwerk herum. Ich war ein Novum – ein eurasischer Pharmakologe des Schwarzmarkts, ein halbvietnamesischer Dealer teils segensreicher, teils gefährlicher Waren, die nicht so gut, aber auch nicht so schlecht waren. In den folgenden Wochen erledigte ich meine Lieferungen mit der Nonchalance des gesetzestreuen Bürgers, dessen Selbstsicherheit in der Neigung der Polizei gründete, Asiaten nicht so genau auf die Finger zu schauen. Jedenfalls hatte mir das Le Cao Boi versichert. Im Restaurant erklärte er mir, die Araber und Schwarzen täten uns den unabsichtlichen Gefallen, als ethnische Köder zu dienen, indem sie die Aufmerksamkeit der Polizei auf sich zögen, die sie für genauso braun, klebrig und würzig hielten wie das Haschisch selbst.

Ich schaute aus dem Fenster auf einen Passanten. Woran erkennst du, ob einer Araber ist?

Woran ich das erkenne? Am Aussehen! Ist doch klar.

Ich wollte nicht beschränkt erscheinen. Ich wusste einiges über die Situation der Araber in Frankreich: der Krieg, den die Franzosen gleich nach ihrem Krieg gegen uns gegen die

Algerier geführt hatten; die *Pied-noirs*, die Schwarzfüße, Flüchtlinge wie wir, die aus Algerien nach Frankreich geflohen waren; der Groll, der nach solch einer gewaltsamen Trennung immer zurückblieb. Aber ich hatte nie einen Araber getroffen, und ich war noch nicht lange genug hier, sodass mir die Unterschiede in der französischen Gesellschaft noch natürlich vorkamen. Auf einen Außenstehenden wirkten die Unterschiede in einer anderen Gesellschaft immer bizarr, weshalb die Franzosen die Absurditäten des amerikanischen Rassismus und das Schreckgespenst der SCHWARZEN sehr gut verstanden. Für die Amerikaner war die Welt einfach so. Für mich hier in Frankreich war DER ARABER jedoch eine Abstraktion. Nur um Le Cao Boi zu provozieren, deutete ich auf einen vorbeigehenden Mann. Ist das ein Araber?

Nein, Camus, das ist ein Franzose. (Ich war mir nicht sicher, ob Le Cao Boi jemals Camus gelesen hatte, aber wenn er sich ärgerte, so wie jetzt oder auch in anderen Gesprächen, nannte er mich Camus, vielleicht der einzige Philosoph, von dem er je gehört hatte.) Da, schau, das ist ein Araber.

Der vorbeigehende Mann trug ein weißes Sweatshirt, eine graue Jogginghose und weiße Sneaker. Ja, stimmt, das könnte ein Araber sein. Oder ein sonnengebräunter Franzose mit dunklen, leicht lockigen Haaren. Ich sehe keinen Unterschied, sagte ich und machte mich weiter auf Le Cao Bois Kosten lustig. Was sind die Indizien?

Indizien? Le Cao Boi runzelte die Stirn, ein sicherer Hinweis, dass der Mechanismus dahinter arbeitete. Also … ich meine … man sieht es einfach, okay? Die Haare, die Haut, wie sie sich bewegen, wie sie reden. Du bist einfach noch nicht lange genug hier, du kannst die Indizien noch nicht erkennen. Glaub mir einfach, okay? Kein Polizist verschwendet einen Blick an dich. Du bist einfach ein harmloser Ausländer – solange du allein bist. Zwei geht auch noch in Ordnung. Drei von dir oder von uns, da wird den Franzosen schon ein bisschen mulmig. Vier – vollkommen unmöglich. Das ist eine Invasion.

Da ich schon ich und ich war, lief ich meiner Meinung nach bereits Gefahr, zu auffällig zu sein. Um meine Tarnung als unschuldiger, harmloser Asiate zu verbessern, hängte ich mir also eine von meiner Tante ausgeliehene japanische Kamera um den Hals. Außerdem trug ich einen Rucksack, den ich mir nicht auf den Rücken, sondern vor die Brust schnallte. Mit einem Fedorahut, einer Hornbrille, die die Illusion von Schlitzaugen erzeugte, die ich meiner Ansicht nach gar nicht hatte, sowie einem kleinen Baumwollröllchen hinter der Oberlippe, als stimmte irgendetwas mit meinen Zähnen nicht, war meine Tarnung komplett. Ich war jetzt nicht nur ein vor allem harmloser Inlandsasiate, ich war ein vollkommen harmloser und äußerst disziplinierter japanischer Tourist. In dieser Verkleidung als treuherziger Besucher, der nichts als fotografieren will, und kein Eindringling, der einem Franzosen den Job wegschnappen könnte, konnte ich fast überallhin.

Ich gestehe, ich hielt mich für ziemlich clever. Ich hatte nicht vorausgesehen, dass Bon noch cleverer sein könnte. Aber die Umerziehung hatte auch ihn verändert, was ich zu verstehen begann, als er mich eines Tages an einem typisch leeren Nachmittag im Restaurant zu seinem Tisch winkte. Ich habe eine Idee, sagte er.

Du hast eine Idee? Bon hatte keine Ideen, ich hatte Ideen.

Bon starrte mich an. Es gibt Kommunisten hier.

Es gibt überall Kommunisten.

In unserer Gemeinde.

Meinst du meine Tante?

Sie gehört nicht zu unserer Gemeinde. Sie ist Französin geworden.

Wie jede Menge andere unserer Landsleute auch.

Die kommen nicht mehr oft zusammen, oder? Aber es gibt einen Ort, wo wir sie aufspüren und ein paar Nachforschungen anstellen könnten. Die Vietnamesische Union.

Ich hatte von dieser Union gehört. Im Restaurant lagen ein paar fotokopierte Flyer aus, die über ihre verschiedenen Aktivitäten informierten: vietnamesische Sprachkurse, Pflege der vietnamesischen Kultur, Vertretung der Interessen der vietnamesischen Gemeinde in Frankreich. Selbst in Vietnam verwendete man das Wort »vietnamesisch« nicht so häufig wie in der Union, deren offizieller Name Union zur Förderung der Vietnamesischen Kultur lautete. Und du glaubst, die Union ist kommunistisch?, fragte ich.

Nicht offiziell. Aber jeder weiß, dass das Rote sind. Die vietnamesische Regierung erkennt sie an. Der vietnamesische Botschafter kommt zu ihren Veranstaltungen. Und wenn sie aussehen wie Rote und riechen wie Rote, dann sind es auch Rote. Das ist ein Problem, aber auch eine Chance. Jedes Problem ist eine Chance.

Was ist die Chance?

Du. Mit dem Zeug, das du für den Boss verkaufst, können wir ein bisschen Geld machen und gleichzeitig ein paar von den Roten korrumpieren. Ist doch wunderbar, oder?

Das war ein Plan. Aber Bon war kein Planer, er war der Mann für die Tat. Hast du diese Idee vom Boss?

Nein, aber der Boss meint, sie ist gut.

Du bist beim Boss gewesen? Was springt für dich dabei raus?

Ich mache einfach mit. Vielleicht ergibt sich ja die Gelegenheit, ein paar Rote umzulegen.

Heißt das, wir müssen uns als Kommunisten ausgeben?

Wenn ich das kann, dann kannst du es auch, meinte er. In seinen Augen sah ich ein Leuchten, das ich sonst nur bei ihm gesehen hatte, wenn er mit seiner Frau und seinem Sohn zusammen war, und später, als sie beide tot waren, wenn er davon sprach, Kommunisten zu töten. Du kriegst die Chance, ein paar Roten wehzutun, sagte er. Du solltest mir dafür danken.

Danke, sagte ich.

Würde unser Krieg niemals enden? Für Bon jedenfalls schien er nie zu enden, nicht bevor er tot oder außerstande war, seine Mission fortzusetzen, sämtliche Kommunisten auf der Erde zu töten. Wie viele Menschen sah er die Welt durch eine Entweder-oder-Brille, Kommunist oder Antikommunist, böse oder gut. Während seine Weltsicht ein Spiegelbild dessen war, wie die Kommunisten die Welt sahen, hielt ich den Zwang, sich zwischen Kommunismus und seinem Gegenstück zu entscheiden, für eine falsche Option, die einem von den ideologischen Staatsapparaten auf beiden Seiten aufgezwungen wurde. Das Schwierigste war, wenn man vor zwei falschen Optionen stand, sich eine vorsätzlich oder sonst wie vorenthaltene dritte Alternative vorzustellen. Das war die grundlegende Lektion der Dialektik, das Pendel zwischen These und Antithese, welches einem erlaubte, die Synthese zu erzielen. Ob die These oder die Antithese nun Kommunismus oder Antikommunismus war, entscheidend war, dass sie die entgegengesetzten Pole dessen bildeten, was die Welt frei von jeder Ironie den Kalten Krieg zwischen den USA und der UdSSR nannte. Die Synthese indessen war, dass dieser Krieg für uns Asiaten sowie für Afrikaner und Lateinamerikaner extrem heiß gewesen war. Angesichts des Versagens des Kommunismus wie des Antikommunismus entschied ich mich für nichts, eine Synthese, die weder Kapitalisten noch Antikommunisten verstehen konnten. Sie glauben vielleicht, ich sei ein Nihilist, aber nichts könnte falscher sein. Nihilisten halten das Leben für bedeutungslos und lehnen alle religiösen und moralischen Prinzipien ab, ich dagegen glaubte immer noch an das *Prinzip* der Revolution. Ich glaubte auch, dass nichts voller Bedeutung steckte – kurz, dass nichts eigentlich etwas war. War das nicht eine Art Revolution schlechthin?

In dieser Gemütsverfassung wagte ich mich zwei Wochen später mit Bon zur nächsten Versammlung der Union, deren Mitglieder fast ausschließlich unbescholtene Vietnamesen zu sein schienen. Anders als in den USA konnten in Frankreich auch Kommunisten oder deren Sympathisanten unbescholtene Menschen sein, und es war ein seltsamer Gedanke, dass einige von ihnen wahrscheinlich an dieser Zusammenkunft teilnehmen würden. Der Vorsitzende des Tet-Komitees erklärte Bon und mir, den einzigen Neulingen, deren spezieller Anlass sei die Planung des jährlichen Tet-Festes.

Es wird traditionelle Tänze und Lieder geben, sagte der gut gelaunte Vorsitzende, ein schlanker, weißhaariger Augenarzt mit den langen Fingern eines Pianisten oder Gynäkologen. Sein Vietnamesisch war ebenso makellos wie sein Französisch, und ich kompensierte meinen Neid, indem ich mitleidig seinen mindestens eine Nummer zu großen Tweedblazer betrachtete, dessen Ärmel ihm bis an die Daumenwurzeln reichten. Anders als ich war der Vorsitzende offenbar nicht der Meinung, dass jeder Mann einen Schneider haben sollte, dass ein Schneider genauso wichtig war wie ein Priester, da es keinen Sinn hatte, gut zu sein, wenn man nicht auch gut aussah.

Traditionelle Kostüme und Speisen gibt es auch, fuhr er fort. So können wir unsere authentische vietnamesische Kultur präsentieren.

Ich nickte verständnisvoll, ja sogar lebhaft, und entgegnete: Die Förderung unserer authentischen Kultur ist sehr wichtig, woraufhin der gut gelaunte Vorsitzende mit noch lebhafterem Nicken antwortete.

Auch wenn ich es nicht laut aussprach, fragte ich mich, ob zur authentischen vietnamesischen Kultur nicht noch anderes gehörte: das Glücksspiel, das die Kinder während der Tet-Feierlichkeiten von uns Erwachsenen lernten und für das sie wundersamerweise später als Erwachsene immer noch ein Faible hatten; oder das Rauchen und Kaffeetrinken in Cafés, wofür wir vietnamesischen Männer, wäre es eine olympische Disziplin, Anwärter auf die Goldmedaille wären, denn wir betrachteten diese von den Franzosen geerbten Cafés als unser zweites Zuhause, weit weg von zänkischen Ehefrauen und nervtötenden Kindern; oder das Trinken von Bier, Kognak und Wein (vorzugsweise die einheimische Sorte aus Reis) bis an die Schwelle der Besinnungslosigkeit, woraufhin dann einige von uns besagte Ehefrauen und Kinder oder einander verprügelten; oder ein gutes Geschäft zu machen, sogar auf Kosten unserer Kunden, Händler oder Prinzipien, und entrüstet zu reagieren, wenn man selbst geprellt wurde; oder über unsere Freunde und Verwandten herzuziehen, denen wir sogar noch lieber in den Rücken fielen als unseren Feinden, da deren Rücken schwerer zu erreichen waren; oder stolz zu sein auf das Erreichte unserer Nachbarn und Landsleute, bis sie zu viel erreichten, worauf wir es ihnen verübelten und auf die süße Gelegenheit warteten, vergnügt ihrem Niedergang beizuwohnen; oder die Frauen ans Haus zu ketten, damit sie die Männer bedienten, und von ihnen zu erwarten, dass sie sich mindestens sechs- oder siebenmal beziehungsweise am besten noch öfter schwängern ließen, bis ihre Gebärmütter so trocken waren wie die Sahara. All diesen Spielarten unserer Kultur frönten wir viel häufiger, als einen Fächertanz zu tanzen, eine kleine Opernarie oder Volksweise zu singen, ein Seidenkleid zu tragen oder die rituelle Brautwerbung in den Reisfeldern nachzuspielen, was ohnehin, wenn überhaupt, nur ein einziges Mal im Leben stattfand, und wenn, wahrscheinlich mehr davon handelte, wie sich die Protagonisten den Büffeldung zwischen den Fußzehen herauskratzten und nach den Sturzfluggeschwadern der Moskitos schlugen.

Doch anscheinend zeugte es von schlechten Manieren, diese Themen anzusprechen, da alles, was der Vorsitzende und sein Komitee wollten, darin bestand, das Schöne unserer Kultur zu bewahren, selbst wenn man mit der Inszenierung einer Kulturschau in Wirklichkeit nur die eigene kulturelle Unterlegenheit eingestand. Die wirklich Mächtigen mussten nur selten eine Show veranstalten, da ihre Kultur immer und überall war. Die Amerikaner wussten, dass ihre Kultur allgegenwärtig war, ob es sich dabei um Burger oder Bomben handelte. Was die Franzosen anging, so exportierten diese den Pariser Traum, eine Straßenshow für Touristen, die von Wein, Käse und Akkordeonmusik ganz gaga wurden. Von alldem erwähnte ich nichts, sondern schloss mich zum Ende des Treffens den Gesangs- und Tanzproben an, weil ich jede Wette einging, dass alle Haschisch rauchenden Bohemiens da zu finden sein würden. Bon stellte ich ebenfalls als Freiwilligen für Tanz und Gesang vor, obwohl er eindeutig nicht wie ein Tänzer aussah und natürlich auch als Sänger nicht infrage kam, nachdem ich für ihn das Wort ergriffen und erklärt hatte, dass er stumm sei. Das war auch Bons Idee gewesen.

Ah bon?, sagte der Vorsitzende, einen Ausdruck, den ich fast so liebte wie *oh, là, là*.

Eine Kriegsverletzung, setzte ich mit stockender Stimme hinzu. Irgendwelche Emotionen hatte ich eigentlich nicht eingeplant gehabt bei dieser Fakegeschichte – woher kamen die auf einmal?

Die Atmosphäre war nun gedämpft, alle Mitglieder des Tet-Komitees richteten ihre Aufmerksamkeit auf uns.

Niemand kennt die Ursache für seine Stummheit, sagte ich, und wieder kamen mir die Tränen. Ich spürte Bons Blicke, als ich die von mir erfundene Geschichte erzählte, eine von einer B-52 abgeworfene Bombe habe uns beinahe getroffen. Anschließend sei seine Stimme weg gewesen. Vielleicht habe die Druckwelle irgendetwas in seinem Hals verletzt. Oder vielleicht sei alles psychologisch.

Ich schluchzte. Meine Geschichte hatte mich gepackt, und damit hatte ich auch sie im Sack. Ich sah es in ihren Augen, an ihren leicht geöffneten Mündern, am kollektiven Luftanhalten.

Der Angriff der B-52 erwischte uns unter freiem Himmel. Die Amerikaner hatten es nicht auf uns abgesehen, sondern auf die Guerilla. Aber sie haben uns bombardiert, fuhr ich fort, ihre eigenen Freunde. Bon zuckte, sagte aber nichts. Fast ein ganzes Bataillon aus dem Süden haben die Amerikaner ausgelöscht. Sie nennen das »Friendly Fire«. Ich nenne es einfach Feuer. Das Einzige, was man hörte, waren die Bomben und hinterher die Schreie von denen, die noch übrig waren. Aber viele waren nicht übrig. Alle diese Stimmen, für immer weg … Vielleicht lag es ja daran, dass er an unsere jungen Kameraden dachte, die wir auf so tragische Weise verloren hatten, dass mein Freund seine eigene Stimme verlor.

O mein Gott, sagte eine ältere Dame und hielt sich die Hand vor den Mund.

Und nun trug ich das Wachs auf, das Bons Geschichte zum Glänzen brachte:

Ich dachte … Ich dachte … wenn er die Schönheit unserer Kultur sehen könnte, dann könnte er vielleicht den Horror des Krieges vergessen. Ich hoffte … Ich hoffte … wenn er unser Volk singen und tanzen sehen könnte, auch wenn er selbst nicht singen und tanzen kann … Ich senkte den Blick, und eine salzige Welle aufrichtiger Emotion schwappte über meine Zehen …

Vielleicht kommt dann seine Stimme zurück ... und dass wir als ehemalige Soldaten des Südens Freundschaft schließen könnten mit euch, von denen viele, so hat man mir zumindest erzählt, mit unseren früheren Feinden sympathisieren. Aber wir sind keine Feinde mehr. Es ist an der Zeit, Freunde zu werden. Meinen Sie nicht auch?

Wenn ich ein verrückter Bastard war, dann war Bon ein Glückspilz von Bastard, denn nach dieser Geschichte und dem Treffen umringten ihn sämtliche Mädchen und Frauen, von denen jede die Prinzessin sein wollte, die dem Helden mit einem Kuss (oder, wenn nötig, auch mit mehr) seine Stimme zurückgab. Bon war dankbar, dass er seine Stimme verloren hatte, denn nichts jagte ihm mehr Angst ein als Gespräche mit Frauen – das Töten von Menschen eingeschlossen, was er hauptsächlich als eine technische und nur gelegentlich als eine moralische Herausforderung betrachtete. Er war ein sehr moralischer Mensch, der seinem Kirchenchor in Saigon teils aus Glaubensgründen beigetreten war, teils weil er hoffte, dort seine zukünftige Frau kennenzulernen, was dann auch klappte. Er und seine zukünftige Frau hatten an einem Busausflug zu dem katholischen Schrein von La Vang teilgenommen, der später im Kreuzfeuer des Kriegs zerstört wurde. Sie hatten auf zwei nebeneinanderliegenden Gangplätzen gesessen, und als sie beim Aussteigen zufällig oder absichtlich gestolpert war, hatte er sie am Ellbogen abgestützt. Das genügte Linh als Ausrede, um Hallo zu sagen und eine Unterhaltung zu beginnen, die ohne die Möglichkeit eines Wortes zum Abschied erst mit ihrem Tod auf dem Rollfeld des Saigoner Flughafens endete. Selbst jetzt sah er noch ihr totes Gesicht und das von Duc vor sich, seinem toten, damals noch kleinen Jungen. Seit dem Tod der beiden hatte er sich geweigert, über eine andere Frau nachzudenken, geschweige denn die wenigen Frauen anzusprechen, zu denen er sich hingezogen gefühlt hatte. Die daraus resultierende Einsamkeit und Traurigkeit war das Schicksal, das er glaubte, für sein Überleben verdient zu haben.

Armer Bon! Mir war egal, ob er ein Killer war. Er war mein Blutsbruder, mein bester Freund, und es schmerzte mich, dass er seit dem Tod seiner Frau und seines Sohnes – meines Patenkindes – außer mir niemanden hatte, den er lieben konnte, was ein schreckliches Schicksal war. Und als er nun unversehens von einem halben Dutzend Frauen umzingelt wurde, die ihn anstarrten wie ein Baby in der Wiege, verlor er seine eigentlich vorhandene Stimme. Er konnte nur lächeln, nicken und mit den Schultern zucken, eine Pantomime, die ihm optimal lag. Stummheit bedeutete eine Art Freisein von der Welt für ihn, wenn auch nicht für die, die mit ihm sprechen wollten. Aber da sie sich mit einem Mann, der nicht antworten konnte oder würde, kaum unterhalten konnten, verlagerten sie sich schließlich auf mich, denjenigen, der von Bons Stummheit sogar noch mehr profitieren sollte als er selbst.

Doch nicht alle Frauen schauten mich an. Eine war immer noch Bon zugewandt und schrieb mit einem Füllfederhalter, der von einer höchst zierlichen, grazilen Hand gehalten wurde, etwas auf einen Notizblock. Als sie den Kopf hob und sah, dass er sie beobachtete, lächelte sie und hielt ihm stumm den Block und die Feder hin.

Ich heiße Loan, hatte sie geschrieben, als wäre er nicht nur stumm, sondern auch taub. *Möchten Sie uns mal bei den Proben zuschauen?*

Bon überraschte sich selbst und schrieb *ja*.

Nach dem Treffen war ich mir nicht sicher, wer von uns beiden erstaunter war, Bon oder ich. Er hielt ein Blatt Papier in der Hand, auf dem Loans Name und Telefonnummer sowie Uhrzeit,

Datum und Ort der nächsten Probe für die Tänzer und Sänger standen. Ich wollte ihn gerade fragen, ob er jetzt noch immer einen dieser netten Menschen töten wolle, einschließlich des Vorsitzenden, der meiner Meinung nach möglicherweise ein Kommunist sein könnte, da sagte Bon, obwohl er doch eigentlich stumm sein sollte: Da, schau!

Glücklicherweise war sonst niemand im Foyer des Union-Gebäudes. Er zeigte auf eine Anschlagtafel, auf die ein großes Poster in schreienden Farben und mit fetter Beschriftung gepinnt war. Das wichtigste Wort darauf war FANTASIA, die zweitwichtigsten Worte waren FOLGE SIEBEN. Verschiedene Sänger und Tänzer, männliche und weibliche, einzeln oder als Duos, Trios oder Quartette, bevölkerten das Poster. Sie trugen Anzüge und Krawatten oder Elastan und Glitter oder schlichte Ao dais und Kegelhüte oder Netzstrümpfe und BHs. Ich erkannte augenblicklich, dass die Show *Fantasia* auf dem Nachtklub gleichen Namens in Los Angeles basierte, einem Lokal, wo ich einmal eine Nacht randvoll mit Kognak und Testosteron und mit heraushängender Zunge verbracht hatte beim Anblick der Frau, von der ich meine Augen, Hände und Gedanken hätte lassen sollen: Lana.

Oh, Lana! Als der General von meiner Liaison mit ihr erfahren hatte, schickte er mich auf ein Himmelfahrtskommando zur Rückeroberung unseres Landes, das mit meiner Gefangennahme und Einlieferung ins Umerziehungslager endete. Meine Umerziehung hatte mich eindeutig nichts gelehrt, denn der Anblick Lanas entzündete auf der Stelle die im Innern meines Benzintanks schwappende Leidenschaft. Auf dem Poster posierte sie als Star der Show allein zwischen all den anderen – knapp bekleidet mit einem knallengen sexy Kleid, das ihr bis zu den Knöcheln reichte, diese Schamhaftigkeit aber mehr als wettmachte durch einen Seitenschlitz, der sich bis hinauf zum Beckenknochen öffnete und in all seiner nackten Pracht ihr unglaubliches Bein entblößte, das in einem Fuß endete, welcher wiederum in einen hochhackigen Schuh geschirrt war, der mit seinen fünfzehn Zentimeter hohen Absätzen sowohl abscheulicher podologischer Folterapparat als auch potenzielles Mordwerkzeug war.

Denk nicht mal dran, sagte Bon, aber das tat ich bereits.

Wenn die kommende Folge von *Fantasia* die siebte war, dann hatte es schon sechs gegeben, und die waren alle auf einer Erfindung namens Videokassette erhältlich, eine Technologie, die in die Welt gekommen war, während ich mich im finsteren Mittelalter meiner Umerziehung befand. Die Geräte, auf denen man die Kassetten abspielte, waren teuer, aber selbst nachdem ich fast nichts verdient hatte, bescherten mir die Gewinne durch den Verkauf der Ware mehr verfügbares Einkommen, als ich jemals zuvor gehabt hatte. Wäre ich vernünftig gewesen, hätte ich mein Geld auf die Bank getragen und wäre noch kapitalistischer geworden, denn ich hätte es eingesetzt, um noch mehr Geld herbeizuzaubern. Aber wann war ich je vernünftig?

Meine Tante besaß einen kleinen japanischen Fernseher, an den ich den Videokassettenrekorder problemlos anschließen konnte. Dann rief ich Bon an, er solle vorbeikommen und mitschauen.

Sie ist eine Kommunistin, sagte er.

Jetzt komm, vergiss das mal für einen Abend, sagte ich. Du warst schon mal hier. Es hat dich nicht umgebracht, und du hast sie nicht umgebracht. Sie ist eine Zivilistin. Und du strengst dich doch mächtig an, keine Zivilisten umzubringen, erinnerst du dich?

Sein Schweigen bedeutete, dass er nachdachte. Ich werde sie nicht umbringen. Ich will nur nicht in ihrer Wohnung sein.

Warum war mir Bons Besuch in der Wohnung meiner Tante so wichtig? Weil ich spürte, dass er sich veränderte, und ich wollte, dass er sich noch mehr veränderte. In seinem Innern hatte sich gegen seinen Willen etwas verschoben. Er war immer noch grausam und entschlossen, aber er wollte Loan treffen. Er gab zu, einsam zu sein. Vielleicht war das ein Ansatzpunkt, um ihn wenigstens ein klein bisschen von seinem felsenfesten fanatischen Antikommunismus abzubringen, der meinen Tod bedeutete, sollte er von meiner kommunistischen Vergangenheit erfahren. Doch abgesehen von meinem Eigeninteresse wollte ich einfach nur, dass er nicht mehr so einsam war. Und endlich wieder eine Familie finden würde.

Fantasia muss man mit eigenen Augen sehen. Und man muss es sich zusammen mit anderen vietnamesischen Menschen anschauen. Weil es eine Show über uns ist, von uns und für uns. Wir sind die Stars und die Showmaster, die Sänger und die Tänzer, die Schauspieler und die Komödianten, die Künstler und die Zuschauer. Wir machen, was wir am besten können – singen, tanzen und uns amüsieren.

Ich hörte ihn durch die Leitung atmen.

Also schön, sagte ich. Du tanzt nicht, und du singst nicht. Aber ich weiß, wie gerne du anderen Menschen beim Singen und Tanzen zuschaust. In den Klubs in Saigon haben wir das doch ständig gemacht, oder? Damals war es für uns doch selbstverständlich, dass wir uns in unserer eigenen Sprache unterhalten ließen, von Menschen mit unseren Gesichtern. Und jetzt haben wir wieder die Chance. Komm schon, Bon.

Als er eine Sekunde später zusagte, wusste ich, dass seine Einsamkeit größer war als sein Hass. Er brachte eine Flasche Wein mit, wenn auch schlechten. Aber dieser Ausdruck gesellschaftlicher Umgangsformen war doch ein Gradmesser, wie weit er das Umerziehungslager schon hinter sich gelassen hatte.

Weder er noch meine Tante erwähnten ihre letzte, heikle Begegnung, und beide setzten sich in einem stillschweigenden, von *Fantasia* begünstigten Waffenstillstand auf die Couch. Die Show war in Los Angeles aufgenommen worden, in einem Schatten-Hollywood, in dem unsere Leute zu Stars aufgestiegen waren. Das Großartige dieser Leistung wurde offensichtlich, wenn die Kamera ins Publikum schwenkte und ekstatische, lächelnde Gesichter hingerissener Zuschauer zeigte, die sich anschauten, was unsere Leute aus dem Süden am besten konnten: sich zum Affen zu machen. Sollen sich die Leute aus dem Norden, wo ich geboren bin, doch über Ideologie, Politik, Wissenschaft und Dichtkunst den Kopf zerbrechen. Die Menschen aus dem Süden, wo ich aufgewachsen bin, hielten sie für dekadent und frivol. Vielleicht stimmte das, aber die Menschen aus dem Norden dienten einem eine Utopie an, die nirgendwo existierte, während die Menschen aus dem Süden ein *Fantasia* erschaffen hatten, das man überall da, wo es einen Fernseher gab, erleben konnte, ein Traumland, in dem die Männer furchtlos Paillettensmokings trugen und die Frauen furchtlos … fast nichts. Diese Männer und Frauen tanzten Cha-Cha-Cha, Tango und Rumba. Sie sangen klassische Lieder und Coverversionen westlicher Popsongs. Sie spielten eigene Nummern, von denen manche so neu waren, dass ich sie noch nie gehört hatte. Sie führten vulgäre komödiantische Sketche auf, von denen das Publikum besonders die liebte, in denen als Frauen verkleidete Männer ständig am Saum ihrer Röcke zupften, über die von ihren haarigen Beinen verursachten Laufmaschen jammerten, sich ihre unrealistisch großen amerikanischen Brüste zurechtrückten und Hinterteile zur Schau stellten, deren Polster sogar einen American-Football-Spieler geschützt hätten. Wie wir bei diesen Szenen johlten! Wir, das war das abgefilmte Publikum, und das waren Bon, meine Tante und ich. Oh, *Fantasia!*

Das war unser Hollywood, aber wie so oft in Hollywoodfilmen war das Schlechteste an der Show das Ende. Für die letzte Nummer versammelte sich die gesamte Truppe von Sängern und Tänzern noch einmal auf der Bühne, die Männer anständig gekleidet in westlichen Anzügen und die Frauen in östlichen Ao dais, und bot dem Publikum einen eigenen Song dar, ein Ständchen, dessen Titel alles sagte: »Thank you, America!« Weitere denkwürdige, wenn auch fantasielose Zeilen lauteten:

Thank you, Germany!
Thank you, Australia!
Thank you, Canada!
Thank you, France!

Die Geografiestunde ging noch weiter, und ich fragte mich, welche Handvoll verwirrter Seelen der Wirbelwind des Krieges aufgefegt und nach, sagen wir, Israel, verschlagen hatte, einem sicher wunderschönen Land, für Menschen wie uns aber sicher auch sehr deprimierend. Dennoch schienen wir ungeachtet unseres Exils immerhin ein gewisses Maß an Erkenntlichkeit für unsere Aufnahme zu empfinden, was zu dieser dankbaren, innigen Ballade an all die Länder führte, die uns willkommen geheißen hatten.

Unglücklicherweise – obwohl das ein dem Vietnamesen fremder Wesenszug ist – hasste ich nichts mehr als dankbare, innige Balladen. Meine Tante als Intellektuelle und speziell als französische Intellektuelle verachtete sie gleichfalls. Bon müsste sie als Killer genauso hassen oder sich zumindest nicht von ihnen anrühren lassen, allerdings schockierte er mich damit, dass er weinte, was sich auf ein paar tröpfelnde Tränen begleitet von etwas Schniefen belief, bei einem normalen Menschen das Äquivalent eines emotionalen Kollapses.

Aber du glaubst doch auch, dass die Amerikaner uns verraten haben, oder?, fragte ich, als der Abspann lief.

Das heißt doch nicht, dass uns jeder verraten hat.

Und du glaubst doch auch, dass Frankreich uns vergewaltigt hat.

Warum musst du alles kaputt machen?, rief er schluchzend. Genieß doch einfach das verdammte Lied.

Und da begriff ich, dass er nicht wegen der endlosen, schmalzigen Dankbarkeit weinte, die Gastländer von Flüchtlingen aus Ländern einforderten, die von den Gastländern vergewaltigt und bombardiert worden waren. Er weinte über die Geschichte des Songs, dargestellt von einem attraktiven Duo, das ein durch den Krieg getrenntes Ehepaar spielte. Die Frau flieht mit ihren Kindern nach Amerika, der Mann bleibt als Kriegsgefangener zurück. Schließlich kann er auf einem Flüchtlingsboot fliehen – nein, kein Boot, ein »Schiff«, ein würdevollerer Ausdruck, denn seine Reise und die Tausender anderer Flüchtlinge gleicht der größten Bootsreise von allen, Homers *Odyssee*. Er überlebt diese Odyssee und schafft es nach Amerika, wo er mit seiner Frau wiedervereinigt wird, die einen sehr schmeichelhaften Minirock trägt, sowie mit seinem Sohn und seiner Tochter, die unfassbar putzig und talentiert sind und zur Umarmung ihrer Eltern Klavier (er) und Geige (sie) spielen. Deshalb war Bon so gerührt: Es erinnerte ihn an seine tote Frau und seinen toten Sohn, meinen Patensohn, mit denen er nie wiedervereinigt werden würde, außer vielleicht im Himmel.

Was meine Tante und mich betraf, wurden wir als Connaisseurs des kritischen Denkens dennoch nicht davor bewahrt, beim Anblick unserer Leute auf der Leinwand – auch wenn sie im Leotard tanzten und im Minirock herumstolzierten – tiefste Befriedigung zu empfinden. Zum ersten Mal, seit wir nicht mehr in unserem Heimatland lebten, waren wir die Hauptdarsteller in unserer eigenen Show. *Fantasia* war bei aller Frivolität politisch. Das lernte ich nach der Entlassung aus dem Umerziehungslager und der Rückkehr nach Ho-Chi-Minh-Stadt, dem für eine neue Epoche umbenannten Saigon. Dort hatte ich herausgefunden, dass Onkel Hos revolutionäre Neffen diese Art des Gesangs, des Tanzes und der Liebe für reaktionär und gefährlich hielten. Gute Kommunisten hörten das Blut aufpeitschende rote Musik, die die blutgetränkte Revolution bejubelte, während wir, die gelbe Musik liebten, kranke Feiglinge waren, die Klassenkampf und harte Arbeit ablehnten. Aber irgendwie – trotz meiner Umerziehung oder gerade deswegen – liebte ich ein gutes Liebeslied noch immer, während eine rote Ode an die Massen, die in einen ruhmreichen, scharlachroten Sonnenuntergang marschierten, nur bewirkte, dass mir das Blut in den Beinen verklumpte. *Fantasia* war vielleicht bloß Unterhaltung, na und? Wie die Anarchistin Emma Goldman sagte: »Wenn ich nicht tanzen kann, dann mache ich bei eurer Revolution nicht mit.« Wie konnten unsere ach so ernsthaften Revolutionsführer nicht begreifen, dass der Besitz der Produktionsmittel für die Unterhaltung ebenfalls revolutionär war! Was war falsch an dieser Art Selbstbestimmung angesichts der Tatsache, dass Unterhaltung nach Essen, Obdach und Sex wahrscheinlich die vierte Priorität des Menschen war? Ich wollte gerade sagen, dass ich es kaum erwarten könne, die zweite Folge von *Fantasia* zu sehen, als Bon sich die letzten Tränen abwischte und sagte, er habe noch eine Idee.

Noch eine Idee?, fragte meine Tante. Was war die erste?

Ich ging davon aus, dass Bon jetzt den Mund halten würde, stattdessen lächelte er und sagte: Haschisch an die Union verkaufen und Kommunisten töten.

Meine Tante hob eine Augenbraue. Wie interessant. Wissen Sie, in Frankreich sind die Kommunisten die größten Unterstützer der Vietnamesen.

Der falschen Vietnamesen.

Du wärst überrascht, wer alles Kommunist ist, sagte meine Tante und sah mich an, worauf Bon mich ebenfalls anschaute. Mir gefror das Blut in den Adern.

Mich überrascht nichts, meinte Bon. Kommunisten sind überall.

Das sind sie wirklich, sagte meine Tante. Nur mal angenommen, du würdest herausfinden, dass ein Freund von dir insgeheim ein Kommunist ist? Dein bester Freund hier? Dein Blutsbruder? Was würdest du tun?

Bon lachte über die Unmöglichkeit dieses Gedankenspiels, aber als guter Philosoph spielte er mit. Ich würde ihn natürlich töten, antwortete er und lächelte mich an. Da geht es ums Prinzip.

Auch ich lachte über die Absurdität dieses schlechten Witzes, stand auf und schaltete den Fernseher aus. *Fantasia* war endgültig vorbei.

FÜNFTES KAPITEL

Gott ist tot, Marx ist tot, und mir ist auch nicht ganz wohl«, sagte einmal ein Witzbold mit verhangenen Augen bei einem der Salons meiner Tante. Erst später fand ich heraus, dass das der Dramatiker Eugène Ionesco gewesen war, von dem ich allerdings nie ein Stück gesehen hatte. Das muss ich nachholen, andererseits habe ich das Gefühl, als lebte ich schon in einem, nach allem, was ich über die Stücke weiß. Die Schraube, die meine beiden Seelen zusammenhielt, hatte sich schließlich so weit gelockert, dass sie ganz herausfiel. Wie viele Menschen waren vollkommen geliefert, weil ihre Schraube für immer verloren gegangen war? Aber bedenken Sie das Gegenteil. Wäre es nicht vielleicht besser, *nicht* verschraubt zu sein, oder wenigstens nicht so fest? Wenn man vollständig verschraubt war, wie sollte man sich da überhaupt bewegen? Und würde sich die Schraube, die einen zusammenhielt, nicht irgendwann wie alle Schrauben im Drehmoment der Zeit lockern?

Da ich ein noch unvollkommener Kapitalist war – Verzeihung, ein noch unvollkommener *Drogendealer* – und mir die Art von Schraubenzieher nicht leisten konnte, um meine Schraube wieder anzuziehen, nahm ich mich des öffnenden Raums in meinem Kopf mit dem Therapeuten an, den ich mir leisten konnte: einem Sony Walkman, einem weiteren herrlichen Apparat, den der Kapitalismus während meiner Zeit im Umerziehungslager erfunden hatte. Als ein Mann mit zwei

Seelen kann ich die Erfolge des Kapitalismus anerkennen, so wie ich auch den Charme der französischen Kultur anerkennen kann. Ich verschmolz die beiden mit dem Walkman, der Kassetten abspielte, die nicht größer waren als meine Handfläche und auf jeder Seite fünfundvierzig Minuten Musik enthielten. Maskiert mit Kopfhörern und Sonnenbrille, schwebte ich auf meinem fliegenden Teppich aus Haschisch durch Paris. Anders als Le Cao Bois echte und teure Fliegerbrille, war meine eine falsche, der das Ray-Ban-Logo in der Ecke eines Glases fehlte. Obwohl sie mir immer wieder von der Nase rutschte, trug ich sie Tag und Nacht, auf und unter der Erdoberfläche, dazu die Kamera um den Hals und den Rucksack auf der Brust – der neugierige japanische Tourist, immer bereit, dem Abendland das alberne Lächeln des exotischen Asiaten anzubieten. Unsichtbar, solange ich auch unhörbar war, erforschte ich in meiner freien Zeit oder auf meinen Botengängen Paris, die Stadt eine Kulisse für ein Musical aus meinen Kopfhörern. Nachdem ich die Stadtteile abgehakt hatte, die auch als Dekoration für Hochzeitstorten dienen könnten, von Notre-Dame bis zum Eiffelturm, vom Louvre bis zu Sacré-Cœur, hielt ich mich von ihnen fern. Ich zog die schmuddeligeren Viertel oder die kleinen Parks vor, wo ich in der Nähe von Pennern und Säufern, meinen nicht so entfernten Verwandten, auf einer Bank sitzen und den unschuldigen Tauben zusehen konnte. Ich fragte mich, wer wahnsinniger war, ich, der angeblich verrückte Bastard, oder Bon, der Märtyrer, der entschlossen war, sich einmal mehr auf den Scheiterhaufen einer erhabenen Idee, einer verlorenen Sache, eines letzten Röchelns zu werfen. Bon und ich waren jedenfalls so wahnsinnig, alle zwei Wochen an den Proben für die Kulturschau teilzunehmen, wo man uns wegen unseres begrenzten Talents als Hintergrundtänzer einsetzte, wenn »tanzen« das richtige Wort dafür war. Einer der Sketche handelte vom bäuerlichen Leben, und unsere gesamte Darbietung bestand darin, auf höchst stilisierte, möglicherweise poetische Art pflügende, schaufelnde, hackende und ziehende Menschen nachzuäffen, welche die Landwirtschaft als bukolischen Lebensstil und das Rückgrat unserer Kultur darstellte. Allerdings bin ich mir ziemlich sicher, dass Landwirtschaft höllische Knochenarbeit und eine schweißtreibende Form des Überlebens war, die nur wenig Zeit für Kultur ließ. Egal! Die Botschaft der Kulturschau war, sich mit dem Charme des französischen Lebens zu messen, indem sie den Charme des vietnamesischen Lebens zeigte, das für die Vietnamesen in Frankreich nach so vielen Jahren außerhalb von Vietnam viel charmanter geworden war. Sie alle brauchten ihre eigene Art von Nostalgie, was die Produzenten von *Fantasia* sehr gut verstanden. Die Proben verschafften mir die erhoffte Gelegenheit, mit den anderen Darstellern eine Zigarette zu rauchen, danach etwas trinken zu gehen, dezent auf meine Ware hinzuweisen, ein paar Proben zu verteilen und in Ruhe einen neuen Kundenstamm aufzubauen aus den Jungen und Coolen, den Studenten und Angestellten sowie den hart arbeitenden Menschen, die ebenfalls etwas Ruhe und Entspannung benötigten und ziemlich überrascht wie auch erfreut waren, die Ware von jemandem beziehen zu können, der ein bisschen war wie sie. Die einzige Schwierigkeit, das Vertrauen der Jungen und der Coolen zu gewinnen, bestand darin, dass die meisten von ihnen als in Frankreich Geborene viel zu schnell Französisch sprachen und das auch noch im neuesten, hipsten Slang, den ich nicht kannte.

Wer ist dieser Freund von dir, der Französisch unterrichtet?, fragte ich meine Tante.

Du wirst ihn lieben, sagte sie und gab mir seine Adresse. Er ist Kommunist.

Und so begann ich, mit erwachsenen Schülern aus allen möglichen früheren französischen Kolonien morgens in der Nähe des Gare du Nord Unterricht für Fortgeschrittene zu nehmen, und lieferte weiterhin überall in Paris meine Ware aus. Von meinem Gewinn kaufte ich mir ein exzellentes Paar braune Oxford-Schuhe von Bruno Magli, die mir BFD empfohlen hatte. Die sehen gut aus, und du kannst darin den ganzen Tag gehen und stehen, sagte er. Er hatte auf meine verstaubten, rissigen Slipper aus Kunstleder geschaut, die ich auf dem Weg zum Flughafen in Jakarta bei einem Straßenhändler erstanden hatte. Du kannst einen Mann immer nach seinen Schuhen beurteilen. BFDs Urteil ärgerte mich zwar, aber vergessen konnte ich es auch nicht. Ich trug die Bruno-Magli-Schuhe mit Stolz, wienerte sie einmal die Woche und verfiel damit der kapitalistischen Versuchung, vor der Marx gewarnt hatte: Eine Handelsware, eine Sache zu lieben, als wäre sie ein wirkliches Lebewesen, konnte im besten Fall eine kurzlebige Affäre sein.

Einige Monate nach dem Beginn dieses neuen Lebensabschnitts verließ ich einen kleinen Park an der Passage Dumas, als mir am Tor ein junger Mann zunickte, eine Augenbraue hob und mit zwei Fingern seine Lippen berührte – die universale Sprache unserer im Todeswunsch vereinten Bruderschaft der Raucher. Jean-Claude Brialy und Anna Karina sangen gerade ein Lied, das ich sehr mochte, »Ne dis rien«, und ich summte dazu. Ich war guter Laune, lächelte, zog meine Schachtel Zigaretten aus der Tasche und bot ihm eine an, wobei ich darauf achtete, dass er keine der mit Haschisch veredelten erwischte. Als er etwas zu mir sagte, nahm ich den Kopfhörer ab, lächelte weiter stumm, eben ein japanischer Tourist, und war folglich überrascht, als er ebenfalls lächelnd bemerkte: Es heißt, Sie haben fantastisches Haschisch.

Domo arigato, erwiderte ich und tat so, als verstünde ich ihn nicht. An Fremde zu verkaufen war keine gute Idee. Ich verbeugte mich, trat zwei Schritte zurück und stieß gegen einen harten, muskulösen Körper. Der junge Mann hinter mir trug wie der vor mir blaue Levi's, eine Jacke mit offenem Reißverschluss und ein T-Shirt, nur dass auf seinem die Köpfe der Beatles prangten, auf dem des anderen die der Rolling Stones. Sie hatten mich nicht zufällig allein in dem kleinen Park abgepasst. Die beiden waren anscheinend die Araber, vor denen Le Cao Boi mich gewarnt hatte. Die schlaksige Sorglosigkeit der Jugend schützte sie vor dem Wissen, wie sie in zwanzig Jahren aussehen würden, ein Wissen, über das wir Männer mittleren Alters zu unserem Bedauern verfügten. Die Massenträgheit des Alters und die leicht zugänglichen Freuden französischer Backwaren hatten mir all mein im Umerziehungslager verlorenes Fett plus eines Nachschlags zurückerstattet und mir eine kleine Wölbung über dem Gürtel und eine kleine Wulst unter dem Kinn beschert. Ich war eine weiche, runde Andouillette, in der meine Innereien fest verpackt waren, und sie waren das gezackte Messer, das mich gleich aufschlitzen würde.

Mach hier nicht auf Japaner, sagte Beatles. Wir wissen, dass du Vietnamese bist.

Vietnamese? Ich dachte, du wärst ein *Chink*, meinte Rolling Stones.

Das Wort, das er tatsächlich benutzte, war *Chinois*, was einfach »Chinese« bedeutete, aber richtig gebeugt und betont – mit einer gewissen Portion Spucke –, war es ein Schimpfwort, eines, das ich ziemlich oft von unseren französischen Kolonisatoren gehört hatte. Es machte mich traurig, dieses Wort aus dem Mund von jemandem zu hören, der es eigentlich besser wissen müsste, allerdings hätte eine Erwiderung auf die Beleidigung die Situation nur angeheizt. Ich versuchte, die Lage zu beruhigen, indem ich aufrichtiges Interesse an ihrer Geschichte oder Herkunft bekundete. Was seid ihr?

Algerier, du Rattenarsch, sagte Beatles.

Rolling Stones schaute finster. Wir sind Butter.

Butter? Wenn hier einer Butter sein sollte, dann doch wohl ich, gelb, weich und leicht auszulassen. Warum bist du Butter?

Butter!, brüllte Rolling Stones. Butter!

Beatles seufzte. Scheiße, wir sind Franzosen. Jetzt gib uns schon das Haschisch.

Darüber sollten wir reden, sagte ich. Habt ihr, meine algerischen Brüder, nie gelesen, was Ho Chi Minh über die französische Kolonialherrschaft geschrieben hat? Wir sollten einander nicht bekämpfen, wir sollten einander nicht ausrauben, wir sollten uns zusammentun gegen den Stiefvater, der uns missbraucht. Vergesst die »Marseillaise«, deren Text mir ein bisschen zu blutrünstig ist. Lasst uns stattdessen die »Internationale« singen. Na los, ihr Verdammten der Erde, mit Verve. *Nous ne sommes rien, soyons tout*!

Meine kleine Ansprache schien sie verwirrt zu haben, denn sie schwiegen kurz und runzelten die Stirn, und wenn vielleicht nur einer von ihnen gesagt hätte: Tja, da könnte was dran sein, dann hätten wir den Lauf der Geschichte – zumindest den meiner Geschichte – ändern können, aber sie waren impulsive junge Teenager, und Rolling Stones schüttelte den Kopf und weigerte sich, den dialektischen Faden der Solidarität aufzunehmen, den ich ihm zugeworfen hatte. Rück das Haschisch raus, du bescheuerter Bastard!, forderte er.

Ich hab's versucht, oder etwa nicht?

Klar, hast du, sagte Sonny.

Wenn du es sagst, fügte der maßlose Major hinzu.

Tja, Haschisch also, brummte ich und tat so, als öffnete ich den Reißverschluss meines Rucksacks. Sie traten einen Schritt auf mich zu, gerade nah genug, dass ich den Boden des Rucksacks, in dem zwei Ziegelsteine steckten, von der Hüfte nach oben reißen und mit aller Kraft unter Beatles' Kinn rammen konnte, dessen Knacken so laut war wie der aus meinem Inneren platzende Schlachtruf, BASTARD, ein Wort, das mich mein Leben lang in Beschlag genommen und von dem ich geglaubt hatte, dass ich mich daran gewöhnt hätte, dabei hatte ich mich nur daran gewöhnt, verrückter Bastard gerufen zu werden, was ja auch ein Korn Wahrheit enthielt, wohingegen hier die absolut reine Wahrheit die war, dass die beiden Burschen mich Bruder, Cousin oder vielleicht auch Onkel hätten nennen müssen, weil wir verwandt waren – oder etwa nicht? – und unsere gemeinsamen Vorfahren Gallier waren, die die Unverfrorenheit besaßen, uns ihre Nachfahren zu nennen, mit den Algeriern als ihren ältesten Söhnen, wie mein Vater uns in der Schule erzählt hatte, und uns Indochinesen als den begabten mittleren Kindern, dazu bestimmt, Angestellte, Assistenten, Adjutanten und kleine Beamte zu werden, nicht wie die Kambodschaner und Laoten und all die anderen, die weiter unten auf der menschlichen Stufenleiter des Imperiums rangierten, und wir alle uns an eine Sprosse klammerten und zu den roten Backen der etwas weniger unterdrückten Affenartigen über uns hinaufschauten und nach einer huldvollen weißen Hand lechzten, die uns helfen möge, sich an den unwürdigen Kreaturen, die uns den Weg versperrten, vorbeizuhangeln auf das herrliche Schlachtschiff namens *La Mission Civilisatrice*, das Haiphong bombardiert und sechstausend Zivilisten getötet hatte. Aber wer zählt die schon? Wir waren nur Eingeborene, die zählten nicht.

Bastard!, schrie Rolling Stones und schlug mir ins Gesicht, bevor ich mit dem Rucksack ein zweites Mal ausholen konnte. Verdammtes Schlitzauge!

Er schlug ein weiteres Mal zu, und in meinem Kopf läutete eine Glocke, und ich wurde fast nostalgisch, da man mich seit den Tagen der französischen Kolonialherrschaft in Saigon nicht mehr *un bridé* genannt hatte, und während mein übriges Französisch vielleicht eingerostet war, so war meine Erinnerung daran, Schlitzauge, Schlitzi oder Chink gerufen zu werden – abhängig von der jeweiligen Interpretation des Rufers –, genauso unvergesslich wie das Wissen, wie man *merci* und *au revoir* sagte, und ob meine Augen tatsächlich Schlitze waren, war wirklich nur ein technisches Detail. Was mich viel mehr beunruhigte, als ich zu Boden ging, war das knackende Geräusch in der teuren japanischen Kamera, die um meinen Hals hing, was andererseits nicht so alarmierend war wie die Tatsache, dass Rolling Stones sich auf mich stürzte und mich strangulierte, worauf meine Augen aus ihren Höhlen traten und mein peripheres Blickfeld sich erweiterte, sodass ich sehen konnte, wie aus Beatles' Kopf Blut und Tränen auf den harten Boden des Parks tropften und er sich die möglicherweise von den Ziegelsteinen gebrochene Nase hielt, ein Kniff, auf den ich selbst gekommen war, obwohl mein jahrzehntelanger Umgang mit Bon zweifellos bewirkte, dass etwas von seiner Neigung, stets auf eine sich anbahnende Gewaltanwendung vorbereitet zu sein, auf mich abgefärbt hatte, und deshalb immer ein oder gewöhnlich mehrere Werkzeuge zur Selbstverteidigung bei sich zu haben, eine entscheidende Strategie auch dann, wenn man selbst zum Angriff übergehen wollte, denn Rolling Stones würgte mich nicht nur, was meinem zusammengepressten Kehlkopf würgende Protestlaute entlockte, sondern schlug auch meinen Kopf immer wieder auf den harten Boden, beides Vorgehensweisen, die meine Auffassungsgabe beeinträchtigten, welche jetzt von jener Art flackernder Lichtsignale bestimmt war, die man sah, so hatte man es mir jedenfalls erzählt, wenn man sich

Knall auf Fall verliebt oder wenn man, das nun wusste ich aus eigener Erfahrung, kurz vor einer Ohnmacht oder gar dem Tod steht, und da es absolut notwendig war, die beiden letzteren Möglichkeiten auszuschließen, ließ ich die Mordversuche des rittlings auf mir sitzenden Rolling Stones über mich ergehen, damit ihm nicht auffiel, dass ich meine Beine bis zu seinem Rücken hochzog, den Saum eines Hosenbeins nach oben über den Strumpf schob, in dem – auf Rat von Bon – ein Klappmesser steckte, das ich jetzt herauszog, um aber gleichzeitig zu bemerken, dass etwas Steifes gegen meine Hüfte drückte, denn Rolling Stones hatte eine Erektion, eine Tatsache, die bedeutete, dass er, dessen Zähne jetzt nicht nur aus Wut und Zorn gefletscht, sondern auch aus Hass und Selbsthass, mich sicher töten würde, und als ich auf den Knopf drückte und das Messer aufschnappen ließ, stach ich mir mit der Spitze in die Handfläche, was ich kaum registrierte angesichts des roten Films, der mein Sehvermögen eintrübte, und des rauschenden Bluts in meinem Kopf, das laut, aber nicht laut genug war, um den *Scheißverficktesbastardschlitzauge* brüllenden Rolling Stones zu übertönen, eine Beleidigung, die mich vor Sehnsucht nach jener unschuldigeren Zeit erröten ließ, als der Kolonialismus noch in Schwarz-Weiß fotografiert wurde, ohne Tonaufzeichnungen, auf denen man hörte, wie »Annamit« aus französischem Mund und in vietnamesischen Ohren geklungen haben musste, nämlich wie ein von Verachtung und Herablassung triefender Wattebausch, wodurch das Sichtbare unserer Unterdrückung ziemlich weit entfernt, womöglich sogar charmant erschien, sodass sogar Rebellen, deren Kopf in einem Holzkragen steckte, oder Bauern, die weiße Männer auf dem Rücken trugen, pittoresk und anheimelnd wirkten und mein eigener naher Tod mir weit entfernt vorkam, meine Sinne schwanden und meine Extremitäten taub wurden, mit Ausnahme des schweren Körpers auf meinem Bauch und der verschwitzten Hand, mit der ich endlich den kühlen Griff des Klappmessers umdrehen und die fünfzehn Zentimeter lange Klinge mit den letzten Resten meines Bewusstseins in den mir nächstgelegenen Teil des Körpers von Rolling Stones rammen konnte, worauf er schrie und sich eine Hand von meinem Hals löste, was mich ermutigte, ein zweites Mal zuzustechen, worauf er wieder schrie, seine andere Hand von meinem Hals abließ und er noch Glück hatte, dass ich nur seinen Hintern und seinen Beckenknochen erwischte, als ich ihm die Klinge wieder und wieder in den Leib stieß, bis ihn die Schmerzen schließlich zwangen, sich von meinem Körper zu wälzen, um sich zu schlagen und auf mich einzutreten, und ich, nun von seinen Händen befreit, zurücktrat, dann zur Seite rollte, mich schwankend erhob und dabei fast über Beatles gefallen wäre, der auf Händen und Knien kauerte und mich den Kopf schüttelnd mit derart loderndem Blick ansah, dass ich ihm mein Knie ins Gesicht rammte, und wenn seine Nase noch nicht gebrochen war, dann war sie es jetzt, doch als dieser Feind nun wieder zu Boden ging, stand der andere, Rolling Stones, wieder auf, jaulend und seinen blutenden Arsch umklammernd, aber physisch doch noch eindeutig imstande, mir zu schaden, nur war er psychologisch von seinen Schmerzen abgelenkt, was ihn als Amateur auswies, denn wenn er ein Profi gewesen wäre, wie Bon mir viele Male erklärt hatte, dann wüsste er, dass der Geist für das Überleben ebenso wichtig war wie der Körper, eine Tatsache, die ich gut kannte, weil ich als Spion Jahre der Abhärtung ertragen hatte, nachdem ich die Schule der Umerziehung beendet hatte, die mich, da sie mich nicht umgebracht, sondern dem Klischee entsprechend unumbringbar gemacht hatte und sicher stärker als diesen jungen Burschen, der zwar den hinreichenden Wunsch verspürte, mich zu töten, aber nicht über die Abgefeimtheit, die Erfahrung und die nötige Angst vor dem Tod verfügte, die ich mir als Bastard in meinem langen Leben voller Bitterkeit und Groll angeeignet hatte, ich und ich, *ich* voller Schmerz und würgend, *ich* jedoch mit klarem Blick und beherrscht, trat schnell auf ihn zu und stach ihm mehrere Male in die Gegend seines Herzens und anderer lebenswichtiger Organe, das Gefühl ähnlich dem, wenn man mit dem Messer in ein ganzes rohes Huhn sticht, mit dem Unterschied, dass mein Messer zweimal an seinem Brustkorb und seinem Brustbein abrutschte und ich mir das Handgelenk verstauchte, obwohl ich doch nichts weiter wollte, als dass er aufgab und sich auf den Boden legte und mich in Ruhe ließ und mir versprach, mich nicht zu töten, aber mein Französisch reichte nur für *Stop, stop, stop*, was bedeutete, dass er aufhören solle und ich aufhören wolle, aber keiner von uns beiden konnte aufhören, bis schließlich einer von uns am Boden lag, er, auf den Knien, auf der Seite, auf dem Gesicht, ohne sehen zu können, dass ich, mit einer Hand den Rucksack packend, mit der anderen das Messer einklappend, schnell den Park verließ, ohne nachzusehen, ob Rolling Stones tot war oder Beatles sich wieder berappeln konnte, dankbar für den leeren Park, der zu ihrem Vorteil gewesen und jetzt zu ihrem Nachteil geworden war, und dankbar für die dunkle Kleidung, die ich trug, die ich, wie Bon mir geraten hatte, immer tragen sollte, nicht weil es in Paris gerade Mode war, sondern weil Blut auf dunkler Kleidung weniger sichtbar ist und ich die blutende Hand in die Hosentasche stecken konnte, während ich mit der anderen Hand die Kapuze meines Sweatshirts überzog, das ich ebenfalls auf Bons Rat hin trug, weil es bei Gelegenheiten wie diesen vonnöten sein könnte, sein grässliches Erscheinungsbild zu verbergen, was ich auch tat, während ich schnell zur Metrostation Nation ging und dabei hinter mir die ersten Schreie und Rufe hörte und mir in meiner Benommenheit zu spät klar wurde, dass ich zur Metrostation Rue des Boulets hätte gehen sollen, die gleich um die Ecke vom Park lag, aber trotzdem schaffte ich es, in gleichmäßigem Tempo weiterzugehen, auch als ich mich schon der Metrostation näherte und eine Sirene *Du bist tot, du bist tot* heulen hörte, die schnell leiser wurde, als ich die Stufen hinunterlief, mit dem vor der Brust hängenden Rucksack, der um meinen Hals baumelnden Kamera, mit zerbrochenem Objektiv und ohne Schutzkappe, dann durch die Sperren und weitere Treppen hinunter und durch einen Tunnel, bis ich schließlich auf einem Bahnsteig herauskam, wo es mir egal war, welcher Zug in welche Richtung fuhr, und ich einfach nur glücklich stehen bleiben und mich an eine Wand lehnen konnte, um verstohlen aus meinem Rucksack ein Taschentuch zu nehmen, was ein Herr immer bei sich haben sollte, nicht nur um die Sekrete eines anderen oder des eigenen Körpers abzuwischen, sondern auch um es als Druckverband oder Bandage verwenden zu können, in diesem Fall für meine rechte Hand, die ich wieder in die Hosentasche schob, die Haut meines Herzens straff gespannt von Adrenalin und Angst, sein Trommelschlag übertönt nur vom Grollen des einfahrenden Zuges, der mich daran erinnerte, meine Augen scharf zu stellen, damit ich ohne zu stürzen einsteigen konnte, wo ich mich neben einen alten Mann mit grauen, nicht allzu gekämmten Haaren setzte, der auch ein bisschen roch, was mir aber zupasskam, weil wir zusammen einen etwas verwahrlosten Eindruck machten, was besser war, als allein einen verwahrlosten Eindruck zu machen, besonders wenn man ein zerschundener japanischer Tourist auf einem höchst üblen Trip war, dem die allgemeine Abgebrühtheit der städtischen Bevölkerung zugutekam, besonders jenem Anteil, der mit dem Überlebenskampf in Metro und Untergrundbahn vertraut war, dessen Blicke mich gelegentlich streiften, bevor sie sich schnell wieder abwandten, bis auf das kleine Mädchen mit dem Pferdeschwanz, das auf mich zeigte und ziemlich laut sagte

DA,

MAMA,

SCHAU!

woraufhin tatsächlich alle in Hörweite mich anschauten und ich und mein monströses Ich wie ein Gecko an der Wand, der sich entdeckt weiß, regungslos verharrten und eins mit dem Hintergrund wurden, während die Mama nichts unternahm, um ihren so goldigen wie gruseligen Sprössling daran zu hindern, mich mit ihren hinreißenden Insektenaugen anzustarren, bis ich mich ihrem Blick entzog, indem ich zum Umsteigen in der Station Belleville ausstieg und in normalem Tempo durch die Menschenmenge zu meinem Anschlusszug ging, ein Fußweg von einer halben Stunde, währenddessen niemand ein Wort zu mir sagte, was natürlich auch auf die abschreckende Wirkung meiner Kopfhörer zurückzuführen war, in denen mir Jacques Brel wieder und wieder »Ne me quitte pas« vorsang, bis ich schließlich verstand, dass er der Schatten eines Hundes sein wollte, und ich es bis zum Restaurant schaffte, wo Le Cao Boi sagte: Scheiße, was ist denn mit dir passiert?, was ich ebenfalls zu mir gesagt hätte, wissend, dass dies eine der größeren Zärtlichkeiten war, die zwischen Männern gesagt werden konnten, ein Ausdruck von Fürsorge und Anteilnahme, der Taten verhieß, und als ich versuchte, mich an einen Tisch zu setzen, zog er mich in die Küche, wo die Sieben Zwerge in einer blauen Plastikschüssel, in der sonst die Fische geputzt wurden, meine

Hand auswuschen und sich das klare Wasser von meinem Blut rot eintrübte, sie mich dann mit Jod und Eukalyptusöl salbten, sodass die Haut meiner Handfläche und die Schwellungen auf dem Kopf und am Hals brannten wie Feuer, welches Bon einen glühenden Glorienschein verlieh, als er in mein Blickfeld trat und sagte: Die Wichser mache ich kalt, ein Satz, dessen Subtext offenkundig der war, dass er mich liebte, was mich aber wirklich sentimental werden und unkontrollierbar flennen ließ, waren seine darauffolgenden Worte: Die weide ich aus und stopfe ihnen die dampfende Scheiße aus ihrem eigenen Gedärm ins Maul, ein köstliches kulinarisches Bild, auf das hin die Sieben Zwerge in lautes Gelächter ausbrachen und ein paar von ihnen begannen, sich zum Spaß mit dem Hackmesser Gefechte zu liefern, und Le Cao Boi eine grässliche Ode an mich improvisierte, in der der weinende Krieger von seiner Mission zurückkehrt, deren Verse zu zitieren nicht nötig ist, und tatsächlich waren sie auch so furchtbar, dass ich sie vergessen habe, aber Le Cao Boi war nicht beleidigt wegen meiner ausbleibenden Begeisterung und schrieb das, da bin ich mir sicher, meiner körperlichen Verfassung, dem männlichen Schmerz, den die Sieben Zwerge verstehen, und den furchtbar peinlichen Tränen zu, die sie nicht verstehen konnten, und um meine Schwäche zu überspielen, brachte mir Le Cao Boi eine Flasche Schnaps, der aussah wie Wasser oder Wodka, jedenfalls eine durchsichtige Flüssigkeit, die eine Schicht empfindlicher rosa Hautzellen entfernte, als sie meine Kehle hinunterrann, und die mir kurz dazu verhalf, meinen Tränenfluss einzudämmen und meine zerschnittene, in einen donutähnlichen Verband verpackte Handfläche zu vergessen, und als ich sagte: Noch einen Schluck, da sagte er, er habe da etwas Besseres, verschwand aus meinem Blickfeld und kehrte mit einem kleinen viereckigen Stück Aluminium zurück, auf dem er ein einzelnes weißes Häufchen

Zucker angerichtet hatte, ein als eine Mahlzeit präsentiertes Häppchen, wie man es in einem michelinbesternten Restaurant erwarten würde, nur dass es kein weißer Zucker war, sondern, wie Le Cao Boi verkündete, *die Arznei*, die nicht schnell genug wirken würde, wenn ich sie im Ganzen oder aufgelöst schluckte, weshalb er sie mit einem Stößel in einem Mörser zerstampfte, pulverisiert zurück auf das Aluminium schüttete, dieses mit einer Hand unter mein Gesicht hielt, mit der anderen Hand ein Feuerzeug anzündete und die Flamme unter das Aluminium hielt, worauf sich das weiße Pulver in die brutzelnde, dampfende Lache klarer Flüssigkeit verwandelte und mir einer der Sieben Zwerge ein durchsichtiges Plastikröhrchen reichte, der Schaft eines Federhalters, aus dem man die Tintenpatrone entfernt hatte, und Le Cao Boi mich anwies, durch das Röhrchen zu inhalieren, was ich tat, weil wenn Ärzte und Wissenschaftler so wagemutig und anständig sind, Arzneien immer an sich selbst auszuprobieren, dann sollten WIR es auch, WIR, eine monströse Schöpfung, deren zweigesichtige Erscheinung allen grotesk vorkam, die UNS betrachteten, mich und mich und vielleicht *moi*, die beiden Gesichter – oder waren es jetzt schon drei –, die nur eine Mutter lieben konnte, unsere Mutter, die heute starb oder vielleicht gestern und höchstwahrscheinlich morgen sterben wird, unsere in unserer Erinnerung jeden Tag sterbende und jeden Tag lebende Mutter, da es nie einen Tag gab, an dem WIR nicht an sie dachten, und dass WIR bei ihrem Dahinscheiden nicht an ihrer Seite waren, ein Verbrechen so unverzeihlich wie das Verbrechen unserer Geburt als Ausbruch aus unserer Mutter Leib und Beginn des lebenslangen Prozesses unserer Loslösung von ihr, und die Erinnerung daran uns einmal mehr in Tränen ausbrechen ließ, was alle der Prügelei oder der Arznei zuschrieben und Le Cao Boi sagen ließ: Das ist unglaublich, oder?, worauf WIR nur die

Augen schließen und stöhnen konnten, unsere Gesichter zu einem verschmelzend, sodass WIR vollkommen auf uns selbst fokussiert waren, an der Oberfläche und darunter, all die tausend verschiedenen Schichten von uns selbst, die sich dehnten von der Gegenwart in die Vergangenheit und sich zu dem süßen, blättrigen, süchtig und dick machenden Millefeuille unserer Geschichten und Identitäten vermengte, alle von uns im gleichen Augenblick existierend, miteinander verklebt durch die immerwährenden, heiklen Fragen wie zum Beispiel: Was bedeutete das? Wer waren WIR? Was waren WIR? Wo sind WIR hergekommen? Wo sind WIR hingegangen? Was haben WIR getan? Was werden WIR tun?, unlösbare Fragen, die uns kaum zu Atem kommen ließen, so intensiv spürten WIR unseren Körper, unsere Gegenwart, unsere Vergangenheit und unsere Zukunft, bis WIR unseren Körper überhaupt nicht mehr spüren konnten, die Grenze zwischen ihm und der Welt sich völlig auflösend, sodass sich jede Welle aus Licht, Geräusch oder Berührung durch uns hindurchkräuselte und uns in einem Strudel aus euphorischer, ja orgiastischer Empfindung fortspülte, die für eine unbekannt lange Zeit andauerte, bis der Strudel uns nicht mehr noch tiefer in die Tiefen riss, sondern seine Richtung wechselte und sich spiralförmig über uns drehend in eine Treppe aus Licht verwandelte, an deren Kopf Bon sagte: Ich könnte dir jetzt eigentlich erzählen, was ich gerade gehört habe, und seine Worte flossen direkt über unsere Haut, nämlich dass der Mann ohne Gesicht in der Botschaft ist, was das Einzige war, was den Genuss an der Arznei verderben konnte, denn es konnte nur einen einzigen Mann ohne Gesicht geben, eine furchterregende, furchtsame Gestalt, die sich irgendwie durch die bloße Anwesenheit von Bons Vorstellung wieder ins Leben zurückbeschwor, was nun eindeutig ein Zeichen dafür war, dass das Schicksal Form annahm und dass WIR irgendwie schon immer gewusst hatten, dass WIR nicht für lange von ihm getrennt sein würden, WIR, die nicht nur grotesk oder monströs waren, sondern *Ehrfurcht gebietend,* so staunenswert, dass WIR irgendwann die Treppe aus Licht hinuntergingen zur Bäckerei nebenan, uns weigerten, im schlechtesten asiatischen Restaurant von Paris zu essen, ein bisschen weinten angesichts der vielen verschiedenen verlockenden Sorten an Brot und Gebäck, die in ihrer Gesamtheit Jahrhunderte guten Geschmacks, kulinarischer Kultiviertheit und handwerklicher Komplexität verkörperten wie etwa die Mohrenköpfe, die der Boss so liebte, für die WIR aber nicht in Stimmung waren, nein, WIR brauchten etwas Sättigenderes als gezuckerten Schaum und Schokolade nach allem, was WIR hinter uns hatten, eine Reise, die uns immer noch mit geringer Intensität vibrieren ließ auf unserem Weg hinunter in die banale Realität, unsere Haut eine Topografie erogener Zonen und unsere Finger zitternd, als WIR auf ein dickes ovales Bauernbrot deuteten, das WIR noch nie zuvor bestellt hatten, auf das WIR aber schon neugierig waren, seit WIR seinen Namen das erste Mal gehört hatten, den WIR jetzt in perfektestem Französisch aussprachen: Ich hätte gerne einen Bastard.

ZWEITER TEIL

Ich

SECHSTES KAPITEL

I have a dream!, sagte Martin Luther King jr.

Ich kam herunter, nachdem ich fast den Himmel erreicht hatte, beziehungsweise ich stieg auf, nachdem ich fast in die Hölle gefahren war. Die Sohlen meiner Füße waren versengt von der Hitze der Hölle, und meine Nase lief von den kalten Wolken des Himmels, wo ich zitternd vor dem Tor gestanden hatte. Das Aufheulen eines Zweitaktmotors zerriss die ehrfurchtsvolle Atmosphäre, ein Motorrad brauste an der Reihe der Hoffnungsfrohen vorbei, scherte direkt vor Martin Luther King jr. ein und bremste scharf ab. Da ahnte ich schon, dass der Fahrer ein Vietnamese war. Wer war es? Nein, das konnte nicht sein, aber er war es tatsächlich, Le Duan, der Generalsekretär der Kommunistischen Partei. Ho Chi Minhs Nachfolger. Einer der Gründerväter unseres wiedervereinigten Landes. Ein wahrhaft engagierter Mann. Ein Revolutionär, der so verrückt gewesen war, freiwillig aus dem Süden in den Norden zu gehen, wo doch jeder Mensch mit Verstand, einschließlich meiner Mutter, in die entgegengesetzte Richtung gegangen war. Was zum Teufel machte er hier?

Wer bist du?, fragte Martin Luther King jr.

Ich bin der Mann mit dem Plan. Grinsend sprang Le Duan von seinem Motorrad und war nicht im Geringsten beleidigt, dass er erklären musste, wer er war. Das war das Schicksal eines jeden Menschen aus einem kleinen Land, egal wie viele Verdienste er erworben hatte. Selbst wenn wir einen Namen hatten, wusste außer unseren Landsleuten niemand, was er bedeutete oder wie man ihn aussprach. Namenlos zu sein ist vielleicht auch besser, da dann niemand unsere Namen falsch verstehen konnte. Nicht, dass irgendwer in unserem Land den Namen Le Duans missverstehen würde.

Dieser sehr engagierte Mann fuhr fort: Ich bin der Zauberer, der die obere Hälfte unseres Landes wieder an die untere Hälfte angenäht hat. Und dann habe ich ihm das eiserne Rückgrat unserer Revolution verpasst, sodass es wieder für sich selbst einstehen konnte. Und dann habe ich in einem Grab herumgebuddelt und ein Gehirn für unsere neue Schöpfung gefunden. Das Gehirn von Karl Marx, eines Ausländers, na und? Da wollen wir doch keine Rassisten sein. Die Deutschen machen sehr gute Gehirne, genauso gute wie Autos. Siehst du unser Land da unten? Schwankt ein bisschen, sicher, aber was erwartest du so kurz nach einer Radikaloperation an Rückgrat und Gehirn? Dich möchte ich sehen, wenn du versuchst zu gehen, geschweige denn zu rennen, nachdem man dich so lange missbraucht hat, nach so einer schweren Operation, die unseren Körper von all den fremden Körpern befreite. Chinesen, Franzosen, Koreaner, Amerikaner, sie alle haben sich an uns ausgelassen. Und jetzt, mein Junge – Le Duan stieß Martin Luther King jr. in die Seite –, bist du nicht mehr der Einzige mit einem Traum. Verschmitzt schmunzelnd zeigte Le Duan auf sein Motorrad und sagte stolz: Jetzt habe ich auch einen Traum.

Wir schauten alle auf den Schriftzug auf seiner Honda, und tatsächlich stand da

DREAM

Eine Honda Dream? Träumte ich? Stellten die Japaner, nachdem sie bewiesen hatten, dass sie Transistorradios und Kassettenrekorder bauen konnten, jetzt auch Träume her? Von so einem Traum hatte ich bis zu diesem Traum noch nie gehört, aber jetzt, da ich davon gehört hatte, wollte ich diesen japanischen Traum auch haben. Traumhaft. Der war sicher viel besser als der amerikanische Traum. Der amerikanische Traum war so simpel und optimistisch, dass er ohne Psychoanalyse, ohne Tiefseetauchen auskam. Er war seicht, langweilig und sentimental wie eine schlechte Fernsehserie, aus der irgendwie ein Erfolg geworden war. Der japanische Traum allerdings musste echt abgedreht sein. Ich sehnte mich nach diesem Traum so sehr, dass ich vergaß, wie tödlich Träume sein können, was der passende Augenblick war, aus dem Traum zu erwachen, mit einem knusprigen Brocken Brot im Mund, auf der Klobrille in der Toilette des schlechtesten asiatischen Restaurants von Paris, die ich offenbar, dem widerlichen Gestank nach zu urteilen, furchtbar schlecht sauber gemacht hatte. Ich kann nur jemand anderem die Schuld geben, was so viel heißt wie mir, einer geistig gesunden Person, die mit dieser ekligen Toilette nichts zu tun haben wollte. Es roch übel, irgendetwas zwischen Achselhöhle, Bauchnabel und den verschwitzten Hautfalten noch tiefer liegender Körperregionen. Die Kloschüssel war der Spiegel des Anus – beides ein Portal in mysteriöse Tiefen und gewundene Stollen, weshalb ich den Klodeckel lieber zumachte, als würgend in die Schüssel zu schauen.

Reiß dich zusammen, sagte ich mir. Das war schwer, denn ich schluchzte, teils vor Schmerzen, teils aus Reue, teils wegen der Nachwirkungen der Arznei, die eine Ähnlichkeit mit dem hatten, was ich manchmal nach einer Ex-und-hopp-Affäre verspürt hatte: Ekel. Mama, stöhnte ich. Mama! Was habe ich getan?

Keine Sorge, sagte der maßlose Major. Du bist nicht tot.

Wenn, ergänzte Sonny, dann wärst du jetzt schon hier bei uns.

Verschwindet aus der Toilette, sagte ich. Die Wirkung der Arznei war verflogen, wie die Liebe verfliegt, und hatte mich mit meiner schmerzenden Hand und dem verzweifelten Wunsch zurückgelassen, mich wieder zu verlieben, wenn auch nur für eine Nacht, und wenn ich mir auch über den beschämenden Ausgang im Klaren war. Ich hätte jetzt gern meine Ruhe, okay?

Aber wir haben uns schon so lange nicht mehr unterhalten, sagte der maßlose Major und schaute über meine rechte Schulter in den Spiegel. Sonny nickte hinter meiner linken Schulter, sein Gesicht so blass und blutleer wie das des Majors, obwohl aus dem Loch in der Stirn des Majors, seinem dritten Auge, immer noch Blut sickerte, wie auch aus dem Loch in Sonnys Hand, eins von mehreren, wo ich ihn getroffen hatte. Hörten Geister jemals auf, zu bluten, zu weinen, zurückzukehren? Die Tatsache, dass meine Mutter nie zu mir zurückgekehrt war, bedeutete wohl, dass sie mit ihrem Jenseits zufrieden war. Sie hatte keinen Grund, mich heimzusuchen, denn ich war ihr guter Sohn, der immer an sie dachte, der ihr Bild in seiner Brieftasche aufbewahrte und jeden Abend mit ihm sprach. Auf dem Schwarz-Weiß-Foto, das als Andenken für mich aufgenommen wurde, kurz bevor ich aufs Lycée ging, trug sie ein Ao dai, das sie sich von einer meiner Tanten ausgeliehen hatte. Sie musste sich nur das Kleid, nicht die Hose ausleihen, da das Foto sie nur von der Schulter aufwärts zeigte. Das Haar war in einem Frisiersalon mit einer Brennschere so in Form gebracht worden, dass es ihr Gesicht in Wellen umrahmte. Ausnahmsweise war ihr sonst so schlichtes Gesicht mit Rouge, Mascara und Lippenstift geschminkt. Ich wusste immer, dass meine Mutter wunderschön war, aber ich wusste auch, wie schwer es war, wunderschön zu sein, wenn man ständig so erschöpft war wie sie. Auf der Fotografie waren ihre Bürden – namentlich ihr Sohn und ihr Leben – auf magische Weise ausgelöscht, und nur ihre Schönheit war zu sehen. Ich hob diese

Fotografie auf, weil ich mich an sie erinnern wollte, aber auch, damit ich nicht vergaß, dass, wenn die Geschichte eine andere wäre, so viele unter den Verdammten dieser Erde wie Engel aussehen könnten und umgekehrt. Ich wollte meine Geister fragen, ob sie meine Mutter getroffen hätten, aber ich wollte auch nicht, dass sie das immer noch in mir lebende Kind sahen, den Jungen, der jeden Morgen nach seiner Mama schrie.

Dann habt ihr sie auf eurer Seite nicht gesehen, oder?, fragte ich.

Denkst du, wir kennen hier jeden? Sonny spielte den Ungläubigen. Aus dem Mund eines Geistes war Sarkasmus noch ärgerlicher. Wir sind gut hundert Milliarden hier oben.

Plus minus ein paar Milliarden, sagte der maßlose Major. Lässt sich nicht genau sagen, da das Jenseits kein Statistikamt hat. Entgegen der gängigen Vorstellung ist das hier keine bewachte Enklave mit Rezeption.

Außerdem ist es ein bisschen dunkel und trüb, sagte Sonny. Ziemlich schwierig, irgendwen zweifelsfrei zu erkennen.

Was eine gute Sache ist. Die Menschen im Jenseits sind nicht gerade die ansehnlichsten.

Im Durchschnitt. Es gibt Ausnahmen.

Ja, aber die jung Gestorbenen, die schöne Leichen abgeben, sind unausstehlich.

Die alt und einsam Gestorbenen, die verwesende Leichen abgeben, sind demütiger.

Aber die bleiben unter sich.

Trotzdem, sie stinken. Das erzählt dir nämlich vorher keiner über das Jenseits. Es stinkt wie vergammeltes Fleisch und fauliges Wasser und schwarzer Schimmel.

Man kann nicht alles haben, erwiderte ich. Der Punkt ist, dass ihr Tote da oben vielleicht gar nicht seht, ich hier unten aber sehr wahrscheinlich schon.

Wenn du sie getötet hast, sagte Sonny. So wie uns.

So läuft das gewöhnlich mit Heimsuchungen, meinte der maßlose Major.

Ihr habt mich schon ziemlich lange nicht mehr heimgesucht.

Was sollen wir sagen? Wir waren auf Sightseeingtour. Paris ist eine fabelhafte Stadt. So viel Geschichte. So viele Katakomben zu erforschen. So viele Geister zu treffen. Jeder, der was darstellt, liegt auf dem Père Lachaise.

Ich ließ sie in der Toilette des Restaurants zurück und konnte ihr Gelächter noch durch die geschlossene Tür hören. Waren sie real oder Nebenwirkungen der Arznei? Sie mussten real sein, ich hatte sie ja schon früher gesehen. Ihr Wiederauftauchen als vertrautes Komikerduo sagte mir, dass meine Befürchtung nicht eingetroffen war. Beatles und Rolling Stones lebten, sie waren nicht dazu verdammt, sich als prähistorische Amphibien an ihren Fingernägeln aus der Fruchtwasserunterwelt herauszuziehen. Dann war die kommunistische Agentin vielleicht auch nicht tot, denn sie war nie neben mir aufgetaucht und hatte mich verhöhnt wie der maßlose Major und Sonny.

Diese zwei Typen sind nicht tot, bestätigte mir Bon. In der bis auf uns leeren Restaurantküche schenkte er mir einen großen Whiskey ein, von meiner Lieblingssorte. Ist für dich schon schwer genug, jemanden mit einer Pistole zu töten. Da kommt dir dein Gewissen in die Quere. Und mit dem Messer zu töten erfordert etwas Besonderes. Du hast nicht das Zeug, jemanden aus so kurzer Distanz zu erledigen. Aber erzähl das dem Boss nicht. Sag ihm einfach, die Kerle sind tot.

Das sind halbe Kinder, erwiderte ich. Der Whiskey glitt meinen Rachen hinunter und versah meine verwesenden Innereien mit einem frischen Anstrich. Die Wunde an der Hand, die der unablässig vor sich hin pfeifende Grumpy genäht hatte, pochte. Mehr, sagte ich. Das war mein Lieblingswort, solange ich es war, der es aussprach.

Das sind Männer. Bon schenkte mir nach. Junge Männer, aber alt genug, um in den Krieg zu ziehen und im Krieg zu sterben. Ich habe Jüngere als die kämpfen, töten, sterben sehen. Meinst du, die hätten dich einfach so gehen lassen? Nein. Zwei gegen einen, Mord oder schwere Verletzungen, darauf wäre es hinausgelaufen. In so einer Situation hast du jedes Recht, dich deiner Haut zu erwehren. Wäre ich es gewesen, dann wären die beiden jetzt tot. Weil das die einzige Garantie ist, dass sie dir nicht wieder auf den Pelz rücken. Wie der Mann ohne Gesicht.

Allein bei seiner Erwähnung wurde es frostig in der Küche. Wir kauerten auf niedrigen Plastikhockern, mit den Knien fast an der Brust, was uns an zu Hause erinnerte. Der Mann ohne Gesicht war unser Blutsbruder, der dritte Musketier, auch wenn Bon das nicht wusste, da er ihn im Umerziehungslager nur aus der Ferne gesehen hatte. Für Bon war der Mann ohne Gesicht einfach der Lagerkommissar, wohingegen der Kommissar für mich unser Blutsbruder Man war. Was für ein Schicksal, von meinem besten Freund erst verhört und dann gefoltert zu werden, von dem Menschen, der mich besser kannte als ich mich selbst, der mir seine Pistole in die Hand drückte und mich dazu bringen wollte, ihn zu erschießen, während ich noch gefesselt auf dem Foltertisch lag. Er hatte genau die gleichen Schmerzen wie ich. Aber ich konnte ihn ebenso wenig umbringen wie er mich.

Wie hast du herausgefunden, dass er hier ist?

Glaubst du vielleicht, das bleibt lange geheim, wenn jemand ohne Gesicht auftaucht? Er ist in der Botschaft. Wenigstens trägt er eine Maske, so heißt es jedenfalls. Sie nennen ihn einen Kriegshelden.

Wenn er eine Maske trägt, woher weißt du dann, dass er der Mann ohne Gesicht ist?

Wie viele Menschen tragen eine Maske? Nur die ohne Gesicht.

Ich nippte an meinem Whiskey und fragte: Wie heißt er?

Er nannte einen Namen, der nicht Mans war. Dung.

Im Stillen dachte ich, das sei ein Pseudonym, ein Deckname, denn in unserer Sprache bedeutet er »heroisch«, auf Englisch »Scheiße« und auf Französisch überhaupt nichts. Laut sagte ich: Woher willst du wissen, dass es tatsächlich der Kommissar ist? Sogar die Wachen im Lager haben ihn immer nur mit seinem Rang angesprochen. Und wie viele Leute laufen nach einem Krieg ohne Gesicht herum? Du kannst nicht sicher wissen, dass er es ist.

Du willst einen Beweis? Einverstanden. Dann nähern wir uns ihm eben so weit, dass wir sicher sein können. Und dann bringen wir ihn um. Oder jedenfalls ich bringe ihn um.

Ich trank mein Glas aus. Manchmal nippte ich meinen Whiskey nur in kleinen Schlucken, um das Erlebnis zu verlängern, weil er so gut war, aber manchmal musste ich ihn so schnell wie möglich hinunterkippen, um meine Leber auf Hochtouren zu bringen, weil das Leben so schlecht war.

Wie kannst du keine Schuldgefühle haben bei all den Menschen, die du getötet hast?

Schuldig fühlen muss ich mich nur, wenn es sich um ein Verbrechen handelt. Er füllte unsere Gläser nach. Los, trink aus.

Hundert Pro, sagte ich und stieß mit meinem heiligen geistigen Getränk mit ihm an. Alkoholika beförderten uns in eine andere Welt, auch wenn diese häufig mit Engeln, Dämonen, Geistern und Hirngespinsten bevölkert war. Ich hatte Bon nichts von meinen Geistern erzählt, da ihm das nur als Beweis für meine Unbeständigkeit gedient hätte. Aber Geister waren so real und so unsichtbar wie Termiten, die unbemerkt an unseren Grundfesten herumknabberten. Wie räucherte man die Toten aus? Die Arznei war eine einfache Lösung, sie linderte jedoch nur den Schmerz der Lebenden beziehungsweise derer, die wie ich für einen Lebenden gehalten wurden. Aber ich fürchtete mich vor der Arznei. Sie erzeugte ein solches Wohlgefühl, dass sie mich an Religion erinnerte.

Am Abend rief der Boss an und bestellte mich für den nächsten Tag in seine Wohnung, ein Zeichen gesteigerter Wertschätzung. Bon ging nach Hause. Ich verbrachte die Nacht im Restaurant auf einer Pritsche hinter der Theke, weil ich nicht wollte, dass meine Tante mein zerbeultes Gesicht und meine zerfleischte Hand sah. Der pochende Schmerz hielt mich wach und beförderte mich in meine Zelle im Umerziehungslager zurück, nackt, auf dem Boden festgeschnallt, die ganze Decke bepflastert mit Glühbirnen, der Raum so hell, dass ich das grelle Licht auch mit geschlossenen Augen nicht ausblenden konnte. Man hatte es geschafft, in den unzugänglichsten Teil von mir vorzudringen, in meinen Geist … womöglich sogar in meine Seele, wenn so etwas existierte. Vielleicht würde er, wenn ich ihm wiederbegegnete, noch mehr von dem enthüllen, was ich von mir nicht wusste. Vielleicht hatte ich deshalb instinktiv Unterschlupf bei meiner Tante gesucht, weil ich wusste, dass sie Man alles über mich erzählen würde. Jetzt war er auf den neutralen Boden von Paris gekommen, der Stadt, in der das Ende des Kriegs ausgehandelt worden war. Er war gekommen, um mich zu holen. Und Bon.

Zitternd lauschte ich auf das Rascheln von Kakerlaken und das Trippeln von Mäusen. Zum ersten Mal fiel mir auf, dass in einem offenen Regal unter der Kasse ein Stapel Pornohefte lag, deren Titelblätter und Seiten klebrig waren – ich hoffte, von

Fett. Obwohl mein Kopf und meine Hände schmerzten, zuckte etwas in meinem Innern, die Stränge, die von meinen Augäpfeln durch meine beiden Seelen hinunter zu den beiden anderen Kugeln führten, die mich zu einem Mann machten. Die glänzenden, blassen Körper der sehr ernsthaften jungen Frauen schienen wie aus Marzipan geschnitzt, mit überdurchschnittlich großen aufragenden Brüsten. Das Make-up war so kunstvoll aufgelegt wie für eine Hochzeit, doch während meine Augen und Seelen sich angesprochen fühlten, ließ sich der Rest von mir vom Schmerz in meiner Hand ablenken und verweigerte sich. Ich legte die Magazine beiseite und fragte mich nach dem Grund meines Verhaltens, warum die jungen Männer – eigentlich noch halbe Kinder – mich überfallen hatten, warum ich auf gleiche Weise zurückgeschlagen hatte. Und abgesehen von meinem Kummer, dass ich auch mithilfe von Pornoheftchen nicht die nötige strukturelle Härte für eine Ejakulation zustande brachte, fragte ich mich vor allem nach dem Grund für meine zweifellos zweifelhafte und vielleicht unnütze Existenz.

Vielleicht lieferte mir ja der Boss eines Tages eine Antwort. Er war nicht mein Schöpfer, aber mein Neuschöpfer, der mir zwar nicht mit einem Geschenk, aber mit einem Darlehen eine Chance bot. Wenn Gott im Himmel residierte, dann war die Domäne vom Boss ein Kasino, für manchen der Himmel, für andere die Hölle. Er betrieb seine Projekte von seiner Wohnung aus, die sich ein paar Straßen entfernt von seinem Import-Export-Geschäft befand, in einem brutalistischen Betonturm von etwa dreißig Stockwerken, zu dem ich mich am nächsten Morgen, noch benommen von Schmerzen und Schlafmangel, aufmachte. Der Turm war so eindeutig unpariserisch, dass das nächste größere Verkehrsschild auf die Place d'Italie hinwies, als könne man für die verheerende Architektur Mussolini verantwortlich machen. Als Krönung einer vermutlich sozialistischen Vision glich diese Architektur aufgestapelten Schuhschachteln mit Menschen als den Schuhen. Da es in Paris zu wenig Fläche für zu viele Menschen gebe, solle der effiziente Entwurf auf begrenztem Grund eine riesige Anzahl von Menschen unterbringen. So jedenfalls erklärte es mir der Boss, als wir auf seiner Autositzbank aus scharlachrotem Leder saßen, die als Sofa diente.

Was für eine Aussicht, sagte er.

Der Boss wohnte auf halber Höhe des Turms, und das Sofa war auf das Wohnzimmerfenster ausgerichtet, im rechten Winkel dazu stand ein dazu passendes zweites. Dieses wiederum war einem gewaltigen Fernsehapparat zugewandt, der schätzungsweise so viel wog wie ein ausgewachsener Gorilla und von teenagergroßen Lautsprechern flankiert wurde. Wie alle männlichen Flüchtlinge war der Boss fasziniert von gigantischen audiovisuellen Anlagen, um damit besser die Videos anschauen und die Musik anhören zu können, die ihn zurück in die Heimat beförderten. Die Franzosen, so schloss ich zumindest aus den Wohnungen meiner Tante und des promovierten Maoisten, bevorzugten kleinere Fernseher und hielten den wertvollen Raum ihrer kleinen Behausungen für Bücher, Spiegel und Andenken frei, die sie von ihren Ausflügen zu Flohmärkten und den Reisen in den vier bezahlten Urlaubswochen pro Jahr mitbrachten. Wir hingegen machten keine Urlaubsreisen oder zumindest nicht zu exotischen Orten, wenn man unsere Heimatländer nicht mitzählte, die für uns nicht exotisch waren. Wir entstammten uralten Kulturen Asiens, die viel älter waren als die bloß alte Kultur Frankreichs, und sehnten uns nach der Moderne, nach dem glänzenden Neuen – allerdings mit einigen Ausnahmen, wie der Uhr über dem Fernseher, die die gleiche war wie die im Büro vom Boss, aus Holz geschnitzt in der Form unseres Landes.

Die Aussicht ist atemberaubend, sagte ich.

Hier, probier mal einen von denen. Der Boss zeigte auf eine Dose mit dänischen Butterkeksen, die auf dem Couchtisch aus Marmorimitat stand, den man auch als Mörser zum Knacken eines Sturkopfs verwenden konnte. Ich mochte keine Milchprodukte und nahm aus reiner Höflichkeit widerstrebend einen Butterkeks aus seiner Papiermanschette.

Als diese Jungs mich überfallen haben, da haben sie gesagt, sie sind Butter.

Butter?, sagte der Boss.

Butter?, echote Le Cao Boi.

Die Sekretärin lachte. Sie und Le Cao Boi saßen auf der anderen Couch und schauten sich auf dem Mammutfernseher, dessen Lautstärke zu Hintergrundgeplapper heruntergedreht war, eine Folge von *Fantasia* an. Die sexy Sekretärin war jung, gesund und schlank sowie groß, hochnäsig und spärlich bekleidet. Diese Elemente multiplizierten sich, drei mal drei, zu einer Wirkung, die größer war als ihre Summe. Die straffe Haut glänzte in dem vom Glutofen ihrer Eierstöcke aufsteigenden Licht, das lange schwarze Haar war so voll und sinnlich wie der Rest von ihr, und die Brüste wirkten so köstlich und waren von so angemessener Form und geschmackvoller Größe, dass ich mich glücklich geschätzt hätte, als ihr Büstenhalter wiedergeboren zu werden. Ja, ich schaute, weil es unmöglich ist, dass ein Mann *nicht* schaut – oder doch?

Die haben nicht gesagt, dass sie Butter sind, sagte sie mit leichtem Spott. Die haben gesagt, dass sie Butter sind.

Was?, fragte ich.

B-e-u-r-r-e ist »Butter«. Sie sprach sehr, sehr langsam und starrte mich an. Der Boss und Le Cao Boi kicherten. *B-e-u-r* ist Slang für Menschen, die hier geboren und deren Eltern Araber sind.

Ich biss von meinem Butterkeks ab und versuchte, den Würgereflex zu unterdrücken, den sein Geschmack auslöste. Als der Boss mir eine Tasse grünen Tee einschenkte und mich erwartungsvoll anschaute, begriff ich, dass es sich dabei um ein Zeichen extraspezieller Gastfreundschaft handelte. Bevor ich nach der heißen Tasse greifen konnte, fragte der Boss: Oder willst du lieber Kaffee? Noch bevor ich etwas darauf erwidern konnte, schnippte er mit den Fingern, und seine Sekretärin wandte ihm den Kopf zu. Kaffee für alle, befahl der Boss.

Wie aufs Stichwort zog sie eine Schnute und entfaltete ihre übergeschlagenen Beine, ein Manöver, bei dem ich mich an einem Speichelausbruch fast verschluckte. Auf dem Weg zur Küche schauten wir ihr alle hinterher und bewunderten wortlos ihr hinreißendes Hinterteil. Als sie in der Küche verschwunden war, lehnte sich der Boss zurück. Der Eiffelturm, sagte er. Genau da. Na ja, nicht genau. Weiter hinten. Aber der Eiffelturm, oder? Wenn du mal genauer schauen willst, ich hab ein Fernglas da. Die Leute geben irrwitziges Geld dafür aus, in der Nähe vom Eiffelturm zu wohnen, ich zahle praktisch nichts und sehe ihn einwandfrei. Wer ist jetzt schlauer? Wenn ich hier runter auf die Straße gehe, null Touristen, die mich nerven. Keine Polizisten, die ein Auge auf Urlauber und reiche Anwohner haben. Denen soll nichts passieren, Touristen und Bankern. Und hier? Wenn hier lauter Weiße wohnen würden, dann würden hier Polizisten rumschwirren wie Fruchtfliegen über der Obstschale. Aber Weiße wollen hier nicht wohnen. Nicht genug Park, nicht genug Charme, nicht genug je ne sais quoi. Aber am wichtigsten, nicht genug Weiße. Eine sich selbst erfüllende Prophezeiung. Wenn schon haufenweise Weiße da sind, kommen noch mehr Weiße. Wenn nicht genug Weiße da sind, werden die Weißen ängstlich und halten sich lieber fern. Das war unsere Gelegenheit.

Unsere?

Asiaten! Chinesen, Vietnamesen. Deine gelben Brüder und Schwestern oder Halbbrüder und Halbschwestern. Wir haben die Gegend übernommen. Wir leben immer da, wo wir leben müssen, meistens weil wir keine andere Wahl haben. Na ja, ich hätte auch nach Amerika gehen können, aber ich wollte nach Frankreich. Und weißt du, warum? Weniger Wettbewerb. Amerika hat schon jede Menge asiatische Unternehmer. In Frankreich gibt es nicht so viele Asiaten, und die sind Schafe. Aber die asiatische Community hier, die wächst, und die braucht meine Dienste.

Mit »Unternehmer« meinte der Boss natürlich »Gangster«, doch ich erwiderte nur: Absolut. Ich war in Amerika. Jede Menge Unternehmer dort.

Genau. Hier gibt es mehr Möglichkeiten, mehr Gelegenheiten. Und wenn ich eine Gelegenheit sehe, dann greife ich zu. Eine Gelegenheit sausen zu lassen, wenn sie sich bietet, ist, wie ein Essen sausen zu lassen. Und wenn es ums Essen geht, dann essen wir, so viel wir können, wann wir können. Richtig? Da, schau! Er deutete auf den Couchtisch, wo sich in einer weißen Plastikschale, deren blaues Muster an Ming-Vasen erinnerte, schimmernde Kirschen aneinanderschmiegten. Was siehst du?

Schwarzhaarige Flüchtlingsköpfe in einem nicht seetüchtigen Boot, so eng zusammengezwängt, dass keiner sich bewegen konnte. Die Erinnerung ließ mich kurz aufstöhnen, aber ich riss mich zusammen und sagte: Kirschen?

Unvollkommene Kirschen, sagte der Boss und tat so, als fiele ihm meine unmännliche Schwäche nicht auf.

Manche der Kirschen waren kugelrund und ziemlich vollkommen, von einem so tiefen Dunkelrot, dass sie fast ins Schwarze lappten, andere erstrahlten in eigenartigen Formen und Größen. Einige waren mit anderen zu Zwillingen verwachsen, sodass sie, wenn die Paarung symmetrisch war, Gesäßbacken ähnelten. In den meisten Fällen war eine Kirsche größer als die andere, was der Frucht das Aussehen eines Buckligen verlieh.

Die kaufe ich auf dem chinesischen Markt, weil sie die auf den französischen Märkten – den *weißen* Märkten – nie anbieten würden. Der Boss nahm einen entstellten Zwilling und schob ihn sich in den Mund. Aber sie sind billiger und schmecken genau gleich. Eine hässliche Titte schmeckt auch wie eine schöne, solange man die Augen nicht aufmacht.

Du würdest also die hässliche der schönen vorziehen?, fragte Le Cao Boi.

Der Boss lächelte. Hältst du mich für einen Idioten? Natürlich ist es nett, wenn Sachen schön aussehen, aber wenn nicht, lebt man auch weiter. Ich kann mir eine Wohnung am Eiffelturm kaufen, aber warum? Die Leute – *weiße* Leute – werden denken *Wer ist dieser Asiate?* Die Polizei denkt *Was macht der Asiate hier?* Und meine Nachbarn denken *Ich kann's nicht fassen, dass jetzt so ein Gelber eingezogen ist.* Schon komisch, die Weißen. Sie meinen, die Asiaten hängen zu viel zusammen, aber wenn Weiße in unser Land kommen, hängen sie die ganze Zeit zusammen.

Le Cao Boi lachte, und auch die Sekretärin lachte. Sie war mit drei Gläsern auf einem Silbertablett zurückgekommen. Auf jedem Glas stand ein Aluminiumfilter, durch den schwarzer Kaffee langsam auf Kondensmilch tropfte, die etwa einen Zentimeter hoch in jedem Glas stand. Alle schwiegen, als die Sekretärin sich vorbeugte und das Tablett auf den Couchtisch stellte. Dann setzte sie sich, ich schluckte wieder, und der Boss schaute mich erwartungsvoll an. Wo waren wir? Ach ja, dem Boss die Stiefel lecken. Ich lachte ebenfalls, allerdings nur eine

Sekunde lang, weil von dem Lärm mein Schädel zu klingeln begann. Er nickte und sagte: Und hier erzählen uns die Weißen, dass wir nicht so viel zuammenhängen sollen, und wenn wir nicht zusammenhängen, dann sagen sie, wir haben unsere Kultur verloren.

Man kann nicht gewinnen, erklärte Le Cao Boi.

Doch, widersprach der Boss. Solange man die Welt nicht mit den Augen der Weißen betrachtet. Sobald du das tust, hast du verloren. Zum Beispiel glauben die Weißen, wir wären Schafe. Und da liegen sie meistens nicht falsch. Unsere Leute denken, wenn sie sich wie Schafe verhalten, wenn sie sich an die Gesetze halten, dann werden sie akzeptiert und respektiert. Das ist erbärmlich. Ich werde das ändern, weil ich begriffen habe, dass die Weißen uns erst respektieren, wenn sie uns fürchten, und sie fürchten uns erst dann, wenn sie glauben, dass wir ihre Gesetze brechen können.

Das stimmt, wir haben keine Gangster hier, sagte ich.

Gangster! Das ist eine Möglichkeit, uns zu beschreiben. In unserer alten Heimat würden sie uns Piraten oder Banditen nennen. Wir müssten uns in den Gettos oder den Sümpfen verstecken. Aber ich ziehe die Bezeichnung Outlaw vor. Und ich ziehe es vor, hier zu sein und mich nicht irgendwo zu verstecken. Hier kriege ich meine Aussicht, und keiner schaut mich an. Ich sehe alles, und mich sieht keiner.

Du hast einen Plan, sagte ich.

Jeder sollte einen Plan haben.

Da das Eingeständnis, keinen zu haben, dumm gewesen wäre, nickte ich. Aber nur einmal, denn die Bewegung tat weh.

Du siehst nicht gut aus.

Stimmt, pflichtete Le Cao Boi ihm bei.

Das ist nichts, was die Zeit oder ein plastischer Chirurg nicht in Ordnung bringen könnten. Ich kenne da einen. Ein oder zwei

Wochen fürs Gesicht. Die Nähte an der Hand kommen etwas später raus.

[redacted], sagte der Boss auf Chinesisch.

[redacted], bestätigte Le Cao Boi und lachte.

Keine Angst, wir reden nicht über dich.

Doch, tun wir.

Okay, stimmt, wir reden über dich. Wenn du nicht willst, dass wir über dich reden, solltest du Chinesisch lernen. Ist nicht schwer, kein Problem. Ich habe auch jemanden angeheuert, der mir Französisch beibringt. Der Boss nickte seiner Französischlehrerin zu, die auch seine Sekretärin und seine Geliebte war. Machst du übrigens gut. Hätte nicht gedacht, dass du das draufhast.

Vielleicht hatte er ja einfach Glück, sagte Le Cao Boi.

Wir haben alle Glück. Ein ehrlicher Mann gibt das zu. Der Boss dachte kurz über die Ironie nach. Bon sagt, du brauchst eine Wohnung.

Meine Tante wird nicht erfreut sein, wenn ich in diesem Zustand bei ihr auftauche, murmelte ich.

Sie ist Zivilistin, sagte Le Cao Boi.

Sie gehört nicht dazu, versicherte ich. Würde sie auch nicht wollen.

Sie ist deine Verbindung zu deinem Netzwerk, sagte der Boss. Das wollen wir nicht gefährden. Also, ich habe eine Wohnung für dich, wird dir gefallen.

Ist sie wie deine hier?

Vertrau mir, sagte der Boss grinsend. Die Aussicht ist sogar noch besser. Er wandte sich wieder den Fenstern zu, die die gesamte Breite des Wohnzimmers einnahmen.

Was siehst du?

Den Eiffelturm?

Ja, klar, den Eiffelturm. Aber woran erinnert er dich?

Ich zögerte. Sogar nachdenken tat weh. Eine Sonnenuhr?

Eine Sonnenuhr? Der Boss kniff die Augen zusammen. Tja, kann sein … Aber schau noch mal hin.

Ein Finger?

Nur einer? Wo sind die anderen?

Ich schaute den Turm noch einmal an. Eine Flöte?

Verdammt nochmal, hast du Scheißtomaten auf den Augen?, schrie er. Das ist ein gigantischer Schwanz.

Le Cao Boi und die sexy Sekretärin kicherten über meinen Mangel an Fantasie.

Ja klar, das sehe ich schon, sagte ich kleinlaut. Es ist nur so … offensichtlich.

Wenn es so offensichtlich ist, warum hast du es dann nicht gesagt?, meinte die sexy Sekretärin.

Also, College Boy, sagte Le Cao Boi. Sieht so aus, als würden dir ein paar Tage Ruhe guttun.

Sieben Tage, um genau zu sein, sagte der Boss. Dann siehst du vielleicht wieder aus wie ein Mensch.

Und dann …

Dann reden wir über Pläne.

Ich war nicht in der Verfassung, über Pläne zu reden oder darüber nachzudenken. Und doch saß ich eine Stunde später in einem rumpelnden RER-Zug auf der Fahrt in eine Vorstadt im Norden von Paris. Während ich durchs Fenster auf die trostlosen, gefängnisartigen Wohnblocks schaute und versuchte, mich zusammenzureißen, fragte ich mich, ob das stimmte: War der Eiffelturm nur eine gallische Erektion, die aus dem auf dem Rücken liegenden französischen Körper aufragte und gleichzeitig sichtbare und unsichtbare Wolkensalven abspritzte?

War es so offensichtlich, dass es nicht offensichtlich war?

Entblößte sich das französische Imperium einfach so vor aller Augen?

War der Eiffelturm auch nichts anderes als das Washington Monument, die weiße Rakete, die als Vorbote all der Atomraketen, die sich in Silos überall in der amerikanischen Landschaft verbargen, aus der amerikanischen Hauptstadt emporragte?

Hatte je eine riesige Vagina als Sinnbild für das Opfer einer Nation gedient? Ich überlegte. (Abgesehen vielleicht vom Arc de Triomphe, durch dessen mütterliche Schenkel jedes Jahr am 14. Juli das französische Militär marschierte, so hatte ich, der selbst nie Zeuge einer solchen Geburt gewesen ist, es jedenfalls auf den Fotos in *Paris Match* gesehen.) Aber abgesehen von dieser Ausnahme …

Hatte jemals der Schoß einer Frau als Denkmal gedient?

Hatte jemals eine Gebärmutter Modell für eine Gedenkstätte gestanden?

Hatte jemals ein Paar Brüste über einem Kapitol geschwebt?

Warum hatte ich über diese Dinge noch nie nachgedacht?

Mein Sitznachbar stand auf und suchte sich einen anderen Platz.

SIEBTES KAPITEL

Ganz benommen von meiner Tiefgründigkeit oder auch nur von meinen Kopfschmerzen, ging ich zu der Adresse – durch Straßen mit langweiligen Häusern und zwei- oder dreistöckigen Wohnkästen und gelegentlich einem Café oder einer Brasserie. Abgesehen von mir waren das bedrückte Gemüse und das enttäuschte Obst auf den Stellagen vor den beiden einzigen Lebensmittelmärkten die traurigsten Bewohner der Straße. Wir alle sehnten uns danach, von unvoreingenommenen Händen berührt zu werden. Statt wie das Frankreich meiner kolonisierten Fantasie sah dieses glanzlose Viertel aus, als wäre es von einem Amerikaner oder Vietnamesen geplant worden: nirgends ein Ort, der einen Besuch wert gewesen wäre, nichts, das einen Blick wert gewesen wäre. Schließlich stand ich in einer trübsinnigen Straße vor einer zerschrammten grünen Tür, drückte auf die Klingel und wartete.

Allô?

Ich seufzte und sagte auf, was Le Cao Boi sich selbst ausgedacht und mir aufgetragen hatte. Ich möchte gern in den Himmel.

Ist das dein Ernst?, hatte ich ihn gefragt, aber er hatte nur mit den Schultern gezuckt. Den Kunden ist es egal, also stell dich nicht so an. Was ist falsch an ein bisschen Sehnsucht?

Ich bin sicher, der Mann aus dem Reisebüro hatte das Gleiche gedacht.

Die grüne Tür in den Himmel öffnete sich, und eine lächelnde Frau mit dem grässlichen Gebiss einer Dritte-Welt-Kindheit ließ mich herein. Sie war im Rentenalter, ihr Akzent philippinisch. Guten Tag, Sir, sagte sie auf Englisch. Darf ich Ihnen den Mantel abnehmen? Möchten Sie die Schuhe ausziehen? Darf ich Sie ins Wohnzimmer führen? Darf ich Ihnen einen Kaffee bringen? Oder Tee? Wein? Whiskey?

Whiskey, sagte ich stockend. Ein derartiges Angebot rührte mich immer.

Die unterwürfige Haushälterin verbeugte sich und verließ den Warteraum. Die Metallrollos vor den Fenstern waren heruntergelassen, für Beleuchtung sorgten billige Deckenfluter sowie ein Fernseher fast so groß wie der vom Boss. Die Sofas glänzten, als wären sie mit einem fleckabweisenden Mittel behandelt worden, und wenn nicht, hätten sie es nötig gehabt.

Setz dich, mein Freund, sagte der einzige Anwesende. Vor dem Fernseher saß, groß und schwarz, mit gelangweiltem Blick und gekreuzten Fußknöcheln der Rausschmeißer des Himmels und ließ die Fingergelenke knacken. Er sah eine Talkshow, und dem eingeblendeten Titel von Sartres Buch *Das Sein und das Nichts* nach zu schließen, ging es um das Thema Existenzialismus, das von einem Komiker, einem Fußballspieler, den ich aus dem Fernsehen kannte, sowie zwei gut genährten Männern mit Brille diskutiert wurde. Es dauerte einen Augenblick, bis ich in einem der beiden Berufsintellektuellen den promovierten Maoisten erkannte. Seinem sachlichen, akademischen Aussehen nach zu urteilen, schien er an seinen Körper unterhalb von Hals und Lunge kaum einen Gedanken zu verschwenden, und den auch nur, weil er diese Körperteile zum Sprechen und Rauchen benötigte. *Ich denke, also bin ich*, war die Geisteshaltung, die er ausstrahlte, oder vielleicht war es auch *Ich spreche, also bin ich.*

Das erste Mal, oder?

Ja, sagte ich und konzentrierte mich auf das weiße Pflaster, das auf der Backe des Rausschmeißers klebte. Dann, aus Angst, er könne mich für unerfahren halten, ergänzte ich: Das erste Mal *hier*, ja.

Der Rausschmeißer schaute mit nachdenklich gerunzelter Stirn auf den Fernseher. Bei genauerer Betrachtung war das Pflaster nicht richtig weiß, sondern eher beige. Es wirkte nur weiß auf seiner schwarzen Backe, die wiederum auch nicht richtig schwarz war, sondern in Kombination mit dem Pflaster ebenfalls nur so wirkte.

Sartre ist okay, erklärte der Rausschmeißer. Ich ziehe Fanon und Césaire aber vor.

Ich auch, sagte ich.

Der Rausschmeißer verfolgte weiter die Debatte über Sartre, mich dagegen beförderte die Erwähnung von Fanon und Césaire zurück an den Ort, wo ich ihnen zum letzten Mal begegnet war, ans Occidental College, an dem ich sechs Jahre für meinen Bachelor und Master in Amerikanistik studiert hatte. Mein Mentor Professor Hammer hatte Fanon und Césaire in seinem Seminar über Literatur der Dritten Welt gelehrt. Es war 1964, Algerien war seit zwei Jahren von Frankreich unabhängig, und der Antikolonialismus stürmte durch die Dritte Welt. *Die Verdammten dieser Erde* zu verstehen sei der entscheidende Punkt, sagte Professor Hammer und führte damit den Titel von Fanons Buch über dessen Erfahrungen im Algerienkrieg an. Sie waren erwacht, wie es »Die Internationale« verkündete. Ich nutzte eine Werbeunterbrechung der Talkshow und bemerkte: Ich mag Fanon und Césaire. *Über den Kolonialismus.* Und was Fanon über Gewalt sagt. Er spricht über Algerien. Aber er spricht auch über Vietnam.

Ich ziehe *Schwarze Haut, weiße Masken* vor.

Peinlicherweise musste ich zugeben, das nicht gelesen zu haben, aber der Rausschmeißer zuckte nur mit den Achseln.

Kann ich dir leihen. Hast du Césaires *Ein Sturm* gelesen? Nicht? Dann hast du noch viel zu entdecken. Da kann man noch viel über das Leben und den Tod lernen. Die meisten Leute wollen ja nur über das Leben reden.

Ich rede auch gern über den Tod, sagte ich.

Dann werden wir gut miteinander klarkommen. Er war ein selbst ernannter Eschatologe, den vor allem interessierte, die Bedeutung des Jüngsten Gerichts und des Jenseits zu entschlüsseln, des eigentlichen Schicksals des Menschen. Das war schwindelerregender Stoff, und ich war froh, als die Haushälterin mit meinem Whiskey kam. In Ermangelung der Arznei war das Einzige, was mich im warmen Land der Lebenden hielt, dieses Frostschutzmittel, das sicherstellte, dass mein Blut in Bewegung blieb. Oh, Whiskey! Wie sehr brauchte ich dich und die Erinnerung an meine Mutter, die so viel erduldet hatte und doch nie dem Whiskey oder einer anderen Sucht verfallen war. Vielleicht hatte ich meine Schwächen von meinem Vater geerbt, einem Bastard im moralischen, wenn auch nicht im ethnischen Sinn.

Woher kommst du?, fragte der eschatologische Rausschmeißer.

Wenn mich ein Weißer das gefragt hätte, hätte ich geantwortet: aus meiner Mutter. Da uns aber ein weitverbreitetes subäquatoriales Leiden namens »Kolonisierung« verband, die nur nicht weiße Menschen heimsuchte, sagte ich: Vietnam. Allerdings ist mein Vater Franzose.

Sicher ein feiner Herr, meinte der eschatologische Rausschmeißer kichernd. Jemand, der eine Örtlichkeit wie diese hier wahrscheinlich auch schon besucht hat.

Er war Priester. Ich frage mich, ob er jemals an so einem Ort war.

Bin mir nicht sicher, ob wir schon mal so jemand hier hatten. Würde mich aber nicht überraschen.

Und du? Ich versuchte, die Traurigkeit meiner Herkunft abzuschütteln, die mich mit der Zwangsläufigkeit und Hartnäckigkeit von Staub umhüllte, aber sogar auf dieses leichte Schütteln reagierte mein Kopf mit Protest. Woher kommst du?

Von hier. Aber meine Eltern stammen aus dem Senegal. Er grinste. Mein Vater war als Soldat in deinem Land. Herrliches Fleckchen Erde, hat er gesagt. Wunderschöne Frauen. Wunderschöne Kinder.

Er hat für die Franzosen gekämpft?

Ja. Aber viel weiß ich nicht darüber. Mein Vater redete nicht gern. Aber eins weiß ich. Wieder grinste er, beugte sich zu einem Tisch vor, auf dem eine Lampe mit einem schiefen Fransenschirm stand, und öffnete die Schublade. Hier, mit den besten Empfehlungen des Hauses.

Er warf mir in hohem Bogen eine silberne Packung zu, die mich an die Schokoriegel erinnerte, die die amerikanischen Soldaten den Straßenkindern aus ihren gepanzerten Truppentransportern zuwarfen. Drei kleine Quadrate landeten in meiner Hand, nur dass es keine Schokoriegel waren, sondern Kondome.

Er war für die Bewachung der Gummiplantagen eingeteilt. Komischer Gedanke, was? Du ziehst so ein Ding über und weißt, dass das Gummi dafür aus deinem Land kommt. Die werden dich an zu Hause erinnern.

Sehr komisch, sagte ich und wusste jetzt schon, dass ich diesen in den weichen Boden meiner verletzlichen Seele gesäten Gedanken nie mehr vergessen würde, dass der Kontakt zwischen unserem quirligen kleinen Land und fast der ganzen Welt – neben dem Wissen um den Krieg, der jetzt unser Markenzeichen war – vielleicht in etwas bestand, was die Bevölkerung der Erde und das männliche Vergnügen in Grenzen hielt. Wieder teilte sich rasselnd der Perlenvorhang. Die Hausherrin erschien, eine Frau, deren schlichtes expressionistisches Make-up sowohl ihre Attraktivität als auch ihre Raffsucht noch unterstrich. Ein schwarzer Seidenoverall schmiegte sich an ihre Rundungen, und an ihren Handgelenken klapperten jede Menge Jadearmreifen. Mit dem Selbstvertrauen eines Akrobaten bewegte sie sich auf High Heels, die ihrer Körpergröße fünfzehn Zentimeter hinzufügten, sodass sich ihr Kinn, nachdem ich aufgestanden war, auf Höhe meiner Nase befand.

Sie schaute auf die Kondome. Drei? Ein klein wenig optimistisch, meinen Sie nicht auch?

Ein Herr sollte immer vorbereitet sein, sagte ich. Außerdem bin ich Realist, kein Optimist.

Die Hausherrin lächelte kühl. Ich zeige Ihnen unser Gästezimmer.

Ciao, ciao, sagte der eschatologische Rausschmeißer und ließ zum Abschied seinen Bizeps spielen.

Wir gingen nach unten ins Gästezimmer, ein kleiner Kellerraum, der fast ganz von einem Bett eingenommen wurde, das groß genug für zwei war. In einer Ecke versteckte sich ein Schreibpult mit Stuhl, als ob sich ein Besucher dieses erotischen Etablissements die Zeit mit Schreiben vertreiben würde. Aber anscheinend war das Gästezimmer auch ein Versteck, weshalb mancher Besucher einen Platz zur Besinnung benötigte.

Madeleine wird gleich bei Ihnen sein, sagte die Hausherrin. Sie werden sie mögen. Jeder mag Madeleine. Sie kennt die acht Methoden, einen Mann im Bett glücklich zu machen. Der erste Besuch ist gratis, kleine Aufmerksamkeit vom Boss. Danach erhalten Sie zwanzig Prozent Rabatt.

Die Aussicht auf eine schöne Frau oder einen Rabatt erregte mich normalerweise, aber nachdem sich die Tür hinter ihr geschlossen hatte, spürte ich … *nichts.* Was stimmte nicht mit mir? Drei oder vier Methoden reichten mir voll und ganz, von acht gar nicht zu reden. Ich gab meiner lockeren Schraube die Schuld an dieser Anhedonie, an meinem schmerzenden Körper und daran, dass ich mich zum ersten Mal in meinem Leben alt fühlte. Ich konnte mich nicht einmal zum Feilschen aufraffen, eine Fertigkeit, die mir praktisch in den Genen lag, ausgebildet im jahrhundertelangen Überlebenskampf unseres Volks im Angesicht von Krieg, Hunger, Armut und der Unsicherheit eines Lebens ohne Wohlfahrtsstaat.

Ich versuchte, mich von meiner Erinnerung, meinem Bewusstsein und meiner Schuld abzulenken, was mir wie der Mehrheit der menschlichen Spezies normalerweise glänzend gelingt, als jemand an die Tür klopfte. Madeleine.

Oh, mein armer Kleiner, sagte sie auf Französisch. Sie sprach sehr langsam und mit gehauchter Stimme, das perfekte Tempo für mich und meine Stimmung. Was ist denn mit dir passiert?

Ah, die Vorstellung konnte beginnen. Schließlich spürte ich doch noch so etwas wie aufwallende Erregung. Ich war bereit, sowohl den Zuschauer wie auch den Darsteller in der inoffiziellen Kulturschau zu geben, mit der sehr viele unserer Männer und einige unserer Frauen vertraut sind.

Keine Sorge, flüsterte sie, Madeleine ist die richtige Medizin für dich.

Nach herkömmlichen Maßstäben war Madeleine nicht die allerschönste Frau. Diese atemberaubenden Geschöpfe sollte man nur aus der Ferne betrachten, denn sie können ziemlich teuer und auch außerordentlich empfindlich sein. Madeleine hingegen lud zu Nähe ein. Anders als viele andere ihrer Profession hatte sie sich nicht mit so viel billigem Parfüm besprüht, dass für den Umgang mit ihr eine Gasmaske erforderlich gewesen wäre. Ihre Gesichtszüge waren schnuckelig und ihr Körper knuddelig, mit einem leicht rundlichen Bauch und noch runderen Brüsten, Hüften und Augen. Sie war so drall wie eine der in die Angkor-Wat-Tempel gemeißelten Göttinnen, und tatsächlich stammte sie aus Kambodscha, wie ich schließlich herausfand. Doch statt statuesker Härte verströmte sie Sanftmut, Wärme, Zärtlichkeit und – das vor allem – *Verlangen* … nach mir! Ich war nur noch ein Baby, das gewollt werden wollte, was Madeleine als Professionelle verstand.

Zuerst, sagte sie, werden wir dich überall säubern. Und ich meine *überall.*

Ich nickte stumm.

Das heißt, Honey Baby, raus aus den Klamotten.

O ja, dachte ich.

Aber hallo, mein großer Junge. Du Armer, so vernachlässigt. Keine Sorge, ich werde mich um dich kümmern.

Oh, bitte, ja!

Komm mit in die Dusche, Schätzchen. Mama rubbelt dir jedes noch so kleine Fleckchen sauber. Magst du es heiß?

Ah-haa, brachte ich schließlich heraus.

Ganz vorsichtig … wir wollen dich ja nicht verbrühen, oder? O nein. Und, ist das gut? Ja, oder? Ja, ich sehe es in deinen Augen, mein kleines Pferdchen. Dich hat schon lange keiner mehr geliebt, habe ich recht? Dabei verdienst du doch ein kleines bisschen Liebe, oder etwa nicht? Dein Gesicht. Und deine Hand. Wer hat dir das nur angetan? Hast du Schmerzen? Mein armes kleines Babylein. Aber nicht mehr lange. Nicht, wenn Mama Madeleine was zu sagen hat. Ah ja, die Seife … genau da stecken wir sie rein … genau da … O ja, mein Hühnchen, genau da … Du riechst so herrlich, direkt zum Reinbeißen. So, nimm meine Hand. Das ist zwar ein kleines Bett, aber groß genug für das, was Mama mit dir vorhat. Setz dich. Genau da, mein *doudou.* Und jetzt zieh mich aus, mein großer Junge.

Madeleine nahm meine zitternden Hände und legte sie auf die Schärpe, die ihren Minikimono zusammenhielt. Die letzte Frau, die ich nackt gesehen hatte, war vor drei Jahren Lana gewesen. Eine Ewigkeit, angesichts der Tatsache, dass ein Mann im Durchschnitt alle drei Minuten eine sexuelle Fantasie hat. So jedenfalls meine auf zwei Jahrzehnten persönlicher Erfahrung basierende Vermutung. Ich zog, die Schärpe löste sich, und was ich sah, ließ mich fast in Ohnmacht fallen.

Bereit, Baby?

Madeleine wartete nicht auf meine Zustimmung, weil es ihrer Erfahrung nach, davon bin ich überzeugt, nicht ein männliches Wesen gab, das nicht sagen würde, *Ja, bitte, tausendmal ja!* Ich schloss die Augen und versuchte, nicht sehen zu müssen, was ich gerade gesehen hatte, während sie weiter das enzyklopädische Wissen eines perversen Biologen vom männlichen Körper ausspielte, eine Leistung, die alle meine erogenen Zonen vollständig kartierte, eine Bohrexpedition, die Wasser in der Wüste gefunden hätte, eine heroische Arbeit erotischer Integrität, die Madeleine als eine würdige Nachfahrin von Maria Magdalena auswies, eine Meisterin jeder Technik und jeden Tricks, seit Eva eine Schlange in ein Gespräch verwickelt und dann Adam die verbotene Frucht angeboten hatte – all das ließ mich nach Luft schnappen. Und doch …

Hä?, sagte Madeleine.

Was?, flüsterte ich mit geschlossenen Augen.

Hmm, sagte sie etwas lauter.

Was? Ich öffnete die Augen.

Es passiert nichts.

Vorwurfsvoll blickten wir beide auf den Kriminellen, der dieses unsagbare Verbrechen beging. Einer ihrer Finger hob das schuldige Glied an. Nichts war mir zuvor noch nie passiert! Aber … aber … aber …, schluchzte ich. Madeleine legte mir einen Finger auf die Lippen. Psst, mein Großer. Schließ die Augen, und entspann dich. So was passiert dauernd. Ich legte mich zurück, und während sie weitermachte, dachte ich verzweifelt an alles Mögliche, von der Madonna bis zu Marilyn Monroe, von verführerischen Playmates bis zu dem wollüstigen Tintenfisch, an den ich meine Unschuld verloren hatte, aber nichts tat sich. Diese stärkste Medizin konnte meine Krankheit nicht kurieren, nicht einmal, nachdem sie alle acht Methoden, einen Mann glücklich zu machen, durchexerziert hatte.

Schließlich ließ Madeleine von mir ab, immer noch lächelnd, diesmal jedoch aus Mitleid, und zog den Minikimono vor ihrem Körper zusammen. Wenn ich jetzt etwas sagte, würde es wie eine Lüge oder Ausrede klingen, also sagte ich nichts und tastete nach meiner Unterwäsche. Madeleine offenbarte plötzlich einen anderen Charakter, wahrscheinlich ihren wahren. Während ich den Lendenschurz des Bettlakens um meine Hüften schlang, schlüpfte sie in ihre High Heels und zog die Lippen nach. Im Innern einer jeden Prostituierten findet sich eine Buchhalterin, und die hier sagte: Tja, leider war das dein Gratistermin.

Im Innern eines jeden Kunden findet sich ein Tagträumer, bestenfalls ein Optimist, schlimmstenfalls ein Idiot. Der hier konnte nur stammeln. Aber … Aber …

Schon gut, das passiert jedem mal.

Wie der Tod, wollte ich sagen. Das war keine vorzeitige Ejakulation, das war vorzeitige Kastration. Meine Zeit für eine derartige Entwertung und Erniedrigung war noch nicht gekommen, jedenfalls nicht in den nächsten dreißig oder vierzig Jahren, und dann wäre ich schon vorzeitig tot, an Sex nicht mehr interessiert oder komatös von meiner jahrzehntelangen Affäre mit Whiskey und Zigaretten. Meine Selbstachtung verbot mir jedoch, um eine zweite Chance zu bitten, stattdessen gestand ich meine Niederlage mit einer Mischung aus Demut und Trotz ein. Das liegt an meiner Kriegsverletzung. Nächstes Mal bin ich wieder besser drauf.

Ja, sicher, sagte sie mit der überwältigenden Überzeugungskraft einer Kindergärtnerin.

Kriegsverletzung war nicht gelogen. Ich hatte die schlimmste Art von Verletzung, eine mentale, die noch dadurch verschlimmert wurde, dass ich zwei Seelen hatte. Die in der einen Seele eingesperrte Vergangenheit sickerte jetzt in die Gegenwart meiner anderen Seele ein. Ich war nicht wegen der atemberaubenden Nacktheit Madeleines fast ohnmächtig geworden, sondern weil ich das Gesicht der kommunistischen Agentin gesehen hatte. Sie nahm geisterhafte Rache an mir, dabei war sie nicht einmal tot. Was erst, wenn sie es wirklich einmal war? Trotzdem stand mir ihr Gesicht lebhaft vor Augen, die aufgesprungenen Lippen, der zugeschwollene Wangenknochen, das ungekämmte, ungewaschene, verschlungene Haar – das scharf umrissene, auf Madeleines Körper schwebende Bild ihres Gesichts schnürte mir das Blut ab.

Dieses Gesicht sickerte mir schon ins Bewusstsein seit meinen Verhörsitzungen mit Man im Umerziehungslager, wo er damit begonnen hatte, meine Schrauben zu lockern. Bis jetzt hatte ich mich nach Kräften bemüht, die kommunistische Agentin zu vergessen, denn ihr Schicksal war mein größtes Versagen gewesen, und meine größte Schande, wenn man meine eigene Existenz nicht mitzählte, zu deren Prämisse ich die Beantwortung der wichtigsten Frage des zwanzigsten Jahrhunderts gemacht hatte: WAS TUN?

Was tun mit der Sklaverei?

Was tun mit dem Kolonialismus?

Was tun mit der Besatzung?

Was tun mit der ethnischen Ungleichheit?

Was tun mit der Klassenausbeutung?

Was tun mit dem Niedergang der westlichen Zivilisation?

Was tun mit der Frauenfrage und dem männlichen Ego?

WAS TUN MIT ALLEM, WAS GETAN WERDEN MUSS?

So viele Dinge waren zu tun. Aber seit ich ein Revolutionär wurde, hatte ich gewusst, was zu tun war, und ich wusste auch, was zu tun war, als die drei Polizisten des südvietnamesischen Regimes das Verhör der kommunistischen Agentin begannen. Sie war meine Verbündete, nur dass ich undercover als Spion mit Claude von der CIA zusammenarbeitete, der viele unserer geheimen und nicht so geheimen Polizisten wie diese drei ausgebildet hatte. Bevor er den Verhörraum verließ, hatte er lediglich gesagt: Das habe ich ihnen nicht beigebracht. Er ließ mich als einzigen Zeugen zurück, neben meinem Kameraden aus der Spezialeinheit, dem maßlosen Major …

Zieh mich da nicht mit rein, schrie der Geist des maßlosen Majors.

… der neben mir saß und ebenfalls nichts tat, als wir den drei Polizisten dabei zuschauten, was Männer Frauen unzweifelhaft antaten, seit Adam Eva die Schuld daran gegeben hatte, der Schlange Gehör geschenkt zu haben. Bis jetzt war mir nie in den Sinn gekommen, Blinder, der ich war und sicher noch bin, dass die Schlange Adams eigener unkontrollierbarer Penis war, den der Autor des ersten Buch Mose ihm abgetrennt und ins Gras geworfen hatte. Von dort konnte er seinen Kopf erheben und Eva beschwatzen, von der verbotenen Frucht zu essen, als hätte Adam nichts damit zu tun. Und wie isst man verbotene Früchte? Indem man um Erlaubnis fragt? Oder indem man es einfach tut, was Adam, nach allem, was wir wissen, getan und dann Eva die Schuld zugeschoben hat? Wenn Prostitution das älteste Gewerbe der Welt ist, dann ist Vergewaltigung das Urverbrechen der Welt.

Statt nichts zu tun, hätte ich die Polizisten aufhalten müssen, selbst um den Preis meiner Tarnung und meines Lebens. Ich hätte das Opfer bringen müssen, das die kommunistische Agentin schon brachte, indem sie sich weigerte, zu sprechen oder zu gestehen. Doch statt eines Opfers brachte ich das Einzige zustande, wozu nur menschliche Wesen fähig sind: eine Ausrede. Wer auch immer gesagt hat, der Weg in die Hölle sei gepflastert mit guten Absichten, lag vollkommen falsch. Wenn man genauer hinschaute, konnte man sehen, dass der Weg in die Hölle gepflastert ist mit Ausreden.

Am letzten meiner sieben Tage im Himmel, als für den Schmerz in meiner Hand und meinem Kopf statt der Arznei einfaches Aspirin genügte, als die Schwellungen in meinem zerschundenen Gesicht so weit abgeklungen waren, dass ich es wieder ertragen konnte, mich anzuschauen, und als meine regelmäßigen Weinanfälle zurückgegangen waren, erschien der Ronin. Ich beneidete ihn. Ihn plagte nie eine Schuld, obwohl seine Politik – und erst recht seine Moral – fragwürdig war. Sein Atem war so rein wie sein Gewissen. Er hatte ein Pfefferminz im Mund, seine Augen funkelten, und seine Zähne glänzten, als wir uns im Wartezimmer zum ersten Mal begegneten. Das ist er also, sagte er auf Vietnamesisch. Der einzigartige verrückte Bastard höchstpersönlich. Der Boss hat mir gesagt, dass du hier bist. Ich bin der Ronin.

So nannte er sich selbst, und so nannte ihn auch jeder andere. Die nächste Überraschung war, dass er grammatikalisch einwandfreies Südvietnamesisch sprach, unterlegt mit einem schweren und charmanten französischen Akzent. Die dritte Überraschung war, dass er der bestaussehende Mann war, den ich seit Langem gesehen hatte. Und das wusste er. Sein eng anliegender Anzug betonte einen schlanken Körper, die Fingernägel waren manikürt, das Einstecktuch war zu einem saloppen Bausch gefaltet, die blaue Seidenkrawatte so breit wie mein Unterarm, und seine amerikanischen beziehungsweise Filmstarzähne entblößte er mit der Regelmäßigkeit und dem obszönen Vergnügen eines Exhibitionisten. Er hatte gerade angefangen, mir etwas über die Geschäftsbeziehung zwischen ihm und dem Boss zu erzählen, als Crème Brûlée – der Spitzname beruhte auf ihrer Hautfarbe – den Perlenvorhang teilte und kreischte: Ah, mein Lieblingskorse!

Der Ronin zwinkerte mir zu. Könnte glatt mein Spitzname sein, so oft höre ich den. Komm her, mein laotischer Liebling, ist schon so lange her. Sie machten mit einer langen Demonstration eines französischen Kusses weiter, bei dem so viel Zunge im Spiel war, dass ich mich fragte, ob die Franzosen das selbst französischen Kuss nennen. Als sie schließlich fertig waren, zwinkerte der Ronin mir wieder zu und zeigte mir, wie vietnamesisch er war, indem er mich auf die vietnamesische Art zu sich winkte: mit flacher, nach unten gedrehter Handfläche. Er hatte außergewöhnlich kleine Hände, wie die eines kleinen Jungen. Los, komm mit, sagte er.

Was?

Er schnippte mit den Fingern und deutete auf seine goldene Uhr. Ich habe nicht viel Zeit. Während ich es der Lady hier besorge, besorgen wir zwei das Geschäftliche. Ich habe Termine.

Sie wollen, dass ich …

Setz dich einfach hin und schau zu. Außer, du möchtest selbst mit einsteigen.

Ich warf dem eschatologischen Rausschmeißer einen Blick zu, der nur mit den Achseln zuckte, als verstünde er, worum es bei unserer vietnamesischen Unterhaltung ging. Während seiner Zeit im Himmel hatte er alles und doch auch wieder nichts gesehen. Die Einladung oder Aufforderung des Ronin war nichts Neues. Da alle, einschließlich der vom Ronin begünstigten Crème Brûlée, die Angelegenheit mit einem gallischen Achselzucken abtaten, zuckte auch ich mit den Achseln und folgte ihnen durch den Perlenvorhang nach oben in Crème Brûlées Zimmer. Sie warf sich aufs Bett und sagte: Tut mir leid, Ronin, aber er kostet extra. Auch wenn er nicht kann.

Nicht kann?, sagte der Ronin erstaunt und folgerte automatisch und richtigerweise, »was« ich nicht könne.

Es ist eine Kriegsverletzung!, schrie ich und sank auf einem Stuhl zusammen. Eine Kriegsverletzung!

Mein Ausbruch mit anschließenden Tränen ließ Crème Brûlée erschrocken in ihrer einladenden Stellung auf dem Bett erstarren, wohingegen der Ronin nicht beunruhigt zu sein schien.

Tja, so geht's, sagte er und klopfte mir auf die Schulter, was mir ein wenig peinlich war, da er inzwischen die goldene Gürtelschnalle geöffnet hatte und seine nackte Männlichkeit unangenehm nah vor meinem Gesicht baumelte. Ja, ja, diese Art von Kriegsverletzung hat ein paar Bekannte von mir auch erwischt, aber deshalb ist keiner von denen weniger Mann. Schließlich muss man ein Mann sein, um so eine Kriegsverletzung abzubekommen. Einer Frau kann das nicht passieren, hab ich recht? Also, jetzt lehn dich zurück, und genieße die Show. Ich sorg schon dafür, dass du nicht mehr an deinen … deinen … na, du weißt schon, denken musst.

Und damit wandte er seine Aufmerksamkeit wieder Crème Brûlée zu. Ich setzte mich in einen Sessel in der Ecke und sehnte mich nach einem Whiskey, um mein Unbehagen und meine Demütigung darin aufzulösen. Weder hatte ich Spaß daran, mir bei Intimitäten zuschauen zu lassen, noch hatte ich Spaß daran, anderen dabei zuzuschauen, selbst wenn sie so gut aussehend waren wie Crème Brûlée und der Ronin. Ich beschloss, Zigaretten zu rauchen, so konnte ich zumindest etwas mit meinen Händen anfangen. Ich schlug abwechselnd die Beine übereinander, schaute zur Decke und auf den Boden, auf die Wände zu den Drucken von Degas und van Gogh, stützte mein Kinn in die Hand, legte die andere Hand auf die Armlehne, hustete diskret und versuchte, nicht das Gesicht der kommunistischen Agentin zu sehen. Währenddessen redete der Ronin ununterbrochen, arbeitete sich gleichzeitig durch das halbe Kamasutra, offenbarte ein wahrlich staunenswertes Stehvermögen und versorgte mich die ganze Zeit mit einem begleitenden Live-Kommentar, als sähe ich mir ein besonders herausforderndes Tennismatch in Roland Garros an. Zwischen den Ballwechseln erklärte mir der Ronin sein Interesse an einem Treffen mit mir, wovon ich im Folgenden eine redigierte Fassung vorlege, abzüglich des monotonen Stöhnens und Ächzens sowie aller obszönen Schilderungen seiner fleischlichen Übungen:

Der Boss und ich kennen uns schon ewig, seit den Fünfzigern in Saigon, als Männer noch Männer und Frauen noch Frauen waren und ficken noch ficken war, nicht wie heute mit diesen sogenannten Feministinnen. Also Madame Nhu, die Dragon Lady, das war eine echte Feministin. Hat fantastisch ausgesehen in einem Ao dai und konnte mit einer Pistole umgehen. Wie viele von diesen sogenannten Feministinnen können das? Schießereien in den Straßen, Autobomben, Granaten, die einem in den Hof flogen – das ist der Stoff, bei dem man sich lebendig fühlt. Früher sind Könige in der Schlacht getötet worden. Kommt nicht mehr so oft vor, aber in Saigon schon. Nimm unsern Präsidenten Ngo Dinh Diem – *peng*, tot, zusammen mit Madame Nhus Mann im Laderaum eines gepanzerten Truppentransporters der Amis. Ich hab gehört, der Attentäter hat den armen Hurensohn kastriert und ein Stück von seiner

Leber gegessen. Echter Gangsterstoff, und uns Gangster hat Diem nicht gemocht, auch wenn er mit den Kommunisten ziemlich übel umgesprungen ist. Ja, ich bin ein Gangster und stolz drauf. Wieso sollte man sich schämen, ein Gangster zu sein? Das ist ein Grund, warum ich den Boss mag. Er schämt sich nicht. Das wusste ich schon, als wir noch junge Kerle waren. Ich bin im Mekong-Delta geboren, da hab ich ihn kennengelernt. Das macht mich doch zum Vietnamesen, meinst du nicht auch? Mein Vater war Aufseher auf einer Plantage. Damit das Geschäft reibungslos laufen konnte, musste er Deals mit den Flusspiraten abschließen, nicht zu reden vom Gouverneur, dem General und den französischen Bürokraten und all den Vietnamesen, die später ihre Plätze eingenommen haben. Korruption ist eine Lebensart. Korruption ist das Salz auf unserem Fleisch. Man darf's nur nicht versalzen. Tatsache ist, dass alle überall korrupt sind. Alle machen hinter den Kulissen Geschäfte. Man hat eine Frau, und man hat Schnuckelchen wie diese Lady hier. Man macht saubere Deals und schmutzige Deals. Man braucht beides. So dreht sich die Welt, sie sorgt für Tag und Nacht. Hier nennen die Leute Korruption »Verbindungen«. Ich ziehe die Korruption in Indochina und Korsika vor, weil sie wenigstens ehrlich ist. Ich bin nicht dabei, weil ich Korse bin, genauso wenig macht es der Boss, weil er Chinese ist. Wir sind dabei, weil wir aufrichtig sind. Gangster sind die ehrlichsten Menschen der Welt, weil wir wissen, wie die Welt funktioniert. Wir sagen ehrlich, dass wir unehrlich sind, und wir sind nicht unehrlicher als Schweizer Banker, die, das muss ich fairerweise sagen, ziemlich unehrlich sind. Die Nazis haben die Schweiz so sehr geliebt, dass sie da nicht einmarschiert sind, und wenn einen die Nazis lieben, dann muss man wirklich ein Stück Scheiße sein. Klar, es hat auch ein paar anständige Nazis gegeben, zum Beispiel die, die ich in der

Fremdenlegion kennengelernt habe. Und du, sagt der Boss, hast da also einen netten kleinen Markt in diesen Intellektuellenkreisen aufgetan. Wir wollen, dass du diesen Markt vergrößerst. Und wenn alles gut läuft, können wir ein paar von diesen Intellektuellen den Engeln hier im Himmel vorstellen. Wie unserer kleinen Lady hier. Geboren und aufgewachsen in Laos. Gott, wie ich Laos vermisse. Das schönste Land der Welt. Die spirituellsten Menschen der Welt, und sie bauen verdammt gutes Opium an. Bis zum heutigen Tag kann ich nicht glauben, dass die Franzosen Laos und ganz Indochina verloren haben. Ich bin Korse und Franzose, aber ich bin auch Indochinese oder Vietnamese, was dir lieber ist. Ich hatte noch nie einen Fuß auf französischen Boden gesetzt, bevor ich in den Sechzigern das erste Mal herkam, um Geschäfte zu machen. Warum, glaubst du, hat der Boss hier so schnell Fuß fassen können? Er hatte schon über mich investiert. In einer gefährlichen und unberechenbaren Welt muss man diversifizieren, nur für den Fall, dass dein Land eines Tages den Bach runtergeht. Wie ich unsere alte Plantage vermisse! Die köstlichsten Bananen, die süßesten Kokosnüsse, die saftigsten Mangos. Wir waren glücklich. Unsere Arbeiter waren glücklich. Und was haben sie jetzt? Kommunismus. Das Geld ist wertlos. Reismangel. Rationierung. Dabei ist noch nicht mal Krieg! Es ist schlimmer als im Krieg. Mir blutet das Herz, wenn ich an mein altes Kindermädchen denke. Ihre Briefe sind herzzerreißend, mein Freund. Herz … zer … reißend …

Jesus Christus,
diese gottverdammten
scheißverfickten
roten Bastarde!

Der Ronin kam auf die Art, wie der Scheißkerl in einem Scheißfilm stirbt, theatralisch stöhnend, mit übertrieben zuckendem Körper und einer Crème Brûlée, die es verdächtigerweise zum exakt gleichen Zeitpunkt zum gleichen Abschluss brachte. Der Ronin schien dennoch restlos befriedigt zu sein, als er sich seufzend auf den Rücken wälzte, während Crème Brûlée schnurrte: Oh, das war sooo toll. Und als der Ronin grinste und erwiderte: Klar war das toll, Baby, da erkannte ich, dass sogar der gerissenste Betrüger der Welt auf den ältesten Trick der Welt hereinfällt. Oh, verlorene Illusionen! Selbst der Charme im Verkehr mit Konkubinen war entschwunden. Ein weiterer Nebeltraum meiner Jugend verflüchtigte sich für immer, verdrängt vom unappetitlichen Anblick eines unsichtbaren Orgasmus, der ein männliches Wesen meiner Spezies am Genick packt und durchschüttelt. Ich schämte mich für mein eigenes Geschlecht. Sah ich genauso aus, und hörte ich mich genauso an?

Nicht übel für zweiundfünfzig, was?, meinte der Ronin mit geschlossenen Augen. Also, haben wir einen Deal?

Zweiundfünfzig? Welcher Deal?

Ich bin zweiundfünfzig Jahre alt. Eine Überraschung, ich weiß. Ich habe mich genauso gut gehalten wie ein Asiate. Und der Deal ist, dass du den Markt vergrößerst. Bei den Intellektuellen. Gefolgt von einer persönlichen Einführung in den Himmel.

Was würde Gott dazu sagen? Ich glaubte, mir die Frage im Stillen gestellt zu haben, aber ich musste sie wohl laut ausgesprochen haben, denn der Ronin antwortete: Was Gott dazu sagen würde? Er würde sagen: Warum nicht?

Das habe ich früher auch mal gedacht, sagte ich. Aber ich hatte jede Menge Zeit, darüber nachzudenken, was Gott sagen würde, und ich kenne jetzt die richtige Antwort.

Ach ja? Der Ronin zündete sich eine Zigarette an. Und die wäre?

Na: Warum nicht, *zum Teufel?*

Du verrückter Bastard, sagte der Ronin grinsend. Du gefällst mir.

ACHTES KAPITEL

Warum nicht, zum Teufel? Hast du dir diese Frage auch gestellt, Bon, bevor du genau vor meinem Gesicht abgedrückt hast? Tja, stimmt, warum nicht, zum Teufel, das ist mein Motto, besonders wenn es um Whiskey, Kognak, Wodka, Gin, Sake, Wein oder Bier geht, jedoch nicht, wenn es um Pastis geht, denn der schmeckt wie Scheiße. Im Himmel hatten sie eine Flasche Ricard, aber nachdem der Ronin wieder weg war, frönte ich in meiner letzten Nacht dort dem weltumspannenderen Johnny Walker und schlief dann in einem herzförmigen Bett ein. Beobachtete mich meine Mutter von oben? Konnte sie meine Schmach sehen? Würde sie mir ihre Liebe und Zärtlichkeit schenken, ihr umfassendes Verständnis, ihre Sympathie weit übersteigende Empathie? Sie würde aus dem richtigen Himmel, wenn es ihn denn gab, auf diesen weltlichen hinunterschauen und sagen: Du bist mein Sohn, und du bist nicht etwas Halbes, sondern das Doppelte von allem. Du wirst einen Weg finden, um den Fluch zu brechen, der in deinen Ohren widerhallt – die Worte der kommunistischen Agentin, die sie den Polizisten trotzig entgegenschleuderte, bevor sie sie vergewaltigten:

Mein Nachname ist Viet, und
mein Vorname ist Nam!

Oh, Mama … wenn ich doch nur so an mich glauben könnte wie du. Die ganze Zeit schaue ich mich an, und weil mir nicht gefällt, was ich sehe, muss ich zum Whiskey greifen, denn der ist für das Sehvermögen viel besser als jede Brille. Ausreichende Mengen selbst minderer Qualität sorgen dafür, dass das verschwommene Spiegelbild des eigenen Ichs blank geputzt wird und die Linsen wie von einem Optiker wieder scharf gestellt werden. Aber unglücklicherweise lässt die Wirkung von Whiskey nach, und der Kater stellt wieder auf die Realität scharf, in der man nämlich man selbst und ein anderer ist, die sich ständig gegenseitig anschauen. So war mein Daseinszustand, als Bon mich am nächsten Morgen anrief.

Und, tüchtig amüsiert?, fragte Bon.

Ja, ziemlich, log ich.

Sehr schön. Wollte dir bloß Bescheid geben, dass Sleepy tot ist.

Für einen Mann, der einem vom gewaltsamen Abgang eines der Sieben Zwerge berichtete, klang Bon ziemlich fröhlich. So war er. Auch er liebte den Whiskey, was ihn aber wirklich fokussierte, war die Liebe zu seiner Familie und der Hass auf den Kommunismus. All die gewaltige Kraft der Liebe, die er seiner Frau und seinem Kind nicht mehr geben konnte, war in dem seltsamen Dynamo seiner Seele in latente Gewalt umgewandelt worden, die er gegen seine Feinde richten konnte. Jetzt hatte er eine Ausrede: Sleepy war tot, und dessen jüngerer Bruder Shorty (den sogar andere kleine Menschen für klein hielten) hatte gerade so überlebt. Die Brüder waren in der Nähe eines Tang-Frères-Supermarkts überfallen worden, als sie ihre Runde drehten, um für die Secret Society, wie der Boss sein Versicherungsunternehmen aus romantischen Gründen nannte, die monatlichen Mitgliedsbeiträge zu kassieren. Die Beiträge waren Versicherung gegen den Boss selbst – wen auch sonst?

Das durfte man natürlich nicht laut aussprechen. Es war eine große Abzocke, die zugleich Ursache dieser Angst war wie auch Schutz vor dieser Angst bot. Wobei der Boss keineswegs als Erster auf diese Masche gekommen war. Die erste und größte Abzocke war die organisierte Religion, ein Wirtschaftsmodell ewigen Profits, das auf freiwilliger Angst und aufgezwungener Schuld gründete: Spendengelder für Kirchen, Tempel, Moscheen, Synagogen, Kulte et cetera, um der Seele einen Platz im Expresslift ins himmlische, als Jenseits bekannte Penthouse zu sichern – ein echter Marketing-Geniestreich! Hatte Sleepy seine spirituelle Versicherung bezahlt? Wenn ja, hatte es ihm irgendetwas genutzt?

Laut Shorty, dessen Erinnerungsvermögen, so jedenfalls Bon, ein Eisenrohr in Haferbrei verwandelt hatte, hatten ihnen vier junge Araber im Durchgang eines schmuddeligen Wohnhauses aufgelauert. Die Jungs hatten mit Fäusten, Füßen und Messern auf Sleepy und Shorty eingeschlagen, eingetreten und eingestochen, bevor sie sich zur Abwechslung auf Eisenrohre und Ketten verlegten. Anschließend erleichterten sie Sleepy und Shorty um mehrere Tausend Francs und ein paar Schuldscheine. Ein tapferer Anwohner, der aus einem Fenster in einem oberen Stockwerk hinunterschrie, rettete Shorty. Die Angreifer hatten sich lachend davongemacht, und Shorty schleppte sich eine Straße weiter bis zur nächsten Station seiner Inkassorunde, wo er dem Ladenbesitzer befahl, ihn in seinem Lager zu verstecken und Le Cao Boi anzurufen. Shorty versteckte sich gleichermaßen vor der Polizei wie vor den Dieben, die zweifellos eine Botschaft hatten senden wollen. Die Moral der Geschichte, folgerte Bon, sei nicht, dass zu viel getötet würde, sondern ganz im Gegenteil zu wenig (Sleepy wäre da vielleicht anderer Meinung).

Ich hab dir gesagt, dass die Jungs von neulich nicht tot waren, sagte Bon. Als er hinzufügte, ich hätte die Chance gehabt, sie zu töten, und das hätte ich machen sollen, hörte ich das Schnauben von Sonny und dem maßlosen Major in meinen Ohren. Selbst wenn die es nicht waren, so Bon weiter, haben sie ihren Freunden und Bossen davon erzählt, und das war jetzt die Folge. Wenn man einem das Messer reinrammt, dann muss er dabei draufgehen. Wer immer Shorty das angetan hat, wird noch bereuen, dass er ihn nicht getötet hat.

Jesus Christus, sagte ich traurig. Das ist Krieg.

O ja, bestätigte er vergnügt. Das ist Krieg.

Wie bei jedem Krieg konnte man über dessen Entstehung streiten. War es ihre Schuld, wer immer sie auch waren, weil sie Sleepy getötet hatten? War es meine Schuld, weil ich Beatles und Rolling Stones, die wahrscheinlich zur gleichen Gang wie die Mörder Sleepys gehörten, nur fast getötet hatte? War es ihre Schuld, weil sie versucht hatten, mich auszurauben? War es meine Schuld, weil ich herausgetreten war aus der Menge der unsichtbaren Indochinesen, die nie Besuch vom repressiven Staatsapparat benötigten, weil sie gelernt hatten, sich selbst zu unterdrücken? War es ihre Schuld, weil sie nicht versucht hatten, eine Allianz oder auch nur ein Gespräch mit ihren kolonisierten Gefährten anzustreben? Aber wer waren die eigentlich, die Leute, mit denen wir jetzt im Krieg lagen?

Jetzt, nach Beendigung meiner himmlischen Sabbatwoche, hatte ich Zeit, diese Fragen zu beantworten. Mein Gesicht war einigermaßen verheilt, wenn auch noch etwas geschwollen und empfindlich, und der Schmerz in meinem Kopf war zu einem beständigen, unangenehmen Kribbeln abgeklungen. Selbst wenn ich noch länger hätte bleiben und meine Erniedrigung verlängern wollen, meine Brieftasche war leer. Ich ging nach oben in den Warteraum zum eschatologischen Rausschmeißer, der wusste, dass es mein letzter Tag war, und mich mit drei Leihgaben verabschiedete: Ausgaben voller Unterstreichungen von Fanons *Schwarze Haut, weiße Masken* und *Die Verdammten dieser Erde* sowie Césaires *Ein Sturm*.

Wie soll ich dir die zurückgeben?, fragte ich.

Du kommst wieder, sagte er. In den Himmel kommt jeder wieder.

Ich ging in die Küche, um mich zu verabschieden. Die expressionistische Hausherrin, Crème Brûlée und Madeleine saßen im Nachthemd beim Frühstück aus Kaffee und Zigaretten. Als ich sah, dass Madeleine sich Tränen aus den Augen wischte, dachte ich zuerst an einen Kunden, der sie irgendwie verletzt hatte. Männliche Empörung durchflutete meine Brust, aber als ich sie fragte, was los sei, sagte sie nichts von einem Mann. Stattdessen zeigte sie auf die Zeitung, die auf dem Tisch lag. Die Schlagzeile lautete MASSENGRÄBER IN KAMBODSCHA.

Meine Familie, sagte sie. Fast alle sind noch da.

Das Foto unter der Überschrift zeigte Berge von schmutzigen Knochen und anklagenden Schädeln, frisch ausgegraben und ausgebreitet auf Planen. Der Anblick dieser quälenden Überreste erinnerte mich daran, wie schlecht gerüstet ich war für den Umgang mit Tod oder Schmerz, Trauer oder Depression, ob sie nun mich betrafen oder andere. Wenn ich Zeuge von anderer Menschen Leid wurde, geriet ich in Panik und wusste nicht, welche Geste oder welche Worte angebracht waren. Ich konnte ihr nur zaghaft die Hand auf die Schulter legen und sagen: Das tut mir leid.

Du bist Vietnamese. Sie schloss die Augen und wies mich mit einer Handbewegung ab. *Ihr* seid in Kambodscha einmarschiert.

Die expressionistische Hausherrin schaute mich an und zuckte mit den Achseln, als wolle sie sagen, sie sei wie der Boss gebürtige Chinesin aus Cholon und deshalb nicht verantwortlich. Crème Brûlée sah mich zornig an, als wolle sie sagen, sie sei Laotin und deshalb auch nicht dafür verantwortlich, wenn man Vietnamese sei. Ich hatte das Bedürfnis zu sagen: Ich bin nur ein halber Vietnamese. Und wir sind doch alle Indochinesen, oder etwa nicht? Dank unseres Franko-Frankensteins, der uns getötet, zerstückelt, wieder zusammengenäht und dann auf den Bastardnamen »Indochina« getauft hat, den wir nun alle tragen. Außerdem wünschte ich mir, Madeleine wüsste, dass die Kommunisten in Kambodscha eingefallen waren. Zu diesem Zeitpunkt saß ich im Umerziehungslager und war obendrein schon gar kein Kommunist mehr.

Aber nichts davon spielte eine Rolle. Wenn wir an eine kollektive Schuld von Franzosen, Amerikanern, Japanern und Chinesen glaubten, die alle auf die eine oder andere Art unser Land gegeißelt hatten, wenn wir so inbrünstig glaubten, dass *ihr uns* Gewalt angetan habt – dann mussten auch *wir* an unsere eigene kollektive Schuld glauben. Die Schuld war wirklich ein Luder.

Also dann, auf Wiedersehen, sagte ich verlegen. Die Hausherrin und Crème Brûlée verabschiedeten sich ebenso halbherzig, was mich daran erinnerte, dass man einen Ort wie den Himmel niemals morgens, sondern immer im Schutz der Nacht verlassen sollte. Madeleine sagte nichts, zündete sich eine Haschischzigarette an und saß weiter mit geschlossenen Augen da, hinter denen ohne Zweifel ein Film lief, den nur sie sehen konnte, die klapprige Rolle der Erinnerung, in der alle, die sie kannte, noch lebten.

Auf dem Rückweg nach Paris las ich im RER-Zug die Zeitung, zusammen mit Sonny und dem maßlosen Major, die über meine Schulter mitlasen. Der Artikel bestätigte, was ich schon im Flüchtlingslager auf Galang von Entwicklungshelfern und meinem Sprachlehrer gehört hatte, einem ernsthaften und verschwitzten jungen Mann aus Bordeaux, der uns Flüchtlingen auf dem Weg in unser Heimatland Frankreich helfen wollte. In seinem Diktatkurs, an dem ich aus Langeweile teilnahm, hatten wir von den Taten der Roten Khmer erfahren.

Sprecht mir nach, hatte er gesagt. Rote Khmer.

Rote Khmer, sagten wir.

Jahr Null, sagte er.

Jahr Null, sagten wir.

Pol Pot ist böse, sagte er.

Pol Pot ist böse, sagten wir.

Sehr langsam, in einfachem Französisch, erklärte er uns, wie die Roten Khmer und ihr Führer Pol Pot Kambodscha ins Jahr Null zurückführen wollten, um ihr Land von jeglicher ausländischen Verunreinigung zu säubern und wieder ganz von vorn anzufangen, mit nichts. Mit nichts, wiederholten wir, und mir fiel wieder das Lied ein, das uns der Französischlehrer einmal vorgespielt hatte: *Non, je ne regrette rien.* Edith Piafs Stimme hallte in meinem Kopf nach, als er uns das letzte Diktat des Tages diktierte: Die Roten Khmer sind Kommunisten. Noch einmal wiederholten wir seine Worte, aber danach hob ich die Hand und sagte: Die Führer der Roten Khmer haben in Paris studiert.

Pff!, machte der verschwitzte Französischlehrer. Vielleicht war es auch Pfffffffff! Jedenfalls war es sehr französisch. Sie haben nicht verstanden, was sie gelesen haben, sagte er. Sie verballhornten, was man ihnen beibrachte. Sie sind zu weit gegangen.

Zu weit?, dachte ich, weil ich nicht mit dem verschwitzten Französischlehrer debattieren wollte, dessen positives Urteil mir helfen konnte, aus dem Flüchtlingslager herauszukommen. »Zu weit« unterstellte, dass die Franzosen mit allem, was sie in ihren Kolonien getan hatten, nicht zu weit gegangen waren, obwohl Toussaint Louverture und die Haitianer hierzu anderer Meinung gewesen sein mochten. Wenn die Franzosen mit der Ausbeutung der Kambodschaner nicht zu weit gegangen wären, hätte es dann die Roten Khmer überhaupt gegeben? Und sollte nicht gerade der Student immer weiter gehen als der Lehrer? Sollte der Schüler nicht tun, was der Lehrer tut, und nicht nur dem folgen, was der Lehrer sagt?

In unserem indochinesischen Fall pries der Lehrer *liberté, égalité, fraternité,* während das Volk des Lehrers das Volk der Studenten versklavte. Die Gegensätze verschärften sich, als der Student las, dass auch die französischen Revolutionäre zu weit gegangen waren und mit der Guillotine die französischen Aristokraten enthauptet hatten, und dann den Lehrer sah, wie er mit der Guillotine die einheimischen Revolutionäre enthauptete. Es war alles so verwirrend! Kein Wunder, dass die Einheimischen so widerspenstig waren. Da die Botschaften des Herrn so verworren waren, geriet der Einheimische unweigerlich durcheinander.

Genau wie du, flüsterten mir Sonny und der maßlose Major über die Schulter zu. Es war unheimlich, wie sie es schafften, immer im Gleichtakt zu agieren. Sie harmonierten besser als ich und ich. Und sie hatten recht. Ich war verworren und verwirrt und durcheinander, und vielleicht war ich zu weit gegangen. Aber von alldem abgesehen, waren die Roten Khmer definitiv und unbestreitbar zu weit gegangen. Sie hassten uns, weil wir sie vor Hunderten von Jahren kolonisiert und ihnen ihr Land gestohlen hatten. Also hatten sie mehrmals mit blutigen Überfällen reagiert und unsere Grenze überschritten, worauf meine empörten Landsleute mit ebenfalls kommunistisch-brudermörderischem Gebaren reagiert hatten und in das Land einmarschiert waren, das früher Kambodscha gewesen war. Die Invasion hatte die Beweise für kursierende Gerüchte erbracht: Massengräber. Sie fanden sich im gesamten Land und bargen die Überreste von Tausenden, die während der dreijährigen Herrschaft der Roten Khmer gestorben waren. Wahrscheinlich Zehntausenden, hieß es in dem Artikel. Möglicherweise Hunderttausenden. Ein Foto in dem Zeitungsartikel zeigte eine offene Grube mit Hunderten zerstückelter Skelette, Brustkörbe und die von ihnen abgetrennten Köpfe, Oberschenkel und Schulterblätter, ein Durcheinander an menschlichen Überresten, zerschmettert wie der utopische Traum der Roten Khmer. Meine Magengrube fühlte sich so hohl an wie dieser Traum. War meine Revolution das Gleiche wie ihre Revolution? Jean-Paul Sartre hatte in seinem Vorwort zu Fanons *Die Verdammten dieser Erde* etwas geschrieben, was ich einmal unterstrichen und auswendig gelernt hatte und was, wie ich herausfand, der eschatologische Rausschmeißer ebenfalls unterstrichen hatte: »Wenn sie siegt, wird die nationale Revolution eine sozialistische sein. Wenn sie ihren Elan verliert, wenn die kolonisierte Bourgeoisie die Macht ergreift, wird der neue Staat trotz seiner formalen Souveränität in den Händen der Imperialisten bleiben.« *Ja!* hatte ich an den Rand geschrieben. *Ja!* hatte auch der eschatologische Rausschmeißer an den Rand gekritzelt. Hatten die Roten Khmer dieses Vorwort auch gelesen? Oder hatten sie es nicht richtig gelesen? Oder hatten sie einfach die Atmosphäre aller Revolutionen eingesogen, einschließlich der französischen? Zur algerischen Revolution schrieb Fanon: »die Dekolonisation ist immer ein Phänomen der Gewalt«, und bislang gibt meine persönliche Erfahrung seiner Analyse recht. Woher Pol Pot und seine Revolutionäre ihre Ideen auch hatten, sie hatten sie einfach bis zum logischen Ende verfolgt und die einheimische Bourgeoisie sowie viele Menschen, die nicht zur einheimischen Bourgeoisie gehörten, ausgerottet. Die Roten Khmer hatten uns, ihren Kolonisatoren, und den Franzosen, den Kolonisatoren ihrer Kolonisatoren, so viel zu beweisen. Sie wollten zeigen, dass keiner die Revolution engagierter vorantrieb als sie, die Rotesten der Roten. Aber letztlich hatte Pol Pot vielleicht nur eine weitere von Fanons Thesen bewiesen: »Der Kolonisierte ist ein Verfolgter, der ständig davon träumt, Verfolger zu werden.«

Zur Genesung wurde Shorty vom Boss in den Himmel geschickt, wo der semiglückliche Hurensohn – angesichts der Schwere seiner Verletzungen und des großzügigen Krankengelds vom Boss – für mehrere Wochen bleiben würde. Bon und ich zogen in die dunkle, reizlose Wohnung, die sich Sleepy und Shorty im fünften Arrondissement in der Nähe des Jardin des Plantes geteilt hatten. Wir nahmen ihre Identitäten an, und Bon richtete sich auf Dauer darin ein, da Sleepy sich auf Dauer schlafen gelegt hatte. Als ich Le Cao Boi gegenüber erwähnte, dass wir Sleepy und Shorty nicht annähernd ähnlich sähen, meinte er: Als jemand, der nun schon viele Jahre hier lebt, kann ich euch versichern, dass die Franzosen den Unterschied gar nicht merken.

Aber die beiden sind klein, sagte Bon. *Richtig* klein.

Und hässlich, sagte ich. *Richtig* hässlich.

Bilde dir bloß nichts ein, Camus, sagte Le Cao Boi. Ihr zwei gewinnt auch keinen Schönheitswettbewerb. Jedenfalls haben schon Sleepy und Shorty die Wohnung vor ein paar Jahren von zwei anderen Typen übernommen und da unter deren Namen gelebt. Und diese beiden hatten die Wohnung von wieder zwei anderen übernommen und unter *deren* Namen da gewohnt. Wer weiß, wie lange das schon so geht? Deshalb ist die Wohnung so billig. Der Mietvertrag ist schon Jahrzehnte alt. Und deshalb werden die beiden ersten Kerle, wer immer die waren und woher die auch kamen, nie sterben. Die werden ewig in dieser Wohnung wohnen.

Kein Wunder, dass die Franzosen Angst vor uns hatten. Wir waren nicht einfach unsichtbare Indochinesen, wir waren unsterbliche Orientalen. Wir starben einzeln oder zu Millionen, wurden aber immer wiedergeboren. So hässlich wir auch waren, wir alterten nicht, und wir sahen alle gleich aus, ob wir nun Chinesen, Vietnamesen oder ethnische Chinesen aus Vietnam waren oder sogar Eurasier wie ich. Abgesehen von gelegentlichen zaghaften Blicken in unsere Richtung, schenkte uns in den nächsten paar Wochen tatsächlich niemand im Haus Beachtung oder sprach uns an. Vielleicht waren wir Fremde in dem Gebäude – vielleicht aber auch nicht. Die Bewohner hatten sich diese Chinesen oder Vietnamesen oder Asiaten noch nie besonders genau angeschaut und konnten sich jetzt deshalb nicht sicher sein, ob wir die waren, die wir zu sein behaupteten. Da unsere Nachbarn nicht genau bestimmen konnten, was manche Amerikaner mit ihrem typischen gutartigen Humor Unidentifizierbare Flachwichserorientalen nannten und die Franzosen vielleicht Anonyme Asiaten, entschieden sie sich dafür, auf ihre eigenen Vorurteile zurückzugreifen oder höflich zu sein und so zu tun, als wären wir nicht da beziehungsweise schon immer da gewesen.

Bevor ich umzog, war ich zu meiner Tante gefahren, um meine Sachen abzuholen. Ich packte meine überschaubaren Habseligkeiten ein, die für einen Kapitalisten fast nichts, für einen so verwässerten Ex-Kommunisten, dass er als Sozialist durchgehen konnte, allerdings durchaus etwas waren. Es waren jedenfalls genügend, um meine Ledertasche zu füllen, in deren Geheimfach im Boden ich wieder mein schwergewichtiges Geständnis verstaute. Seit Monaten hatte ich schon nicht mehr darin gelesen, aber sein reines Vorhandensein als Gedächtnisstütze verlieh der Tasche ein dämonisches Glühen. Ich berichtete meiner Tante von der Wohnung für Bon und mich. Sie machte keine Anstalten, mich aufzuhalten, war aber doch so höflich, mir anzubieten, ich könne jederzeit wiederkommen. Unsere gemeinsame Zeit näherte sich einem etwas unangenehmen Ende. Ich nestelte an meiner Tasche herum und sagte: Hast du schon gehört?

Was?

Man ist in Paris.

Sie sah ehrlich überrascht aus. Das wusste ich nicht.

Aber du hast ihm erzählt, dass ich hier bin.

Natürlich. Du wusstest, dass ich das tun würde, oder etwa nicht?

Ich nickte. Du glaubst immer noch an die Revolution.

Anders als du kann ich nicht an nichts glauben, entgegnete sie. Oder genauer, wie der Teil von dir, den die Revolution missbraucht hat, muss ich an etwas glauben, auch wenn ich ebenfalls glaube, was dir zugestoßen ist.

Die an Revolutionen glauben, sind die, die noch nie eine miterlebt haben.

Wir lernen aus unseren Fehlern. Du selbst machst einen Fehler, zu früh über die Revolution zu urteilen.

Zu früh? Ich war entgeistert. Du hast doch gelesen, was sie mir angetan haben …

Ich habe nicht gesagt, dass das gerechtfertigt war. Was ich sage, ist, dass es bei allen Revolutionen Exzesse gibt. Das liegt in ihrer Natur. Die Menschen sind zu überschwänglich, zu leidenschaftlich. Sie lassen sich hinreißen. Die Gefühle kochen hoch. Und manchmal kommen die Falschen zu Schaden. Du musst dich und das, was dir zugestoßen ist, hintanstellen. Und weit vorausdenken. Nimm Amerika. Heute weiß niemand mehr, was mit den Amerikanern passiert ist, die sich auf die Seite des britischen Königs gestellt haben. Hätte die Amerikanische Revolution besser nie stattgefunden, oder sollen wir sie verdammen, weil diese Menschen ins Exil mussten? Oder nimm die Französische Revolution. Der Terror war beklagenswert, aber wo stehen wir heute? Revolutionen müssen nach fünfzig, nach hundert Jahren beurteilt werden, wenn die Leidenschaften abgekühlt sind und die Errungenschaften der Revolution Zeit hatten, Fuß zu fassen und zu gedeihen.

Dann lebe ich nicht mehr. Wie praktisch.

Spar dir deinen Sarkasmus. Der passt nicht zu dir.

Ganz im Gegenteil, ich glaube, der steht mir sehr gut.

Sie seufzte. Du weißt, dass Revolutionäre sich aufopfern müssen. Denk an all die Kommunisten, die die Franzosen in unserer Heimat hingerichtet haben. Es ist deprimierend, dass diese jungen Märtyrer als Halbwüchsige, als Zwanzig- und Dreißigjährige sterben mussten. Aber sie haben sich hingegeben, weil sie daran glaubten, dass die Revolution weiterleben würde. Sie brachten das ultimative Opfer. Das hast du bisher noch nicht gebracht. Tut mir leid, dass ich so hart bin, aber du musst aufhören, dich selbst zu bemitleiden …

Wenn nicht ich mich bemitleiden darf, wer dann?

… und deine subjektiven Gefühle darüber, was dir angetan wurde, vom objektiven Verständnis dessen zu trennen, wie Revolutionen funktionieren. Du hältst deine persönlichen Erfahrungen fälschlicherweise für politische Einsicht. Entgegen deinen Beteuerungen, immer noch an die Revolution zu glauben, siehst du bedauerlicherweise aus und hörst du dich an wie ein Konterrevolutionär. Ich habe bisher gezögert, das auszusprechen, aber jetzt bin ich mir sicher: Du bist ein Reaktionär.

Ich war sprachlos. Mich einen Konterrevolutionär und Reaktionär zu nennen war das Schlimmste, was jemand zu mir sagen konnte, und selbst wenn ein Teil von mir wütend widersprach, quälten den anderen Teil von mir doch Zweifel. Die beste Erwiderung, die mir darauf einfiel, war: Wenn ich ein Reaktionär bin, bist du eine Salonrevolutionärin.

Das heißt nicht, dass ich unrecht habe. Du glaubst doch an Marx, oder?

Ich witterte eine Falle und zögerte. Ich glaube mehr an ihn, als ich an seine Anhänger glaube.

Genau. Er war ein Philosoph. Viele seiner Anhänger sind das nicht. Sie sind Männer der Tat, du siehst ja, was sie dir angetan haben. Aber philosophiert nicht jeder vom Salonsessel aus? Soviel ich weiß, hat Marx nie eine Waffe benutzt. Es amüsierte sie zu sehen, dass es mir erneut die Sprache verschlug. Warum bleibst du nicht noch? In der Küche steht eine Flasche Chablis auf Eis. Schenk dir ein Glas ein und mir auch eins. Eine letzte Soiree. Gleich kommen noch ein paar Freunde.

Meine Tante nannte BFD und den promovierten Maoisten, die häufigsten Besucher in ihrer Wohnung. Ich hatte nicht gerade das Bedürfnis, sie zu sehen, aber Gratis-Chablis konnte ich nur schwer ablehnen. Als ich mit den Gläsern zurückkam, warf ich einen Blick in den riesigen goldgerahmten Spiegel über ihrem Kamin. Da ich mich als Spion immer hatte vergewissern müssen, wie ich aussah oder aussehen sollte, schaute ich oft in Spiegel. Wie ein Schauspieler arbeitete ich an meinem Gesichtsausdruck und meiner Reaktion, besonders auf Fragen, vor denen ich mich am meisten fürchtete: Sind Sie Kommunist? Sind Sie ein Spion? Schock, Unglaube, Wut – das hatte mein Gesicht zu vermitteln. Jetzt hatte mein Gesicht freundlich zu sein, und das Gesicht, das in mein Gesicht blickte, war nicht unfreundlich. Nach meiner Genesung im Himmel sah das Gesicht im Spiegel zumindest entfernt menschlich aus, was sicherlich eine Verzerrung durch das antike Glas war. Dennoch beruhigt, reichte ich meiner Tante ihren Chablis und nippte selbst an meinem, dessen Kühle meine Seele besänftigte, die im Gegensatz zu meinem Gesicht wund war und wehtat.

Entscheidest du dich für einen von den beiden?

Entscheiden? Meine Tante lachte, als hätte sie gerade den besten Witz ihres Lebens gehört.

Keine Ehe? Ich machte nur Small Talk, aber Small Talk speist sich aus tiefen Brunnen. Keine Kinder?

Für jemanden, der mal ein Revolutionär war, sagte sie seufzend, bist du deprimierend konventionell.

Bevor BFD und der promovierte Maoist kamen, ging ich ins Bad, schloss ab und schüttete den Inhalt eines Röhrchens der Arznei auf das Glas eines Handspiegels, rollte einen Zwanzig-Francs-Schein zusammen, beugte mich so nah über den Spiegel, dass ich mein Gesicht sehen konnte, und inhalierte erst durch das eine, dann durch das andere Nasenloch die gesamte Dosis des weißen Pulvers. Zitternd wartete ich. Haschisch reichte nicht. Ich benötigte die Kraft der Arznei, um mich von dem Ekel zu befreien, ein *Reaktionär* zu sein – oder auch nur so genannt worden zu sein. Als BFD und der promovierte Maoist eintrafen, hatte die Arznei mich beruhigt. Ich schenkte ihnen Wein ein, eine Möglichkeit, mich schließlich doch noch gesellschaftlich nützlich machen zu können.

Meine Liebe, sagte BFD zu meiner Tante, du bist heute Abend schön wie eine Geisha.

Unvergleichlich, sekundierte der promovierte Maoist. Nur ein Gauguin wäre würdig, dich malen zu dürfen.

Meine Tante nahm die Komplimente anmutig entgegen und rollte aus Tabak und etwas von meinem Haschisch feste, schlanke Zigaretten. Ich erklärte, ich sei eine Woche lang in der Nähe des Canal Saint-Martin im zweitschlechtesten asiatischen

Restaurant von Paris zur Aushilfe gewesen, aber ich hätte mir die Mühe einer Erklärung sparen können. Niemand war neugierig, was mir recht war, da ich eigentlich nur das zärtliche und verführerische Haschisch genießen wollte. Ich achtete nicht auf die Gespräche, deren vielfältige Themen in rasendem Tempo an mir vorbeiflogen. Ein paar Fetzen drangen allerdings in meine Glückseligkeit ein: ihre Zustimmung zu einer fünften Woche bezahlten Urlaubs, um die die neue sozialistische Regierung die bisher geltenden vier Wochen aufgestockt hatte, auch wenn sie sich einig waren, dass eine sechste Woche erforderlich sei; ihre Verachtung für einen Rechtsaußenpolitiker, der mit seinen Angriffen auf Einwanderer und Ausländer Schlagzeilen gemacht hatte; ihr Bekenntnis, dass Frankreich ein Land der Gastfreundschaft für Einwanderer und des Asyls für Flüchtlinge wie denen aus Indochina bleiben solle …

Sind Sie nicht auch dieser Meinung?, fragte BFD.

Ich war es nicht gewohnt, angesprochen zu werden, und benötigte also einen Moment, bis ich begriff, dass er mich meinte, weil er Englisch sprach, was nicht höflich, sondern herablassend war. Was?, sagte ich und blinzelte mit den Augen.

Sind Sie nicht auch der Meinung, dass Frankreich ein Land des Aslys bleiben soll?

Asyl? Warum? Sind wir obdachlos?

Ich hielt meine Antwort für ziemlich pfiffig, aber BFD verzog das Gesicht. Sie wissen, was ich meine, ein Land der Zuflucht.

Aha, sagte ich. Und dann, ermutigt durch das Haschisch, fragte ich: Auch wenn sie vor Sozialisten, Kommunisten und Utopia fliehen?

Der promovierte Maoist schaltete sich ein. Ich missbillige, dass diese Flüchtlinge koloniale Kompradoren sind, die an der Kolonisierung ihres eigenen Landes beteiligt waren. Aber das heißt nicht, dass sie keine Menschen sind. Sie sind durchaus

Menschen und verdienen deshalb unsere Hilfe, nicht zuletzt, weil wir die Kolonisatoren waren, die ihr Land überhaupt erst ruiniert haben.

Da widerspreche ich Ihnen nicht, erwiderte ich.

Er hat sich nicht verändert, sagte BFD. Er ist zu bescheiden, um es Ihnen zu sagen, aber er war in den Sechzigern Vorsitzender des maoistischen Komitees gegen den Krieg des amerikanischen Imperiums in Ihrem Land.

Das war der richtige Weg, erklärte der promovierte Maoist.

Er war der maoistischste aller Maoisten, ein Mao-Mao, sozusagen, sagte BFD. Tatsächlich war er so maoistisch, dass unser Spitzname für ihn …

Vorsitzender Mao, riet ich.

Nein, noch besser – Le Chinois!

Alle brachen in Gelächter aus, und ich lächelte schwach. Ich war verdattert. Le Chinois? War das ein Kompliment oder eine Beleidigung oder beides? Da er hier der Hausexperte für Maoismus war, fragte ich: Können Sie nach der Kulturrevolution noch Maoist sein? Oder nach dem Großen Sprung nach vorn? Glauben Sie nicht, dass man nach dem Tod all der Chinesen, die auf der falschen Seite des ideologischen Staatsapparats und des repressiven Staatsapparats standen, den Maoismus überdenken sollte? Und was ist mit Kambodscha? Ich nahm die Zeitung mit dem Foto des Massengrabs voller Knochen vom Tisch. Die Chinesen unterstützen die Roten Khmer. Wird Ihnen da beim Thema kommunistische Revolution nicht wenigstens mulmig?

Der promovierte Maoist schaute auf das Bild und schüttelte traurig den Kopf. Das habe ich heute Morgen auch gesehen. Sicher, bei Revolutionen passieren Fehler und manchmal mit einem Ausmaß von Millionen Toten. Tragisch? Ja. Falsch? Ja. Aber wenn man da stehen bleibt, tappt man in die Falle der Kapitalisten. Ha!, sagen sie dann. Erwischt! Jetzt bleibt euch als einzige Wahl nur noch der Kapitalismus und seine Pseudodemokratie, seine Bauernfängerei mit falschen Optionen. Denn wenn der Kommunismus schlecht ist, dann muss der Kapitalismus gut sein, oder? Nein! Kapitalisten verweisen gerne auf die zig Millionen Toten unter Stalin und Mao und vergessen dabei gerne die Hunderte Millionen Tote, die unter dem Kapitalismus gestorben sind. Was sind denn Kolonialismus und Sklaverei anderes als Ausprägungen des Kapitalismus? Was war der Genozid an den Ureinwohnern in den beiden Amerikas anderes als Kapitalismus? Aber lassen wir die hässlichen Widersprüche des Kapitalismus beiseite und schauen wir uns genauer an, was die Kommunisten getan haben.

Was habe ich Ihnen gesagt?, meinte BFD und schenkte sich noch ein Glas Wein ein. Le Chinois.

Das weiß ich alles, sagte ich. Aber das ist alles Theorie …

Nein, das ist die Praxis. Sie haben mich nach Mao und der Kulturrevolution gefragt. Ich bin nicht davon überzeugt, dass sie ein Fehler war, denn Mao stand nicht auf der Seite des Staates. Er hat versucht, den Staat von seinen reaktionären Elementen zu säubern und die Macht denen zurückzugeben, denen sie gehört – dem Volk, den Massen. Wir werden einmal auf die Kulturrevolution zurückblicken, wie wir auf die Pariser Kommune zurückblicken – damals eine Niederlage, aber letztlich ein Triumph für das Volk. Was Mao angeht, so war er unendlich dialektisch und erkannte anders als Stalin, dem die vietnamesischen Kommunisten folgten, dass man der Revolution nicht gestatten darf, im Staat zu verknöchern. Sobald das passiert, wird die Revolution durch ihre eigene Macht korrumpiert, deshalb sind Sie in einem Umerziehungslager gelandet. Die Revolution muss, genau wie die Dialektik, beständig fortschreiten.

Meine Tante hielt mir eine weitere Haschischzigarette hin. Ich nahm sie stumm, unfähig, etwas auf das theoretische Trommelfeuer zu erwidern – nicht einmal auf Englisch. Der promovierte Maoist trank einen Schluck Wein und sagte in mitleidigem Ton zu mir: Sie haben eine Menge durchgemacht. Das verstehe ich. Und Sie sollten verstehen, dass es verzeihlich ist, auf der falschen Seite der Geschichte gestanden zu haben – aber haben Sie sich wirklich und wahrhaftig der Selbstkritik unterzogen, um das zu erkennen?

Selbstkritik?, schrie ich. Wenn ich etwas bin, dann selbstkritisch. *Mein ganzes Leben ist eine einzige Sitzung der Selbstkritik zwischen mir, mir und mir.*

Kein Grund, laut zu werden, bemerkte BFD.

Wenn Sie so selbstkritisch sind, sagte der promovierte Maoist, erkennen Sie dann, wo Sie sich von den Massen entfernt haben?

Weshalb sollte ich mir Gedanken über meine Entfremdung von den Massen machen, wenn ich auch ich und ich bin? Bin ich nicht eine Masse? Bin ich nicht schon ein Kollektiv? Sind in mir nicht schon viele versammelt? Bin ich nicht schon ein Universum für mich? Bin ich nicht immer endlos dialektisch, wenn ich die These von mir und die Antithese von mir zusammenführe?

Da spricht das Haschisch, meinte BFD.

Sie sollten nicht so hart mit ihm ins Gericht gehen, erklärte meine Tante. Ihre unerwartete Aufmunterung hob meine Lebensgeister, die allerdings gleich wieder abschmierten, als sie hinzufügte: Er ist eigentlich nicht der totale Reaktionär, der er zu sein scheint. Er war sogar ein kommunistischer Spion, der undercover mitten unter den Reaktionären gearbeitet hat und nur deshalb ins Umerziehungslager gesteckt wurde, weil er seine Rolle als kapitalistischer Amerikafreund vielleicht etwas zu leidenschaftlich gespielt hat.

BFD und der promovierte Maoist sahen mich mit neuem Interesse an, möglicherweise aber auch nur, weil meine Kinnlade meinen Lebensgeistern gefolgt und vor Überraschung auf dem Boden aufgeschlagen war. Du bist nicht … das ist nicht … warum …

Schon gut, du bist unter Freunden, sagte meine Tante und machte eine wegwerfende Handbewegung. Dein Problem ist, dass du vollkommen in deinem Kopf lebst. Außer mir hast du niemanden zum Reden. Hast du die Bedeutung von Solidarität vergessen?

Ich hätte nie gedacht, dass er ein Spion sein könnte, sagte BFD.

Und genau deshalb war er ein guter Spion, meinte der promovierte Maoist.

Wenigstens in irgendetwas bin ich gut!, rief ich. Außerdem habe ich jemanden außer dir, mit dem ich reden kann – ich rede die ganze Zeit mit mir selbst.

Und das merkt man, gab meine Tante zurück.

Sie schauten mich alle an, als hätte ich etwas zutiefst Problematisches gesagt wie »Ich liebe Amerika«, was man in Gegenwart französischer Intellektueller niemals tun sollte. Das sollte man nur in privatem Kreis zugeben, ähnlich wie eine Vorliebe für Pornografie. Ich stand so abrupt auf, dass mir ganz blümerant wurde, ein Schwindelanfall, der sich noch verstärkte, als ich mich im goldgerahmten Spiegel über dem Kamin meiner Tante sah: ein Mann mit zwei Gesichtern. Welches Gesicht zeigte ich mir selbst, und welches zeigte ich ihnen? War ich ein Revolutionär oder ein Reaktionär? Und wenn ich ein Revolutionär war, woran glaubte ich? Wofür engagierte ich mich? Was war ich verpflichtet? Und war ich tatsächlich ich oder ein doch anderer? Ich murmelte eine Entschuldigung und ging ins Bad, wo ich die Tür abschloss, noch etwas von meiner Arznei inhalierte und zitternd darauf wartete, dass mein Ekel nachließ.

NEUNTES KAPITEL

Wir – ich, ich und ich – waren weder real noch irreal, sondern surreal, ein Zustand, dem die Löcher in meinem Kopf nicht im Geringsten zugutekamen, der stattdessen sogar noch ausgeprägter wurde, wenn wir uns mit dem weißen Puder der Arznei bestäubten, wovon wir wussten, dass wir es besser lassen sollten, es aber doch taten, weil es zu leicht war, angesichts des Umstands, wie gut sich so eine Bestäubung anfühlte, oder wenn wir wieder als japanischer Tourist verkleidet durch die Straßen von Paris gingen. Mit der Brille hatten wir vier anstatt zwei Augen. Obwohl die Gläser nur Schwindel waren, erschien alles schärfer, fokussierter, sogar wenn wir high von Haschisch waren oder vielleicht weil wir high von Haschisch waren, und erst recht, wenn wir high von der Arznei waren oder wir Haschisch mit der Arznei aufgerüstet hatten. Wir stellten fest, dass wir immer häufiger eine Dosis von der Arznei benötigten, da der Zweck, durch die Straßen von Paris zu gehen, inzwischen der war, als Köder zu dienen. Und als Köder hatte man Angst. Wer immer Sleepy getötet und versucht hatte, Shorty und uns zu töten, würde es wieder versuchen. Jedenfalls erzählte uns das Le Cao Boi. Dieses Wissen war etwas anstrengend, und die Arznei half dabei, uns zu besänftigen oder einzulullen, während wir versuchten, unsere Gangsterrivalen aus der Reserve zu locken.

Die Behauptung, wir gingen durch die Straßen von Paris, war allerdings ungenau. Wir schwebten, wir glitten, aber wir gingen nicht, wenn wir an den Proben für die Kulturschau teilnahmen oder unsere Termine abklapperten, um die Bestellungen der vietnamesischen Darsteller, des promovierten Maoisten und aller ihrer Freunde und Bekannten auszuliefern, die ihre Ware lieber von einem gelben Asiaten oder einem vietnamesischen Landsmann zugestellt bekamen als von einem braunen Orientalen – was heißt, einem Araber. Wie Ho Chi Minh schon vor langer Zeit in seinen Schriften gegen den Kolonialismus feststellte, waren Asiaten und Araber (wie auch Afrikaner) als koloniale Stiefkinder des gleichen missbräuchlichen Schutzherrn Frankreich miteinander verwandt. Was Asiaten und Araber anging, so waren wir entfernte Cousins aus den enormen Weiten, die östlich des Westens lagen oder zumindest östlich des westlichen Denkens. Der braune Orientale ähnelte dem gelben Asiaten insofern, als unsere ruhmreichen Zivilisationen zugrunde gerichtet und zerstört waren und nur noch taugten für unseren Tee, unsere Religionen, unsere Teppiche, unseren Glitzerschmuck, unsere Wandbehänge, unsere Textilien, unsere Unterwürfigkeit, unsere Abgelegenheit, unseren Sex und vielleicht noch unsere Wut. Oder waren unsere Wutausbrüche und Tiraden nicht so gut wie unsere Waren?

Der zirkulären Logik des östlichen Denkens steht die lineare Logik des westlichen gegenüber. Die lineare Logik zielte immer auf den Horizont der Aufklärung, dessen ewige Morgendämmerung der Erkenntnis von den Atombomben erleuchtet wurde, die gleich jenseits des Horizonts auf irgendeiner armen tropischen Insel in Französisch-Polynesien explodierten. Je näher wir der Quelle dieses Leuchtens kamen, desto schmerzhafter wurde dieses Licht für unsere vier Augen. Mit unserem optischen Quartett zogen wir das Zwielicht vor. Das Zwielicht war die Zeit des Haschischs, des düsteren Eingeborenen, des dunkelhäutigen Subalternen, des sanften Gelben. Das

Zwielicht war die beste Zeit, um über die gewöhnlich eher im Schatten als im grellen Licht zu findende Wahrheit zu meditieren. Das Zwielicht war auch die beste Zeit, um Whiskey zu genießen, sich zu lieben, eine Revolution zu entfachen und Runden zu drehen. Mit dem Wissen, dass irgendwo in der Nähe ein Citroën CX mit einem der Sieben Zwerge am Steuer herumfuhr (für uns waren sie das noch, obwohl sie ja keine sieben mehr waren), drehten wir in den Arrondissements von Paris Runde um Runde. Le Cao Boi saß vorne und Bon mit ein oder zwei Zwergen hinten. Sie waren bewaffnet mit Hack- und Küchenmessern, Eisenrohren, Ketten, Totschlägern und ein paar Handfeuerwaffen für den Fall, dass sich die Dinge wirklich übel entwickelten.

Das ist alles?, hatten wir gefragt.

Le Cao Boi hatte mit den Achseln gezuckt. Kein Grund, die Sache jetzt schon auf die Spitze zu treiben, Camus, sagte er. Red einfach immer weiter, wenn sie dich am Arsch haben. Wir hauen dich schon raus.

Amerikaner in den guten alten *USofA* hätten Schrotflinten und Maschinenpistolen in den Armen gehalten, zärtlich wie Mütter ihre Babys. Vietnamesen in Vietnam wären bewaffnet gewesen mit Handgranaten und zerlegbaren Raketenwerfern vom Schwarzmarkt für überschüssige und gestohlene Waffen der Amerikaner. Die Franzosen dagegen – und anscheinend auch die in Frankreich lebenden Eingeborenen – waren für derlei zu zivilisiert. Sie glaubten noch daran, dass für den Anfang Pistolen reichten.

Der Citroën folgte uns in diskretem Abstand. Das nahmen wir zumindest an, denn wir konnten ihn nur gelegentlich aus dem Augenwinkel sehen, wenn wir ein Gebäude betraten oder eines verließen. Dieses Programm absolvierten wir eine Woche lang ohne Ergebnis, wenn man von unseren wund gelaufenen Füßen und den wieder aufgefüllten Bargeldreserven absieht. Intellektuelle mochten Haschisch wirklich sehr, ebenso die Bohemiens der Union, die nicht so gute und gesetzestreue Eingeborene oder Kinder von Eingeborenen waren, als dass sie nicht ganz gern high wurden. Manche kauften sogar die Arznei, deren elegantes Weiß sie für ziemlich *chic* hielten.

Macht es dich nicht wütend, dass wir die Ware verkaufen?, fragten wir Bon einmal spätabends in unserer neuen Wohnung.

Manchmal tranken wir den Kognak auf eine besondere Art, mit einem Teekessel als Dekantierer und aus fingerhutgroßen Teetassen. Der arme Bon liebte Kognak und sah keinen Widerspruch darin, sich diese herrliche Flüssigkeit zuzuführen und gleichzeitig zu erklären: Die Franzosen sind reich geworden, indem sie uns bestohlen haben. Richtig?

Richtig.

Und dann haben sie versucht, Franzosen aus uns zu machen. Sie waren schlimmer als die Amerikaner. Die haben uns betrogen, aber wenigstens haben sie nicht versucht, Amerikaner aus uns zu machen. Sie haben uns nie bestohlen. Sie wollten uns immer nur etwas verkaufen. Deshalb bin ich froh, dass ich hier den Franzosen etwas verkaufen kann. Sie schulden uns etwas.

Wir bezweifelten, dass die Franzosen unsere gemeinsame Geschichte in diesem Sinne auffassten, mit Ausnahme des Teils, dass sie Franzosen aus uns machten. Wir kritisierten die Franzosen, aber tranken wir nicht trotzdem ihren Kognak? Oh, *quelle contradiction!*

In unserem morgendlichen Sprachunterricht machten wir uns wieder weiter vertraut mit den französischen Sichtweisen. Wir ließen uns freudig von unserem Lehrer diktieren und spürten einmal mehr den Kitzel, aufgerufen zu werden, die

Gelegenheit auf einen kleinen Erfolg oder Misserfolg. In unserer Freizeit lasen wir mithilfe eines Wörterbuchs Césaires *Ein Sturm*, eine Neufassung von Shakespeares *Der Sturm* aus der Perspektive Calibans. Césaire gab Caliban, einem »schwarzen Sklaven«, seine schon immer starke Stimme zurück und ließ ihn sagen, was jede kolonisierte Person seinem Kolonisator sagen wollte, in diesem Fall Prospero:

ICH HASSE DICH!

Prosperos Erwiderung war eine Schutzbehauptung: »Ich habe dich zu retten versucht, vor allem vor dir selbst.« Da war sie, die zivilisierende Mission! Und dann: »Ich werde meine nachgiebige Natur bezwingen und von jetzt an deine Gewalt mit Gewalt erwidern.« Und hier, die Kanonen der Zivilisation! Dem Kolonisierten die Schuld zuschieben an einer Situation, die der Kolonisator geschaffen hat. Césaires Sicht glich der von Fanon in *Die Verdammten dieser Erde*, wo die Gewalt des Kolonisators die Gewalt des Kolonisierten erzeugt. Vielleicht war dies der einzige Weg, sich des Kolonisators zu entledigen, aber was hieß das für den Kolonisierten, den mit dem Abschiedsgeschenk des Kolonisators Infizierten, der Geschlechtskrankheit des Hasses? Die Siegreichen unter den ehemaligen Kolonisierten wendeten diesen Hass des Kolonisators in einen kaum verschleierten Selbsthass, dass sie sich so lange hatten kolonisieren lassen. Doch den ließen sie nicht an sich selbst aus, sondern an den anderen ehemaligen Kolonisierten, die nicht so gewalttätig waren wie die Sieger. Die einzige Lösung für diese Revolution war deshalb eine weitere Revolution, eine, zu der wir verpflichtet waren, deren Profil wir allerdings nicht klar artikulieren konnten, was passte, da unser Platz in dieser Allegorie der von Ariel war, dem »Mulattensklaven« mit der zwiespältigen Loyalität, weder schwarz noch weiß, in einer Position der Schwäche, die sich in Stärke hätte verwandeln können, wenn Ariel am Ende etwas von Substanz hätte sagen dürfen, was ihm aber weder von Shakespeare noch von Césaire zugestanden wurde.

Wir bastelten uns aus unbekannten Worten von Césaire, Fanon und anderen Autoren französische Vokabelkarten und verwandelten das Lernen in ein Trinkspiel. Während Bon abends mit uns paukte, waren wir genötigt, für jedes falsche Wort einen Fingerhut Kognak zu trinken. »Genötigt« ist natürlich ein Euphemismus mit der exakt gegenteiligen Bedeutung, wie beim Wort »Pazifizierung«, die gewöhnlich einen hohen Grad an tödlicher Gewalt gegen wilde Eingeborene nach sich zieht. Die Geschichte war voll von solchen Beispielen, von der chinesischen Pazifizierung Vietnams, an der wir so viel Freude hatten, dass wir sie tausend Jahre andauern ließen; bis zur vietnamesischen Pazifizierung der Cham, die so erfolgreich war, dass kaum noch ein Cham übrig blieb; bis zur französischen Pazifizierung von Indochina durch jene Religion des Friedens, jenen Katholizismus, an den zu glauben die zeitgenössischen Franzosen hier nicht einmal mehr vorgaben; bis zur amerikanischen Pazifizierung des Mekong-Deltas, bei der Tausende »Guerrillakämpfer« von den Amerikanern getötet wurden, aber nur ein paar Dutzend Waffen sichergestellt werden konnten. Wo waren all ihre Waffen geblieben? Ihr Verschwinden war ein Wunder der Tropen! Aber das war Pazifizierung immer.

Am Ende einer dieser Vokabelsitzungen erwähnte Bon, ausgelöst durch die Wendung »coup de foudre«, er habe Loan ein paarmal gesehen. Das Geständnis – denn das war es – versetzte uns schlagartig in vorübergehende Nüchternheit. Ein paarmal?, hakten wir nach. Erst vor ein paar Wochen habe er sie bei der Union getroffen. Wie redet ihr überhaupt miteinander?

Ich rede. Ich habe einiges zu sagen.

Du solltest eigentlich stumm sein, schon vergessen?

Psychologisch stumm. Nicht physisch stumm.

Wir klappten unser heruntergeklapptes Kinn wieder hoch. Das heißt …

Das heißt, dass ich Loan die Wahrheit gesagt habe. Ich war nicht stumm, weil meine Stimmbänder irgendwie verletzt waren, sondern weil ich es nicht über mich gebracht habe zu reden.

Das stimmt nicht.

Spirituell schon. Habe ich in den letzten Jahren etwa viel geredet?

Wir schüttelten den Kopf und spürten, wie die Flüssigkeit darin hin und her schwappte.

Habe ich abgesehen von Linhs Foto jemals eine Frau angeschaut?

Wir schüttelten wieder den Kopf, ganz sanft, da unser Gehirn auf einem Wasserbett voll Kognak trieb.

Es ist jetzt sechs Jahre her, dass Linh und Duc gestorben sind. Jeden Tag habe ich mit ihnen und für sie gelitten. Ich leide immer noch. Aber an dem Abend, als ich Loan getroffen habe, habe ich Linhs Stimme gehört. Er hielt inne.

Was hat sie gesagt?, fragten wir.

Es ist Zeit. Das ist alles. Nicht Zeit, weiterzuziehen. Ich kann nie mehr weiterziehen. Aber es ist Zeit …

Wir stürzten noch zwei Kognaks hinunter und stellten beiden einen rituellen Toast voran, der unsere regelmäßigen Trinkspiele mit Man vor so vielen Jahren heraufbeschwor: *Einhundert Prozent.* Die Franzosen würden sich an ihrem eigenen Kognak verschlucken, wenn sie versuchten, ihr Glas auf einen Zug komplett auszutrinken, und das bereitete uns Vergnügen. Das Hinunterkippen ganzer Gläser einer edlen französischen Spirituose mit einer einzigen heldenhaften Bewegung hatte unter vietnamesischen Männern jedoch Tradition. Ihr Ursprung ist unbekannt, aber höchstwahrscheinlich entstand sie, um zweierlei zu demonstrieren: zum einen, dass auch wir uns Kognak leisten konnten, und zum anderen, dass wir Manns genug waren, ihn sehr schnell zu trinken und nicht wie die Franzosen nur schlückchenweise.

Angeschlagen durch die etlichen Tässchen Kognak, erzählte Bon uns mehr. Er hatte für den Mann ohne Gesicht, Dung oder wie auch immer er hieß, einen Plan ersonnen.

Was für einen Plan?, fragten wir, obwohl wir wussten, dass Bon immer nur eine Art von Plan ersann.

Die Union lädt alle Angestellten der kommunistischen Botschaft zu der Tet-Feier ein, sagte Bon. Zu denen gehört auch der Mann ohne Gesicht. Das ist unsere Chance.

Unsere Chance?

Oder meine Chance, wenn du nicht mitmachen willst.

Er holte aus dem Wandschrank eine runde blaue Dose mit dänischen Butterkeksen. War das die gleiche Keksdose wie beim Boss in der Wohnung? Er öffnete sie und zeigte mir den süßesten aller Kekse, die ultimative Männerprothese, eine immer harte Waffe, jederzeit fähig zur Schnellfeuerejakulation. Keine zivilisierte gallische Pistole, mit der man nur in Zeitlupe feuern konnte. Nein, eine mitleidlose germanische Walther P38, Kaliber 9 mm, mit Magazin.

Die schnappen dich, sagten wir.

Bon lächelte bloß. Mir scheißegal.

Was dich nicht umbringt, macht dich nur stärker.

Warum nicht, zum Teufel?

Mir scheißegal.

So viele sprachgewandte Philosophien zur Auswahl. Aber welche war unsere? Früher lautete sie einfach: *Etwas muss getan werden.* Etwas zu tun war das große Anliegen unseres Lebens, und diesen Druck verspürten wir noch immer. Im Namen von *etwas zu tun* waren wir Revolutionäre geworden, und es hatte uns ins Umerziehungslager gebracht. Im Namen von *etwas zu tun* waren wir Bon auf seinem Himmelfahrtskommando gefolgt, in unser Heimatland einzufallen und es vor dem Kommunismus zu retten, nur so konnten wir ihm das Leben retten. Wir hatten es gerade so geschafft. Und jetzt mussten wir noch etwas mehr tun: Wir mussten Bon daran hindern, Man zu töten. Daran war ich immer noch gebunden: an unseren Eid auf die Blutsbrüderschaft. Natürlich warf ein Teil von mir Man vor, mich gefoltert zu haben, aber ein anderer Teil von mir erkannte, dass er es im Glauben getan hatte, mir so am besten die Wahrheit über unsere Revolution offenbaren zu können. Er war gefangen in der zertrümmerten, von Fanon und Césaire skizzierten Welt, in der Gewalt das Problem und Gewalt die Lösung war. Wir waren aneinandergekettet, nicht nur als Blutsbrüder, sondern auch als Revolutionäre, die für unsere individuellen Ziele unsere inzwischen unterschiedlichen Revolutionen verfolgen mussten.

Auf unseren Liefertouren zu Fuß durch die Straßen von Paris hatten wir erstens jede Menge Zeit, uns den Kopf darüber zu zerbrechen, wie man das Leben eines Blutsbruders vor dem Zugriff eines anderen Blutsbruders bewahren kann, und zweitens, um über unsere Philosophie oder deren Fehlen nachzusinnen – bis der kosmische Karmawecker klingelte. Am Tag, als es so weit war, waren Le Cao Boi und Bon zu dezent oder nach all den Tagen, die man uns gefolgt war, vielleicht zu müde und deshalb unaufmerksam. Vielleicht waren unsere zirkulären Muster zu zirkulär, denn als Beatles schließlich auftauchte, war von dem Citroën nirgends etwas zu sehen.

Statt des Citroëns hielt ein einfacher weißer Lieferwagen mit heruntergekurbeltem Beifahrerfenster am Randstein. Der

Fahrer war ein unkultivierter Kerl, den wir noch nie gesehen hatten, den Beifahrer aber erkannten wir sofort, obwohl sein Sweatshirt kein Bild der Fab Four zierte, sondern grau war. Bevor wir uns aus dem Staub machen konnten, glitt die Schiebetür zurück und gab den Blick frei auf zwei weitere junge Männer, einen halbwegs kultivierten und einen anscheinend kultivierten. Der anscheinend Kultivierte richtete einen Revolver auf uns und lächelte aus irgendeinem Grund, möglicherweise auch nur, um die Blitze aus den vor Hass glühenden Augen von Beatles auszugleichen. Er stieß einen rasend schnellen Schwall Französisch aus, von dem wir nicht einmal die Hälfte verstanden, was diesmal aber nichts ausmachte. Der Revolvermann übersetzte in grammatikalisch perfektes Englisch.

Er meint, wenn du nicht einsteigst, blasen wir dir das Hirn aus dem Schädel. Der Revolvermann lächelte immer noch. Es war bizarr, wie charmant sein Englisch mit dem französischen Zungenschlag klang.

Sie sprechen sehr gut Englisch.

Sie auch, erwiderte er. Seine Ähnlichkeit mit der *Mona Lisa* war frappierend, abgesehen von den Haaren, die kurz und gelockt waren. Aber sein Lächeln war genauso heiter-gelassen, seine Nase genauso lang gestreckt und seine Augen genauso rätselhaft. Sie sprechen sogar besser Englisch als Bruce Lee.

Das ist wirklich ein Kompliment, sagten wir. In *Die Faust des Rächers* war er fantastisch.

In *Der Mann mit der Todeskralle* sogar noch besser.

Verdammte Scheiße, über was redet ihr da?, schrie Beatles.

Er ist ein klein wenig ungehalten, sagte die Mona Lisa, wobei sich die schwarzen Raupen seiner Augenbrauen aufwölbten. Seine hohe Stirn bot ausreichend Platz dafür. Sie sollten jetzt einsteigen.

Wir schauten auf die kleine Waffe in seiner Hand. Eine kleine Waffe ließ auf Selbstvertrauen, Genauigkeit und Eleganz schließen, anders als eine große Waffe, die meist Overkill bedeutete. Wir hoben die Hände und zwängten uns auf der mittleren Sitzbank zwischen die Mona Lisa und den halbwegs kultivierten Schläger, der nach Rauch und Schweiß roch. Sein muskulöser Oberschenkel drückte gegen meinen und zuckte im Takt der seltsamen Musik aus dem Autoradio, die von schweren Beats und einer stakkatohaften, schwarzen Stimme in energischem Englisch dominiert wurde. Der Lieferwagen fuhr los, Beatles drehte sich um und funkelte uns vom Beifahrersitz an. Sein Gesicht war das Letzte, was wir sahen.

Wir oder ich oder ich oder ich wurden von Stimmen und Gelächter geweckt, die in der gesprungenen Glocke meines Kopfes widerhallten. Mein Hals schmerzte, weil er das Gewicht dieser schweren Glocke tragen musste. Ich war in einem kalten Keller auf einen Holzstuhl gefesselt, die Hände auf dem Rücken, die Fußgelenke an den Stuhlbeinen. An den grauen Steinwänden standen stabile Industrieregale aus Holz, so tief wie schmale Betten, voller Holzkisten. In einem Fernseher lief mit heruntergedrehtem Ton ein Film, davor standen dicht gedrängt um einen Couchtisch ein paar schäbige Sofas. Beatles, die Mona Lisa und die beiden Schlägertypen, Ugly und Uglier, spielten Karten und rauchten Zigaretten. Meine Extremitäten waren taub, aber die Angst, die mein Kreuz umklammerte, machte das fehlende Gefühl in Armen und Beinen mehr als wett. Das war nicht surreal. Das war eindeutig real. Das Best-Case-Szenario war, dass ich den Keller womöglich lebend verlassen würde, allerdings nur unter der Bedingung, verschiedene Körperteile zurückzulassen, von Fingern und Zehen bis zu kompletten Gliedmaßen, Augen oder Ohren. Das Worst-Case-Szenario war, dass ich den Keller tot verlassen würde, allerdings wies dieses Szenario verschiedene Abstufungen auf, wenn man bedenkt, dass ich in einem Stück, in wenigen Stücken oder in vielen Stücken tot sein konnte.

Ugly bemerkte mich als Erster und stieß Beatles an. Der schaute mich wütend an und feuerte einen Wortschwall auf mich ab, in dem die Worte »Bastard,« »Arschloch« und »Chink« vorkamen. Jedes Wort, das ich verstand oder nicht verstand, war ein Hammerschlag gegen meine gesprungene Glocke. Dort hallten alle schlimmen französischen Worte wider, die ich kannte, einschließlich der im Laufe ihrer Jahre in Paris an Le Cao Boi und die Sieben Zwerge gerichteten antiasiatischen, rassistischen Beleidigungen, die sie an mich weitergegeben hatten. Beatles wollte mich wissen lassen, dass auch er dieses Vokabular kannte, aber da ich mein ganzes Leben lang rassistische Beschimpfungen ertragen hatte, spielte ich den Unbekümmerten und rang mir ein Lachen ab. Ich war der verrückte Bastard. Kein Gangster würde mich einschüchtern, auch wenn er mich in Wahrheit doch einschüchterte. Es hatte keinen Sinn, vor dieser Bande seine Angst zu zeigen. Wie alle Gangster, Rechtsanwälte und Priester ergötzten sie sich an der Angst von anderen.

Arschloch?, sagte ich so großmäulig, wie ich konnte. Chink? Wie wär's mit *Asiate, Chinetoque, Jaune, Tchong, Bridé?*

Beatles lachte. Du hast *Niakoué* vergessen.

Niakoué? Das kenne ich nicht.

Wie wär's mit *FILS DE PUTE?*

Doch, ja, das kenne ich.

Ab jetzt werde ich all die Stellen, an denen *Fils de pute* oder *Sale fils de pute* zum Einsatz kamen, nicht mehr wiedergeben, da sie fortan als Kommas oder Punkte dienten, unsichtbar und unhörbar. Auf diese Weise unterschieden sich die Gangster in diesem dreckigen Keller nur wenig von den Gangstern im schlechtesten asiatischen Restaurant von Paris, die ihren kastrierten Status auf den untersten Stufen der Dienstleistungsbranche damit überkompensierten, dass sie Wörter wie *Motherfucker* ausspuckten wie Spucke, was man in einem Restaurant nicht tun sollte. Natürlich begaben sich ich und ich auf eine schiefe Ebene, indem wir nicht nur *Motherfucker* und *Fils de pute* übernahmen, sondern auch die allerrassistischsten Ausdrücke, die man uns entgegenschleuderte, aber das war immer meine oder unsere Perspektive gewesen, zuerst in unserer zwielichtigen Profession als Spion und jetzt in unserer noch zwielichtigeren Ausbildung zum Gangster. Wenn ich aber geglaubt hatte, ich könnte auf diese Gangster bedrohlich wirken, indem ich ihnen die Sprache stahl, die sie gegen mich einsetzten, so schien sie das nicht im Geringsten zu beeindrucken. Das galt zumindest für Uglier, der höhnisch grinsend meinte: Wer hat schon Angst vor dem Großen Bösen Chink?

Ich würde sterben, oder? Aber wenn ich schon sterben musste, dann so gut ich kann, jedenfalls bis es zu schmerzhaft würde. Das gefällt mir, schrie ich. Das ist sogar noch besser als verrückter Bastard, ihr Rassisten!

Wir sind keine Rassisten, sagte Beatles. Wir mögen dich einfach nicht.

Warum habt ihr mir dann nicht schon die Kehle aufgeschlitzt?, wollte ich wissen. Einerseits mochte das keine gute Idee sein, meine Kidnapper an eine der schlimmsten ihnen zur Verfügung stehenden Optionen zu erinnern. Andererseits, warum in der dringlichsten Angelegenheit nicht gleich reinen Tisch machen?

Wo soll der Spaß sein, dich wie ein Schaf zu schlachten?, fragte Beatles. Du gibst ja nicht mal ein anständiges Opfer ab.

Ho, ho!, sagte der maßlose Major glucksend.

Ha, ha!, stimmte Sonny lachend ein.

Haltet den Mund, sagte ich.

Nein, *du* hältst den Mund, rief Beatles und sprang in einer Wolke aus Zigarettenrauch vom Sofa auf. *Scheiße, Mann, für wen hältst du dich eigentlich?*

Ah, sagten ich und ich gleichzeitig. Das ist die Frage, nicht wahr? Die universale Frage. Die Frage, die uns seit Anbeginn der Zeit begleitet.

Bring ihn nicht durcheinander, sagte die Mona Lisa. Ich will nicht, dass er den Mund hält – also *du*. Ich will, dass du redest.

Ich spielte Gott und sagte nichts.

Hörst du schlecht, du verrückter Bastard? Erzähl uns was über Le Chinois.

Wen?

Le Chinois!, kreischte Beatles.

Den promovierten Maoisten?

Beatles sprang über den Couchtisch und schlug mir zweimal ins Gesicht, erst mit der Vorhand und dann mit der Rückhand. Als wäre er Jean Gabin, der eine Schauspielerin ohrfeigt, was etwas charmant Französisches hatte. Ein Vietnamese oder Amerikaner hätte mir einfach auf die Nase geboxt. Le Chinois! Le Chinois! *Le Chinois!*

Dein Boss, sagte die Mona Lisa. Hör auf, ihn zu schlagen. Ich glaube, er hat dich verstanden.

Er warf ein durchsichtiges Plastikpäckchen mit der Arznei auf den Tisch. Wie harmlos sie aussah. Nichts weiter als ein weißes Pulver, das Mehl oder Zucker sein konnte.

Ich würde gern deinen Boss finden, den, der das da verkauft, und den, der mir mein Geschäft kaputt macht.

Fast hätte ich gesagt: Was willst du wissen? Fast. Wäre ich bei Verstand gewesen, hätte ich es gesagt. War ich dem Boss Loyalität schuldig? Er war ein Gangster, ein Drogendealer, ein Zuhälter und ein Mörder, was nicht heißen soll, dass diese

Beurteilungsmerkmale ihn zwangsläufig unsympathisch machen. Als ein Sympathisant par excellence konnte ich nicht nur jedes Problem, sondern auch jeden Menschen von zwei Seiten betrachten. Daher wusste ich, dass viele unserer bedeutendsten Führer in der Welt ebenfalls Gangster, Drogendealer, Zuhälter und Mörder gewesen sind, obwohl sie es vorzogen, sich Präsidenten, Könige, Diplomaten und Staatsmänner zu nennen. Das Einzige, was den Boss daran hinderte, eine etwas rechtmäßigere Existenzstufe zu erklimmen und eine Stütze der Gesellschaft zu werden, war Zeit. Die schuldete ich ihm, und die konnte ich ihm einräumen, nicht um seinetwillen, sondern Bons wegen. Wenn ich den Boss auslieferte, würde ich damit fast sicher auch Bon ausliefern, und das würde ich niemals tun.

Wer ist Saïd?, fragte ich stattdessen.

Saïd?, sagte Beatles verblüfft.

Vorsicht, sagte der maßlose Major.

Der geheimnisvolle Saïd, fügte Sonny hinzu.

Beatles schüttelte den Kopf und schaute zur Mona Lisa, die sich mehr und mehr als der Anführer herauszustellen schien. Saïd, sagte die Mona Lisa und zog den Namen in die Länge. Saïd ist mein Bruder.

Natürlich, flüsterte ich.

Er ist leider im Urlaub. Aber nur weil er gerade Urlaub macht, heißt das nicht, dass du sein Geschäft übernehmen kannst, was mein Geschäft ist. Ich rate dir, uns alles zu erzählen, was du über das da – er deutete auf die Arznei – und Le Chinois weißt. Oder die Sache geht sehr schlecht für dich aus, so wie für deinen Freund.

Meinen Freund?

Den Kleinen.

Sleepy?

Das ist sein Name? Jetzt kann er wenigstens ausschlafen.

Den hab ich schlafen gelegt, sagte Beatles. So wie du fast Ahmed.

Ahmed?

Mein Freund. Der, den du fast umgebracht hättest.

Also war Rolling Stones noch irgendwo am Leben. Ich hätte mich für ihn gefreut, und für mich auch, wenn meine Lage im Augenblick nicht so unerfreulich gewesen wäre. Wollt ihr mich foltern?

Bring die bloß nicht auf dumme Gedanken, sagte Sonny.

Ich lachte. Ihr könnt mich nicht foltern. Ich habe ein Umerziehungslager überlebt.

Jetzt hast du's geschafft, sagte der maßlose Major.

Du hältst dich wohl für tough, weil du in einem Umerziehungslager warst?, sagte Beatles. Euer Krieg war gar nicht so schlimm! Unser Krieg war schlimmer. Was ich da alles gehört habe! Du hältst dich also für tough, verrückter Bastard? Okay, dann probieren wir mal ein paar Sachen an dir aus, die die Franzosen mit uns angestellt haben.

Bist du kein Franzose?, sagte ich.

Halt dein Scheißmaul.

Dann machten sie sich daran, es mir richtig zu besorgen. Ein Teil von mir litt fürchterliche Schmerzen und steuerte das erforderliche Stöhnen, Schreien, Betteln und Bangen um mein Leben bei. Aber ein anderer Teil war der Profi, der im Nachhinein ihre Performance analysieren und evaluieren konnte. Diese Typen waren Amateure, was allerdings nicht hieß, dass das, was folgte, nicht wehtat. Amateure können jede Menge Schaden anrichten, auch wenn sie ihn ohne Finesse anrichten. Aber Finesse ist der Schlüssel. Mit einem Spritzer *élan*, einem Schuss *finesse* und literweise Heuchelei und selektiver Amnesie kann man mit Massenmord und Plünderungen *en gros* von Ländern und Kontinenten davonkommen. Man muss nur die

Franzosen fragen (oder die Engländer, Holländer, Portugiesen, Belgier, Spanier, Deutschen, Amerikaner, Chinesen, Japaner oder sogar uns Vietnamesen, aber nicht die Italiener, die waren beim Kolonisieren nicht besonders gut, denn sie hatten alles vergessen, was ihre römischen Vorfahren so ordentlich hinbekommen hatten). Und gerade weil die Franzosen alles mit *élan* und *finesse* angingen, beides von ihnen geprägte Begriffe, müssen diejenigen von uns, die Profis in der Nachrichtenbeschaffung sind, unsere Arbeit fachgerecht erledigen. Die Extraktion von Informationen erfordert Feingefühl, genau wie die Extraktion eines Zahns. Die eigentliche Frage ist demnach folgende: Versteht der Folterer diesen grundlegenden Aspekt? Mithilfe von Zigaretten, Sympathie, Mitleid und einem intuitiven Verständnis von menschlicher Psychologie und kulturellem Einfühlungsvermögen wird der Fragesteller seine Arbeit mit größerer Wahrscheinlichkeit erfolgreich verrichten. Versteht der Folterer das nicht, ist er ein Idiot. Versteht er es und genießt die Folter einfach nur, ist er ein Sadist. Was nicht heißt, dass man nicht beides zugleich sein kann, ein Idiot und ein Sadist. Man kann so ziemlich alles und gleichzeitig ein Idiot sein.

Was mich betrifft, bin ich womöglich ein Masochist, was nicht heißt, dass ich nicht auch ein Idiot bin. Wie soll man sonst erklären, warum ich mitten in all dem Brüllen und Ächzen (von meinen Folterern) und all den Schreien und Tränen (von mir) anfing zu lachen? Gequältes Lachen, sicher. Stranguliertes Lachen, gewiss. Und dann die Elektroden an meinen Nippeln und die Schnüre und Drähte, an denen ich an den Armen von der Decke hing, und das Wasser, das mir in den Hals geschüttet wurde – es war sehr schwer, auf eine fröhliche, freundliche Art zu lachen. Nichtsdestoweniger war es Lachen, und das gurgelnde und prustende Geräusch schien meine Folterer zu verwirren, die zweifellos geläufigere Reaktionen erwartet hatten.

Lacht der?, fragte Ugly und verzog das Gesicht angesichts seiner geschwollenen Fingerknöchel.

Ja, ich glaube, der lacht, bestätigte Uglier und lehnte sich für eine Zigarettenpause an die Wand, weil er von dem Würgegriff, in dem er mich mit Unterbrechungen eine Stunde lang festgehalten hatte, etwas ermattet war.

Was ist los mit dir, du gottverdammter Scheißkerl?, sagte Beatles. Er hatte sein Hemd ausgezogen, da es eine ziemlich schweißtreibende Arbeit war, jemanden mit einem Gummischlauch zu schlagen.

Ich lag mit dem Gesicht nach unten auf dem Zementboden, nackt und zitternd, eine Backe in einer Lache Flüssigkeit, die von mir oder von einem von ihnen stammen konnte. Ich fragte mich, ob meine Mutter mich jetzt sehen konnte. Wie sie und ich es geliebt hatten, wenn ich so dalag, vier oder fünf Jahre alt, nackt auf einer Bambusmatte, mit meinem Kopf in ihrem Schoß und vor Vergnügen schnurrend, während sie langsam meinen Rücken kratzte, von den Pobacken den Rücken hinauf bis zwischen die Schulterblätter, um dann mit diesem quälenden Vergnügen wieder von vorn anzufangen.

Und dann kam mir plötzlich, wie ein Stich in meine schon verwundete Seite, in den Sinn, dass ich inzwischen ein paar Jahre älter war als meine Mutter, als sie mit vierunddreißig starb, allein, ohne jeden Beistand, in der gleichen heruntergekommenen Hütte, in der sie mich aufgezogen hatte. Das nahm ich zumindest an, als ich schließlich nach sechs Jahren Auslandsstudium in Amerika in mein Dorf zurückkehrte. Ich trug meine Uniform als frischgebackener Leutnant der Armee. Niemand im Dorf wagte, mir in die Augen zu schauen oder mich »Bastard« zu nennen, wie sie es getan hatten, als ich ein kleiner Junge war, jetzt, da sie eine in Amerika hergestellte Pistole an meiner Hüfte sahen. Die Hütte war ein Konstrukt aus Holzstangen, Lehm, Stroh, Leinwandfetzen und zerschnittenen Pappkartons, in denen amerikanische Ausrüstung und Essensrationen verpackt gewesen waren. Sie war so wertlos, dass niemand sich die Mühe gemacht hatte, sie zu plündern oder irgendetwas daraus zu stehlen. Da sich niemand um die Hütte gekümmert hatte, war sie nach und nach in sich zusammengefallen, bis sie nur noch eine leere Hülle war. Ich steckte den Kopf hinein und sah das kleine Holzbett, auf dem meine Mutter und ich geschlafen hatten, die zerfledderte Bambusmatte und das kleine Regal mit dem Jesusbild und dem Kruzifix meiner Mutter. Sie war Waise gewesen, hatte keine Eltern gehabt, die sie ehren konnte, also war ihr nur Jesus geblieben, dessen Bild nach mir ihr wertvollster Besitz gewesen war.

Von der Tür, durch die ein Teppich aus Sonnenlicht bis in die dämmerigen Winkel der Hütte fiel, konnte ich das rote Herz auf der Brust eines verdächtig angelsächsisch aussehenden Jesus mit braunen Haaren, braunem Spitzbart, braunen Augen und heller Haut sehen. War meine Mutter erlöst worden, so wie sie mich erlöst hatte mit all der Liebe, die sie mir geschenkt hatte, ohne sich je zu beklagen? Woher hatte sie diese Liebe genommen, sie, die selbst nicht geliebt worden war? Von wem hatte sie Zuneigung, Zärtlichkeiten und die sanften Worte gelernt, mit denen sie mich täglich und reichlich einrieb, bis ich die kleine Dosis Menschlichkeit, über die ich heute verfüge, aufgesaugt hatte?

Ein Teil von mir, der störrische Kommunist, glaubte, sie sei nicht erlöst worden, weil es keinen Gott und kein Jenseits gab. Aber ein anderer Teil von mir, der störrische Katholik, halb verängstigt und halb gläubig, geschüttelt und nicht gerührt, glaubte, sie sei durch die Luft in den Himmel aufgestiegen – zusammen mit all den anderen Flüchtlingen an jenem Tag, das heißt mit jedem, der an diesem Tag gestorben war. Was waren wir denn alle, sobald wir einmal tot waren, außer Flüchtlinge, die von der verdammten Erde ins Asyl des ewigen Lebens flohen? Was war die ganze Erde außer einer Dritten Welt, verglichen mit der Zweiten Welt des Fegefeuers und der Ersten Welt des Himmels? Dieser verängstigte und gläubige Teil von mir schämte sich bei dem Gedanken, dass sie mich von ihrem Balkon im Paradies, dieser exklusivsten aller bewachten Wohnanlagen, jetzt vielleicht sehen könnte.

Ich lag auf dem Gesicht in jenem Keller und sah mir dabei zu, wie ich in mein Dorf zurückreiste und zu dem Friedhof ging, auf dem meine Mutter begraben lag. Ich hatte mich hingekniet und ihren Namen berührt. Wenigstens hatte sie einen Namen. Auf meinem Grabstein, sollte ich denn jemals einen haben, würde wahrscheinlich VO DANH stehen. Als ich ihren Namen las und das mit zinnoberroter Farbe eingeätzte Geburts- und Sterbedatum, verblassend wie die Erinnerung selbst, sah ich mich auf einem Floß, das von einem reißenden Strom meiner aufgestauten, verdammten Liebe fortgetragen wurde. Schließlich hörte ich auf zu weinen. Ich lehnte an einem stabilen Stahlträger aus mörderischer Wut, trocknete meine Augen und begutachtete das geschändete Andenken meiner Mutter. Ihr Grab befand sich in einem morastigen Randstreifen des Friedhofs, verbannt im Tod wie im Leben. Sie hatte das Kreuz einer alleinerziehenden Mutter getragen, verachtet von Verwandten und Dörflern, die nicht wussten, dass ihr Priester mein Vater war. Meine Mutter schützte ihn aus dem missverstandenen katholischen Glauben an Güte und Tugend heraus, den ebenjener Priester ihr anerzogen hatte.

Und im Tod wurde sie für ihren Glauben an Gott und an ihn in einem Grab fern von allen anderen abgelegt, weitab von den ehrenwerten Toten und deren ehrenwerten Hinterbliebenen, die die Nähe zu ihr nicht ertragen konnten, zu ihr, der Aufrichtigsten unter ihnen, der jede Art von Heuchelei absolut fremd war, die Grundvoraussetzung für jeden auch nur annähernd ehrbaren Menschen.

Ich ging zu der Hütte zurück, in der ich mit meiner Mutter gelebt hatte, das einzige Zuhause, wo ich Liebe erfahren hatte, und steckte es mit einem Zippo-Feuerzeug in Brand, das ich an das trockene Strohdach hielt. Die Nachbarn kamen aus ihren Behausungen und sahen zusammen mit mir zu, wie aus der Hütte ein Scheiterhaufen für meine Erinnerungen wurde, die, so hoffte ich, ebenfalls zu Asche zerfallen würden. Die Nachbarn reagierten richtig. Sie sagten nichts. Hätten sie etwas gesagt, dann hätte ich vielleicht meine in Amerika hergestellte Pistole zu dem Zweck benutzt, für den sie Anfang des zwanzigsten Jahrhunderts bestimmt gewesen war, nämlich um Eingeborene abzuschlachten. So hatte ich es jedenfalls von meinem Mentor Claude gelernt. Die Pistole hatte ihren Wert das erste Mal bei der Pazifizierung der Philippinen unter Beweis gestellt, erwies sich inzwischen aber als ebenso nützlich in unserem Land. Claude hatte mir auch das Zippo geschenkt, versehen mit einer persönlichen Widmung. Siehst du das?, hatte er gesagt und war mit dem Zeigefinger unter den Worten entlanggefahren. Unter uns, das ist das inoffizielle Motto der CIA.

BEVOR IHR UNS FICKT, FICKEN WIR EUCH

Das sage ich mir jeden Abend, bevor ich ins Bett gehe, meinte Claude und zwinkerte mir zu, als er mir das Feuerzeug in die Hand drückte.

Weise Worte, sagte ich. Weise Worte.

Nachdem die Hütte zu einem Lagerfeuer geschrumpft war, ging ich die Straße hinunter zu der kleinen Landkirche, in der mein Vater wundersamerweise immer noch Priester war. Sein

Überleben war nicht wegen seines fortgeschrittenen Alters ein Wunder – er war jetzt in den Siebzigern –, sondern weil er ein Weißer, ein Franzose und ein Katholik in einer Zeit war, in der ihn alle diese Faktoren zu einem höchst attraktiven Ziel für ein Attentat durch ortsansässige Revolutionäre machten. Er empfing mich in seinem Büro, das ich nie zuvor betreten hatte, da ich ihn immer nur an drei Orten gesehen hatte: im Klassenraum der katholischen Schule, wo er mich unterrichtet hatte; in der Kirche, wo ich ihn nur aus der Entfernung sah; und im Beichtstuhl, wo ich durch das Gitter nur Umrisse von ihm erkannte. Dieser gebückte Schatten war auch das, was seine Mörderin in dem Augenblick sehen würde, wenn sie ihn in einen Schattengeist verwandelte.

Du bist ja jetzt ein richtiger Mann, sagte mein Vater. Er sprach das langsame, bedachte, geduldige Französisch, das er im Umgang mit seinen Schülern und den Bauern sprach. Es waren die ersten Worte, die er an mich richtete, seit ich sein Klassenzimmer als sein bester Schüler und seine größte Sorge verlassen hatte. Seitdem hatten wir nur noch ein einziges Mal Kontakt gehabt, nämlich als er mir nach Amerika geschrieben hatte, um mir den Tod meiner Mutter mitzuteilen. So wie er mich auch jetzt nicht mit meinem Namen ansprach, hatte er diesen auch damals im Brief nicht benutzt, lediglich in der Adresse auf dem Umschlag. Meinen Namen hatte er immer nur bei der Anwesenheitskontrolle in der Schule gesagt. Ansonsten nannte er mich ausschließlich »du«.

Ich bin auf dem Friedhof gewesen, sagte ich in dem langsamen, bedachten, geduldigen Vietnamesisch, das ich im Umgang mit den Franzosen und den Amerikanern benutzte, die glaubten, sie könnten Vietnamesisch, was bei meinem Vater, der schon Jahrzehnte hier lebte, der Fall war. Ich war an Mutters Grab.

Er saß hinter seinem Schreibtisch, auf dem sich Schularbeiten stapelten, und erwiderte nichts.

Danke, dass du den Grabstein für sie gekauft hast. Das war das Mindeste, was du tun konntest.

Schweigen. Bis zum Ende unserer Unterhaltung, die eigentlich ein Monolog meinerseits war, würde er kein einziges Wort sagen. Auch würde er nie den Blick senken, sondern mich ständig mit seinen Augen fixieren. Aus Trotz oder Verachtung oder Stolz oder Reue oder unausgesprochener Liebe. Wer weiß?

Hier ist das Geld für den Grabstein, sagte ich und warf einen Umschlag auf den Schreibtisch. Als Student hatte ich das Geld nicht. Jetzt habe ich ein bisschen. Ich sollte für den Grabstein zahlen, nicht du.

Immer noch nichts. Er inszenierte für mich das Schweigen seines Bosses, des Paten aller Paten, des Mannes Höchstselbst, Gott. Es war das Schweigen, das meinem Vater jeden Tag bei seinen Gebeten begegnete, das Schweigen, das Hunderte Millionen Menschen jeden Tag hörten, wenn sie Gott anflehten, etwas zu sagen, irgendetwas. Er sagte immer nichts, was seine Legionen an Fans kaum eines Besseren belehrte. Für jemanden, der nie etwas sagte, sprach Gott jedenfalls zu einer Menge Leute.

Warum ist meine Mutter gestorben statt dir?, sagte ich und stand auf, um zu gehen. Die Tatsache, dass sie tot ist und du lebst – das ist der simple Beweis dafür, dass es keinen Gott gibt.

Jetzt fühlte er sich provoziert. Jetzt sprach er endlich. Und in seinen Augen leuchtete die Inspiration für seine nächste Predigt. Deine teure Mutter glaubte von ganzem Herzen an Gott, und sie lebt jetzt im Himmel, weil Gott sie erlöst hat, sagte er. Ist dir nichts heilig?

Ist dir nichts heilig? Ich brach in Gelächter aus. Dann verstummte ich und sagte: Ich wünschte, du wärst tot anstelle von ihr.

Die Worte wiederholten, was ich aus Kalifornien Man geschrieben hatte, nachdem ich die Nachricht meines Vaters vom Tod meiner Mutter erhalten hatte. *Ich wünschte, er wäre tot.* Meine Worte warfen ihre Schatten voraus, denn einen Monat nach dieser Begegnung mit meinem Vater kniete die Attentäterin als vermeintliche Büßerin im Beichtstuhl meines Vaters und schoss ihm eine Kugel in die Schläfe, die er mit seinem sterbenden Gehirn als den Blitzschlag oder das Donnern erlebt haben mochte, das endlich das wahre Wort Gottes war, gesprochen von Gott Höchstselbst. Jahre später, während unseres Tête-à-Tête im Umerziehungslager, als Man mir den Schädel mit einem Dosenöffner öffnete und mein Gehirn streichelte, sagte er mir, dass ihm mein tödlicher Wunsch Befehl gewesen sei. Schließlich war er mein bester Freund und Blutsbruder. Er hatte mich beim Wort genommen und die kommunistische Agentin beauftragt, meine Worte in die Tat umzusetzen. Sie hatten die Attentäterin ausfindig gemacht, ein sechzehnjähriges Mädchen, dessen Großvater von den Franzosen, dessen Vater von den Amerikanern und dessen Bruder von den Republikanern getötet worden war. Wer sagt, Worte könnten nicht töten? Aber ich hatte nicht um die Macht meiner Worte gewusst. Jedenfalls hatte ich mir das eingeredet. Jetzt wusste ich um ihre Macht, aber ich wusste auch, was als Einziges noch mächtiger war als Worte. Schweigen.

ZEHNTES KAPITEL

Das Läuten in meinem Kopf erinnerte mich an das Glockenläuten in der Kirche meines Vaters. Der Klang dieser aus Frankreich importierten Glocke wehte durch all die Jahre zurück zu mir in diesen finsteren und feuchten französischen Keller. Auch glaubte ich, die zu mir sprechende Stimme meines Vaters zu hören, und das Wort, das mit dem Dröhnen in meiner gesprungenen Glocke verschmolz, war: *Du!* Jemand läutete meine Glocke, das heißt, jemand schlug mir ins Gesicht. Bei jedem Schlag ließen gelb und rot sprühende Funken die Innenseiten meiner geschlossenen Augenlider aufleuchten.

HEY!

DU!

Das DU, das ich war, öffnete die Augen. Ich war nicht in der Hütte meiner Mutter. Ich war nicht in meinem Dorf. Ich war nicht in der Kirche meines Vaters. Ich lag immer noch auf dem nassen Kellerboden, und die Hand, die mir ins Gesicht schlug, gehörte nicht Gott, sondern einem der beiden Schläger. Ugly. Vielleicht aber auch Uglier.

Jetzt hat er's gemerkt, sagte die Mona Lisa, die neben mir hockte. Jetzt ist er wach. Hat auch schon wieder ein bisschen Farbe im Gesicht.

Hey, Mann, warum wehrst du dich nicht?, wollte der Schläger wissen, der mich geschlagen hatte. Meine Augen stellten scharf. Das war eindeutig Ugly. Wo bleibt denn da der Spaß, wenn wir dich nicht foltern können?

Das ist langweilig, meinte Uglier.

Können wir ihn nicht gleich jetzt erledigen?, fragte Ugly.

Halt's Maul!, sagte Beatles, der hinter der Mona Lisa auf und ab ging. Du faules, kleines Arschloch. Du kannst nicht mal wen zusammenschlagen, ohne rumzujammern.

Okay, sagte Ugly. Schon klar. Aber mir tun die Zehen weh.

Wenn man wen zusammentritt, sollte man eben keine Sneakers anhaben, sagte Beatles. Besorg dir ein Paar Stiefel.

Seufzend stand Ugly auf, vermutlich um mich erneut zu treten, aber gerade als er mit dem Fuß ausholte, hob die Mona Lisa die Hand.

Ich habe eine Idee, sagte er. Die Mona Lisa kniete auf einem Knie vor mir auf dem Boden, und zum ersten Mal fiel mir auf, dass er meine Bruno-Magli-Schuhe trug. Ihm hingegen fiel auf, dass es mir auffiel, und er sagte: Diese sehr hübschen Schuhe sind völlig verschwendet an dich. Also, bist du bereit für ein Spiel?

Lieber nicht, sagte ich, aber entweder sagte ich es doch nicht oder so leise, dass nur ich es hörte, oder ich sagte es, und niemand scherte sich darum, jedenfalls ignorierten sie mich. Die Mona Lisa zog den Revolver aus dem Gürtel, richtete ihn auf mich und bewegte ihn langsam immer näher auf mich zu, bis schließlich die Mündung gegen meine Stirn drückte. Dann zog er die Waffe wieder zurück, klinkte die Trommel aus und drückte die sechs Kugeln in seine Handfläche.

Hier, schau sie dir an, sagte er.

Ich konnte nichts anderes anschauen.

Er ließ eine Kugel fallen, und sie schlug mit einem metallischen *Ping* vor meiner Nase auf dem Zementboden auf.

So ein kleines Ding, flüsterte mir der maßlose Major ins Ohr. Aber groß genug, um dir ein Loch in den Schädel zu reißen. Ich muss es ja wissen, oder?

Tut mir leid, sagte ich zu dem maßlosen Major. Tut mir wirklich leid.

Das sollte dir auch leidtun, meinte die Mona Lisa. Er ließ eine zweite Kugel zu Boden fallen, die in eine andere Richtung hüpfte und neben meinem Auge liegen blieb. Aber dir wird es noch viel mehr leidtun.

Wo bleibt die Entschuldigung für mich?, flüsterte mir Sonny ins andere Ohr, während die dritte Kugel auf dem Boden aufschlug. In meinem Fall hast du sogar selbst abgedrückt. Ich hätte es zu schätzen gewusst, wenn du besser gezielt und mich mit einer Kugel getötet hättest, anstatt mit den sechsen, die du abgefeuert hast.

Tut mir leid, sagte ich zu Sonny. Tut mir wirklich leid.

Ich hab dich schon beim ersten Mal verstanden, sagte die Mona Lisa und ließ die vierte Kugel fallen. Du kannst das so oft sagen, wie du willst, das rettet dich jetzt auch nicht mehr.

Er ließ die fünfte Kugel fallen. Sie fiel in Zeitlupe, und ich konnte sie im Fallen in all ihrer Herrlichkeit betrachten. Dieses spezielle Prachtstück war umhüllt von Kupfer, welches das Licht so reflektierte, dass mir die elegant wie ein Olympiaturmspringer fallende Kugel zuzuzwinkern schien. Ihre Spitze war matt orange. Ich war mir sicher, dass es sich um ein Weichbleigeschoss handelte, eine eher ironische Bezeichnung, denn die Bestimmung der Kugel bestand nicht darin, weich zu sein, sondern, sobald sich die Spitze beim Aufprall ausdehnte, großen Schaden anzurichten, namentlich bei mir und mir. Als die fünfte Kugel schließlich den Boden berührte und über den Boden hüpfte, fragte ich mich, warum ich mich bei den beiden Männern, die ich getötet hatte, nie entschuldigt hatte.

Das haben wir uns auch gefragt, sagten sie.

Ich habe nicht geglaubt, dass ihr eine Entschuldigung von mir wollt, erwiderte ich.

Natürlich wollen wir eine Entschuldigung von dir, sagte die Mona Lisa. Er hielt die sechste Kugel zwischen Zeigefinger und Daumen. Nicht, dass dir das irgendwas nützen würde, aber eine Entschuldigung, wenn man Scheiße gebaut hat, zeugt von guten Manieren. Vor allem wenn man so viel Scheiße gebaut hat wie du. Dir ist schon klar, wie tief du in der Scheiße sitzt, oder?

Er hielt die Kugel kurz über einer Kammer der Trommel in der Schwebe. Dann schob er ihren Schaft langsam in die aufnahmebereite Kammer. Ich hatte jede Menge Zeit, die Kugel mit meinem Namen drauf zu studieren. Dieser Ausdruck stammte von Claude. Einer Kugel mit deinem Namen drauf kannst du nicht ausweichen, sagte er immer. In diesem Fall stand kein ausbuchstabierter Name auf der nackten Kugel, was mir, VO DANH, äußerst recht war. Mich selbst auf den Namen ANONYM zu taufen war mein kleiner Witz über die französische Bürokratie, denn wenn man keinen Witz über die Bürokratie machen konnte, würde man umkippen und vor Langeweile sterben, ein unendlich wünschenswerterer Tod als der, den ich gleich sterben würde.

Während der gesamten zeitlosen Zeit, in der die Mona Lisa die Kugeln auf den Boden fallen ließ, hatte ich kein einziges Mal geblinzelt. Jetzt zwangen mich meine trockenen Augen dazu, und binnen eines Lidschlags klinkte die Mona Lisa die Trommel ein und besiegelte mein Schicksal. Er drehte die Trommel einmal, zweimal, dreimal.

Ihr Vietnamesen spielt doch gerne russisches Roulette, stimmt's? Das hab ich mal in einem Film gesehen. Bist du bereit, uns zu zeigen, wie gut du dieses Spiel draufhast?

Es tut mir leid, es tut mir leid, es tut mir leid, sagte ich schluchzend.

Zu spät, erklärte die Mona Lisa. Setz dich auf.

Setz dich auf, sagte ich zu mir, aber ich konnte mich nirgendwo finden. Ich war bewegungsunfähig, sogar nachdem mir Beatles noch ein paarmal ins Gesicht geschlagen hatte. Ugly und Uglier mussten hereingerufen werden, um mich an den Armen zu packen und auf ein Sofa zu setzen.

Ich bin sehr geduldig mit dir gewesen, sagte die Mona Lisa. Er drückte mir den Revolver in die Hand. Entweder spielst du jetzt das Spiel, oder es wird noch schmerzhafter für dich. Ein Lose-Lose-Szenario war ein passendes Szenario für einen Mann mit zwei Gesichtern und zwei Seelen. Egal, auf welche Seite die Münze fiele, welches Gesicht sie zeigte, das Resultat wäre schlecht. Theoretisch machte das die Wahl leichter als bei einem Win-lose-Szenario, da es ausgeschlossen war, das Ergebnis zu verändern. Trotzdem, niemand, der bei vollem Verstand war, würde russisches Roulette spielen.

Du! Beatles schlug mir so hart ins Gesicht, dass ich doppelt sah. *Hey, du!* Spielst du jetzt?

Ich war nicht so verrückt, da mitzuspielen! Aber DU schon, du verrückter Bastard. Ich habe gesehen, wie du den Revolver mit meiner Hand in Zeitlupe hochgehoben hast. Und so träge die Bewegung auch war, du hast den Revolver hochgehoben, und du hast gesehen, dass Ugly und Uglier. ihre Waffen auf dich gerichtet hatten, was mich einschloss, nur für den Fall, du könntest versucht sein, dich zu theatralischen Heldentaten hinreißen zu lassen. Aber du bist nie ein Held gewesen. Du bist immer nur ein Überlebender und ein Gläubiger gewesen, der aufrichtig tun wollte, was getan werden musste. Und was jetzt getan werden musste, das war, die Sache so schnell wie möglich hinter sich zu bringen. Was hatte es für einen

Sinn, in einem Lose-lose-Szenario das Ganze in die Länge zu ziehen?

Klick!

Ich fasse es nicht! DU hast es getan! DU hast abgedrückt! Nach dem Klicken des Hammers war die ganze Welt still. Die Mona Lisa sagte etwas, aber während seine Lippen sich bewegten, konnten wir nichts hören, nur das Getriebe in meinem Kopf, das nutzlos vor sich hin ächzte, seit eine Schraube fehlte. Deine Chancen standen gut, eine von sechs oder, anders betrachtet, fünf gegen eine. Seit deiner Geburt als die Hälfte von einem, dessen andere Hälfte ich war, war Mathe nie deine starke Seite gewesen. Das Thema, das dich faszinierte, war Geschichte, und die Geschichte kommt der Menschlichkeit jetzt in die Quere. Die Geschichte und einige sehr schlechte Entscheidungen haben dich und diese Gangster, die vielleicht die Söhne von Müttern wie deiner und meiner waren, in diesem Augenblick zusammengeführt

Obwohl du wie Ugly, Uglier und Beatles ein Faible für schlechte Entscheidungen hast, fällt es dir schwer, Sympathie für sie zu empfinden. Den Bewegungen ihrer Lippen und Gesichter nach zu urteilen, schütten die sich gerade aus vor Lachen, so wie die grölenden Piraten, als sie sich unserem Boot näherten. Ich hatte das vergessen, oder wenigstens habe ich versucht, nicht daran zu denken. Mein Talent liegt in der Sympathie, nicht in der Erinnerung. Ich empfinde sogar Sympathie für diese Gangster hier, die darauf wetten, welche Kugel uns erledigt. Aber dein Talent liegt wohl im Erinnern. Du hast nicht vergessen. Dein Leben wartet immer auf DICH und MICH, deine Erinnerungen sind immer geladen und jederzeit bereit, in mein Gehirn geschossen zu werden. Meistens ist der Lauf in diesem Spiel dämonischer Gedächtnisstützen leer. Meistens.

Klick!

DU hast es wieder getan! DU hast abgedrückt! Jetzt werde ich langsam nervös. Ungefähr so nervös wie damals auf hoher See, als wir alle erkannten, dass uns endlich, endlich ein Boot gesichtet hatte, das aber o weh, o weh ein Piratenboot war. Wir waren noch ganz benommen von dem Sturm am Vortag, als die Piraten, nach abgestandenem Schweiß, schlechtem Schnaps und schlechteren Absichten stinkend, an Bord kletterten, Messer, Rohre, Ketten und Äxte schwingend sowie ein paar AK-47, um den Deckel draufzumachen. Du bist überzeugt, dass es viele freundliche und anständige Thailänder gibt, aber wir erwischten diese unerfreulichen Exemplare. Die Frauen an Bord kreischten, als die Piraten ihnen und allen anderen alles entrissen, was irgendwie von Wert war. Und dann machten sich die Frauen darauf gefasst, dass ihnen auch die Kleidung heruntergerissen wurde. Die Piraten waren in gewisser Hinsicht entfernte Verwandte der Gangster, die dich umringen und stoßen und stupsen und Dinge fragen, die du nicht hören kannst, und die dir ein-, zwei-, dreimal ins Gesicht schlagen, wenn sie keine Antwort bekommen. Was bin ich froh, dass ich nicht DU bin.

Natürlich ging die Sache auf dem Boot doch nicht so schlecht aus. Jedenfalls für uns. Beziehungsweise die Frauen. Wer konnte ahnen, dass diese Piraten von einer ganz eigenwilligen Sorte waren? Jeder hatte Geschichten gehört von Entführungen und Vergewaltigungen von Mädchen und Frauen auf Flüchtlingsbooten. Aber *davon* hatte noch nie jemand gehört, von einer Bande ungewaschener Piraten, die junge und anziehende Frauen keines Blickes würdigten, zitternde Frauen, die sich in ihren dünnen Blusen alle Mühe gaben, sich klein zu machen und so unattraktiv wie möglich zu erscheinen. Nie werde ich zulassen, dass du meine Schwester anfasst, kreischte der noble junge Mann neben dir. Nur über meine Leiche. Wie sie lachten, diese Piraten. Wie sie sich vor Begeisterung gegenseitig auf die Schultern klopften. Wie sie uns alle angrölten in ihrer Sprache, die keiner von uns verstand. Doch plötzlich, als der Dürrste der Piraten auf unseren jungen Mann zuschlenderte, ohne dessen halbwüchsige Schwester auch nur anzuschauen, verstanden wir. Mit einem verkrüppelten Finger fuhr er über die rissigen Lippen des jungen Mannes, packte ihn an den Haaren und zerrte *ihn* und nicht seine Schwester auf das andere Boot.

Konfusion! Pandämonium! Chaos! Ungläubig sahen sie, wie sich die Piraten mit lüsternen Blicken noch ein paar von den dünnsten, zumeist haarlosen jungen Männern und Knaben aussuchten. Was taten diese Monster? Nahmen sie die jungen Männer und Knaben mit, um Piraten aus ihnen zu machen? Entführten sie sie, um sie als Sklaven zu verkaufen? Konnte es sein, dass sie … Konnte es sein … nein …

KLICK!

Du … *Schluss jetzt!* Sofort. Hör auf zu flennen, und lass um Gottes willen den Finger vom Abzug. Du bist hysterisch. Ich fühle mich auch nicht gerade wohl, ich geb's ja zu. Wen kümmert's, dass Beatles dich anschreit und schlägt? Hör auf, dich als Hysteriker der Geschichte aufzuführen. Was ist mit deiner Mutter und deinem Vater, mit deiner Geburt, mit deinem Dasein als Bastard, mit deinem unterirdischen Leben als Spion, mit dem Krieg, mit dem Umerziehungslager, mit dem Mann ohne Gesicht, mit dem Flüchtlingsboot? Und was ist mit deiner Hässlichkeit, die den Piratenkapitän nach einem Blick auf dich sagen ließ – in gebrochenem Englisch, das er von den amerikanischen Soldaten aufgeschnappt haben musste, die auf Urlaub von deinem Krieg in sein Land gekommen waren, um eine äußerst günstige Spitzennummer zu schieben: Du siehst aus wie Scheiße!

Nun ja, da lag er nicht falsch, oder? Natürlich hast DU ausgesehen wie Scheiße, nachdem man dich durch den weit verzweigten Verdauungstrakt der Hölle geschleust hatte. Was glaubst du, wie ich ausgesehen habe? Du hast einmal gesagt, deine Leber sei der am meisten missbrauchte Teil deines Körpers. Korrektur: Ich bin der am meisten missbrauchte Teil! Auch wenn ich, genau genommen, als dein Gewissen und dein Bewusstsein kein Teil deines Körpers bin. Aber wer weiß, wo dein Körper endet und deine Seele oder meine Seele beginnt? Was ich aber weiß: Komm drüber weg. Mach weiter. Vergiss es einfach. Die Vergangenheit ist Vergangenheit, und die Zukunft dauert ewig, und die Gegenwart ist immer hier und doch vergangen. Ich brauche dich also, um Sympathie für mich zu empfinden, was heißt, für DICH …

KLICK!

NEIN! Bist du verrückt? Moment, ich korrigiere. Ja, du *bist* verrückt! Mit gutem Grund vielleicht, aber das ist keine Entschuldigung. Du stehst jetzt bei vier Versuchen und hast noch zwei Kammern. Wir strapazieren unser Glück. Ich bin jetzt mal die Stimme der Vernunft und ermutige dich dazu, ihnen das zu geben, was sie wollen. Sie wollen nur wissen, wo der Boss ist. Nur weil du den Boss hinhängst, heißt das nicht, dass du Bon hinhängst …

KLICK!

Jesus Christus! Heilige Scheiße! Wer hat dir gesagt, dass du abdrücken sollst, du verrückter Bastard? Hörst du mir nicht zu? Ich hab dabei auch was zu verlieren, du Wichser.

Okay, in Ordnung, entschuldige bitte meinen Ausbruch, aber jetzt, nachdem wir das geklärt haben, liegt die Entscheidung ja klar auf der Hand, sogar einhundertprozentig klar auf der Hand. Also, beruhige dich, hör auf zu zittern, nimm den Revolver runter, egal, ob Sonny und der maßlose Major dir gerade sagen, dass der Revolver in deiner Hand ziemlich genauso aussieht wie der, mit dem Bon den maßlosen Major erschossen hat. Die beiden sind per Definition in höchstem Maße insofern befangen, als sie dich nur zu gern tot sähen, also hör nicht auf die beiden. DU musst erkennen, dass, obwohl du die Hölle durchlaufen hast und verrückt bist und aussiehst wie Scheiße, nicht heißt, dass du kein gutes Leben haben kannst. Du bist nicht mal vierzig, immer noch jung, wenn wir mal davon ausgehen, dass du ein reifes, hohes Alter erreichst, und warum nicht, du hast eine strahlende Zukunft vor dir, du musst jetzt nur noch diese schwierige Phase durchstehen. Bon kann auf sich selbst aufpassen. Hör auf zu lachen! Warum lachst du? Das ist kein Witz! Nicht …

KLICK!

HẾT

FIN

THE END

DRITTER TEIL

Ich

ELFTES KAPITEL

Ich war erledigt.

War ich das?

Ich war tot.

Aber war ich das?

Es war vorbei.

Andererseits, vielleicht nicht …

Wer lachte da?

Das war nicht ich.

Das warst DU!

Oder etwa nicht?

DU konntest nicht *mit* mir lachen, da ich gar nicht gelacht habe. Das heißt zwangsläufig, dass DU *über* MICH gelacht hast, und warum auch nicht? Allein mein Anblick. Ich sah mich selbst mit der Waffe in der Hand und fragte mich, wie sie da hingekommen war, da DU derjenige warst, der sie hielt. Alles schwankte so stark, dass ich nicht sagen konnte, ob meine Hand zitterte oder ob die Augäpfel in meinem Schädel zuckten … *Wir werden leben!* Das war die Pointe des Witzes, oder? Weil Gott ein Bastard war, waren wir immer die Gelackmeierten. Es musste ein sehr lustiger Witz gewesen sein, weil die anfangs verdatterten Gangster lachten, als sie die Mona Lisa die sechste Kugel hervorzaubern sahen, die mit meinem Namen drauf, VO DANH. Aber ich war der Kugel nicht entgangen, weil er sie vor dem Spiel aus dem Revolver genommen oder sie gar nicht erst in die Kammer geschoben hatte. Ich war der Kugel entgangen, weil er nicht wusste, dass VO DANH schlicht »namenlos« bedeutete. Ein Mann ohne Namen konnte nicht von einer Kugel mit seinem Namen drauf getötet werden. Er war also der Gelackmeierte, nicht ich!

Wieso lacht der?, fragte Ugly.

Weil er ein verrückter Bastard ist, sagte Beatles.

Wie lange hast du diesen Trick geübt?, fragte Uglier.

Seit ich damals diesen Vietnam-Kriegsfilm gesehen habe, erwiderte die Mona Lisa und wischte sich die Tränen aus den Augen, während er sich erhob. Ich muss mal pinkeln. Bevor er die Treppe hochging, wandte er noch einmal den Kopf und sagte zu mir: Ich mag den Ausdruck von Todesqualen auf deinem Gesicht. Weil ich weiß, dass die echt sind.

Los, wir spielen noch mal, sagte Ugly.

Willst *du* noch mal?, fragte Beatles.

Ist mir egal, sagte ich – oder sagten wir – lachend. Wir werden leben!

Was?, sagte Beatles.

Wir werden leben, wiederholte ich – oder wiederholten wir.

Du verrückter Bastard. Wer ist Le Chinois?

Ich lachte wieder, denn jetzt begriff ich, dass der Spitzname überhaupt keine Beleidigung war. Nein, nein, nein. Es war ein *Witz*. Ich, sagte ich. *Ich* bin Le Chinois.

Du?

Ja, ich. Wir alle sind Le Chinois.

Ugly, Uglier und Beatles schauten sich unsicher an.

Jeder Einzelne von uns. Der Typ in dem panasiatischen Delikatessenladen, der asiatisches Essen kocht, das kein Asiate anrühren würde; die junge Frau, zu der ihr *Ni Hao!* sagt und die ihr beschimpft, weil sie so unfreundlich ist, das *Ni Hao!* nicht zu erwidern, dabei ist sie in Wahrheit gar keine Chinesin;

die, deren Namen ihr nicht behalten oder buchstabieren oder richtig aussprechen könnt, egal, wie oft ihr diese seht oder hört; die, deren Herkunft ihr nicht kennt und die ihr deshalb …

Du bist vielleicht eine Nervensäge …

… Le Chinois nennt. Ich bin der berüchtigte Verbrecher, den ihr bei diesem Namen nennt, und ich bin der berühmte Bulle, den ihr ebenfalls so nennt. Ich bin der, den ihr nicht als Nachbarn wollt, aber wenn euch ein Nachbar aufgezwungen würde, der nicht weiß ist – nicht, dass ihr so etwas bemerken würdet, farbenblind, wie ihr seid –, dann bin ich der, den ihr wollt; ich bin der, den ihr ruft, wenn ihr etwas über meine Kultur erfahren wollt; ich bin der, der seine Kultur nicht aufgeben will; ich bin der, den ihr ständig fragt, woher er kommt, nein, woher er wirklich kommt, auch wenn man jeden danach fragen sollte, und die einzige Antwort, die zählen sollte, ist die, dass ich, wie ihr, aus meiner Mutter komme, aber wenn ihr unbedingt fragen müsst, woher ich wirklich komme, auch wenn wir ja alle gleich sein sollen, auch wenn wir alle Franzosen sein sollen, auch wenn einige meiner Vorfahren in euren Kriegen für eure Armeen im Kampf gestorben sind, auch wenn meine Eltern hier geboren sind, auch wenn meine Großeltern hier geboren sind, auch wenn die Antwort lautet, dass ich von hier bin, oder in meinem speziellen Fall, dass ich aus der Hölle komme …

Was redet der verrückte Bastard da …

… dann stamme ich von dem einzigartigen Le Chinois …

Was auch immer ich als Nächstes und in welcher Sprache gesagt habe, habe ich vergessen, denn gerade als mir aufgefallen war, dass ich meine Rede in einer Mischung aus Französisch, Vietnamesisch und Englisch gehalten hatte, flog oben an der Treppe die Tür auf, und Le Cao Boi rutschte auf seinem Hosenboden das Treppengeländer herunter, die Augen hinter der Sonnenbrille, im Mund einen Zahnstocher, in beiden Händen automatische Pistolen – *peng! peng! peng!* –, und hinter ihm der Ronin in einem glänzend grünen Zweireiher mit bis zum Brustbein offenem Seidenhemd und einer Pumpgun – *peng! peng! peng!* – und dahinter Bon, der, oben auf dem Treppenabsatz hockend, eine Maschinenpistole auf ein Knie gestützt, den beiden Feuerschutz gab – *peng! peng! peng!* –, es herrschte ein schrecklicher Lärm im Keller, wobei das Schreien, Brüllen und Fluchen auch nicht gerade zu dessen Minderung beitrug, und ich griff nach Beatles' kaum noch glimmender Zigarette im Aschenbecher – *peng! peng! peng!* –, und es fühlte sich so gut an, nachdem man mich meiner Sucht beraubt hatte, und der Genuss wurde mir nicht mal dadurch verdorben, dass Beatles von der Wucht mehrerer Kugeln auf den Couchtisch geschleudert wurde und die gelatinöse Pampe seines Gehirns aussah wie alle Gehirne, die ich jemals gesehen hatte, weil wir alle Menschen sind, und warum konnten wir nicht einfach miteinander auskommen – *peng! peng! peng!* –, und ich schaute hinunter in seine leblosen Augen, in die halb leere Schale seines zerschmetterten Schädels, der neben meinem Knie auf der Couchtischkante lag, und ich weinte um ihn, weil, wenn ich er gewesen und an seiner Stelle geboren worden wäre und sein Leben gelebt hätte, vielleicht hätte ich dann die gleichen abscheulichen Dinge getan, die er sogar mir angetan hat – *peng! peng! peng!* –, und auch aus Ugly und Uglier spritzte Blut, und ihr Blut war nicht weiß oder gelb oder schwarz oder braun, sondern rot, tiefrot, sogar purpurrot, und egal, wie unser Äußeres aussah, wenn man das Innere nach außen stülpte, schauten wir alle gleich aus, und irgendwo würden sich bald ihre Mütter Sorgen machen, wenn sie nicht nach Hause kamen, und ihre Sorgen würden nie nachlassen, sie würden ihnen bleiben, weil sie das Gefühl für die lakonische Anwesenheit ihrer geisterhaften Söhne für immer begleiten würde, die sie schließlich auf der anderen Seite wiedertreffen würden nach dem bittersüßen Augenblick ihres eigenen Todes, den sie fürchteten und den sie herbeisehnten, denn der Tod war die einzige Eintrittskarte zu einer Wiedervereinigung mit ihren Lieben – *peng! peng! peng!* –, und wenn Ugly und Uglier, noch nicht tot waren, so waren sie es jetzt, nachdem der Ronin aus seiner Jacke einen Revolver gezogen und jedem von ihnen die letzte Wohltat des Gnadenschusses erwiesen hatte. *Peng! Peng! Peng!*

Was für ein Spaß, erklärte der Ronin zutiefst befriedigt auf Französisch, und diesmal fand ich sein Französisch überhaupt nicht charmant.

Gottverdammt, Camus, du siehst aus wie Scheiße, sagte Le Cao Boi.

Das habe ich schon mal gehört, murmelte ich.

Sieht ganz so aus, als wären wir gerade noch rechtzeitig gekommen, meinte der Ronin.

Tut mir leid, sagte Bon. Um ein Haar hätten wir dich umgebracht.

Er hängte sich die Maschinenpistole um den Hals und hob mich vom Sofa. Ich war immer noch nackt, und der Ronin schaute mich bewundernd an und sagte: Für einen Asiaten hast du einen ziemlich Großen, schätze, das liegt an deinem französischen Vater, und Le Cao Boi sagte: Ich hab schon größere gesehen, meinen zum Beispiel, und Bon sagte: Haltet jetzt euer verdammtes Maul, ihr beide hättet ihn fast umgebracht, und ich sagte: Wo ist der vierte Mann?, und sie sahen sich alle an und sagten: Scheiße!

Sie fanden die Mona Lisa nicht. Und die Drei-Zwerge-Putztruppe fand sie auch nicht. Sie kam mit Sony-Walkman-Kopfhörern auf den Ohren die Treppe herunter und brachte Müllsäcke,

Reinigungsmittel und Werkzeuge mit, die ich zunächst für Handsägen hielt, die sich später jedoch – so die technisch korrekte Bezeichnung – als Knochensägen herausstellten. Die Mona Lisa musste sich, als er die Schüsse hörte, im Badezimmer im Erdgeschoss versteckt haben und dann, nachdem die Zwerge an ihm vorbeigestürzt waren, nach draußen gelaufen sein. Zwischen den Lagerhäusern, wo sich um diese Nachtzeit niemand aufhielt, war er verschwunden. Bon half mir beim Anziehen und schob mich auf die Rückbank des arischen Automobils des Ronin, wo sich die dicke, strukturierte, luxuriöse Haut eines einstmals empfindsamen Tieres an mich schmiegte. Bon setzte sich neben mich, der Ronin fuhr, und Le Cao Boi saß auf dem Beifahrersitz und drehte am Radio herum. Gib ihm was von dem guten Stoff, sagte der Ronin. Dem richtig guten.

Der richtig gute Stoff lag im Handschuhfach, eine Flasche Kognak, der so edel war, dass ich Schuldgefühle bekam, ihn direkt aus der Flasche zu trinken. Da mich Schuldgefühle aber noch nie aufgehalten hatten, trank ich.

Das Gefühl der Flasche an meinen geschwollenen Lippen, die ich zur Aufnahme dieses Labsals bereitwillig öffnete, erinnerte mich an die vielen Augenblicke in den letzten Stunden, Tagen, Jahren oder wie lange auch immer die Gangster mich in ihrer Gewalt hatten, in denen sie mir einen Trichter in den unwilligen Mund gesteckt und Wasser hineingeschüttet hatten, was mich lehrte, dass der Unterschied zwischen dem Wasser des Lebens und dem Wasser des Todes lediglich ein gradueller ist. In dieser Hinsicht entsprach die Folterbank dem Kirchgang. Nach gewisser Zeit gab es bei beiden nichts Neues mehr zu lernen. Das Ritual und die Wiederholung verstärkten einfach nur schon vorhandenes Wissen, das aber Gefahr lief, vergessen zu werden, weshalb Folterer ihr Handwerk nicht nur mit Zangen betrieben, sondern mit dem Glauben von Priestern wie meinem Vater, der mich auf seine eigene subtile Weise folterte. Das warme Licht des Sonnenaufgangs, das mein dunkles Inneres erhellte, war das gleiche warme Licht des Sonnenaufgangs, das Jesus Christus jeden Morgen, den er am Kreuz hängend überlebte, gesehen haben musste.

Wie habt ihr mich gefunden?, fragte ich.

Ich war bei einer Wahrsagerin, antwortete der Ronin. Ich habe dein Schicksal aus den Sternen gelesen. Ich habe eine Hyäne ausgeweidet und ihre Innereien studiert. Er schaute mich im Rückspiegel an und grinste. Das war ein Witz. Ich habe einen Freund angerufen, einen alten Kumpel, den ich aus Indochina kenne, aus seiner Zeit im militärischen Geheimdienst. Er ist immer noch beim Geheimdienst. Gewöhnt man sich nur schwer ab, das Geschäft. Wenn du die Sohle von deinem Schuh runterschneidest, dann findest du das magische kleine Gerät, das er mir gegeben hat, einen Peilsender, nicht größer als dein Daumennagel. Geniale kleine Pisser, diese Japaner.

Du hättest ruhig ein bisschen schneller machen können.

Befreiungen in letzter Sekunde machen mehr Spaß. Mir wenigstens.

Und von dem Peilsender hättest du mir auch was sagen können.

Ich wollte dir keine falschen Hoffnungen machen. Was, wenn das Ding nicht funktioniert hätte?

Wäre es so schlimm gewesen, ein bisschen Hoffnung zu haben, wenn auch nur falsche?

Ich hielt Bon die Flasche hin, aber er schüttelte den Kopf und drückte mein Knie. Er fühlte sich schrecklich, weil er mich im Stich gelassen hatte, das spürte ich, aber er wusste nicht, was er sagen sollte, außer dass es ihm leidtue, worin er allerdings immer noch besser war als ich. Ich hatte Jahre gebraucht, um Sonny und dem maßlosen Major endlich zu sagen, dass es mir leidtue. War meine Entschuldigung halbherzig? War sie kaltherzig? Wenigstens war es ein Anfang. Und was Bon anging, so fand ich keinen anderen Weg, seinen Kummer und sein Bedauern zu würdigen, als zu sagen: Na los, trink schon, dann fühlst du dich besser. Schließlich nahm er die Flasche, und wir tranken uns auf dem Rücksitz gemeinsam in einen brüderlichen Stupor und kommunizierten wortlos, wie Männer, Tiere oder Bäume es tun.

Unser Ziel war der Himmel, der über eine eigene Garage verfügte, in der die ekelerregende Sauerei, die ich war, diskret ausgeladen und ins Haus gebracht werden konnte. Im Himmel war der Tag Nacht und die Nacht Tag, und nach dem Gelächter und den lauten Stimmen aus dem Warteraum einen Stock höher zu schließen, waren alle wach und hatten ihren Spaß. Le Cao Boi ging in den Warteraum, der Ronin und Bon führten mich durch einen Gang in das Gästezimmer, wo ich die Woche meiner Rekonvaleszenz verbracht hatte. Dort saßen der Boss und ein sehr schicker, sehr gebräunter Doktor, der seinem lässigen After-Hour-Outfit nach zu urteilen von einigem Format war – die Hose und das maßgeschneiderte Hemd aus feinem Stoff sahen teurer aus als der schönste Anzug, den ich je besessen hatte. Sein Umgangston mit dem Ronin und dem Boss ließ auf Vertrautheit und Achtung schließen, mich und meinen Zustand nahm er ohne Überraschung zur Kenntnis. Der Ronin und der Boss hätten auch einen billigeren Doktor besorgen können, einen, den man gewöhnlich zu den schmuddeligen Orten rief, wo Leute aus Le Cao Bois Branche arbeiteten und wo Vertraulichkeit mehr zählte als Kompetenz. Aber dieser Doktor war die menschliche Version des arischen Automobils, das Beste, was man für Geld kriegen konnte.

Hast du geredet?, fragte der Boss, während der sehr schicke, sehr gebräunte Doktor meinen wieder einmal nackten Körper untersuchte. Der Ronin und Bon standen, ich lag auf dem Bett, auf dem ich keinerlei Freuden genossen hatte, und der Boss saß auf dem einzigen Stuhl. Shorty, der semiglückliche Hurensohn, wohnte immer noch hier, überall lagen schmutzige Unterhosen und leere Schachteln vom Lieferservice herum. Der Zustand des Zimmers wurde auch nicht gerade dadurch gehoben, dass ich, als ich zur Decke hochschaute, dort nicht nur Sonny und den maßlosen Major liegen sah, die mir zulächelten, sondern auch Beatles, Ugly und Uglier, die es nicht gewohnt waren, tot zu sein und plötzlich den Gesetzen von Schwerkraft und Wahrnehmung trotzen zu können, und mich aus finsteren Gesichtern mit blitzenden Augen anschauten und mit den Armen herumfuchtelten.

Sehe ich aus, als hätte ich geredet?, sagte ich. Ich erzählte ihm von dem russischen Roulette und deutete auf die ungeladene Waffe, die ich dem toten Beatles aus der Hand genommen hatte, das einzige Souvenir, das ich aus meiner Zeit mit den Gangstern wirklich behalten wollte.

Bon hielt die Waffe in der Hand und sagte: Ich hätte sie länger leiden lassen, wenn ich gekonnt hätte. Was er nicht sagte, war, dass er mir das Leben gerettet hatte, was aber auch nicht unbedingt nötig war. Er hat nicht geredet, erklärte Bon. Er würde sich eher selbst umbringen, als uns hinzuhängen.

Der Ronin pfiff bewundernd. Also, im Grunde hat er sich selbst umgebracht. Die Intention war jedenfalls da. Der Wille, das durchzuziehen, war da. Nur eine Kugel war nicht da.

Der Boss nahm Bon den Revolver aus der Hand, klinkte die Trommel aus, drehte sie und lauschte auf das Klicken, so wie ein Safeknacker auf das Klicken des Zahlenschlosses lauscht. Du bist was Besonderes, sagte er und meinte damit mich und nicht den Revolver, den er mir zurückgab. Viele Männer haben ungewollt dem Tod gegenübergestanden. Viele sind gestorben.

Viele haben durch Glück überlebt. Aber nur wenige haben sich willentlich für den Tod entschieden. Und von denen haben das nur sehr, sehr wenige überlebt. Von jetzt an bist du mein Bruder. Mein kleiner Bruder. Der Boss wandte sich an den Doktor. Wie geht's ihm?

Es stimmt, er sieht aus wie Scheiße, sagte der sehr schicke, sehr gebräunte Doktor, was sich auf Französisch tatsächlich charmant anhörte. Aber er wird leben.

Danke, Doktor. Wir sehen uns draußen an Ihrem Wagen.

Dann ging der Doktor, und der Boss sagte: Du wirst also leben. Er schien aufrichtig erfreut zu sein, als er aufstand und auf mich und den Revolver hinunterschaute. Dann drehte er sich um, warf Bon und dem Ronin einen finsteren Blick zu und fügte hinzu: Genau wie der Hurensohn, den ihr zwei habt entwischen lassen.

Bon schaute teilnahmslos. Er hat Glück gehabt, erklärte der Ronin.

Glück? Amateure haben Glück. Oder kein Glück. Ich dachte, ihr seid Profis. Ihr habt die Ausgänge nicht gesichert.

Die Zwerge haben draußen gewartet, sagte der Ronin.

Und warum haben sie ihn dann nicht erwischt?

Das Badezimmer hat ein kleines Fenster. Wahrscheinlich hat er die Schüsse gehört.

Er war schlau genug, durchs Fenster abzuhauen, aber ihr wart nicht schlau genug, jemand vor dem Fenster zu postieren.

Unser Fehler, sagte Bon. Wir kümmern uns drum.

Das hoffe ich, erwiderte der Boss. Trotzdem, jetzt ist es zu spät. Jetzt sagt er seinen Freunden Bescheid. Jetzt haben wir einen Zeugen. Ich hasse Zeugen.

Eigentlich hat er ja nichts gesehen, befand der Ronin. Er war im Bad …

Halt dein verdammtes Maul, brüllte der Boss.

Fehler passieren, gab der Ronin zurück. Hast du nie einen Fehler gemacht? Nie Pech gehabt? Sag nichts. Ich kenne die Antwort.

Gegen meinen Willen musste ich stöhnen und gab dem Boss damit einen Vorwand, sich vom Ronin abzuwenden und wieder auf mich herabzuschauen. Du bist wie ich, verkündete er. Und Bon. Und Le Chao Boi. Und der Ronin. Wir alle haben uns für den Tod entschieden, und alle haben wir überlebt. Du bist jetzt einer von uns.

Der Schock ließ nach, und ich fühlte mich allmählich so, wie ich aussah. Diesmal blieb ich nicht im Himmel, sondern wurde von dem sehr schicken, sehr gebräunten Doktor in eine Privatklinik gefahren, die sich eine Stunde entfernt irgendwo außerhalb von Paris befand und ausschließlich denjenigen vorbehalten war, die trotz der französischen Steuern und Sozialabgaben noch über beträchtlichen Reichtum verfügten. Statt eines Betts auf einer sterilen Krankenstation bekam ich ein komfortabel eingerichtetes Schlafzimmer. Mein Bademantel war eine Wolke aus flauschiger weißer Baumwolle, mein Fernsehempfang war glasklar, meine weißen Schwestern waren höflich und professionell, meine Ernährung wurde überwacht, mein Essen war hervorragend, meine Wände waren aus dickem Mauerwerk, und ich hatte einen Blick auf Heufelder und spätherbstliche Landschaft. Ich konnte mich im Whirlpool einweichen, in der Sauna schwitzen und im Garten spazieren gehen. Ich war die einzige nicht weiße Person in dem Sanatorium, das früher ein kleines Château gewesen war. Ich blieb für mich.

Etwa einmal die Woche kam der sehr schicke, sehr gebräunte Doktor vorbei und schaute nach, wie es um meine Genesung stand. Er brachte mir Bücher und Zeitschriften mit, Wein und Kognak, Päckchen mit Haschisch und Ampullen mit der Arznei, was er zwar nicht billigte, aber hinnehmen musste: Es waren Geschenke vom Ronin, und die konnte man nicht ablehnen. Abgesehen von den täglichen Besuchen der Schwestern und Pfleger und dem gelegentlichen Erscheinen des Doktors, ließ man mich in Ruhe. Die Mahlzeiten nahm ich in meinem Zimmer zu mir, und ich konnte mich ohne fremde Hilfe bewegen, zunächst mithilfe eines Rollators, dann mit einem Gehstock, schließlich selbstständig auf meinen zwei Beinen. Es war so still, dass ich normalerweise nur das Zwitschern der Vögel hörte. Wenn ich auch schon einmal im Himmel gewesen war, das hier war das Paradies. Ich hatte jede Menge freie Zeit, in der ich mich ganz darauf konzentrierte, mein Französisch zu verbessern: mit französischem Fernsehen, französischer Musik, den Büchern und Zeitschriften, die mir der Doktor auf meinen Wunsch hin mitbrachte, und Fanons *Schwarze Haut, Weiße Masken*, das ich komplett durcharbeitete. Als ich den Doktor einmal nach der Rechnung fragte, sagte er: Dein Boss erledigt das. Da wusste ich, dass ich die Prüfung bestanden, dass ich den tiefsten Punkt erreicht hatte und wieder zurückgekommen war, dass ich zwar aussah wie Scheiße, als ich aus der Kloake auftauchte, aber immerhin nach Luft schnappte. Ich war am Leben.

Ich verstand jetzt, dass wir nichts zu befürchten hatten, wenn der Tod sich meldet. War das nicht die Lehre der großen Religionen? Oder sollte sie es nicht sein? Wie Jesus Christus war ich gestorben und wiederauferstanden, und ich hatte gelernt, dass Angst vor dem Tod überflüssig war, sofern man ein erfülltes, sinnvolles Leben gelebt hatte. Ich hatte so ein Leben gelebt, auch wenn mancher es töricht und sinnlos nennen würde. Ob das Leben, das man gelebt hatte, lebenswert gewesen war, ist allerdings eine Frage, die nur man selbst und Gott beantworten können. Und da er nicht existierte, blieb eigentlich nur man selbst übrig. Vor dem Zubettgehen rief ich keinen Gott an, der nicht existierte, sondern wiederholte stattdessen die letzten Worte aus *Schwarze Haut, Weiße Masken:* »Mein letztes Gebet: O mein Leib, sorge dafür, dass ich immer ein Mensch bin, der fragt!«

Der Kognak, das Haschisch und die Arznei beförderten meine Genesung. Ich nahm sie nach einem Diätplan, den man folgendermaßen beschreiben konnte: Wenn dir danach ist, nimm, so viel du willst. Und mir war oft danach. Insgesamt isolierte mein nicht medizinischer Medikationsplan meine Seele von dem physischen und psychologischen Schmerz, unter dem mein Körper litt. Während die Arznei meine Fähigkeit drosselte, auf Französisch zu lesen, förderte sie meinen Redefluss und meine Geselligkeit. Unter der Einwirkung der Arznei gierte ich danach, mit dem Doktor, den Schwestern und, wenn es sich gelegentlich ergab, auch mit den anderen Patienten zu sprechen, die mich als ihren persönlichen Le Chinois tolerierten. Ich war nun der Junge oder das Mädchen, der einsame Asiate in einer Ansammlung von (weißen) Menschen, der ängstliche kleine gelbe Tupfer auf einer weißen Leinwand, der bewies, wie liberal und tolerant sie alle waren, wie weltgewandt, weil sie über dem Reisschälchen die Essstäbchen schwingen konnten. *Gab es nicht immer einen Le Chinois?*, schrieb ich meiner Tante, *es sei denn, es gab eine La Chinoise?*

Die Wochen vergingen, und der Winter kam. Jeden Tag las ich die Zeitung und war dankbar, dass nirgendwo ein Massaker in einem Lagerhaus erwähnt wurde. Die Zwerge hatten die Beweise entsorgt und den Tatort gereinigt. Sogar als Kriminelle waren wir Asiaten diskret und höflich. Wir zogen die Schuhe aus, bevor wir eine Wohnung betraten, und wir entsorgten Körperteile still und sauber. Wenn es nur möglich wäre, die Bilder von diesen Körperteilen aus dem Bewusstsein und Gedächtnis zu löschen. Ausnahmslos alle Völker entsorgten ständig Körperteile. Wie sonst könnten wir uns selbst ertragen, wenn wir nicht die Massengräber unseres Vergessens hätten?

Schließlich erklärte mich der sehr schicke, sehr gebräunte Doktor für geheilt, mein Zustand strafte seine Diagnose jedoch Lügen. Es stimmte, ich spürte nichts, weder äußerlich noch innerlich, aber war das nicht ein Problem? Und wenn ich keine Schmerzen hatte, warum verspürte ich dann ständig das Bedürfnis nach der Arznei? Die Antwort muss wohl lauten, auch wenn DU mir keine richtige Kugel ins Gehirn gejagt hattest, so hattest DU mir doch eine unsichtbare Kugel in meine Seele gejagt. Für die meisten Menschen wäre das Ergebnis wahrscheinlich desaströs. Ich hingegen hatte schon viel mehr überstanden als die meisten Menschen, und bis jetzt hatte mich nichts getötet. Ich war kein Mensch mehr der herkömmlichen Definition nach, sondern ein Superman. Ich war der verrückte Bastard. Die unsichtbare Kugel, die meinen Kopf durchschlagen hatte, hatte ihn mir nicht weggeblasen, sondern mehr oder weniger wieder zusammengesetzt. Ich und ich waren schließlich wieder vereint. Oder, anders ausgedrückt, ich und ich waren zusammen die Antwort auf die wichtigste aller Fragen, jene universalste aller Fragen, nämlich die Frage, die wir uns alle irgendwann selbst oder zumindest insgeheim auch anderen schon gestellt haben:

FÜR WEN

HÄLTST DU DICH EIGENTLICH,

DU ARSCHLOCH?

Die Stille, die sich im Paradies auf mich herabsenkte, erinnerte mich an die Flaute, die sich auf das Boot herabsenkte, nachdem wir den chaotischen Sturm überstanden hatten. Zu hören waren nur noch die gegen den Rumpf schwappenden Wellen und das Weinen der Überlebenden. Gott sei Dank, sagte der Priester, Gott sei Dank. Wir haben dem Sturm getrotzt, und wir haben überlebt. Das Schlimmste ist vorüber. Der Priester lag natürlich falsch. Der nächste Tag bescherte uns die fröhlichen Piraten.

Beim Gedanken an den Priester und dessen Irrglauben an das Göttliche ärgerte ich mich über mich selbst. Was zum Teufel war los mit mir? Warum hatte ich die Arznei genommen? Ich hatte eine Handvoll teebeutelgroßer durchsichtiger Plastikpäckchen mit dem weißen Pulver. Kleine Fahrkarten zum Mond und, unglücklicherweise, auch wieder zurück. Am Gipfelpunkt des Trips konnte man sich vormachen, das Gesicht Gottes zu berühren, tatsächlich berührte man allerdings gar nichts. Die Arznei war eine Religion wie jede andere, eine menschengemachte, und ich war Atheist. Ich würde nicht süchtig werden wie die Milliarden von Eiferern, für die Religion das Opium der Massen war – oder war Opium die Religion der Massen? Also riss ich das erste Päckchen auf und schüttete das Pulver ins Klo. Dann spülte ich.

Ich hatte das dritte Päckchen vernichtet und wollte gerade das vierte öffnen, als ich die Stimme des Haschischs hörte. *Hast du den Verstand verloren?* Ich hielt inne. Nun ja, möglicherweise hatte ich den Verstand verloren, zumindest einer von uns. *Das ist verdammt guter Stoff, den du da runterspülst.* Richtig, nur für mich war er nicht gut. *Weißt du, wie viel der wert ist?* Das wusste ich ziemlich genau. *Mehr als sein Gewicht in Gold.* Ja, aber … *Denk nach! Tu nichts Voreiliges. Du weißt nicht, wann du ihn noch mal brauchst.* Die beiden

Päckchen mit weißem Pulver in meiner Hand sagten nichts. Anders als Haschisch hatte es die Arznei nicht nötig zu sprechen. Haschisch war vielleicht der Prophet, das weiße Pulver jedoch war Gott.

Die Idee hatte der Boss, vielleicht auch der Ronin. Kurz nach Neujahr, gegen Ende meines Aufenthalts im Paradies, kamen sie mich besuchen und sprachen das Thema BFD an. Trotz der Kälte saßen wir draußen im Garten auf einer grünen Bank, der Boss auf der einen, der Ronin auf der anderen Seite von mir.

Ich hasse den Scheißbastard, sagte der Ronin. Nichts für ungut. Es gibt Bastarde, und es gibt Bastarde, und du hattest ja in deinem Fall nicht die Wahl. Aber der ist ein Bastard aus freien Stücken oder weil er so erzogen wurde, aber egal …

Was hat der mit euren Geschäften zu tun?, fragte ich.

Erpressung ist immer ein gutes Geschäft, weil es so viel zu erpressen gibt. Aber abgesehen vom finanziellen Profit, sagen wir einfach, ich tue es aus Herzensgüte. Ich verachte ihn auch wegen seiner Politik. Und seinen sozialistischen Präsidenten genauso. Die Sowjets haben Afghanistan besetzt, und auf der anderen Seite des Eisernen Vorhangs stehen Tausende sowjetische Panzer. Die Kommunisten sind darauf vorbereitet, in Westeuropa einzumarschieren, und die Franzosen sind blöd genug, einen Sozialisten zu wählen? Irgendwer hätte ihn umlegen sollen, als er noch jung und unwichtig war. An den Präsidenten komme ich jetzt vielleicht nicht mehr ran, aber an diesen Bastard schon, bevor er mal richtig wichtig wird. Besonders weil wir jetzt dich ganz in seiner Nähe haben.

Ganz in der Nähe, würde ich nicht sagen.

Nah genug. Du musst ihn nur in den Himmel lotsen.

Was springt dabei für mich raus?

Mit der Kohle kannst du dir leicht einen netten Sportwagen anschaffen. Oder eine Weltreise machen. Oder ein, zwei Jahre im Himmel leben.

Du bekommst einen Vorschuss von mir, fügte der Boss hinzu. Eine Beförderung aus dem Restaurant in meine neue Bar.

Du hast eine neue Bar?

Sie heißt Opium, erklärte er mit einem Anflug von Stolz. Den Namen habe ich mir selbst ausgedacht. Was sagst du dazu?

Unfassbar, was du in so relativ kurzer Zeit alles auf die Beine gestellt hast. Ich kroch ihm in den Arsch, leckte ihm die Stiefel und streichelte sein Ego auf die Art, mit der ich mich so gut auskannte, das heißt alles gleichzeitig. Du hast echt ein geniales Näschen für Geschäfte, Boss.

Ich investiere über den Ronin schon seit Jahren. Bereits vor dem Fall von Saigon hatte ich hier die nötigen Pflöcke eingeschlagen. Man muss auf alle Eventualitäten vorbereitet sein.

Claude würde das Gleiche sagen, dachte ich.

Die Bar wird dir gefallen. Sie liegt in einem der schicken Stadtviertel, im Quartier Latin, wo all die Touristen gern hingehen. Ledersessel. Spirituosen jeglicher Art für jeden Geldbeutel. Sexy Kellnerinnen. Wasserpfeifen für ernsthaftes Rauchen und Shishas für ein bisschen exotisches Flair. Separees, die Opiumhöhlen nachempfunden sind. Ein Hauch von Opium ohne das richtige Opium.

Fantastisch, sagte ich. So … suggestiv. Und BFD, warum sollte der sich dafür interessieren? Ich meine, für den Himmel?

Er mag Frauen. Na ja, wer nicht? Aber er mag sie ganz besonders. Viel mehr als der Durchschnitt. Und er ist bereit, dafür zu zahlen. Schaff ihn her, den Rest erledigen wir.

Den Rest?

Wart's ab, sagte der Boss. Es gibt etwas sogar noch Besseres als den Himmel.

ZWÖLFTES KAPITEL

Am Morgen des Tages, an dem mich meine Tante vom Sanatorium abholte, unternahm ich einen letzten Spaziergang über die Felder. Wie lange war ich hier gewesen? Fast zwei Monate? So viel Erholungszeit hatte ich seit Jahren nicht mehr gekannt. Ich war kein einziges Mal in Tränen ausgebrochen, und auch mein Stimmungspendel hatte nie drastisch ausgeschlagen. Ich war fast … glücklich gewesen. Nichts hatte mich aus der Ruhe gebracht, nicht einmal das Geschenk, das mir meine Tante bei einem ihrer Besuche mitgebracht hatte. Ein neues Buch von unserem alten Freund, hatte sie gesagt, wir übersetzen es. Als ich den Namen auf dem Umschlag las, wäre ich fast zusammengezuckt – Richard Hedd, der Autor von *Der Kommunismus in Asien und der orientalische Modus der Zerstörung*, das Codebuch, mit dem wir uns verschlüsselte Nachrichten geschickt hatten. Sein neues Buch hieß *Das Reich des Bösen: Seine orientalischen Wurzeln.* Der andere Name auf dem Umschlag war der des Mannes, der es anpries, Henry Kissinger, beglaubigt als »Gewinner des Friedensnobelpreises«, eine dermaßen komische Pointe, dass ich hatte lachen müssen. Wenn ich auf der Straße jemanden erstach, war ich ein Mörder. Aber wenn ich wie Kissinger der Nationale Sicherheitsberater von Präsident Nixon war und Bomberflotten guthieß, die tonnenweise Bomben auf Tausende unschuldige Menschen abwarfen, dann war ich ein Staatsmann. Und wenn ich einen Deal aushandelte, der meinen Pazifizierungskrieg vorübergehend aussetzte, dann konnte ich mich als Friedensbringer rühmen lassen. Hätte Hitler triumphiert, hätte vielleicht auch er den Friedensnobelpreis bekommen, denn nichts führte effektiver zum Frieden als die Ausrottung so vieler Feinde wie möglich.

Aber ich schweife ab. Hier ist, was Kissinger über Hedds neuestes Werk zu sagen hatte: »Eine erhellende und aufschlussreiche Erkundung des sowjetischen Denkens, das, wie Hedd mit niederschmetternder Eindringlichkeit zeigt, sein eigener schlimmster Feind ist.« Die Kernthese des Buches war in Großbuchstaben auf der Rückseite zusammengefasst:

DIE EINDRINGLICHE ANALYSE DES EINFLUSSREICHEN AUTORS ENTHÜLLT, DASS DIE SOWJETUNION NICHT WIRKLICH ZU EUROPA, SONDERN ZUM ORIENT GEHÖRT. RICHARD HEDD VERLEIHT DEM BEGRIFF »ORIENTALISCHER DESPOTISMUS« EINE NEUE BEDEUTUNG UND ZEIGT, WARUM DER OSTEN DER OSTEN UND DER WESTEN DER WESTEN IST, WENN ES UM DEN GEGENSATZ VON KOMMUNISMUS UND DEMOKRATIE GEHT.

Dann waren Kommunisten jetzt Orientalen? Ich war dermaßen perplex, jetzt vom Kommunismus wie vom Orientalismus befleckt zu sein, dass ich gestehen muss, das Buch bis zu meinem letzten Tag im Paradies nicht gelesen zu haben. Viel lieber hatte ich in meiner Freizeit immer wieder die Lieder von Johnny Hallyday gehört und vergeblich versucht, seine musikalische Anziehungskraft zu verstehen, und den Promiklatsch in *Paris Match* gelesen (wo ich erfuhr, dass der Bürgermeister von Paris und seine Frau ein vietnamesisches Mädchen adoptiert hatten, ein Schicksal, auf das ich neidisch war). Aber auf diesem letzten Spaziergang hatte ich Hedds Buch mitgenommen.

Ich ahnte, dass ich meiner Tante zeigen musste, wie sehr ich ihr Geschenk zu würdigen wusste.

Ich setzte mich in einer Gartenlaube auf eine Bank, öffnete das Buch von hinten und las die ersten Zeilen der letzten von – fünfhundertzwölf! – Seiten:

Wir müssen unser Engagement für die Demokratie und ihren Sieg erneuern, weil der Sieg der Demokratie nicht zwangsläufig ist. Wir verfügen über den Vorteil eines überlegenen und wahrhaft außergewöhnlichen Konzepts des demokratischen Denkens und Glaubens, das wir von den Griechen geerbt und über Jahrtausende weiterentwickelt haben. Sie jedoch wenden brutale Gewalt an. Sie zögern nicht, Millionen Menschen abzuschlachten, auch wenn es sich um Landsleute handelt. Die Geschichte lehrt uns, dass die rohe Gewalt mitunter gewinnt. In Afghanistan versuchen die Sowjets, diese traurige, hässliche Wahrheit einmal mehr zu demonstrieren. Wir müssen uns dafür einsetzen, dass Afghanistan ihr Vietnam wird.

»Ihr Vietnam?« Was bedeutete das? So etwas wie: Wir haben immer noch Paris? Nur dass die Menschen, wenn sie »Paris« sagten, luftige Croissants, den Eiffelturm oder eine Fahrt auf der Seine wie die von Cary Grant und Audrey Hepburn in *Charade* meinten, ein schönes Glas Sancerre oder den Blick auf Notre-Dame, untermalt von einem Akkordeon spielenden Mimen mit Barett und gestreiftem Hemd und so weiter und so weiter und so weiter. Und, Gott steh mir bei (»Gott« verwende ich hier nur im übertragenen Sinn), ich glaubte auch an dieses Paris! Ein Paris, das es genauso gab wie einen Gott. Doch wenn ein Mann wie Richard Hedd »Vietnam« sagte, dann dachten er und die meisten seiner Leser an Napalm, brennende Mädchen,

Kopfschüsse und Massen gesichtsloser Menschen unter kegelförmigen Hüten in einfacher schwarzer Kleidung, die unter anderen Umständen die Höhen der Pariser Haute Couture hätte erklimmen können. Kurz gesagt, »Vietnam« stand für Krieg, Tragödie, Tod und so weiter und so weiter, und wie um alles in der Welt sollte das jemals anders werden?

Als meine Tante schließlich eintraf, nagte ich immer noch am Schenkelknochen dieser Frage. In der Vergangenheit gab es so viele Knochen, die nur darauf warteten, ausgegraben zu werden, dass mir der Nachschub an Dingen, auf denen ich herumkauen konnte, nie ausgehen würde. Ich wollte damit aufhören, wirklich, aber jemand, der so schuldig war wie ich, hatte nicht das Recht aufzuhören. Vielleicht hatte ich erst das Recht, die Vergangenheit zu vergessen, wenn ich für mein Verbrechen bestraft worden war. Das Problem war, dass ich im Umerziehungslager zwar ziemlich erbarmungslos bestraft worden war, allerdings nur für ein Verbrechen: Ich hatte bei der Vergewaltigung einer kommunistischen Agentin durch von der CIA ausgebildete südvietnamesische Polizisten zugeschaut und war nicht eingeschritten. Alle meine anderen Verbrechen hingegen blieben ungestraft: der Verrat an Bon, meine Mittäterschaft, als Bon den maßlosen Major ermordete, der Mord an Sonny und zuletzt meine Verwicklung in das Ableben von Beatles, Ugly und Uglier. Wenigstens hatte ich mich endlich bei Sonny und dem maßlosen Major entschuldigt. Eine Entschuldigung war immerhin ein Anfang. Aber wenn das der Anfang war, was war das Ende?

Meine Tante hielt vor dem Eingang des Paradieses in einem entzückenden italienischen Coupé, das sie sich von BFD ausgeliehen hatte. Ist angenehm, wenn man reiche Freunde und Gönner hat, meinte sie. Ich hatte ihr erzählt, dass mein sehr großzügiger Boss wegen meines Nervenzusammenbruchs sehr besorgt sei und für die Behandlung aufkomme, was eine Lüge war, die nur knapp neben der Wahrheit lag. Ich hatte schwache Nerven, und ich war zusammengebrochen. Wie geht es dir jetzt?, erkundigte sie sich, als wir das Paradies verließen.

Ich schaute mich zu dem steinernen Bauernhaus um, das vor Jahrzehnten in das Verwaltungsgebäude des Paradieses umgebaut worden war, und seufzte wehmütig. Das Paradies war der schönste Ort, an dem ich je gelebt hatte, und alles, was ich tun musste, um dort zu leben, war sterben. Großartig, antwortete ich. Sie schien mir nicht zu glauben, und so verspürte ich den Drang, mich weiter zu erklären. Ich hatte sieben Wochen lang nichts zu tun. Diese sieben Wochen kamen mir vor wie sieben Monate …

Vielleicht solltest du wieder bei mir einziehen. Ich weiß nicht, ob die viele Arbeit im Restaurant gut für dich ist. Oder das Zusammenleben mit Bon. Es kann dir ja nicht gutgetan haben, sonst hättest du keinen Nervenzusammenbruch gehabt. Du kannst auf der Couch schlafen, und du brauchst keine Miete zu zahlen.

Was ist mit deiner Provision für das Haschisch?

Solange du an meine Freunde verkaufst, zahlst du sie weiter. Aber ansonsten gehst du einfach auf die Schule zurück und konzentrierst dich auf dein Französisch. Sie schaute auf das Buch, das in meinem Schoß lag, *Schwarze Haut, weiße Masken*. Hast du das wirklich auf Französisch gelesen?

Ja. Mein Französisch ist schon wieder ziemlich gut geworden, praktisch wieder genauso gut wie damals, als ich vom Lycée abgegangen bin.

Das war doch koloniales Schuljungenfranzösisch. Solange dein Französisch nicht perfekt ist, brauchst du dir keine Hoffnungen zu machen, Franzose zu sein, erklärte sie. Sogar in

Amerika bist du kein richtiger Amerikaner, wenn du nicht perfekt Englisch sprichst, oder?

Dagegen konnte ich kaum etwas einwenden, sagte aber: Hältst du dich etwa für vollkommen französisch? Glaubst du, die Weißen halten dich für eine Französin?

Natürlich bin ich Französin. Wir sind nicht wie die Amerikaner, das sind echte Rassisten. Schau dir doch an, wie sie die Schwarzen behandeln. Sklaverei. Lynchjustiz. Rassentrennung. Vergewaltigung. Immer Bürger zweiter Klasse. Mein Gott, als Schwarzer in Amerika zu leben muss furchtbar sein. In Amerika hört man nie auf, schwarz zu sein. Wie ist gerade die gängige Bezeichnung für Schwarze? »Afro-Amerikaner«? Allein die Vorstellung, immer als jemand leben zu müssen, der durch einen Bindestrich geteilt ist. Hier kann jeder Franzose sein. Aber man muss auch Franzose sein wollen. Du musst in den Spiegel schauen und eine französische Person sehen, keinen irgendwie farbigen Asiaten. Willst du Franzose sein?

Ich zögerte. Ein Teil von mir wollte tatsächlich Franzose sein, nämlich der, der unwillkürlich anfing zu sabbern, wenn ein zartes Stück Foie gras vor ihm lag. Ich wäre Franzose gewesen, wenn mich mein Vater einfach als seinen Sohn anerkannt hätte. Stattdessen hatte er mich verleugnet, eine Verleugnung, die sich von der Vergesslichkeit als wichtigster Ingredienz für den Genuss von Foie gras kaum unterschied. Denn wenn wir uns ihre Herstellung anschauten, bei der der armen Gans von einem Bauern durch einen Trichter riesige Mengen Getreide in die Leber gestopft wurden, bis sie fast platzte, dann würde uns diese Delikatesse, die wie viele andere Delikatessen mit Leid gesalzen war, vielleicht gar nicht schmecken. Trotzdem, ich wollte aufrichtig Ja sagen, Ja, Ja, Ja …

Willst du Franzose sein? Da waren sie, die ausgestreckten Hände der französischen Kultur und Zivilisation meiner Tante, die selbst die lebendige Verkörperung dessen war, was ich sein könnte, was Frankreich verhieß. Ich musste es nur sagen …

Nein, sagte ich. Nein.

Denn das war das Problem.

Das Problem war natürlich ich. Das Problem war immer ich. Wenn ich in den Spiegel schaute, sah ich jemanden, der kein Franzose, kein Amerikaner, kein Vietnamese war. Nein, ich war keine Nation. Ich war niemand, im besten Fall Verneinung, im schlimmsten ein Bastard. Mut gab mir Fanon, der aus Sicht des Negers schrieb, der auch eine Art Bastard war, zumindest in den Augen der Negrophoben. Sein Dilemma war auch mein Dilemma: »Da ich gewahr werde, dass der Neger das Symbol der Sünde ist, beginne ich, den Neger zu hassen. Aber ich stelle fest, dass ich selbst ein Neger bin. Um diesem Konflikt zu entrinnen, gibt es zwei Lösungen. Entweder bitte ich die anderen, nicht auf meine Haut zu achten, oder aber ich will, dass man es bemerkt.« Ein Neger konnte seine Existenz als Neger nicht leugnen, genauso wie ich meine Existenz als Bastard nicht leugnen konnte. Während im Kapitalismus, wie Marx argumentierte, der Mensch generell von sich entfremdet ist, sodass sogar die Mittelklasse trotz ihres Wohlstands nicht glücklich war, so waren People of Color – und dazu zählte ich mich – doppelt von sich entfremdet, weil der Rassismus ihre Erfahrungen im Kapitalismus und dessen Komplizen, dem Kolonialismus, verstärkte. Gegen diese Entfremdung, für die nicht der Neger oder der Bastard verantwortlich war, sondern die wahren Bastarde, die Rassisten und Kolonisatoren, die dem Opfer die Schuld für die Umstände zuschoben, die der Täter geschaffen hatte, gab es nur ein Mittel. Und das bestand darin, »dieses absurde Drama, das die anderen um mich herum inszeniert haben, zu überfliegen und diese beiden Termini, die gleichermaßen unannehmbar sind, wegzuschieben und durch die menschliche Besonderheit hindurch das Universale anzustreben«.

Genau! Ich war ebenfalls universal, und meine universale Identität sollte meine und absolut meine sein, auch wenn ich absolut am Arsch war, und war es nicht das, was die Franzosen wollten? Sie betrachteten unsere gemeinsame Vergangenheit als einen tragischen Zufall der Geschichte, als eine missglückte romantische Liebesgeschichte, was zur Hälfte stimmte, wohingegen ich unsere Vergangenheit als ein von ihnen begangenes Verbrechen betrachtete, was zur Gänze stimmte. Wem wird man glauben? Dem Vergewaltiger oder dem Ergebnis der Vergewaltigung? Dem Zivilisierten oder dem Bastard?

Ich hoffe wirklich, du ziehst wieder bei mir ein, fuhr meine Tante fort. Aber ich muss dich warnen. Ich habe im Moment für ein paar Nächte einen Gast.

Lass mich raten. Meine Chancen stehen fünfzig-fünfzig. Unser Freund, der promovierte Maoist?

Nein.

Also BFD!

Hab ich dir nicht schon einmal gesagt, dass du deprimierend konventionell bist? Ich schlafe bloß mit ihnen, ich würde sie nie länger als eine Nacht bei mir dulden. Du lernst sie bei der Show kennen.

Meine Tante war so voller Überraschungen, dass ich nicht mal mehr überrascht war.

Wir fuhren durch ein Viertel, dessen Straßen enger waren als der Geist des durchschnittlichen Franzosen, und fanden schließlich einen Parkplatz gleich um die Ecke vom Mutualité, wo die Tet-Kulturschau der Union stattfand. Als wir um die Ecke in die Rue Saint-Victor gingen, sahen wir vor der Halle eine lärmende Menschenmenge, dem Aussehen nach zu urteilen Vietnamesen, zwei oder drei Dutzend, die sich ihres Franzosentums oder erhofften Franzosentums versicherten, indem sie einer der beliebtesten landestypischen Freizeitbeschäftigungen nachgingen, dem Demonstrieren. Auf ihren Schildern stand KOMMUNISMUS = UNHEIL, NIEDER MIT DEM KOMMUNISMUS, MÖRDER HO CHI MINH et cetera ad nauseam. Diese und andere Slogans riefen sie auf Vietnamesisch, während die Menschen, die die Halle betraten, auf Französisch miteinander tuschelten. Die Demonstranten strahlten das *Je-ne-sais-quoi* gerade erst eingetroffener Flüchtlinge aus. Lag es an den über den Knöcheln gerafften Hosen der Männer, die die Aufmerksamkeit auf die verstaubten Schuhe lenkten? Oder an den plumpen, unmodernen Ponyfrisuren der Frauen?

Oh, là, là, murmelte meine Tante, womit sie wohl andeuten wollte, dass es etwas ungemütlich werden könnte, wenn sich so viele Vietnamesen an einem Ort versammelten, und zwar nicht anlässlich eines geschmackvollen Bekenntnisses zu ihrer Herkunft, zum Beispiel einem Essen oder einer Kulturschau, sondern *um Krach zu machen.* Vietnamesen machten in Frankreich keinen Krach. Vietnamesen machten in Vietnam oder in Amerika Krach. Die Menschen vietnamesischer Abstammung in Frankreich waren leise, diskret, charmant und, vor allem, harmlos. Sie gehörten einer besseren Schicht an oder hatten ihr bis jetzt angehört, sie hatten sich selbst als Franzosen (die bestmöglich Assimilierten) und Exilanten (die schlimmstmöglichen Individualisten) betrachtet. Aber diese Menge schäbiger Flüchtlinge hatte nichts Assimiliertes oder Individualistisches.

Kommunisten!, rief eine Frau und zeigte auf uns. Ich bin Ex-Kommunist, wenn ich bitten darf, wollte ich sagen, hielt mich aber zurück. Meine Tante hingegen richtete ihrerseits einen Finger auf die Frau und sagte: Der Kommunismus hat das Land geeint und befreit. Menschen wie ihr habt die Teilung befördert, und jetzt versucht ihr, uns mit eurem Antikommunismus zu entzweien.

Du dumme *Ziege* …

Du bist die dumme *Ziege*, du fette Kuh …

Man konnte nicht gleichzeitig eine Ziege und eine Kuh sein, aber vielleicht hatte ein Bastard nicht das Recht, darauf hinzuweisen. Ich zog meine Tante durch die Tür und fragte mich, ob sie mit einem Mal sehr vietnamesisch oder schlicht sehr pariserisch war, immerhin war Grobheit die zweite Natur beider Kulturen.

Wie peinlich, murmelte meine Tante, als wir drin waren. Diese Leute!

Wie wahr, murmelte ich. Aus der Menschentraube, die sich zum Empfang vor der Show versammelt hatte, löste sich der höchst bestürzte Vorsitzende der Union. Meine Liebe, sagte er zu meiner ihm schon bekannten Tante, wer *sind* diese Leute?

Diese Leute sind unsere Leute, wollte ich sagen, aber das stimmte nicht ganz. Die Demonstranten draußen vor der Tür sahen sich selbst als Vietnamesen, die es zufällig nach Frankreich verschlagen hatte, wohingegen die Leute hier drinnen sich als Franzosen sahen, die zufällig eine Verbindung mit Vietnam hatten. Angesichts dieser zwei Möglichkeiten war man als Bastard vielleicht gar nicht so schlecht dran. In einer Ecke des Foyers entdeckte ich Bon, der mich immer als Bastard akzeptiert hatte. Er war als Mensch getarnt: glatt rasiertes Gesicht, gekämmtes Haar und passabler grauer Zweireiher mit wuchtigen Schulterpolstern, was alles, so meine Vermutung, Loans Verdienst war. Seit dem Fall Saigons, bis zu dem Linh dafür gesorgt hatte, dass er sich wie ein Erwachsener kleidete, hatte ich ihn nicht mehr so vorzeigbar und unbehaglich gesehen.

Du siehst gar nicht mehr aus wie Scheiße, sagte Bon zur Begrüßung.

Und du siehst wie ein normales menschliches Wesen aus, erwiderte ich.

Ach ja? Ich fühle mich nämlich beschissen. Ich sollte da draußen bei der Vereinigung sein.

Der Vereinigung?

Die Vereinigung für ein Freies Vietnam. Sie wollen verhindern, dass die Kommunisten der Union für das ganze vietnamesische Volk sprechen. Ich sollte da draußen mit ihnen zusammen gegen diese Leute demonstrieren und nicht so tun, als wären das hier drin meine Freunde.

Ich sah Loan auf uns zukommen und sagte: Du tust das für Loan, nicht für dich.

Er verzog das Gesicht und hielt den Mund, als Loan sich zu uns gesellte. Sie trug ein Ao dai aus roter Seide mit einer Hose aus gelber Seide, was entweder die Farben der antikommunistischen Flagge waren (wenn man es auf die eine Art sah) oder die Farben der kommunistischen Flagge (wenn man es auf die andere Art sah). Wie auch immer, die in diesen Farben gekleidete junge Frau ähnelte den gertenschlanken Jungfrauen, die unser Land auf den Lackmalereien und Perlmuttschnitzereien symbolisierten, die in fast jedem Haushalt und natürlich in jedem Souvenirladen zu finden waren. Bon strahlte und lächelte zärtlich, was mich etwas irritierte, da ich ihn nur als melancholischen Mörder kannte und liebte. Darling, sagte sie, und er sagte auch Darling, was mich zutiefst irritierte, denn wenn Bon die Liebe finden konnte und ich, der sich gewöhnlich alle paar Monate verliebte, sie nicht finden konnte, dann war die Welt ein sehr verwirrender Ort. Loan bestand mit großer Herzlichkeit darauf, mich zum Abendessen in ihre Wohnung einzuladen. Ihre Gastfreundschaft rührte mich, erinnerte mich an die Menschlichkeit – nicht nur an ihre, auch an meine.

Es wäre mir eine Ehre, sagte ich.

Sie sehen großartig aus, sagte sie zum Abschied und begrüßte dann Freunde, die es durch die Reihen der Demonstrierenden ins Foyer geschafft hatten. Ein Teil von mir wusste, dass sie log, der andere Teil wollte ihr glauben. Vielleicht tastete ich mich tatsächlich, blind, unterstützt von kleinen Freundlichkeiten, zur Menschlichkeit zurück. Bon verdarb mir die Stimmung wieder, als er mir zuflüsterte: Ich muss dir was zeigen, und dann ein Foto aus der Innentasche seines Blazers zog. Ein Bild von dem Bastard.

Erst dachte ich, er meine mich, doch es war das Bild von jemand anderem, einem Mann, der einen braunen Fedorahut trug, einen dunkelblauen Mantel und … eine weiße Maske. Anders als die Masken der Tragödie und Komödie, des Weinens und des Lachens, war diese Maske glatt, nichtssagend, ausdruckslos und bedeckte mit Ausnahme der Schlitze für Augen und Mund das ganze Gesicht. Hinter ihm sah man eine Fußgängerin, die sich gerade umschaute und betroffen und verwirrt vom Anblick eines Mannes mit Maske wirkte. Immerhin war sie nicht entsetzt oder bestürzt über den Anblick eines Mannes ohne Gesicht.

Du meinst, das ist er?, fragte ich und rieb die Kanten der Fotografie.

Ich weiß es. Er ist aus der Botschaft gekommen. Ich habe ganze Tage und Abende in dem Café auf der gegenüberliegenden Straßenseite gesessen und auf meine Chance gewartet. Ich wollte ihm folgen, aber er ist in ein Taxi gestiegen, und ich hab keins erwischt. Ich glaube, er wohnt in der Botschaft und verlässt sie fast nie. Komm, wir gehen auf die Toilette.

Geh ruhig, ich muss nicht.

Wir gehen jetzt auf die Toilette.

Ich folgte ihm, nahm mir aber die Zeit, um kurz diejenigen Bohemiens der Union zu begrüßen, die Liebhaber von Haschisch und der Arznei geworden waren. Studenten, Anwälte, Allgemein- und Zahnärzte und so weiter, alles unbescholtene Menschen, die gern und diskret ihr Bewusstsein erweiterten.

Du kannst nicht ewig so weitermachen, meinte Bon auf der Toilette. Das hat keine Zukunft.

Das sagt der Richtige.

Sobald ich den Mann ohne Gesicht erledigt habe, ist Schluss, sagte Bon. Dann ziehe ich mich zurück.

Aus einer Gang zieht man sich nicht zurück, sagte ich in der aussichtslosen Hoffnung, ihn ablenken zu können. Der Boss will, dass du die Mona Lisa erledigst.

Nach allem, was er dir angetan hat, verdient er den Tod. Also gut, dann ziehe ich mich *danach* zurück.

Und du meinst, der Boss lässt dich gehen?

Er weiß, dass ich ihn umbringe, wenn nicht.

Hast du ihm das gesagt?

Leute wie er und ich und der Ronin müssen nicht reden. Wir müssen uns nur in die Augen schauen. Leute wie du, die müssen reden. Wenn du nicht reden könntest, würdest du sterben. Du wüsstest nichts mit dir anzufangen. Wenn du mir hilfst, den Mann ohne Gesicht zu töten, dann tust du wenigstens etwas Sinnvolles. Schade, dass er heute Abend nicht gekommen ist.

Insgeheim war ich erleichtert, aber ich sagte: Ich wusste nicht, dass du mit ihm gerechnet hast.

Der Botschafter selbst ist gekommen.

Wenn man bedenkt, dass der Mann ohne Gesicht kein Gesicht hat, ist er wahrscheinlich nicht gerade der gesellige Typ. Aber du kannst ja immer noch den Botschafter umbringen.

Dann hätte ich keine Chance mehr, den Mann ohne Gesicht zu töten.

Wenn du den Mann ohne Gesicht tötest, bekommst du keine Chance mehr, den Botschafter zu töten.

Touché. Bon zuckte mit den Schultern. Okay, ich will mich auch rächen. Was ist falsch daran?

Genau genommen nichts. Apropos genau genommen: Wie willst du den Mann ohne Gesicht überhaupt erwischen, wenn er die Botschaft fast nie verlässt?

Ich habe einen Plan.

Noch einen? Mein Herz schlug etwas schneller. Und wann hattest du vor, mir von dem Plan zu erzählen?

Ich bin doch gerade dabei. Er zog einen Umschlag aus seiner Jackentasche. Er enthielt zwei Eintrittskarten für *Fantasia VIII: Live in Paris* im kommenden Monat, inklusive der After-Show-Party im Opium. Als ich den Flyer auffaltete, der ebenfalls in dem Umschlag steckte, sah ich als Erstes *sie*, die einzige Frau, in die ich mich niemals hätte verlieben dürfen, den Kopf im Nacken, die Haare verweht, die roten Lippen leicht geöffnet, um eine Andeutung weißer Zähne zu entblößen und vielleicht, aber nur *vielleicht*, die Spitze ihrer Zunge. Mein Körper erinnerte sich noch immer an die Berührung dieser Zunge. Lana. Zwei Silben, zwei Tupfer meiner Zunge gegen meine Gaumen. *Laaa-naa!* Habe ich vor so vielen Jahren so ihren Namen geschrien, als wir uns liebten, Sex hatten, uns begatteten, kopulierten oder vielleicht alles zusammen zur gleichen Zeit? Laaaannnnaaaaaaaa!

Oh, sagte ich.

Allerdings, oh. Du kannst im Opium deine alte Liebe wiedersehen. Oder vielleicht schon vorher, wenn sie bereit ist, sich etwas privater mit dir zu treffen.

Was ist dein Plan?

Unser Mann ohne Gesicht hat sich sein ganzes Leben lang Tet-Feierlichkeiten angeschaut. Er ist nicht nach Paris gekommen, um sich noch eine anzuschauen. Warum er hergekommen ist, weiß ich nicht. Aber *Fantasia*, das schaut er sich an.

Weil er ein so lebenslustiger Bursche ist?

Weil er Vietnamese ist. Alle Vietnamesen in Paris werden sich diese Show ansehen, selbst die, die sich für Franzosen halten.

Sogar die Kommunisten?

Denen ist gute Unterhaltung viel zu lange vorenthalten worden. Er lächelte. Vor allem diesem einen Kommunisten. Dem Kommissar. Im Umerziehungslager gab es Gerüchte, dass dieser Kommissar ein klein bisschen korrupt wäre. Er mochte westliche Musik. Pop und Rock. Balladen. Den kranken Stoff, die gelbe Musik.

Ich nickte. Das stimmte. Der kranke Stoff, die gelbe Musik, war meine Vinylsammlung, die ich Man geschenkt hatte, bevor ich Saigon verließ, einschließlich der Highlights von Elvis Presley, den Platters, Chuck Berry und, natürlich, den Beatles und den Rolling Stones. Man hatte meine Schallplatten ins Umerziehungslager mitgenommen, wo ich sie allerdings nie zu hören bekam. Doch ich erwähnte meine wertvollen Alben mit keinem Wort. Stattdessen sagte ich: Wenn sie dich schnappen, wie geht es dann mit dir und Loan weiter? Loan ist vielleicht Kommunistin, vielleicht auch nicht, aber ganz sicher ist sie eine Linke. Eine Sympathisantin. Ansonsten wäre sie jetzt nicht zusammen mit dem Botschafter im selben Raum. Macht dich das nicht …

Mach dir keine Sorgen über Loan, blaffte er.

Ich hatte einen Nerv getroffen, nicht weil ich das gewollt hatte, sondern weil viele Nerven nur darauf warteten, getroffen zu werden. Oder hatte ein Teil von mir – sagen wir, ich oder ich – diesen Nerv befühlen wollen?

Wie gesagt, ich ziehe mich zurück. Ich lege den Mann ohne Gesicht um und heirate dann Loan.

Ich war so verblüfft, dass es mir über diesen nächsten Plan, von dem er mir nichts erzählt hatte, die Sprache verschlug. Bon lächelte über die Wirkung seiner Ankündigung, und um sein Vergnügen noch zu steigern, zog er einen Revolver unter seinem Blazer hervor, der hinten in seinem Gürtel gesteckt hatte. Es war nicht die Waffe, die er später auf mich richten sollte, sondern die Waffe der Mona Lisa, der Revolver, mit dem ich mich selbst getötet hatte. Ein kleines Geschenk für dich, sagte er und gab ihn mir. Der Griff und das Gewicht kamen mir vertraut vor. Der Revolver wog in etwa so viel wie eine Seele oder fünf Seelen oder vielleicht sogar drei oder vier oder sechs Millionen Seelen. Warum nicht? Schließlich dürften tote Seelen fast kein Gewicht haben.

DREIZEHNTES KAPITEL

Wir gingen hinter die Bühne und zogen uns für die erste Nummer um, in der wir Bauern spielten. Im wirklichen Leben wären die Kostüme im besten Fall verdreckt und verschwitzt, im schlimmsten Fall geflickte Lumpen gewesen. Aber dies war eine offizielle Kulturschau, keine inoffizielle, deshalb waren unsere braunen Hemden und schwarzen Hosen so gepflegt, sauber und trocken wie unsere nackten Füße. Auf diese Weise eingekleidet, hatte ich mit den anderen Tänzern am Bühnenrand meinen Platz eingenommen, als der Vorsitzende der Union federnden Schritts die Bühne betrat. Seine Ausführungen waren doppelt so lang wie nötig, da sie zweisprachig vorgetragen wurden. Er sprach über die Geschichte der Union, die Bedeutung der vietnamesischen Kultur und die Dankbarkeit der Vietnamesen gegenüber Frankreich, erwähnte allerdings mit keinem Wort die draußen demonstrierenden Mitglieder der Vereinigung. Als er schließlich zum Ende kam, war ich schon fast eingedöst. Dann stellte er den vietnamesischen Botschafter vor, worauf ich fast geschrien hätte. Der Botschafter setzte die Folter des Publikums fort und servierte ein ebenfalls zweisprachiges Soufflé aus Klischees, das er mit einem dicken Schlagsahneklecks aus ausschweifenden Komplimenten für die französische Kultur krönte. Es erforderte schon echtes Talent, um in zwei Sprachen mit so vielen Worten nichts zu sagen.

Inzwischen schluchzte nicht nur ich schweigend, sondern auch meine Oberschenkel stöhnten, da wir Kleinbauern alle auf unseren Fersen hockten, eine Haltung, die zwar Jahrtausende alt ist, die ich Verwestlichter allerdings schon viele Jahre nicht mehr praktiziert hatte. Als Bastard war ich genetisch vielleicht nicht dafür geschaffen, wohingegen meine Mutter den ganzen Tag lang so dahocken konnte und dabei das Feuer in Gang hielt, kochte oder sich um Babys und kleine Kinder kümmerte, um etwas Geld zu verdienen. Ich spürte die Unruhe auch der anderen Bauern, die der urbanen französischen Bourgeoisie entstammten und höchstwahrscheinlich in keinem ihrer beiden Heimatländer nie auch nur einen Fuß auf ein mit Mist gedüngtes Feld gesetzt hatten. Ständig verlagerten die falschen Bauern ihr Gewicht und bemühten sich nach Kräften, keine Grimassen zu schneiden. Als der Botschafter schließlich zum Ende kam und der Vorsitzende aufs Podium zurückkehrte, machten wir uns alle bereit aufzuspringen, doch der Vorsitzende sagte: Kommen wir jetzt zu unserem nächsten Redner …

Ich und alle anderen Bauern ächzten leise, mit Ausnahme von Bon, der unbeeindruckt von der Hockerei lediglich kurz seufzte. Der Vorsitzende begrüßte den Ehrengast des Abends als einen »Freund Vietnams und des vietnamesischen Volkes« und einen »Revolutionär vom Mai 1968«. Es war – wer sonst? – BFD.

Meine Tante hatte erwähnt, dass er kommen würde. Die ranzigen Gedanken seiner zweifellos vorgekauten Rede würden mir sicher auf den Magen schlagen. Er war der Bürgermeister eines anderen Arrondissements, in seinem Arrondissement, dem dreizehnten, ließen sich jedoch immer mehr vietnamesische Flüchtlinge nieder, die allesamt die Kommunisten hassten und von denen vielleicht einige jetzt gerade draußen demonstrierten. Für jeden dieser Flüchtlinge war ein Sozialist nur ein

Kommunist in schönerem Gewand, rosa statt rot, ein gläubiger Anhänger von zwangsweise umverteiltem Geld durch Steuern, Sozialleistungen und Wohlfahrtsstaat statt durch Landreform, kollektive Produktion und Polizeistaat. Bei diesen Demonstranten würde BFD keinen Stich machen, aber er wollte seine Unterstützung für vietnamesische Menschen mit einer anderen Weltanschauung und aus einer besseren Gesellschaftsschicht unter Beweis stellen. Das sagte jedenfalls meine Tante.

Eine bessere Gesellschaftsschicht?, hatte ich gefragt. Ironische Wortwahl für einen Sozialisten, meinst du nicht auch?

Wenn die Franzosen etwas sind, dann ironisch.

Waren nicht alle Völker ironisch? Gab es irgendein Beispiel für eine Nation, die nicht etwas Edelmütiges behauptete und dann etwas Hinterhältiges tat? BFD betrat die Bühne als wandelndes Beispiel für Ironie: ein Mann des Volkes in einem Anzug, der so teuer war, dass man dafür ein ganzes Dorf hätte ernähren können. Außerdem war er ein gewählter Beamter, der Bürger eines Wahlkreises umgarnte, der nicht der seine war. Möglicherweise glaubte er, mit seiner Rede einige im Publikum zum Umzug in sein Arrondissement überzeugen zu können, damit sie dann für ihn stimmen konnten. Oder er folgte dem Beispiel Sartres, der sich, obwohl ein entschiedener Radikaler, dem Aufruf angeschlossen hatte, vor dem Kommunismus fliehenden Vietnamesen zu helfen. Oder BFD konnte wie alle Politiker dieser elementarsten politischen Übung nicht widerstehen, nämlich im Scheinwerferlicht zu schwitzen.

Meine lieben Freunde, begann er. Es ist mir eine große Freude, heute Abend mit Ihnen die vietnamesische Kultur feiern zu dürfen. Wir, Franzosen und Vietnamesen, sind zwei Völker mit einer langen Geschichte, die es ebenfalls verdient, gefeiert zu werden. *[Beifall]* Sie gehören jetzt schon sehr lange zu Frankreich, und Sie erinnern uns an die Größe der französischen

Kultur und an die Größe der vietnamesischen Kultur, die die Franzosen nicht immer wertgeschätzt haben. Als wir nach Vietnam kamen, haben wir uns nicht immer so benommen, wie wir das hätten tun sollen. Die Kolonialherrschaft war falsch, meine Freunde. Die Franzosen hätten niemals einem anderen Land die Unabhängigkeit nehmen dürfen. *[Beifall]* Als sich die Vietnamesen gegen uns erhoben, erteilten sie uns eine Lektion, die wir bitter nötig hatten. Aber 1968 haben viele von uns – darunter auch ich – auf der richtigen Seite der Geschichte gestanden: Wir haben Ho Chi Minh unterstützt. Frankreich als Ganzes stand auf der Seite des Friedens. Ich muss Sie nicht daran erinnern, dass das Friedensabkommen, das dem amerikanischen Imperialismus in Vietnam ein Ende setzte, in unserer prächtigen Stadt unterzeichnet wurde! Hoffen wir, dass die amerikanischen Imperialisten ihre vietnamesische Lektion ebenfalls gelernt haben. Wenn ja, dann werden auch sie dem tapferen Volk Vietnams danken. *[Beifall]* So bedauerlich die französische Kolonialherrschaft war, haben wir doch nie so schreckliche Gräuel begangen wie die Amerikaner. Und wir haben *Kultur* hinterlassen. Und deshalb hoffe ich, dass das vietnamesische Volk den Franzosen verziehen hat. Wir kamen nach Indochina mit großmütigen Absichten. Wir haben Freiheit, Gleichheit und Brüderlichkeit gebracht. *[Beifall]* Wir haben Straßen gebaut. Wir haben Kanäle gebaut und Sümpfe trockengelegt. Wir haben Saigon gebaut. Wir haben Lycées und Universitäten gebaut, sodass jedem – nicht nur den Mandarinen – die Möglichkeit auf eine Ausbildung gegeben wurde und dem Land die Chance, sich selbst zu regieren. Wir bildeten die Künstler aus, die die herrlichen Gemälde von Ho Chi Minh und seinen Freiheitskämpfern schufen. Und ohne Frankreich hätte es keinen Ho Chi Minh und keinen seiner Mitstreiter gegeben. Wir brachten vietnamesische Studenten nach Frankreich und vermittelten ihnen das Rüstzeug für ihre Revolution – gegen uns! Kurz gesagt, nichts ist nur gut oder nur schlecht. Ich habe viele Vietnamesen kennengelernt, die hier in Frankreich glücklich sind, die sich hier zu Hause fühlen. Natürlich tun sie das. Weil Frankreich Ihre Heimat ist. Sie sind nach Hause gekommen. *[Beifall]* Ihre Anwesenheit in Frankreich zeigt, dass wir die Vergangenheit hinter uns lassen können. Ihre Anwesenheit sagt uns, dass wir alle Franzosen sind. Ihre Anwesenheit in Frankreich beweist die Größe unserer französischen Kultur. Es lebe die Republik! Es lebe Frankreich. *[Beifall]*

Da ich trotz der grässlichen Krämpfe in meinen Oberschenkeln immer noch jedes Problem von zwei Seiten betrachten konnte, erkannte ich, dass BFD nicht völlig unrecht hatte. Er könnte sogar fast recht haben. Und dem begeistert klatschenden Publikum nach zu urteilen, stimmten ihm augenscheinlich viele zu. Warum auch nicht? Natürlich fühlten sie sich hier zu Hause. Wahrscheinlich war es sogar so, dass sie, ihre Eltern oder ihre Großeltern sich in Frankreich sogar heimisch fühlten, *wenn sie in Vietnam waren.* Die Vietnamesen, die nach Frankreich kamen und sich nicht zu Hause fühlten, gingen nach Vietnam zurück, um für die Revolution zu kämpfen, oder sie wurden von den Franzosen ausgewiesen, weil sie im Verdacht standen, nicht französisch genug zu sein. Das waren die Vietnamesen, die so ernsthaft an Freiheit, Gleichheit und Brüderlichkeit glaubten, dass sie die Klammern übersehen hatten, die die Franzosen statt Bindestrichen verwendeten: »Freiheit, Gleichheit und Brüderlichkeit (aber noch nicht jetzt, zumindest nicht für euch).« Diese entgeisterten Revolutionäre wurden zu unverdaulichen Vietnamesen, die Frankreich nicht schlucken konnten und die nicht geschluckt werden konnten. Und die Vietnamesen, die in Frankreich blieben, hatten die französische Kultur schon in Vietnam durchgekaut. Zu der Zeit, als sie dann nach

Frankreich kamen, waren sie schon weich und leicht verdaulich wie bestimmte Käsesorten, Qualitäten, die ihre ideologisch pasteurisierten Kinder von ihnen erbten.

Die von uns aufgeführte Kulturschau – nachdem wir uns unter Schmerzen und mit eingeschlafenen Beinen erhoben hatten – war für den einfachen Verzehr gedacht. Eine feindselige und kritische Kulturschau wäre für jemanden, der so feindselig und kritisch war wie ich, ziemlich interessant gewesen, aber mein Geschmack ist einigermaßen extravagant. Für die meisten Menschen sind Kulturschauen Dioramen, die sich durch wechselseitige Freundlichkeit auszeichnen und nicht durch die liebevolle Gewalt oder gewalttätige Liebe, die für die von den Franzosen in ihren Kolonien aufgeführte Schau der Macht charakteristisch war. In diesem Fall hatte der Vorsitzende das Drehbuch für unser Spektakel geschrieben, das vage autobiografisch gewesen sein könnte oder wenigstens nicht vollkommen aus der Luft gegriffen war. Es handelte sich um eine Liebesgeschichte, in umflorter Rückschau vorgetragen von einem begüterten Arzt mittleren Alters, über einen jungen Mann aus armer ländlicher Familie, der kraft harter Arbeit und des wohlwollenden französischen Erziehungswesens ein Stipendium für Frankreich erhält, wo er kraft harter Arbeit und der wohlwollenden französischen Kultur Arzt wird, der kraft harter Arbeit und einer wohlwollenden französischen Familie die Liebe einer gewinnenden französischen und jungen (weißen) Frau gewinnt, die kraft harter Arbeit und des wohlwollenden französischen Geschmackssinns ihre schlanke französische Figur bewahrt, während sie zwei reizende französische Kinder gebärt und aufzieht, die trotz ihrer gemischten Herkunft nicht die geringsten Probleme haben, französisch zu sein. Ende.

Wie sehr ich mir so ein Leben wünschte! Wer nicht? Es war ein viel besseres Leben, als meine Mutter es gehabt hatte.

Obwohl sie etwa im gleichen Alter wie unser zukünftiger Arzt gewesen wäre, hatte sie eine ganz andere Version des ländlichen Lebens im Norden erlebt. Als Kind war sie in der großen Hungersnot, der im Norden eine Million der insgesamt zwanzig Millionen im ganzen Land lebenden Menschen zum Opfer fielen, fast gestorben. Eine Million. So viele Menschen und doch paradoxerweise ein Ereignis, das man leicht vergessen kann. Sie starben, ohne dass man ihnen die Gunst erwiesen hätte, ein Foto von ihnen zu machen, damit die Welt oder auch nur die Vietnamesen selbst sich daran erinnern konnten, was unsere japanischen Besatzer im Namen der Großostasiatischen Wohlstandssphäre taten und was die Franzosen, die den Japanern zu Diensten waren, vielleicht für Freiheit, Gleichheit und Brüderlichkeit oder vielleicht auch nur als Kollaborateure taten. Im zwanzigsten Jahrhundert war die große Sünde der Franzosen die Kollaboration, ein Wort, dessen kieselartige Silben in ihrem Mund herumkullerten, weswegen sie es nur nuschelnd artikulieren konnten. Die Algerier würden der Einschätzung der Kollaboration als größte Sünde vielleicht widersprechen angesichts der umstandslosen Abschlachtung ihres eigenen Volkes durch ihre und unsere französischen Kolonialherren. Aber wen schert, was die Algerier zu sagen haben? Apropos, wen schert, was *wir* zu sagen haben, vor allem, wenn wir nichts sagen, was bei Toten die Regel ist?

Ich lebe unter den Toten, eine unsichtbare Kugel hat mich umgenietet. Und trotzdem ist es mir nicht möglich, die Toten zu sehen. Ich kann nur sehen, was meine Mutter mir gegeben hat, die fehlenden Bilder, die mit ihr gestorben sind, von toten Menschen auf Wegen und Feldern, von zusammengesunkenen Skeletten mit Haut und in Kleidung, die ihnen zum Zeitpunkt ihres Todes zu groß war, von Nachbarn, Spielkameraden, Babys. Und wer hatte meine Mutter gerettet? Mein französischer Vater.

Er gab ihr den Reis, den unsere japanischen Herrscher ihren französischen Lakaien befohlen hatten, als Reserve für die japanischen Kriegsanstrengungen zurückzuhalten. Während mein Vater, der koloniale Kollaborateur, vielleicht darüber geklagt hatte, Reis statt Brot zu erhalten, war für meine Mutter dieser erste Mundvoll Reis nach Wochen des Hungerns die herrlichste Mahlzeit ihres Lebens. Einige Tage lang fütterte mein Vater sie löffelweise damit, gewöhnte ihren geschrumpften Magen wieder an Nahrungsaufnahme und ging anschließend zu schälchenweise Haferbrei über. Meine arme kleine Mutter war ein Wunder, eine Waise von zwölf Jahren, eine Überlebende in einer Zeit des Hungers, die niemanden hatte, der sich um sie kümmerte. Er hat mich gerettet, sagte sie. Ich konnte nicht anders, als mich in ihn zu verlieben, obwohl er ein … Sie brachte es nicht über sich, »Priester« zu sagen, sondern ersetzte es durch »Mann Gottes«. Und sie wurde seine »Magd«. Die Fusion zweier Euphemismen brachte zwei Jahre später mich hervor, eine sieben Pfund schwere, hochexplosive Splitterbombe mit einem Verzögerungszünder, der aus ihrem Bombenschacht herausfiel und darauf wartete, *MIT KARACHO!* hochzugehen. Sogar jetzt noch hatte ich ihr für immer sanftes, für immer jugendliches Gesicht vor Augen. Sie starb jünger, als ich jetzt alt war. Ich erinnerte mich an meinen Schock und die darauffolgende Wut, als sie mir die Geschichte von meinem Vater erzählte, der sie mit Reis fütterte, weinend und mich so fest an sich drückend, wie es keine Frau vorher und nachher getan hat. Verzeih ihm, mein Liebling, sagte sie. Ich habe ihm verziehen. Ohne ihn hätte ich dich nicht, den ich mehr liebe als mein Leben. Und wenn es das Letzte ist, was du tust, verzeih deinem Vater.

Weshalb weinst du?, fragte Bon, als wir von der Bühne gingen.

Wegen nichts, sagte ich und wischte mir die Tränen aus den Augen. Wegen absolut nichts.

Nach der Schau und nachdem ich mir den Schleim meiner emotionalen Empfindsamkeit vom Gesicht gewischt hatte, zog ich aus dem ziemlich überfüllten Geheimfach meiner Reisetasche meinen Revolver, der zwischen meinem Geständnis und der ausgefransten, vergilbten Ausgabe von Richard Hedds *Der Kommunismus in Asien und der orientalische Modus der Zerstörung* steckte. Dann schob ich mir den Revolver in den Hosenbund, hinten, nicht vorne, weil ich immer Angst hatte, dass die Waffe losgehen und meine zukünftige Nachkommenschaft auslöschen könnte, auch wenn ich nie vorgehabt hatte, welche zu zeugen. Das Haschisch in meiner Jackentasche machte sich leise kichernd über meine Logik lustig, wohingegen der Revolver der maskuline, schweigsame Typ war. Er nervte mich nicht, indem er Lärm machte, sondern indem er mit seiner dunklen, attraktiven Härte gegen mein Kreuz und mein Steißbein drückte. Alle Waffen wollen benutzt werden. Meine war keine Ausnahme.

Ich schlenderte auf der Party herum, wobei ein Teil von mir darüber nachdachte, wie ich Bon aufhalten und Man schützen könnte, und der andere Teil mit meinen Kunden plauderte. Mit zwei von ihnen, einem Arzt und einem Import-Export-Kaufmann, ging ich nach draußen, um einige besonders gehaltvolle Zigaretten mit ihnen zu rauchen. Über sie und meine restlichen Kunden verkaufte ich meinen gesamten Warenbestand und machte Termine aus, um noch mehr zu verkaufen. Doch ich war nicht glücklich darüber. Als ich wieder hineinging, winkte mir meine Tante, um mich ihrer neuen Freundin vorzustellen, die ich aus der Entfernung erst für einen Mann hielt. Sie ist Anwältin, sagte meine Tante auf Vietnamesisch. Gerade aus Kambodscha zurückgekommen.

Die Anwältin, die einen schlanken grauen Anzug und eine schlanke schwarze Krawatte trug, lächelte mich nicht an. Ich lernte bald, das nicht persönlich zu nehmen, da sie so humorlos war, dass selbst ein flüchtiges Lächeln ihre Möglichkeiten überstieg. Sie war allerdings sehr attraktiv. Das Gesicht und die kurz geschnittenen Haare setzten sich fast vollständig aus geraden Linien zusammen, sodass wegen des fehlenden Lächelns die einzigen Bögen in ihrem Gesicht ihre Augen und Augenbrauen waren. Wie meine Tante und ich existierte sie irgendwo entlang des Ost-West-Spektrums und war wahrscheinlich vietnamesischer Abstammung, da sie unsere Muttersprache ganz passabel beherrschte.

Kambodscha? Nicht gerade ein einfaches Reiseziel, nehme ich an.

Die attraktive und humorlose Anwältin erwiderte: Ich war nicht als Touristin dort.

Das habe ich mir gedacht. Weshalb dann?

Meine Tante und die Anwältin tauschten einen kurzen Blick, dann nickte meine Tante.

Ich habe Pol Pot besucht, sagte die Anwältin.

Ich spielte den Coolen. Ihn zu besuchen dürfte auch nicht gerade einfach sein.

Es ist sogar sehr schwer. Die vietnamesische Armee hat kein Interesse daran, irgendjemandem die Fahrt durch Kambodscha zu gestatten, um ihn zu treffen. Also musste ich durch Thailand fahren. Er hält sich in einem Berglager in der Nähe der Grenze auf.

Ich bin mir sicher, die Vietnamesen wollen ihn gefangen nehmen und vor Gericht stellen.

Das haben sie schon. In Abwesenheit. Raten Sie einmal, wie das Urteil lautete.

Schuldig?

Wissen Sie, warum sie ihn schuldig gesprochen haben?

Weil er schuldig war?

Weil Verfahren in Abwesenheit immer mit einem Schuldspruch enden. Meine Blauäugigkeit rang der attraktiven und humorlosen Anwältin kein Lächeln ab. Sie schnaubte. Ist schon jemals irgendwer in Abwesenheit für *unschuldig* befunden worden? In diesen Verfahren geht es nicht um Gerechtigkeit. Das sind Moralitätenspiele.

Es kommt mir nur gerecht vor, jemanden zu verurteilen, der für den Tod von Hunderttausenden seiner eigenen Leute verantwortlich ist.

Woher wissen Sie, dass er dafür verantwortlich ist?

Ich gestehe, dass ich verwirrt war. Ich war es gewohnt, immer die zynischste Person im Raum zu sein, auch wenn ich meinen Zynismus ziemlich gut hinter einer Maske aus leutseliger Jovialität, geschmackvoller Unterwürfigkeit oder intellektueller Überlegenheit – je nach Stellung meines Gesprächspartners – verbergen konnte. Gleichzeitig verstörte mich dieses überaus ernste Thema bei einer solch vergnüglichen Veranstaltung, insbesondere, weil ich unter Haschischhypnose stand.

Woher wissen Sie das?, wiederholte die Anwältin, als wäre ich ein Zeuge im Zeugenstand.

Ich dachte an die in der Küche des Himmels weinende Madeleine. Aus der Zeitung. Und von kambodschanischen Freunden.

Natürlich bestreite ich nicht, dass Hunderttausende gestorben sind. Was mich interessiert, ist die echte Gerechtigkeit, nicht die bequeme oder fingierte Gerechtigkeit, die die meisten wollen. Er ist ein Sündenbock. Ein Dämon, auf den wir mit dem Finger zeigen und sagen können: *Der* war es.

Aber er war es …

Er sagt, dass er es nicht war. Dass er nie einen dieser Menschen hat sterben sehen. Er sagt, seine Organisation hat ihm eine andere Geschichte erzählt.

Und Sie glauben ihm? Und selbst wenn Sie ihm glauben, ist er deshalb unschuldig?

Er verdient einen echten Prozess. Das Gericht der öffentlichen Meinung ist kein echtes Gericht. Nehmen Sie die Demonstranten da draußen. Sie fordern die öffentliche Meinung heraus. Das ist das genaue Gegenstück von Pol Pot. Alle halten Ho Chi Minh für einen Heiligen, abgesehen von den Angehörigen der Menschen, die er getötet hat. Von denen ich einige kennengelernt habe. Ich bin Anarchistin, und ich sage Ihnen, dass Ho Chi Minh ein Heiliger wurde, weil er alle seine Feinde links und rechts von ihm ermordet hat, einschließlich der Anarchisten.

Ich schaute meine Tante an. Du hast ein Bild von ihm.

Sie sah gequält aus. Ich weiß nicht, ob bewiesen ist, dass er …

Bevor er die Franzosen geschlagen hat, hat er alle seine vietnamesischen Rivalen ausgemerzt.

Ich versuchte, mich an die gelegentlichen Kommentare zu Onkel Hos politischen Manövern zu erinnern. Säuberungen, sagte ich. Er hat sich seiner Konkurrenten durch Säuberungen entledigt.

Säuberungen, wiederholte die Anwältin. Wie mit einem Abführmittel. Um sich selbst und seinen Kampf von Anarchisten wie mich zu entschlacken, ebenso von Nationalisten, Royalisten, Trotzkisten und ideologisch unzulänglichen Antikolonialisten. Wissen Sie, warum? Zu viele Standpunkte. Er brauchte nur zwei Standpunkte, damit das Volk verstand – man war für oder gegen die Franzosen. Und die gegen sie waren, sollten besser anerkennen, dass der einzige Weg der kommunistische war. Keiner der Kommunisten, Sozialisten und Linken hier im Raum wird das eingestehen. Die sind, wie die meisten Leute, nur an der Gerechtigkeit interessiert, die ihnen nutzt. Sie alle romantisieren die vietnamesischen Kommunisten. Sie waschen Ho Chi Minh rein, um selbst sauber dazustehen. Sie reden über revolutionäre Gerechtigkeit, aber das ist keine echte Gerechtigkeit. Wenn man die will, braucht man richtige Anwälte.

Sie ist wirklich eine gute Anwältin, bemerkte meine Tante bewundernd. Sprache und Denken waren für sie als Lektorin mit hohen Maßstäben verknüpft, die jedoch mit ihrem Urteil über Menschen verschmolzen. Nur wenige Anwälte würden Pol Pot verteidigen.

Dich auch nicht, sagte mein Geisterchor.

Wie können Sie es vor sich rechtfertigen, jemanden wie Pol Pot zu verteidigen?, wollte ich mit schriller Stimme wissen. Selbst als Anarchistin? Und wie kann man überhaupt eine anarchistische Anwältin sein?

Sie zuckte mit den Schultern. Zweifellos hatte man ihr diese Frage schon früher gestellt. Wie verteidigt man, wovon die meisten Menschen glauben, es sei nicht zu verteidigen?, fragte sie. Das ist eigentlich ziemlich einfach. Was die Franzosen in Indochina oder in Algerien getan haben, ist nicht zu verteidigen, die Franzosen verteidigen es aber ständig. Oder vergessen es einfach. Kommt aufs Gleiche raus, basierend auf dem Prinzip, dass die Taten unserer Feinde uns vollkommen unverständlich sind, während unsere eigenen Taten vollkommen gerechtfertigt sind. Zu verteidigen, wovon manche glauben, es sei nicht zu verteidigen, zwingt mich, einer Frage nachzugehen, die alle Anwälte und Richter bedenken sollten …

Wie man das Unverzeihliche verzeiht?, fragte meine Tante.

Kann man das Unverzeihliche überhaupt verzeihen?, erwiderte die Anwältin, und dabei blickten sie und meine Tante sich so lüstern an, dass ich ein bisschen errötete. Nichts war sexier, als die gleichen Überzeugungen in einer Welt zu teilen, in der das nur selten vorkam.

In diesem Augenblick gesellte sich BFD zu uns, der Mann mit sehr flexiblen Überzeugungen. Ich erstarrte. Er kannte mein Geheimnis, und es beruhigte mich nur mäßig, dass er mit dem ihm unbekannten Bon wahrscheinlich gar nicht sprechen würde. Er begrüßte uns alle mit einem strahlenden Lächeln und sagte dann – auf Französisch – zu der Anwältin: Ich habe gelesen, dass Sie einen neuen Mandanten haben. Den Kambodschaner!

Pol Pot.

Er bereitet den Vietnamesen ganz schön Probleme, was?, sagte BFD, nickte in Übereinstimmung mit seiner eigenen Meinung und legte einen Finger ans Kinn, als würde er für ein Autorenporträt in der Pose fotografiert, die ich am meisten verabscheute. Ironisch, oder? Die Vietnamesen stecken in einem Guerillakrieg in der Sackgasse. Kambodscha ist zu Vietnams Vietnam geworden, meinen Sie nicht auch?

Endlich kam ein Kellner mit einem Tablett Champagnergläsern vorbei. Ich nahm mir eines, sodass ich nur noch zu nippen, zu lächeln und nichts Beleidigendes – was hieß, nichts Wahrheitsgemäßes – zu sagen brauchte. Mein Land auf einen Krieg zu reduzieren oder in ein Klischee zu verwandeln, was war schlimmer?

Verrufene zu hofieren gefällt Ihnen, fuhr BFD fort.

Ich tue nichts dergleichen. Ich führe nur gern einen guten Prozess.

Mit interessanten Angeklagten. BFD schaute mich an. Sie haben schon gehört, dass …

Ja, habe ich.

Haben Sie auch von ihrer bis dahin verrufensten Mandantin gehört? Der palästinensischen Terroristin? Ziemlich stylish mit ihrem Palästinensertuch.

Freiheitskämpferin, erwiderte die attraktive und humorlose Anwältin. Die wahren Terroristen sind die Staaten. Was meinen Sie, wer tötet mehr Menschen, ein Freiheitskämpfer oder ein Nationalstaat?

Ich nehme das zurück. Aber es hat schon etwas Glamouröses, so eine Flugzeugentführung.

Stellen Sie sich gut mit mir. Irgendwann brauchen Sie vielleicht selbst einen Anwalt.

Seltsam, dass jemand, der dem Staat so feindlich gesinnt ist, so sehr an das Gesetz glaubt.

Das Gesetz ist nur ein Werkzeug der Gerechtigkeit. Ein unvollkommenes Werkzeug für eine unvollkommene Welt.

Und so ging der Schlagabtausch weiter. Ich verhüllte mein Gesicht mit einem Schleier nichtssagenden Lächelns, von dem ich hoffte, es möge so rätselhaft sein wie das der *Mona Lisa*, die ich schließlich persönlich im Louvre gesehen und den ich verwirrt wieder verlassen hatte. Das war alles? Wie konnte man nicht enttäuscht sein, wenn man das berühmteste Gemälde der westlichen Welt gesehen hatte? Ich studierte es so lange, wie die drängelnde Menschenmenge es mir gestattete. Ein sehr gutes Gemälde. Aber ein Porträt, das besser war als ein Dutzend andere im Louvre, von denen mir manche Gesichter genauso rätselhaft erschienen? Oder war rätselhaft nur das europäische Gegenstück zum asiatischen unergründlich? Ich war perplex über meine Unfähigkeit, das ganze Getue zu begreifen. War ich ein Banause? Das konnte ich akzeptieren. Ich konzentrierte mich auf mein banausenhaftes Wesen und wappnete mich für das Ende der Unterhaltung. Als BFD schließlich davonschlenderte, folgte ich ihm und stellte mich neben ihn, als er stehen blieb und den Blick über das Gewühl schweifen ließ. Er sah mich an, sein Gesicht ebenfalls maskiert mit einem nichtssagenden Lächeln, und ich sagte: Haben Sie eigentlich schon mal von diesem Ort namens Himmel gehört?

Sein nichtssagendes Lächeln wurde auch nicht weniger nichtssagend, als ich ihm auf Englisch sotto voce eine Kurzbeschreibung des Himmels gab. Ich stellte mir vor, wie er mich einschätzte, und dafür musste ich mir BFD vorstellen und setzte ihn mir aus den Kleinigkeiten zusammen, die mir meine Tante erzählt und die ich in der Zeitung gelesen hatte. Mitglieder seiner Familie waren an allen großen historischen Momenten der Republik beteiligt, immer auf der richtigen Seite, was hieß, auf der linken, von der Erstürmung der Bastille bis zur Errichtung der Barrikaden mit den Kommunarden. Sein Großvater hatte an Zolas Seite standhaft Dreyfus verteidigt. Sein Vater, ein Anführer der Kommunistischen Partei, hatte die Kolonisierung Indochinas kritisiert und Widerstand gegen die Nazis geleistet. BFD war ideologisch verwässert, ein sozialistischer Rosé verglichen mit dem kommunistischen Cabernet seines Vaters. Er war nicht so revolutionär wie der promovierte Maoist oder die anarchistische Anwältin, aber er hatte im Mai 1968 auch Pflastersteine geworfen und Tränengas abbekommen, obwohl seine Studientage an der Sorbonne damals schon geraume Zeit hinter ihm lagen. Er hatte auch Ho Chi Minhs Namen skandiert und die Flagge des Vietcong wie auch die *Mao-Bibel* geschwenkt. In den Siebzigerjahren war sein revolutionärer Enthusiasmus zu einer pragmatischen linken Politik gereift, er hatte geheiratet und Ordnung in sein Leben gebracht. Seine junge Frau stammte aus einer wohlhabenden liberalen Familie, die ein Vermögen in Seife gemacht hatte. Er hatte alles, und was konnte er in mir schon anderes sehen als einen, der sich auf der falschen Seite der Geschichte engagierte?

Ich hatte gegen die Revolution gekämpft, und zu allem Übel war ich eine kleinwüchsige Person, die eine Einwandererversion seiner Sprache sprach, die Sprache eines Landes, das sich in der besten beider Welten sonnte: eine ehemalige Imperialmacht, die schwächere Länder mit vorgehaltener Waffe ausgeraubt hatte und die jetzt keine Imperialmacht mehr war und sich mit lästigen Dingen wie Moskitos und Malaria oder Feindseligkeit und Revolutionen herumschlagen musste. Mein einziger Vorteil bestand darin, dass ich Englisch sprach oder, genauer, amerikanisches Englisch. Yippee! Yahoo! Yankees! Amerikanisches Englisch war immer noch eine imperiale Sprache, und obwohl BFD den amerikanischen Imperialismus mit ganzem Herzen bekämpfte, so hegte er insgeheim doch nostalgische Gefühle für den französischen Imperialismus, wie im Grunde ihrer Herzen, im Grunde ihrer Seelen und im Grunde ihrer Louvres fast alle Franzosen. Während es für einen Antiimperialisten das Beste war, in einem imperialistischen Land zu leben, wo man vom Imperialismus profitieren und ihn gleichzeitig rechtschaffen bekämpfen konnte, wie es in Amerika ziemlich oft vorkam, so erfreuten sich die Franzosen des Zweitbesten: eines Lebens als Antiimperialist in einem ehemals imperialistischen Land. Deshalb war mein amerikanisches Englisch für BFD sowohl die Sprache des amerikanischen Imperialismus wie auch das verklingende Echo eines verlorenen französischen Imperialismus. Er mochte mich nicht, aber ich tat genau das, was er von einem Nobody wie mir erwartete: an seine niedersten Instinkte zu appellieren, indem ich ihn in den Himmel lockte. Meine Tante hatte mir erzählt, dass er jede ihrer attraktiven Freundinnen angebaggert hatte, sodass ich schon in etwa wusste, mit was für einer Sorte Mann ich es zu tun hatte. Schrecklich, hatte ich gesagt, worauf sie gleichgültig erwidert hatte: Er ist Franzose. Bei all meinen Fehlern hatte ich nie eine Geliebte betrogen oder versucht, ihre Freundinnen zu verführen. Ich glaubte an Hingabe, auch wenn diese Hingabe nicht länger als eine Nacht anhielt. Hingabe war ein Prinzip, und BFD hatte kein solches Prinzip.

Interessant, murmelte er, während die Partygesellschaft um uns herumschwirrte. Himmel, sagen Sie. Vielleicht sollten wir irgendwann eine kleine Spazierfahrt zu diesem … zu diesem interessanten Ort unternehmen.

Dann verschwand er, aber der Haken war ausgeworfen. Der Ronin hatte recht gehabt. BFD würde meine Ware nie direkt von mir kaufen, aber seine Gelüste auf eine andere, auf eine heiße, neue Art Ware zogen ihn zu der nackten jungen Schönheit einer Fremden. Es war eine andere Art von Highsein, auch wenn es nicht so lange anhielt, was bedeutete, dass man sich von diesen Gelüsten sogar öfter verwöhnen lassen konnte. Ich gestehe, selbst auch noch an solchen Dingen interessiert zu sein, allerdings stimmte nicht mein ganzes Ich darin mit mir überein. Ich sagte mir, dass ich mich bei dem Totenchor, der mir ins Ohr flüsterte, und bei dem Gesicht der kommunistischen Agentin, die mir über die Schulter schaute, wenn ich in den Spiegel schaute, nur schwerlich konzentrieren könne. Die einzige Lösung war, gar nicht erst hinzuschauen.

Nach unserer Rückkehr in die Wohnung meiner Tante lag ich auf der Couch und wurde von den Geräuschen belästigt, die aus dem Schlafzimmer meine Tante drangen. Noch um zwei Uhr morgens machten meine Tante und die Anwältin ziemlichen Lärm, während ich immer noch in Hose und Hemd im Dunkeln lag. Die Decke bis zum Kinn hochgezogen, dachte ich an Bon, wie er Man tötete, und an mich, wie ich Lana liebte, und die ganze Zeit lauschte ich leicht entsetzt den Geräuschen hinter der Schlafzimmertür meiner Tante. Ich hatte schon früher Geräusche durch diese Tür dringen hören, von BFD und dem promovierten Maoisten, aber die waren gedämpft und vertraut. Ursache der akustischen Belästigung war hauptsächlich das ächzende Bett meiner Tante, ein Refrain, der je nach

Gast variierte. BFD spurtete oder galoppierte, um so schnell wie möglich ans Ziel zu gelangen. Der promovierte Maoist war ein Flaneur, gelegentlich forsch, aber meist schlendernd. BFD kam mit einem gutturalen Grunzen, ein Schlusspunkt, der das Ende der Geschichte markierte. Der promovierte Maoist schloss mit einem lang gezogenen, meditativen Seufzen, einer Ellipse, die auf die unbekannte, noch vor uns liegende Zukunft verwies. Meine Tante hingegen machte nur selten Geräusche, abgesehen von gelegentlichem gedämpftem Stöhnen und Keuchen. Die hörbaren Indizien ließen eher auf die Zuschauerin einer Sportveranstaltung schließen, die hin und wieder einen guten Spielzug bejubelte. Wahrscheinlich war es Fußball, weil ich sie ein- oder zweimal TOOOOOOOOOR! schreien hörte. Oder etwas Sinngemäßes. Anfangs störten mich die Laute, die sie und die Männer von sich gaben, aber schon bald waren es die Phasen ihres Schweigens, die mich fesselten. Einmal habe ich zwischen einem und dem nächsten Laut sogar die Zeit gestoppt – vier Minuten und zweiunddreißig Sekunden, bevor bei dreiunddreißig wieder ein leises Murmeln zu hören war. Warum so still? Was dachte sie? Oder fühlte sie? In diesen fruchtbaren lautlosen Phasen wuchs in meinem Gehirn eine verstörende Schlingpflanze heran, deren Ranken mich vermuten ließen, dass es bei meinen vielen Begegnungen mit Frauen möglicherweise ebenfalls Phasen des Schweigens gegeben hatte, die ich aber nicht gehört hatte … weil ich nur mich hören konnte.

Während ich widerstrebend den spontanen Reaktionen meiner Tante auf die attraktive und humorlose Anwältin lauschte, überkam mich plötzlich das Gefühl, dass man nichts und niemandem mehr trauen konnte. Meinten die Frauen es tatsächlich so, wenn sie sagten, ich sei der Beste oder das eben sei das Beste gewesen, oder auch nur, sie hätten es genossen? Was hatte

Lana noch mal in unserer postkoitalen Minute zu mir gesagt? *Das war echt Wahnsinn.* Hatte sie gelogen? War ich BFD und dem promovierten Maoisten ähnlicher, als ich dachte? Ich hatte meine Tante für einen der Menschen gehalten, die sich bei der Liebe eben nicht verbal äußerten. Aber nein! Was immer da drin auch geschah, es brachte eine Tonmalerei des Vergnügens seitens meiner Tante hervor, die mich zutiefst unbehaglich stimmte. Warum war ich nicht erregt? Es war eine grandiose Performance, die attraktive und humorlose Anwältin bespielte meine Tante virtuos. Ich müsste eigentlich erregt sein!

Selbst nachdem die Torausbeute nicht mehr so hoch und keine Schreie mehr zu hören waren, folgte eine andersartige Serie von Geräuschen. Welche geheimnisvolle Aktivität war das jetzt? War das etwa ein … *Gespräch?* Auch wenn ich nichts verstand, so war doch die Tatsache, dass sie überhaupt redeten, höchst erstaunlich. Ich konnte mich lediglich an einige wenige Male erinnern, bei denen ich – postkoital – mit der Liebsten an meiner Seite gesprochen hätte. Natürlich hatte ich ein paar höfliche Worte gesagt, einige Komplimente für einen gut gemachten Job, aber *Gespräche? Worüber?* Worüber konnten zwei Frauen so endlos miteinander reden? So angestrengt ich auch lauschte, ich konnte das Rätsel nicht lösen. Da ich weder etwas verstehen noch einschlafen konnte, machte ich das Licht an und nahm das einzig greifbare Buch zur Hand: *Das Reich des Bösen: Seine orientalischen Wurzeln.* Ich ging zu Recht davon aus, dass es mich von der verstörenden Unterhaltung, die ich nicht verstehen konnte, ablenken würde. Ich schlug das Inhaltsverzeichnis auf und las Kapitelüberschriften wie »Amerika: Kämpfer für das Gute«, »Faust der Macht, Hand der Freundschaft«, »Freiheit duldet keine Mauern« und »Der Islam: ein entschlossener Kampfgefährte gegen den Kommunismus«. Wir waren uns nur ein einziges Mal begegnet, aber sofort hatte ich wieder Hedds englischen Akzent im Ohr. Der General hatte mich seinerzeit zu einem Treffen mitgeschleppt, bei dem er Hedd für seine Bemühungen einzuspannen hoffte, unser Heimatland zurückzuerobern. Hedd, die Koryphäe. Hedd, der internationale Kolumnist. Hedd, der Freund der Weltenlenker. Hedd, der dicke Fisch in den dreckigen Gewässern einer Denkfabrik in Washington. Sogar Hedd, der Ritter. Da stand es, in der Kurzbiografie des Autors – *Sir* Richard Hedd.

Ich blätterte zur letzten Seite, weil ich schon vor dem Lesen eines Thrillers gern das Ende kannte, und sein Buch gehörte eindeutig zu diesem viel geschmähten Genre. Die fesselnde Geschichte war der große Konflikt zwischen Kommunismus und Demokratie, die einfach als Codewort für Kapitalismus stand. Wie bei vielen Thrillern kam keine richtige Spannung auf, da die Guten nie verlieren durften, auch wenn im Verlauf einige dran glauben mussten. Dann blieb mein Blick an den letzten Worten des Buchs hängen, und dieser abschließende Satz prallte mir mit der Wucht eines Bumerangs gegen die Stirn:

WIR ORIENTALEN *SCHÄTZEN* DEN WERT DES LEBENS, FÜR DEN WESTLICHEN MENSCHEN HAT DAS LEBEN EINEN *UNSCHÄTZBAREN* WERT.

Das waren meine Worte! Ich hatte sie vor einem Dutzend Zeugen – dem General, dem Abgeordneten sowie einem Klan weißer Männer in Anzug und Krawatte – zu Hedd gesagt. Wie waren diese Worte in diesem Buch gelandet? Die Schuld trug, wie so oft, billiger Champagner, der noch nicht einmal Champagner war, da er aus Kalifornien stammte. Hedd hatte mir eine Schale des minderwertigen amerikanischen Stoffs gereicht und gesagt: Ich hoffe, junger Mann, Sie haben nichts dagegen, wenn ich Ihre denkwürdige Anmerkung in meinem nächsten Buch verwende. Nichts könnte mich glücklicher machen, hatte ich erwidert. Das war natürlich gelogen, denn es gab viele Dinge, die mich glücklicher machten, aber ich war wohl entweder unergründlich asiatisch oder einfach höflich gewesen. Doch ungeachtet dessen, was ich gewesen war, hatte ich in der Annahme zugestimmt, meine Worte würden mir zugeschrieben, sollte er sie verwenden. Stattdessen, hier stand es schwarz auf weiß, gab Sir Richard Hedd sie als seine eigenen aus und unterschlug meinen Namen. Ich war ohnmächtig vor Wut, was meine einzige Ausrede dafür war, dass ich wieder einmal zur Arznei griff, die, wenn sie mich auch nicht aufmunterte, so doch wenigstens jedes Gefühl abtötete.

Als ich aufwachte, schien die Sonne hinter den Gardinen, und ich hatte den fleischigen, mit einer großzügigen Prise Panik gesalzenen Geschmack einer existenziellen Krise im Mund. In der Sekunde, als ich die Füße auf den Orientteppich setzte und aufzustehen versuchte, wurde ein orientierungsloser, von einem Schwindelanfall benommener Asiate aus mir. In der Küche war der Katzenkaffee fast fertig, und aus der Stereoanlage meiner Tante erklang Françoise Hardy, die das wahnsinnig unpassende »Tous les garçons et les filles« sang (Hardy ist zugegebenermaßen ein klares Zeichen französischer Zivilisation). Die Anwältin durfte sich mit der Ehrenrobe aller Liebhaber oder Liebhaberinnen meiner Tante schmücken, sie selbst trug einen Turban und einen Morgenrock aus Seide und sah aus wie eine persische Kurtisane, während sie sich auf dem Sofa rekelte und darauf wartete, dass die Anwältin den Kaffee brachte, der so schwarz war wie die Leere in meinem Innern.

Katzenkaffee?, fragte die Anwältin, als sie die Beschreibung auf der Packung las.

Meine Tante, die sparsam mit dem Kaffee umging und ihn nur zu »besonderen Gelegenheiten« servierte, sagte: Der ist für Leute wie dich gemacht.

Die attraktive und humorlose Anwältin rümpfte die Nase. Im bis dahin dunklen Kino meines Geistes ging ungebeten das Licht an, und ich sah in den Hauptrollen meine Tante und die Anwältin ineinander verschlungen auf dem Messingbett. Wir saßen in den Sesseln, die das Sofa mit meiner Tante flankierten, und diskutierten bei Kaffee und Gebäck die letzten Filme, die die beiden gesehen hatten, die Möglichkeiten einer kommunistischen Erneuerung und die sowjetischen Anstrengungen in Afghanistan. Die beiden Frauen waren eindeutig verliebt oder doch zumindest höchst vernarrt ineinander. Einerseits war ich erfreut, dass BFD und der promovierte Maoist es nicht mit der attraktiven und humorlosen Anwältin aufnehmen konnten. Andererseits waren sie Männer, und ich war ebenfalls ein Mann, und wenn es für Männer keinen Platz gab in dieser merkwürdigen neuen Liebe, wo gab es dann Platz für mich? Aber es war sinnlos, das jetzt anzusprechen. Stattdessen erwähnte ich Hedd.

»Eindringliche Analyse eines potenten Autors«, las meine Tante laut die Zeilen auf der Rückseite des Buchs vor. O Gott! *Potent!* Meiner Tante war wohl mein Gesichtsausdruck aufgefallen, weil sie hinzufügte: Mich würde mehr beeindrucken, wenn ein Autor einmal als »vaginal« beschrieben würde. Wie oft hat ein Autor – fast immer ein Mann – schon gesagt, er habe dieses Buch zur Welt gebracht. Da wäre doch »vaginal« viel passender, oder nicht?

Würde das nicht alle Autoren ausschließen, die … nun ja, keine Vagina haben?

Aber du hast kein Problem damit, alle Autorinnen auszuschließen, die nicht potent sind, sagte die Anwältin, die sich nur leicht bedrohlich nach Gerichtssaal anhörte.

Ich dachte immer, »potent« wäre nur, na ja, eine Metapher. Oder ist das – weiß nicht – eine Parabel? Eine potente Parabel?

Ist doch immer schön, wenn ein sprachliches Bild zu deinem Vorteil funktioniert, oder?, meinte meine Tante.

Bei diesem ganzen Gerede über »potent« und »vaginal« war mir vor Verlegenheit so heiß geworden, dass ich das Thema wechselte. Was haltet ihr von dem Zitat hier? Ich schlug die letzte Seite auf und las ihnen die entscheidende Stelle vor: »Wir Orientalen *schätzen* den Wert des Lebens, für den westlichen Menschen hat das Leben einen *unschätzbaren* Wert.«

Meine Tante stöhnte, und die Anwältin schnaubte. Wie ist noch mal der amerikanische Begriff?, sagte die Anwältin. Ah, ja. Dieser Hedd ist ein *Motherfucker*.

Wir lachten alle, ich am lautesten, da ich erleichtert war, dass das mal ein Witz war, den ich verstand. Das war das Urteil, das ich mir gewünscht hatte. Nur dass es meine Worte waren, über die sie urteilte. Ich hatte sie ironisch gemeint, aber wenn ein *Motherfucker* mich zitierte, was war ich dann?

Alle diese Männer, die uns die Welt erklären, fuhr die Anwältin fort. Als wäre die einzige Politik von Bedeutung diejenige, in der es um Staaten, Armeen und Kriege geht. Ohne einen Blick in sein Quellenverzeichnis zu werfen, garantiere ich euch, dass er nur Männer zitiert. Vielleicht mit einer Ausnahme. Hannah Arendt.

Ich schaute in den Anhang, und tatsächlich, da stand Arendt, mit *Über die Revolution*. Doch nach einem schnellen Blick über die anderen Einträge stieß ich auf keinen weiteren Frauennamen mehr. Wen hätte er denn zitieren sollen?, fragte ich. Das war nicht als Provokation gemeint, aber meine Tante betrachtete sie als solche.

Erstens, man schließt Frauen aus der Politik, aus Regierungen und aus Universitäten aus, und dann fragst du, wo all die Frauen sind und welche Frauen wir zitieren sollen?

Nun ja, ich …

Französinnen durften bis 1945 nicht mal wählen. Noch *nach* meiner Geburt. Wir haben ja kaum das Dunkle Zeitalter hinter uns gelassen! Ihr Männer seid absurd. Ihr lest Marx, Césaire und Fanon und redet endlos über Kapitalismus, Kolonialismus und Rassismus, aber wer war die letzte Frau, die ihr gelesen habt? Wann sind zum letzten Mal die Worte »Sexismus«, »Patriarchat« oder »Phallus« aus eurem Mund gekommen? Ach was, warum frage ich überhaupt? Es ist ja nicht so, als wäre dein Geständnis *écriture féminine*, oder? Mein Gott, Hélène Cixous würde dich in der Luft zerreißen. Sie stand auf und ging zum Bücherregal. Ich hielt den Mund, was mir erlaubte, nicht eingestehen zu müssen, dass ich noch nie etwas von *écriture féminine* oder Hélène Cixous gehört hatte. Meine Tante kam mit einem Buch zurück und sagte: Du hast aber wenigstens Simone de Beauvoir gelesen, oder?

Natürlich. Ich log, spielte den Empörten und zitierte die einzigen Worte Beauvoirs, die ich zu kennen glaubte. »Die Frau wird gemacht, nicht geboren.«

»Man kommt nicht als Frau zur Welt, man wird dazu gemacht«, erwiderte meine Tante kühl. Immerhin warst du nah dran. Jetzt solltest du den nächsten Schritt tun. Julia Kristeva. Dann kannst du wenigstens behaupten, zwei französische Feministinnen gelesen zu haben.

Ich schaute auf das Buch, das sie mir in die Hand drückte, *Pouvoirs de l'horreur. Essai sur l'abjection.* Ich öffnete also die Mächte des Schreckens, einen Essay über Abjektion, und überflog das Inhaltsverzeichnis:

Abjektion – eine Annäherung
Wovor man sich fürchten muss
Von der Beschmutzung zur Entehrung
Semiotik biblischer Gräuel
Leiden und Schrecken
Jene Frauen, die das Unendliche vernichten können
Am Anfang und ohne Ende …
Mächte des Schreckens

Vertrau mir, sagte meine Tante. Das ist genau das Richtige für dich.

VIERZEHNTES KAPITEL

Am Abend gingen die Anwältin und meine Tante zum Essen, wo sie in meiner Abwesenheit sicherlich weiter miteinander redeten – machten zwei Frauen, die sich ohne einen Mann unterhielten, eigentlich irgendwelche Geräusche? Später holte mich BFD mit seinem Coupé ab. Wir begrüßten uns argwöhnisch, und BFD gab sofort Gas. Vielleicht fuhr er immer so schnell und so rücksichtslos, vielleicht wollte er auch nur seine Zeit mit mir abkürzen, vielleicht konnte er es nicht erwarten, in den Himmel zu kommen. Vielleicht aber auch alles zusammen.

Mit der linken Hand lenkte er, mit der rechten bediente er die Knüppelschaltung, steckte sich eine Zigarette in den Mund und zündete sie mit dem Zigarettenanzünder an. Er sah aus, wie ich immer aussehen wollte, wie ein Filmstar, und der Regisseur in seinem Fall war Fellini, schon wegen der Ascotkrawatte mit Paisleymuster und dem italienischen Coupé, dessen Dach man angesichts des kühlen Januartags unglücklicherweise nicht schließen konnte. Sein Pseudostarruhm wurde fast wettgemacht durch die Tatsache, dass jeder, der eine Ascotkrawatte trug, geköpft zu werden verdiente, aber das war natürlich nur eine Privatmeinung, wenn auch eine sehr bestimmte. An Meinungen mangelte es mir ebenso wenig wie BFD.

Um nicht reden zu müssen, rauchten wir beide ohne Unterbrechung und lauschten der Greatest-Hits-Kassette von Johnny

Hallyday, dem akustischen Pendant zum Pastis, einem Geschmack, dem der Rest der Welt nichts abgewinnen konnte. Wir tauschten einige Banalitäten aus, deren einziger Gehalt in BFDs beiläufiger Bemerkung bestand, dass er meine Tante schon eine Zeit lang nicht mehr gesehen habe. Hat sie einen anderen Mann gefunden, der sie auf Trab hält?, fragte er. Abgesehen von unserem lieben Freund natürlich. Er meinte den promovierten Maoisten.

Es gibt keinen anderen Mann in ihrem Leben, sagte ich. Die Anwältin erwähnte ich nicht. Über sie und ihre erstaunlichen Kunststücke zu reden erschien mir wie ein Verrat an dem Mysterium, das sich hinter jener verschlossenen Tür abgespielt hatte, einem Geheimnis, auf das ich kein Anrecht hatte, außer in meiner Fantasie, die, da würde mir sogar die Anwältin zustimmen, nicht verantwortlich war für ihre Aktivitäten.

Vielleicht braucht sie etwas Ruhe, meinte BFD, als er in die Straße einbog, die zum Himmel führte. Frauen sind empfindsame Wesen.

Ich könnte mir vorstellen, dass Sie jede Menge Frauen gekannt haben, erwiderte ich und schnippte meinen Zigarettenstummel auf die Straße.

Er parkte das Coupé mit einem befriedigten Lächeln. Sie nicht?

Allerdings, dachte ich. *Buchstäblich unzählige Frauen*, denn ich hatte schon lange den Überblick verloren. Aber das sagte ich nicht. Ausnahmsweise – zum ersten Mal – schämte ich mich dafür, so viele Frauen gekannt zu haben, und BFDs Beifall war nichts, wonach mich verlangte. Tatsächlich würde sein Beifall bedeuten, dass ich wäre wie er – was ich nicht war. Oder doch?

Ich bin Katholik, entgegnete ich, während ich die Beifahrertür öffnete, als erklärte das alles, was es gewöhnlich auch tat.

BFDs Lächeln schlug von Befriedigung in milde Geringschätzung um. Religion war ihm gleichgültig, wie vielen Franzosen, was einer der Gründe war, warum ich sie charmant fand. Die Freuden und Schwierigkeiten mit Frauen sind nicht jedermanns Sache, sagte er und folgte mir zum Eingang des Himmels. Für diejenigen von uns, die so etwas mögen, sind sie eine Herausforderung.

Ich unterdrückte das Verlangen, ihm gegen die Kehle zu schlagen, was, so hatten es Claude und Bon mir beigebracht, die schnellste Methode war, einen Mann auszuschalten, da der instinktiv glaubt, der Schutz seiner Männlichkeit sei von höherer Priorität. Stattdessen lächelte ich und drückte fest auf die Klingel. Einmal und dann ein zweites Mal, wobei ich mir vorstellte, ich drückte ihm seinen Augapfel in die Augenhöhle. Die Haushälterin bat uns herein, nachdem ich ihr die Losung – *Ich möchte gern in den Himmel* – genannt hatte, was wahrscheinlich auch Jesus gewimmert hatte, als er am Kreuz verendete. Nichts hatte sich verändert seit meinem Aufenthalt: Der Himmel war ewig, die Haushälterin schleimte immer noch, im Fernseher lief immer noch eine intellektuelle Talkshow, der eschatologische Rausschmeißer saß immer noch mit einem dünnen Buch auf dem Schoß in seinem Sessel. Der einzige Unterschied war, dass er nicht mehr nur ein Pflaster auf der linken Backe, sondern noch ein zweites an seiner rechten Schläfe hatte.

Selbst in diesem ziemlich unpassenden Umfeld strahlte BFD das Flair des lässig eleganten Weltbürgers aus: rosafarbene Hose, bis zum Brustbein offenes weißes Hemd, über den Schultern ein limettengrüner Pullover, die Ärmel vor der Brust locker verknotet, Taschentuch mit Monogramm, goldene Rolex, leicht abgetragene Espadrilles, aus denen weiße Knöchel ohne Socken hervorschauten. In diesem Warteraum durchschnittlicher Männer konnte nur die makellos gepflegte Erscheinung des Herrn mithalten, der gerade von seinem Stuhl aufstand, als wir den Raum betraten. Er trug die charakteristischen Merkmale einer von Frankreichs bedrohten Minderheiten, dem Kapitalisten, einer Art Kreatur, die in solcher Pracht in den raueren Gegenden von Paris, in denen ich meine Zeit verbrachte, nur selten zu sehen war. Dieses Exemplar protzte mit dem Gefieder eines maßgeschneiderten karierten Anzugs, einer geschmackvollen Krawatte mit dickem Windsorknoten, schimmernden Manschettenknöpfen, glänzenden Budapestern und einer Ausgabe des *Figaro*. Die größte Ausbuchtung seines schlanken Profils befand sich nicht vorn in seiner Hose, sondern hinten, wo eine dicke Brieftasche ihn vor Tritten in den Hintern abschirmte. Lediglich die Hacken seiner Schuhe zeigten Spuren von Abnutzung, da mit ihnen die Hoffnungen und Träume der Arbeiterklasse zermalmt worden waren. Während der amerikanische Kapitalist mit seinem großzügig geschnittenen Anzug und seinem ausladenden Bauch lustvoll das Blut des Volkes soff, repräsentierte der schlanke und aristokratische Kapitalist die charmante, die elegante Seite des Kapitalismus. Auf der einen Seite der hässliche Amerikaner, der sich nicht darum scherte, was er aß, solange er zu viel davon aß, wobei es sich vornehmlich um gigantische Fetzen noch blutigen roten Fleischs handelte. Auf der anderen Seite der schicke Franzose, der die kultivierte Grausamkeit von Foie gras bevorzugte.

Nachdem diese beiden Seiten nun von Amerikanern und Franzosen besetzt waren, musste man nach unten schauen, um die chinesische und vietnamesische Variante des Kapitalismus sehen zu können, die der Boss quasi in einem Aufwasch repräsentierte, da er ethnischer Chinese aus Vietnam war. Im Gegensatz zum Cowboykapitalismus der Amerikaner und zum kosmopolitischen Kapitalismus der Franzosen praktizierte der Boss den Gangsterkapitalismus. Manche betrachten die Gangsterversion als die entartete, gesetzlose Variante des Kapitalismus, wobei das Gangstertum in Wahrheit der vom Kapitalismus verleugnete eigene Jeder-gegen-jeden-Ursprung war oder, wie die Amerikaner sagen, »dog eat dog«, was eine interessante Redewendung ist, da Hunde gar keine Hunde fressen (Hunde fressen Scheiße, aber das ist eine andere Geschichte).

Darling!, kreischte Crème Brûlée, die Frau, für die unser armer gefährdeter Kapitalist aufgestanden war. Sie war durch den Perlenvorhang hereingekommen und trug einen Minikimono Ihr Blick war fest auf den gefährdeten Kapitalisten gerichtet, der seine Zeitung beiseitegeworfen hatte, so wie er wahrscheinlich auch menschliche Leben beiseitewarf. Sie war schön und jung, und das war es, was sich reizlos und alt, Geld und weiße Haut kaufen konnten. Mein Liebling, gurrte sie. Hast du deine kleine Crème Brûlée vermisst?

Du kannst dir nicht vorstellen, wie sehr, sagte er. Du siehst wie immer fantastisch aus.

Hoffentlich musstest du nicht zu lange warten.

Ganz und gar nicht, nur dass dein Bodyguard hier sich unbedingt diese grässliche Sendung anschauen muss.

Der eschatologische Rausschmeißer zuckte mit den Achseln. Wenn Sie zuhören würden, könnten Sie vielleicht noch was lernen.

Hör nicht auf ihn, säuselte Crème Brûlée. Er langweilt sich und will, dass sich alle anderen auch langweilen.

Lächelnd streckte sie den Arm aus. Ihre leuchtend nackte Haut hypnotisierte den gefährdeten Kapitalisten, der mit ausgestreckter Hand auf sie zuging. An einem Finger steckte das bedeutungsloseste Symbol der Welt, ein Ehering. Rückwärts schob sie sich durch den Perlenvorhang und zog ihn mit sich, und gerade als ich BFD auf den frei gewordenen Platz des gefährdeten Kapitalisten hinweisen wollte, tauchte die expressionistische Hausherrin zwischen den Perlen auf und lächelte mit derart gekünstelter Aufrichtigkeit, dass ich wusste, sie meinte nicht mich.

Mein sehr verehrter Herr. Sie nahm BFDs Hand. Wir haben Sie schon erwartet.

Meine sehr verehrte Dame, erwiderte er und verneigte sich vornehm. Ich bin entzückt.

Und damit führte die expressionistische Hausherrin ihn schnell durch den Vorhang, wobei sie ihn mit Worten umschmeichelte, die sie mir gegenüber nie in den Mund genommen hatte. Sie geleitete BFD zur VIP-Lounge, denn für Leute wie BFD gab es immer eine VIP-Lounge, was bedeutete, dass der gefährdete Kapitalist, wenn ihm dieses Privileg vorenthalten wurde, nur ein Kapitalist niederer Ordnung war. Ich blieb mit ein paar anderen Non-VIP-Ärschen und dem eschatologischen Rausschmeißer im Warteraum zurück und fragte ihn nach dem Grund für sein zweites Kopfpflaster. Als Antwort nahm er Voltaires *Candide* vom Schoß, hielt sich das Buch vor den Mund und flüsterte: Meinem Kopf geht's bestens.

Warum dann noch ein Pflaster?, fragte ich verblüfft. Und auch das auf der Backe?

Meiner Backe und meinem Kopf geht es vielleicht bestens, aber dem Rest von mir nicht.

Was stimmt nicht mit dir?

Das ist genau die Frage, die die Leute sich stellen sollen, wenn sie die Pflaster sehen. Und die Pflaster sieht jeder.

Na ja, sie sind schon ein bisschen auffällig, bestätigte ich.

Pflaster sollen eigentlich unsichtbar sein. Aber nicht an mir.

Erneut teilten sich raschelnd die Perlen, und Madeleine erschien. Sie sah mich, und ihr professionelles Lächeln verharrte auf ihrem Gesicht so starr und rätselhaft wie das der *Mona*

Lisa. Sie nickte mir zu, stolzierte dann aber zu einem der Ärsche auf dem Sofa, einem unrasierten Typen, der in seinem Trainingsanzug aussah, als wolle er zu einer Sportveranstaltung. Als sie mit dem glücklichen Arsch durch die Perlen in den verheißungsvollen Gang verschwunden war, wusste ich, was ich tun musste.

Kann ich zu Madeleine?, fragte ich den eschatologischen Rausschmeißer.

Er zuckte mit den Achseln. Jeder kann zu Madeleine.

In der nächsten Stunde fragte ich mich ständig, ob zuerst Madeleine oder BFD wieder durch die Perlen treten würde, und unterhielt mich mit dem eschatologischen Rausschmeißer über Césaire, Fanon und meine Angst, dass ich in diesem Sturm von einer Welt das sei, was Césaire in Ariel sah. War mein Zögern, Césaires und Fanons Auffassung von Gewalt als unabdingbar im Kampf gegen die Kolonisation zu folgen, ein Zeichen von theoretischer Korrektur meinerseits, basierend auf meiner revolutionären Erfahrung? Oder war das nur eine Ausrede, um mein Zögern für ein Engagement zu rechtfertigen, wie sie es verstanden, nämlich als eine Aufforderung zum gewaltsamen Aufstand?

Du bist nicht schwarz, du bist kein Afrikaner, du bist auch nicht mehr kolonisiert, und du bist ein Intellektueller, sagte der eschatologische Rausschmeißer. Beantwortet das deine Frage?

Danke, murmelte ich. Und du? Du sitzt hier rum und machst den Rausschmeißer für einen Puff?

Wenn Revolutionäre sich im Gefängnis bilden können, warum nicht im Puff? Können Prostituierte nicht genauso radikal sein wie Häftlinge?

Dann wartest du also auf den richtigen Augenblick …

Um aus meinem Loch zu kommen? Ja. Man kann es auch anders ausdrücken. Du hast erlebt, was Gramsci einen Manöverkrieg nannte. Gewalt, Revolution oder zumindest Straßenkämpfe. Ich befinde mich in etwas, was Gramsci Stellungskrieg nannte. Der Krieg für Ideen, für Allianzen, Koalitionen, neue Bewegungen; der Kampf für eine neue Vision …

Der Perlenvorhang teilte sich und ersparte mir das Eingeständnis, dass ich noch nie von Gramsci gehört hatte. Madeleine erschien, ließ mich mit ihrem professionellen Lächeln erstarren und sagte, was sie immer zu allen Ärschen sagte: Bist du bereit für eine Kostprobe vom Himmel? Ein paar Augenblicke später befand sich mein Arsch in ihrem Zimmer, dem Theater so vieler Demütigungen, wo ich mich mit meiner Selbstsabotage entmannt hatte. Als Madeleine vor mich trat und ihren Halbkimono fallen ließ, hob ich die Hand. Warte.

Warte?, wiederholte sie, als hätte sie das Wort von einem Mann noch nie gehört. Aber war ich ein Mann? Oder wie alle anderen, die zwanzig oder dreißig Minuten ihren Körper wollten, nur ein Arsch mit zwei Backen? Zwei Backen, die zu meinen zwei Seelen passen.

Setz dich, sagte ich. Bitte.

In der Litanei seltsamer Bitten und Aufforderungen, die sie im Laufe ihres Berufslebens wohl schon gehört hatte, war diese hier unverfänglich. Immer noch lächelnd, zuckte Madeleine mit den Achseln, setzte sich auf die Bettkante und schlug die Beine übereinander. Was kann ich für dich tun?

Nichts. Ich will etwas für dich tun.

Ich ging vor ihr auf die Knie.

Warte, sagte sie, was ich aber nicht tat. Im Umerziehungslager hatte ich ziemlich oft gekniet. In der Kirche hatte ich die ganze Zeit gekniet. Aber ansonsten hatte ich nur selten gekniet, außer man zählt das metaphorische Knien vor dem Allerallerheiligsten mit, der säkularen französischen Kultur. Hier kniete ich freiwillig. Das gehörte zwar nicht zu meinen Gewohnheiten, aber warum nicht, zum Teufel? Warum zum Teufel hatte ich nicht sehen können, was schon immer da war, bis die attraktive und humorlose Anwältin es mir, sozusagen durch die verschlossene Tür hindurch, gezeigt hatte. Ich hatte dieser Spielart kaum je gefrönt, weder war es nach meinem Geschmack, noch wurde es von den generösen Frauen erwartet, zu denen ich mich hingezogen fühlte und die mir, wie ich jetzt begriff, immer mehr gegeben hatten als ich ihnen. Aber wenn ich mir einmal eine Aufgabe gestellt habe, dann war ich die Gewissenhaftigkeit selbst, und so begann ich, Madeleine zu beglücken, so gut ich konnte, jede Sekunde dazulernend und weiter angeregt durch ihr überraschtes Murmeln und Stöhnen, hin- und hergerissen zwischen der Konzentration auf die zugegebenermaßen monotone Aufgabe und der Salzwasserflut meiner Gedanken, die mich durch die Zeit zurückschleuderte über die dunklen Felder dieser Republik und die dunklen Ozeane, die sie von meiner Heimat trennten, zu einem anderen Ereignis, bei dem ich gekniet hatte, meiner Erstkommunion. Die Bedeutsamkeit dieses Rituals im Alter von sieben Jahren entsprach in gewisser Weise dem, was ich empfand, als ich vor Madeleine kniete. Die Erstkommunion führte uns in die Gemeinschaft der freiwilligen Gläubigen ein, die unsere superschnuckelige Prozession säumten, die langsam dem Priester entgegenschritt. Der heilige Mann war kein Geringerer als mein Vater, was ich damals jedoch noch nicht wusste. Dies ist der Leib Christi, sagte er und hielt jedem von uns einen weißen Mond von der Größe einer Münze vor den Mund. Dann legte er ihn auf unsere ausgestreckte Zunge. Ich erschauerte bei dem Gedanken an Vaters Finger, die meine Zunge berührten, aber ich spürte nur die flache, trockene Oblate und fragte mich, welchen Teil von Christus ich in meinem Mund hatte. Ein Stück von den Eingeweiden? Einen Querschnitt durch einen Augapfel? Eine Knochenscheibe? Keine Zeit, weiter darüber nachzugrübeln, denn schon erwartete mich der fromme, selbstgefällige Ministrant, der den Kelch mit dem Blut Christi in der Hand hielt. Obwohl ich gesehen hatte, dass der Ministrant den Rand des Kelchs mit einem weißen Tuch abgewischt hatte, zitterte ich bei dem Gedanken an all die Münder, die ihn berührt hatten. Dann führte ich meine spröden Lippen an den Rand des Kelchs und spülte mein Häppchen vom Leib Christi mit einem Schluck von seinem Blut hinunter, was mich zum Kannibalen und zum Vampir zugleich machte. Dieses Blut Christi war ein zuckersüßer Saft für eine arme, nicht an Süßigkeiten gewöhnte Zunge, der mich nicht zu größerer Gottesverehrung führte, sondern letzten Endes wohl eher zur Ausschweifung. Wenn ich den Schnaps zu sehr liebe, so gebe ich daran Gott die Schuld, oder wenigstens seinen Lakaien. Messwein war die erste Arznei, derer sich dieser siebenjährige Bastard erfreute.

Zum letzten Mal Messwein getrunken hatte ich beim Besuch einer Messe in der Kathedrale Notre-Dame von Saigon, einem kleineren Nachbau von Notre-Dame in Paris, passend für uns als Miniaturausgaben unserer französischen Herren. Jetzt hatte ich genau wie zuvor der Schwamm, mein Lehrer, die richtige Kathedrale Notre-Dame gesehen, und der Anblick machte mir bewusst, dass unsere tropische Kolonialversion nur ein Puppenhaus war. In dieser Spielzeugausgabe von Notre-Dame knieten im April 1975 Man und ich, alle beide in die südvietnamesische Armee eingeschleuste Spione, und als mein Vorgesetzter erteilte mir Man einen Auftrag: mit den Überresten der südvietnamesischen Armee nach Amerika zu fliehen und dort deren Bemühungen auszuspionieren, ihr Land von unserer siegreichen kommunistischen Revolution zurückzuerobern.

Während wir in der Kirchenbank knieten und flüsternd unsere konspirativen Pläne besprachen, murmelten die alten Frauen, die jeden Tag die Messe besuchten, in leierndem Tonfall ihre Gebete. Vor ihrem dumpfen Gebrumm beim Abzählen des Rosenkranzes, wobei sie zum gekreuzigten Christus über dem Altar aufschauten, hatte mir immer gegraut. Ich kniete lieber vor Madeleine und zählte mit meiner Zunge das vietnamesische Alphabet herunter, das sich gar nicht so sehr vom französischen Alphabet unterschied. Mein Vater hatte mir dieses Alphabet beigebracht, und jetzt buchstabierte ich es bei Madeleine, übte jeden Buchstaben wieder und wieder, während sie in ihrer Muttersprache schrie und während ich Satzzeichen und Akzente als Zugaben hinzufügte, bis ich – zu guter, guter Letzt – des Lesens kundig war.

Als er wieder ins Coupé stieg, strahlte BFD übers ganze Gesicht, und möglicherweise strahlte ich auch. Gönnt mir meinen kleinen Triumph, lasst mich für einen Augenblick wie eine Seeanemone sanft in der Strömung der Glückseligkeit treiben. Seit meiner ersten Begegnung mit einer Frau in meinem ersten Studienjahr am Occidental College, jenem Paradies namens Südkalifornien, hatte ich nicht mehr in einem solchen Hochgefühl geschwelgt. Die Studentin mit Hauptfach Französisch hatte mich immer ihren *petit métis* genannt. Außer einer wunderschönen Blondine durfte mich niemand so nennen, ich hätte mich furchtbar aufgeregt. Eine wunderschöne Blondine durfte mich alles nennen. Was spielte es für eine Rolle, dass sich ihre Haare als gefärbt herausstellten? Diese kleine Täuschung verzieh ich ihr, da ich, maskiert als harmloser Auslandsstudent, ja auch nicht der war, der ich zu sein schien, was nicht heißen soll, dass überhaupt einer von uns genau der ist, der er zu sein scheint.

Entschuldigung, hat ein bisschen länger gedauert, sagte BFD und unterbrach meine Tagträumerei. Er hatte die Kassette gewechselt und klopfte im Takt mit dem Finger auf das Lenkrad, es lief jetzt eine Greatest-Hits-Sammlung von *Yéyé*-Musik, die ich ziemlich charmant fand. Wie konnte man »Les Sucettes« nicht mögen, vor allem, wie es von France Gall gesungen wurde? Ich summte mit, während BFD seinem italienischen Ross die Sporen gab und an diversen Peugeots, Renaults und Citroëns vorbeizog, Automobilen, die außer Franzosen nur wenige Menschen besitzen wollten. Ich habe das Zeitgefühl verloren, erklärte BFD und zog begeistert an seiner Zigarette. Kann einem leicht passieren bei Morning Peony und Beautiful Lotus. Junge Frauen wissen eben, was man tun muss, damit sich ein Mann wie ein Mann fühlt.

Ach, tatsächlich? Hatte ich etwas verpasst, weil ich Morning Peony und Beautiful Lotus keinen Besuch abgestattet hatte? Ich brauchte es unbedingt, mich wie ein Mann zu fühlen. Aber vielleicht wollte ich es auch nur. Es nicht *unbedingt* zu brauchen erschien … befreiend. Vielleicht war es das, was ich brauchte: weniger Dinge zu brauchen. Weniger zu benötigen. Wollte ich … nichts?

Aber wissen Sie auch, sagte ich, was man tun muss, damit eine Frau sich wie eine Frau fühlt?

Wild hupte er ein unverschämtes deutsches Fahrzeug an, das ihn geschnitten hatte. Die bayerische Bestie erinnerte ihn an seine französische Schwäche wie auch an die seines italienischen Coupés, das wie sein Herkunftsland wunderschön und untermotorisiert war. Sie können jede Frau fragen, mit der ich zusammen war, brummte er. Befriedigung garantiert, immer. Er schaute mich aus dem Augenwinkel an. Natürlich bezweifeln manche ihre Fähigkeit, Frauen zu befriedigen. Das war bei mir nie der Fall.

Ich unterdrückte das Verlangen, BFD in die Augen zu stechen, was, so hatten es Claude und Bon mir beigebracht, die zweitschnellste Methode war, einen Mann auszuschalten. Aber wir fuhren mit sehr hoher Geschwindigkeit durch die Nacht, und ich wollte nicht bei einem Autounfall sterben wie Camus, der vor seinem plötzlichen Tod wenigstens schon berühmt war. Und was hatte ich erreicht? Nichts. Ich hatte bei BFD eine Aufgabe zu erfüllen, und die erforderte, ihn nicht zu verärgern, sondern eines meiner größten Talente höchst effektiv zum Einsatz zu bringen, die Schmeichelei. Dennoch konnte ich nicht umhin, ihm die naheliegendste Frage zu stellen. Glauben Sie nicht, dass die Bezahlung dieser jungen Frauen es schwierig macht zu entscheiden, ob sie wirklich befriedigt waren?

Ich schätze, dass sie befriedigt waren, weil ich sie bezahlt habe, sagte er. Entwürdigt der Kapitalismus sie und mich? Natürlich. Deshalb bin ich Sozialist. Hätten wir den Sozialismus, *müssten* diese jungen Frauen keine Damen der Nacht sein, sie würden Damen der Nacht sein *wollen*. Und sie bräuchten auch keine Puffmutter und keinen Zuhälter, sie kassierten den Anteil am Gewinn selbst. Sie wären im Sexbusiness Anteilseigner und nicht Proletarier.

Irgendetwas stimmte nicht mit BFDs selbstgefälliger, auftrumpfender Logik des erotischen Sozialismus, so wie sich etwas nicht richtig anfühlte, als ich Madeleine bezahlte, einschließlich des Umstands, dass ich ihr ein Trinkgeld gab, was das denkbar Unvietnamesischste überhaupt ist. Ich meine, ein richtiges Trinkgeld, nicht den einen Dollar oder die fünf Francs, die die meisten Vietnamesen unabhängig vom zu bezahlenden Betrag für ausreichend hielten. Mit richtigem Trinkgeld meine ich zehn Prozent, eine Summe, die die meisten vietnamesischen Menschen schockieren würde, besonders vietnamesische Männer, besonders in so einem Fall. Sie würden argumentieren, ich hätte ja die ganze Arbeit gemacht und keine Gegenleistung erhalten. Eine Arbeit übrigens, die ein Vietnamese niemals tun oder zumindest niemals zugeben würde, sie zu tun. Aber ich hatte keine Gegenleistung gewollt.

Was anderes, wechselte ich das Thema. Wenn Ihnen dieser kleine Ausflug in den Himmel gefallen hat, ich kenne da einen Ort, der noch himmlischer ist als der Himmel.

BFD grinste und drückte mir – aus spontaner Zuneigung, vielleicht aber auch aus Kalkül – die Schulter. Sollte dieser Ort, der himmlischer ist als der Himmel, mehr solcher Schönheiten wie Morning Peony und Beautiful Lotus zu bieten haben, dann bin ich dabei. Ah, der Körper einer Fünfundzwanzigjährigen ist einfach außergewöhnlich! Und wenn sie dann auch noch von eurer Art sind … einfach köstlich! Eure Frauen … ah, mein Freund, Sie sind ja so ein Glückspilz. Diese Frauen sind unglaublich. So zart, so intuitiv, so unbehaart, so alterslos, so *unermüdlich*. Die asiatische Frau kennt die Männer besser als westliche Frauen. Sie kennt die Männer besser als wir uns selbst. Sie ist perfekt.

Und dann hob er die Finger an seine Lippen und blies einen anerkennenden Kuss in die Luft, für die asiatische Frau, deren Bekanntschaft ich nie gemacht hatte, obwohl ich die Bekanntschaft Tausender asiatischer Frauen gemacht hatte. Gab es irgendwo einen exklusiven Klub mit asiatischen Frauen, die ausschließlich für weiße Männer vorgehalten wurden?

Ihr einziger Nachteil, der allerdings auch die Quelle ihres Reizes ist, fuhr BFD fort, ist der Umstand, dass sie im Grunde unbegreiflich ist.

Unbegreiflich?

Unergründlich. Wie Sie.

Wie ich?

Ja. BFD wandte den Kopf um und schaute mich an, obwohl das Coupé immer noch in rasantem Tempo durch die dunklen

Pariser Vororte brauste. Ich verstehe die Menschen intuitiv. Schließlich bin ich Politiker. Aber bei Ihnen … Ich muss zugeben, unmöglich. Ihr Gesicht ist so gleichmütig wie … wie das der *Mona Lisa.*

Ich weiß nicht, ob ich unergründlich bin. Vielleicht unlesbar.

Was ist der Unterschied?

Wenn ich unlesbar bin, wenn alle diese Asiaten, von denen Sie sprechen, unlesbar sind, dann sind wir das vielleicht nur für die, die nicht lesen können.

Semantik …

Und selbst wenn wir unergründlich sind, was sind dann weiße Menschen? Spricht man von weißen Menschen jemals als unergründlich? Nein, Sie würden sagen, eine weiße, schwer lesbare Person setzt ihr Pokerface auf, was einen positiven Beiklang hat, weil es suggeriert, dass diese Person ein Stratege ist und aus Vorsicht Informationen vorenthält, wohingegen wir undurchdringlich sind, weil ihr Weißen glaubt, wir hätten immer etwas zu verbergen …

Schon wieder kommen Sie mit Ihrem »weißer Mensch« hier, »weiße Person« da. Er schnaubte verächtlich und fuchtelte mir mit dem Finger vor dem Gesicht herum. Sie sind nichts weiter als ein Kommunitarist.

Ausgerechnet Sie beschuldigen mich, ein *Kommunist* zu sein?

Kommunitarist, Sie Idiot! Kommunitarist. Ein Miserabilist! Einer, der sich in seinem Elend suhlt, der die belanglosen Umstände seiner Identität oder seine Obsession mit der Hautfarbe nicht transzendieren, der über seine kleine Gruppe, seine *Community*, nicht hinausdenken kann und der nie, niemals, einfach nur *menschlich* und noch weniger *universal* sein kann.

Hörte ich richtig? Ein weißer Mann aus der gleichen Kultur wie Victor Hugo, der Mann, den unsere Religion des

Caodaismus zum Heiligen erhoben hatte, der Mann, der der Welt den Roman *Die Elenden* geschenkt hatte (den ich zugegebenermaßen noch nicht gelesen hatte, Sie wissen schon, tausend Seiten), dieser Mann beschuldigte *mich*, ein Miserabilist zu sein, als wäre es etwas Schlechtes, das Elend anzuerkennen? Wie schrecklich das Elend auch ist, wir dürfen uns nie darin suhlen. Außer natürlich, wenn es darum geht, das Elend der Arbeiterklasse oder der Franzosen anzuerkennen, da war derartiges Suhlen anscheinend nicht Miserabilismus, sondern *Universalismus.*

Sie!, brüllte ich jetzt, so wie auch er brüllte, während keiner von uns beiden mehr auf die Straße achtete. Sie ... der sich so ereifert, dass ich Sie und Ihre weißen Mitmenschen weiß genannt habe ... Sie sind derjenige, der mich und meinesgleichen asiatisch nennt.

Ich nenne Sie asiatisch, weil Sie sich selbst asiatisch nennen.

Ich habe mich nie asiatisch genannt! Sie ereifern sich, weil ich Ihnen den Spiegel vorgehalten habe. Sie halten sich gern einfach für einen Mann, nicht einen weißen Mann, außer wenn Sie sich selbst mit einer gewissen selbstkritischen Ironie weiß nennen. Aber wenn *ich* Sie einen weißen Mann nenne, dann ist das inakzeptabel, dann ist das zutiefst rassistisch, obwohl Sie selbst und alle Weißen gewohnheitsmäßig von einer »asiatischen Frau« oder einem »schwarzen Mann« sprechen, als wäre ein schwarzer Mann nicht einfach nur ein Mann, so wie Sie einfach nur ein Mann sind. Was, wenn ich Sie als Weißen angesprochen hätte – wie unverzeihlich! Ich schätze, noch unflätiger wäre nur, wenn ich Sie auf Ihren *Penis* anspräche.

Sie dummer, vulgärer Bastard. Sie beschuldigen mich schon wieder des Rassismus, obwohl ich nur gesagt habe, wie sehr ich asiatische Frauen liebe? Was für ein ...

Rassistische Liebe ist immer noch rassistisch. Und jetzt zu dem Punkt, dass ich nicht universal bin. Warum? Weil ich gelb bin? Weil ich nur halb weiß bin? Weil ich ein Flüchtling bin? Weil ich aus Ihrer ehemaligen Kolonie komme? Weil ich den falschen Akzent habe? Weil mein Aussehen verschmäht wird? Weil mein Essen abstoßend ist? Wenn Jesus Christus, ein Kind von Flüchtlingen, arm in einem Stall geboren, ein kolonisierter Mensch, ein Hinterwäldler aus der Pampa, verachtet von den Oberhäuptern seiner Gesellschaft und von den Herrschern über diese Oberhäupter, ein einfacher Zimmermann … wenn dieser Jesus Christus universal werden konnte … dann kann ich das auch … Sie Arschloch!

Das Coupé kam mit quietschenden Reifen vor der Wohnung meiner Tante zum Stehen. Man musste BFD zugutehalten, dass er mich bei meiner Tante ablieferte und nicht unterwegs aus dem Wagen geworfen hatte. Ich stieß die Beifahrertür auf, stieg aus und dankte dem Gott, an den ich nicht glaubte, dass ich auf dem Gehweg nicht in einen Haufen Hundescheiße trat, denn wäre das geschehen, hätte ich BFD als Repräsentanten einer Rasse, einer Nation, eines Volkes und einer Kultur, die ihren Hunden mehr Freiheit, Liebe und Verständnis schenkten als ihren gelben Menschen, wahrscheinlich auf der Stelle ermordet. Aber da ich nicht in Hundescheiße getreten war, fühlte ich mich befreit, auch wenn ich die Contenance verloren hatte und damit meine Tarnung als friedfertiger Asiate, als der friedfertige Vietnamese, als der dankbare koloniale Untertan aufgeflogen war. Ich knallte die Wagentür zu, und erst als ich BFD noch einmal anschaute, erkannte ich, wie sehr ich ihn beleidigt hatte, denn es hatte ihm zu guter Letzt doch die Sprache verschlagen. Anstatt mich mit Worten zu überschütten, hatte er mit seinen Zeigefingerspitzen die Augen zu Schlitzen nach außen gezogen und sah mich höhnisch grinsend an. Dann gab er Gas, brauste in einer Wolke aus Dieselabgasen davon und ließ mich benommen auf dem Gehweg zurück. Unsere Auseinandersetzung war so widerwärtig gewesen, dass mein Herz rasend schnell schlug. Um mich wieder zu beruhigen, trat ich einen Schritt von der Haustür meiner Tante zurück. Was für ein Paradox: Die Menschen, die vorgeben, die Rasse nie zu sehen, sehen sie in Wahrheit ziemlich oft.

Im Schutz der Dunkelheit stand ich auf der Straße, atmete tief ein und schloss die Augen. BFD würde mir den Abend nicht ruinieren. Das Schöne zwischen Madeleine und mir würde ich mir von ihm nicht zerstören lassen, die Erinnerung daran würde ich bis zu meinem Tod in mir tragen. *Das* passiert nicht oft, hatte sie hinterher gesagt und sich an mich gekuschelt. Und sie meinte nicht das Trinkgeld. Das, flüsterte sie in meinen postkoitalen Nacken, war wirklich ein Geschenk. Und wie ich so dalag, in dieser unnatürlichsten und schockierendsten aller Sexualstellungen, der Kuschelstellung, konnte ich mich nicht erinnern, wann ich das letzte Mal jemandem etwas geschenkt hatte.

FÜNFZEHNTES KAPITEL

Am Nachmittag des nächsten Tages kehrte ich nach Paris ins Restaurant vom Boss zurück. Mich plagte eine Mischung aus Schuld und Scham, ein mir als unwilligem Katholiken vertrautes Gebräu, das ich in meiner Kindheit jeden Tag hatte trinken müssen. Hatten die Menschen, die Rasse nicht sahen, obwohl sie sie sahen, doch nicht ganz unrecht? So hatte ich möglicherweise das schlechteste asiatische Restaurant von Paris unterschätzt. Es könnte viel mehr sein als das schlechteste *asiatische* Restaurant von Paris – es könnte locker überhaupt das schlechteste Restaurant von Paris sein. Warum uns selbst beleidigen, indem wir uns selbst abwerten? Brächte Michelin einen Führer mit den schlechtesten Restaurants heraus, hätte unseres drei Sterne verdient. Der perverse Stolz, mit dem ich das Restaurant betrat, wurde mir von Grumpy, der gerade den Boden wischte, schnell wieder ausgetrieben. Wortlos zeigte er zur Treppe, die hinunter zu den Toiletten führte.

Merde?, fragte ich.

Merde, bekräftigte er.

Merde! Das allernützlichste Wort der französischen Sprache, leicht auszusprechen und ausdrucksstark für das buchstäblich Fäkale wie das unschön Existenzielle. Ich seufzte und machte mich auf den Weg zur Toilette, als Le Cao Boi den Kopf durch die Küchentür steckte und sagte: Camus, komm her. Der Ronin und Bon waren auch in der Küche, außerdem ein paar von den

Zwergen, die das Fleisch eines unbekannten toten Tiers zubereiteten, möglicherweise für ein Hauptgericht auf der Abendkarte. Während sie mit ihren Hackmessern hackten, zitterte die Asche an ihren Zigarettenspitzen. Bons Anblick erinnerte mich an das, wonach ich mich sehnte und wovor mir gleichzeitig graute, die Vorstellung von *Fantasia* in zwei Wochen, wo ich vielleicht, wenn ich Glück hatte, meine geliebte Lana und, wenn ich – und er – kein Glück hatte, Man wiedersehen würde. Unser tödliches Rendezvous nahte, ich hatte aber immer noch keine Idee, wie ich ihn retten sollte, und nahm die Tröstung der Zigarette, die Le Cao Boi mir anbot, dankbar an. Bon gab mir Feuer, und der Ronin sagte: Wir haben deine Schuhe gefunden.

Meine Schuhe?

Schon vergessen, dass wir über deine Schuhe immer an dir dran waren? Der Peilsender ist das Modernste auf dem Gebiet der amerikanischen Überwachungstechnologie und nicht gerade billig. Und dann ruft mich der alte Kumpel aus Indochina an, der mir das Teil geliehen hat. Hatte zugegebenermaßen total vergessen, dass ich es ihm zurückgeben muss. Und da fiel mir auf, dass du neulich, als wir dich rausgeholt haben, keine Schuhe anhattest. Und ich konnte mich auch nicht erinnern, dass ich sie da unten in dem Keller irgendwo gesehen hätte. Was, habe ich mich gefragt, wenn …

Er ist in meinen Schuhen abgehauen.

Der Ronin grinste und zeigte auf den Metallkasten, der neben ihm auf der Küchenplatte stand und dessen grüner Kathodenstrahlmonitor ein Gitternetz und einen blinkenden, sich langsam bewegenden Punkt zeigte. Seit ein paar Tagen schaue ich jetzt auf den Schirm, sagte der Ronin. An den letzten zwei Abenden ist er zum gleichen Punkt zurückgekehrt und die ganze Nacht dort geblieben. Ich nehme an, heute Abend taucht er da auch wieder auf.

Das wird lustig, meinte Le Cao Boi und lachte. Er schenkte jedem von uns einen abscheulichen chinesischen Schnaps ein, der aussah wie Wasser, nach nichts schmeckte und sich wie Feuer durch meine Speiseröhre fräste. Ich würgte, und das Wasser schoss mir in die Augen, während Bon keinerlei Reaktion zeigte. Mein Mangel an Männlichkeit belustigte den Ronin, der sich glucksend noch einen einschenkte, ihn hinunterkippte und dann fröhlich vor sich hin summte.

Allerdings, sagte er und schmatzte mit den Lippen. Und wie lustig das wird.

Wir machten uns nicht sofort auf die Suche nach der Mona Lisa. Erst musste ich noch in den Keller hinunter und den verstopften Schlund der malträtierten Toilette frei räumen. Da das Restaurant nur selten Gäste hatte und von diesen keiner jemals seine Mahlzeit beendete, waren die Chancen, dass es sich bei dem Übeltäter um einen Gast handelte, gering. Indes schwor jeder der Angestellten beharrlich, dass nicht er für das Desaster verantwortlich sei, sondern einer der anderen.

Das macht einen wehmütig, oder?, sagte Le Cao Boi, nachdem ich zitternd und das Wasser aus meinen Augen blinzelnd wieder aus dem Keller kam. Wenn man bedenkt, wie das in der Heimat war, wenn wir an einem Bach oder einem Teich saßen, zu den Sternen hochschauten und den Zikaden lauschten. Die Wohltat der frischen Luft. Nie ein verstopftes Klo oder eine stinkende Toilette. Hauptsache, man hockte nicht stromabwärts. Hier, trink noch einen, dann geht es dir wieder besser.

Er schenkte mir noch ein Gläschen von dem widerlichen chinesischen Schnaps ein, und das Brennen ließ mich tatsächlich vergessen, was ich gerade gesehen und gerochen hatte. Der Blick in das Innenleben eines Menschen war noch nie eine angenehme Erfahrung.

Am frühen Abend machten wir uns auf den Weg. Wir benutzten den Lieferwagen des Restaurants, den wir zum Transport für unsere Vorräte benutzten, dessen Seiten aber mit den Namen von fiktiven Elektrikern beschriftet war, LES FRÈRES CHIEN. Le Cao Boi fuhr miserabel, wahrscheinlich mit Absicht, weil es keine weiteren Sitze gab, Bon und ich deshalb auf dem Boden des höhlenartigen, verdreckten und fensterlosen Laderaums hin und her rutschten, worüber Le Cao Boi kicherte. Kein Mensch wundert sich, wenn der Lieferwagen eines Elektrikers auf der Straße parkt, erklärte der Ronin, der mit dem Peilsender auf dem Schoß und einer Karte mit den Koordinaten des Aufenthaltsorts der Mona Lisa auf dem Beifahrersitz saß. Wir brauchten eine halbe Stunde, um aus der Stadt in die Peripherie zu gelangen. Alle rauchten. Le Cao Boi hatte das Kommando über den Kassettenrekorder und spielte eine Mischung aus Pop- und Rocksongs, deren Highlight »Seasons in the Sun« war, das wir alle vier – und mindestens zwei meiner Geister – mit Tränen in den Augen mitsangen:

Goodbye my Friend, it's hard to die
When all the birds are singing in the sky
Now that the spring is in the air
Pretty girls are everywhere
Think of me and I'll be there

Der Song war eine passende Mischung aus optimistischem Pop, pessimistischer Schwermut und zugänglicher Philosophie, die unsere vietnamesische Gefühlswelt perfekt zum Ausdruck brachte. Dieser fühlte sich auch der Ronin zugehörig, dem, wie allen weißen Männern, die als Vietnamesen ehrenhalber gelten wollten, dieser Status problemlos zugestanden wurde, denn wir alle waren verwirrt und belustigt und fühlten uns geehrt, dass ein Nicht-Vietnamese sich mit uns identifizieren wollte, was natürlich nur ein weiteres Kennzeichen für den geringen Stellenwert unseres Landes und für unsere kollektive mentale Kolonisierung war. Franzosen und Amerikaner wie auch Chinesen und Japaner betrachteten es wie alle Imperialisten schlicht als selbstverständlich, dass jedermann sein wollte wie Franzosen oder Amerikaner oder Chinesen oder Japaner.

We had joy, we had fun
We had seasons in the sun
But the hills that we climbed
Were just seasons out of time

So unterhielten wir uns, bis Le Cao Boi vor dem Haus anhielt, in dem die Mona Lisa wohnte. Jetzt warten wir einfach, sagte er.

Der Ronin tippte auf den Monitor des Peilsenders. Er ist unterwegs, teilte er uns mit. Ein paar Kilometer entfernt. Er sah mich an. Du musst ihn identifizieren.

In den folgenden Stunden saß einer von uns vorne, während die anderen drei im Laderaum hockten, rauchten, Karten spielten und zockten, was nach Krieg und romantischer Liebe das Leben von mehr Vietnamesen zerstört hat als alles andere. Aber wir waren schließlich Gangster. Die Zerstörung von Leben, auch unseres eigenen, war die erklärte Absicht und das existenzielle Risiko unseres Berufs. Das Einzige, was wir nicht taten, um die Zeit totzuschlagen, war Alkohol trinken und Haschisch rauchen, denn, so hatte es der Ronin verkündet, wir waren bei der Arbeit. Ich hatte mein ganzes Geld verloren, saß in einer Ecke des Laderaums und schaute Le Cao Boi und Bon verbittert dabei zu, wie sie mit meinem Geld spielten, als der Ronin auf dem Vordersitz sagte: Er kommt. Bon und ich zogen uns langhaarige braune Perücken und Wollmützen über den Kopf, Bon setzte eine getönte Brille auf und ich meine unechte Fliegersonnenbrille. Dann zogen wir unsere Jacken und Hosen aus, holten aus einem Müllsack mit Verkleidungen, die der Ronin weiß Gott wo aufgetrieben hatte, andere Jacken und Hosen und zogen die an. Le Cao Boi ließ den Motor an und fädelte in den Verkehr ein. Ich kauerte zwischen dem Fahrer- und dem Beifahrersitz, auf dem der Ronin saß. Er schaute auf den Monitor des Peilsenders und dirigierte: Links, rechts, rechts, geradeaus und so weiter, während wir der Mona Lisa folgten, die sich nach dem Verlassen des U-Bahnhofs langsam fortbewegte, wahrscheinlich zu Fuß. Durch die Windschutzscheibe sah ich abgewohnte, trostlose Mietskasernen, denen man wie ihren Bewohnern keine faire Chance gegeben hatte. War das weltstädtische Zentrum des Postkarten-Paris ein architektonisches Festmahl aus verzückender Tradition, so war die unappetitliche Kolonie der *banlieue* architektonisches Fast Food. Dann bogen wir um die nächste Ecke, und nur wenige Meter entfernt sah ich die Mona Lisa, die uns in *meinen* Bruno-Magli-Schuhen entgegenkam. Er schob einen Einkaufswagen, der für einen der charmantesten Aspekte des Lebens in Paris stand, wo die Einwohner ihre täglichen Besorgungen zu Fuß erledigten, was sie einigermaßen fit hielt, anders als es der durchschnittliche Amerikaner hielt, der mit seinem üppigen Hinterteil für jede Strecke, die länger war als ein Häuserblock, den Wagen nahm.

Das ist er, sagte ich und duckte mich trotz meiner Verkleidung hinter den Sitz des Ronin. Le Cao Boi trat so hart auf die Bremse, dass ich von der Rückseite des Beifahrersitzes zurückprallte und auf die Seite fiel. Bon fluchte und wurde ebenfalls herumgeschleudert, war allerdings schlau genug, sich am Türgriff festzuhalten. Als er wieder sicher auf den Füßen stand, riss er die Schiebetür auf, sodass man mich von draußen sehen konnte, und sprang hinaus auf die Straße. Ich setzte mich auf und blickte der fassungslosen Mona Lisa in die Augen, der als professioneller Gangster eigentlich hätte verstehen müssen. Bon drängte sich so eng an die Mona Lisa, als stünden die beiden in brüderlichem oder freundschaftlichem Kontakt, was Bon die Möglichkeit eröffnete, der Mona Lisa den Lauf seiner P38 in die Seite zu drücken, ohne dass dies jemand hätte bemerken können. Die Mona Lisa erstarrte und versuchte zu entscheiden, ob er weglaufen, stehen bleiben oder Bons Befehl folgen sollte. *Allez! Dans le camion!* Jetzt sprang auch ich aus dem Lieferwagen, legte der Mona Lisa meinen Arm um die Schultern und drückte ihm meinen Revolver, der mal sein Revolver gewesen war, in die andere Seite und zog ihn zum Wagen. Er fing an zu schreien, aber der inzwischen in den Laderaum geschlüpfte Ronin packte ihn am Mantelkragen und zog ihn hinein. Schnapp dir den Einkaufswagen, sagte der Ronin, und während Bon in den Laderaum sprang, drehte ich mich um und lief die paar Schritte zu dem Einkaufswagen. In diesem Augenblick tauchte aus einem Hauseingang ein Mann in einem beigen Regenmantel auf, alt und gebückt wie ein Komma, und rief mir etwas zu. Mein erster Gedanke bei seinem Anblick war, *Araber.* Aber was oder wen sah er? Sicher nichts Asiatisches oder Gelbes, ich war ja verkleidet. Nein, was er sah, war meine universale Identität, das brennende Licht meines unbestrittenen Selbst, das durch den Lampenschirm meiner Haut schien, verkörpert durch das letzte Wort, das er ausstieß. *Bleib stehen, du Bastard!*

Nach einer halben Stunde Fahrt erreichten wir eine andere randständige graue Welt aus Lagerhäusern, die nicht der Bauch, nicht einmal der Unterbauch von Paris war, weder dessen Achselhöhle noch dessen Nabel, sondern eher die Ritze zwischen den Arschbacken der Stadt, der Bereich, den man kaum jemals zu sehen bekam und an den man fast nie einen Gedanken verschwendete. Diese feuchte, faulige Ritze hätte durchaus die seelenlose Gegend sein können, wo die Mona Lisa mich gefangen gehalten hatte. Da ich sie aber nie bei Tageslicht gesehen hatte, war ich mir nicht sicher.

Am besten vergisst du den Ort gleich wieder, sagte Le Cao Boi, als er im Innern eines grauen Lagerhauses anhielt, das weder Namen noch Charakter hatte und von außen so aussah wie der blasse Himmel.

Los, schafft ihn raus, kommandierte der Ronin und zeigte auf die Mona Lisa, der mit hinter dem Rücken gefesselten Armen und einem Sack über dem Kopf auf dem Wagenboden saß.

Bon und ich stopften die Verkleidungen zurück in den Müllsack und zogen wieder unsere eigenen Sachen an. Dann gingen wir vier mit der Mona Lisa tiefer in das Lagerhaus hinein, vorbei an Paletten, auf denen sich Kisten mit der Aufschrift KAFFEE türmten, bis zu einem Büro, aus dem zwei Zwerge kamen, die Overalls, Masken und Schutzbrillen trugen.

Was haben die vor?, fragte ich.

Den Lieferwagen umlackieren, antwortete Le Cao Boi. Les Frères Chien sind Geschichte. Die Kiste wird gelb.

Durch eine Tür in der Rückwand des Büros gelangten wir in einen Lagerraum und durch eine weitere Tür an dessen Rückwand in einen leeren, fensterlosen, höhlenartigen Raum, zweckmäßig kühl für Wein und Folterungen. Le Cao Boi stieß die Mona Lisa in den Rücken, der auf den Zementboden stürzte und jetzt ausgestreckt unter einer einzelnen Deckenlampe lag, auf einer minimalistischen Bühne, bereit für ein Avantgarde-Drama à la Samuel Beckett, der, wenn es um die Folterung seiner Zuschauer ging, schon etwas von einem

Sadisten hatte. Ich hatte *Glückliche Tage* und *Warten auf Godot* in der Aufführung der Schauspielabteilung des Occidental College gesehen und war vollkommen perplex gewesen. Die Handlung? Keine Handlung! Aber wenn sie keine Handlung hatten, warum konnte ich dann die Stücke bis heute nicht vergessen?

Der Ronin drehte sich um, zwinkerte mir zu und flüsterte: Wir klopfen ihn erst mal weich für dich. Dann sagte er laut: Nehmt ihm die Kapuze ab.

Warum gab es immer eine Kapuze, auch wenn es oft nur ein Sack war? Wie oft hatte ich Gefangene mit verhüllten Köpfen gesehen, die blind vor sich hin stolperten oder, wie jetzt, zitternd auf dem Boden lagen? Nachdem die Mona Lisa sich nackt hatte ausziehen müssen, wechselten sich der Ronin und Le Cao Boi ab, mit Fäusten und Füßen, mit Ketten und dem Louisville-Slugger-Baseballschläger. Gelegentlich rezitierte Le Cao Boi eins seiner schlechten Gedichte, oder sie legten beide eine Pause ein, um eine Kleinigkeit zu essen und ein Bier zu trinken. Bon und ich lehnten an der Wand, hockten oder saßen auf dem Boden, rauchten Zigaretten und schauten zu.

Weißt du, was ich bedaure?, fragte Bon.

Was?, sagte ich.

Dass es mir nicht vergönnt ist, das Gleiche mit dem Mann ohne Gesicht anzustellen.

Ich war immer der Mann mit einem Plan, aber jetzt wollte mir keiner einfallen. Ich zog meine Bruno-Magli-Schuhe an und versuchte einmal mehr, mir einen Plan auszudenken, mit dem ich Man retten und mein Geheimnis vor Bon bewahren konnte, aber der Anblick und die Geräusche der Mona Lisa lenkten mich ab. Er stöhnte und wimmerte, krümmte und wälzte sich, bettelte, schrie und schluchzte, während der Ronin und Le Cao Boi fluchten und höhnten, lachten und witzelten, glucksten und ein paar Polaroids von ihrer Arbeit machten. Als die Mona Lisa schließlich bewusstlos war und ich mich endlich denken hören konnte, wischte sich Le Cao Boi den Schweiß von der Stirn und das Blut von den Knöcheln. Okay, du bist dran.

Womit?, fragte ich, obwohl ich wusste, womit.

Du verrückter Bastard, sagte er lachend und boxte mir auf den Arm. Ein bisschen mehr Begeisterung könntest du schon zeigen. Du hast ihn jetzt eine Zeit lang ganz für dich allein. Nettes kleines Geschenk vom Boss, wie? Er meinte, ein bisschen süße Rache würde dir gefallen.

Ich versuchte, ein bisschen mehr Begeisterung zu zeigen, allerdings mochte ich keine Süßigkeiten und war auch nicht scharf auf Folter, wofür das Wort Verhör geläufiger, das Wort Spaß weniger geläufig war. Also, dann gönnen wir uns mal ein bisschen Spaß. Das pflegte Claude immer zu sagen, wenn uns ein neuer Gefangener gebracht wurde. Und weil ich in meiner Arbeit als Verhörspezialist wie als Spion sehr gut war, tat ich so, als hätte ich meinen Spaß, auch wenn mein Spiel damals riskant war: aus einem Gefangenen so viele Geheimnisse wie möglich herauszuholen und ihm dabei so wenig Schmerzen wie möglich zuzufügen. Ich hielt mich für erfolgreich, bis ich mit der kommunistischen Agentin konfrontiert wurde, die damals so nackt war wie die Mona Lisa jetzt. Der »Kinosaal« genannte Verhörraum, in dem die Hände und die Glieder der drei keuchenden Polizisten ihr so viel Spaß bereiteten, war genauso grell und schlecht beleuchtet wie dieser Raum. Bestand irgendeine Hoffnung, dass Verhörspezialisten den Wert von stimmungsvoller Beleuchtung begriffen?

Der Boss meinte, du wärst ein Profi, fügte Le Cao Boi hinzu. Als wären wir das nicht.

Du bist kein Profi wie er, sagte Bon. Er war bei der Geheimpolizei. Ein exzellenter Verhörspezialist der Spezialeinheit. Aus seinem Ton sprach Stolz auf unsere Freundschaft, auf meine Fähigkeiten, auf unsere Mission, die Bedrohung des Kommunismus zu eliminieren, die sich irgendwie mit diesem anderen Gangsterprojekt verstrickt hatte. Wenn Bon stolz auf mich war, könnte das vielleicht auch damit zusammenhängen, dass ich ihm nie von dem Verhör der kommunistischen Agentin erzählt hatte, und natürlich auch nie von der einen Sache, die er mir nie verzeihen würde: dass ich selbst Kommunist war oder gewesen war. Aber hörte man jemals auf, Kommunist zu sein, hörte man jemals auf, Katholik zu sein?

Ich bin ein Profi, sagte ich. Wie ein Arzt.

Wenn du Arzt bist, was ist dein Spezialgebiet?, fragte Le Cao Boi.

Proktologie, sagte ich, worauf Le Cao Boi, der Ronin und Bon das Gesicht leicht verzogen, ein weiterer Beleg dafür, dass ich immer wusste, was ich mit meinen Fingern anzufangen hatte. Diesmal steckte ich einen rhetorischen Daumen zwischen ihre Hinterbacken. Das heißt, ich verrichte meine Arbeit gern ohne Zuschauer, fügte ich hinzu.

Lass dir Zeit. Der Ronin begutachtete einen eingerissenen Fingernagel. Wir haben keine Eile. Wäre aber trotzdem gut, wenn du mit deiner Rache durch wärst, bevor der Boss kommt.

Und wann kommt er?

Le Cao Boi zuckte mit den Achseln. Wenn ihm danach ist.

Was willst du von ihm?, fragte Bon und nickte zur Mona Lisa hin.

Alles Mögliche. Er hat einen von uns getötet.

Was bedeutete, wie jeder wusste, dass die Mona Lisa letztendlich sterben musste.

Man ließ mich mit der Mona Lisa allein. Nur einer der Zwerge brachte mir etwa eine Stunde später die von mir gewünschten

Verhörutensilien: eine Stange Zigaretten, eine Flasche Whiskey, zwei Flaschen Wasser (eine mit, eine ohne Kohlensäure) und den Einkaufswagen der Mona Lisa. Der Zwerg hieß Biggie, weil er der größte der sieben war, was aber nicht viel besagte. Weißt du, wie weit ich für die Flasche Whiskey laufen musste?, fragte er. Was macht eigentlich ein Profi mit einer Flasche Whiskey?

Du hast keine Ahnung von der Arbeit eines Profis, sagte ich und schickte ihn weg.

Da ich jetzt vor weiteren Unterbrechungen sicher war, außer vor denen durch meine Geister, widmete ich mich zwei meiner liebsten Freizeitbeschäftigungen, dem Trinken (#3) und dem Lesen (#2). Beim eschatologischen Rausschmeißer hatte ich Voltaires *Candide* gesehen und mir die Taschenbuchausgabe besorgt. Ich las diese menschliche Komödie jetzt mit noch größerem Vergnügen als beim ersten Mal damals auf dem Lycée. Der Schwamm, mein Lehrer, hatte mir tatsächlich ein paar Tropfen lauwarmer Weisheit auf die Stirn geträufelt, denn es stimmte, was er damals unserer Klasse verkündet hatte, dass nämlich die Lektüre von Büchern, die man später noch einmal las, eine andere war, durchdrungen vom Leben. Zum Beispiel diese ätzende Passage, die mich gleichermaßen schaudern wie schmunzeln ließ:

> *»Ich möchte wirklich wissen, was schlimmer ist: hundertmal von Negerpiraten vergewaltigt zu werden, nur eine Hinterbacke zu haben, bei den Bulgaren Spießruten zu laufen, bei einem Autodafé ausgepeitscht und gehängt und dann bei lebendigem Leibe seziert zu werden, an die Galeerenbank gekettet zu sein – kurz all das Elend zu erdulden, das wir alle durchgemacht haben – oder lieber hier zu sitzen und nichts zu tun?«*

»Das ist eine große Frage«, meinte Candide.

Groß, wie wahr! Sogar noch größer als Voltaires Frage – aber vermutlich doch nicht so groß wie die in seiner Fantasie unermüdlichen Negerpiraten – waren die Schwierigkeiten, die ich manchmal mit meinem Hass auf die Franzosen hatte. Sie waren koloniale Bastarde, aber sie hatten uns Worte wie diese geschenkt, auch wenn diese Worte nicht für einen kolonisierten Bastard wie mich bestimmt waren, nur halb französisch, halb vietnamesisch, ein einfaches Rechenproblem, das auf Menschenverachtung hinauslief, auf allzu viel Menschenverachtung.

Die Mona Lisa stöhnte. Er war endlich bei Bewusstsein, aber angeschlagen, lag auf dem Boden, bewegte den Kopf und sabberte ein bisschen, wie ein aus der Betäubung erwachender Patient. Ich schleifte ihn in eine Ecke und setzte ihn auf. Zusammengesunken kauerte er an der Wand, zwischen seinen fast geschlossenen Lidern schimmerte das Weiß seiner sich bewegenden Augäpfel hindurch.

Wie wär's mit einem Drink? Mich persönlich heiterte diese Frage immer ein bisschen auf. Ich saß neben ihm auf dem kalten Boden und schenkte ihm ein Glas Whiskey ein. Einen Doppelten?

Ich trinke nicht, nuschelte er.

Männer, die nicht tranken, schockierten mich immer ein wenig, aber ich versuchte, unvoreingenommen zu sein, obwohl ihm dadurch eine der größten Errungenschaften der Menschheit entging. Ich bot ihm also ein Glas Wasser an, das er akzeptierte. Ich stützte ihm die Hand, mit der er das Glas an die Lippen hob, und als ich ihm eine Zigarette anbot, sagte er nicht Nein. Das Wasser und die Zigarette bauten ihn etwas auf, und seine Augenlider öffneten sich ein Stückchen weiter.

Glücklich?, murmelte er. Jetzt hast du mich ja.

Ich bin schon lange nicht mehr glücklich gewesen. Ich bin nämlich ein Mann mit zwei Seelen …

Halt's Maul.

… und ich weiß, wie du dich jetzt fühlst. Das ist mein einziges Talent …

Halt's Maul.

… und ich bin buchstäblich in der gleichen Lage gewesen wie du jetzt, solltest du das vergessen haben. Aber was du mir angetan hast, das habe ich nicht zum ersten Mal erlebt. So etwas habe ich vielen Menschen angetan, ich weiß also, wie es ist, wenn man der ist, der seinen Spaß hat.

Halt's Maul.

Im Augenblick gibt es zwei von dir. Der eine sitzt hier und sagt mir, ich soll's Maul halten. Der andere ist irgendwo da oben an der Decke und beobachtet unser kleines Spiel. Um das Weiße vom Eigelb zu trennen, muss man die Schale knacken, und du bist jetzt geknackt. Ich rede mit dem Eigelb. Der weiße Teil von dir ist da oben, transparentes Ektoplasma, eine Substanz so glitschig wie Samen …

Halt's Maul.

Möglich, dass du mich nicht verstehst, aber du verstehst mich doch, oder?

Warum bringst du es nicht einfach hinter dich?, murmelte er.

Hinter mir summte mein Geisterquintett *Get it over with*, aber ich ignorierte sie und ihn, sondern sagte: Ich werde dir nicht antun, was du mir angetan hast. Während ich sprach, schaute ich die Mona Lisa genauso an, wie die *Mona Lisa* im Louvre auf die Welt schaute, mit tiefem Mitgefühl für die Millionen, die sich vor ihr drängelten, um sie sehen zu können. Wenn ich jemanden lange genug ansah und ihm lange genug zuhörte, dann konnte ich sein Gesicht über eines von meinen ziehen und die Welt durch seine Augen betrachten. Mein Ziel als Spion war, an Informationen zu kommen, die die Kader über mir benutzten, um die Anliegen meiner Zielperson zu untergraben. Wenn ich als Verhörspezialist Gefangene befragte, die wussten, dass ich insgeheim auf ihrer Seite stand, verfolgte ich ein anderes Ziel. Wenn ich meine Zielperson zum Sprechen bringen konnte, konnte ich sie vielleicht vor den Folterknechten bewahren. Wenn ich meine Zielperson dazu bringen konnte, ihren Widerstand aufzugeben, dann konnte ich sie vor sich selbst schützen.

Was ist? Willst du einfach dasitzen und mich anglotzen?, murmelte er. Sag was.

Stattdessen bot ich ihm wortlos Wasser und Zigaretten an, zwei Bausteine des Lebens. Wir tranken ein bisschen Wasser und rauchten viele Zigaretten, was das richtige Verhältnis ist. Dann sagte er: Du glaubst, du bist ein richtig Schlauer, was? So eine Art Tim. Ein Gutmensch. Ich scheiß auf Tim. Auch nur ein Kolonisator.

Hatte er gerade Tim aus *Tim und Struppi* beleidigt? Den pfiffigen kleinen Reporter, den Amateurdetektiv, den unerschrockenen Helden? Als *Tim-und-Struppi*-Fan seit meinen Schultagen war ich gekränkt. Doch ich behielt die Kränkung für mich und sprach das ernstere Thema an: Ich bin kein Kolonisator. Ich bin kolonisiert, genau wie du.

Warst du für oder gegen die Franzosen?

Der Boss glaubte, ich wäre für die Franzosen gewesen, also sagte ich, wie immer gefangen in selbstverschuldeten Manövern: Für die Franzosen.

Er lachte. Natürlich. Dein Vater war ja Franzose.

Ich hasse meinen Vater, entgegnete ich, und es fühlte sich gut an, diesen einen wahren, glasklaren Satz auszusprechen.

Die Mona Lisa studierte mich wie ein Schüler sein Lehrbuch über Infinitesimalrechnung, mit großem Widerwillen und ein wenig Abscheu. Seinen Vater sollte man nie hassen, sagte er schließlich. Auch wenn er ein Arschloch ist. Wir kommen aus dem Schoß unserer Mütter und stammen von den Arschlöchern unserer Väter ab.

Er hatte angefangen zu reden, genau das, was jeder richtige Verhörspezialist, der nicht nur Folterknecht ist, von seiner Zielperson will. Hunger?, fragte ich.

Sein Hunger setzte sich schließlich gegen seinen Stolz durch, und er nickte. Ich kramte in seinem Einkaufswagen herum und deckte ein paar Anhaltspunkte über sein Leben auf: Orangina, ein Glas Nutella, Papierservietten, geraspelte Möhren, eine Schachtel Eier sowie ein Beutel Fertigcroissants, was mir in diesem Land armselig oder kriminell beziehungsweise armselig und kriminell vorkam. Außerdem gab es weiche, überreife Bananen, von denen ich ihm eine schälte. Da der Ronin und Le Cao Boi auf seinen Händen herumgetrampelt waren, konnte er sie nicht greifen, sodass ich sie für ihn hielt. Er aß langsam. Ein Bissen, zwei Bissen, dann noch einer. Als die Banane halb verspeist war, stieg eine halb verdaute Erinnerung aus meinen unergründlichen Tiefen auf, eine, an der ich schon seit Jahren, vielleicht Jahrzehnten nicht mehr gekaut und in der meine Mutter mich zum Frühstück mit einer Banane gefüttert hatte. Ich saß mit einem Buch auf den Knien lesend auf einem Hocker, und neben meiner Wange schwebte ihre Hand mit der Banane. Meine Mutter, die nicht lesen konnte, außer sehr langsam und laut, hatte nie einen Zweifel daran gelassen, dass ich nicht nur lernen müsste zu lesen, sondern es auch immerzu zu tun. Du bist geboren, um zu lesen, sagte sie mehr als einmal zu mir. Also las ich und las und las, und bis jetzt hatte ich mir nie eingestanden, was mir meine Mutter auf meine ein einziges Mal gestellte Frage, woher diese Bücher eigentlich kämen, geantwortet hatte – aus der Privatbibliothek meines Vaters.

Nach dem letzten Stück des cremigen, weißen Fruchtfleischs lehnte die Mona Lisa sich zurück. Ich hielt das gelbe, schwarz gepunktete Leopardenfell der Banane in der Hand und warf das glitschige Fell in die gegenüberliegende Ecke, wo Biggie es später wegräumen konnte. Werden in Algerien Bananen angebaut?, fragte ich. Sorg dafür, dass deine Zielperson redet, dass sie sich wohlfühlt. Sprechen ist die beste und nachhaltigste Form der Verführung.

Die Mona Lisa brummte: Weiß ich nicht. Ich war nur ein paarmal in Algerien, als ich noch klein war und meine Eltern dachten, ich sollte etwas über das Land wissen.

Das Land deiner Geburt, sagte ich.

Ich bin nicht da geboren. Ich bin hier geboren. Ich bin Franzose … offiziell.

Und inoffiziell?

In Algerien sagen sie, ich bin Franzose. Hier sagen manche, ich bin Algerier. Andere sagen, ich bin Araber. Wenn ich richtig Glück habe, dann bin ich ein dreckiger Araber.

Hallo, dreckiger Araber, ich bin der verrückte Bastard.

Er lächelte, aber ohne Wärme. Eigentlich bist du Le Chinois.

Ach ja? Und du bist … Ich hielt inne. Ich schämte mich, dass ich vor Paris nie einen Algerier, Araber, Moslem oder Nordafrikaner kennengelernt hatte. Entschuldige, sagte ich in absoluter Aufrichtigkeit. Aber ich kenne keine rassistische Beleidigung für dich.

Keine einzige? Das ist ja mal ganz was Neues. Okay … versuch's mit *bougnoule*.

Was?

Na los. *Bougnoule*. Nicht so schüchtern.

Bougnoule.

Perfekt.

Das Licht des Erfolgs erleuchtete mich von innen, eine behagliche Wärme wie von höchst edlem Whiskey, Wodka, Brandy oder Kognak. Mein Französisch wurde besser.

Und jetzt *sale bougnoule,* aber energischer. Mit ein bisschen spritzender Spucke.

Sale bougnoule.

Noch besser. Du hörst dich an wie ein Franzose. Oder eine Französin. Oder sogar ein französisches Kind. Aber nenn mich bloß nicht einen *arabe de service*. Dann bring ich dich um.

Die Mona Lisa bebte vor Lachen, und eine Welle von Zärtlichkeit für ihn spülte über den kalten Sand meines Herzens. Hier, probier das mal, sagte ich und zog eine Portion der Arznei aus meiner Hosentasche. Wie zum Teufel ist sie da hingekommen? Hatte ich nicht alles im Klo runtergespült? Wie konnte sie wie durch ein Wunder immer wieder in meinen Taschen auftauchen? Eine kleine weiße, mit Plastik umhüllte Musketenkugel aus Pulver. Danach fühlst du dich besser. Oder du fühlst gar nichts, was in deiner Lage aber aufs Gleiche rauskommt.

Eine Zeit lang starrte er auf das weiße Pulver, zögerte und nickte schließlich. Die Arznei war so vielseitig wie ein Charakterschauspieler. Sie konnte auf der Haut oder auf dem Zahnfleisch verrieben, in die Vene gespritzt oder durch die Nase gezogen werden. Ich schüttete vier weiße Streifen auf eine Crackerschachtel aus seinem Einkaufswagen. Dann rollte ich einen Zehn-Francs-Schein zusammen und hielt ihn ihm so hin, dass er die erste Line inhalieren konnte. Dann die zweite. Wow, sagte ich. Dann die dritte. Als er die vierte schnupfte, sagte ich: Du bist ein Naturtalent.

Was? Er hob die Augen und schniefte. Was ist mit dir?

Für einen Typen, der nicht trinkt, ziehst du dir das Zeug ziemlich flott rein.

Wie sagen die Amerikaner? Wow, guter Shit. Ich spür kaum noch was.

Nachdem mein Arzneivorrat erschöpft war, griff ich zu einer Haschischzigarette, an der sich die Mona Lisa ebenfalls beteiligte.

Wie konnte ein netter Kerl wie du in so etwas hineingeraten?, fragte ich in den Rauch, der aus unserer beider Lungen zusammenströmte. Über die Frage musste er lachen.

Frag meinen Bruder, sagte er. Den, dem du das Geschäft geklaut hast.

Wo steht denn das geschrieben, dass das sein Netzwerk war?

Stimmt. Saïd ist verrückt, genau wie du. Oder eben einfach verrückt auf seine eigene Art.

Und, wo ist er jetzt? Im Irrenhaus?

In Afghanistan. Afghanistan! Ich wusste nicht mal, dass es das Land gibt, bevor er mir gesagt hat, dass er dorthin geht. Er hat sich in den Kopf gesetzt, gegen die Sowjets zu kämpfen. Was hat das mit uns zu tun? Wer schert sich um Kommunismus? Weißt du, was er gesagt hat? Es geht nicht um Kommunismus, es geht um den Islam. Die Sowjets töten unsere Brüder. Brüder?, hab ich gesagt. Unsere muslimischen Brüder, hat er gesagt. Deshalb ist er verrückt. Früher hat er sich nie für den Islam interessiert. Noch vor drei Jahren war der ihm völlig egal. Er war so wie du und ich. Klauen, Drogen verkaufen, Spaß haben eben. Wenigstens hätte er mir sein Netzwerk überlassen können, aber weißt du, was er gesagt hat? Ich will dich nicht in Versuchung führen.

Wie war das für dich?, fragte ich.

Ich wollte ihm ins Gesicht schlagen.

Als jemand, dem viele Menschen ins Gesicht beziehungsweise in beide Gesichter schlagen wollten, konnte ich mit Saïd mitfühlen. Oh, wieder dieses verdammte Gefühl! Der verrückte Saïd. Aber wie sonst sollten wir jemanden nennen, der so bedauernswert war, an Gott zu glauben? Oder war es Allah? Oder Mohammed? Ich wusste so viel über den Islam wie über Araber. Doch der Islam war eine Religion, wie der Katholizismus eine Religion war, und alle Religionen waren auf Treibsand gebaut. Sie brauchten Menschen, die es brauchten, an etwas zu glauben. Ich war einer dieser Menschen, bis man mich gezwungen hatte, an nichts zu glauben, worum es bei Religion schließlich auch geht.

Vielleicht solltest du ihm verzeihen, sagte ich.

Verzeihen?

So wie ich dir verzeihe, fügte ich im Tonfall eines Priesters hinzu.

Du verzeihst *mir?* Er zuckte zurück. Was denn?

Ich, der nicht leicht zu schockieren war, war schockiert. Dass du mich gefoltert hast, erklärte ich stotternd. Dass du mich gezwungen hast, russisches Roulette zu spielen. Schon vergessen?

Er lachte und lachte. Wenn Lachen die beste Medizin war, dann musste ich ein ziemlich guter Proktologe sein. Du hättest dein Gesicht sehen sollen, sagte er. Zum Schreien. Dann hörte er auf zu lachen und sagte: Deine Verzeihung brauche ich nicht.

Du brauchst mich nicht um Verzeihung zu bitten, damit ich dir verzeihe, sagte ich.

Ich will deine Verzeihung nicht, brüllte er. Fick dich und deine Verzeihung.

Du brauchst meine Verzeihung nicht zu wollen. Ich verzeihe dir einfach so.

Die Mona Lisa schien verwirrt zu sein – wie auch meine Geister, die hinter ihm standen. Sie erwarteten einen Akt mittelalterlicher Rache, die aber eigentlich gar nicht so mittelalterlich war. Wie oft hatten unsere ach so zivilisierten Kolonisatoren die jahrhundertealte Politik von Strafe und Folter schließlich bei uns angewandt, bis vor, ich weiß nicht, vielleicht vor ein paar Jahren, als wir unsere Feinde genauso selbstgerecht ausweideten und uns dabei mit patriotischem Stolz auf die Brust schlugen. Aber wenn ich die Mona Lisa und meine Geister überrascht haben sollte, so hatte ich auch mich selbst überrascht, was immer entweder die beste oder die schlechteste Form der Überraschung ist. Ich hatte nicht vorgehabt, ihm zu verzeihen, auch wenn ich mir nicht sicher gewesen war, was ich überhaupt tun würde. Ich wollte einfach sehen, was passiert, von Mann zu Mann, von Angesicht zu Angesicht, von Genital zu Genital. Der Grund, warum ich dir verzeihen kann, sagte ich mit im Aufwind meiner Selbstgefälligkeit hochfahrender Stimme, ist der, dass ich anderen auch schon angetan habe, was du mir angetan hast. Ich bin nicht besser als du, womöglich sogar viel, viel schlechter.

Es tut mir nicht leid, erwiderte die Mona Lisa. Zum Teufel noch mal, ich würde es wieder tun, du Bastard.

Und ich würde dir wieder verzeihen.

Früher einmal, das heißt fast mein ganzes Leben lang, hätte ich jedem, der mich einen Bastard nannte, mit ausgestochenen Augen und zertrümmerten Kniescheiben gedroht. Wie man Gottes Namen nicht nennen sollte, sollte man mich nicht einen »Bastard« nennen. Jedes Mal, wenn man mich Bastard nannte, lief mein Gesicht rot an, schlug mein Herz schneller, ballte ich die Fäuste, schnürte es mir die Luft ab, und die Lymphknoten des Zorns fluteten meine Blutbahnen. In diesem Augenblick war ich jedoch nicht aufgebracht. Was war passiert? Ich konnte mich mit seinen Augen sehen. Ich bemächtigte mich seines Herzens wie seines Gehirns, ich war der Sympathisant par excellence, ich wusste, er sagte meinen richtigen Namen. Welche Hand auch immer mich geformt hatte, sie hatte die Seriennummer meiner Existenz in jede meiner Zellstrukturen eingraviert. Und doch war auch er ein Bastard, zumindest im moralischen Sinn. Wir saßen keinen Meter voneinander entfernt, und ich erkannte unsere gemeinsame Menschlichkeit an, oder vielleicht, was wahrscheinlicher war, unsere gemeinsame Unmenschlichkeit. Was war der Unterschied? Die Behauptung, wir alle seien menschlich, war bloß sentimental, aber die Behauptung, wir alle seien unmenschlich, war die Wahrheit. Gab es eine Ära, in der wir Menschen niemals Bastarde gewesen sind?

Du bist ein komischer Bastard, murmelte er.

Das muss ich sein, wenn ich das Unverzeihliche verzeihen will.

Die Mona Lisa schaute verwirrt. Das ist unmöglich.

Bei Revolutionen geht es immer darum, das Unmögliche möglich zu machen, sagte ich. Und ich bin ein Revolutionär, der seine Revolution gefunden hat.

Du bist ein Idiot, der verrückt ist.

Das könnte auch sein.

VIERTER TEIL

Ihr

SECHZEHNTES KAPITEL

Du weißt, was du weißt.
Du weißt, was du *nicht* weißt.
Aber was weißt du *nicht*, das du *nicht* weißt?
Und was weißt du *jetzt schon*,
das du dich *weigerst* zu wissen?

Das waren die Prinzipien und Fragen, die Claude, der Meister, mir eingebläut hat, seinem willigen Lehrling in den Monaten und Jahren als Geheimpolizist in der Spezialeinheit, einem Stiefkind der Central Intelligence Agency, aufgezogen in Einklang mit den fortschrittlichsten und modernsten Überwachungsmethoden der Vereinigten Staaten von Amerika, unter vielen Bedingungen installiert in meinem Land von den merkwürdigen stoppelhaarigen Technokraten der Michigan State University. Damals wussten wir nicht, dass die Michigan State University die zweitbeste Uni eines mittleren Bundesstaats war. Die einzigen amerikanischen Universitäten, die wir gekannt haben könnten, waren Harvard oder vielleicht noch Stanford, also schrieben wir die Tatsache, noch nie von der Michigan State University gehört zu haben, unserer Unwissenheit zu. Bevor ich als junger Auslandsstudent in die Vereinigten Staaten kam, war das Einzige, was ich über Michigan wusste, dass der junge Ernest Hemingway hier gern die Sommermonate verbracht hatte, der, so Claude, sicher nach Vietnam in den Krieg gezogen wäre, um seine Männlichkeit und seine Schreibkünste einer Prüfung zu unterziehen – wenn er die finale Prüfung nicht schon zuvor mit einer Schrotflinte abgelegt hätte.

Nur ein echt gottverdammter Mann kann so sterben, sagte Claude, als er mir zu meinem fünfundzwanzigsten Geburtstag *Männer ohne Frauen* schenkte, mein erstes Geburtstagsgeschenk überhaupt, wenn man meine Geburt nicht mitzählte, die das größte Geburtstagsgeschenk überhaupt war und immer sein wird, das mir nur von einer einzigen Person gemacht werden konnte, meiner Mutter. Dein erstes Geburtstagsgeschenk überhaupt?, fragte Claude erstaunt. Ich erzählte ihm, dass ich auch noch nie eine Geburtstagsparty gehabt hatte, zumindest keine, an die ich mich erinnerte, da mein Volk – das vietnamesische, nicht das französische – Geburtstage nicht feierte, außer den ersten und den achtzigsten. Der erste war angesichts der hohen Kindersterblichkeit bedeutend, und der achtzigste war angesichts der vielen schillernden Todesarten in einem armen, bäuerlichen, chaotischen und ungerechten (aber immerhin wunderschönen) Land wie meinem ebenfalls ein Meilenstein.

Leben und leben lassen, sagte Claude und überreichte mir das in Zeitungspapier eingewickelte Geschenk. Das ist mein Lieblingsbuch von Hemingway, fuhr er fort, als ich in seinem etwas überhitzten Apartment im Eden, der von der CIA Saigon bevorzugten Unterkunft, Platz nahm. Hemingway wurde als der großartigste Schriftsteller des großartigsten Landes des großartigsten Jahrhunderts in der Geschichte der Menschheit bezeichnet, sagte Claude. Ergo, der großartigste Schriftsteller überhaupt.

Er schenkte mir zwei Fingerbreit Jack Daniel's ein, und ich war dankbar, dass seine Finger wesentlich dicker waren als meine.

Unbedeutendere Männer hätten einfach eine Pistole mit kurzem Lauf genommen, sprach Claude weiter und hob sein Glas mit der Andacht meines Vaters, wenn er vor seiner Kirchengemeinde den Kelch in die Höhe hob. Aber Papa Hemingway nahm eine Schrotflinte. *Bamm!*

Mögen wir an unserem Ende alle so tapfer sein, erzählte Claude später allen seinen Studenten, von denen ich der Einzige war, der Hemingway überhaupt kannte, und das auch nur, weil ich am Occidental College in Professor Hammers Kurs über das Jazz Age und die Lost Generation *Fiesta* gelesen hatte. Ich frage mich, sinnierte Claude vor unserer verdatterten Klasse, ob Papa Hemingway sich selbst kannte. Ich meine, wirklich kannte. Weil es nämlich euer Job als Verhörspezialisten ist, euch selbst zu kennen, damit ihr eure Zielpersonen davon überzeugen könnt, sich selbst kennenzulernen. Ich spreche von richtigen Verhörspezialisten, Jungs. Nicht von Folterern. *Ihr seid keine Folterer.* Jeder kann foltern, obwohl auch das eine Kunstform ist, so wie Pornografie eine Kunstform sein kann.

Claudes Einsatz von Literaturkritik zur Illustration von Verhörtechniken verwirrte meine Mitstudenten mitunter, aber er entstammte einem exklusiven Geschlecht glühender Amerikaner, die sowohl Patrioten als auch Patrizier waren. Wie ich hatte er ein Internat besucht, die superelitäre Phillips Exeter Academy in Neuengland. Dort las er die Klassiker, gehörte zur Rudermannschaft und bereitete sich darauf vor, ein Sturmsoldat des Amerikanischen Exzeptionalismus zu werden, was die dezente Umschreibung der Amerikaner für »Amerikanischer Imperialismus« ist, eine Redewendung, mit der man Amerikanern erst gar nicht zu kommen braucht, da sie wie alle Imperialisten aufrichtig daran glauben, das Kommando über die Welt zu deren eigenem Wohl übernommen zu haben, als wäre der

Imperialismus eine Art von Penicillin (für die Eingeborenen), wobei Macht, Profit und Vergnügen lediglich überraschende Nebenwirkungen sind (für die Ärzte). Claude glaubte wie ich an den Wert von Kunst und Literatur und sah keinerlei Widerspruch darin, dass ein Mensch von kultureller Finesse auch ein Krieger sein konnte. Wie die Griechen, erklärte er. Der Körper und was du mit ihm machst, ist auch eine Kunst.

Also praktizierte ich in dem Lagerhaus in den nächsten zwei Wochen wie Bon, der Ronin und Le Cao Boi am Körper – und am Geist – der Mona Lisa die Kunst, die Claude mich gelehrt hatte, wobei nach und nach klar wurde, dass für den Ronin und Le Cao Boi das Verhör l'art pour l'art war. Bon betrachtete das Verhören als ein Training, das angenehm oder unangenehm sein mochte, aber effizient und relativ schnell erledigt werden musste. Der Ronin und Le Cao Boi waren dagegen nicht effizient. Sie kamen alle ein, zwei Tage mal angezockelt, um ihren Spaß zu haben, und hatten es auch nicht eilig, ihr Ziel zu erreichen und herauszufinden, wo die Kumpane der Mona Lisa sich versteckten, damit der Boss seine Konkurrenten liquidieren konnte. Der Boss selbst kam nur ein einziges Mal zu einem Kontrollbesuch vorbei. Er begutachtete den zusammengekauerten, nackten und zerschundenen Körper, womit er anscheinend zufrieden war, wohingegen ihn die Informationen, die ich aus ihm herausgeholt und in meinem Notizbuch festgehalten hatte, nicht beeindruckten – zum Beispiel die Heimatstadt der Eltern der Mona Lisa (Sour El-Ghozlane), seine schulischen Leistungen (mittelmäßig), sein liebstes Hobby (Modellflugzeugbau), seine Leibspeise (Döner Kebab), das Schicksal von einem seiner Onkel (zusammen mit einem Dutzend anderer Algerier von Gendarmen in die Seine geschmissen, weil Schweine immer Schweine bleiben, egal, welcher Nationalität sie sind), seine politischen Ansichten (irgendwo zwischen Apathie und Anarchismus) oder seine Beweggründe, warum er Gangster geworden war. Wie ich hatte er Probleme mit seinem Vater. Aber ich hasse meinen Vater nicht, sagte die Mona Lisa. Wenn er mich und meine Brüder geschlagen hat, dann nur, weil ihn vorher die Franzosen geschlagen haben. Oder vielleicht nicht nur deshalb. Vielleicht ist er wirklich bloß ein Arschloch, und die Franzosen haben alles nur noch schlimmer gemacht. Wer weiß? Einer von meinen anderen Onkeln hat in Algerien gegen die Franzosen gekämpft. Die Fallschirmjäger haben ihn erwischt, und mein Vater, der damals noch ein Halbwüchsiger war, musste das, was von seinem Bruder noch übrig war, für die Beerdigung abholen. So was macht dich fertig. Und dann machst du deine Kinder fertig, und deren Kinder machen wieder ihre Kinder fertig und so weiter.

Wenn du so genau übers Fertiggemachtwerden Bescheid weißt, entgegnete ich, dann hättest du doch versuchen können, das abzustellen.

Versuchen? Hab ich ja. In der Schule war ich gar nicht so schlecht. Ich wusste, wie man sich eine Krawatte umbindet und bei einem Vorstellungsgespräch auftritt. Ich spreche fließend Französisch. Ich bin hier geboren. Aber ich konnte schon hören, wie sich am Telefon ihr Tonfall änderte, wenn sie meinen Namen aussprachen, oder konnte es an ihren Gesichtern sehen, wenn ich überhaupt so weit gekommen bin. Moussa. Das ist kein französischer Name, bekam ich dann zu hören, als wär das Vorstellungsgespräch bloß dazu da, mir das ins Gesicht zu sagen. Ich musste bloß meinen Namen ändern. Ich gebe zu, ein paar hab ich durchprobiert. Gaspard. Maxime. Charles. Hat einfach nicht gepasst. Fühlte sich irgendwie falsch an. Und ich hab mir gedacht, *Ich bin auf eure Schulen gegangen, die meine Schulen sind. Ich hab eure Sprache gelernt, die meine Sprache ist. Ich fühle mich null wie ein Araber, außer wenn die*

Leute mich Araber nennen. Und, reicht das nicht? Muss ich jetzt auch noch meinen Namen ändern? Den Namen, den meine Eltern mir gegeben haben? Und ich hab gewusst, das ist noch nicht das Ende. Die würden nie aufhören. Die wären erst zufrieden, wenn ich eine Frau heirate, die so aussieht wie sie, wenn ich Kinder habe, die mehr ihr ähneln als mir, wenn ich nur noch Umgang mit ihnen habe. Sie wollten meine Seele. Aber die wollte ich ihnen nicht geben. Ich konnte entweder ein hundertprozentiger Franzose sein oder einfach ein dreckiger Araber, also habe ich mich entschlossen, stattdessen ein hundertprozentiger Gangster zu sein.

Ich hielt diesen Dialog in meinem Notizbuch fest. Der Boss überflog ihn kurz und schleuderte mir das Heft gegen die Brust. Warum bezahle ich dich eigentlich für diesen Scheiß? Seine Lieblingssendung im Fernsehen? Seine Lieblingsmusiker? Seine Traumfrau? Was er mit seinem Leben anfangen will? Schreibst du seine Biografie? *Wer gibt da einen Scheiß drauf?*

Er hielt inne und schaute mich wütend an, und ich senkte unterwürfig den Blick, während wir als Reaktion auf seine rhetorische Frage die angemessene Schweigezeit verstreichen ließen.

Bis nächsten Samstag hast du das erledigt, sagte der Boss schließlich. An dem Abend läuft *Fantasia*, und am Abend davor steigt eine sehr spezielle Party für BFD und viele andere VIPs. Sein Besuch im Himmel hat ihm gefallen. Sehr sogar. Er war inzwischen schon wieder ein paarmal da. Wenn er den Himmel mochte, dann …

Dann wird er hin und weg sein von dem, was wir für ihn organisiert haben, sagte der Ronin lachend.

Was habt ihr denn organisiert?, fragte ich.

Das siehst du dann schon. Du bist Teil der Show. Wir brauchen jeden, den wir kriegen können. Komm um sechs. Die

Show fängt um neun an, sagte der Boss. Er gab mir eine Adresse in der noblen Avenue Hoche, nicht weit entfernt von der Wohnung eines meiner Kunden, eines geschwätzigen Anwalts, der auf Firmenfusionen und -übernahmen spezialisiert war. Und wenn du den Job hier nicht schaffst, dann mache ich das selber, sagte der Boss und trat der Mona Lisa in die Rippen. Die Mona Lisa schrie theatralisch auf, weil er wusste, der Boss würde noch einmal zutreten, und zwar härter, wenn er mit der Wirkung seines Tritts nicht zufrieden sein sollte. Dann ging der Boss. Bon begleitete ihn, fragte mich vorher jedoch noch: Wann kommst du jetzt mal zum Abendessen mit Loan? Ich entschuldigte mich mit dem Verhör der Mona Lisa, das meine ganze Zeit in Anspruch nähme. In Wahrheit aber war mir der Gedanke unangenehm, Bon mit einer anderen Frau zu sehen.

Ist er etwa eifersüchtig?, sagten meine im Chor kichernden Geister.

Maul halten, sagte ich.

Ich hab nichts gesagt, murmelte die Mona Lisa vom Boden zu mir hoch.

Ich war wieder mit ihm allein in der Zelle, während draußen im Lagerhaus die beiden Zwerge den Kaffee bewachten, der anders als das Haschisch nicht flüsterte. Es musste auch gar nicht sprechen. Die wirklich Mächtigen lassen andere für sich sprechen.

Worüber hat der Boss da eben geredet?, murmelte die Mona Lisa vom Boden zu mir hoch.

Du hast noch eine Woche, sagte ich, was bedeutete, dass ich ebenfalls noch eine Woche hatte, bis Bon Man gegenübertrat, sofern Man sich *Fantasia* anschaute, was er sicher tat, da *Fantasia* Sauerstoff für unser Volk war. Jeder brauchte Sauerstoff, unabhängig von Alter, Beruf oder Glauben. Für einen Abend würden wir unsere Differenzen, für oder gegen den

Kommunismus zu sein, ruhen lassen und uns vereinen in unserer Liebe zu Gesang, Tanz und anspruchsloser Komödie, je banaler, desto besser. Einerseits konnte ich es nicht erwarten, Lana zu sehen. Andererseits wollte ich bis in alle Ewigkeit hinauszögern, dass Bon seinen Revolver auf den Mann ohne Gesicht richtete, die Heimsuchung seiner Träume. Und ich hatte keine Ahnung, wie ich mich bis dahin aus meiner Lage mit der Mona Lisa befreien sollte, der all meinem Flehen und gutem Zureden widerstanden hatte. Vielleicht hatte ich nicht alle Tricks ausgeschöpft, die mir Claude beigebracht oder die ich selbst erfunden hatte. Vielleicht hatte ich aber einfach genug, wollte gar nichts mehr wissen und die Mona Lisa nicht brechen, weil ich nicht wissen wollte, was er wusste. Vielleicht wusste ich auch schon das Wichtigste, was die Mona Lisa wusste, der mehr als einmal gesagt hatte, manchmal verzweifelt, manchmal trotzig: Lieber sterbe ich.

Als ich mich am Freitagabend um Punkt sechs vor dem Haus in der Avenue Hoche einfand, erkannte ich, dass ich schon zu lange in Paris lebte und schon zu assimiliert war. Pünktlichkeit ist kein Wesenszug meiner lebenslustigen Landsleute, die einen flexibleren Zeitbegriff haben als die Franzosen. Für meine Landsleute könnte das elegante Gebäude, vor dem ich stand, je nach ihrer Laune eine Stunde oder drei Stunden von der Wohnung der Mona Lisa entfernt sein. Die Marmorlobby mit den messingverzierten Flügeltüren, den verspiegelten Wänden und dem Kristalllüster legte nahe, dass wahrscheinlich jede Wohnung in dieser Immobilie mehr wert war als die Behausungen der Mona Lisa und sämtlicher anderen Mieter in dessen Haus zusammengenommen. Ich betrachtete mich in dem raumhohen Spiegel, und mein Abbild erinnerte mich daran, dass ich nach westlicher Zählweise jetzt siebenunddreißig Jahre alt war. Nach vietnamesischen Gepflogenheiten war ich achtunddreißig, weil dort auch mein neunmonatiger Aufenthalt im Schoß meiner Mutter mitgezählt wurde. Und warum auch diese Monate nicht mitzählen? Ich war in der bestmöglichen Floatinganlage der Welt gewärmt und ernährt worden, während dem Insassen der schlechtestmöglichen Häftlingsanlage Licht, Geräusche und Empfindungen vorenthalten wurden und er auf eine schwabbelnde gallertartige Masse reduziert wurde – wie es Man im Umerziehungslager mit mir nach Lektüre des CIA-Handbuchs für Verhörtechniken gemacht hatte. In der verspiegelten Wand sah ich irgendwie gelb aus, gekleidet wie der Kellner in dem billigen Restaurant, der ich war: langweilige schwarze Hose und langärmeliges weißes Hemd, das nicht mehr ganz weiß war. Das Glamouröseste an mir waren meine Bruno-Magli-Schuhe und das glatt zurückgekämmte Haar nach Art der Dreißiger- oder Vierzigerjahre, als alle Männer die Haare glänzend und kurz trugen und nicht wie nach der heutigen geschmacklosen Mode lang und ungepflegt. Doch außer meinen Haaren, die immer noch schwarz waren, war alles andere an mir müde und alt, die Antriebsrakete meiner Jugend schon vor langer Zeit abgesprengt auf dem Weg in die Umlaufbahn des mittleren Alters. Ich hatte wahrscheinlich die Hälfte meines Lebens gelebt, und das gar nicht so schlecht angesichts der zahllosen Gallonen Whiskey, die ich gern getrunken, der zahllosen Zigaretten, die ich gern geraucht, und der Dutzenden von Frauen, die ich hoffentlich beglückt habe.

Der Lift brachte mich in den vierten Stock des sechsstöckigen Gebäudes, das mir als keine besonders beeindruckende Örtlichkeit erschien, bis ich später realisierte, dass die Wohnung über drei Etagen ging. Als sich die Lifttüren öffneten, trat ich hinaus in einen sechseckigen Flur mit einem dicken, leuchtend roten Teppichboden, in dem meine Schuhe versanken. Das Geländer war aus glänzendem, dunklem Holz, das man mutmaßlich ohne Betäubung dem Boden einer kahl geschlagenen Kolonie entrissen hatte. Nichts knarzte oder roch muffig, wie in fast jedem anderen Gebäude in Paris, das ich betreten hatte. Ich drückte auf die Türklingel, und auf der anderen Seite schrillte eine Glocke. Der eschatologische Rausschmeißer öffnete die Tür. Er trug nur einen weißen Lendenschurz um die Hüften, ein Halsband aus Eisen und drei Pflaster: die alten auf Backe und Schläfe sowie ein neues diagonal auf der linken Brust, drei blasse Landestreifen auf seiner schwarzen Haut.

Was machst du hier?

Frag nicht, murmelte er.

Was hast du da an, um Himmels willen?

Frag nicht, murmelte er wieder.

Er war nicht nur fast nackt, im Schein der Deckenbeleuchtung schimmerte sein eingeölter Körper wie der Hochglanzlack eines nagelneuen Autos. Aus den Räumen jenseits des Foyers waren murmelnde Stimmen, klappernde Teller und klirrende Gläser zu hören.

Dein Kostüm ist im Dienstbotenzimmer, sagte der eschatologische Rausschmeißer. Ganz oben, unterm Dach. Als ich einen Fuß ins Foyer setzen wollte, schüttelte er den Kopf und deutete hinter mich. Da drüben. Über die Hintertreppe.

Hinter mir wand sich die breite Haupttreppe um den gläsernen Liftschacht. Auf der anderen Seite des Schachts führte eine Tür zu einer weiteren Treppe, die schmaler und dunkler war. Ich schaute zu der Treppe, dann zu ihm und fragte: In welchem Stadium befinden wir uns gerade? Im Manöverkrieg oder im Stellungskrieg?

Er verzog das Gesicht und machte vor meiner Nase die Tür zu. Ich ging in den fünften und dann in den sechsten Stock und schließlich über eine letzte Treppe bis ganz nach oben, zu den Dachkammern, die von einem der sieben Zwerge bewacht wurden, der Lousy hieß – warum, hatte ich nie fragen wollen. Er trug einen Turban, eine rote Brokatweste über der nackten Brust, eine üppige weiße, um Knie und Knöchel aufgeplusterte Seidenhose und violett bestickte Slipper mit aufragenden Zehenspitzen. Frag bloß nicht, murmelte er, öffnete die Tür und winkte mich durch. Und du vergisst besser, was du gerade gesehen hast.

Diese Räume mochten zwar Dachkammern sein, doch anders als in der Wohnung, in der ich mit Bon gewohnt hatte, blätterte hier keine Farbe ab, war der Parkettboden nicht stumpf und hatten die Fenster keine Sprünge. Im ersten Raum befand sich ein Kleiderständer mit Kostümen, und vor einem Spiegel stand der Ronin und band sich eine schwarze Krawatte um. Er nickte zu den Kostümen.

Du bist heute Abend für die Ausgabe der Ware zuständig, sagte er. Du musst dich als waschechter Vietnamese ausstaffieren.

Der Ronin trug lässiges Kolonialherrenoutfit: weißer Leinenanzug, weißes Leinenhemd, braune Oxford-Schuhe. Mein Vietnamesenkostüm bestand aus einem braunen Ao dai, einer schwarzen Seidenhose und einem schwarzen Fedorahut, die Klamotten eines Gangsters aus Cholon in den Zwanzigerjahren, ein verwegener Look, der mir sogar gefiel.

Das wird eine ziemlich scharfe Show, Baby, erklärte der Ronin augenzwinkernd und ging zu den angrenzenden Räumen. Los, komm mit.

Dort zählte ich dreizehn Mädchen, jedes zu neunzig Prozent nackt und zu hundert Prozent blasiert. Unter Aufsicht der expressionistischen Hausherrin aus dem Himmel, die einen glänzenden, eng anliegenden Hosenanzug aus einer Art silbrigem

Raumfahreranzugstoff trug, machten sie sich zurecht. Drei schwarze Mädchen, drei weitere, die ziemlich sicher aus dem arabischen oder nordafrikanischen Raum stammten, und drei dermaßen weiße Mädchen, dass sie buchstäblich weiß aussahen: eine Blonde, eine Brünette und eine Rothaarige. Die anderen vier kannte ich schon: Morning Peony, Beautiful Lotus, Crème Brûlée und Madeleine. Die Mädchen hoben kurz den Kopf, als der Ronin und ich hereinkamen, und widmeten sich dann wieder ihrer Verwandlung von natürlich schönen Mädchen in weibliche Brandbomben. Geplapper und das Heulen von Föhns erfüllten die Luft. Crème Brûlée zog eine Schnute, aber Madeleine zwinkerte mir zu. Ich war durchaus nicht überrascht, dass mein Herz jetzt kräftiger schlug und mein Atem sich sofort beschleunigte beim Anblick all dieses makellos schimmernden, meist haarlosen Fleisches, der nackten, elastischen Brüste und der Spitzenhöschen, die so flüchtig und verlockend waren wie Werbespots und die einzige schüchterne Andeutung von Schamhaftigkeit darstellten. Was mich allerdings schon überraschte, war das rumorende Unbehagen in meinen Eingeweiden, ein diarrhöisch wühlender Ekel, der mir das ganze Vergnügen verdarb.

Ich weiß, flüsterte der Ronin, als könne er in mindestens einer meiner Seelen lesen. *Ich weiß.*

Als die ersten Gäste eintrafen, war ich fertig kostümiert. Zusammen mit dem eschatologischen Rausschmeißer stand ich im Vestibül der ersten Ebene der dreistöckigen Wohnung zur Begrüßung bereit. Topfpalmen säumten den Raum, auf dem Boden lag ein Orientteppich, der sich – was im realen Orient nie geschehen würde – von Schuhen betreten lassen musste, und an der Wand hing ein chinesisches Gemälde. Es zeigte eine nebelverhangene Gebirgslandschaft mit einem Weg, den ein winziges menschliches Wesen hinaufstieg, zwergenhaft im Verhältnis zu der majestätischen Umgebung und zu einem Gedicht in chinesischen Schriftzeichen, die ich nicht lesen konnte, weil die Chinesen mein Volk nicht zur Genüge kolonisiert hatten. Für zusätzlich Atmosphäre sorgten die Weihrauchstäbchen, die in jedem Raum brannten, wie auch das Jazzquartett, das sich in der Ecke des Salons aufgebaut hatte. Ein Schlagzeuger, ein Kontrabassist, ein Altsaxofonist und ein Pianist, allesamt in todschicken glänzenden Anzügen, zwei von ihnen mit Porkpie-Hüten und alle Besitzer amerikanischer Pässe, die sie als Nachfahren der hipsten und authentischsten Ahnen des Jazz aus Chicago, New Orleans, Harlem und Washington, D. C., auswiesen. Vor der Ankunft der Gäste hatte ich mit ihnen geplaudert und sie mit meinem amerikanischen Englisch und meinem Verständnis amerikanischer Redensart und Kultur umgehauen, wozu auch der Jazz gehörte, eine Leidenschaft meines Mentors Professor Hammer, der ein Faible für den West Coast Style und Bebop hatte. Deshalb konnte ich auch den einen oder anderen Namen einfließen lassen – Charlie Parker, Thelonious Monk, Dizzy Gillespie, Ella Fitzgerald, Billie Holiday und andere. Die Mitglieder des Quartetts hatten bei diesen legendären Namen genickt. Auch sie waren Flüchtlinge, in ihrem Fall waren sie auf direktem Weg aus dem schwabbeligen Wanst des pöbelhaften weißen amerikanischen Rassismus in den Schoß des selbstgefälligen, selbstgerechten Pariser Rassismus geflohen. Als ich versuchte, Französisch mit ihnen zu reden, hatte der Anführer des Quartetts den Kopf geschüttelt und geflüstert: Moment, Mann, wir können kein Französisch sprechen. Ich meine, wir *können* schon Französisch, aber wir sprechen es nicht *hier*. Und wenn doch, dann nur sehr schlecht, so wie *Amerikaner*, verstehst du? Wenn wir gutes Französisch sprechen, dann halten sie uns für *Afrikaner*. Wenn sie glauben, wir sind Amerikaner, behandeln sie uns fabelhaft, aber wenn sie uns für *Afrikaner* halten …

Dann behandeln sie uns wie *Scheiße*, ergänzten die anderen drei.

Als die Gäste – alle guter Laune, warum auch nicht? – einzutrudeln begannen, spielte das Quartett Dexter Gordon. Eine authentische amerikanische Band spielte Jazz, Amerikas größten Beitrag zur Kultur der Welt, sofern man mit Kultur etwas meint, was der Großen würdig ist, und nicht die anderen denkwürdigen Beiträge Amerikas zum zwanzigsten Jahrhundert, die die Welt veränderten: Rock'n'Roll, Fast Food das Flugzeug und die Atombombe. Was machte diese Gäste sonst noch glücklich? Warum nicht ein missmutiger, bedrohlich wirkender, fast nackter Afrikaner als Türöffner, den man eingefangen und aus dem Herzen der Finsternis hergeschafft hatte, und ein indochinesischer Drogendealer, der ihnen die Mäntel abnahm? Unser afroasiatisches Dienstbotenduo bot gerade das richtige Maß an Gefahr und Erregung, in Handschellen gelegt durch Unterwürfigkeit und belebt durch das Geheimnisvolle. Kein Wunder, dass Bon diesen Job abgelehnt hatte, wie der Ronin mir erzählte. Ganz zu schweigen vom Spektakel der fast nackten Mädchen, das seinen gottesfürchtigen Katholizismus beleidigte. Ich würde ihn morgen Abend bei *Fantasia* treffen, wo ich ihm endlich sagen wollte, dass ich Loans Essenseinladung annehmen würde. Ich würde ihm helfen, nach vorn zu schauen und zu begreifen, dass er seine tote Frau und seinen toten Sohn betrauern und gleichzeitig eine neue Liebe finden könne. Aber heute Abend wollte ich zurückschauen. Wie vom Ronin instruiert, verbeugte ich mich und sprach leicht gebrochenes Französisch, gut genug, um verstanden zu werden, schlecht genug, um verachtet zu werden, während ich im übertragenen Sinne den Gästen den Arsch küsste, eine Geste, die für jemanden wie mich so wichtig war wie dem Franzosen das vertraute Wangenküsschen. Die Gäste nahmen meine Anwesenheit nur wahr als Abnehmer ihrer Mäntel von feinster Qualität, die jenen Männern zustand, die ziemlich reich, ziemlich weiß, ja sogar ziemlich weißhaarig waren. Die dunkelste Haarfarbe war dunkelbraun, aber von diesem Herrentyp mittleren Alters sah ich nur wenige. Einer trug einen einfallslosen schwarzen Smoking mit Fliege, eine Ausstattung, die keinen aufregenderen Sexualverkehr verhieß als den eines weißen Missionars. Ein anderer war wie der Ronin nostalgisch in einen weißen Leinenanzug gekleidet, allerdings mit der protzigen Ergänzung eines Tropenhelms. Unter Umständen aufregender oder furchterregender war der Mann mit Monokel und einer Hausjacke aus violettem Samt, deren Zigarrenrauchausdünstung etwaigen Körpergeruch überdeckte. Dann war da der Großwildjäger im Safarianzug, der mit Jagdgewehr samt Zielfernrohr sowie einer unsichtbaren Hornhaut auf der Seele ausgestattet war. Zwei weitere Gäste kamen als Militärs – der eine in Uniform mit Generalsternen, der andere in Kakihose und mit dem weißen Käppi der Fremdenlegion, beide Kostüme allzu eng geschnitten für ihre alternden, ausladenden Körper. Ein Paar mit seinen Variationen über orientalische Roben und Turbane irgendwie nahöstlichen oder nordafrikanischen Ursprungs beunruhigte mich besonders. Einer hatte sich sogar das Gesicht mit etwas geschwärzt, was aussah wie Schuhcreme, sodass das Weiße seiner Augen und das Rot der Lippen noch mehr hervorstach. Ich bin Aladin, verkündete er stolz jedem, der fragte, und auch jedem, der nicht fragte, darunter ich. Dieser Aladin mit Turban grinste breit, wenn er sich vorstellte, fuchtelte mit seinen schwarzen Händen und schwarzen Fingern herum, und seine weißen Fingernägel und weißen Zähne strahlten inmitten der Schwärze seiner Haut sogar noch heller. Doch angesichts der Tatsache, dass er wohl

Araber war – plötzlich war ich mir nicht mehr sicher, ob Aladin überhaupt Araber war, jedenfalls war er irgendein Orientale –, sollte man seine Haut vielleicht braun nennen, obwohl Aladin schwarze Schuhcreme benutzt hatte und nicht braune, aber da wir uns ja im Reich der Fantasie befanden, was spielte es da für eine Rolle, ob dieses mystische Schlitzohr schwarz oder braun war oder was Schwarz oder Braun wirklich bedeutete, sobald man über die Varianten von Hautfarben versus die Tatsache von Schuhcreme diskutierte? Der andere, der mich wirklich erschreckte, war der Exzentriker in der schwarzen, knöchellangen Priesterrobe mit dem elfenbeinweißen Kragen, dem kleinen Scheitelkäppchen auf dem Kopf und der Stola über den Schultern. Das fast unmerklich schwingende Kruzifix um seinen Hals hypnotisierte mich fast so sehr wie seine unergründlichen grauen Augen. Ich murmelte etwas Unverständliches – war es etwa »Vater«? –, und als er daraufhin über meinem Kopf das Kreuzzeichen in die Luft ritzte, spürte ich, dass er kein Kostüm trug, sondern tatsächlich ein Priester war. Von den insgesamt zehn Herren erschien BFD als Letzter, grinste mich feixend an, ließ seinen Mantel auf den Boden fallen und tat so, als sei er ihm versehentlich aus der Hand gerutscht. Er war gekleidet wie ein Arschloch, was heißt, er trug einen Rock mit langen schwarzen Schößen, eine graue Hose und den Zylinder eines englischen Gentleman oder eines europäischen Adligen aus dem neunzehnten Jahrhundert, deren kultivierte Umgangsformen und erlesener Stil sie zu perfekten Machthabern genozidaler Weltreiche machten, die nicht weiße Länder ausraubten, ihre Bewohner versklavten und/oder massakrierten und das Ergebnis mit dem Wort »Zivilisation« heiligsprachen. Wenn das Wort eines Bastards nicht überzeugt, dann vielleicht das Wort Sartres, der zu Fanon schrieb: »Ein Mensch heißt bei uns ein Komplize, weil wir *alle* von der kolonialen Ausbeutung profitiert haben.« Oder um es mit meinen eigenen Worten zu sagen: Das Weißwaschen der blutgetränkten Profite der Kolonialisierung war die einzige Art von Wäsche, die weiße Menschen mit ihren eigenen Händen erledigten.

BFD beugte sich zu mir vor, als ich mich mit seinem vom Boden aufgehobenen Kleidungsstück wieder aus meiner Arschküsserhaltung aufrichtete, und sagte, gerade laut genug, dass ich und der eschatologische Rausschmeißer es hören konnten: Fick dich.

Danke, sagte ich, die vielleicht einzige Möglichkeit, ihm das Maul zu stopfen – was zwar nicht meine Absicht war, obgleich es ein angenehmer Nebeneffekt war, seinen finsteren Blick zu sehen, sein Grummeln und seinen Abgang, ohne auch nur »Gern geschehen« zu sagen. Womöglich hielt er mich für sarkastisch, aber mir war es sehr, sehr ernst. Ich war BFD dankbar dafür, dass er laut aussprach, was Kolonisierer von Kolonisierten halten, jedenfalls wenn sie sich von Angesicht zu Angesicht gegenüberstehen. Unter all dem Pomp, den Verhältnissen und der Rhetorik der *mission civilisatrice* war die Realität die, dass sie uns im schlimmsten Fall hassten und im besten Fall für minderwertig hielten. Die einzige Hoffnung auf Gleichstellung bestand darin, uns selbst in Imitate von ihnen zu verwandeln. Ich imitierte BFDs Gang, während ich ihm in den Salon folgte, wo die Herren beieinanderstanden, bedient von drei der Zwerge, die ständig mit Tabletts voll männlicher Drinks und kunstvoller, Miniaturstillleben ähnelnder Horsd'œuvres zwischen Küche und Salon pendelten. Die drei trugen die gleichen lachhaften Orientkostüme wie Lousy, nur dass bei jedem von ihnen, wie ich erst jetzt bemerkte, außerdem ein Krummdolch in der gelben Hüftschärpe steckte, woraufhin mir der Verdacht kam, dass diese nicht nur dekorativen

Zwecken dienten. Biggie, Angry und Smelly würden nie Messerattrappen tragen.

Unser herzliches Volk hatte ein Faible für schillernde und präzise Spitznamen, wozu gehörte, mich Bastard oder, noch besser, verrückter Bastard zu nennen. Aber wer war verrückter, ich oder der unbekannte Eigentümer dieser fabelhaften Wohnung, ein Mensch von höchst eigenem Geschmack, über dessen Kamin ein Gemälde hing, das eine japanische Frau aus einer klassischeren Zeit zeigte, nackt und geschändet von … einem Oktopus? Die Augen der Frau waren fest geschlossen und der Kopf zurückgeworfen, während der Oktopus sie mit seinen Tentakeln erforschte. Oder hieß es *ihre* Tentakeln? Die knollenartigen Augen des genderuneindeutigen Oktopus lugten zwischen den Beinen der Frau hervor, sein Kopf in einer Stellung, die mir nur zu bekannt war.

Der Ronin machte eine Pause auf seinem Small-Talk-Rundgang und murmelte: Hokusai.

Da ich schon einiges an Haschisch geraucht hatte, hafteten mir die Farben des Gemäldes und der auf- und abschwellende Jazz so glitschig an Körper und Seele wie die Saugnäpfe der Oktopustentakeln.

Diese Japaner sind echt kranke Wichser, was?, sinnierte der Ronin. Deshalb liebe ich sie so.

Er ging weiter. Wahrscheinlich nahm er an, dass ich wegen des perversen Gemäldes so zitterte, in Wahrheit zitterte ich jedoch, weil meine zweiterogenste Zone, mein Gedächtnis, angetörnt war, und zwar von der Erinnerung an den unvergesslichen Ex-und-hopp-Fick mit jenem unwahrscheinlichsten aller Partner, einem ausgeweideten, wehrlosen, anonymen Tintenfisch, den meine Mutter fürs Abendessen aufgehoben hatte.

Ich ging meiner Arbeit nach, indem ich herumging und auf einem Teakholztablett die Ware offerierte: Tabakzigaretten,

Haschischzigaretten und die Arznei, die formlos, weiß und unverzichtbar wie Zucker in einer goldenen Schale lag. Ich bot jedem Gentleman, der wollte, einen winzigen Porzellanlöffel davon an, und niemand lehnte ab. Die Zwerge kamen und gingen, der Champagner floss, das Quartett war hot, hot, hot, und die Französischsalven wurden zu schnell hin und her geschossen, als dass ich alles hätte verstehen können. Schließlich stellte sich der Ronin unter das Hokusai-Gemälde am Kamin und bat um Aufmerksamkeit. Das Quartett hörte auf zu spielen, die Zwerge zogen sich in die Nebenräume zurück, und jeder wandte sich dem Ronin zu.

Herzlich willkommen, meine Herren!, rief er. Ich danke Ihnen, dass Sie uns auf dieser reizvollsten aller Partys mit Ihrer Anwesenheit beehren. Sie, meine Herren, sind Abenteurer wie ich, der als Franzose auf indochinesischem Boden geboren wurde, so wie auch einige von Ihnen anderswo geboren wurden – in Algerien, Marokko, Neukaledonien. Wir sind hier vereint in unserer Liebe für das Fremde und unserer Vorliebe für das Exotische. Diese Vorliebe, meine Herren, wird heute, in dieser einen Nacht aus Tausendundeiner Nacht angeregt und gestillt werden. Lassen Sie mich Ihnen nun einige der atemberaubendsten Mädchen vorstellen, die aus aller Herren Länder hierher nach Paris gekommen sind.

Mit einem Wink bedeutete der Ronin dem Quartett, wieder zu spielen. Über die Wendeltreppe in einer Ecke des Salons kam nun ein Mädchen nach dem anderen herabgestiegen. Zumindest einige von ihnen waren jetzt bekleidet. Unter den versammelten Männern hob anerkennendes Gemurmel an, es wurde gegluckst, gelacht, gewitzelt, wovon ich das meiste allerdings nicht verstand. Mit jeder Sekunde häufte sich in meinem Magen mehr vom Sand des Grauens an, der aus meiner Seele durch das Stundenglas meines Körpers rieselte. Zum zweiten

Mal in meinem Leben hätte ich am liebsten nichts gesehen – das erste Mal waren die Gräuel gewesen, die man der kommunistischen Agentin angetan hatte. Nicht Morning Peony, um deren Hüfte ein Blumenrock geschlungen war, die darüber aber nichts mehr trug außer einer Lilie hinter einem Ohr, was laut Auskunft des Ronin von Paul Gauguins Tahiti-Gemälden inspiriert war (obwohl Morning Peony eine Chinesin aus Singapur war). Nicht das weiße Mädchen, anscheinend fast noch ein Teenager, das ein Halsband aus Spitze um den Hals trug, in einer zerfledderten weißen Kutte steckte und dessen Hände mit einem Seil gefesselt waren, vorgestellt vom Ronin als eine barbarischen Sklavenhändlern aus den Barbareskenstaaten entrissene weiße Sklavin. Nicht das schwarze Mädchen, das bis auf Armreifen und eine Halskette aus weißen Perlen und Muscheln vollkommen nackt war. Nicht das Mädchen, dessen Gesicht ich nicht sehen konnte, weil die schwarze Kopfverschleierung nur ihre braunen Augen frei ließ, eine Schamhaftigkeit, die in scharfem Gegensatz zu ihrem schwarzen Minikleid und den schwarzen Netzstrümpfen stand. Der Jazz war laut, noch lauter das Stimmengewirr der versammelten Männer, die sich gegenseitig anstießen und lüstern krakeelten. Nichts jedoch war lauter als der trommelnde Herzschlag in meinen Ohren, der so laut war, dass man ihn sogar durch die schwere Decke von Schuld und Scham hören konnte, die jedes Verlangen erstickte.

Meine Herren, sagte der Ronin, Sie betreten heute einen Garten der Lüste in der Tradition des legendären Le Chabanais, das einige Ihrer Väter oder Großväter vielleicht noch besucht haben. Heute Abend befinden sich einige der schönsten Mädchen aus den Freudenhäusern, Amüsierlokalen und Sklavenmärkten Afrikas und des ganzen Orients hier. Aus Algerien, Marokko, Tunesien und dem Senegal im Süden, aus Ägypten und bis nach Indochina im Osten. Mit Abstechern ins gefährliche Palästina und das verführerische Pazifikparadies Tahiti. Ja, meine Herren, das Ganze ist eine fantastische Reise, aber die Fantasie ist besser als die Realität, denn die hat Syphilis. *[Die Herren brüllten vor Lachen.]* Schauen Sie sich um, meine Herren. Nehmen Sie sich so viele Ladys, wie Sie befriedigen können – wie ein türkischer Pascha. Mädchen, die für Sie sterben werden, Mädchen, die sich wünschen, von Ihnen erlöst zu werden – sofern Sie sich nicht, wahnsinnig geworden vor Liebe zu ihnen, vorher selbst umbringen! Sie werden zurückreisen zu den Ursprüngen der Welt – nein, nicht an den Kongo oder den Nil, sondern hierhin und hierhin und hierhin, zwischen die wollüstigen Schenkel der Prinzessin Tam Tam, ins Goldene Dreieck der Dragon Lady, ins Treibhaus dieses verbotenen Harems. Hier sind Sie der Sultan, der Despot, der Kolonialherr, der weiße Mann, der mit der Peitsche in der Hand den schwarzen Kontinent erforscht. Geheimnisvolle Ladys sind zu erobern, von der heißblütigen Guerrillera des Vietcong in ihrem schwarzen Kuttenanzug, frisch aus dem Dschungel, bis zur palästinensischen Freiheitskämpferin, die gerade erst von einer Flugzeugentführung heimgekehrt ist. Sie können nichts von ihr sehen außer ihrem Gesicht – aber was für ein Gesicht! Eine wahre *femme fatale*. Oder wie wäre es mit diesem dort auf dem Boden kauernden muslimischen Mädchen, das in das großartigste Aphrodisiakum seit Menschengedenken gehüllt ist, den Schleier. Wer weiß, was sich darunter versteckt hält? Lassen Sie ihn unberührt, oder reißen Sie ihn herunter, ganz nach Belieben, aber seien Sie versichert, nichts kann Ihnen passieren, selbst wenn Sie sich … für Madame Butterfly entscheiden. Unternehmen Sie eine Reise auf ihrem fliegenden Teppich und seien Sie unbesorgt, Sie kommt nicht in neun Monaten mit einer unliebsamen Überraschung zurück. Genießen

Sie die verbotene Liebe des weißen Mannes und der orientalischen Frau ohne Angst vor einer verbotenen Frucht ... wie ihm.

Und bei diesen Worten deutete der Ronin mit dem Finger genau auf mich. Als sie sich alle umdrehten und mich anschauten, konnte ich das Weiße in ihren Augen sehen. Ich stand zwischen dem eschatologischen Rausschmeißer und einer Topfpalme, in den Händen das Tablett mit der goldenen Zuckerschale und angesichts des Gewichts der zunehmenden Menge Sand in meinem Bauch zu keiner Bewegung fähig.

Ist Opium nach Ihrem Geschmack, meine Herren, so werden Sie die Arznei lieben, die unser Sprössling, unser Bastard aus Ost und West, für Sie bereithält. Boy! Der Ronin schnippte mit den Fingern. *Boy! BOY!*

Im Kuddelmuddel meiner Seele – oder Seelen – begriff ich, dass er MICH meinte.

Was stehst du da herum, Boy? Biete unseren Gästen von der Arznei an!

Während ich meine Runde unter den sogenannten Herren drehte, die mich blasiert angrinsten und dann von dem Zucker aus der goldenen Schale nahmen, sagte der Ronin: Nun, meine Herren, fangen wir an. Sind Sie bereit, Ihr erstes Gebot abzugeben? *[Die Herren johlten zustimmend.]* Dann schauen wir uns das entzückende Püppchen mal an. Na los, meine Liebe, rauf aufs Podest. Die Dragon Lady persönlich, ein erlesener annamitischer Engel im traditionellen Ao dai, an den sich viele von uns noch voller Zärtlichkeit erinnern. In diesem Fall jedoch ohne das Beinkleid. Annamitische Mädchen sind ganz und gar nicht wie unsere Frauen, meine Herren, und offen gesagt, ist das gut so. *[Die Herren lachten brüllend.]* Die ähneln nämlich immer mehr Männern. *[Die Herren brummten missbilligend.)* Glücklicherweise haben diese verführerischen

Wesen von »Feminismus« noch nie etwas gehört, und wenn, dann ist er ihnen herzlich egal. Hier haben wir also diese verlockende Kreatur aus dem Mekong-Delta, die nicht nur mit ihrem Körper lockt, sondern auch mit einem großen Risiko – dem Risiko, sich in sie zu verlieben. Wer von Ihnen, meine Herren, ist der Glückliche, der von dieser köstlichen tropischen Frucht zuerst kostet? Wen wollen Sie, das annamitische Mädchen oder die Dragon Lady?

Die Männer gaben lautstark ihre Gebote ab, und ich verachtete sie für ihre Ignoranz. Madeleine war nicht einmal Annamitin oder Vietnamesin. Oh, Madeleine! Sie lächelte und wandte sich auf Kommando des Ronins langsam auf einem ihrer High Heels um und drehte sich dann auf dem Beistelltisch im Kreis, damit die Männer sie in ihrem roten Ao dai, auf dem der goldenen Drache Feuer quer über ihren Körper spie, von allen Seiten sehen konnten. Jemand stöhnte. Das war ich.

Sehen Sie, was ich sehe, meine Herren?, schrie der Ronin. Die Schönheit! Die Schönheit!

Als die Schönheit ihre Drehung vollendete, sah ich wieder ihr Lächeln und ihre Augen, die sich keinen Millimeter bewegt hatten. Die Männer schrien und brüllten wie britische Parlamentarier bei einer hitzigen Sitzung, riefen ihre Gebote, bis ich endgültig beschämt war, der gleichen Spezies oder zumindest dem gleichen Geschlecht anzugehören. Zum Schluss sprang der Gewinner auf – der weißhaarige Legionär, der die Tropenuniform mit der Option Shorts statt Hosen gewählt hatte. Er reichte Madeleine die Hand, und sie stieg mit gesenktem Blick von dem Tischchen herab. Als sie den Kopf wieder hob, schaute sie mir direkt in die Augen. Sie winkte mich mit dem Finger zu sich und flüsterte: Gib mir was von dem Zeug. Mach schon. Ohne schaffe ich es nicht durch die Nacht.

Also gab ich ihr etwas von der Arznei. Aber würde es jemals genug davon geben, um eine Heilung zu bewirken, ob für sie oder für mich? Sartre sagte, dass »der Europäer nur dadurch sich zum Menschen hat machen können, weil er Sklaven und Monstren hervorbrachte«. Wenn das stimmte, was waren dann diese Mädchen? Was war ich? Vielleicht war ich nicht nur ein rechtschaffener Bastard, der sich darüber entrüstete, welche Rollen ihm der Europäer auf diese entmenschlichende Weise zuwies. Vielleicht war ich auch ein niederträchtiger Bastard, der in diesen Rollen Trost fand, weil sie mir die Möglichkeit boten zu verleugnen, dass auch ich ein Mensch geworden war durch die verlässlichste aller Methoden, indem ich nämlich meine Fantasie mit meinen ganz eigenen Sklaven und Monstern bevölkerte.

Nachdem die Auktion beendet war und die Lichter heruntergedimmt wurden, lief ich bei Kerzenschein zwischen den Paaren und Dreiergruppen umher, die sich auf die Couches, Diwans und Polster, die Chaiselongues und Betten verteilt hatten, welche im Salon und im Billardraum standen, in der Bibliothek und den einzelnen Schlafzimmern sowie auf der Terrasse, von wo man einen Blick auf die Lichter der Stadt und den dunklen, erigierten Schatten des Eiffelturms hatte. Die Menge an Arznei, die die Männer und die Mädchen im Laufe der Nacht bis zum Morgengrauen konsumierten, hätte ausgereicht, um einen ausgewachsenen afrikanischen Elefanten umzubringen oder doch wenigstens umzuhauen. Ich war stets zu Diensten, schnupfte aber auch selbst die eine oder andere Line, wenn niemand schaute, was ziemlich oft vorkam, da die Männer sich auf ihre perversen Spielchen konzentrierten und die Mädchen sich pflichtgemäß pervers bespielen ließen. Nur ein einziges Mal sagte einer der Männer etwas zu mir. Das war der Scheich, der eine Pause einlegte, um etwas von der Arznei zu schnupfen, mich wild angrinste und mir einen Klaps auf den Arm versetzte. Fabelhafter Stoff, mein Junge. Ich versuchte, mich nicht von seiner Halskette aus Menschenohren irritieren zu lassen, die sich bei genauerem Hinsehen als getrocknete Pfirsiche herausstellten. Absolut fabelhaft! So kann ein Mann leben und sterben! Bunga bunga!

Und so krochen die Stunden dahin, denn es gibt nichts Langweiligeres, als anderen Menschen dabei zuzusehen, wie sie sich amüsieren, falls man das von den Mädchen in diesem Fall behaupten konnte. Ich betrachtete mich als einen weltgewandten Mann, der schon eine breite Palette menschlichen Sexualverhaltens gesehen hatte, aber so etwas hatte ich noch nie erlebt. Andererseits war ich auch nur ein kolonisierter Provinzler, nicht tauglich für dieses zivilisatorische Niveau, das den Marquis de Sade nicht mal hätte erröten lassen. Schließlich, der Morgen dämmerte schon, fand ich mich im Hauptschlafzimmer auf der dritten Ebene wieder, wo ein Großwildjäger im Safarianzug in einem Sessel lag. Aus der offenen Hose ragte seine blasse erigierte Geschwulst, und durch das Fernrohr einer Jagdflinte zielte er auf die Brünette und die Rothaarige auf dem imperatorgroßen Bett.

Genau so, Mädchen!, grölte er. Seine Stirn war schweißnass. Das ist *heiß!*

Es herrschte tatsächlich eine genitale Hitze. Ich war so erschöpft und überhitzt, dass mir schwindelig wurde und ich in einer Ecke auf den Boden sank. War die Arznei Ursache meiner Benommenheit? Oder war die Arznei die Heilung? Um das herauszufinden, schnupfte ich eine weitere Line, dann noch eine. Doch bevor ich entscheiden konnte, ob Ursache oder Heilung, entdeckte mich der Großwildjäger. Steh auf, Junge. Na los. Er schwang die Flinte herum und nahm mich genau zwischen den Augen mit seinem Zielfernrohr ins Visier. Ich versuchte aufzustehen. Aber sowenig ich noch einen hochkriegte, so wenig kriegte ich meinen ganzen Körper hoch … Ach, scheiß drauf … Was soll der Scheiß? … Ist doch immer der gleiche Scheiß … Ich will nicht mehr … Ich schnupfte noch etwas von der Arznei, schloss die Augen und wartete schluchzend darauf, dass der Großwildjäger abdrückte.

SIEBZEHNTES KAPITEL

Das Licht der aufgehenden Sonne offenbarte, dass die östlichen und westlichen Hemisphären meiner geteilten Gehirne immer noch miteinander verbunden waren. Die Flinte des Großwildjägers war nicht geladen gewesen, was ihn nicht davon abgehalten hatte, einige Male kichernd abzudrücken. Was für ein Spaß! Der Boss schüttete sich aus vor Lachen, als er mir die Szene vorspielte. Er hatte sich einen Beobachtungsposten unter dem Dach eingerichtet, wo er sich für die ganze Nacht eingeschlossen hatte. Die Dachkammer war vollgestopft mit Bildschirmen und Videorekordern, die über die Kabelbündel, welche in den Wänden verschwanden, mit den überall in der sagenhaften Wohnung versteckten Kameras verbunden waren.

Woher habt ihr das ganze Zeug?, fragte ich.

Von meinem alten Indochina-Kumpel, sagte der Ronin. Ein echter Freund, seit ich ihm 54 die Laos-Saigon-Opium-Route überlassen habe.

Ich stand in der Tür, während der Ronin, der Boss und seine sexy Sekretärin die einzigen Stühle besetzten. Sie sah wie immer gelangweilt aus, ganz abgesehen davon, dass sie heiß aussah, im übertragenen Sinne. Wie die Sonne quälte sie mit ihrer Hitze jeden außer sich selbst.

Wo bleibt der Kaffee?, fragte der Boss, ohne den Blick von den Bildschirmen abzuwenden.

Die sexy Sekretärin entfaltete in Zeitlupe ihre Beine. Schönheit und Jugend sind vergänglich – es ist das Innere, was zählt, der Charakter, der wirklich wichtig ist und einen Menschen ausmacht. Aber diese glatten, schimmernden Beine und alles andere ließen meine Plattitüden platzen und die kleine Restblase meines Testosterons im Thermometer meines Körpers bis in den Kopf aufsteigen, wo sie die Augen in ihren Höhlen anschwellen ließ. Der Ronin und ich schauten ihr hinterher, und der Ronin seufzte und sagte: Sogar nach dieser Nacht wäre ich dafür immer noch zu haben. Nichts für ungut, Boss.

Der Boss grunzte nur und spulte weiter das Band vor. Hier, seht euch das an, sagte er und drückte auf Play.

Auf den Schwarz-Weiß-Bildern saß der Priester mit der schwarzen Robe mit einem der weißen Sklavenmädchen in einem Sessel. Fantastisch, sagte der Ronin. Der war so high, der ist schon über den Wolken geschwebt, so oft hat der seinen Tank mit der Arznei aufgefüllt. Und sie beichtet! Ich liebe den Kerl. Ist er nicht herrlich? Los, sagt schon, ist der nicht herrlich?

Was hast du mit den Bändern vor?, fragte ich. Die Frage war semirhetorisch, da die Antwort auf der Hand lag. Aber ich wollte es genau wissen.

Der Boss grinste spöttisch über meine scheinbare Begriffsstutzigkeit und sagte: Was die Burschen für letzte Nacht bezahlt haben, wirft schon einen netten kleinen Gewinn ab, aber was sie am Ende zahlen werden, damit die Bänder nicht an die Öffentlichkeit gelangen, ist dann die richtige Kohle.

Ah, der Kapitalismus, sagte der Ronin genau in dem Augenblick, als die sexy Sekretärin mit dem Kaffee hereinkam. Während der Kaffee in Zeitlupe in die Gläser tröpfelte, entblätterte der Ronin die sexy Sekretärin mit den Augen. Der beste Kaffee der Welt, verkündete er. Ein Punkt, in dem wir Vietnamesen die Franzosen übertroffen haben.

Es war bemerkenswert, wie viel leichter es dem Ronin fiel, Vietnamese zu werden, als mir, Franzose zu werden. Aber das sagte ich nicht laut. Auf mich achtete ohnehin niemand, weil alle auf den Priester schauten.

Ein widerlicher Kerl, sagte die sexy Sekretärin. Warum hast du einen Priester eingeladen? Der hat doch sowieso kein Geld.

Nur weil er Priester ist, heißt das noch lange nicht, dass er kein Geld hat, widersprach ich.

Die sexy Sekretärin sah mich an, wie die Jungen die Alten und die Reichen die Armen betrachten, wie die unfassbar attraktiven Frauen die Männer aussortieren, die in der Jagd nach Sex nicht mehr wettbewerbsfähig sind. Sie tötete mich mit diesem Blick voller Mitleid, gestreckt mit Belustigung und gespickt mit Verachtung. Für mich wäre es jetzt das Beste gewesen, einfach zu sterben, doch meine Lippen bewegten sich weiter.

Er könnte aus reicher Familie stammen, aber wahrscheinlich ist sein Fundus an Geheimnissen nützlicher, sagte ich und fühlte mit meinen wohlgeübten Fingern sofort den Puls einer Verschwörung. Kannst du dir vorstellen, was ein Priester bei der Beichte alles zu hören bekommt? Besonders als Geistlicher der Elite?

Der verrückte Bastard hat recht, sagte der Boss. Dieser Bursche nimmt den Reichen und Mächtigen die Beichte ab. Und ich will wissen, was die Reichen und Mächtigen beichten. Und ganz sicher will er nicht, dass irgendwer das da zu sehen bekommt. Der erzählt mir, was die ihm beichten.

Auf dem Bildschirm beging der Priester eine sehr sündhafte Handlung mit seinem Rosenkranz. Ich hatte nie den Rosenkranz gebetet, aber nachdem ich die teuflische Entweihung seiner Perlen durch den Priester gesehen hatte, würde meine Vorstellung von einem Rosenkranz für immer eine andere sein.

Ich kann mir das nicht ansehen, erklärte die sexy Sekretärin und schaute zur Seite.

Das liegt nur daran, dass du katholisch bist, meinte der Ronin mit einem anzüglichen Grinsen.

Das liegt daran, dass ich eine Frau bin.

Haltet den Mund, sagte der Boss. Er warf die Kassette aus und gab sie der sexy Sekretärin, die PRIESTER MIT WEISSEM SKLAVENMÄDCHEN auf das Etikett schrieb. Auf dem nächsten Band, das der Boss einlegte, spielten BFD und Madeleine die Hauptrollen.

Der Typ kennt kein Ende, sagte der Ronin.

Sehr eindrucksvoll, pflichtete der Boss bei. Nachdem ich ihn letzte Nacht beobachtet habe, hat er durchaus meine Hochachtung.

Ja, aber sein Ding, es sieht aus ... wie ... wie ein *Champignon*, bemerkte die sexy Sekretärin.

Keiner sagte ein Wort, denn worüber man nicht sprechen kann, darüber muss man stillschweigend hinweggehen.

Was ist das?, fragte ich und kniff die Augen zusammen.

Foie gras, sagte der Ronin.

O mein Gott, stöhnte die sexy Sekretärin. Ich übergebe mich gleich. Was für ein Widerling.

Sind wir das nicht alle?, gluckste der Boss und rührte in seinem Kaffee. Sieht ganz so aus, als hätten wir, was wir brauchen. Das Band hier, das lassen wir reifen wie einen guten Wein. Wenn BFD das politische Talent ist, für das er sich selbst hält, dann wird diese Kassette sehr viel wert sein.

Vielleicht wird er mal Bürgermeister von Paris, meinte der Ronin. Oder Minister.

Molotow, sagte der Boss und hob sein Glas.

Molotow?, fragte der Ronin.

Das sagen doch die Juden für Glückwunsch, oder?

Masel tov, sagte die sexy Sekretärin. Du meinst masel tov.

Der Boss zuckte mit den Achseln. Mir gefällt Molotow besser.

Ich verstaute die Videobänder in einem Koffer, ging nach unten und legte sie in den Kofferraum des Wagens vom Boss. Le Cao Boi saß bereits am Steuer. Ich stieg neben ihn auf den Beifahrersitz, der Ronin und der Boss setzten sich nach hinten, und dann fuhren wir an einem sonnigen Vormittag zum Lagerhaus. Ich will diese Scheißgeschichte erledigt haben, bevor wir uns heute Abend *Fantasia* anschauen, erklärte der Boss. Der Ronin gab Le Cao Boi eine Musikkassette, und so lernte ich die Lieder von Jacques Dutronc kennen, der viel besser war als Johnny Hallyday, obwohl mich manche Textstellen anfangs stutzig machten.

Sept cent millions de chinois
Et moi, et moi, et moi

Was hatten denn die Chinesen damit zu schaffen? Nun ja, *c'est la vie*, wie Dutronc am Ende jeder Strophe sang, nachdem er Indonesier, Schwarze und sogar Vietnamesen aufgezählt hatte. *C'est la vie.* So französisch. So charmant. Das Einzige, was fehlte, war eine Strophe über Bastarde, was schon seltsam war angesichts des Umstands, dass Dutronc über Sowjets und Marsmenschen sang und über die Unvollkommenen und die Hungernden, wenn ich das richtig verstanden habe. Bestimmt gab es auf der Welt zig Millionen Bastarde, eine Aliendiaspora, groß genug für einen eigenen kunterbunten Staat. Aber brauchte ich überhaupt einen Staat? Ich selbst war niemand und schon gar kein Staat, und wenn dem so war, dann brauchte ich keinen Staat, sondern meine Fantasie.

Das Problem war, dass ich meine Fantasie nicht oft genug benutzt hatte. Das schockierendste aller Videobänder machte das deutlich, obwohl es gar keine sexuellen Handlungen enthielt. Es zeigte lediglich zwei normalerweise wasserstoffbombenheiße

Mädchen alleine, nur dass diese beiden einfach … *redeten?* Ich drehte den Ton lauter, um zu verstehen, worüber sich die Brünette und die Rothaarige unterhielten, im allerersten Gespräch auf den Bändern, in denen es nicht um Hurerei, Begattung oder simplen Verkehr ging.

PALÄSTINENSISCHE FREIHEITSKÄMPFERIN

Dieser Idiot, der als Scheich verkleidet war … das Ding von dem sah aus wie ein gebrochener Finger.

GUERRILLERA DES VIETCONG

O Gott. Ich musste einen von den Pfirsichen essen, die er um seinen Hals hängen hatte.

PALÄSTINENSISCHE FREIHEITSKÄMPFERIN

Kranker Bastard.

GUERRILLERA DES VIETCONG

Und dann der General. Unter dem Bauch hab ich seinen erst gar nicht gefunden.

PALÄSTINENSISCHE FREIHEITSKÄMPFERIN

Tja, Schätzchen, ich hab ihn gleich gefunden. Der sah aus wie ein roher Hamburger.

Als die Guerrillera und die Freiheitskämpferin in Gelächter ausbrachen, sagte der Boss: Ekelhaft. Die sexy Sekretärin grinste süffisant, doch bevor sie etwas sagen konnte, sagte der Boss: Halt den Mund.

GUERRILLERA DES VIETCONG

Nimm noch was von der Arznei. Das hilft.

PALÄSTINENSISCHE FREIHEITSKÄMPFERIN
Aah … ist das gut. Mhmm, wunderbar.

GUERRILLERA DES VIETCONG
Wenigstens ist das Zeug umsonst.

PALÄSTINENSISCHE FREIHEITSKÄMPFERIN
Gib mir noch was.

GUERRILLERA DES VIETCONG
Zähl einfach im Stillen das Geld. Das mache ich jedenfalls.

Dann kam Aladin ins Bild. Die palästinensische Freiheitskämpferin und die Guerrillera des Vietcong drehten sich zu ihm um und lächelten ihn strahlend an. Ihre Blicke wanderten automatisch von seinem schwarzen Gesicht nach unten zu seiner entblößten Männlichkeit, die natürlich zutiefst und vollkommen weiß war.

O mein Gott!, flüsterte die sexy Sekretärin. Der hat ja die Form von einem Ei.

Irgendwo zwischen der Avenue Hoche und dem Lagerhaus schlief ich ein. Als der Ronin mich mit leichten Klapsen ins Gesicht weckte, parkte der Wagen schon vor der Halle. Du bist der Jüngste von uns und kannst nicht mal wach bleiben, sagte er, beugte sich vor und schaute mir in die Augen. Bloß weil du mal eine Nacht aufbleiben musstest? Das bisschen Rumlaufen mit der Arznei und dem Haschisch! Ich hab die ganze Nacht gevögelt, und das ist keine leichte Arbeit, mein schwachbrüstiger Freund. Als ich ihn darauf hinwies, dass man mich nur eingeladen hatte, den Drogendealer von Cholon zu mimen, zuckte er mit den Achseln. Du hast dir die Chance darauf eben noch nicht verdient, mein Freund. Chancen verdient man sich. Die fallen einem nicht einfach so zu.

Also los, sagte der Boss, der mit einer kleinen Reisetasche vor dem Beifahrerfenster stand. Wortlos ging er voran zum Lagerhaus, dessen Tür unverschlossen war.

Gottverdammt, sagte Le Cao Boi.

Wir gingen zwischen den Kaffeepaletten hindurch bis in den hinteren Teil des kalten, hallenden Lagerhauses. Im Büro saßen Grumpy und Shorty vor einem Fernseher und spielten ein Videospiel, noch so ein Wunderding, das während meiner Zeit im Umerziehungslager erfunden wurde. Ein Ball hüpfte unter ständigem *ping* und *pong* zwischen zwei Klötzchen hin und her, die gegenüberliegende Tore bewachten.

Der Boss seufzte. Habt ihr nichts zu tun, ihr zwei Vollidioten?

Grumpy und Shorty sprangen auf, und Grumpy sagte: Tut mir leid, Boss, aber der Kerl pennt doch sowieso.

Der Boss deutete auf die Hintertür des Büros, und Grumpy schloss auf. Und mach uns Kaffee, schnauzte er ihn an, bevor wir zusammen mit Shorty durch den Abstellraum zu der Zelle dahinter gingen.

Die nackte Mona Lisa lag auf dem Boden in der Ecke gegenüber, zusammengerollt und mit dem Rücken zu uns. Shorty ging auf die Mona Lisa zu, doch der Boss winkte ihn zurück und machte den Reißverschluss seiner Reisetasche auf. Er nahm einen blauen Mechanikeroverall heraus, zog seine Jacke und seine Hose aus und gab sie Shorty, damit er sie zusammenlegte. Dann schlüpfte er in den Overall, zog den Reißverschluss hoch und beugte sich erneut nach unten zu seiner Tasche. Als er sich wieder aufrichtete, sah ich, was er in der Hand hielt – seinen geliebten Hammer.

Jetzt geht's endlich zur Sache, meinte Le Cao Boi befriedigt.

Hol mir einen Stuhl, sagte der Boss zu Shorty. Und dann weck ihn auf.

Shorty schrie die Mona Lisa an, trat ihn mit dem Fuß, aber ohne Erfolg. Er holte einen Eimer Eiswasser, während der Boss mit dem Hammer im Schoß zuschaute und der Ronin Beethovens »Ode an die Freude« pfiff. Das Eiswasser riss die Mona Lisa in die Höhe. Prustend saß er da, als Grumpy mit einem Klapptisch und einem Tablett zurückkam, darauf das gleiche Kaffeeangebot wie am Morgen bei der sexy Sekretärin, nur dass es jetzt vier Gläser mit vier Filtern waren. Grumpy stellte den Tisch neben den Boss und trat gegenüber von Shorty auf die andere Seite der Mona Lisa, der mit gesenktem Kopf und die Arme um die bis zur Brust hochgezogenen Knie geschlungen an der Wand kauerte. Der Boss tippte mit dem Hammer gegen das Tablett. Die Gläser klirrten. Du hast Zeit, bis der Kaffee ganz durchgelaufen ist, sagte der Boss. Dann erzählst du uns, wo wir deine Freunde finden können. Wenn nicht, stirbst du. Ganz einfach. Verstanden?

Die Mona Lisa zitterte nur.

Der Boss warf den Zwergen einen Blick zu, worauf Grumpy versuchte, die Mona Lisa in die Rippen zu treten, der den Tritt jedoch mit dem Ellbogen abwehrte. Hast du das verstanden?, fragte der Boss.

Die Mona Lisa stöhnte, umklammerte seinen Ellbogen und nickte.

Der Boss warf den Zwergen erneut einen Blick zu, und Shorty rammte der Mona Lisa fachmännisch seinen Stiefel von der anderen Seite in die Rippen, womit er demonstrierte, dass er die Basisqualifikation für Gangster wie auch CEOs perfekt beherrschte: einen Mann zu treten, wenn er am Boden liegt. Der Boss hat dich nicht verstanden, brüllte Shorty.

Die Mona Lisa sagte schließlich keuchend: Ja, ich verstehe.

Wir hatten jetzt den Punkt erreicht, den Claude das »ultimative Stadium« nannte. Dumme Menschen, hatte Claude uns Schülern erzählt, die Sorte, die Fernsehen schaut und das für das richtige Leben hält, glauben, eine Zielperson, die vor der allerletzten Wahl steht, würde alles tun, was du willst, oder dir alles erzählen, was du wissen willst, weil die Zielperson nicht sterben will. Dann lasst euch mal von jemandem mit Erfahrung in der realen Welt erzählen, von jemand, der viele Vietcong vor die allerletzte Wahl gestellt hat, dass sich sehr viele von diesen Arschlöchern für den Tod entscheiden, und wenn sie vor ihrem Tod irgendwelche Informationen preisgeben, dann sind diese Informationen höchstwahrscheinlich falsch. Der einzige Grund, um eine Zielperson wirklich vor die allerletzte Wahl zu stellen, ist, dass du töten oder große Schmerzen zufügen willst. Capisce?

Da keiner von uns Studenten Italienisch verstand oder die einschlägigen amerikanischen Gangsterfilme gesehen hatte, in denen die harten Jungs »Capisce?« sagen, konnten wir nicht behaupten, ihn verstanden zu haben – abgesehen davon, dass unsere vietnamesischen Lippen das Wort »capisce« niemals hätten aussprechen können. Erst nach meinen jahrelangen Erfahrungen in der Spezialeinheit konnte ich sagen, basierend auf meiner empirischen Erfahrung, dass ich verstand. Angesichts dessen, was ich jetzt sah, konnte ich sagen, dass der Boss weder verstand noch sich darum scherte. Er würde die Mona Lisa auf die eine oder andere Weise töten, und die einzige Frage war die, ob die Mona Lisa das ahnte. Der Raum versank in Schweigen, während der Kaffee mit der Frequenz von einem Tropfen pro Sekunde in die Gläser tröpfelte, ein Schweigen, das der Ronin nur eine halbe Minute aushielt, dann befahl er Grumpy, ein Radio zu holen. Der kehrte mit einer gigantischen Boombox zurück, die aus dem Import-Export-

Geschäft vom Boss in mein Heimatland versandt und dort auf dem Schwarzmarkt verkauft wurden. Noch bevor Grumpy den Apparat einschalten konnte, begannen meine Geister von irgendwo hinter meinem Rücken erst zu summen und dann zu singen:

Vingt-deux millions de bâtards
Et moi, et moi, et moi

Zweiundzwanzig Millionen war nur eine Vermutung ihrerseits. Wie viele Bastarde wandelten auf der Erde? In Frankreich, wo angeblich keine Rassen existierten, konnte es auch keine Bastarde geben, oder? Ich stand ratlos vor dem Rätsel meiner Existenz, vor meiner unsicheren Staatsbürgerschaft in einer Diaspora aus Unbekannten. Waren ich und die Millionen anderen Bastarde bekannte Unbekannte? Oder unbekannte Unbekannte?

Ah, das ist schon besser, sagte der Ronin, als er einen Sender gefunden hatte. Dazu kann ich tanzen.

Er fing an, Cha-Cha-Cha zu tanzen, den Lieblingstanz meines Volkes. Auch ich konnte zu fast allem Cha-Cha-Cha tanzen, jedenfalls zu allem, was schneller war als der Rosenkranz und langsamer als Twist. Aber meinen Füßen war nicht nach Bewegung. Auch der Boss tanzte nicht. Weder die Mona Lisa noch die Zwerge oder einer meiner Geister, die sich von hinten an mich herangeschlichen hatten und in meine Intimsphäre eingedrungen waren, tanzte. Fasziniert schauten wir alle dem selig lächelnden Ronin zu, der mit einer unsichtbaren Partnerin anmutig Cha-Cha-Cha tanzte, bis der Boss sagte: Schluss jetzt damit. Der Kaffee tröpfelte nicht mehr. Der Boss stand mit dem Hammer in der Hand auf, und die Mona Lisa drückte sich mit dem Rücken gegen die Wand.

Der Ronin hörte auf zu tanzen, grinste und sagte zu der Mona Lisa: Du und deine Algerier, ihr habt ja die richtige Idee gehabt. Aber wir Korsen machen das schon so lange, da wart ihr noch gar nicht geboren. Opium lässt sich besser verkaufen als Gummi, das kann ich dir sagen. War das eine herrliche Zeit damals in Indochina! Hoffentlich kommen diese Zeiten mal wieder, als die französische Regierung schlau genug war, den Opiumanbau zu fördern. Mein Gott, ohne den Opiumverkauf an die Einheimischen hätten wir die Regierung gar nicht finanzieren können. Das war wirklich ein effektives Geschäftsmodell. Vertikale Integration plus horizontale Monopolisierung gleich totale Marktkontrolle. Stell dir vor, wie viel besser Frankreich dastehen würde, wenn die Regierung noch im Opiumgeschäft wäre. Mit dem Geld könnte unser sozialistischer Präsident alle seine schicken Sozialprogramme bezahlen. Mal sehen, wie lange das so weitergeht, ohne den dafür nötigen Zaster. Aber hört jemand auf mich? Das sollten sie aber! Ich bin ein Patriot. Lady Opium war eine Weiße. Und diese Arznei hier ist nicht nur weiß, sie ist schneeweiß. Hat dir die Arznei geschmeckt?

Die Mona Lisa nickte.

Dann weißt du ja, was ich meine, mein Freund.

Bist du bereit?, fragte der Boss, schaute dabei allerdings nicht den Ronin, sondern mich an.

Ich bin immer bereit, erwiderte ich, obwohl ich keine Ahnung hatte, wovon er redete.

Er offerierte mir den Hammer, obwohl »offerierte« ein Euphemismus war, denn es handelte sich um ein Geschenk, das ich nicht ablehnen konnte. Der Holzstiel war glatt, ohne abstehende Splitter, und so lang wie mein Unterarm, der Kopf aus Eisen war leicht verschrammt und verkratzt – wie bei mir. Das Gewicht war ausgewogen verteilt – anders als bei mir. Der

Hammer verlängerte meinen Körper, meinen Arm, meine Hand und letztendlich auch meine Seele, zumindest eine davon. Mir fiel ein, was Professor Hammer mir einst über seinen Namen und das Epigramm erzählt hatte, das man allgemein Bertolt Brecht zuschrieb, welches in Wirklichkeit jedoch von dem Dichter Wladimir Majakowski oder von Leo Trotzki geprägt wurde. Professor Hammer sagte jedenfalls: »Kunst ist kein Spiegel, den man der Welt vorhält, sondern ein Hammer, um sie zu formen.« Ich hatte praktisch einen Orgasmus, als ich das zum ersten Mal hörte. Parolen machten mich an, und meine politischen Überzeugungen waren meine erogenste Zone. Mein Name ist mein Schicksal, hatte Professor Hammer damals gesagt und sein Glas Sherry erhoben, um mit mir anzustoßen. Wir saßen in seinem Büro für meine wöchentliche Übungsstunde mit Sherrybegleitung. Die Flasche bewahrte er in seinem Schreibtisch auf und holte sie nur für seine Lieblingsstudenten hervor, die immer Männer waren. Ich hatte den viel zu süßen Sherrygeschmack wieder im Mund, als ich den Hammer vom Boss ergriff. Ob sich der Professor hätte vorstellen können, dass ich den eines Tages in meiner Hand halten würde und dass er keine Metapher oder kein Gleichnis war, sondern ein realer Gegenstand, mit dem man auf einen realen Kopf einhämmerte, einen realen Schädel zertrümmerte, ein reales Gehirn zermatschte? Ich hielt den Hammer mit Entsetzen, doch mein Entsetzen galt nicht dem Hammer. Der Hammer war nur ein Werkzeug. Ich war die Waffe, und ich war entsetzt über mich. Alle schauten mich an: der Boss, der Ronin, Grumpy und Shorty, Sonny, der maßlose Major, Beatles, Ugly und Uglier und besonders die Mona Lisa.

Deine Verhörtechnik hat nicht funktioniert, sagte der Boss. Schluss jetzt mit Worten. Das hat nichts gebracht. Wird Zeit, etwas zu tun. Aber langsam. Das ist sehr wichtig. Achte auf die

Kleinigkeiten. Ich, zum Beispiel, ich arbeite mich am liebsten von den Zehen aufwärts. Wie willst du es machen?

DU – das heißt, ICH – wurdest einmal mehr mit der schwierigsten aller Fragen geprüft, die angeblich Lenin, in Wahrheit aber der Schriftsteller Nikolai Tschernyschewski gestellt hatte: WAS TUN?

a) Die Kniescheiben der Mona Lisa zertrümmern
b) Die Rippen der Mona Lisa zerquetschen
c) Die Nase der Mona Lisa zerschlagen
d) Die Hände der Mona Lisa zerstampfen

Majakowski, Tschernyschewski, Lenin ... Was stimmte nicht mit diesen Russen? Lag es an Sibirien? An der Steppe? An dem billigen, im Überfluss vorhandenen Wodka, praktisch synonym für Wasser? Oder lag es daran, dass die Russen, wie Sir Richard Hedd behauptet, im Grunde Orientalen waren? Machte die Summe dieser Dinge die Russen anfällig für brutales Verhalten, unrealistische Erwartungen und sehr dicke Romane? Und, so zumindest ihr Ruf, für tödliches Roulette? Der Boss hatte sich wieder hingesetzt, verrührte seinen Kaffee zu einer hübschen karamellfarbenen Melange auf Eis und trank leicht lächelnd einen kleinen Schluck.

Nun, sagte der Boss, lehnte sich zurück und schlug die Knöchel übereinander. Worauf wartest du?

Die Geister schnippten grinsend mit den Fingern und sangen:

Trente-trois millions de bâtards
Et moi, et moi, et moi

DU – das heißt, ICH – schautest die Mona Lisa an, und obwohl sein Gesicht vor Schmerz und Qual verzerrt war, konntest du an seinem trotzigen Blick erkennen, dass er immer noch eher sterben würde. Für einen Augenblick dachtest du daran, Gott um Hilfe zu bitten, allerdings würde Gott nicht antworten. Nein, die einzige Person, die dich immer unbeirrbar geleitet hatte, war deine Mutter gewesen, die dich immer anerkannt hatte und dich auch dann noch anerkennen würde, wenn sie wüsste, dass du jetzt ein Kommunist, ein Spion oder was auch immer warst. *Du bist nicht etwas Halbes, sondern das Doppelte von allem.*

Der Hammer war schwer, sogar schwerer als die aufgequollene Foie gras deiner Schuldgefühle, die mit allen von dir begangenen Verbrechen gestopft war. WAS TUN? Grumpy und Shorty beäugten dich skeptisch und betasteten die Hackmesser, die in den Halftern unter ihren Achseln steckten. Der Ronin fing beim nächsten Lied aus dem Radio wieder an zu tanzen. Der Boss begutachtete dich, als seist du ein sehr schlechter Film und er ein Cineast. Wie ein paddelnder Hund im Wasser deiner wachsenden Panik sahst du keinen Ausweg aus diesem Raum oder dieser Lage, und da Zeit schinden das Einzige war, was dir noch blieb, fragtest du: Hast du einen letzten Wunsch?

Einen letzten Wunsch?, fragte Le Cao Boi.

Na ja, das ist keine schlechte Idee, meinte der Ronin. Kommt drauf an, was er will.

Der Boss nippte an seinem Kaffee. Aber schnell.

Die Mona Lisa machte schnell. Gebt mir noch was von der Arznei.

Bitte, sagte der Boss.

Gebt mir bitte noch was von der Arznei.

Ein perfekter letzter Wunsch, sagte der Ronin. Das tut nämlich weh.

Das tut *richtig* weh, sekundierte Le Cao Boi.

Weißt du, was ich manchmal mache?, fragte Shorty. Er griff in die Innentasche seiner braunen Lederjacke und holte einen Sony Walkman mit eingestöpselten Ohrhörern heraus. Steck mir die beiden Babys hier in die Ohren und dreh volle Pulle auf. Das hilft. Stundenlang das Geschrei von wem anzuhören geht an die Nieren.

Apropos, sagte Grumpy und griff ebenfalls in die Innentasche seiner schwarzen Lederjacke, zog allerdings eine Schutzbrille und eine OP-Maske hervor. Gegen die Blutspritzer.

Igitt, ich weiß noch, ich hab mal Stückchen vom Hirn abgekriegt ...

Haltet das Maul, und gebt ihm die Arznei, sagte der Boss.

Du gabst der Mona Lisa die Arznei. Eine Menge Arznei. Fast alles, was du noch hattest, denn irgendwie steckten immer noch mehrere Päckchen in deinen Taschen. Du warst der Zauberer, der ständig etwas wegwarf, nur um dann zu entdecken, dass es immer wieder in deinen Taschen auftauchte. Die Arznei, ein weißes Kaninchen mit einem ganz eigenen Zauber. Die Mona Lisa inhalierte die Arznei, der Ronin und Le Cao Boi, Grumpy und Shorty kicherten, der Boss trank von seinem Kaffee, und du selbst nutztest die Gelegenheit, eine Line zu schnupfen, die du der Mona Lisa vorenthalten hattest. WAS TUN?

Wisst ihr, woran mich das gerade erinnert?, fragte der Ronin. An Saigon, an die Selbstverbrennung von dem Mönch.

Wir verbrennen ihn nicht, entgegnete der Boss.

Wär aber eine Idee, oder? Würde den Algeriern eine Lektion erteilen. Aber das meine ich nicht. Überall auf der Welt haben die Menschen diesen tapferen, edlen Mönch beweint. Ein furioser Abgang, wenn auch mit importiertem Benzin. Die linken Medien sind voll drauf eingestiegen, überall erste Seite, und haben eine Legende aus dem Kerl gemacht. Du hast die Fotos gesehen, oder, mein Freund? Die menschliche Fackel.

Die Mona Lisa nickte mit halb geschlossenen Augen.

Jeder hat die Fotos gesehen, fuhr der Ronin fort. Echt dramatisch. Besonders im Fernsehen. Aber die *Wahrheit,* die haben die linken Medien natürlich nicht berichtet. Weißt du, was wirklich passiert ist? Die Kommunisten haben den armen Mönch mit *Drogen vollgepumpt.* Er war deshalb so ruhig, als er verbrannt ist, weil er ein *Zombie* war.

Schwachsinn, sagte die Mona Lisa mit jetzt weit geöffneten Augen. Er war ein Held.

Er war der Sündenbock in einem kommunistischen Komplott.

Also dann, sagte der Boss und schaute auf seine Uhr. Das Zifferblatt befand sich auf der Innenseite seines Handgelenks, wie wahrscheinlich auch der Tod seine Uhr trug. Bringen wir die Sache hinter uns.

Nicht, dass du dich am Ende noch beeilen musst, meinte der Ronin.

Aber die Arznei wirkt noch nicht, sagtest du.

Langsam habe ich das Gefühl, dass du dich drücken willst, sagte der Boss.

Die Zwerge hörten auf zu kichern. Deine Geister summten, scharrten mit den Füßen und sangen:

Quarante millions de bâtards
Et moi, et moi, et moi

Und plötzlich wusstest du die Antwort auf die Frage WAS TUN? Sie sprang dir schon die ganze Zeit ins Auge, war immer da, aber du wolltest sie nicht erkennen, vielleicht schon dein ganzes Leben lang und am allerwenigsten seit Claudes Vorlesung über das »ultimative Stadium« und die allerletzte Wahl, die der Boss, das erkanntest du jetzt, an dir vollstrecken würde.

Wie viele gute Antworten war die Antwort im Rückblick völlig offensichtlich, so wie das Rad oder die Zahl Null, beides Dinge, bei denen sich die Leute wahrscheinlich mit der Hand an die Stirn geschlagen und gesagt haben: Warum habe ich daran nicht gedacht? In deinem Fall hast du die Antwort übersehen, ausgeblendet oder ignoriert, weil sie zu entsetzlich war, zu eindeutig, zu simpel hinsichtlich dessen, was sie von dir verlangte. Und jetzt war die Antwort so ohrenbetäubend, als habe Gott selbst sein Schweigen gebrochen und aus den Wolken, von den Gipfeln der Berge, zu dir gesprochen:

GOTT
Was tun?

AUCH GOTT
Nichts!

Du fingst an zu lachen. Endlich kapiertest du. Du hattest so lange darauf gewartet, dass Gott etwas sagt, und als Er es tat, sagte Er: Nichts! O mein Gott, was bist Du doch für ein Witzbold, Gott! Der Urmensch mit zwei Seelen! Der größte Stand-up-Comedian aller Zeiten! Die ganze Welt war ein Comedy-Club, und du warst der Idiot in der ersten Reihe, der ständig als Zielscheibe für Gottes Sticheleien herhalten musste. Nichts! Du zittertest, nicht vor Wut, sondern angefüllt mit Geräusch, einem dröhnenden Gelächter aus der gleichen Grube, in der deine Seele begraben lag. Nichts! Ha! Alle starrten dich jetzt an. Lag es daran, dass du unter Strom standest, jedes einzelne Haar deines Körpers aufgerichtet und salutierend, sogar die filigranen Härchen in deinen Nasenöffnungen? O mein Gott, bitte, hör auf, Gott. Es reicht. Was für ein Krawall! Was für ein Geschrei! Und selbst nachdem du dich links und rechts geohrfeigt hattest und deine Backen brannten, konntest du dich selbst hören, wie du weiter hysterisch lachtest, obwohl es natürlich auch möglich war, dass du einfach historisch lachtest.

Der Witz war schließlich zeitlos.

ACHTZEHNTES KAPITEL

Was war eigentlich der Unterschied zwischen Historie und Hysterie? Wärst du eine Frau, könntest du die histrionische Persönlichkeitsstörung deiner Hysterie mit einer Hysterektomie beheben. Da du aber ein Mann warst, das hat man dir zumindest erzählt, wäre die einzige Lösung für dich eine Historektomie. Der Boss hatte eine weit simplere Methode. Er verpasste dir eine harte, heftige Ohrfeige, so wie die französischen Männer gern ihre Frauen schlugen und es auch die vietnamesischen Männer gern mit ihren Frauen taten. Reiß dich am Riemen, sagte der Boss, und obwohl er es nur bildlich meinte, hörtest du auf zu lachen und umklammertest mit der linken Hand den rechten Bizeps, während die rechte immer noch den Hammer hielt.

Bring's hinter dich, sagte der Boss.

Du schautest die Mona Lisa an und sahst wieder das Gesicht der kommunistischen Agentin, umringt von den drei Polizisten in dem Kino auf dem Untersuchungstisch. Ihre Augen hatten dich angefleht, aber du hattest nichts getan, als du etwas hättest tun sollen. Doch jetzt war die Lage umgekehrt, und es war tatsächlich an der Zeit, die Sache hinter sich zu bringen.

Du hieltest dem Boss den Hammer hin und sagtest: Nein.

Nein?, stieß dein Geisterchor keuchend hervor. Früher bist du über Leichen gegangen.

Le Cao Boi pfiff. O Mann, sagte er. Jetzt sitzt du richtig in der Scheiße.

Was soll das heißen, nein?, sagte der Boss.

Es gibt nichts zu tun, sagtest du und paraphrasiertest oder interpretiertest Gott. Ich weigere mich.

Du kannst nicht Nein sagen, das ist kein Country Club hier, entgegnete der Boss. Du kannst nicht einfach austreten und nach Hause gehen.

Du weißt zu viel, erklärte der Ronin mit Bedauern in der Stimme.

Und doch wusstest du nicht genug. Du wusstest nicht, ob Marilyn Monroe Selbstmord begangen hat. Du wusstest nicht, ob John F. Kennedy von nur einem Attentäter getötet wurde. Du wusstest nicht, ob Onkel Ho, wie Gerüchte behaupteten, heimlich eine Ehefrau hatte. Du wusstest nicht, warum Johnny Hallyday bei den Franzosen so populär war, obwohl du dir ziemlich sicher warst, dass die Historiker am Ende Brigitte Bardots Version von *Je t'aime … moi non plus* als den Gipfel französischer Zivilisation bezeichnen würden. Du wusstest nicht, wo deine Mutter jetzt war, aber durch dein Nichtstun würdest du es bald herausfinden.

Verstehst du, was ich gesagt habe?, wollte der Boss wissen.

Ich verstehe, was du gesagt hast, sagtest du mit vollkommen ausgetrocknetem Mund und mit von der Galle der Angst belegter Zunge. Aber verstehst du, worauf *ich* hinauswill? Ich habe mich entschieden, ich tue … nichts.

Und dann wusstest du dich nicht zu bezähmen – obwohl du dringend jemanden gebraucht hättest, der dich bezähmt –, als wieder in lautes Gelächter auszubrechen über diesen Gag von einem Gott, der nicht existierte. Gott hatte nie darum gebeten, etwas zu tun, da Er immer und ausschließlich nichts sagte. Was für eine Lachnummer. Was aber wirklich der Brüller war: Wie viele der Millionen Massakrierten hätten gerettet werden können, wenn jeder, der sie getötet hatte, einfach … nichts getan hätte? Wenn genügend Leute aufgestanden wären oder sich hingelegt hätten, je nachdem, und einfach Nein gesagt hätten, selbst um den Preis ihres Lebens, durch eine banale Heldentat, die jedem möglich gewesen wäre …

Kapierst du das nicht?, schriest du den Boss an, dessen mangelnder Sinn für Humor ihn immer davor bewahren würde, den Witz zu kapieren. War mangelnder Sinn für Humor nicht der größte Mangel von allen? Wenn doch nur jeder einen Sinn für das Absurde besäße, dann wäre die Welt kein so absurder Ort. Zum Boss sagtest du: Verstehst du nicht, dass es viel schwieriger ist, nichts zu tun, als etwas zu tun? Aber wenn jeder einfach nichts tun würde, dann würde nichts passieren.

Gib her, du verrückter Bastard, befahl der Boss und riss dir den Hammer aus der Hand. Er schwenkte ihn langsam vor deinem Gesicht hin und her, und fast wärst du mit verdrehten Augen der brillenschlangenartigen Bewegung gefolgt. Erst zeige ich dir, wie man etwas tut. Und dann werde ich dir etwas antun.

Der Boss drückte den eisernen Kopf des Hammers gegen deine Stirn.

Keine Frage, sagte Beatles. Der Hammer is hart genug, um deinen Schädel zu zertrümmern.

Jammerschade, sagte Ugly. Das wird eine Sauerei.

Eine Riesensauerei, sagte Uglier. Und deshalb ein Riesenspaß.

Bon wird das gar nicht gefallen, meinte der Ronin.

Dem sagen wir nur, dass der Araber sich befreien konnte und seinen Freund getötet hat.

Du konntest dem Boss nur zustimmen. An seiner Stelle wärst du genauso vorgegangen. Den einzig positiven Aspekt, den du in der Geschichte erkennen konntest, war der, dass die

Mona Lisa realistischerweise keine Gelegenheit haben würde, dir jeden Knochen im Leib zu brechen, weil der Boss dich schnell würde töten müssen, ein Schlag auf den Kopf, höchstens zwei. Während der Boss mit dem Hammer leicht in die Hand klopfend auf die Mona Lisa zuging, riebst du dir die Stelle, wo er den Hammer gegen deine Stirn gedrückt und wahrscheinlich eine rote Markierung hinterlassen hatte, um später, wenn er zurückkam, besser zielen zu können. Dein wie eine Taiko-Trommel schlagendes Herz nahm schon den Schlag auf deinen Kopf vorweg, nachdem der Boss die Mona Lisa erledigt hatte, der zwar vor Kälte und Angst zitterte, seinem Schicksal jedoch mit offenen Augen entgegenblickte. Das nötigte dir unwillkürlich Bewunderung ab. Er war, wie er behauptet hatte, ein hundertprozentiger Gangster.

Ich habe mich in dir getäuscht, sagte Sonny bewegt.

Langsam, langsam, protestierte der maßlose Major. Noch ist er nicht tot.

Der Trick war natürlich, dass man wissen musste, wann etwas zu tun war und wann nichts zu tun war. Oder genauer gesagt: Was jemand tun *sollte*, war in vielen Fällen ziemlich klar, der Trick war, ob jemand *tatsächlich* etwas tat oder nichts tat. Nichts zu tun würde dich das Leben kosten, andererseits, was war dein Leben eigentlich wert?

Der Boss blieb vor der Mona Lisa stehen. Irgendwelche letzten Worte?

Lass mich nachdenken, sagte die Mona Lisa. Ah, richtig. Fick dich ins Knie!

Der Boss schnaubte verächtlich, hob den Hammer über seinen Kopf, und du drehtest den Kopf zur Seite, anders als Le Cao Boi und der Ronin, als Grumpy und Shorty, die voller Vorfreude hinschauten und deshalb nicht sahen, was du als Einziger sahst, dass nämlich mit einem lauten Knall die Tür eingetreten wurde und ein ganz in Schwarz gekleideter Mann mit einer schwarzen Sturmhaube und einer AK-47 in den Händen hereinstürmte. Bei dem Anblick warfst du dich in einem feigen Reflex, der deine zweite Natur war, auf den Boden – *peng! peng! peng!* – und sahst aus dieser schamlosen Lage mit der Backe auf dem Zement, dass ein zweiter ganz in Schwarz gekleideter Mann mit einer schwarzen Sturmhaube und einer identischen AK-47 in den Händen dem ersten Mann folgte – *peng! peng! peng!* –, und drücktest dir die Hände auf die Ohren, um sie vor dem Stakkato automatischen Maschinengewehrfeuers zu schützen, das du nur zu gut aus den Kriegsjahren kanntest, dieser unverkennbare Presslufthammer einer AK-47, die überall laut war, jedoch ohrenbetäubend in der Enge des Verhörraums, der sich in eine Echokammer verwandelt hatte, in der die erstaunten Schreie der sterbenden Männer hin und her hallten:

Was

zum

Teufel?!

Gottverdammt!

Welcher

Hurensohn?

Heilige

Scheiße!

Das waren die etwas undeutlichen letzten Worte von Grumpy und Shorty, deren Hackmesser, wie du während deiner Lehrzeit bei Claude gelernt hast, gegen die 7,62-Millimeter-Geschosse mit einer maximalen Feuerrate von sechshundert Schuss pro Minute oder zehn Schuss pro Sekunde nutzlos waren. *Peng! Peng! Peng!* Der erste Killer feuerte in kurzen, präzisen Abständen, der zweite in langen, undisziplinierten Zuckungen, was hieß, dass er mitten im Angriff abbrechen und nachladen musste, während der erste noch mit genügend Munition auf den Ronin zuging – der auf dem Rücken liegend und aus Bauchtreffern blutend nach seinem Revolver im Hosenbund griff – und diesem eine Kugel in die Stirn jagte, eine Handlung, die der Killer leidenschaftslos ausführte, während sein Gefährte noch mit zittrigen Händen das neue Magazin einzulegen versuchte, was ihm schließlich gelang, während der stille und coole Killer sich umdrehte und auf die Mona Lisa und den Boss zuging – beide mit dem Rücken zur Wand auf dem Boden sitzend, die Mona Lisa seinem Gesichtsausdruck nach zu urteilen im Schockzustand, der Boss, zum ersten und einzigen Mal, seit du ihn kanntest, mit entsetztem, gepeinigtem Blick angesichts des Rätsels, dass jemand wie er von Kugeln durchsiebt werden konnte, dunkles Blut durch seinen Overall sickernd –, als der zweite Killer, der Amateur, nun eine lange Salve in Le Cao Boi pumpte, der mit Kugeln in Beinen und Hüften sinnloserweise auf eine Ecke zukroch und vor den ausgestreckten Beinen vom Boss starb, der seinen Hammer neben sich auf den Boden hatte fallen lassen und seine Eingeweide mit beiden Händen daran hindern wollte, aus seinem Bauch herauszuquellen, und der vor Schmerzen so schrie, dass du fast anfingst zu weinen, und dessen Schreie abrupt endeten, als der stille und coole Killer ihm in den Mund schoss und seine Erinnerungen an die Wand spritzte.

Dann herrschte Stille in der Echokammer, bis auf das Keuchen der Mona Lisa und die Wellen des Bluts in deinem Kopf, die du hören konntest, weil eins deiner Ohren auf den Zementboden drückte, und als die Schützen sich von dem Gemetzel ab- und dir zuwandten, schlossest du die Augen und stelltest dich tot. Die dumpfen Geräusche ihrer Stiefel kamen näher und näher, und einer von ihnen sagte: Nein, lass mich das machen, und dann drückte etwas Hartes und Heißes gegen deine Schläfe, du zucktest zusammen und öffnetest die Augen.

Ha!, sagte der Amateurkiller, der den Lauf seiner Waffe auf dein Gesicht richtete. Wusste ich doch, dass du noch lebst. Er zog seine Sturmhaube herunter, und es war Rolling Stones. Hallo, verrückter Bastard. Erinnerst du dich an mich?

Wie könnte ich dich vergessen?

Der stille und coole Killer zog ebenfalls seine Sturmhaube herunter, und sofort sahst du in den ellbogenartigen Wangenknochen, dem rätselhaften Blick, den schwarzen, raupenähnlichen Augenbrauen, den Teenagerschwarmlippen die reimhafte Ähnlichkeit mit der Mona Lisa.

Saïd, sagtest du.

Die Raupen zuckten. Du hast also schon von mir gehört. Ich habe auch von dir gehört.

Er kniete sich auf ein Knie, um einen genaueren Blick auf dich zu werfen, und obwohl du wusstest, dass er hier war, um dich zu töten, dachtest du unwillkürlich: *Was für ein verdammt gut aussehender Hurensohn.*

Du hast meinen Platz eingenommen, hast gestohlen, was dir nicht gehörte, fuhr Saïd fort und klopfte mit dem Zeigefinger genau auf die Stelle, wo der Boss dir seinen Hammer auf die Stirn gedrückt hatte. Jetzt zahlst du den Preis dafür.

Rolling Stones hob die AK-47 an seine Schulter, und du wandtest deinen Blick von Saïds ruhigen Augen zum Lauf der

Waffe, die zwischen deine Augen zielte. Mao sagte, die politische Macht komme aus Gewehrläufen, aber du konntest dir nicht vorstellen, dass aus diesem Gewehrlauf irgendetwas kommen würde. Du konntest nichts weiter sehen als die Macht des Grauens in dem schwarzen Loch des Gewehrlaufs, dessen Gravitationszentrum eine 7,62-Millimeter-Kugel ohne Namen drauf war außer deinem eigenen, und du sagtest dir, halt den Mund und provoziere weder Rolling Stones noch Saïd, der anscheinend nicht wie der Boss beabsichtigte, die Qualen seiner Opfer zu verlängern. So viele Menschen hatten versucht, dir eine Kugel in den Kopf zu jagen, und du wolltest nur, dass es schnell vorbei war. Du hattest dich schon einmal selbst getötet, diese Kugel wäre das Ausrufezeichen hinter dem letzten Satz deines Lebens, ein Abgang entweder wahrhaft unglücklich oder sehr wünschenswert, je nach Standpunkt, und da du ein Mann mit zwei Seelen warst, warst du beides: entsetzt und feierlustig.

Irgendeinen letzten Wunsch?, fragte Rolling Stones und verschaffte dir ein Déjà-vu-Erlebnis.

Könnte ich bitte noch etwas von der Arznei haben, Ahmed?

Es ärgerte Rolling Stones, dass du ihn bei seinem richtigen Namen nanntest, als kleine Erinnerungshilfe an eure gemeinsame, herzerwärmende (Un-)Menschlichkeit, und er sagte: Ich erschieße dich jetzt einfach, und deine Augen starrten auf seinen Abzugsfinger, der gerade begonnen hatte, sich zu bewegen, als Saïd sagte: Du hast ihm eine Frage gestellt, und er hat dir geantwortet. Jetzt steh zu deinem Wort.

Gottverdammte Scheiße! Rolling Stones nahm das Gewehr herunter. Also gut, Arschloch. Wo ist das Zeug?

Du sagtest aufs Geratewohl: In den Taschen der Zwerge, was sich als zutreffend herausstellte. Als Rolling Stones mit ein paar kleinen Päckchen der Arznei zurückkam, dachte ein Teil von dir, wie schön es wäre zu sterben, während der andere Teil von dir, der sich immer noch störrisch ans Leben klammerte, zu Saïd sagte: Vielleicht würdest du gern erfahren, wo du noch mehr von der Arznei finden kannst?

Saïd kniete neben seinem Bruder und half ihm, sich die Hose anzuziehen. Er schaute dich an und sagte: Glaubst du, das rettet dir das Leben?

Du inhaliertest eine Dosis von der Arznei, dann gleich noch eine und warst schnell betäubt. Während der Zauber der Arznei darin bestand, die Wahrnehmung ihres Users ins Euphorische und Größenwahnsinnige zu steigern, vermischt mit Taubheit verschiedener Teile von Körper und Geist und, paradoxerweise, einer Steigerung seiner erogenen Empfindsamkeit, so erhob die Arznei keinen Anspruch darauf, die Intelligenz zu steigern. Du fühltest dich folglich ein bisschen besser, aber nicht schlauer, und du warst perplex über Saïds rätselhafte Frage, ein Problem, das die Mona Lisa für dich löste.

Töte ihn nicht, sagte die Mona Lisa.

Was?, kreischte Rolling Stones.

Was?, dachtest du, warst aber intelligent genug, es nicht laut auszusprechen.

Ich hab mich so darauf gefreut, diesen *Niakoué* zu erschießen, sagte Rolling Stones, und endlich, endlich kapiertest du, was er sagte. Du brachst einmal mehr in Gelächter aus, und Rolling Stones sagte: Und was jetzt, verrückter Bastard?

Nhà quê! Du versuchst, nhà quê zu sagen.

Habe ich doch gesagt.

Das heißt »Bauer«. »Hinterwäldler«. »Idiot«. Schätze, es ist gerecht, dass ihr Franzosen eine Beleidigung, die wir für die Leute vom Land benutzt haben, jetzt auf uns anwendet.

Ist mir scheißegal, wie ihr das in eurer Sprache aussprecht, fauchte Rolling Stones. *Niakoué! Niakoué! Niakoué!*

Er hat mir das Leben gerettet, sagte die Mona Lisa.

Er hat dir nicht das Leben gerettet, entgegnete Saïd. *Wir* haben dir das Leben gerettet.

Stimmt, sie wollten mich töten. Aber dieser verrückte Bastard hat sich geweigert, mich zu töten, und sofort nach mir wollten sie ihn töten. Die Mona Lisa knöpfte sich sein Hemd zu und stand mit der Hilfe von Saïd langsam auf. Er hat mich verschont, und dich bitte ich, ihn zu verschonen.

Scheiße, nein, sagte Rolling Stones und richtete die AK-47 erneut auf dich.

Halt, sagte Saïd. Rolling Stones fluchte und nahm das Gewehr wieder herunter. Saïd sah mich ruhig und gefasst an, während sein Verstand die Worte seines Bruders verarbeitete. Dann sagte er: Das Wort meines Bruders reicht mir.

Saïd!, protestierte Rolling Stones.

Ahmed, hör auf zu denken wie der kleine Gangster, der du bist. Saïd ragte jetzt über dir auf, und vom Boden, aus deiner Perspektive, sah er aus wie ein Riese. Werde ein Mann, der zu seinem Wort steht. Du tötest, wenn es nötig ist, und du lässt Gnade walten, wenn es nötig ist, aber du tust immer das, was du sagst, damit niemand daran zweifeln kann, wer du bist und wofür du stehst.

Sicher, super, fantastisch, erwiderte Rolling Stones. Ich fang damit an, wenn ich ihn getötet habe.

Ahmed, du musst Engagement zeigen.

Tue ich. Ich engagiere mich dafür, diesen Bastard umzulegen.

Du musst lernen, an etwas zu glauben, was größer ist als du und deine kleinen Pläne, sagte Saïd und schaute auf dich herunter. Nur weil er ein Dieb, Drogendealer und Krimineller ist wie du – wie auch ich einmal –, heißt das nicht, dass du dich verhalten musst wie er. Er ist kein Mann, Ahmed, und du bist auch keiner. Und weißt du auch, warum?

Ich bin kein Mann? Fick dich, Saïd.

Du musst verstehen, dass Ahmed einer alten Seefahrerfamilie entstammt, sagte Saïd zu dir. Manche würden sagen, aus einer Piratenfamilie. In seinen Adern fließt immer noch das Piratenblut von Annaba, allerdings schon verwässert. Leicht zu verstehen, denn seine Eltern sind vor dem Unabhängigkeitskrieg hierher geflohen. Genau wie meine. Aber die Nationale Befreiungsfront hatte recht. Wir sollten uns nicht durch Verbrechen, Drogen und Gewalt selbst umbringen. Wir sollten *djounoud* sein und uns mit Gewalt selbst befreien.

Ich will keine Vorträge mehr hören, maulte Rolling Stones.

Du müsstest dir keine Vorträge mehr anhören, wenn du gelesen hättest, was ich dir geraten habe, erwiderte Saïd. Dann wüsstest du, dass Fanon gesagt hat: »Gewalt entgiftet.«

Sie »befreit den Kolonisierten von seinem Minderwertigkeitskomplex, von seiner Verzweiflung und Trägheit«, sagtest du. Saïds und dein Blick trafen sich in einem Augenblick gegenseitiger Anerkennung, und zusammen sagtet ihr, Gewalt »macht ihn furchtlos und stellt seine Selbstachtung wieder her«.

Verstehst du jetzt, warum ich diesen Kerl irgendwie doch mag?, sagte die Mona Lisa zu Saïd.

Fanon zu lesen ist ja gut und schön. Besser als nichts, sagte Saïd. Aber man muss etwas *tun*. Und man benötigt die richtige Art Gewalt, die Art, die einen zum Mann macht, nicht die, die einen zum Dieb macht. Weißt du, Ahmed, warum du und dieser Dieb, der mich bestohlen hat, keine Männer seid?

Rolling Stones stöhnte. Weil wir uns nicht engagieren?

Genau, sagte Saïd.

Sein Blick auf dich war eine Variation des Blicks der sexy Sekretärin, eine ätzende Mischung aus Mitleid, Verachtung und Verständnis. Du wolltest protestieren und sagen, dass du vielleicht kein so toller Mann seist (nicht mehr), aber dass du zutiefst, zutiefst engagiert warst, und schau, wohin dich das gebracht hat. Aber du bliebst stumm, um wieder leben und an einem anderen Tag reden zu können, was die richtige Reaktion war.

Du kannst gehen, sagte Saïd. Jetzt.

Arschloch, brummte Rolling Stones.

Taumelnd standest du auf, bevor Saïd es sich anders überlegen oder Rolling Stones dich versehentlich erschießen konnte. Fragen türmten sich drohend auf – wie hatte Saïd von seinem Bruder erfahren, und wie war er so schnell nach Paris gekommen? Und wie hatte er die Mona Lisa ausfindig gemacht? Aber noch länger bei Saïd und Rolling Stones zu bleiben, um deine Neugier zu befriedigen, wäre lebensgefährlich gewesen, und dies waren nicht die Art von Fragen, für die man sterben wollte. Stattdessen verneigtest du dich und legtest deine Hände in einer Art orientalischer Unterwerfungsgeste zusammen, die möglicherweise eher indisch als vietnamesisch war, aber wen kümmerte das? Ihr wart schließlich alle Orientalen hier.

Ich danke euch beiden für eure Großzügigkeit, sagtest du und ließest noch ein paar weitere unterwürfige Bekundungen kriecherischer Dankbarkeit fallen, denn du warst nicht zuletzt ein Meister der Unterwürfigkeit. Dann setztest du noch hinzu: Nur als Ausdruck meiner Dankbarkeit darf ich dir vielleicht vorschlagen, im Lager einen genaueren Blick in die Kaffeekisten zu werfen, woraufhin Saïd eine seiner dicken Augenbrauen hob. Dann sagtest du: Du hast schon sehr viel für mich getan, aber dürfte ich doch noch um eine Kleinigkeit bitten? Oder vielleicht zwei?

Wie dein Ex-Boss, der General, einmal bemerkte: Die dir einen Gefallen erweisen, neigen dazu, dir unter den richtigen Umständen noch weitere zu erweisen, weshalb der General unermüdlich versuchte, sich bei Vorgesetzten Gefallen zu erschleimen, wohingegen er sich fast immer standhaft weigerte, Untergebenen Gefallen zu gewähren.

Saïd hatte dir in royaler Manier bereits die Gefälligkeit erwiesen, dich nicht zu töten, und könnte dir jetzt, da er das Ausmaß seiner Nobilität spürte, möglicherweise noch einen weiteren Gefallen tun. Und tatsächlich, anstatt dich zu töten oder getötet zu haben, fragte Saïd seufzend: Was willst du?

Du wolltest Le Cao Bois echte Fliegersonnenbrille, die er, da er sie immer getragen hatte, auch zum Zeitpunkt seines Todes trug und jetzt nicht mehr brauchte. Sie sei, sagtest du, ein Andenken an Le Cao Boi, deinen besten Freund, sagtest du jedenfalls Saïd, eine Empfindung, so deine Annahme, die ein Mann von Ehre wie er verstehen würde. Die Fliegerbrille saß perfekt und erfüllte auch gleich ihren Zweck, als du zum ersten Mal durch die sonnenbeschienen Straßen von Paris fuhrst. Da du noch von der Arznei betäubt warst, war das, als rittest du auf einer Metallkugel durch einen Flipperautomaten, dachtest du jedenfalls, oder erinnertest du dich jedenfalls, gedacht zu haben, in dem Augenblick, als du den Schlüssel ins Türschloss der Wohnung vom Boss stecktest. Dieser Schlüssel war das, was du wirklich wolltest, auch wenn du Saïd erzählt hattest, du bräuchtest das Auto vom Boss, um damit nach Hause zu fahren. Du hattest darauf gesetzt, dass Saïd über sein eigenes Transportmittel verfügte, obwohl es vielleicht nicht so elegant war wie das bayerische Prachtstück vom Boss. Dessen war sich der protestierende Rolling Stones durchaus bewusst, aber du hattest mit Saïd schon einen unausgesprochenen Handel betreffs der Schatztruhe abgeschlossen, deren Herr er nun war. Als ihr beim Verlassen des Lagerhauses an den Kistenstapeln schneeweißer Arznei vorbeigingt, die als durch den Verdauungstrakt verarbeiteter schwarzer Kaffee etikettiert waren, da hofftest du, der Deal sei abgeschlossen, was du allerdings wieder bezweifeltest, als du den gefesselten Körper von Biggie sahst, der mit offenen Augen, Knebel im Mund und durchschnittener Kehle neben dem Ausgang lag, ein Hinweis darauf, wie Saïd und Rolling Stones das Lagerhaus gefunden hatten. Biggie hatte die Orgie verlassen und war ins Delights of Asia zurückgefahren, um sich um das Restaurant zu kümmern, und dort mussten Saïd und Rolling Stones ihn aufgespürt haben.

Die Wohnung vom Boss war sauber und ruhig. Hätte man es nicht eilig, würde man sich Zeit lassen und einen Fünfstöckigen von einem der teuren Scotchs oder Cognacs einschenken, die Füße hochlegen und den fernen Eiffelturm bewundern, in der Realität riesig, von hier aus aber nur ein paar Zentimeter hoch. Es war jedoch schon Mittag vorbei, und in wenigen Stunden musstest du im Opium sein, wo die Pre-Show-Party von *Fantasia* stattfand, und so begannst du nach den Wertsachen vom Boss zu suchen. Du schautest in die Küchenschränke, unter die Sofapolster, in die Abstellkammer, hinter den Fernseher und die Stereoanlage und wolltest gerade ins Schlafzimmer gehen, als eine leise Frauenstimme sagte

WAS ZUM TEUFEL MACHST DU DA?

was eine weitere zutiefst philosophische Frage war, die du dir gelegentlich selbst stelltest, allerdings nicht in diesem Augenblick. Du begannst dich umzudrehen, und die Stimme, die du als die der sexy Sekretärin erkannt hattest, sagte: Hände hoch und umdrehen, langsam, sonst schieß ich. Als du deine langsame Pirouette beendet hattest, warst du schon vorbereitet auf die lugerähnliche Pistole, die in ihrer winzigen, ruhigen Hand ziemlich groß wirkte. Sie trug ein durchsichtiges Nachthemd, ihre langen, glänzend schwarzen Haare waren zerzaust und hatten einen Kamm nötig, was sie nur noch sexier machte.

Der Boss bringt dich um, sagte sie.

Du trugst zwar die Sonnenbrille, dennoch hieltest du es für besser, jeden Muskel deines Körpers anzuspannen, um mit deinen Augen ihre Augen zu fixieren, weshalb es dir schwerfiel, die Angst und das Verlangen hinunterzuschlucken, die deinen Mund überschwemmten. Du schafftest es herauszubringen: Der Boss ist tot.

Die sexy Sekretärin starrte dich fünf Sekunden lang an – du zähltest mit – und sagte dann: Du hättest nie die Eier, den Boss zu töten.

Stimmt. Du erklärtest ihr so gelassen du konntest, was passiert war. Ein Schleier legte sich über ihre Augen – nicht Trauer, nicht Erleichterung, etwas anderes … Verunsicherung? Sie zeigte sich weder schockiert noch überrascht, stattdessen fragte sie: Woher weiß ich, dass du nicht lügst?

Glaubst du, ich hätte den Wohnungsschlüssel, wenn der Boss noch am Leben wäre?

Nimm diese Brille ab, sagte sie und hielt die Waffe weiter auf dich gerichtet.

Du wusstest schon gar nicht mehr, wie oft man mit einer Waffe auf dich gezielt hatte. Du warst dir auch nicht ganz sicher, wo oft der Abzug gedrückt und wie viele deiner Leben schon ausgelöscht worden waren, damit du diesen Punkt erreichen konntest, an dem ein Luftzug auf deiner Haut dich vor etwas an der Grenze zur Lust erzittern ließ, was immer sehr eng mit Schmerz verbunden war.

Also, was machst du hier?, fragte sie.

Der Ritt auf der Flipperkugel ließ dich einem Plan folgen, den du bis zu diesem Augenblick gar nicht hattest, da du nicht wusstest, dass die sexy Sekretärin hier sein würde, was du hättest wissen müssen, wenn du richtig nachgedacht hättest. Ich bin mir sicher, dass der Boss Bargeld in der Wohnung hat, sagtest du und schautest auf die Holzuhr über dem Fernseher, die in der Form deines Landes geschnitzt war. Der General hatte in seinem Restaurant in Los Angeles die gleiche nostalgische Uhr, die das offene Geheimnis verriet, dass sich für Flüchtlinge die Zeit nur im Kreis drehte. Die Uhr vom Boss offenbarte jedoch ein anderes offenes Geheimnis, nämlich dass für Flüchtlinge die Zeit manchmal ganz stehen blieb.

Ich nehme an, dass er das Geld in einem Tresor aufbewahrt, sagtest du. Ich kenne die Kombination, aber ich weiß nicht, wo der Tresor ist. Schätze, du weißt das.

Tatsächlich wusstest du nicht, ob es einen Tresor gab, und du kanntest auch die Kombination nicht, aber dein erster Schuss ins Blaue erwies sich als Treffer, denn sie fragte: Woher kennst du die Kombination?

Zeig mir erst den Tresor, sagtest du.

Ich krieg die Hälfte von dem, was drin ist.

Nimm erst die Pistole runter.

Ich weiß, dass du mich für dumm hältst. Aber das bin ich nicht.

Ich halte dich nicht …

Ich sehe doch, wie du mich anschaust.

Wie sie dich anschaute, deutete darauf hin, dass sie dich für den Dummkopf hielt. Du gestandst dir ein, dass du nie über die Intelligenz der sexy Sekretärin nachgedacht hattest, und spanntest weiter jeden Muskel deines Körpers an, um, trotz der Verlockungen in deinem peripheren Sichtfeld, den Augenkontakt zu ihr nicht zu verlieren. Du hast recht, sagtest du und schlucktest den vertrauten Mix aus Schuld und Scham hinunter, für den du schon vor langer Zeit einen Geschmack entwickelt hattest. Sie passten wie Gin und Tonic, Zivilisation und Kolonisation,

Widerstand und Kollaboration, Hitler und Goebbels, Nixon und Kissinger, Vietnam und Algerien, Frankreich und die Vereinigten Staaten so gut zusammen, dass es davon einen Cocktail geben sollte oder wenigstens einen unbedeutenderen russischen Roman oder vielleicht auch nur einen angesagten Tanz für Teenager namens *Die Schuld und die Scham*. Tut mir leid. Tut mir wirklich leid.

Nein, tut es dir nicht. Du bist eben ein typischer vietnamesischer Mann. Oder halbvietnamesischer Mann. Spielt keine Rolle. Ihr seid alle gleich. Ihr haltet uns für selbstverständlich. Ihr setzt voraus, dass wir euch das Essen kochen, das Geschirr spülen, die Wäsche machen, über eure dämlichen Witze kichern und in Verzückung geraten über eure Verse oder Liebeslieder, die ihr bis zum Tag der Hochzeit schreibt, um dann nie wieder ein Gedicht oder ein Liebeslied für uns zu schreiben, weil ihr die jetzt an eure Freundinnen schreibt. Ihr glaubt, wir machen immer die Beine für euch breit, kriegen eure Kinder, ziehen sie alleine groß, gehen einkaufen, hören uns euer Gejammer an, massieren eure Egos, halten das Geld zusammen, verdienen obendrein noch was dazu, ertragen eure Eltern, bedienen eure Mütter, ignorieren eure Flittchen, flicken eure Klamotten, suchen eure Schlüssel, sagen Ja zu jedem Blödsinn, gehen mindestens fünf Schritte hinter euch, kümmern uns im Alter um euch und am Ende … am Ende … *am Ende* sollen wir auch noch nach euch sterben, nur damit ihr jemanden habt, der an eurem Grab weint, eine großartige Totenwache hält, euren Schrein pflegt und euer Grab besucht, sich jeden Tag an euch erinnert, um dann, wenn wir sterben und euch nachfolgen, mit dieser gottverdammten Chose wieder von vorn anzufangen, *bis in alle Ewigkeit*.

Obwohl ihre Stimme vor Zorn bebte, zitterte der Lauf der Luger kein bisschen. Als vietnamesischer Mann oder halbvietnamesischer Mann wusstest du, tief in deinem Innern, runter bis zu deinen Eiern, in einem seltenen, durch deine Zwangslage hervorgerufenen Augenblick der Ehrlichkeit, dass sie recht hatte. Du, als Vertreter der vietnamesischen Männlichkeit, verdientest ihren Zorn für alles, was du jemals vietnamesischen Frauen an jedem Tag ihres Lebens angetan hattest. Du hast recht, sagtest du. Es tut mir leid. Sehr leid.

Glaubst du, der Boss wollte mich jemals heiraten?, fragte die sexy Sekretärin.

Ja, absolut. Er hat dich geliebt …

Lüg mich nicht an. Mir ist egal, ob er mich geliebt hat. Die Ehe hätte nur bedeutet, dass er seinen Teil des Deals eingehalten hätte. Das hat sich ja jetzt erledigt. Aber das Mindeste, das mir zusteht, ist die Hälfte von seinem Geld. Hab ich nicht recht?

Du nicktest heftig und machtest noch weitere zustimmende Geräusche. Die sexy Sekretärin führte dich ins Schlafzimmer vom Boss, wo sie geschlafen hatte, bis du sie wecktest, und deutete auf ein Bücherregal neben einem begehbaren Wandschrank. Der Boss las nicht auf Französisch, dennoch waren die Regale gefüllt mit französischen Büchern. Nach einem kurzen Blick auf die Buchrücken konntest du zufrieden feststellen, dass die Franzosen nicht nur Philosophie und hohe Literatur lasen, nicht nur hochgeistige Schinken, die man neben hochgeistigen Getränken ausstellen konnte. Diese Bücher und diese Autoren verdienten nur die Gesellschaft von Bier und Hauswein in der Karaffe. Es handelte sich um französische Originale oder französische Übersetzungen von Autoren, die die Art von geistlosen Schundbestsellern schrieben, die man auf Flughäfen und in Supermärkten fand. Überflüssig, die Namen zu nennen. Warum auch, der Boss hatte diese Autoren nicht gelesen, da er nie irgendetwas anderes gelesen hatte als seine Rechnungen und Kontoauszüge.

Zieh an dem Regal da, sagte die sexy Sekretärin und fuchtelte mit der Pistole herum.

Wie menschliche Wesen hatten auch Waffen die garstige Neigung, ohne Vorwarnung zu explodieren, also sagtest du mit deiner höflichsten Stimme: Könntest du vielleicht den Finger vom Abzug nehmen?

Sie zielte weiter auf dich, behielt den Finger weiter am Abzug, und du zogst an dem Regal, das sich auf unsichtbaren, unter dem Sockel versteckten Rollen nach vorn bewegte. Dann drehtest du das Regal zur Seite, und ein Tresor kam zum Vorschein, ein grauer Eisenkasten von der Größe eines kleinen Kühlschranks, der in eine Lücke neben dem begehbaren Schrank in die Wand eingelassen war. Okay, Schlaumeier, sagte die sexy Sekretärin. Jetzt zeig mal, was du kannst.

Du hattest nur eine Idee, und du versuchtest deinen zweiten Schuss ins Blaue.

Sind dir mal die Uhren im Büro vom Boss und hier in seinem Wohnzimmer aufgefallen?, fragtest du.

Stehen beide. Er war zu faul, die Batterien auszuwechseln.

Er war nicht zu faul, sagtest du mit launig forscher Zuversicht, die sich schon bald als entweder genialisch oder wahnwitzig erweisen sollte. Anhaltspunkte. Gedächtnisstützen. Für den Fall, dass er die Kombination vergisst. Du sagtest das ohne Häme, denn ihrem Gesichtsausdruck nach zu schließen würde sie bei jedem Anflug von Häme in deiner Stimme schießen. Sie würde dich möglicherweise nicht töten, aber sicher für den Rest deines Lebens verstümmeln. Sieben neunundfünfzig, sagtest du und ließest deine Knöchel knacken. Oder sieben-fünf-neun.

Dann los.

Das Zahlenschloss musste man im und gegen den Uhrzeigersinn drehen. Du knietest dich auf den Boden, sodass sich der Mechanismus auf Augenhöhe befand, und machtest dich an die Arbeit. Du drehtest die Scheibe hin und her und versuchtest, nicht zu schwitzen. Einmal die Sieben nach rechts, zweimal die Fünfzig nach links, einmal die Neun nach rechts. Der Griff des Tresors rührte sich nicht. Unter deinen Achselhöhlen wurde es feucht, als du es mit sieben nach links, fünfzig nach rechts und neun nach links versuchtest. Der Griff bewegte sich immer noch nicht. Jetzt schwitzte auch dein Kopf, und du warst dir überaus bewusst, dass die sexy Sekretärin links von dir in einem Sessel saß, die Beine übereinandergeschlagen, die Hand mit der Pistole auf einem Knie, der Finger immer noch am Abzug, der Körper immer noch in ein durchsichtiges Nachthemd gehüllt, das sogar dem Papst einen Blick wert gewesen wäre. Verdammt, Gott selbst schaute wahrscheinlich genau in diesem Augenblick auf eine Seiner perfektesten Schöpfungen, während du in den nächsten Minuten versuchtest, jede andere Kombination aus sieben, fünf, fünfzig und neun durchzuprobieren, die dir einfiel. Irgendwann hattest du den Überblick verloren und drehtest nur noch wahllos an der Scheibe herum, was lediglich eine andere Spielart von Roulette war.

Hey, Einstein, sagte die sexy Sekretärin. Warum versuchst du nicht mal neunzehn-neunundfünfzig.

Irgendwer drückte auf die Stopptaste der Welt, und alles und jeder erstarrte für ein paar Augenblicke. In deinem Kopf vollführte der Stundenzeiger der Uhr eine komplette Drehung, von sieben Uhr früh bis sieben Uhr am Abend. Dann wurde wieder auf die Playtaste gedrückt, und du drehtest die Scheibe auf die neunzehn einmal nach rechts, die fünfzig zweimal nach links, die neun einmal nach rechts. Der Griff machte klick und ließ sich leicht bewegen, als du daran zogst. Geräuschlos öffnete sich die Tür des Tresors.

Im Himmel war alles ruhig, als du zwei Stunden später dort eintrafst. Alle sind erschöpft, Sir, sagte die unterwürfige Haushälterin, und du fragtest dich, wie sie um eine Rolle in der Orgie herumgekommen war. Du stecktest ihr einen Hundert-Francs-Schein zu, damit sie dich hereinließ, und trafst im Warteraum auf den eschatologischen Rausschmeißer. Er lag auf dem Sofa und schlief, auf der nackten, sich hebenden und senkenden Brust ein aufgeschlagenes Exemplar von *Reise ans Ende der Nacht*. Im Fernsehen lief wie immer eine intellektuelle Talkshow. Quer über einen Bizeps verlief eine blasse Schnittwunde mit einem neuen Pflaster, das du am Abend zuvor noch nicht gesehen hattest. Oben öffnetest du, ohne anzuklopfen, die Tür zu Madeleines Zimmer. Sie lag in ihrem Doppelbett, schlafend, zugedeckt, die Haare wie ein Fächer um ihren Kopf, das Gesicht ohne Make-up oder irgendeinen anderen Hinweis auf die fantastische Orgie der vergangenen Nacht, wenn man von den blauen Flecken absah, die BFDs Hände an ihrem Hals hinterlassen hatten. Kurz dachtest du daran, sie zu wecken. Aber es ging nicht um dich. Stattdessen stelltest du die Monoprix-Einkaufstasche aus dem Küchenschrank vom Boss neben Madeleines Bett. Die Tasche enthielt die Hälfte des Geldes, das die sexy Sekretärin dir gelassen hatte, was nicht hieß, dass es auch die Hälfte des Geldes aus dem Tresor war. Zusammen hattet ihr auf die Francs-Stapel gestarrt, jeder umwickelt mit einer Papierbanderole, auf der mit blauer Tinte der jeweilige Gesamtbetrag stand. Der Tresor enthielt außerdem durchsichtige Frühstücksbeutel mit Goldbarren in Unzen und Taels, jeder einzeln in Plastik verpackt und mit dem Namen des Emittenten bedruckt. Mit dickem, waschfestem, schwarzem Filzstift war ebenfalls auf jedem Beutel die Anzahl der Unzen und Taels vermerkt. Die Handschrift auf den Bargeldbündeln und Plastikbeuteln war die vom Boss.

Ich glaube, wir sind reich, sagtest du in der Hoffnung, die sexy Sekretärin würde dich nicht hintergehen und dir mit einem Schuss in die Schläfe das Hirn aus dem Schädel blasen. Du warst so lange tot gewesen, jetzt wolltest du leben. Sogar bei fünfzigfünfzig bleibt für jeden von uns reichlich.

Hatte ich fünfzig-fünfzig gesagt?, erwiderte die sexy Sekretärin und hielt sich kokett die freie Hand vor den Mund. Ups! Ich Dummerchen. Ich meinte siebzig-dreißig.

Siebzig-dreißig? Du bliebst cool und sagtest: Ohne mich wäre der Tresor jetzt gar nicht auf. Sagen wir fünfundfünfzigfünfundvierzig.

Die sexy Sekretarin klopfte sich mit der Pistole ans Kinn. Sagen wir, fünfundsiebzig-fünfundzwanzig, und du gehst hier raus und hast die Eier noch da, wo sie hingehören.

Und so lief es darauf hinaus, dass du Madeleine die Hälfte von fünfundzwanzig Prozent der Barersparnisse vom Boss gabst. Das Gold gehörte nicht dazu, stellte die sexy Sekretärin noch klar, bevor sie dich aufforderte, das Geld zu zählen, was angesichts der großen Summe ziemlich dauerte, obwohl du sie darauf hingewiesen hattest, dass der Boss schon so hilfsbereit gewesen war, das Geld zu bündeln und zu zählen. Ich will nur sichergehen, dass alles seine Ordnung hat, sagte die sexy Sekretärin ruhig und animierte dich, während du beim Geldzählen neben dem Tresor knietest, immer mal wieder einen Blick zu riskieren, wenn sie die Beine übereinanderschlug. Ein Teil von dir dachte wehmütig an Saïd, der so rückhaltlos zu seinem Wort gestanden hatte, aber ein Teil von dir war auch dankbar, dass fünfundzwanzig Prozent von einem Haufen Geld immer noch ein schöner Batzen war. Nachdem du alles gezählt hattest, sagtest du: Ich müsste mal aufs Klo.

Die sexy Sekretärin verdrehte die Augen und begleitete dich zur Toilette im Flur. Wie die meisten französischen Wohnungen, die du gesehen hattest, sogar die weitläufigen, hatte auch der Boss nur eine Toilette, was nach vietnamesischen Maßstäben in Ordnung, aber schon nach denen der amerikanischen Mittelklasse primitiv war. Amerikaner, schlau, wie sie waren, wollten auf Nummer sicher gehen, wenn es sich im Falle des Falles einmal staute. Der Anblick von Scheiße bereitete ihnen Unbehagen, der ihres eigenen Fetts allerdings nicht. Bei den Franzosen war es genau umgekehrt. Was die Vietnamesen anging, unser Volk war so arm, wir konnten gar nicht fett werden, selbst wenn wir gewollt hätten. Angesichts des Zustands des Abwassersystems in unserem Land blieb uns keine andere Wahl, als schon mit einer Toilette zufrieden zu sein. Aber wie lautete die Ausrede der Franzosen? Wahrscheinlich haben sie einfach eine andere Beziehung zu Exkrementen, was schon ihre Laissez-faire-Haltung zu Hundedreck belegt. Scheiße war das Geheimnis jeder Gesellschaft, und wie eine Gesellschaft mit ihrer Scheiße umging, verriet einem Fremden eine ganze Menge, was eine Skeptikerin wie die sexy Sekretärin vermutlich mit den Worten kommentieren würde: So ein Haufen Scheiße. In Wirklichkeit sagte sie, als du die Tür hinter dir zumachen wolltest: Die Tür bleibt offen.

Aber …

Sie bleibt offen. Da gibt's nichts zu sehen, was ich nicht schon mal gesehen hätte.

Ja, aber ich, also, ich muss … äh …

Herr im Himmel. Die sexy Sekretärin schaute mit Recht angeekelt. Das brauche ich wirklich nicht zu sehen. Lass die Tür einen Spalt offen und versuch ja nicht abzuschließen, sonst erschieße ich dich durch die Tür.

Du hattest keine Lust, wie Elvis auf dem Thron zu sterben, aber Flucht aus der fensterlosen Toilette war ohnehin nicht dein Plan. Die fast geschlossene Tür reichte vollkommen aus für dein Vorhaben, den Wohnungsschlüssel vom Boss von seinem Schlüsselbund, an dem auch der Autoschlüssel hing, zu entfernen. Da die Tür aber eben doch ein bisschen offen war, konnte die sexy Sekretärin dein schmutziges privates Drama belauschen. Du zogst deine Hose runter, senktest die Brille ab und tatst so, als ob, während du am Schlüsselbund vom Boss herumfummeltest. Unglücklicherweise, oder glücklicherweise, je nach Standpunkt, rief dieses So-tun-als-ob eine tatsächliche Regung hervor, vielleicht war es aber auch eine Erregung, die dich antrieb und die dich in ihrer so unvermittelten und so realen Wucht überraschte, wie es deine Erregungen mitunter taten – *O mein Gott*, sagte die sexy Sekretärin draußen vor der Tür –, und dir gleichzeitig Newtons drittes Gesetz der Bewegung einfiel, wonach jede Aktion eine gleichartige, aber entgegengesetzte Reaktion hervorruft, sodass, als eine Öffnung ihre Existenz achtern hörbar machte, eine andere Öffnung in ein mit Erleichterung und Überraschung gemischtes schmerzvolles Stöhnen ausbrach, denn du wusstest nicht, dass du sie in dir hattest, diese Mühsal des Irdischen, die aus deinen Innereien scheinbar ohne Ende herausglitschte, eine über Jahre angesammelte dicke, dichte und giftige Ablagerung äußerster Fäulnis, die vermuten ließ, dass diese tote Kröte des Gekröses der störrische Stoff war, den dein Körper unmöglich zur Gänze verdauen konnte – Könntest du *bitte, bitte* aufhören?, kreischte die sexy Sekretärin –, eine dunkle Materie aus deinem dunkelsten Inneren, eine biblische Abscheulichkeit, versteckt in den tiefsten Ritzen der Windungen und Wendungen der langen und gewundenen Därme, verhasst bei vielen Menschen – *Jesus Christus, bitte,* flehte die sexy Sekretärin –, bis es schließlich den Anschein hatte, als hättest du diesen Korkenzieher gezogen, doch während es sich unter dir kryptisch kringelte, so einzigartig wie eine industriell verunreinigte Schneeflocke, so individuell wie dein moralisch besudeltes Selbst, keine zwei Manifestationen deines Inneren jemals gleich, schmerzte das plötzliche Vakuum nach dem raschen Abgang deines Darmbewohners fast so sehr wie die Entleerung selbst, die dich noch winseln ließ, als du schon deine Dickdarmlast hinunterspültest und die Toilette gurgeln anstatt schlucken hörtest und die arme, gequälte gallische Toilette an deiner Notdurft würgen sahst, da klapptest du entsetzt und gedemütigt den Klodeckel schnell herunter, spültest jegliche Spuren des Stuhlgangs von deinen Händen, setztest ein entschuldigendes Lächeln auf und schlendertest aus dem Klo mit dem Wohnungsschlüssel in der Hand, welchen die angewiderte, aber immer noch sexy Sekretärin dich anwies, auf das Tischchen neben der Wohnungstür zu legen, damit sie selbst ihn nicht würde berühren müssen.

In der Tür bliebst du kurz stehen und sagtest: Glaubst du, ich könnte mir ein Paar Schuhe vom Boss nehmen? Du hattest nur Socken an und erklärtest, dass die Mona Lisa beim Verlassen des Lagerhauses zu dir gesagt hatte: Deine Schuhe mag ich immer noch, und du gezwungen warst, ihm dein Bruno-Magli-Schuhwerk im Gegenwert von einer ganzen Monatsmiete zu überlassen. Also gut, sagte die sexy Sekretärin, aber dann raus hier, und du – dir immer noch heldenhaft einen genaueren Blick auf ihr durchsichtiges Nachthemd verweigernd – schenktest ihr dein verwegenstes Schlimmer-Finger-Grinsen und sagtest: Irgendwie geben wir ein starkes Team ab, worauf sie erwiderte: Vergiss nicht, was ich dir über deine Eier gesagt habe.

Und so kamst du an die Autoschlüssel vom Boss, die du in der Toilette von seinem Wohnungsschlüssel getrennt hattest, weil du wusstest, dass die sexy Sekretärin ihn von dir verlangen würde. Du warfst einen letzten Blick auf Madeleines Gesicht und sahst, wie die Augen hinter ihren Lidern zuckten, und du fragtest dich, ob sie etwas Schönes träumte oder einen Albtraum hatte. Bevor du die Tür hinter dir zuzogst, prägtest du ihr schlafendes Gesicht in das weiche Wachs deines Gedächtnisses und hofftest, es würde die hellwache Fratze der kommunistischen Agentin überlagern. Was immer ihr zugestoßen sein mochte, wo immer sie war, du wusstest, dass sie dich immer noch sehen konnte.

NEUNZEHNTES KAPITEL

Über der offenen Tür prangte in den roten Neonbuchstaben, die auch die chinesischen Take-out-Boxen zierten, das Wort OPIUM in einer Schrifttype, die auch Chop Suey, Ching chang chong oder Arsch-e-loch hätte heißen können. Wenigstens hatte der Boss etwas Klasse bewiesen und im Innern keinen gigantischen Gong aufgebaut, auf den ein Diener mit künstlichen vorstehenden Zähnen jedes Mal schlagen musste, sobald ein neuer Gast eintraf. Stattdessen swingte das gleiche Jazzquartett, das schon bei der Orgie gespielt hatte, nachdem es anders als du hatte nach Hause gehen und sich ausruhen können. Das traf auch auf Lousy zu, der sich seines Haremswächterkostüms zugunsten eines zeitgemäßeren Looks entledigt hatte, einer Mischung aus Pariser Boheme und Nazi-Chic: schlichter schwarzer Rollkragenpullover, schwarze Hose, schwarze Lederjacke und schwarze Stiefel. Sein Erscheinungsbild passte perfekt zur Atmosphäre des OPIUM, denn das OPIUM repräsentierte nicht den antiken oder auch nur den etwas älteren Orient des neunzehnten oder frühen zwanzigsten Jahrhunderts, als die französischen und britischen Monopolisten, die ursprünglichen globalen Drogenschmuggler und pharmazeutischen Warlords, die Einheimischen mit Waffengewalt gezwungen hatten, ihr Opium zu kaufen. O nein! Das hier war der neue und moderne Orient, wo Opium beides war: cool und altmodisch, schick und schnuckelig, süchtig machend und anspruchslos. Opium war das

Komplettangebot und der perfekte Liebhaber. Kein Wunder, dass manche Menschen, so wie du, die Arznei bevorzugten.

Wo ist der Boss?, fragte Lousy, der an der Samtkordel stand und künstlich Spannung erzeugte, indem er die Gäste anstehen ließ. Die durchweg nacktes Bein zeigenden Frauen waren eine Augenweide, und die durchweg stark duftenden Männer hatten sich mehr mit Eau de Cologne besprüht als die Frauen mit Parfüm. Was dich anging, so warst du vom Himmel in die Wohnung deiner Tante gefahren und hattest dich in deine einzig anständige Garderobe geworfen, einen eng anliegenden, dunkelgrauen Anzug aus zweiter Hand, dessen Jacke drei Knöpfe hatte und der aus den frühen Sechzigerjahren stammte und einen scharfen Gegensatz bildete zu den pastellfarbenen Hemden und Blusen und den aufgepumpten Silhouetten der Männer wie der Frauen, deren Schultern dermaßen gewaltig aufgepolstert waren, dass darauf Adler hätten landen können. Der Anzug war ein Geschenk des inzwischen zu rundlich gewordenen maoistischen Promovierten, der ihn als Student getragen hatte, wenn er zu Johnny Hallyday abrockte. Deine Tante war nicht zu Hause gewesen, und du hattest ihre Abwesenheit für eine Dusche genutzt, die dir den Schweiß und den Rauch, die Angst und den Geruch des Todes vom Körper gespült hatte. Dann hattest du den letzten Rest des Katzenkaffees getrunken und den Koffer mit dem Geld vom Boss und den Videos von der Orgie, die wesentlich wertvoller waren als das Geld, unter deinem Schlafsofa im Wohnzimmer versteckt. Trotz des Kaffees warst du immer noch benebelt, als du in einiger Entfernung vom OPIUM parktest, damit dich keiner der Zwerge im Wagen vom Boss sah.

Wo ist der Boss?, fragte Lousy noch einmal.

Woher zum Teufel soll ich das wissen? Als ich ihn das letzte Mal gesehen habe, da hatte er gerade den Algerier umgelegt. Dann bin ich ab nach Hause.

Die Ausrede verschaffte dir etwas Zeit. Du wolltest nichts weiter, als den Abend überstehen, Lana treffen und ihren Rocksaum küssen, dann dem Mann ohne Gesicht von Angesicht zu Angesicht gegenübertreten und irgendeinen Zaubertrick durchziehen, der ihn vor Bons Rache bewahren würde. Du betratst das OPIUM, und die von den trägen Deckenventilatoren aufgewirbelten Pheromonschwaden schwappten über dich hinweg: der Duft von Eau de Cologne und Parfüm, der Rauch von Zigaretten, Shishas und den Wasserpfeifen deines Heimatlandes, der Dunst des brennenden Weihrauchs, der aus einem Gefäß aufstieg, das von einer kleinen Frau mit einem Gesichtsschleier wie aus *Tausenundeiner Nacht* im Klub herumgetragen wurde. Du konntest Lana nirgendwo in der sinnlichen Menge ausmachen, aber du sahst einige Frauen, die schon in die Aura des OPIUM eingetaucht waren und ihre weiblichen Gesichter mit den schwarzen Seidenschleiern drapiert hatten, die von der Weihrauchträgerin angeboten wurden.

Der Mix aus den Gerüchen und deiner eigenen Benommenheit und Erschöpfung ließ dich schwindeln, und das einzige Heilmittel dagegen war ein Drink, was für die meisten Dinge ein Heilmittel war. Du gingst an den Bananenstauden und Paradiesvogelbüschen, den Rattansesseln und roten Lampions, den Reispapierparavents und gerahmten Kalligrafien vorbei und stelltest dich an der Bar hinter den kichernden jungen Dingern an, die in Keramikbuddhas servierte Drinks bestellten, welche mit winzigen Papierschirmchen veredelt waren als Schattenspender für Grillen oder den verkümmerten kleinen Wurm deiner Tugendhaftigkeit. Als du schließlich an die Reihe kamst, sagtest beziehungsweise krächztest du: Ich hätte gerne den Schuld und Scham.

Den was?

Den *Schuld und Scham*, brülltest du lauter als beabsichtigt.

Einen Augenblick lang schaute dich jeder in deiner näheren Umgebung an, doch als sie erkannten, dass es da nichts zu sehen gab, wandten sie sich wieder ihrem Anliegen zu, angemacht und flachgelegt zu werden, ohne dass es zu offensichtlich erschien.

Der Barkeeper rückte seinen Turban zurecht und erklärte steif, weil die Frage seine fachliche Qualifikation in Zweifel zog: Keine Ahnung, was das sein soll.

Ist ganz einfach, sagtest du. Ein Teil Tequila, ein Teil Wodka, kein Eis, keine Garnitur, kein Nichts. Aussehen soll er wie Weihwasser, schmecken wie die Hölle.

Klingt ekelhaft, meinte der Barkeeper.

Nach dem ersten Schluck vom Schuld und Scham gabst du dann zu, dass er ekelhaft war, aber wie sonst sollte eine solche Paarung auch schmecken? Ein paar Portionen Schuld und Scham, und am nächsten Tag würdest du dich an nichts mehr erinnern, weil dein Kopf dann eine geköpfte Kokosnuss wäre, in den man einen Strohhalm stecken, den Inhalt schlürfen und Blasen blubbern konnte. Mit einem doppelten Schuld und Scham in der Hand – du bekamst immer einen Doppelten, weil du ein Mann mit zwei Seelen warst – schlendertest du auf der Suche nach Lana durchs OPIUM, sahst aber nur Bedienungen, die sexy Cheongsams trugen, die auf Oberschenkelhöhe endeten, und Wände, die mit gerahmten Drucken von Schwarz-Weiß-Fotografien aus dem neunzehnten Jahrhundert dekoriert waren: ein Aristokrat mit Fingernägeln so lang wie Messerklingen, barbusige Frauen in einheimischer Tracht, eine alte Dame, die eine Zigarre in der Größe eines Maiskolbens rauchte. Sind das Afrikaner oder Asiaten?, fragte ein kicherndes junges Ding ein anderes kicherndes junges Ding. Keine Ahnung, sagte die andere und stützte ihr Kinn auf den Kopf ihres Keramikbuddhas. Sehen aber cool aus.

Du schautest ein direkt auf den Putz gemaltes Bild an, das eine ganze Wand einnahm.

Ein faszinierendes, fotorealistisches Schwarz-Weiß-Gemälde von deinen halb nackten Landsmännern und -männinnen, auf dem Boden knieend, anscheinend auf einer Kautschukplantage, drahtig und dreckig, in zerlumpten Hosen und mit Stirnbändern, damit ihnen der Schweiß nicht in die Augen lief. Ihre Rücken waren dem Maler respektive dem Betrachter zugewandt, ihre Blicke konzentrierten sich allein auf eine Frau, die in einem eng anliegenden, zinnoberroten Kleid, das eine unglaubliche Figur umhüllte, zwischen ihnen hindurchschritt. Im Gegensatz zum restlichen Gemälde erstrahlte sie in satter, leuchtender Farbe und war wohl die schönste Frau von Frankreich, auch bekannt als Catherine Deneuve. Was sie in einer Kautschukplantage zu suchen hatte, weiß allein der Maler. Das einzige nicht fotorealistische Detail auf der ganzen Wand war, dass Catherine Deneuve weder unter den Achseln noch auf der Vorderseite ihres Kleids Schweißflecken hatte, obwohl sogar die schönste Frau in Frankreich und damit der ganzen Welt schwitzen muss wie jeder andere auch. Welchen Zauber sie verströmte, Catherine Deneuve, und tatsächlich auch La France selbst, wie in Hypnose schautest du sie an, bis dir jemand auf die Schulter klopfte. Es war Bon. Neben ihm stand eine schlanke Frau in einem minimalistischen Etwas von Mikrominirock, das sich zu »Kleid« verhielt wie »Bikini« zu »Badeanzug«. Ihre schmale Figur beeindruckte dich noch mehr als die von Catherine Deneuve, sie war wie eine scharfe Klinge, die sich zwischen deinen Rippen verkeilte und nur äußerst knapp deine Lunge und dein Herz verfehlte. Ein schwarzer seidener Gesichtsschleier ließ nur die karamellbraunen Augen frei. Eine Hand mit langen, zartgliedrigen Fingern und manikürten Nägeln, die so glatt waren wie die Lügen einer Ehebrecherin, bewegte sich an ihrem Körper empor und riss den

Schleier vom Gesicht. Du tratst vor, sagtest ihren Namen, wolltest ihre Wangen mit *bisous* bedecken. Darauf zog sie ihre elegante Hand zurück und schlug dir so hart ins Gesicht, dass du Hämmer und Sicheln sahst und deine Ohren so laut klingelten, dass du kaum deine allgegenwärtigen Geister hörtest, die sich ihre körperlosen Ärsche ablachten.

Du Bastard, sagte Lana mit der Betonung auf »Bastard«. Das wollte ich schon lange tun.

Als du Lana das letzte Mal sahst, in ihrer Wohnung in Los Angeles, nur ein paar Stunden, bevor du Sonny tötetest, hattet ihr euch an der spannungsgeladenen Dialektik zwischen Hegel und Marx, Seele und Sein, ideell und materiell, Geist und Körper, Liebe und Sex entlanggehangelt. Sie war wie eins der verbotenen roten Bücher, die Man in eurem Arbeitskreis heimlich mit dir geteilt hatte, zuerst *Das kommunistische Manifest,* dann Maos *Das kleine Rote Buch.* Solche Bücher entflammten den Geist und aktivierten den Körper, verbrannten die Hände, die sie öffneten, und enthielten geheimes Wissen, das paradoxerweise mit jedem geteilt werden konnte. Du weißt, dass du es willst, hatte Lana gesagt. Ich weiß, dass du es willst. Und so öffnetest du sie – in den Spiegeltüren des Schlafzimmerschranks euch gegenüber wart ihr Schauspieler und Zuschauer zugleich. Eure Abbilder und eure Blicke schauten aus dem Spiegel auf euch zurück, und doch ergab alles einen Sinn. Sich auf dieser gläsernen Bühne zu sehen, sich selbst und doch nicht sich selbst, machte dich hart wie einen Spiegel. Als dein Spiegel zerbrach, verlorst du nicht nur dein Sehvermögen, sondern auch jede deiner Extremitäten ihren Tastsinn, einschließlich der Zehen und Fingerspitzen. Noch vereinigt, fielst du in dich zusammen, die Überreste deines zerbrochenen Ichs in ihrem Innern, und die Augen noch geschlossen, fand die Sprache zu ihr zurück.

Du Bastard, flüsterte sie mit der Betonung auf »Bastard«. Ich wusste, dass du gut sein würdest.

Erinnerte sich Lana nicht an jene Nacht? Oder erinnerte sie sich nur zu gut? Es war schwierig, sie jetzt zu fragen, nicht nur wegen Bon, sondern auch wegen Loan, die im ersten Stock des OPIUM einen Tisch frei hielt.

Deine Backen sind ganz rot, sagte Loan zu dir, als sie dich oben sah. Du bist ja genauso aufgeregt wie ich, Lana zu sehen!

Du nuscheltest irgendetwas Unverständliches, was dich dastehen ließ wie den überwältigten Fan eines Stars, obwohl es sich in diesem Fall um ein Sternchen und keinen Superstar handelte wie Cher, Olivia Newton-John oder Karen Carpenter, die jeder sofort erkannte, sondern um einen weit entfernten Stern in einer Galaxie, die man nur mit einem ethnischen Teleskop sehen konnte. Alle Vietnamesen kannten Lana, wohingegen jeder Nicht-Vietnamese keine Ahnung hatte, wer sie war, auch wenn das die Gäste im OPIUM – Männer wie Frauen – nicht davon abhielt, sie anzuschauen, einfach weil sie die Hitze und das Licht eines Sterns ausstrahlte.

Du warst erhitzt, nur weil du neben ihr saßest, und das – wie auch deine Erschöpfung, deine Benommenheit, die Erinnerung an den Boss und sein illegales Geld, den Ronin und Le Cao Boi, deren Gesichter dich ständig von den Höhlenwänden deines Geistes anblickten – animierte dich dazu, eine der spindeldürren Bedienungen in ihrem sexy scharlachroten Cheongsam herbeizuwinken und eine Flasche vom feinsten Champagner zu bestellen. Wir haben einiges zu feiern, sagtest du zu ihr, beugtest dich dann vor und flüstertest: Ich arbeite für den Boss und nehme an, das reicht für den Mitarbeiterrabatt, worauf sie steif lächelnd die Stäbchen in ihrem Haar zurechtrückte und erwiderte, sie wolle sehen, was sie machen könne.

Was feiern wir?, wollte Loan wissen. Außer den Besuch von Lana?

Du gabst Lana Feuer, worauf sie mit der Zigarette in der Hand schon eine Minute lang gewartet hatte, und sagtest: Wir feiern, dass Lana es endlich nach Paris geschafft hat. Und wir feiern euch zwei Turteltäubchen.

Vor Verlegenheit lief Bon rot an, sagte aber nichts, sondern zupfte nur an seiner Krawatte herum, während Loan seine andere Hand drückte.

Gratuliere, sagte Lana, beugte sich vor und ließ das Paar an ihrem Glanz teilhaben. Du verdienst es, Bon.

Du sahst ihr an, dass sie sich an ihre letzte Begegnung mit Bon erinnerte, bei der es ebenso schummrig gewesen war, als du und er sie in Los Angeles in *Fantasia* gesehen hattet. Dort hatte er ihr den Verlust der Liebsten in seinem Leben gestanden und geweint, das einzige Mal, dass er dies in Gegenwart eines Erwachsenen außer seiner Frau und dir getan hatte.

Loan, fuhr Lana fort, du bist eine wunderschöne Frau, und ich freue mich so für euch beide.

Äh …, sagte Bon.

Bist du glücklich, Bon?, fragte Loan.

Bon errötete noch mehr. Bin ich … bin ich … Gefühle machten ihn verlegen, und er fing an zu stottern, wie Tod und Töten es nie vermochten. Bin ich … äh …

Du stupstest ihn mit dem Fuß unter dem Tisch an, und als er dich anschaute, nicktest du ihm auf die unmerklichste Art zu, und er sagte, Ja … ja … glücklich … und, du weißt schon … äh … das Leben muss weitergehen …

Ja, das Leben muss weitergehen, sagte Loan und nahm seine Hand. Aber das heißt nicht, dass du Linh und Duc vergessen musst. Du musst Linh und Duc niemals vergessen, das könntest du auch gar nicht. Sie bleiben immer ein Teil von dir und deshalb auch von mir, Bon.

Diese Blendgranate emotionaler Eindeutigkeit, die sie in Bons Schoß warf, erschütterte ihn zutiefst. Und was dich anging, du armer, dummer, verrückter, hässlicher Bastard, du fingst plötzlich und unerwartet so unkontrollierbar an zu weinen, dass alle sich peinlich berührt fühlten. Was zum Teufel war mit dir los? Du zittertest am ganzen Körper, während die Tränen nur so aus dir herausströmten und du schluchztest, oh Gott, es tut mir leid … ich weiß auch nicht … was …

Du standst auf und wolltest auf die Toilette verschwinden, aber Bon beugte sich über den Tisch, packte dich am Saum deiner Jacke und flüsterte: Setz dich, du trauriger Bastard. Wir sind alle Freunde hier.

Lana legte dir die Hand auf den Arm. Ist schon gut, sagte sie. Lass es raus.

Du hättest ohnehin nicht aufhören können. Woher kamen diese Tränen und Schluchzer, wenn nicht aus einem Geheimfach in deiner Seele? Unter dem doppelten Boden, in unermesslicher Dunkelheit, tiefer als in der tiefsten Hölle hauste nicht Feuer, sondern Wasser, der tief reichende Brunnen deiner Gefühle, besonders für deine Mutter, die einzige Frau, die du jemals wirklich geliebt hast, eine Frau, für die du gestorben wärst, aber niemand gab dir die Möglichkeit. Anders als bei Bon gab es keine andere Frau, für die du das Gleiche hättest sagen können. Du sahst die Narbe in seiner Handfläche, die eure Blutsbrüderschaft bekundete, und wusstest, dass er für dich, aber auch für Loan sterben würde, so wie er sich selbst für Linh und Duc geopfert hätte, hätte er die Chance gehabt. Was dich anging, du würdest für Bon sterben und auch für Man, selbst jetzt noch, nach allem, was er dir angetan hatte, weil ihr immer noch Blutsbrüder wart. Wegen deiner Liebe für diese

Männer, einer Liebe, die dich eines Tages das Leben kosten könnte, wusstest du, dass du es verdient hattest zu leben.

Ich liebe dich, Bon, sagtest du.

Das zu sagen hattest du weder gewollt noch vorgehabt, und Bons ergriffener Blick verriet dir, dass du das Unaussprechliche ausgesprochen hattest. Na und? Du hattest so viele Obszönitäten in deinem Leben ausgesprochen und so viele Sünden begangen, dass du es trotz Bons Beklommenheit oder deiner höhnisch lachenden Geister nicht bedauertest, laut gesagt zu haben, was eigentlich nur in wortlosen Handlungen männlicher Kameradschaft zum Ausdruck gebracht werden durfte.

In Ordnung, sagte Bon und tätschelte dir die Hand. Alles in Ordnung.

In diesem Augenblick erschien die Bedienung mit dem Champagner und einem Eiskübel, und während der folgenden Minute, in der sie die Flasche entkorkte und die vier Champagnerflöten füllte, herrschte verlegene Stille, da du weiterhin nur weinen, keuchen, stöhnen, schluchzen, schnaufen und schniefen konntest, bis du schließlich die Klappe des Geheimfachs deiner Seele zufallen ließest. Äh …, machte die Bedienung, die vielleicht Mitleid mit dir hatte: Ich wollte nur sagen, dass das mit dem Mitarbeiterrabatt in Ordnung geht. Sie gab dir die Stoffserviette, in die sie sonst die Flasche eingeschlagen hätte, damit du dir die Tränen abwischen und die Nase schnäuzen konntest.

Also dann, meinte Loan.

Tut mir leid, sagtest du oder winseltest du. Tut mir wirklich leid. Wirklich, sehr leid.

Bon nahm sein Glas. Wir sollten jetzt anstoßen.

Ich weiß einen Toast, sagte Lana.

Gespannt schautet ihr sie alle an. Sie hob das Glas, und die anderen hoben ebenfalls die Gläser. Auf dein Wohl, sagte sie zu dir, was dich überraschte und ein hoffnungsfrohes Lächeln in dein Gesicht zauberte. Gratuliere, du Bastard. Du bist Vater.

Man musste dir zugutehalten, dass du weder in Ohnmacht fielst, noch zum nächsten Ausgang sprintetest. Du starrtest Lana einfach an, drehtest deinen Kopf nach links und rechts, schautest in die staunend erstarrten Gesichter von Loan und Bon und wandtest dich dann wieder Lana zu. *Du bist Vater* war der Titel des schauerlichsten Horrorfilms, den du dir vorstellen konntest, abgesehen von einer der Fortsetzungen *Du bist Vater,* Teil 2, 3 oder 4 oder, wenn du Katholik gewesen wärst, *Du bist Vater*, Teil 5, 6, 7, 8, 9, 10, 11 oder 12. Du wusstest Bescheid, und du hattest nicht das Verlangen, den auch als Leben bekannten Kreislauf des Missbrauchs fortzusetzen. Dein größter Beitrag zum Fortbestand der menschlichen Spezies bestand darin, dich nicht selbst fortzupflanzen, obwohl deine Mutter sich so sehr einen Enkel gewünscht hatte. Stell dir vor, wie herrlich es wäre, wenn du ein Kind in die Welt setzen würdest! Immer, wenn sie das gesagt hatte, hattest du gelächelt, ihre Hand gestreichelt und gelogen. Natürlich, ja, irgendwann, sicher. Nun, der Jüngste Tag war schließlich gekommen, und alles, was dir über die Lippen kam, um Zeit und Raum wieder in Gang zu setzen, war: Aber ich hab doch ein Kondom benutzt.

Lana nippte an ihrem Champagner und erwiderte: Vielleicht war das Kondom schlecht.

Wenn das Gummi in diesem Kondom von einer französischen Kautschukplantage stammte, dann hatten die Franzosen dich wieder einmal beschissen. Du öffnetest den Mund, und Lana sagte: Wage es ja nicht zu fragen, ob es da noch einen anderen Kandidaten geben könnte. Du bist das einzige Arschloch.

Du machtest den Mund wieder zu und schautest Hilfe suchend zu Bon, der trank jedoch nur seinen Champagner aus und meinte: Das ist nicht das Ende der Welt. Manche von uns wollen ja Kinder.

Und, Junge oder Mädchen?, erkundigte sich Loan mit strahlendem Lächeln.

Mädchen.

Ein Junge hätte dich vor Angst erstarren lassen, weil der heranwachsen und dich sicher eines Tages umbringen würde, was du zugegebenermaßen verdient hättest, aber ein Mädchen war auch nicht viel besser, vielleicht sogar schlimmer, weil du ihr dann Zöpfe flechten, dich um Diskussionsthemen wie ihre Menstruation herumdrücken und darüber nachdenken müsstest, dass sie eines Tages genau so einen Kerl wie dich kennenlernen und den miesen Bastard dann heiraten würde. Du atmetest tief ein und aus, um dich zu beruhigen. Was sagten normale Menschen in so einer Situation?

Wie … wie alt ist sie?

Drei Jahre.

Ist sie hier?

Sie ist in Los Angeles bei meinen Eltern.

Wie heißt sie?

Ada.

Ada. Ein etwas ungewöhnlicher Name, den westliche Menschen aussprechen konnten, und ein vollkommen fremdartiger Name, den vietnamesische Zungen gerade so bewältigen konnten. *A-d-a.* Ein Morsecode von einem Namen. Ein langes *A*, ein kurzes *d*, ein kurzes *a*. Drei Buchstaben. Ein Palindrom. Ob von links nach rechts oder von Ost nach West, blieb sich gleich. Ada, das Enkelkind, das deine Mutter immer wollte und du ihr schließlich zu spät geschenkt hast.

Hast du ein Foto?

Ada war ein kleines Mädchen mit tiefschwarzen Haaren, die ihr Gesicht umrahmten und bis zum Kinn reichten. Du hasstest Kinder, nicht wegen eines Vorurteils, sondern als logische Reaktion auf deine Kindheit, in der du jahrelang den kleinen Trollen ausgesetzt warst, die schon damals nichts weiter als ausgewachsene Groomingmonster waren. Aber dieses Mädchen … Alles an ihrem Gesicht war rund, die Augen, die Backen, die Nasenspitze. Die Augen waren dunkel, die Lippen rosa, die Haut hell. Wäre sie ganz weiß gewesen, hätte man ihre Haut einfach weiß genannt. Aber da sie von dir abstammte und du halb weiß warst, war sie nur zu einem Viertel weiß. Ihr Semi-Weißsein interessierte dich allerdings nicht. Was dich an ihr am meisten verblüffte, neben der pummeligen Niedlichkeit, die sogar dir auffiel, war, wem sie ähnlich sah.

Deiner Mutter.

Ada, sagtest du. Ada.

So heißt sie, sagte Lana.

Nachdem die Flasche Champagner geleert war und du deinen dritten Kelch Schuld und Scham gekippt hattest und nachdem Lana von Bon die Kurzversion davon gehört hatte, was euch beide in die Stadt des Lichts geführt hatte, und nachdem Lana gefragt hatte, warum du nach Frankreich und nicht in die Vereinigten Staaten gegangen bist, und du geantwortet hattest, weil du das Land deines Vaters kennenlernen wolltest, und nachdem sie gefragt hatte, warum du keinem gesagt hast, wo du bist, und du aufrichtig geantwortet hattest, weil du nicht geglaubt hattest, dass es jemanden kümmerte, ob du lebst oder tot bist, worauf Lana sich auf die Lippe biss und zur Seite schaute, standet du und Bon auf und gingt auf die Toilette. Vor den Pissoirs informiertest du Bon über die neuesten Toten, was ihn nicht im Mindesten aus der Fassung brachte. Das waren nicht gerade die angenehmsten Menschen, meinte er, schüttelte ihr Schicksal ab und zog den Reißverschluss hoch. Aber mit diesem Chaos müssen wir aufräumen.

Richtig, sagtest du, obwohl du nicht die Absicht hattest, mit irgendetwas aufzuräumen, denn die Fortsetzung des Kriegs gegen die Mona Lisa und Saïd würde die Lage nur noch chaotischer machen.

Aber als Erstes müssen wir uns um den Mann ohne Gesicht kümmern. Heute Abend noch.

Du schautest in den Spiegel, und der Anblick deines Spiegelbilds überraschte dich etwas. Inzwischen erwartetest du nämlich jedes zweite Mal, dort niemanden zu sehen, dass dein Körper genauso unsichtbar wäre wie deine Seele. Was du noch sahst, außer dir und Bon, die ihr euch beide die Hände wuscht, waren deine grinsenden Geister, die hinter dir standen und aus deren Löchern in der Stirn immer noch der ewige Saft des Lebens tropfte. Aber den Boss, Le Cao Boi, den Ronin, deinen Vater oder die kommunistische Agentin sahst du nicht.

Er kommt, sagte Bon, während er sich die Hände abtrocknete. Ich bin mir sicher.

Ich habe keine Waffe, gabst du zurück. Eine andere Ausrede, um dich davor zu drücken, Man zu töten, hattest du nicht.

Bon zuckte mit den Achseln, hob einen Fuß auf den Rand des Waschbeckens, zog den Saum seiner Hose hoch und entblößte eine kleine, oberhalb des Knöchels ans Bein geschnallte Pistole. Als Back-up, sagte er und gab sie dir. Sollte man immer dabeihaben. Hast du denn gar nichts gelernt bei mir?

Du fuhrst den bayerischen Koloss vom Boss zum Theater, Bon und Loan saßen händchenhaltend hinten, Lana saß vorne neben dir. Der Boss hatte eine Kassette mit ihren Songs, und unterwegs hörtet ihr die Coverversion des Songs aus der *Fantasia*-

Vorstellung in Los Angeles, der dich damals dazu getrieben hatte, die schicksalhaften Schritte zu unternehmen, die dich zu ihr und schließlich zu Ada führten. »Bang Bang (My Baby Shot Me Down)«.

Weiß sie, dass ich ihr … äh … Vater bin?, fragtest du zögernd, weil es dir schwerfiel, das Wort auch nur auszusprechen.

Ich habe gerade mal ein Foto von dir, sagte Lana. Aber sie hat nach dir gefragt, ja.

Ach?

Nur wer ihr Vater ist und wo er jetzt ist und warum alle anderen einen Vater haben und sie nicht.

Was hast du gesagt?

Meine Eltern haben mir verboten, ihr deinen Namen zu sagen.

Madame. Und der General, der dir kurz vor dem Abflug nach Thailand zur Invasion wie eine schmutzige Socke diese Worte in den Mund gestopft hatte: *Wie konnten Sie jemals glauben, wir würden unserer Tochter erlauben, mit jemandem Ihrer Art zusammen zu sein? Sie sind ein ausgezeichneter junger Mann, aber Sie sind auch, falls es Ihnen nicht aufgefallen sein sollte, ein Bastard.*

Dann bin ich also aus ihrem Leben ausradiert?, fragtest du und konntest dabei immer noch den Schmutz in deinem Mund schmecken.

Ich erzähle Ada, dass ihr Vater ein Soldat ist, der weggegangen ist, um sein Land zurückzuerobern, der alles dafür gegeben hat, sein Volk zu befreien. Und dass er eines Tages zu uns zurückkommt und wir ihn dann wie einen Helden empfangen. Wenn ich das sage, dann lächelt sie, und ich drücke sie ganz fest. Und habe Mitleid mit dir. Nicht wegen dem, was dir vielleicht zugestoßen sein könnte, sondern weil du nie erfahren würdest, wie sich das anfühlt, wenn du dein kleines Mädchen, wenn du dein Baby in den Armen hältst, wenn sie sich mit ihrem dicken kleinen Körper an dich kuschelt und du sie drückst und zum Kichern bringst, wenn sie dich küsst, wann immer du willst, wenn du sie sagen hörst, Daddy, ich liebe dich, so wie sie sagt, Mommy, ich liebe dich.

»Bang Bang (My Baby Shot Me Down)«.

Das hast du alles verpasst und kannst es auch nie mehr nachholen. Was jedoch nicht heißt, dass du verpassen musst, wie sie jetzt ist, wie sie nächstes Jahr ist und für den Rest ihres Lebens.

Willst du, dass ich …

Nicht für mich, du Bastard. Für sie. Sie verdient es, ihren Vater zu kennen und sich ein eigenes Bild von dir zu machen. Ansonsten wächst sie in der Hoffnung auf, ihr heldenhafter Vater käme vielleicht irgendwann zurück. Oder sie wird glauben, dass ihr Vater in Frankreich ist und es nie für nötig gehalten hat, jemandem mitzuteilen, dass er noch lebt, und dass er sie im Stich gelassen hat. Tu ihr das nicht an.

Bon hustete. Ich glaube, am Theater sind wir schon vor ein paar Blocks vorbeigefahren.

Du stelltest den Wagen ab, und ihr gingt zu Fuß zum Theater, du und Bon hinter Lana und Loan, die viele Fragen zu *Fantasia* und den Stars der Show hatte. Ihr rauchtet brüderlich schweigend eine Zigarette und saht jeder für sich der Begegnung mit dem Mann ohne Gesicht entgegen. Du hattest keine neuen Ideen, ein Mangel, den du auf den übermäßigen Genuss der Arznei schobst oder darauf, gerade nichts davon zur Hand zu haben. Du suchtest in deinen Taschen und musstest feststellen, dass sich immer noch kein Versteck mit der Arznei aufgetan hatte. Du fingst an zu zittern – von dem Champagner, dem Schuld und Scham, der Angst vor dem, was passieren könnte, dem Grauen, plötzlich Vater zu sein, der Ermordung des Bosses und dem Mangel an der Arznei. Am Hintereingang des Theaters sagte Lana zum Abschied: Wir sehen uns nach der Show. Wir haben noch mehr zu bereden. Ich fahre morgen nach Berlin.

Nach Deutschland?

Die Vietnamesen da lieben uns.

Sie ist so nett, sagte die verzauberte Loan, als ihr beide zum Vordereingang gingt. Du bist so ein Glückspilz. Ich kann nicht glauben, dass sie … dass du … nicht, dass sie nicht mit dir wollte … du weißt schon, was ich meine.

Du wusstest tatsächlich, was Loan meinte, und nahmst es ihr nicht übel, weil du so ekelhaft warst, dass du dich sogar vor dir selbst ekeltest. Die einzigen noch widerlicheren Gestalten an jenem Abend waren die in der Lobby herumlungernden Angry und Smelly.

Wo ist der Boss?, fragte Angry.

Und Le Cao Boi?, schob Smelly hinterher.

Woher zum Teufel soll ich das wissen?, sagtest du. Als ich ihn das letzte Mal gesehen habe, da hatte er gerade den Algerier umgelegt. Dann bin ich ab nach Hause.

Hey, sagte Angry. Da ist die Sekretärin vom Boss.

Die sexy Sekretärin war zum VIP-Empfang in der Lobby eingetroffen. Glücklicherweise trug sie kein durchsichtiges Nachthemd mehr, sondern ein elegantes mitternachtsblaues Abendkleid und ein totes Tier, das sie um ihre Schultern drapiert hatte. Bei näherer Betrachtung entpuppte sich das arme Ding als simpler Pelz.

Hey, sagte Smelly. Wo ist der Boss?

Woher soll ich das wissen?, antwortete die sexy Sekretärin. Dann schaute sie dich an, verzog den Mund und zischte: Du bist *ekelhaft*, du dreckiger *Bastard*.

Verdammte Scheiße, meinte Angry und stupste dich an, während die sexy Sekretärin weiterging. Die hat bestimmt ihre Tage.

Oder du hast ihr irgendwas angetan, was dem Boss nicht gefallen wird, fragte Smelly.

Wie zwei Metzger, die am Anus aufgehängte, gegrillte Enten inspizierten, musterten Angry und Smelly dich nachdenklich. Bevor sich also die Lage verschlimmern konnte, beichtetest du deinen Fäkalfauxpas auf der Toilette vom Boss, worauf Angry und Smelly in brüllendes Gelächter ausbrachen, bis ihnen die Tränen über die Backen liefen. *Dreckiger* Bastard, japsten sie glucksend. Dreckiger *Bastard*.

Was war denn da los?, wollte Loan wissen, als du dich wieder zu ihr und Bon geselltest.

Sie gab dir ein Glas Champagner, und du sagtest: Nichts. Wie wär's mit einem Toast? Auf euch beide. Und weil sie in Paris waren und es sich um Liebe drehte, sagtest du: *Levons nos verres à l'amour.*

Während du mit Bon anstießest, war aus Loans Gesicht das Lächeln verschwunden.

Irgendwas nicht in Ordnung?, fragte Bon, sein Glas auf halbem Weg zum Mund.

Ja, sagte die blasse Loan. Er hat uns gerade gebeten, auf den Tod anzustoßen.

L'amour ou la mort? Liebe oder Tod? Was war der Unterschied? Manche sagen *tom-ay-toe*, manche *tom-ah-toe*. Es war nur ein kleiner Versprecher gewesen, beziehungsweise war deine Zunge unfähig, in Zusammenarbeit mit deinen Lippen das entscheidende Wort korrekt zu bilden. Diese verfluchte Sprache von Molière! Legt dir ständig Worte in den Mund, die dir in den Backenzähnen stecken bleiben. Andererseits tut das jede Sprache. Leider konnte man die Sache jetzt nicht mehr rückgängig machen. Nicht mit Bons Back-up-Pistole im Hosenbund, nicht mit Bon, der neben dir in der Lobby stand und unter den gespannten *Fantasia*-Besuchern Ausschau nach dem Mann ohne Gesicht hielt. Loan hatte sich nach deinem fatalen Versprecher abgesetzt und plauderte mit Freunden, während du mit den Nachwuchsbohemiens der Union Small Talk machtest, die dich herzlich begrüßten und gleich flüsternd nach der Ware fragten. Du sagtest, sie sollten dich morgen anrufen, obwohl du keine Ahnung hattest, wo du dann sein würdest, außer bedeckt mit Erde und zwei Meter näher an deiner Mutter, sollten die überlebenden Zwerge herausfinden, was geschehen war, oder Saïd es sich anders überlegen. Inzwischen wolltest du einfach für einen kurzen Augenblick den selten harmonischen Anblick in der Lobby genießen, in der sich Vietnamesen aller Art in freudiger Erwartung von *Fantasia* mischten: Liberale bis Linke bis offen kommunistische Mitglieder der Union, die seit zwei oder drei Generationen in Frankreich lebten und tendenziell zur Mittelklasse bis oberen Mittelklasse und darüber gehörten; Konservative bis Rechte bis offen faschistische Mitglieder der Vereinigung für ein Freies Vietnam, die erst vor Kurzem geflohen waren und tendenziell sehr arm bis etwas arm bis Arbeiterklasse waren; und alle dazwischen, die an den Rändern oder die politisch Desinteressierten, die sich lediglich amüsieren wollten, worin sie sich von so ziemlich niemandem auf diesem Planeten unterschieden.

Da, sagte Bon. Der Botschafter.

Der Botschafter hatte die Form eines Bowlingkegels und sah ziemlich gut genährt aus, wenn man bedenkt, dass er ein hungerndes Land vertrat, in dem Menschen – laut *Le Monde* und *Le Figaro* – von Lebensmittelrationen lebten. Er wurde begleitet von einer Frau in einem Ao dai, vermutlich seine Frau, und zwei Kindern im Teenageralter, einem Jungen und einem Mädchen, Ersterer in einem schlecht sitzenden Anzug, Letztere wie ihre Mutter in einem Ao dai. Mitglieder der Union strömten herbei, um ihn zu begrüßen, aber auch um eine Mauer zwischen sich und den Mitgliedern der Vereinigung zu errichten, die dem Treiben tuschelnd und zornig zuschauten. Den schnapp ich mir auch, sagte Bon, und du brummtest aufmunternde Worte. Wer warst du, dich den Träumen und Ambitionen eines Menschen in den Weg zu stellen?

Dann war Showtime, aber keine Spur vom Mann ohne Gesicht. Du gingst mit Bon zu Loan in den Zuschauerraum.

Alles in Ordnung?, fragte sie Bon und ignorierte dich.

Alles bestens, sagte Bon. Wir haben uns bloß ein bisschen die Leute angeschaut.

Programme raschelten, es wurde geflüstert, geplaudert, gelacht. Der Vorhang war noch geschlossen, die Erwartungen allerdings waren groß, denn dein Volk hatte seit Monaten auf *Fantasia* gewartet. Nur Bon war enttäuscht, während du aus dem exakt gleichen Grund erleichtert warst: nirgends ein Mann ohne Gesicht. Ihr hättet es beide besser wissen müssen.

Du hattest kaum Platz genommen, als du jemanden hinter dir sagen hörtest: Schau dir den Typen da an, also blicktest du zu dem Mann, der rechts von dir durch den Gang ging. Er trug einen unauffälligen dunkelblauen Anzug, die gängige Kleidung für einen offiziell unterbezahlten Staatsbediensteten eines armen Landes. Unter dem Haarflaum war die pergamentartig vernarbte Schädelhaut zu sehen, die am Hinterkopf teilweise unter einem schwarzen Band verschwand. Bon sog scharf die Luft ein, als der Mann neben der Sitzreihe mit dem Botschafter stehen blieb. Dann drehte er sich nach links um, damit er in die Reihe gehen konnte, und nun sah das ganze Theater, was der Mann hinter dir bereits gesehen hatte: kein Gesicht, sondern eine Maske, die von dem schwarzen Band gehalten wurde. Eine Maske mit Augenbrauen, Backen und einer breiten, aber keineswegs flachen Nase. Eine Maske mit Lippen, mit Öffnungen für die Augen, die vielleicht leicht abgewinkelt oder schräg waren, aber keine Schlitze. Eine Maske mit einem Gesicht, das mit seinen unergründlichen Zügen asiatisch, in seiner undurchdringlichen Reglosigkeit aber auch einfach menschlich hätte sein können. Eine Maske, die absolut, vollkommen, komplett, zur Gänze und unbestreitbar weiß war.

ZWANZIGSTES KAPITEL

Es wurde dunkel, die Zuschauer klatschten, der Vorhang teilte sich, und auf der Bühne richtete sich ein einzelnes Scheinwerferlicht auf eine Frau, auf Lana, deren hautenger roter Ledercatsuit einen Körper preisgab, der nicht die Spur verriet, dass ein Baby in ihn eingedrungen war und von ihm Besitz ergriffen hatte. Das Mikrofon in ihrer Hand war ein Joystick, mit dem sie das Publikum steuerte, das sich von ihrer Stimme mitreißen ließ. Du erkanntest den Song sofort – »For Your Eyes Only« aus dem gleichnamigen James-Bond-Film, der eines Abends zum Wohle des gesamten Flüchtlingslagers auf Galang gezeigt wurde. Für nur knapp mit dem Leben davongekommene Flüchtlinge war ein James-Bond-Film genau der Eskapismus, den sie brauchten. Aber für euch Einwanderer, Flüchtlinge und Exil-Pariser oder für eure in Frankreich geborenen Kinder hatte der Song eine besondere Bedeutung: *Fantasia* war »for your eyes only«. Ihr wart nicht die Objekte, die angeschaut wurden, ihr wart die Subjekte, die schauten, euer kollektiver Blick konzentrierte sich auf Lana, deren Körper alles Vietnamesische verkörperte, als sie den zugegeben banalen Text in eure Sprache übersetzte. Banal oder nicht, der Text sagte die Wahrheit über die Liebe, über die anfängliche Entflammung zwischen den Liebenden wie auch über die wechselvolle, flackernde Flamme der Liebe, die deine Leute füreinander empfanden, kompliziert und schwierig, wie jede wirkliche Liebe war. In dieser Flamme saht ihr nicht nur eure Schönheit, sondern auch eure Hässlichkeit, und Lana sah euch, sah alles von euch, sogar dich auf deinem mittelmäßigen Platz, und als sie rief: Guten Abend, Paris!, brülltet ihr alle eure Dankbarkeit heraus, und als sie schrie: Hallo, mein geliebtes Volk!, da unterwarft ihr euch mit Johlen, Pfeifen, Klatschen und Trampeln der größten Fantasie in *Fantasia* – dass ihr nämlich nie einen Krieg gegeneinander geführt hättet, einen Krieg, der sogar jetzt noch andauerte, den bittersten aller Kriege, den Bürgerkrieg. Für einen Augenblick vergaßt ihr die Realität, dass nämlich die Menschen, die die vietnamesischen Menschen am meisten hassten, andere vietnamesische Menschen waren. Eine Tragödie, sicher, aber schiebt sie beiseite, denn der heutige Abend gehörte *Fantasia*, woran euch der nächste Sänger erinnerte, der auf die Bühne schlenderte.

Das ist Elvis!, kreischte Loan und klatschte in die Hände.

Die Haartolle ähnelte Elvis Presleys Schmalzlocke, aber es war nicht *der* Elvis. Diese Gestalt in schwarzer Lederhose und lila Samtsmokingjacke mit Paisley-Einstecktuch und mit lavendelfarben getönter Brille war *euer* Elvis, der nach dem King of Rock'n'Roll benannt war, ein Geniestreich, der euch alle mit der Frage zurückließ, warum ihr nicht selbst auf diese Idee gekommen wart. Warum nicht den Namen des King annehmen? Niemals ließt ihr die Gelegenheit verstreichen, etwas Erfolgreiches umgehend zu kopieren, ob es nun Songs waren oder Bücher, Restaurants, Tyrannen, ausbeuterische und mörderische Herrschaftssysteme, Diebstahl und Unterschlagung, auch bekannt als Kolonialismus, was besser klang, wenn man es *la mission civilisatrice* nannte. Auf Französisch klang alles besser, einschließlich Vergewaltigung, Mord und Brandschatzung. Ob nun Diebstahl oder Huldigung, dieser Elvis hatte jedenfalls eine verdammt gute Stimme, der von Lana ebenbürtig, sein einziger Fehler war, dass er ein Mann war und kein besonderer Anblick, aber daran war nichts zu ändern. Du lehntest dich zurück, und die sexy Version seines Klassikers »Love You« schwappte über dich hinweg, während die beiden im Cha-Cha-Cha über die Bühne tanzten. Wie weise der Text war – *love you because I hate sadness, love you because I'm sick of people, love you because I'm tired of life. Love you. Love you. Love you.* Du wünschtest dir die Welt als ein immerwährendes Konzert. Bei politischen oder religiösen Massenveranstaltungen wusste man nie so genau, ob die Teilnehmer anschließend Ausländern helfen oder sie ermorden würden, aber wann haben das letzte Mal Musikfans nach einer Show andere Menschen massakriert?

Fantasia wird im Lauf des Abends immer besser. Nach und nach rücken die Scheinwerfer die Musiker im Bühnenhintergrund ins Bild. Ein Dutzend überaus durchtrainierte Tänzer begleitet eine Parade von männlichen wie weiblichen Sängern, die die gängigsten und ergötzlichsten Emotionen eurer Populärkultur vorführen, namentlich Liebe und Traurigkeit mit ihren dezenten Variationen von Verlust, Abwesenheit, Melancholie, Kummer und Sehnsucht. Die Show fesselt dich so, dass du den Mann ohne Gesicht tatsächlich schon vergessen hast, als Bon dich anstößt und flüstert: Er geht. Das Licht von der Bühne erfasst seine Silhouette, als er sich durch die Sitzreihe schiebt. Das ist unsere Chance, flüstert Bon, als der Mann ohne Gesicht den Gang hinaufgeht. Du verfluchst Mans Timing, weil du und jeder andere vollkommen hingerissen seid von der neuesten Künstlerin, der berückenden und verwirrenden Alexa, einer blonden weißen Quebecerin, die in perfektem Vietnamesisch singt. Du willst bleiben und herausfinden, wie eine weiße Frau diesen Zaubertrick vollbringt, aber Bon flüstert nun Loan etwas zu und stupst dich so lange an, bis du schließlich aufstehst und ihr beide über die Füße der anderen Zuschauer durch die Sitzreihe zum Gang stolpert.

In der Lobby erwischst du gerade noch einen Blick auf den Rücken des Mannes ohne Gesicht, als er an dem verdutzten, eine Zigarette rauchenden Angry vorbeigeht und um eine Ecke biegt.

Er geht auf die Toilette, sagt Bon, der neben dir geht und dessen Hand nach der Pistole unter seiner Jacke greift.

Du spürst Bons Back-up-Pistole im Kreuz, und die Freude und das Glück der wenigen Minuten mit *Fantasia* gehen in Rauch auf und lassen nur einen grässlichen Klumpen Kohle in deinem Magen zurück.

Wer zum Teufel war das?, fragt Angry. Was habt ihr vor?

Später, sagt Bon. Später.

Ihr zwei biegt gerade noch rechtzeitig um die Ecke, um zu sehen, wie sich die Tür zur Herrentoilette wieder schließt, und Bon fragt, ohne dich anzuschauen, ob du bereit bist. Eine rhetorische Frage. Er geht davon aus, dass du bereit bist, und wenn du es nicht bist, schert es ihn auch nicht, denn er ist jetzt eine wärmesuchende Rakete. Wenige Sekunden später erreicht ihr die Tür, wo er seine Waffe zieht, durchlädt, mit der linken Hand die Tür aufstößt und mit der rechten die Waffe hebt. Er bewegt sich so schnell, dass du ihm in den Rücken läufst und ihn zur Seite stößt, als er unvermittelt stehen bleibt. Vor ihnen steht der Mann ohne Gesicht, mit dem Rücken zur Wand, der Tür zugewandt, die Hände an den Seiten herunterhängend, die Maske immer noch auf seinem Gesicht.

Was hat Sie aufgehalten?, fragt der Mann ohne Gesicht. Ich habe schon auf Sie gewartet.

Am Delights of Asia in der Rue de Belleville sind die Rollläden heruntergelassen, obwohl es beste Samstagabendzeit ist, was aber niemandem auffällt, da es keine Stammkunden gibt, die enttäuscht sein könnten.

Du fuhrst Bon und den Mann ohne Gesicht zum Lokal. Beide saßen hinten, wobei Bon seine Pistole auf den Mann ohne Gesicht richtete. Er hatte in der Toilette und auf dem Weg aus dem Theater keinen Widerstand geleistet. Der immer noch rauchende, immer noch verdutzte Angry hatte noch einmal gefragt: Wer zum Teufel ist der Kerl? Du fuhrst ohne musikalische Untermalung, um besser verstehen zu können, was der Mann ohne Gesicht sagte, denn das könnte dir eine Kugel in den Hinterkopf bescheren. Doch der Mann ohne Gesicht verriet auf der Fahrt weder seinen Namen noch, wer er wirklich war. Und Bon fragte auch nicht danach, weil er zu wissen glaubte, wer der Mann ohne Gesicht war: der Kommissar, der Politoffizier des Umerziehungslagers, verantwortlich für die Zufuhr der ideologischen Abführmittel und die Säuberung eures Kolons von allen Resten der Kolonisierung, um euch dann zu Kommunisten nach dem Bilde von Marx, Lenin und Ho Chi Minh umzuformen (nicht jedoch von Mao, denn nachdem euer triumphales revolutionäres Regime die Franzosen und die Amerikaner mit ein klein wenig Hilfe der Chinesen aus dem Land geworfen hatte, stand es ihm frei, die Chinesen wieder zu hassen). Selbst bei den Lagerwachen und dem Lagerkommandanten war der Kommissar nur als der Kommissar bekannt. Und deshalb nannte Bon ihn ebenfalls so, Kommissar, wobei er das Wort zischend ausstieß, was dem Mann ohne Gesicht nicht das Geringste auszumachen schien.

Warum die Maske, Kommissar?, waren Bons erste Worte, sobald sie im Boliden vom Boss saßen, nachdem ihr drei schweigend vom Theater zum Auto gegangen wart. Du behieltest die beiden im Rückspiegel im Auge. Bon starrte auf die Maske des Mannes ohne Gesicht, und der Mann ohne Gesicht drehte seinen Kopf so, dass er den neben ihm sitzenden Bon und dich auf dem Fahrersitz im Blick hatte. Der Mann ohne Gesicht lachte oder machte zumindest ein Geräusch, das einem Lachen nahekam, denn jedes Geräusch, das er machte, wurde von der Maske leicht gedämpft und durch den vernarbten Rachen verzerrt. Du erinnertest dich von den Verhörsitzungen im Lager, dass seine Stimme nicht mehr wie die von Man klang. Deshalb und wegen des nicht vorhandenen Gesichts erkannte Bon ihn nicht wieder.

Gefalle ich Ihnen mit Maske nicht besser?

Sie gefallen mir überhaupt nicht, Maske hin oder her. Warum sind Sie hier?

Ich bin ein Held des Staates, Paris ist meine Belohnung dafür, sagte der Mann ohne Gesicht mit seiner Reibeisenstimme. Komisch, erst schmeißen wir unsere Kolonisierer raus, und dann machen wir in ihrem Land Urlaub. Ich sitze in einem Büro und bearbeite Visaanträge, da muss mich keiner sehen. Einfach und bequem, nur die Langeweile stört. Der eigentliche Grund für meinen Aufenthalt sind aber die ausgezeichneten Schönheitschirurgen. In dieser und anderer Hinsicht haben sich die Franzosen in der Nachkriegszeit um Hilfestellungen bemüht.

Warum sollten sie das tun?

Schuldgefühle? Im Augenblick fällt es ihnen leichter, sich schuldig zu fühlen, weil sie auf die Amerikaner zeigen und sagen können, die waren viel schlimmer. Außerdem können Sie sich gar nicht vorstellen, wie sehr es die Franzosen genießen, unsere Diplomaten feierlich erzählen zu hören, wie sie die Amerikaner geschlagen haben. In perfektem Französisch! Der Mann ohne Gesicht lachte, und es klang schauerlich. Wenn sie uns perfekt Französisch sprechen hören, glauben sie, dass aus uns Jungs schließlich doch noch Männer geworden sind.

Und die Schönheitschirurgen?

Sie haben angeboten, es gratis zu machen. Der Mann ohne Gesicht lachte wieder, obwohl nichts lustig war. Die Franzosen haben uns versklavt, aber natürlich sind nicht alle Franzosen verantwortlich. Die gleiche kolonisierende Klasse, die uns ausgebeutet hat, beutet auch das französische Volk aus. Jedenfalls sind diese Chirurgen Menschen wie wir.

Menschen? Sie sind kein Mensch. Sie sind ein Monster. Also los, zeigen Sie uns Ihr Gesicht oder das, was davon übrig ist. Die ganze Zeit im Lager konnte ich Sie nie aus der Nähe sehen.

O nein, noch nicht. Der Mann ohne Gesicht lachte. Anscheinend amüsierte er sich köstlich. Das Licht ist nicht gut hier. Ein Monster benötigt ausgezeichnetes Licht.

Auch vor dem Delights of Asia ist das Licht nicht gut, und das mag dafür verantwortlich sein, dass Bon nichts auffällt, als er mit dem Schlüssel in der Hand auf die Rollläden zugeht. Ihr tretet ein, und die Bühne ist schon bereitet. Die Schauspieler sind an ihrem Platz, die Handlung windet sich durch das Labyrinth bis zum unausweichlichen Schluss, denn das Drehbuch ist schon geschrieben. Und wer ist der Drehbuchschreiber, wenn nicht du? Und trotzdem, auch als derjenige, der das Drehbuch verfasst hat, hast du nur teilweise die Kontrolle, denn du bist nicht der Produzent dieser eindeutig schwarzen Komödie, auch wenn die Bezeichnung schwarz für eine Komödie irgendwie, gewissermaßen, vielleicht, möglicherweise und in Restspuren rassistisch ist, obwohl, wenn du dies äußertest, dich ein Franzose, sicher ein Amerikaner und erst recht ein Vietnamese entrüstet des Rassismus bezichtigen würde, weil du im unschuldigen Gebrauch des Wortes »schwarz« etwas Rassistisches erkennen willst. Reiner Zufall. Hat nichts zu tun mit Schwarzmärkten oder Blackfacing oder dem herrlichen Ausdruck der Franzosen für Ghostwriter, die sie als *nègres* – Nigger! – bezeichnen – die schiere Großmäuligkeit der Wendung raubte dir den Atem, als du sie das erste Mal hörtest. Aber warum Anstoß nehmen am spielerischen Umgang mit Worten, wenn es ja so war, dass Ghostwriter tatsächlich Sklaven waren – abzüglich des Auspeitschens, Vergewaltigens und Lynchens, der lebenslangen Knechtschaft und der freien Arbeit? Trotzdem, scheiß drauf, wenn Worte nur Worte sind, dann nennen wir sie eben eine weiße Komödie, warum nicht? War nur ein Witz, schön locker bleiben, ein schlechter Witz, okay, aber so war die Unheilige Dreifaltigkeit aus Kolonialismus, Sklaverei und Genozid nun mal, nicht zu reden vom Dynamischen Duo aus Kapitalismus und Kommunismus, beides von weißen Menschen erfunden und beides so ansteckend wie Pocken und Syphilis. Die weißen Menschen haben diese schlechten Witze verkraftet, oder? Jedenfalls, alle Wortspielereien mal beiseitegelassen, ist es wirklich eine weiße Komödie, denn die wirklichen Produzenten sind weiß, die Kolonisatoren und Kapitalisten, die vor langer Zeit diese epische Produktion finanzierten, in der dein Part nicht mal auf der Hauptbühne spielt. O nein, um der physischen auch noch die psychische Verletzung hinzuzufügen – weil der physischen immer die psychische hinzugefügt wird –, spielst du am Off-Off-Off-Off-Off-Broadway im Begleitprogramm eines Begleitprogramms eines Begleitprogramms, wo du in einem intimen Theater des Absurden so innovativ, so avantgardistisch und dem Massengeschmack so weit voraus Molières entsetzten Geist belästigst, dass sich dafür nicht einmal Zuschauer einfinden. Außer euch drei, die ihr euch selbst zuschaut, in folgenden ROLLEN:

BLUTSBRUDER NR. 1	(Man, alias der Kommissar, alias der Mann ohne Gesicht)
BLUTSBRUDER NR. 2	(du, alias der Hauptmann, alias Vo Danh)
BLUTSBRUDER NR. 3	(Bon, der keinen anderen Namen hat)

Was für glückliche Tage das sind! Dein Bühnendebüt in einem Performancetheater in dem das ganze Restaurant die Bühne ist. Alles wird improvisiert, alles ist unvorhersehbar, außer das Vorhersehbarste von allem: Das Ende muss erreicht, die Maske muss abgenommen, die Pistole muss abgefeuert werden. Aber bevor der letzte Akt der weißen Komödie stattfinden kann, kommt der …

PAENULTIMUS ACTUS

(das bedeutet: der vorletzte Akt)

Scheppernd fliegt die Tür auf. Auftritt SMELLY und ANGRY, Hackmesser in den Händen.

SMELLY Was zum Teufel ist hier los?

ANGRY Ihr Arschlöcher führt euch echt schräg auf.

SMELLY *(zeigt auf den Mann ohne Gesicht)* Wer zum Teufel ist das?

BLUTSBRUDER NR. 2 Das ist eine große philosophische Frage.

SMELLY Halt dein verdammtes Maul, du verrückter Bastard.

ANGRY Wo ist der Boss? Wo ist Le Cao Boi? Warum ist das Restaurant geschlossen?

BLUTSBRUDER NR. 3 Was macht ihr hier? Ihr sollt doch im Theater sein.

SMELLY Du hast hier keine Fragen zu stellen. Du hast dich sogar vor der Arbeit bei der Orgie gedrückt.

ANGRY Bist dir wohl zu fein dafür, was? Fick dich.

SMELLY Also, wer zum Teufel ist das? Und warum trägt er diese Maske?

BLUTSBRUDER NR. 3 Nimm die Maske ab.

BLUTSBRUDER NR. 1	Sehr gern, Bruder, ich warte schon lange darauf, sie abzunehmen.
BLUTSBRUDER NR. 3	Ich bin nicht dein Bruder.
BLUTSBRUDER NR. 1	*(nimmt die Maske ab)*
SMELLY	Igitt! Das ist ja … Gottogott …
ANGRY	Was zum Teufel ist mit deinem Gesicht passiert?
BLUTSBRUDER NR. 1	*(kichert)* Das hättest du vor den Operationen sehen sollen.
SMELLY	Du solltest deinen Chirurgen wechseln.
BLUTSBRUDER NR. 1	Ich habe schon ein halbes Dutzend Operationen hinter mir. Aber wenn man mit nichts anfängt, wenn das ganze Gesicht von Napalm verbrannt ist, dauert das eben seine Zeit. Gott hat die Welt in sieben Tagen erschaffen, aber selbst die talentiertesten, bestausgebildeten, bestbezahlten menschlichen Wesen brauchen doch einige Zeit länger, um etwas so Simples wie ein Gesicht zu erschaffen. Ich habe erst den halben Weg hinter mir.
ANGRY	Beantworte meine gottverdammte Frage: Wer zum Teufel bist du?
BLUTSBRUDER NR. 1	Das ist eine große philosophische Frage. Du darfst nicht vergessen, dass die Geburt eines Wesens, das aus dem Nichts kommt, vom absoluten Anfang, ein historisch absurdes Ereignis ist.
SMELLY	WER ZUM TEUFEL BIST DU?
BLUTSBRUDER NR. 1	Du erkennst mich nicht?
ANGRY	Warum sollte ich dich erkennen?
BLUTSBRUDER NR. 1	Ich habe Bon gefragt. Aber auch ihr müsstet mich erkennen.

SMELLY Wir kennen dich nicht mal, du Arschloch.

BLUTSBRUDER NR. 1 Habt ihr in letzter Zeit mal in den Spiegel geschaut?

ANGRY Fick dich …

BLUTSBRUDER NR. 1 Ich meine, richtig geschaut?

SMELLY Was soll's, ich geb einen Scheiß drauf, ob du die Frage noch beantwortest.

ANGRY Warte, bis der Boss dich zu sehen kriegt.

SMELLY Wo ist der Boss, du verrückter Bastard?

BLUTSBRUDER NR. 3 *(schießt SMELLY an der Schläfe in den Kopf)*

ANGRY Was zum …

BLUTSBRUDER NR. 3 *(schießt ANGRY zwischen die Augen)*

BLUTSBRUDER NR. 2 Heilige Scheiße!

(SMELLY und ANGRY liegen rücklings auf dem Boden)

BLUTSBRUDER NR. 3 Das waren nicht die angenehmsten Menschen.

(SMELLY und ANGRY scheinen tot zu sein)

BLUTSBRUDER NR. 1 Was dich nicht umbringt, macht dich nur stärker.

(SMELLY und ANGRY sind eindeutig tot)

BLUTSBRUDER NR. 2 Warum …

BLUTSBRUDER NR. 3 Warum? Diese beide irren Wichser würden dich bei lebendigem Leib zerstückeln und dabei auch noch lachen. Die Frage war nur, töte ich sie jetzt oder später. Später wäre es eine größere Sauerei geworden.

(SMELLY und ANGRY sind immer noch tot)

BLUTSBRUDER NR. 2 Da schert sich doch keiner einen Scheiß drum.

BLUTSBRUDER NR. 1 Stimmt wahrscheinlich. Habt ihr eigentlich keine Angst, dass jemand die Polizei ruft?

BLUTSBRUDER NR. 3 Die Wände sind dick. Die Rollläden sind dicht. Nur zwei Schüsse. Das Risiko gehe ich ein.

BLUTSBRUDER NR. 1 Du bist so konsequent wie schon früher immer.

BLUTSBRUDER NR. 3 Wie schon früher immer? Was weißt du von früher?

BLUTSBRUDER NR. 1 Bon, Bon. Erkennst du mich immer noch nicht?

BLUTSBRUDER NR. 3 Du bist der Kommissar.

BLUTSBRUDER NR. 1 Ich bin mehr als der Kommissar. Und weniger.

BLUTSBRUDER NR. 3 Ist mir egal. Du bist hier, um zu sterben, und ich bin hier, um dich zu töten.

BLUTSBRUDER NR. 2 Nichts geschieht ohne Grund.

BLUTSBRUDER NR. 3 Herrgott, kannst du nicht mal den Mund halten? Wo ist deine Pistole?

BLUTSBRUDER NR. 2 Mir scheißegal.

BLUTSBRUDER NR. 3 Aber mir nicht, du jämmerlicher Bastard. Du willst diesen Hurensohn vielleicht nicht töten, keine Ahnung, warum, nach allem, was er dir angetan hat. Aber ich werde ihn töten, und ich werde jede Sekunde genießen.

BLUTSBRUDER NR. 1 Bon.

BLUTSBRUDER NR. 3 Du kommst aus der Sache nicht mehr raus.

BLUTSBRUDER NR. 1 Das will ich gar nicht. Ich will nur, dass du mich vorher erkennst. Verstehst du denn nicht? Ich wollte, dass ihr mich findet. Was glaubst du, warum ich in Paris bin? Die Sowjets haben in der plastischen Chirurgie auch hervorragende Leute.

BLUTSBRUDER NR. 3 Das überrascht mich nicht.

BLUTSBRUDER NR. 1 Ich war in Moskau. Weißt du eigentlich, dass Lenins Leiche öffentlich aufgebahrt ist? Fantastisch, wie die Präparatoren das hingekriegt haben. Grenzt fast an plastische Chirurgie. Und diese Experten haben das Gleiche mit Ho Chi Minh gemacht. Sieht aus, als würde er schlafen. Von nah und fern kommen die Menschen angereist, um ihn in seinem Mausoleum zu sehen. Ho Chi Minhs Leiche ist jetzt das schönste Kunstwerk in unserem Land.

(Es sickert etwas aus den Körpern von SMELLY und ANGRY)

BLUTSBRUDER NR. 3 Was meinst du damit, du wolltest, dass wir dich finden?

BLUTSBRUDER NR. 1 Ich wusste, dass unser Bruder hier nicht in die Vereinigten Staaten zurückkehren würde, nachdem er dort einen Mann getötet und dir dabei geholfen hat, einen zweiten zu töten. Frankreich war das nächstwahrscheinliche Land. Viele von uns leben hier. Außerdem ist Frankreich natürlich das Land seines Vaters. Wohin sollte er sonst gehen? Und wenn hierher, wohin sonst als nach Paris? Dann brauchte ich nur noch dafür zu sorgen, dass meine Anwesenheit bekannt wird.

	Ein Mann mit einer Maske statt eines Gesichts kann kaum unbemerkt bleiben.
BLUTSBRUDER NR. 3	Aber warum wolltest du uns finden?
BLUTSBRUDER NR. 1	Wir haben noch unerledigte Dinge zu erledigen. Nur nicht die, die du meinst.

(Von SMELLY und ANGRY breiten sich dunkle Flecken langsam über den Boden aus)

BLUTSBRUDER NR. 2	Verdammt, für wen hältst du dich eigentlich?
BLUTSBRUDER NR. 3	Mit wem redest du, du verrückter Bastard?
BLUTSBRUDER NR. 2	Mit mir selbst. Aber auch mit unserem Bruder hier.
BLUTSBRUDER NR. 3	Er ist nicht unser Bruder.
BLUTSBRUDER NR. 1	Soll ich es ihm sagen, oder sagst du es?
BLUTSBRUDER NR. 3	Ihm was sagen?
BLUTSBRUDER NR. 2	Tut mir leid, Bon. Tut mir sehr leid. Wirklich, sehr leid.
BLUTSBRUDER NR. 3	Was tut dir leid?
BLUTSBRUDER NR. 1	Mir ebenso.
BLUTSBRUDER NR. 3	Was tut euch leid?
BLUTSBRUDER NR. 2	Ich glaubte, das Richtige zu tun.
BLUTSBRUDER NR. 3	Was wollt ihr mir sagen?
BLUTSBRUDER NR. 1	Bist du dir sicher, dass du mich nicht erkennst?
BLUTSBRUDER NR. 3	Hört endlich auf mit euren Psychospielchen.

(SMELLY und ANGRY schauen ausdruckslos zur Decke hinauf und sinnieren über die Bedeutung des Lebens oder des Todes oder was immer das ist)

BLUTSBRUDER NR. 1	Erkennst du das?

(Er hebt seine linke Hand. Über die Handfläche verläuft eine lange rote Narbe)

BLUTSBRUDER NR. 3 *(zögert)* Na und?

BLUTSBRUDER NR. 1 Das ist die gleiche Narbe wie auf deiner Hand.

BLUTSBRUDER NR. 3 *(zu BLUTSBRUDER Nr. 2)* Hast du ihm von unserem Schwur erzählt?

BLUTSBRUDER NR. 2 Den kannte er schon.

BLUTSBRUDER NR. 2 Woher?

BLUTSBRUDER NR. 3 Weil ich dein Bruder bin, Bon. Ich bin Man.

BLUTSBRUDER NR. 3 Jeder kann sich selbst die Hand aufritzen. Die Geschichte von unserem Schwur hast du von dem verrückten Bastard hier. Du hast ihn gefoltert, er hätte dir alles erzählt.

BLUTSBRUDER NR. 2 Ich brauchte ihm nichts zu erzählen. Er weiß es, weil er Man ist.

BLUTSBRUDER NR. 3 Was hat er dir angetan? Was hast du ihm gesagt? Sag mir die Wahrheit.

BLUTSBRUDER NR. 1 Ja, sag sie ihm.

BLUTSBRUDER NR. 2 Du zuerst.

BLUTSBRUDER NR. 1 Mir glaubt er sie nicht. Vielleicht glaubt er sie dir.

(Das Licht geht aus. Auf jeden von euch drei richtet sich ein Punktstrahler. SMELLY und ANGRY stehen auf, ziehen sich ins Dunkel zurück und gesellen sich zum Chor deiner Geister, die sich erwartungsfroh anstoßen und die Hände reiben.)

Bon und Man schauen dich an und warten, dass du anfängst zu sprechen. Du weißt nicht, was du sagen sollst, sagst du, nur, dass Menschen, wenn sie sagen, sie wüssten nicht, was sie sagen sollen, oft durchaus wissen, was sie sagen sollen, aber es nur nicht sagen wollen. Als Erstes ziehst du allerdings die Back-up-Pistole aus dem Hosenbund und gibst sie Bon zurück. Was soll das?, fragt er, nimmt sie aber trotzdem – das erste Anzeichen, dass er weiß, irgendetwas stimmt hier ganz und gar nicht.

Du sollst wissen, dass ich die nie gegen dich richten würde, sagst du. Oder gegen Man.

Er ist nicht Man. Warum hörst du nicht einfach auf damit. Er hat dir damals im Lager eine Gehirnwäsche verpasst, oder etwa nicht?

Das hat alles lange vor dem Lager angefangen, Bon. Tut mir leid. Tut mir wirklich leid. Ich weiß nicht, wo ich anfangen soll. Außer damit, dass du ihm glauben musst. Der Mann ohne Gesicht ist der Kommissar. Und der Kommissar ist Man, unser Blutsbruder. Er hat Saigon nicht verteidigt. Er wurde von einer Napalmbombe getroffen, die ihm das Gesicht weggebrannt hat. Aber er hat überlebt.

Bon schaut zwischen euch beiden hin und her. Nein, ich … ich …

Hör einfach zu. Man und ich … wir sind … wir waren … wir waren damals …

Was wart ihr?, fragt Bon, und zum ersten Mal schwenkt er den Lauf seiner Pistole von Man zu dir.

Kommunisten. Ich war schon Kommunist, als ich zum Studium nach Amerika gegangen bin, schon als ich bei der Spezialeinheit war und für den General gearbeitet habe. Aber ich bin kein Kommunist mehr. Vielleicht ist Man noch einer.

Ich verstehe nicht, sagt Bon und bewegt den Lauf wieder zurück zu Man.

Du musst das begreifen, sagt Man. Wir beide sind deine Blutsbrüder.

Nein, seid ihr nicht, nicht, wenn das wahr ist …

Und warum sollte es nicht wahr sein?, sagt Man. Wir sagen es dir doch gerade.

Du beschissener Hurensohn, schreit Bon. Was hat er im Lager mit dir gemacht?

Ganz schön viel, sagst du. Aber wir hatten schon lange vorher angefangen. Schon auf dem Lycée, als wir unseren Schwur abgelegt haben. Wir waren Blutsbrüder, aber schon damals waren wir verschieden. Schon bald danach hat Man angefangen, mir von den schrecklichen Dingen zu erzählen, die die Franzosen uns angetan haben …

Ich weiß, dass die Franzosen uns schreckliche Dinge angetan haben, sagt Bon.

Aber du hast geglaubt, dass die Amerikaner uns retten wollten. Du warst damals schon bereit, zusammen mit ihnen gegen die Kommunisten zu kämpfen. Aber Man hat mir die Wahrheit erzählt, dass die Amerikaner keineswegs da waren, um uns zu helfen. Vielmehr wollten sie uns dazu bringen, ihnen dabei zu helfen, gegen die Kommunisten zu kämpfen, während die Kommunisten in Wahrheit versucht haben, uns zu befreien …

Dann hat er damals schon mit der Gehirnwäsche angefangen …

Keine Gehirnwäsche …

Du gibst es also zu, sagt Man. Du erkennst mich doch wieder, stimmt's?

Einen Scheiß erkenne ich wieder, schreit Bon. Auch wenn du früher … auch wenn du vielleicht früher mal … jetzt bist du jedenfalls geisteskrank. Vielleicht warst du das immer, und ich hab's nur nicht gemerkt. Vielleicht hat dein Wahnsinn auf diesen armen Bastard abgefärbt. Der wirklich ein verrückter Bastard ist, wenn er geglaubt hat, dass du …

Ich streite nicht über Politik mit dir, Bon, sagst du. Ich versuche nur …

Du bist ein verdammter Kommunist! Und ein Lügner.

Ja, stimmt alles …

Du bist ein verdammter Verräter!

Nein, das stimmt nicht. Wir sind genauso wenig Verräter, wie du ein Verräter bist. Für die Kommunisten bist du ein Verräter, aber du bist ein Patriot. Und wir sind auch Patrioten. Du hast getan, was du als das Richtige für dein Land gehalten hast, genau wie wir getan haben, was wir für das Richtige …

Dann seid ihr Idioten.

Das stimmt vielleicht.

O mein Gott, sagt Bon, und du siehst, dass er weint. O mein Gott.

Bon …

Ist dir denn gar nichts heilig?

Erst hältst du das für eine rhetorische Frage, weil die Antwort nur sein kann, dass dir natürlich einige Dinge heilig sind. Deine Überzeugungen. Deine Freundschaften. Deine Mutter. Oder – umgekehrt, provokant – die Antwort lautet nein, nichts ist heilig. Gegen alles kann man sich versündigen. Und es gibt noch die dritte Antwort, die du erst begriffst, als der Boss etwas von dir forderte und du ablehntest, und deshalb …

Nein, sagst du. Nichts ist heilig.

Du bist so ein Bastard, sagt Bon, und er weint nicht nur, er schluchzt. Seit dem Tod seiner Frau und seines Kindes hast du ihn nicht mehr so gesehen. Ein echter Bastard! Das weißt du, oder? Nicht weil deine Mutter Vietnamesin war und dein Vater

Franzose. Das hast du dein ganzes Leben lang als Krücke benutzt. Nein. Du bist ein Bastard, weil du ein Verräter bist.

Das lasse ich nicht gelten, Bon. Du hast getan, was du für richtig gehalten hast …

Ich rede nicht über Politik, du dämlicher Bastard! Ich rede darüber, wie du und er, Man, wenn er noch Man ist, wie ihr beide mich verraten habt. Und nicht nur mich. Ihr habt uns verraten. Alles, wofür wir standen, unsere Freundschaft, unsere Loyalität, unseren Schwur …

Ich habe meinen Schwur gehalten, Bon. Ich bin mit dir nach Thailand und Laos gegangen. Ich bin mit dir ins Umerziehungslager gegangen. Ich habe mein Bestes getan, damit du am Leben bleibst. Ich war bereit, für dich zu sterben, und ich bin immer noch bereit, für dich zu sterben. Ich bin dein Blutsbruder.

Nein!, schreit Bon. Keiner von euch ist mein Bruder!

Er hebt seine linke Hand, die leuchtend rote Narbe teilt seine Handfläche. Ein jugendlicher Schwur, den ihr alle abgelegt habt. Die Verpflichtung von Teenagern zu einem Leben in Loyalität und Freundschaft. In die Haut geritzter Idealismus. Ein Band, das nie zerrissen würde, hast du gesagt.

Wenn ich könnte, sagt Bon, würde ich mir die Hand abhacken.

Nicht nötig, sagt Man. Die Auflösung ist viel einfacher.

Auflösung?

Was zögerst du, Bon? Warum tust du nicht, was du immer getan hast?

Was habe ich denn immer getan?

Kommunisten getötet.

Der Lauf von Bons Pistole schwenkt zwischen euch beiden hin und her. Sein Atem geht stoßweise, sein Gesichtsausdruck ist verwirrt. Langsam blickt er gleichermaßen der Wahrheit wie der einzigen Auflösung der Handlung ins Auge, die von euch beiden vor so vielen Jahren in eurer geheimen Zelle im Lycée entworfen wurde, in jenen Tagen, als die Revolution romantisch, der Tod unwirklich und ein Widerspruch nur die Lücke zwischen dem abfahrenden Zug von Freiheit, Gleichheit und Brüderlichkeit und dem Bahnsteig der Kolonie war, auf dem du als Gestrandeter standest. Aber das Alter enthüllt immer die eigenen Widersprüche, wie Bon schon gesagt hat. Dein Widerspruch ist der, dass du wegen deines Gesichts als Bastard wahrgenommen wirst, aber auch wegen deiner Taten ein Bastard bist. Das reicht tief, so tief, dass du den Grund nicht sehen kannst, und jetzt ist es Zeit, sich dieser Leere zu stellen. Tu es, Bon, sagst du.

Tu es?, erwidert Bon mit erstickter Stimme.

Es ist Zeit zu tun, was getan werden muss.

Ihr drei seid wieder Teenager, das glitschige Blut verklebt die Handflächen, die Haut brennt vom Schnitt der Klinge. Ein Zikadenorchester zirpt in dem Wäldchen, der Mond ist eine gelbe Sichel oder, wie du als Kind immer gesagt hast, eine Banane. Alle für einen und einer für alle. Bis dass der Tod uns scheidet. Dann, nach den Schwüren, schüttelt jeder jedem die Hand, und ihr vermischt euer Blut. Der stechende Schmerz in deiner Hand ist das Zeichen, dass du lebst und geliebt wirst, dass du diese beiden Jungen liebst, die deine lebenslangen Freunde und Blutsbrüder sein werden. Die Familie, die du dir ausgesucht hast. Du weißt, dass Bon und auch Man sich an diesen Augenblick erinnern, ihr drei, zu guter Letzt wieder als triangoläres Trio vereint, während Bon auf Man zielt, dann auf dich, hin und her, die Augen geweitet, das Gesicht und die Knöchel bleich. Der Kompass seines Laufs entscheidet sich schließlich für dich und zielt genau zwischen deine Augen. Dein Geisterchor ist so erregt, dass er erwartungsfroh zu singen beginnt, eine Doo-Wop-Band, die schmachtend singt *Tu es.*

Du brauchst kein schlechtes Gewissen zu haben, Bon, sagst du. *Tu es.* Es muss getan werden. *Tu es.*

Und als Bon abdrückt, kannst du nicht ganz glauben, dass er es tatsächlich getan hat. Der grelle Blitz blendet dich, als die Tür des Himmels sich für den Bruchteil einer Sekunde einen Spalt weit öffnet und wieder schließt, während die Kugel dein Hirn durchschlägt, bevor der Knall deine Ohren erreicht, und irgendwie kannst du ein weiteres Mal die Stimme Gottes hören, der sein Schweigen bricht und sagt: Es gibt nichts, wovor man Angst haben müsste.

EINUNDZWANZIGSTES KAPITEL

Das Weiß blendet dermaßen, dass du froh bist, Le Cao Bois echte Fliegersonnenbrille dabeizuhaben. Der Himmel ist vollkommen weiß, und bei all seiner Weiße sieht der Himmel oder das Jenseits, die Ewigkeit, das Fegefeuer, die Vorhölle, der Bardo oder wo zum Teufel du auch immer gelandet bist, jetzt, da du so tot bist wie das französische Weltreich, seltsamerweise aus wie das Paradies. Alle sind weiß gekleidet, außer dem maoistischen Psychoanalytiker, der braune Tweedjacke und grüne Cordhose trägt. Genau genommen war es nicht die Stimme Gottes, die du hörtest, sondern nur der Bariton des promovierten Maoisten, der das letzte Blatt deiner Niederschrift zur Seite legte und sagte:

Sind wir jetzt vielleicht so weit und können anfangen?

Anfangen? *Anfangen?* Wie wär's, wenn wir *aufhören?* Das Problem mit den Löchern in deinem Kopf ist, dass alles ausläuft. Der sehr schicke, sehr gebräunte Doktor kann zwar jede Menge Dinge wieder in Ordnung bringen, aber für diese Lecks kann er nicht die richtigen Pfropfen finden. Das ist die Aufgabe des maoistischen, promovierten Psychoanalytikers, der über die erforderliche Fachkenntnis verfügt, jedenfalls sagt das deine Tante, und du stimmst zu, denn du hast kein medizinisches, physisches oder gar metaphysisches, sondern letztlich ein *philosophisches* Problem. Dafür ist der promovierte Maoist der Experte, der zum Beispiel Sartre mit den Worten zitierte, dass »das Loch an ihm selbst das Symbol eines Seinsmodus« sei ... »ein Nichts ... Ich brauche nur hineinzukriechen, um mich ... existieren machen zu können«. Und genau das hast du getan: Du verkrochst dich bei der Niederschrift dieses Geständnisses in dich selbst, unterstützt vom promovierten Maoisten, der dich alle zwei Wochen besucht, um mit dir zu reden und zu besprechen, was du in den vielen Tagen oder Wochen, Monaten, Jahren, Jahrzehnten oder Jahrhunderten im Paradies geschrieben hast. Ihr trefft euch in deinem Zimmer, das du mit einem freundlichen alten Herrn teilst, dessen Haare vom Kopf bis zu den Genitalien weiß sind. Eines Abends schautest du ihm, während er schlief, in die Nasenlöcher, und die Wattebüschel darin waren ebenfalls weiß. Nach einer Karriere in den Kolonien verfügt er wie du über bescheidenen Wohlstand und ebenfalls wie du über überraschende Fähigkeiten. Bald nach seinem Einzug unterzog ihn der sehr schicke, sehr gebräunte Doktor einer Untersuchung, und der freundliche alte Herr begann, in einer fremden Sprache mit ihm zu sprechen, worauf der Doktor in gleicher Sprache antwortete.

Was ist das für eine Sprache?, fragtest du.

Arabisch, sagte der freundliche alte Herr.

Wo haben Sie Arabisch gelernt?

In Algerien.

Du schautest auf die Füße des freundlichen alten Herrn, aber sie waren nicht schwarz. Sie waren ziemlich weiß. Du schautest zu dem Doktor und fragtest: Sind Sie Algerier?

Ich bin Franzose, antwortete er steif, aber meine Eltern kommen aus Tunesien.

Oh, sagtest du. Gerade habe ich noch gedacht, wie gebräunt Sie sind.

Sie glauben fest an nichts, sagte der promovierte Maoist und schaute auf seine Notizen.

Ich glaube, es ist unmöglich, der Leere zu entgehen.

Sie haben sich von einem Marxisten und Kommunisten zu einem Nihilisten entwickelt.

No! Non! Njet! Nein! Negativ!, widersprichst du laut. Der freundliche alte Herr in seinem Bett lacht. Niemals! Haben Sie denn *gar nichts* verstanden? Mit Ihren westlichen Philosophien, Überzeugungen, Ideen und Systemen bin ich fertig. Mit Ihrem Katholizismus. Ihrem Kolonialismus. Ihrem Kapitalismus. Ihrem Marxismus. Ihrem Kommunismus. Auch mit Ihrem Nihilismus. Ich bin kein Nihilist, denn ich glaube an *etwas* – ich glaube: *Nichts ist heilig*. Das Leben ist voller Bedeutung. Und ich bin voller Prinzipien.

Interessant, meint der Maoist und schiebt den gelben Notizblock in seine Umhängetasche. Wissen Sie, ich bin in **CHINA** gewesen. Dieses ganze Gerede über das Nichts und die Leere ist ziemlich **orientalisch**.

Fick dich, murmelst du und fügst laut hinzu: Haben Sie Julia Kristeva gelesen?

Natürlich habe ich Kristeva gelesen.

Du nimmst die Mächte des Schreckens, ihren Essay über Abjektion in die Hand und könntest schwören, dass ihre Beschreibung dessen, was sie das »unbenennbare Anderssein« nennt, von dir handelt. Wie konnte Kristeva so gut die Seele eines Spions erfassen, eines Mannes mit zwei Gesichtern, der gezwungenermaßen – sogar bevor man ihm Löcher in den Kopf bohrte – leer ist, voll nur von dem, was sie »das Nichts« nennt? Wie konnte Kristeva dich so gut kartieren, und hat sie recht, wenn sie sagt, dass »der Autor der Abjektion seinem Zustand letztlich erst nach seinem Tod entkommt«? Da du selbstverständlich abjekt bist, möglicherweise aber auch ein Autor, zumindest der deines eigenen Geständnisses. Und hier reicht sie dir einen Strohhalm, an den du dich klammern kannst: »Schreiben, das einem ermöglicht zu genesen, gleicht einer Wiederauferstehung.« Du liest diese Absätze dem promovierten Maoisten vor, und da er solche Schwierigkeiten hat, nichts zu verstehen, gibst du ihm eine abschließende Erklärung: »Ich fühle mich nur wohl in Gegenwart des *Rein-gar-nichts, des Nichts.«*

Sehen Sie, Le Chinois? Nicht nur Orientalen sind fasziniert von nichts.

Nun ja, sie stammt aus Bulgarien, und das gehört praktisch zum Orient, meint der maoistische Psychoanalytiker lächelnd. Wie auch immer, wir sind nah dran, aber noch nicht ganz fertig. Beziehungsweise: Sie sind noch nicht fertig.

Noch nicht fertig? Schauen Sie her, wie viel ich geschrieben habe! Was wollen Sie denn noch von mir?

Außer dass Sie diese Sonnenbrille abnehmen? Nichts.

Sehr lustig, sagst du und nimmst die Sonnenbrille nicht ab.

Der maoistische Psychoanalytiker verabschiedet sich: Wir sehen uns in zwei Wochen. Dann geht er. Er hilft dir umsonst, eine große Gunst, weil das ganze Geld vom Boss für deinen verlängerten Aufenthalt im Paradies draufgegangen ist, wozu dich deine Tante mit deiner Billigung verpflichtet hat – denn was anderes bist du als zutiefst verpflichtet, wenn auch nichts gegenüber? Dein Zimmer ist die Erinnerungsstation, ein Euphemismus, da einige der hier Eingewiesenen nicht ganz richtig im Kopf sind, so hat man dir jedenfalls erzählt, weil du dich ziemlich richtig im Kopf fühlst, egal, was andere meinen. Dein Problem ist, dass dein Kopf immer noch leck ist. Das ist alles Bons Schuld, aber das Gute an all dem Blut ist, dass es für endlosen Tintennachschub für Band zwei deines Geständnisses sorgt. Als ob Band eins nicht schon gereicht hätte! Du wärst schon ganz zufrieden gewesen, wenn dein illegitimes Leben genügend Material für nur einen Band geliefert hätte, aber du hast eben jede Menge zu gestehen. Und für den Fall, dass du etwas vergessen haben solltest, hat dir deine Tante Band eins mitgebracht, den sie freundlicherweise ins Französische übersetzt hat, weil, sagt sie, etwas von Wert drinsteckt und damit der promovierte Maoist ihn lesen kann. Jeden Tag liest du dem freundlichen alten Herrn aus dieser Übersetzung vor, der anerkennend zu deiner Aussprache nickt, die so gut ist, dass das Personal und die Patienten im Paradies regelmäßig sagen, L'INDOCHINOIS spricht ein ausgezeichnetes Französisch. Das ist ein Fortschritt, brummst du vor dich hin, wenigstens nennen sie dich nicht Le CHINOIS. Egal, ob sie dich Le CHINOIS oder L'INDOCHINOIS nennen, Tatsache ist, auch wenn du noch herumläufst, dass du tot bist, denn schließlich hat dir Bon eine Kugel in den Kopf gejagt. Und was passiert jetzt?

Komm zu uns, sagt der Chor deiner Geister. Du tust so, als hättest du sie nicht gehört, und wendest dich wieder dem gelben Notizblock zu, der vor dir liegt. Der maoistische Psychoanalytiker hat dir viele gelbe Notizblöcke mitgebracht, und deine Tante tippt alles ab, was du aufgeschrieben und umgeschrieben hast, und die attraktive und humorlose Anwältin schreibt am Rand weitschweifige Kommentare dazu. Diese sind wie die von Stalin mit blauer Tinte geschrieben, während dein Originalmanuskript mit Blut geschrieben ist. Vielleicht ist es aber nur Tinte. Tinte oder Blut? Wo ist der Unterschied?

Oh, das ist ein großer Unterschied, sagt dein Geisterchor. Vertrau uns.

Die einzige Dekoration auf deiner Seite des Zimmers ist ein Foto, das du über deinem Bett an die Wand geklebt hast und das aus einem Zeitungsartikel stammt, den dir deine Tante und die attraktive und humorlose Anwältin bei einem ihrer Besuche mitgebracht haben. In dem Text über einen Protestmarsch gegen Rassismus und für Gleichheit geht es vor allem um die schlechte Behandlung von Arabern und Afrikanern, aber das Schwarz-Weiß-Foto zeigt eine Gruppe junger Menschen vietnamesischer Herkunft, was du an dem Transparent über ihren Köpfen erkennst, auf dem steht: VIETNAMESEN IN FRANKREICH und darunter IDENTITÄT IN DER INTEGRATION.

O ja, diese jungen Menschen machen dir Hoffnung. Mehr als ein Kruzifix oder eine kommunistische Flagge. Du erkanntest einige Mitglieder der Union, darunter auch Kunden von dir. Was schon Ho Chi Minh vor sechzig Jahren begriffen hatte: Die Unterdrückten müssen in Solidarität zusammenstehen. Aber wie steht es um die Franzosen vietnamesischer Abstammung, von denen sich viele gar nicht unterdrückt fühlen? Eine Antwort ist, dass man sein Französischsein mit nichts besser demonstrieren kann als damit, dass man demonstriert, besonders auf der Seite der Unterdrückten. Die andere, damit in Zusammenhang stehende Antwort ist, dass Menschen nicht unterdrückt sein müssen, um gegen Unterdrückung zu demonstrieren, solidarisch gegen alle Arten von Rassismus, einschließlich des Rassismus, von dem sie als Franzosen profitieren, die keine Araber, Afrikaner, Schwarzen, Muslime oder Einwanderer sind. Doch so bemerkenswert diese Demonstration von Solidarität auch ist, am meisten beeindrucken dich auf dem Foto die drei Männer, die Masken tragen. Weiße Masken. Masken, die fast genauso aussehen wie die, die Man getragen hat, der unter diesen beflügelten jungen Menschen in Paris seine Spur hinterlassen hat. Welche Spur hast *du* hinterlassen? In der Hoffnung, die von diesen jungen Leuten geforderte Integrität und Integration zu erreichen, hast du, ermuntert durch den promovierten Maoisten, die attraktive und humorlose Anwältin und deine Tante, viele Spuren hinterlassen, indem du dieses Geständnis schriebst. Ist das genug? Kann es jemals genug sein? Füg alles zusammen, sagt deine Tante. Fass es in deine eigenen Worte. Vielleicht kannst du dann all das Geschehene verstehen.

Was sie damit eigentlich meint, ist, dass du dann vielleicht dich selbst verstehst, einen toten Mann, von dem andere zu glauben scheinen, er lebte noch. Also schreibst du morgens. Und nachmittags schiebst du den Rollstuhl des freundlichen alten Herrn durch die Anlagen des Paradieses und erzählst ihm, was du morgens geschrieben hast. Oh, oh, sagt er dann vielleicht. Meine Güte.

Habe ich Sie gekränkt?, fragtest du ihn einmal, da du wusstest, wie leicht die Franzosen Anstoß nehmen.

Er schaute dich mit seinen genetisch bedingt rezessiven blauen Augen an, lächelte und sagte: Ja, schon.

Du erwidertest sein Lächeln: Nun, Monsieur, Ihnen und jedem anderen Franzosen, der sich gekränkt fühlen könnte beim Lesen meiner lustigen, verspielten und scherzhaften Beschreibungen der französischen Kultur und Zivilisation, kann ich nur eins sagen: Fick dich. Was sonst kann der Kolonisierte sagen, nachdem ihn der Kolonisator gefickt hat? Ich schätze, ich sollte mich auch noch bedanken. Macht Sie das glücklich?

Ja, schon.

Also dann:

Fick dich! Vielen Dank! Nein, wirklich, fick dich!

Irgendwann gingen dir die Fickdichs aus, und du warst heiser. Andererseits hättest du ewig so weitermachen können, ungeachtet dessen, dass dich bei deinen Wanderungen mit dem freundlichen alten Herrn durch die Anlagen des Paradieses das Personal und die Patienten ständig anschauten, als wärst *du* verrückt. Die Armen. So zutiefst durchschnittlich! Jeder von ihnen hat nur eine Seele und ein Gesicht. DU – und nicht zu vergessen auch DU – bist ein Mann mit zwei Seelen, ein Mann mit zwei Gesichtern, ein Mann mit zwei Löchern im Kopf, ein Superman, der doppelt so oft Fick dich! brüllen kann wie jeder normale Mensch. Also dann, Fick dich, Frankreich, dafür, dass du mich gefickt hast, und vielen Dank, Frankreich, dass du mich zivilisiert hast! *C'est la vie*. Immer der gleiche Scheiß.

Es beunruhigt dich nicht wirklich, ob der freundliche alte Herr sich gekränkt fühlen könnte. Er ist einer der wenigen Menschen, vielleicht sogar der Einzige, der sich anscheinend nicht daran stört, dass du fortwährend die Fliegersonnenbrille trägst. Du warst so verführt von seinen freundlichen alten Augen und seinem aufrichtigen Interesse an dir, dass du ihm alles über dich erzähltest. Die Frage, die alles ins Rollen brachte, war: Woher kommen Sie? Normalerweise macht die Frage dich wütend, aber die freundlichen alten Augen des freundlichen alten Herrn ließen dich innehalten, zögern und dann versuchen, so aufrichtig zu antworten, als würde sie dich wirklich interessieren. Du erzähltest dem freundlichen alten Herrn, woher du kamst, und als er mit einem verständigen Murmeln reagierte, erzähltest du ihm von deiner armen, wunderschönen Mutter, und als er wieder murmelte, begannst du, den ganzen Faden deines Lebens abzuspulen, abzüglich der verschiedenen unmoralischen, obszönen und tödlichen Vorkommnisse, in die du verwickelt gewesen warst. Angespornt vom verständigen Murmeln und von den warmen blauen Augen des freundlichen alten Herrn, seiner Einfühlsamkeit und seinem Interesse an dir, sprachst du eine Stunde. Zum ersten Mal hattest du das Gefühl, wirklich verstanden, wirklich angehört zu werden, und das von einem vollkommen Fremden. Du konntest dich nicht bremsen. Dein gesamtes Leben spulte sich ab: paraphrasiert, summarisch, zuweilen elliptisch, du warst so in Eile und hattest so viel zu erzählen, Schnipsel aus deiner Autobiografie, als Haiku, Motto und Fragment, und die ganze Zeit über murmelte der freundliche alte Herr und meinte gelegentlich: *Ah, bon?* Und schließlich, als eine Stunde vergangen war, warst du fertig und schautest den freundlichen alten Herrn erwartungsvoll an, wartetest auf seine Reaktion, und der freundliche alte Herr lächelte glückselig, wie Jesus Christus oder Buddha, wie der Weihnachtsmann, Stalin,

Mao oder Ho Chi Minh, und sagte sanft und herzlich, neugierig und einfühlsam, anteilnehmend und wohlwollend:

Woher, sagten Sie, kommen Sie noch mal?

Und so wandert ihr im Paradies umher, ein seltsames und doch perfektes Paar, du, der nicht aufhören kann, sich zu erinnern, und er, der nicht aufhören kann zu vergessen. Du kannst dem alten freundlichen Herrn alles erzählen, wissend, dass er höchst konzentriert zuhören und absolut präzise vergessen wird. Du ergänzt die Leerstellen der ursprünglichen Paraphrase deines Lebens, wieder und wieder, um all das Unmoralische, Obszöne und Tödliche darin, um all deine Taten und Untaten, einschließlich deiner Tochter Ada. Sie ist beides, eine deiner Taten und eine deiner Untaten. Du verhalfst ihr zu einem guten Start ins Leben, geboren aus deinem Samen, was sie zu einer Viertelfranzösin, einer Dreiviertelvietnamesin und einem hundertprozentigen Bastard macht, da auch sie außerehelich geboren wurde. Du fragst dich, ob du sie jemals kennenlernen wirst, eine Aussicht, die dich mit Grauen erfüllt, da du die Sorte Vater wärst, über den eine Tochter nur eine äußerst vernichtende Biografie verfassen kann. Und mit deinem zweibändigen Geständnis hast du ihr reichlich Beweismaterial geliefert.

Beweismaterial, sagt die Anwältin bei ihrem nächsten Besuch. Sie interessiert sich für dich, schließlich ist ihr Spezialgebiet die Vertretung des Unverzeihlichen. Von deinen drei Lesern ist sie die anspruchsvollste. Deine Tante, die Lektorin, liest auf Stil und Handlung, Charaktere und Thema, und der maoistische Psychoanalytiker vertieft sich in deine analen und erotischen Fixierungen. Zugegeben, du sagst oft »Scheiße« und »ficken«, aber das nur deshalb, weil es mit den grundlegendsten menschlichen Aktivitäten zu tun hat.

Was ist mit Ihrem Ödipuskomplex?, fragte er einmal.

Ödipuskomplex? Also bitte. Haben Ihnen das die Unsterblichen auf der École Normale Supérieur beigebracht, Sie *Normalien*? Sie normaler … Alien … he, he, he.

Er hustete, runzelte die Stirn und notierte sich etwas in sein gelbes Notizbuch. Und was ist mit Ihrer Lesart des Eiffelturms? Wie nennen Sie den noch mal, einen »gigantischen Schwanz«?

Erstens war es der Boss, der ihn so genannt hat, und zweitens *ist* der Eiffelturm ein gigantischer Schwanz. Ich habe die Absurditäten in dieser Welt nicht erschaffen. Ich sehe sie bloß.

Beweismittel, wiederholt die attraktive und humorlose Anwältin, während sie die Seiten deines Geständnisses durchblättert. Sie sitzt in deinem Zimmer auf einem Stuhl, während du im Rollstuhl des freundlichen alten Herrn sitzt, der euch von einem Kissenthron auf seinem Bett aus beobachtet.

Davon gibt's jede Menge, sagst du.

Aber ein entscheidendes Beweisstück fehlt noch.

Sollen Sie mich nicht eigentlich verteidigen?

Um einen Klienten verteidigen zu können, muss ich wissen, was der Klient tatsächlich getan hat.

Oder nicht getan hat.

Genau. In Ihrem Fall wissen wir, was Sie nicht getan haben. Weniger darüber, was Sie getan haben.

Ich habe zugegeben, ziemlich viel getan zu haben.

Um es zu präzisieren: über die *Konsequenzen* dessen, was Sie getan haben.

Du schaust dich in deinem Zimmer um und suchst Trost. Da du aber im Paradies bist, hast du noch keine Spur von der Arznei, von Haschisch oder irgendeiner Form der nach Wasser lebenserhaltendsten Flüssigkeit gesehen, will heißen Weihwasser, will heißen Alkoholika. Das Problem ist, dass die Engel im

Paradies wie auch der sehr schicke, sehr gebräunte Doktor fast jede Form dessen verboten haben, was sie »Rauschmittel« nennen. Die Folge davon: Du bist so gesund wie nie zuvor, und du hasst es. Das einzige Laster, das sie dir zugestehen, sind Zigaretten, schließlich sind wir hier in Frankreich, und für diese Mildtätigkeit sind dir deine Lungen zutiefst dankbar. Du drückst deine Zigarette in dem eklig überquellenden Aschenbecher aus und zündest dir die nächste an, eine Gauloise.

Zurück zum Ort der Handlung, sagt die attraktive und humorlose Anwältin.

Lieber nicht.

Sie können das Unverzeihliche nicht verzeihen, wenn Sie sich ihm nicht stellen.

Verzeihen? Wer soll mir denn verzeihen?

Nur Sie sich selbst.

Ha! Das ist jetzt wirklich absurd. Selbst wenn ich mir selbst verzeihen könnte, wer bin ich denn, dass ich um Verzeihung bitten dürfte? Und noch wichtiger, Frau Anwältin, wie verzeiht man das Unverzeihliche? Nicht, dass ein solches Verzeihen unmöglich ist. Es ist nur so, dass es *schwachsinnig* ist.

Zurück zum Ort der Handlung.

Nein …

Das Restaurant. Das Delights of Asia.

Niemand will dahin zurück. Das Essen ist scheiße. Ungenießbar. Und wenn ich das sage, will es was heißen. Mein Volk kann fast alles essen. Ich meine, wir haben tausend Jahre lang chinesische Scheiße gegessen. Und leiden immer noch an den Verdauungsstörungen!

Die attraktive und humorlose Anwältin bläst den Rauch aus und rückt ihre Krawattennadel zurecht. Wissen Sie nicht, dass das Leben ein Haufen Scheiße ist? Das muss man in Häppchen essen.

Oh, grandios. Geradezu philosophisch. Und genauso essen sie auch Scheiße, die Chinesen.

Das ist eigentlich ein französisches Sprichwort, schaltet sich der freundliche alte Herr ein.

Jetzt ergibt es Sinn, sagst du.

Meine liebe alte Mutter hat das immer zu mir gesagt.

Zurück zum Ort der Handlung, insistiert die Anwältin.

Nein …

Es gibt nichts, wovor man Angst haben müsste.

So redet Gott. Ich nicht.

Jetzt kommen Sie schon. Sie wissen so gut wie ich, dass es keinen Gott gibt. Also, ihr drei seid in dem Restaurant und steht vor der Registrierkasse. Smelly und Angry sind tot. Man und Sie haben Bon Ihr gemeinsames Geheimnis gestanden. Bon hat seine Pistole in der Hand und Ihre auch. Sie sagen zu Bon, »Tu es.« Was haben Sie damit gemeint?

Was glauben Sie denn, was ich damit gemeint habe?

Präziser bitte, fürs Protokoll. Und sagen Sie uns auch, was Sie gemeint haben, als Sie gesagt haben: »Es ist Zeit zu tun, was getan werden muss.«

Ist das nicht offensichtlich?

Nicht für mich. Ich war nicht dabei, ich habe die Szene nicht gesehen. Ich war nicht mal beim Nachspiel dabei. Und befinde mich nicht gerade in der Lage, bei der Polizei zu erklären, ich verträte Sie, da niemand überhaupt weiß, dass Sie verwickelt waren. Beziehungsweise, die Polizei weiß es schon, hat aber den falschen Namen. Joseph N'Guyen, der Mann, der zuletzt mit einem der Opfer, Bon, gesehen wurde, wie von seiner hinterbliebenen Verlobten ausgesagt und von Lana bestätigt.

Sollen sich die Scheißfranzosen doch einen abbrechen mit meinem Namen, auch wenn es ein falscher Name ist. Oder ein zur Hälfte falscher Name. N'Guyen! N'Guyen! Die französische

Polizei macht sich ja nicht mal die Mühe, Nguyen richtig zu schreiben, obwohl es der Name von Königen ist!

Vielleicht nennt die Presse Sie deshalb nur L'INDOCHINOIS.

Ach was, Bockmist, Bockmist, Bockmist.

Dann erzählen Sie uns, was passiert ist.

Ja, erzählen Sie uns einfach, was passiert ist, meint der freundliche alte Herr.

Was wollten Sie, dass Bon tun soll?

Du siehst immer noch den auf dich gerichteten Lauf von Bons Pistole. Am Ende von dessen kurzem Tunnel wartet kein Licht, nur eine Kugel mit deinem Namen drauf, weil Bon tatsächlich alle deine Namen kennt, vom Geburtsnamen bis zu deinem Taufnamen Joseph. Diesen Namen benutztest du bei Loan und setztest einen Nachnamen hinzu, der nicht dein eigener war, Nguyen, und machtest daraus Joseph Nguyen – Nguyen! Nguyen! Nguyen! Der Name von buchstäblich Millionen Vietnamesen, ihr französischen Bastarde. Kapiert das endlich! Deine Tarnung wäre aufgeflogen, hätte Lana, als sie von der Polizei kontaktiert wurde, die Wahrheit und deinen richtigen Namen gesagt. Aber deine Tarnung hielt, weil Lana, warum auch immer, dich gedeckt hat. Vielleicht aus … Liebe? Dich schaudert angesichts der Blasphemie, von jemandem geliebt zu werden, wie dich auch schaudert, nach dem berühmtesten Gehörnten in der Geschichte der Christenheit benannt zu sein. Dein Taufname ist angemessen, denn Gott, so er denn existiert, hat dich oft verarscht. Dieses letzte Rendezvous mit deinen Blutsbrüdern ist nur ein weiterer Beweis für des Schöpfers unheilige Freude, als du Bon mit erstickter Stimme fragen hörst: Tu es?

Du brauchst kein schlechtes Gewissen zu haben, Bon, sagst du. *Tu es.* Es muss getan werden.

Ja, das wissen wir, sagt die Anwältin. Das steht in Ihrem Geständnis.

Du rückst dir deine Sonnenbrille zurecht und schaust auf das Zeitungsfoto mit den drei jungen Männern, das über ihr an der Wand hängt. Ist das nicht komisch?

Ich sehe da nichts Komisches.

Natürlich nicht. Ich meine, ist es nicht komisch, dass sie weiße Masken tragen?

Ich war auch auf der Demonstration. Die Masken sind *gelb*.

Gelb ... Du brichst in schallendes Gelächter aus. *Gelbe* Masken. Wie kann man auf einem Schwarz-Weiß-Foto sehen, ob ein Ding oder eine Person gelb ist? Oder vielmehr: Auf einem Schwarz-Weiß-Foto kann gelb immer nur weiß aussehen. Ich will eine von diesen gelben Masken, sagst du. Von Man habe ich nur seine weiße Maske. Ich schlage Ihnen einen Deal vor. Sie besorgen mir eine Maske, und ich nehme die Sonnenbrille ab.

Die Anwältin schaut zu der Maske, die über deinem Bett hängt. Ich kann eine gelbe Maske auftreiben, sagt sie. Aber Sie weichen immer noch meiner Frage aus. So wie Sie der Kugel ausgewichen sind.

Der Kugel ausgewichen? Haben Sie die Löcher in meinem Kopf gesehen?

Sie haben keine Löcher im Kopf.

Ich kann meinen Finger drauflegen. Hier.

Was hat Bon getan, nachdem Sie zu ihm gesagt haben, dass etwas getan werden muss?

Wissen Sie, was mein größtes Talent ist?

Dass Sie jedes Problem von zwei Seiten betrachten können?

Ja! Sie sind wirklich eine genaue Leserin. Sogar im Delights of Asia, als mein bester Freund und Blutsbruder mit seiner Pistole auf mich zielte, konnte ich das Problem von zwei Seiten betrachten, obwohl jeder normale Mensch das Problem nur von der Seite des Selbstschutzes aus betrachten würde. Jeder normale Mensch hätte um sein Leben gebettelt, hätte Bon angefleht, sich an unsere Kindheit zu erinnern, an unsere Blutsbrüderschaft, unseren Schwur, hätte alle Würde und jede Hemmung fahren lassen, als wäre das Leben das Wichtigste überhaupt. Aber das Leben ist nicht das Wichtigste. Prinzipien sind das Wichtigste. Bon wusste das sehr genau, so wie ich. Wir sind beide Männer mit unerschütterlichen Prinzipien. Als ich ihm also sagte, es zu tun, wusste ich, dass ich ihm sagte, zieh es durch! Nun zu Ihrer Frage. Ich musste tun, was ich am besten kann, nämlich in seinen Kopf hineinzuschauen und aus seinem Blickwinkel zu sehen, was heißt, mich mit seinen Augen zu sehen, da er mich anschaute, wie er auch Man anschaute. Man beobachtete uns die ganze Zeit, für den Fall, Sie bräuchten einen Augenzeugen, obwohl ich nicht weiß, warum Sie einen brauchen sollten, angesichts der Tatsache, dass ich absolut in der Lage bin, zu mir selbst zu sagen, *J'accuse!* Beschuldigt und fluchbeladen stehe ich vor Ihnen, meine attraktive und humorlose Anwältin, wie ich vor Bon stand, der mich genauso sah, wie ich war. Was war ich? Nicht seine *bête noire*. Nichts an mir war schwarz. Nein, ich war seine *bête blanche*, ein Kommunist, ein Verräter. Wie er mich anschaute, voller Abscheu! Meine Erscheinung widerlich, mein wahres Gesicht eine Fratze, nicht länger sein Freund – ich war ein Monster.

Jetzt kam seine größte Bewährungsprobe, die uns allen bevorsteht, wenn unsere These und Antithese aufeinanderprallen. Was wir dann tun, enthüllt, wer wir wirklich sind. Auf der einen Seite sein Schwur mir gegenüber, seine Blutsbrüderschaft. Auf der anderen Seite sein Schwur, seine Feinde zu töten. Und so stand ich also vor ihm, beides in einem, Blutsbruder und Todfeind. Wie würde er diesen Widerspruch zwischen Liebe und Hass, zwischen Freundschaft und Verrat auflösen? Ich hielt die Antwort für einfach. Ich glaubte, es gäbe nur eine Lösung. Wie falsch ich lag! Wie ich Bon verkannte. Wie ich tatsächlich bis jetzt die Welt nicht mit seinen Augen sehen konnte. Jetzt kann ich spüren, wie schwer ihm die Pistole in der Hand lag, und auch, wie schwer ihm seine Entscheidung fiel. Ich werde ihn töten, dachte er. Ich muss ihn töten, den Hurensohn, den Scheißkerl, den Bastard. Er ist ein Kommunist, ein Verräter. Ich habe schon so viele getötet, das hier wird leicht. Er steht anderthalb Meter vor mir, ich kann ihn gar nicht verfehlen, zumal sein Kopf so groß ist und seine Stirn so hoch, was viele unserer Lehrer als Zeichen seiner Intelligenz deuteten. Ich war immer der Dumme. Schlau genug, um ein Stipendium zu ergattern, aber in Saigon begriff ich, dass selbst der schlaueste Dorfjunge, verglichen mit einem Stadtjungen, immer der Bauerntölpel blieb. Das Gelehrte und das Wortgeklingel überließ ich ihnen. Wenn es um Bücher ging, konnte ich sie nicht schlagen. Wo ich sie schlagen konnte, war draußen auf dem Schlachtfeld, mit meinem Körper. Ich lief schneller, kämpfte härter, schoss genauer als sie. Sollten doch die schlauen Burschen, solche wie er, die Kommunisten mit Worten und Gedanken besiegen. Ich bleibe weiter beim Töten von Kommunisten.

Noch bevor ich aufs Lycée kam, hatte ich schon meinen ersten Kommunisten erledigt. Die Ratte, die meinen Vater an die kommunistischen Eindringlinge, die jetzt das Sagen im Dorf hatten, verraten hat. Die Kommunisten zwangen meinen Vater, sich auf dem Dorfplatz hinzuknien, zwangen meine Mutter und mich und alle meine Brüder und Schwestern, ganz vorn zu sitzen und zuzuschauen. Wir weinten und schluchzten, riefen immer wieder Ba, Ba, Ba, bettelten die Kommunisten an, unserem Vater nichts anzutun, der seinerseits weder weinte, schrie noch bettelte. Er wusste, dass er sterben würde, und machte uns das größte Geschenk, das er uns machen konnte. Er zeigte uns, dass wir allem mit Stärke und Würde entgegentreten mussten, auch unserem eigenen Ende. Er zeigte uns, dass Prinzipien mehr bedeuteten als das Leben. Seine letzten Worte an mich lauteten: Con oi! Gehorche deiner Mutter, und gib acht auf sie, con oi! Mach ihr das Leben nicht schwer, sagte er, während sie ihm die Hände hinter dem Rücken fesselten und ihn anklagten. Sie sagten, er solle beichten, und er gab zurück: Wem soll ich beichten? Ihr seid nicht mein Priester. Also hängten sie ihm ein Schild um den Hals, auf dem MARIONETTE stand. Und als sie ihm eine Kugel in den Kopf schossen, fiel er nach vorn, und die Schnüre rissen. Ich schrie so laut, dass ich es noch heute hören kann, achtundzwanzig Jahre später:

BA OI!!!

BA OI!!!

BA OI!!!

Doch egal, wie laut ich schrie, wie sehr ich ihn schüttelte oder umarmte, er stand nicht mehr auf. Seine Augen standen offen, aber er sah nichts. Sein Mund stand offen, aber er sagte nichts. Sein Blut war auf meinem Gesicht, meinem Hemd, meinen Händen. Das Hirn quoll aus seinem Kopf, und noch heute spüre ich das Weiche, das Glitschige an meinen Händen. Ba oi, Ba oi, Ba oi … Bis zum Tod von Linh und Duc habe ich nie wieder so geschrien.

Gott, warum hast du mir das angetan?

Gott, warum hast du mir die Menschen genommen, die ich liebte, als wären sie ein Teil von mir?

Gott, warum hast du es mir so schwer gemacht, an dich zu glauben?

Gott, warum hast du meinen Blutsbruder in den Teufel verwandelt?

Gott, was soll ich für dich tun, was ich nicht schon für dich getan habe?

Ich versuche zu verstehen, Gott. Du stelltest meinen Vater auf die Probe, und er bestand sie. Jetzt sitzt er zusammen mit Linh und Duc zu Deinen Füßen im Himmel und schaut zu mir herunter. Ich versuche zu verstehen, Gott, und was ich in etwa verstehe, ist, dass ich vielleicht nie zu meinem Vater, meiner Frau und meinem Sohn in den Himmel kommen werde. Ich habe so viele Kommunisten getötet, und obwohl sie es alle verdient hatten und meine Priester mir Absolution erteilten, verstehe ich, dass Du sie mir vielleicht verweigerst, weshalb Du darauf bestehst, mich bis in alle Ewigkeit zu bestrafen. Aber warum mich bestrafen, Gott, wenn ich Dich doch liebe, wenn du mir das Talent geschenkt hast, so viele von diesen gottlosen Kommunisten, die Dich hassen, zu töten? Gott, ich habe sie für Dich geopfert!

Ich erinnere mich sehr gut an diesen ersten Kommunisten, den ich getötet habe. Seit dem Augenblick, als mein Vater starb, habe ich den Tod dieser Ratte geplant. Deshalb habe ich den Strick aufgehoben, mit dem sie meinem Vater die Hände gefesselt haben. Ich war erst zehn. Ich musste warten und mich vorbereiten. Ich lief, bis ich der Schnellste in meinem Dorf war. Ich arbeitete auf den Feldern, bis ich der stärkste von allen Jungen war, und ich prügelte mich, bis kein Junge mich mehr besiegen konnte. Und ich würde kein einfacher Soldat werden, weil einfache Soldaten nicht so viele Kommunisten töten konnten. Also lernte ich fleißig, um dem Dorf zu entkommen und eines Tages ein Offizier zu werden, um Männer unter meinem Kommando zu haben und um viele, viele Kommunisten zu töten. Und in der Nacht vor meiner Abreise zu dem Lycée in Saigon lauerte ich der Ratte auf, die ich seit vier Jahren beobachtet hatte. Ich kannte seine Gewohnheiten, kannte den Weg von seinem Haus zum Klohäuschen, und als er spätabends an mir vorbeiging, sprang ich aus dem Dickicht, schlang das Seil, mit dem sie meinen Vater gefesselt hatten, um den Hals der Ratte und zerrte ihn ins Dickicht. Er schrie nicht. Er röchelte nur, und dann starb er. Ich schleifte seinen Körper zum Fluss, band mit dem Seil einen Sack Steine daran fest und warf ihn ins Wasser. Ich bereue nichts.

Kannst du mir das verzeihen, Gott?

Und das, was ich jetzt tun muss?

Warum zögere ich?

Der Lauf zielt genau zwischen seine Augen. Ich kann ihn nicht verfehlen. Aus dieser Entfernung habe ich noch nie vorbeigeschossen. Aber warum habe ich mehr Angst als er? Der verrückte Bastard sieht glücklich aus, als ob er es wollte. Ich kann jede Einzelheit seines Gesichts sehen, und ich erkenne jede Einzelheit wieder, anders als bei Man, dessen halb menschliches Gesicht ich überhaupt nicht wiedererkenne. Ihn werde ich auch töten. Sobald ich …

Aber ich kann jede Einzelheit erkennen …

Und ich kann unter die Einzelheiten schauen …

Ich sehe jetzt nicht nur sein Gesicht, sondern auch das Gesicht von früher, als wir vierzehn waren, noch Jungen. Und im Gesicht dieses Jungen sehe ich die Zukunft. Was ich allerdings nicht sehen kann, ist sein Schicksal und mein Schicksal. Was ich stattdessen sehe, sind Hoffnung, Idealismus, Liebe, Brüderlichkeit, Aufrichtigkeit und Schmerz, als er seine Handfläche aufritzt und den Schwur ablegt. Für uns. In meiner brennenden Handfläche spüre ich immer noch das Klebrige, das Glitschige seines Bluts, das sich mit meinem Blut vermischt, als jeder die Hand des anderen ergreift und wir eins werden. Oh, mein Gott! Mein Gott … vergib mir.

Das waren die Zeiten, als wir jung, unschuldig und rein waren.

EPILOG

Du

Die Kugel zerschmetterte Bons Kopf und verspritzte die Splitter im gesamten Restaurant. Sie prallten von der Wand ab, wurden vom Boden wieder hochgeschleudert und bohrten sich in deine Schläfe, vielleicht war es aber auch die Schädeldecke, dieses zweite Loch, das nun nicht mehr aufhören wird auszulaufen. Du schriest, und etwas in dir hat seitdem nicht mehr aufgehört zu schreien, obwohl du tot bist. Du liefst zu Bon, der wie damals sein Vater zusammengebrochen war, und tatst nichts, um seinen Sturz aufzuhalten, und sein zerschmetterter Kopf schlug mit einem ekelhaften Krachen, einem Echo dessen, was in deinem Innern zerbrach, auf dem gefliesten Boden auf. O mein Gott, schriest du, obwohl du gar nicht an Gott glaubst.

Du knietest vor Bon, deine Hände reglos über ihm schwebend, berührtest ihn nicht, wolltest ihm nicht wehtun, wusstest nicht, wie du ihm helfen solltest. Seine Augen standen offen, sein Mund stand offen, und du konntest tief in seinen Kopf hineinsehen. Es gab nichts, was du tun konntest. Es gibt nichts, was wir tun können, sagte Man, der neben dir kniete, die Knie im Blut, das aus Bons Kopf quoll.

Aber es muss etwas geben, sagtest du. Oder schriest du. Ruf einen Krankenwagen!

Bon ist tot.

Als du zu Bon sagtest, dass er es tun müsse und wisse, dass es getan werden muss, hattest du nicht *das* gemeint. Wie konnte er dich missverstehen? War es nicht *offensichtlich*, dass er *dich* töten sollte, nicht sich selbst?

Bon ist tot.

Wie kann er tot sein, wenn du in zwei Bänden deines Geständnisses auf so vielen Seiten über ihn geschrieben hast? Du hast dein Geständnis wieder und wieder gelesen, und in ihnen lebt Bon, lebt immer noch, lebt für immer. Er muss leben! So hast du ihn bis jetzt vom Schatten des Todes fern und im Licht gehalten.

Bon ist tot.

Ruf einen Krankenwagen!

Was machen wir, wenn die Polizei kommt? Wie erklären wir diese Sauerei?

Sauerei? Das ist Bon.

Bon ist tot. Und wir können nichts tun, um ihn zurückzuholen.

Sind deine Geständnisse jetzt nur noch nichts? Über siebenhundert Seiten hast du geschrieben. Wer hätte gedacht, dass dein Leben so viele Worte hergeben würde, das Leben eines Niemands, der an nichts glaubt? Andererseits, die meisten Menschen sind Niemands. Die meisten dieser Niemands mögen an Gott glauben, unterscheiden sich aber nicht so sehr von dir. Sie glauben ebenfalls an nichts, nur dass sie sich weigern, es zuzugeben. Nichts ist heilig, und nichts ist überall, genau wie Gott, der nur ein anderer Name für nichts ist. Nichts kann die Toten zurückholen, die von nichts kommen und zu nichts zurückkehren. Nein, nichts kann getan werden, außer: die Worte, die du geschrieben hast, deine einzige Arznei, die Sache, für die du dich am meisten engagiert hast.

Jetzt bist du fertig. Du hast der attraktiven und humorlosen Anwältin geliefert, was sie will, das letzte Beweisstück im Fall für oder gegen dich, je nach Standpunkt. Auch dem maoistischen, promovierten Psychoanalytiker hast du geliefert, was er will, weniger einen Fall zur Verteidigung oder Anklage als vielmehr eine Fallstudie zur Analyse. Obwohl das eigentlich kein Geständnis war, sagte er bei seinem letzten Besuch.

Ach nein? Was denn dann?

Der Abschiedsbrief eines Selbstmörders, sagte er mit großer Genugtuung. Der längste Abschiedsbrief eines Selbstmörders in der Geschichte.

Und du lachtest und lachtest und lachtest. Der Abschiedsbrief eines Selbstmörders. Nie hättest du gedacht, dass er einen so ausgeprägten Sinn für Humor hat. Du hast dich zu vielem bekannt, und du hast vieles verübt, aber Selbstmord hast du noch nicht begangen. Konnte ein toter Mann Selbstmord begehen? Das würde schon einiges an echtem Engagement erfordern, aber gehörst du nicht zu den engagiertesten Menschen, die je gelebt haben?

Adorno hat geschrieben, wir sollten vor engagierten Autoren auf der Hut sein, sagte der promovierte Maoist. Sie sind immer der Macht verpflichtet.

Adorno! Den Namen hattest du nicht mehr gehört, seit du in Professor Hammers Seminar Adornos und Horkheimers *Dialektik der Aufklärung* gelesen hattest, geschrieben an einem der unaufgeklärtesten Orte der Welt, Los Angeles, wohin neben dir auch sie ins Exil geschickt worden waren, in ihrem Fall aus Nazi-Deutschland. Als Denker und Autoren glaubten sie wahrscheinlich wirklich, dass aus dem Schaft einer Schreibfeder Macht komme, womöglich sogar mehr als aus dem Lauf eines Gewehrs. Die Kolonisatoren, die Kapitalisten und die Kommunisten, die Millionen mit den Kugeln aus ihren Gewehren niedergemacht haben, wurden sie nicht im Grunde, in letzter Instanz, von Worten angetrieben, von Ideen, die in die Tinte der großen Philosophen oder hin und wieder auch nur der dämonischen Demagogen flossen? Du presst dir den Schaft deines Füllfederhalters gegen die Schläfe, zahllose Füllfederhalter hast du beim Verfassen deines Geständnisses verbraucht, all die leeren Patronen mit deiner Lieblingsfarbe Schwarz, so unauslöschlich wie Tintenfischtinte und so dunkel wie dein Innenleben, und der freundliche alte Herr, der dir zuschaute und zuhörte wie immer, sagte mit ausgesuchter Freundlichkeit: Ich glaube, Sie sind wahnsinnig.

Wahnsinnig? Ich? Möglich. Und du lachtest und lachtest und lachtest und erwidertest: Aber man muss auch das Positive sehen, oder? Wenn nur die Wahnsinnigen das Unverzeihliche verzeihen können, dann kann ich mir jetzt selbst verzeihen.

Auch mit dieser Fähigkeit kannst du dir nicht selbst verzeihen, weil du unablässig daran denken musst, ob Bon dir jemals verzeihen wird. Du wartest darauf, dass er sich deinem Chor der Geister anschließt, damit du ihn wenigstens wiedersehen kannst, aber er taucht nicht auf. Was hat dieses Geheimnis zu bedeuten?

Und was Man angeht, deine Tante teilt dir mit, er habe die Botschaft verlassen und sei in sein Heimatland zurückgekehrt. Du hast keine Informationen über den Zustand seines Gesichts. Warum weinst du nicht?, hattest du Man angefahren, während dir die Tränen herunterliefen. Wo speicherte dein Körper diese unfassbare Menge an Flüssigkeit? Gab es eine Wasserschicht irgendwo oberhalb deines Bauchs, die durch eine Rohrleitung mit deinen Tränenkanälen verbunden war? Oder war dein Körper ein Schwamm, der Leid und Trauer, Schwermut und Kummer über die Jahre aufsaugte, Tropfen um salzigen Tropfen, bis sich die Hände aus Schmerz und Verlust um deinen Körper schlossen und ihn ausquetschten?

Warum weinst du nicht?

Man schaute dich mit geröteten Augen an, die weder Augenlider noch Augenbrauen hatten. Ich kann nicht mehr weinen.

Die Verbrennungen haben die Tränenkanäle verschlossen. Er zog eine kleine Ampulle hervor und tropfte sich etwas klare Flüssigkeit in jedes Auge. Er tropfte so lange, bis seine Augen überflossen und ihm die Tränen einer Salzlösung die Backen hinunterrannen. So weine ich jetzt.

Du weißt nicht mehr, wie lange ihr beide neben Bons Körper saßt, aber du nimmst an, es waren Stunden, bevor die Hände aus Schmerz und Verlust dich fast trocken gewrungen hatten und du aufhörtest, zu zittern und zu beben. Nachdem dir der Staub aus den Augen gespült wurde, siehst du wieder sehr klar, doch dein ausgequetschter Körper fühlt sich seltsam an, nachdem er so viel Flüssigkeit verloren hat. Du siehst Man dabei zu, wie er von Smellys, Angrys und Bons Leichen alles entfernt, was sie identifizieren könnte, und du schaust dir selbst dabei zu, wie du Bons Hände faltest, ihm die Arme und die Schultern streichelst, die Brust und die Backen tätschelst, die Augen und den Mund schließt und dich so nah wie möglich neben ihn in sein Blut legst, und alles das kannst du dich selbst tun sehen, obwohl deine Augen währenddessen geschlossen sind. Du siehst, wie Man dir hilft aufzustehen und dich aus dem Delights of Asia führt, und du siehst dich selbst wehklagen, als du dich an der Tür noch einmal umdrehst und Bon ein letztes Mal anschaust, bis Man sagt, es sei drei Uhr morgens und Zeit zu gehen. Die Straße liegt verlassen da. Man führt dich zum Wagen vom Boss, fährt dich zur Wohnung deiner Tante und erklärt ihr mit knappen Worten die Lage. Du siehst dich, wie du ihnen zeigst, wo sich das Geld vom Boss befindet, und wie du sie bittest – nein, *von ihnen verlangst* –, dich ins Paradies einzuchecken. Und da bist du nun, in deiner sicheren Zuflucht, einer der Engagierten.

Die Frage ist: Engagiert wofür? Im Paradies hattest du zwei Jahre Zeit gehabt, über diese Frage, über dein Leben und die

Splitter von Bons zerschmettertem Kopf nachzudenken, deine Verbrechen zu gestehen, anzuerkennen, dass du nach allem, was du durchgemacht, nach allem, was du getan hast, immer noch der engagierte Revolutionär bist, was zwangsläufig heißt, dass du verrückt bist, aber nicht verrückter als die erste idealistische Höhlenfrau, die davon träumte, aus nichts Feuer hervorzuzaubern, deren Schicksal, nachdem sie das Feuer entdeckt hatte, höchstwahrscheinlich darin bestand, auf dem Scheiterhaufen verbrannt zu werden von den zynischeren Höhlenmännern, die wussten, dass Feuer in Wahrheit Macht war, sodass selbst damals, in den frühesten Augenblicken der menschlichen Zivilisation, die Dialektik hin und her pendelte zwischen Hoffnung und Ausbeutung, eine Bewegung, die nie enden wird, denn du stimmst mit Mao überein, dass die Dialektik unendlich ist, mit einer entscheidenden Ausnahme, denn anders als Mao, Stalin, Winston Churchill, König Leopold und jede Menge amerikanischer Präsidenten, englischer Könige, französischer Kaiser, katholischer Päpste, orientalischer Despoten und Abermillionen zahlloser Väter, Ehemänner, Freunde, Liebhaber und Playboys glaubst du nicht, dass eine solche Dialektik das Opfer von Millionen erfordert im Namen von Kommunismus, Kapitalismus, Christentum, Nationalismus, Faschismus, Rassismus oder, jawohl, Sexismus, dessen du dich verwerflicherweise schuldig, schuldig, schuldig gemacht hast, und dieser Glaube an eine unendliche Dialektik, die keine Vollstreckung durch einen repressiven Staatsapparat erfordert, dieser Glaubensartikel, dass die Räder der Geschichte nicht mit Blut geölt werden müssen, dieser Zweifel an Fanons Glaube an den positiven Nutzen von Gewalt, gerechtfertigt angesichts der Brutalität der französischen Gewalt in Algerien, aber nichtsdestoweniger blind gegenüber der Möglichkeit, dass Gewalt dazu führt, uns wie Männer zu fühlen, jedoch wie Teufel zu verhalten, wohingegen die *Gewaltlosigkeit* uns entgiften und von unseren Minderwertigkeitskomplexen befreien könnte, uns über die Verzweiflung und Angst erheben und die für das Handeln notwendige Selbstachtung wiederherstellen könnte, und anstatt uns zu Spiegelbildern unserer Kolonisatoren zu machen, könnte die *Gewaltlosigkeit* den Spiegel gänzlich zertrümmern und uns von der Notwendigkeit befreien, uns mit den Augen des Unterdrückers zu sehen und uns in den verstörenden Bereich des Negativen, des Unausgefüllten, des Nichts, der Leere zu zwingen, wo wir uns selbst neu erschaffen müssen, jeder von uns singulär, jeder von uns in Solidarität mit den singulären anderen, ein aufrichtiger, aber vielleicht dummer Glaube, der dich zu einem Menschen machen kann mit einer Vision oder einer Halluzination, der aber darauf besteht, dass die Menschheit auch ohne Mord schon alles Erforderliche weiß, um sich selbst zu retten, beginnend mit dem, was der mitfühlende, von den spanischen Faschisten ermordete Federico García Lorca sagte: »Ich werde immer auf der Seite derer stehen, die nichts haben und denen nicht einmal gestattet wird, dieses Nichts in Ruhe zu genießen«, ein empathisches Prinzip, *wenn daraus Taten folgen,* ob dies nun darin besteht, etwas zu tun oder nichts zu tun, je nach dialektischer Notwendigkeit der Situation, es wird uns nie in die falsche Richtung führen, selbst wenn diese Richtung der Tod ist, da so viele Menschen es mit dem genau gegensätzlichen Prinzip halten, sich nämlich auf die Seite derer zu stellen, die schon etwas haben und alles wollen, und wenn du vernünftig wärst, würdest du dich auch auf deren Seite stellen, aber die Revolution ist immer ein Akt des Wahnsinns, weil die Revolution keine Revolution ist, wenn sie sich nicht für das Unmögliche engagiert, ist das jedoch zu bedrückend und beängstigend, muss man sich daran erinnern, dass es nur vor ein paar tausend Jahren noch jenseits der menschlichen Vorstellungskraft lag, an einem Tag um die Welt reisen zu können, eine staunenswerte Leistung, die die Welt zusammengeführt hat, sodass sich heute kein Punkt der Welt außerhalb der Reichweite von Touristen, Investoren, Missionaren und Interkontinentalraketen befindet, was bedeutet, dass die unendliche Dialektik immer noch hin und her pendelt zwischen dem Unmöglichen und dem Möglichen, zwischen Erlösung und Vernichtung, zwischen Gewaltlosigkeit und Gewalt, zwischen unserer Fähigkeit, uns selbst zu retten und uns selbst zu zerstören, und das einzige wirkliche Rätsel ist, welcher Teil von uns – die Menschlichkeit oder die Unmenschlichkeit – in dem immerwährenden russischen Roulette, das die menschliche Spezies mit sich spielt, triumphieren wird, und du selbst, menschlich oder unmenschlich, bist verrückt genug zu glauben, dass, falls die menschliche Spezies sich nicht selbst zerstört – ein FALLS in Großbuchstaben, so groß ist es –, eines Tages die Niemands der Welt, die nichts zu verlieren haben, schließlich genug davon haben, nicht genug zu haben, und erkennen, dass sie mehr gemein haben mit den Niemands auf der anderen Seite der Welt, oder nur auf der anderen Seite der nächsten Grenze, als mit ihren eigenen Jemands, die sich nicht um sie scheren, und wenn diese Niemands mit nichts sich schließlich vereinen, aufstehen, auf die Straßen gehen und ihre Stimme und ihre Macht einfordern, dann ist das Einzige, was die Jemands mit etwas tun müssen, nichts, indem sie erkennen, dass ihr ideologischer Staatsapparat all diese Menschen nicht aufhalten kann, weil der repressive Staatsapparat trotz all seiner Macht sie nicht alle töten kann? Oder doch?

Dein Kopf schmerzt vom Nachdenken über die Antwort auf diese Frage und wird noch erschwert durch die beiden Löcher in deinem Kopf. Nach der Umerziehung durch Man glaubtest du, den Tiefpunkt erreicht, nichts mehr zu verlieren zu haben, aber du warst noch so jung. Du konntest Bon verlieren. Und die letzten deiner Illusionen. Von deinem Leben gar nicht zu reden. Glücklicherweise hast du dich zusammengerissen, obwohl du, unglücklicherweise, tot bist. Jetzt bist du vielleicht nicht mehr voller Selbstmitleid, weil du, ein Niemand, kein Selbst zum Bemitleiden mehr hast! Du hast wahrhaftig nichts zu verlieren, außer dass du jetzt weißt, dass nichts nicht nur wichtiger ist als Unabhängigkeit und Freiheit – *nichts ist heilig*. Was für ein Witz. Aber die einzige Revolution, für die du dich engagieren kannst, ist die, die dich lachen und lachen und lachen lässt, weil jede Revolution untergeht, wenn sie ihren Sinn für das Absurde verliert. Auch das gehört zur Dialektik: die Revolution ernst nehmen, aber nicht die Revolutionäre, denn sobald die Revolutionäre sich selbst zu ernst nehmen, entsichern sie ihre Gewehre, wenn sie einen Witz hören. Wenn das passiert, ist alles vorbei, die Revolutionäre sind der Staat geworden, der Staat ist repressiv geworden, und die Kugeln, einst im Namen des Volkes gegen den Unterdrücker eingesetzt, werden in seinem eigenen Namen gegen das Volk eingesetzt. Deshalb muss das Volk, will es überleben und diesen Kugeln ausweichen, namenlos sein.

Was dich angeht, namenlos, staatenlos, selbstlos, so bleibt die Kugel in deinem Kopf stecken, festgeklemmt in der Dichtung zwischen deinen beiden Seelen, störrisch wie ein Stückchen Knorpel zwischen deinen Backenzähnen. Mit deinen Gedanken ruckelst du an der Kugel, aber du bekommst sie nicht heraus. Die Kugel mit deinem Namen drauf ist so eingebettet, dass niemand sie oder deinen Namen sehen kann, was dich verrückt machen würde, einmal abgesehen davon, dass du allem Anschein nach schon verrückt bist. Man muss gestört sein, um dieses Geständnis zu schreiben, oder vielleicht auch nur von dem gleichen Impuls erfasst worden, den Rousseau zur

Niederschrift seiner Bekenntnisse bewegt hat, in denen er schreibt: »Meine Natur ist von der aller, die ich gesehen habe, verschieden; ich wage sogar zu glauben, nicht wie ein einziges von allen menschlichen Wesen geschaffen zu sein.« Du hast dich beim Schreiben dieser Seiten selbst heimgesucht, aber du hast auch den Schatten von jemand anderem erahnt, der unablässig über die Seiten kroch, eine Ahnung von Gespensterhaftigkeit, die dir Unbehagen bereitet, als würdest du nicht nur von dir selbst beobachtet. Und dann – endlich! – klopft das Gespenst eines Morgens an deine Tür.

Da klopft jemand, sagt der freundliche alte Herr auf seinem Bett. Du kannst nicht von deinem Bett aufstehen, weil die Kopfschmerzen von der Kugel in deinem Gehirn überwältigend sind. Du stehst weder auf, noch sagst du etwas, aber nach einer Pause klopft es erneut.

Entschuldigung, sagt der freundliche alte Herr. Jemand klopft an die Tür.

Das Klopfen dauert an und dauert an und dauert an, bis du schließlich mit dem letzten Rest an Konzentration, den die Kugel in deinem Gehirn dir gelassen hat, Herein! sagst.

Die Tür öffnet sich, und das Licht der Morgensonne flutet eure Kammer, deren Verdunkelungsvorhänge fest zugezogen sind. Du blinzelst und siehst *ihn* in dem grellen Dunst eintreten, einen Schatten, umhüllt von einem Glorienschein und von hinten angestrahlt. Benommen setzt du dich auf und hebst eine Hand gegen das Licht, die Hand mit dem Brandmal deines Schwurs. Ist das … konnte das sein? Zögernd hebst du auch die andere Hand gegen den im Türrahmen stehenden Schatten. Ja. Er ist es! *Er* ist da, endlich!

Vater?, fragst du mit stockender Stimme. *Vater!*

Der Schatten tritt in deine Kammer. Er trägt eine schwere Tasche, die er auf das Fußende deines Bettes wirft. Er öffnet den

Reißverschluss, und du erkennst, dass es deine lederne Reisetasche ist. Er holt ein Paar Schuhe heraus – deine schönen, glänzend braunen Bruno-Magli-Oxford-Schuhe. Der Schatten lässt sie auf den Boden fallen, greift wieder in die Tasche und zieht, eins nach dem anderen, die Videobänder von der Orgie heraus, wie du an der Schrift auf den Etiketten erkennst, der Handschrift der sexy Sekretärin. Dann greift er noch tiefer in die Tasche, bis hinunter zu dem Geheimfach, und nimmt die zwei Bände deines Geständnisses heraus, weiß und mit einem Gummiband umwickelt, die er dir in den Schoß wirft, über siebenhundert Seiten mit geschätzt einer Viertelmillion Worten, die dir imponieren mit ihrem Gewicht, ihrer Solidität, ihrer wundersamen Existenz, erzeugt aus nichts. Aber er ist noch nicht fertig. Deine Tasche muss bodenlos sein. Er greift wieder hinein und bringt das Herrlichste zum Vorschein, das du in deiner entmündigten Zeit im Paradies gesehen hast: eine schimmernde Flasche Jack Daniel's. Komm zu Daddy, süßes Baby! Schließlich, mit der anderen Hand, zieht er einen versilberten, gleichermaßen schimmernden Revolver hervor. Einen Augenblick lang hypnotisiert dich das Licht, das sich in der Waffe spiegelt. Dann hebst du den Blick. Deine Augen haben sich an die grelle Morgensonne gewöhnt, und du kannst das Gesicht des Schattens jetzt klar erkennen. Es ist gar nicht dein Vater, sondern das gespenstischste aller Gespenster, der Mann, der genau weiß, was du willst, der alte Kumpel aus Indochina.

Habe ich dir nicht gesagt, du sollst nie deine Gedanken zu Papier bringen, du dummer Bastard?, sagt Claude, bietet dir mit einer Hand das heilige Wasser an und zielt mit dem Revolver in der anderen Hand auf dein geschlagenes Herz. Und jetzt nimm diese gottverdammte Maske runter.

Und du bist so glücklich, dass du nicht weißt, ob du lachen oder weinen sollst.

DANK

Es war ein Vergnügen, auf die Denker zurückzukommen, die mich im Laufe der Jahre beeinflusst haben oder auf die ich eingehen wollte. Die Autoren und die Arbeiten, die ich im Text erörtert, auf die ich mich bezogen oder die ich zitiert habe, sind: Theodor Adorno, »Commitment« in *Aesthetics and Politics* (dt. »Engagement« in *Noten zur Literatur*); Louis Althusser, »Ideology and Ideological State Apparatusses« in *Lenin and Philosophy and other Essays* (dt. »Ideologie und ideologische Staatsapparate«); Simone de Beauvoir, *The Second Sex* (dt. *Das andere Geschlecht*); Walter Benjamin, »Critique of Violence«, in *Reflections: Essays, Aphorisms, Autobiographical Writings* (dt. »Zur Kritik der Gewalt«); Aimé Césaire, *Discourse on Colonialism* (dt. *Über den Kolonialismus*) and *A Tempest* (dt. *Ein Sturm*), das ich vor langer Zeit in einer unvergesslichen Theateraufführung in Berkeley gesehen habe; Hélène Cixous, *The Laugh of Medusa* (dt. *Das Lachen der Medusa*); Jacques Derrida, *On Cosmopolitanism and Forgiveness*; Frantz Fanon, *The Wretched of the Earth* (dt. *Die Verdammten dieser Erde*), *Black Skin White Masks* (dt. *Schwarze Haut, weiße Masken*); Antonio Gramsci, *Selection from the Prison Notebooks* (dt. *Gefängnishefte*); Che Guevara, *On Vietnam and World Revolution*; Ho Chi Minh, *The Case Against French Colonization*; Julia Kristeva, *Powers of Horror: An Essay on Abjection*; Emmanuel Levinas, *Totality and Infinity: An Essay on Exteriority*, dessen Worte ich Blutsbruder Nr. 1 in den Mund lege, als er sagt, dass »die Geburt eines Wesens, das aus dem Nichts kommt, vom absoluten Anfang, ein historisch absurdes Ereignis« ist; Jean-Jacques Rousseau, *Confessions* (dt. *Die Bekenntnisse*); Jean-Paul Sartre, *Existentialism and Human Emotions*, und sein Vorwort zu Fanons *Die Verdammten dieser Erde*; Voltaire, dessen *Candide* ich als Junge mit großem Vergnügen gelesen habe.

Von den Texten, die mir die Welt der vietnamesischen Einwanderer, Flüchtlinge und ihrer französischen Nachkommen Anfang der Achtzigerjahre in Paris nahebrachten, leistete mir Gisele Bousquets *Behind the Bamboo Hedge: The Impact of Homeland Politics in the Parisian Vietnamese Community* unschätzbare Dienste; ebenso die Bilder in *Le Paris Asie: 150 ans de présence asiatique dans la capitale*, Hrsg. Pascal Blanchard und Éric Deroo. Ebenfalls nützlich für das Verständnis und die Veranschaulichung von Frankreichs Beziehung zur Bevölkerung seiner Kolonien waren die Essays und Bilder in *Sexe, race & colonies: La domination des corps du XVe siècle à nos jours*, Hrsg. Pascal Blanchard, Nicolas Bancel, Gilles Boetsch, Dominic Thomas und Christelle Taraud. Für die Geschichte der Verstrickung von Franzosen und CIA in die Produktion und den Verkauf von Opium in Südostasien stützte ich mich auf Alfred McCoys *The Politics of Heroin: CIA Complicity in the Global Drug Trade* (dt. *Die CIA und das Heroin*).

Etliche Menschen in Paris oder mit Verbindungen zu Frankreich schenkten mir großzügig ihre Zeit, um sich ausführlich mit mir zu unterhalten: u. a. Hoai Huong Aubert-Nguyen, Doan Bui, Myriam Dao, Anna Moï, Nguyen Nhat Cuong, Liem Binh Luong Nguyen, Abdellah Taïa, Quoc Dang Tran. Mithilfe von Duc Ha Duong bekam ich von der Union Générale des Vietnamiens de France die Erlaubnis für die Verwendung des Fotos mit den drei maskierten Männern. Ich bedanke mich ebenfalls bei Chiori Miyagawa, Jordan Elgrably, Huê-Tam Webb Jamme und Laila Lalami, dass sie den Entwurf des Romans gelesen und mir meine Fragen zum Roman und zu Leben und Gesinnungen in Frankreich beantwortet haben. Für die Beschreibung der Bar Opium war mir der Besuch eines exotisch-asiatischen Erlebnisrestaurants in den USA mit Gastrokritiker Soleil eine große Hilfe. Meinen Studenten Rebekah Park, Jenny Hoang, Yvette Chua, Ivy Hong, Nina Ibrahim, Sinjay Lee, Morgan Milender, Christine Nguyen, Tommy Nguyen und Jordan Trinh möchte ich für ihre Mitarbeit und ihre Recherchen danken: Sie ermöglichten es mir, mich auf den Roman zu konzentrieren. Nancy Tan lektorierte den Text, Kait Astrella las ihn Korrektur, und Alicia Burns besorgte den Feinschliff des Manuskripts. Alle Fehler in diesem Buch sind natürlich meine Fehler.

Stipendien der MacArthur Foundation und der Guggenheim Foundation wie auch die Forschungsförderung der University of Southern California und deren Dornsife College waren mir eine große Hilfe beim Verfassen des Buchs. Meine Agenten Nat Sobel und Judith Weber waren mir treue Ratgeber, und die Mitarbeiter von Sobel Weber Associates, darunter Kristen Pini und Adia Wright, haben mir das Leben einfacher gemacht. Ich kann von Glück sagen, ein Autor des Verlags Grove Atantic zu sein, der mir unter der Leitung von Morgan Entrekin, der brillanten redaktionellen Anleitung von Peter Blackstock und der Unterstützung von Deb Seager, John Mark Boling, Judy Hottensen, Elisabeth Schmitz und Emily Burns eine ideale Heimat ist.

Zum Schluss möchte ich wie immer Lan Duong und unseren Kindern Ellison und Simone meine tiefe Liebe und Hingabe ausdrücken.

ZITATNACHWEISE

S. 7: Rithy Panh mit Christophe Bataille: Auslöschung: Ein Überlebender der Roten Khmer berichtet. Aus dem Franz. von Hainer Kober © 2013, Verlag Hoffmann und Campe, Hamburg

S. 187f, S. 358f, S. 366, S. 399: Fanon, Frantz: Die Verdammten dieser Erde. Mit einem Vorwort von Jean-Paul Sartre. Aus dem Franz. von Traugott König © 1981, Suhrkamp Verlag, Frankfurt am Main

S. 203: Césaire Aimé: Ein Sturm. Stück für ein schwarzes Theater. Aus dem Franz. von Monika Kind © 1970, Wagenbach Verlag, Berlin

S. 253, S. 265f: Fanon, Frantz: Schwarze Haut, weiße Masken. Aus dem Franz. von Eva Moldenhauer © 1985, Suhrkamp Verlag, Frankfurt am Main

S. 330: Voltaire: Candide oder Der Optimismus. Aus dem Franz. von Ilse Lehmann. Mit einem Nachw. von Harald Weinrich. München, 2005 © Aufbau Verlag GmbH & Co. KG, Berlin 1946, 2008 für die Übersetzung von Ilse Lehmann

S. 460: Sartre, Jean-Paul: Gesammelte Werke in Einzelausgaben. Philosophische Schriften, Bd. 3. Das Sein und das Nichts. Versuch einer phänomenologischen Ontologie. Dt. von Hans Schöneberg und Traugott König © 1993, Rowohlt Verlag, Reinbek b. Hamburg

Trotz intensiver Recherche konnten nicht alle Rechtegeber ermittelt werden. Bitte wenden Sie sich ggf. an den Blessing Verlag in der Penguin Random House Verlagsgruppe GmbH.